U0933164

作者简介

郭殿忱，1940 年生，辽宁沈阳人。东北师范大学毕业，北华大学教授。郑州大学、河南工业大学、河南农业大学兼职教授。中国历史文献研究会、中华美学学会会员，吉林省美学学会、河南省杜甫研究会理事。撰有《应用美学》、《王会篇笺释校补与研究》、《唐人选唐诗考异》（初辑）等专著。参与点校、注译《全上古三代秦汉三国六朝文》等典籍。发表论文六十余篇。曾获国家图书出版及省、市社科优秀成果等多项奖。

唐诗流韵润九州

郭殿忱　著

中州古籍出版社

图书在版编目（CIP）数据

唐诗流韵润九州／郭殿忱著．—郑州：中州古籍出版社，2016.6（2018.7 重印）

ISBN 978－7－5348－6404－9

Ⅰ.①唐…　Ⅱ.①郭…　Ⅲ.①唐诗－诗歌研究－文集　Ⅳ.①I207.22－53

中国版本图书馆 CIP 数据核字（2016）第 125038 号

出版社：中州古籍出版社

（地址：郑州市经五路 66 号　　邮政编码：450002）

发行单位：新华书店

承印单位：天津兴湘印务有限公司

开本：890mm×1240mm　1/32　　印张：15.626

数字：400 千字

版次：2016 年 6 月第 1 版　　印次：2018 年 7 月第 2 次印刷

定价：68.00 元

序

有唐一代，三百年间以诗取士的科举制度，成就了帝国诗歌天幕上群星灿烂、一片辉煌！

千百年来，亿万中华儿女珍视唐诗为国之瑰宝，家弦户诵，蔚成风气。整理研究唐诗的学者，薪火相传，历代弥盛。其著述嘉惠学林，滋养国人。国学大师王国维即称唐诗为“一代之文学”。2014年中华书局出版由傅璇琮等先生所编《唐人选唐诗新编（增订本）》亦属最新成就之一。

本书谨循先贤、时俊之履迹，但力避因袭陈言，大多篇章均另辟蹊径，以寓目版本为实据，对诸多异文详加比勘，复就是非优劣给出“宜各从长”之按断。从而让读者体会到与一般通说有别之韵味。

我国幅员辽阔，行政建制代有因革，《禹贡》《尔雅》《周礼》等经典所称“九州”，今日视之，乃神州大地之代称。《新唐书·地理志》载：“唐兴，高祖改郡为州，太守为刺史，又置都督府以治之。然天下初定，权置州郡颇多。太宗元年，始命并省，又因山川形便，分天下为十道……凡州府三百五十八，县一千五百五十一。”本书所称唐贤之郡望、里籍、守官、贬所诸地，即均依从此书所载。

“班门弄斧”一词，典出柳宗元《王氏伯仲唱和诗序》。是嘲讽不自量力之人，在行家里手面前卖弄本事的可笑行为。我一向反其义而用之，坚定秉持“要弄斧，就必须到班门”的原则。有关孟浩然的文章，就寄襄阳（唐襄州襄阳郡）《湖北文理学院学报》发表。同理推之，王维之于今山西运城（唐河中府河东郡），李白之于今四川绵阳（唐绵州巴西郡）、安徽马鞍山（唐宣州宣城郡），杜甫之于今河南巩义（唐河南府河南郡），高适之于今河北景县（唐沧州景城郡），岑参之于今河南南阳（唐邓州南阳郡），皇甫昆仲（冉、曾）之于今江苏镇江（唐润州丹阳郡）等等，一仍如此。拙文经当地专家精审严核，“点铁成金”后编发，自然具有一定的权威性。

神龙元年（705）唐中宗复位。附逆张易之兄弟的宋之问、沈佺期等人流放岭南，其于邮驿、贬所多有题咏。关乎此事之文章，就分别在今广东肇庆（唐端州高要郡）学院学报、韶关（唐韶州始兴郡）学院学报发表。唐宪宗朝，韩愈因谏迎佛骨被贬今广东潮州（唐潮州潮阳郡），相关文章便在今《韩山师范学院学报》发表。亦旨在问学求教于当地读者方家。

世人云“上有天堂，下有苏杭”，谓苏杭二州美景如诗似画。本书即以苏州唐贤——论寿星诗人《苏州丘为：其事考略与其诗考异》开篇，以论晚唐诗人《袁州郑谷〈题杭州樟亭驿阁〉诗考异》收束。美哉！九州风韵，尽在其中矣。

唐人世次排列，实为冗杂。除孟、王、李、杜等大家考证确凿外，难以厘清者大有人在。本书权且按各篇文章刊发时间编次（同一诗人作品连排之情况除外），虽致篇幅长短参差，时序难免交错，但差可避免讹误矣。未刊文稿，即业已寄相关刊物，正待审正、编发之文，则只能勉为其难地以其生卒年或登第、入仕年之先后，大致编排。

唐贤遗泽，丰润九州。言不虚也！谓予不信，敬请展卷试阅之。

著者　识于乙未年白露日

目 录

未刊稿

苏州丘为：其事考略与其诗考异

《新唐书·艺文志（四）》[1]载：“《丘为集》卷亡。苏州嘉兴人，事继母孝，尝有灵芝生堂下。累官太子右庶子，时年八十余，而母无恙，给俸禄之半。及居忧，观察使韩滉以致仕官给禄所以惠养老臣，不可在丧为异，唯罢春秋羊酒。初还乡，县令谒之，（丘）为候门磬折，令坐，乃拜，里胥立庭下，既出，乃敢坐。经县署，降马而趋。卒年九十六。”《唐才子传》[2]补充曰：“初，累举不第，归山读书数年。天宝初，刘单榜进士。王维甚称许之，尝与唱和。”

一

除以上记载外，其他文献相关内容多语焉不详。现对其事迹略加考证——

（一）丘姓与丘氏昆仲

上海古籍出版社1978年新一版《唐人选唐诗（十种）》[3]出版说明称：“《唐写本唐人选唐诗》[4]，是敦煌石室发现的唐人写本残卷。”复于《提要》中云：“其名存者，曰王昌龄，曰邱为……邱为诗六篇，陶翰诗三篇（今按：实为二篇），今载于《全唐诗》[5]者各一篇。”

今按：p2567残卷作“丘为”。另《国秀集》[6]《又玄集》[7]亦作丘为。那么《提要》中邱姓何来？据《姓考》云：“齐太公封营丘，支孙以地为氏，代居扶风。汉时丘俊改居吴兴。”千年以降，清代雍正皇帝下诏：为避孔圣人名讳而定新字“邱”。所以康熙朝《御定全唐诗》中的丘为，到乾隆朝孙洙选编《唐诗三百首》[8]时就变成了“邱为”。迄今，一些选本仍沿用之。窃以为：今日应恢复历史原貌作“丘为”，是。

北京大学教授周绍良著《唐才子传笺证》[9]，在引祖咏、王维、刘长卿与丘为唱酬诗后，又复引韦应物《秋夜寄丘二十二员外》等诗七首。按该书体例，作者认为这七首诗也是寄赠丘为的。**今按**：《元和姓纂》载：“丘为，吴郡人，弟丹，仓部员外。”《全唐诗》（卷三〇七）称：“丘丹，苏州嘉兴人，诸暨令，历尚书郎。隐临平山，与韦应物、鲍防、吕渭诸牧守往还。”在《经湛长史草堂序》中自题：检校尚书户部员外郎兼侍御史丘丹。另有《和韦使君秋夜见寄》等五首奉酬诗，均证明韦应物所赠之人为丘丹而非丘为。

（二）累举不第与天宝初及第

丘为累举不第，确实有诗为证：祖咏《送丘为下第》云：“沧江一身客，献赋空十年。”此诗重收严维名下，题为《送丘为下第归苏州》。王维《送丘为落第归江东》亦云：“为客黄金尽，还家白发新。”丘为科场蹉跎十载，已是白发掺进黑发间。这让人想起一语道破科举天机的名句“太宗皇帝真长策，赚得英雄尽白头”[10]。《唐贤三昧集译注》[11]（以下简称《唐贤》）推断丘为生于武周长安三年（703），天宝二年（743）进士及第，已届不惑之年。翌年正月，大唐君臣忽发思古之幽情，依据《尔雅 · 释天》“夏曰岁，商曰祀，周曰年，唐虞曰载”之说改年为载。国子生芮挺章于此载选编《国秀集》已称“进士丘为二首”。

（三）历任官职与致仕

《唐贤》称丘为“历任主客郎中、司勋郎中、迁太子右庶子。以左散骑常侍致仕。”**考**：《新唐书 · 百官志（一）》：“礼部尚书一人，正三品；侍郎一人，正四品下。……其属有四：一曰礼部，二曰祠部，三曰膳部，四曰主客。……主客郎中、员外郎各一人，掌二王后、诸蕃朝见之事。”**今按**：丘为任职相当今中央部委司局长一级。又，同书载：“吏部尚书一人，正三品；侍郎二人，正四品上；郎中二人，正五品上。……其属有四：一曰吏部，二曰司封，三曰司勋……司勋郎中一人，员外郎二人，掌官吏勋级。”**今按**：吏部相当今组织人事部。又，同书《百官志（四）》载：“东宫官：太子太师、太傅、太保各一人，从一品。掌辅导太子。……景云二年（711），始兼用庶姓，改门下坊曰左春坊……右府，左庶子以比中书令。”《文献通考职官（十四）》[12]亦载：“龙朔二年（662）改左右庶子为左右中护。咸亨初（670）复旧，左拟侍中，右拟中书令。”而中书令一职，“开元元年（713）改为紫微令，五年复为中书令，天宝元年（742）改为右相。”**今按**：丘为最高官阶已相当于右丞相。

另考：《新唐书·百官志（二）》称：“门下省侍中二人，正二品。掌出纳帝命，相礼仪。……左散骑常侍二人，正三品下。掌规讽过失，侍从顾问。……皆金蝉、耳貂，左散骑与侍中为左貂，右散骑与中书令为右貂，谓之‘八貂’。”可见丘为致仕时仍是高官显贵，而且属于“延退”数年之特殊待遇。因为按《礼记·曲礼》载“大夫七十而致事”，即致其所掌之事于君，谓告老也”。有关丘为致仕之事，《南部新书》[13]载：“丘为致仕还乡，特给俸禄之半。既丁母忧，苏州疑所给，请于观察使韩滉。滉以为授官致仕，本不理务，特令给禄，以恩养老臣，不可在丧为异。命仍给之，唯春秋二时羊酒之直则不给。虽程式无文，见称折衷。”另据《新唐书·韩滉传》载：“德宗立，乃出为晋州刺史。未几，迁浙江东、西观察使，寻检校礼部尚书为镇海节度使……完靖东南，滉功多。”知韩滉约在建中二年（781）任观察使，其时丘为继母去世，他应八十二三岁，故其生年似应在公元699年前后，而非703年。

（四）治家、为人与处世

在杜甫感喟“人生七十古来稀”的时代，丘为竟奇迹般享年九十六岁，几近李唐王朝年祚的三分之一，是标准的寿星诗人。在治家方面上文已强调他的至孝。在《泛若耶溪》诗中他写道“短褐衣妻儿，余粮及鸡犬。日暮鸟雀稀，稚子呼牛归”，勤劳俭朴，跃然纸上。所写《冬至下寄舍弟时应赋入京》“去去未知远，依依甚初别”，手足之情，真挚感人。唐代以诗取士的科举制度大行其道，丘为亦未能免俗。当他落第失意时，王维寄诗曰“怜君不得意，况复柳条新。……知尔不能荐，羞称献纳臣”，折柳送别，慰藉殷殷。当他在帝都门下省尽兴赏花之时，又有友人以《左掖梨花》为题与之唱和。其诗“冷艳全欺雪，余香乍入衣。春风切莫定，吹向御阶飞”，后世被编入蒙学读本《千家诗》[14]而广为流传。

丘为谦冲的品格在其告老还乡后表现得更加突出。据《新唐书·地理志（五）》知江南道苏州吴郡嘉兴县（今属浙江省）是个三等县，县令不过是“七品芝麻官”。现已为民的丘为听说这位父母官来访，竟屈躬门前恭迎，对同来的吏胥等人也礼数周到，毫无京都高官的架子。此后，这位耄耋老人每次路过县衙都恭敬地下马趋行。真正做到了能官能民，堪称那个时代的楷模。

二

敦煌残卷《唐写本唐人选唐诗》（以下简称《残卷》）收丘为诗六首，《全唐诗》存其诗十三首（重一首），惜前贤、时俊对诗中异文多出校记而鲜有是非优劣之按断。现试从诗人之际遇、诗歌之意境、古体诗之音韵、近体诗之格律等方面综合考虑，给出“宜各从长”之已见。

（一）残卷所存诗六首

1. **答韩大**（诗题、句均录自《残卷》本释文。下同。）

行人辈，莫向催，相看日暮何徘徊？
登孤舟，望远水，殷勤留语劝求仕。
畴昔主司曾见知，琳琅丛中拔一枝。
且得免输天子课，何能屈腰乡里儿？
长安桑落酒，或可此时望携手。
官斑眼色不相当，拂衣还作捕鱼郎。

今按：《残卷》书影诗题中“大”字模糊不清，王重民先生依其所见，在《补全唐诗》[15]中释为“丈”并注云：“《唐诗纪事》卷十七说丘为八十多岁的时候丁了母忧，观察使韩滉以致仕官给禄，韩滉大概就是这里的韩丈。”**今按：**如确为韩大，则不可能是韩滉。因为其在亲兄弟中排行第五。如为韩丈，“殷勤留语劝求仕”句，也难理解。

校：“桑落酒”，《补全唐诗》作“落叶酒。”复引刘盼遂说“当是落桑酒”。**今按：**桑落酒乃历史名酒。《水经·河水注》《齐民要术》《酒史》等著作均有记载。庾信亦有“蒲城桑落酒”之诗句。

校：“官斑眼色”，上书校记作“官班服色”。**今按：**仔细辨认书影，确定为斑、眼二字。此句应理解为：上司的脸色乃是属员陟黜之晴雨表。班、服二字欠佳。

2. **田家**〔《国秀集》《唐诗别裁集》[16]（以下简称《别裁》）均作《题农庐舍》，《唐贤》作《题农舍》，《全唐诗》作《题农父庐舍》。〕

东风何时至？已绿湖上山。湖上春既早，田家日不闲。
沟塍流水处，耒耜青芜间。薄暮饭牛罢，归来还闭关。

校：“何时”，《全唐诗》注：一作“何处”。**今按：**此句意为和煦的东风不经意间就令湖山换上了新装。后人激赏此句，说它早于王安石的“春风又绿江南岸”。“时”字强于“处”字，又不与“流水处”的“处”字重复。

校：“既早”，《全唐诗》作“已早”。**今按：**二词一义，但“既”

字可避免与上句“已绿”之“已”字重复。有人认为古体诗不避讳字句的重复，甚至有意为之。这要看具体情况，如此诗的两个“湖上”，近似民歌中的“顶真格”，颇为自然流畅。而用两个“处”字，两个“已”字，则嫌累赘。

校：“沟塍”，《唐贤》作“塍沟”。二词一义，故两可。举凡两可之字词，均应依从早出之书或版本。又，《全唐诗》注：一作“沟壑”。**今按**：“塍”字于此语境当田埂解，而“沟壑”离此意甚远。

校：“青芜”，上引三书均作“平芜”。**今按**：“平芜”指杂草丛生的荒原，强调地势平坦；“青芜”则强调杂草繁茂，开垦荒地之不易。似乎后者更好些。

3. **辛四卧病舟中群公招登慈和寺**

柳色扁舟带水阴，闻君卧疾引登临。
凭高始见三吴势，望远因知四海心。
山僧午后清禅洽，群木初晴绿霭深。
云外翩翩飞鸟尽，令人宛自动归吟。

校：“宛自”，《补全唐诗》作“宛月”。**今按**：“宛自”犹言依上述情境而自然地引起乡愁。“宛月”殊不可解。

4. **对雨闻莺**

垂柳街头百丈丝，杏花林外度黄鹂。
间关正在秦筝里，历乱偏伤楚客时。
风传一一声来尽，雨湿双双飞去迟。
羡尔能将迁客意，何如栖得上林枝？

《唐诗鸟类图鉴》[17]称：古人经常把黄莺与黄鹂混为一谈，原因大概是古人多据声音和毛色来辨识鸟类，从而导致误判。即如此诗，诗题作“莺”而诗句里却作“黄鹂”。

校：“声来尽”，《补全唐诗》作“声未尽”。**今按**：从对仗角度看，“声来尽”对“飞去迟”，可谓工稳。“未”字欠佳。又，“间关”

为鸟之啼啭声，白居易《琵琶行》中即有“间关莺语花底滑”之句。

5. **幽渚云**

漠漠云在渚，无心去何从？青连晚湖色，淡起秋烟容。
渡水上下白，归山深浅重。来为巫峡女，去逐葛川龙。
勿为长幽滞，当飞第一峰。

校：“烟容”，《补全唐诗》王仲闻校记作“烟客”。**今按**：细辨书影确为“容”字，又，此为五言古诗，押上古东韵，“容”是韵脚，与“从、重、龙、峰”同韵。“客”字大误！

6. **伤河龛老人**（《补全唐诗》注：“此诗亦见伯二五四四卷，题作《老人篇》但差白字太多。”）

老人甲子难计论，耳中白毛三十根。
钓鱼几年如一日，船舷数寸青苔痕。
人生性命必归止，精魄伤夫向流水。
月如钩在轮影中，风似人来荻声里。
蒲叶高低没钓矶，破舟仍系绿杨枝。
水流不为人流去，鱼乐宁知人乐时？
土龛门前一行柳，独引青丝织鱼笱。
柳花漠漠飞复飞，鱼笱如今落谁手？
余嗟老人多悲辛，老人昔日伤几人？
人情相掩且相叹，不喜头河秋与春。

校：“归止”，《补全唐诗》释文误作“归正”，复又出校记云“归止”。又“精魄伤夫”，《补全唐诗》释文误“魄”作“魂”，复引伯二五四四卷作“精丑（醜）香风”。俞平伯云：“此四字正和下文相应。精魄指月，下文‘月如钩在轮影中，风似人来荻声里’足证香风二字不误。”**今按**：依另卷他校，“伤夫”亦有作“香风”者，甚可取。又“头河”，上引书作“河头”。似是。

还有一点需要特别指出，即残卷中“來、與”二字，千年之上已作“来、与”。足以证明汉字简化是其自身发展不可阻挡之大趋势！

（二）《全唐诗》所存诗十三首

1. **寻西山隐者不遇**〔下注：一作《山行寻隐者不遇》。**今按：**《国秀集》《又玄集》均同此注。《唐诗纪事》（以下简称《纪事》）作《为寻西山隐者不遇》。〕

绝顶一茅茨，直下三十里。扣关无童仆，窥室唯案几。
若非巾柴车，应是钓秋水。差池不相见，黾勉空仰止。
草色新雨中，松声晚窗里。及兹契幽绝，自足荡心耳。
虽无宾主意，颇得清净理。兴尽方下山，何必待之子？

校：“直下”，《国秀集》、《又玄集》、《纪事》、《全唐诗稿本》[18]（以下简称《稿本》）《唐贤》、《别裁》皆作“直上”。**今按：**隐者茅舍高居山顶，寻访者需由山脚向上攀登。故知“直上”为是。又，“案几”，康熙刻本《别裁》作“盈几”。**今按：**隐者居室唯置案几，它无长物。而“盈”为充满之意，与句中“唯”字相悖。又，“若非”，《国秀集》《别裁》均作“既非”。**今按：**“若非……应是……”乃关联复句，是一种假设推定。“既非”欠佳。又“差池”，上引二书均作“蹉跎”。**按：**“差池”指错过机会，而“蹉跎”虽有失掉机会之意，但更多时候是指人生之路坎坷不平。于此语境不若“差池”。又“黾勉”，《又玄集》作“僶俛”，《纪事》作“黾俛”，**按：**“黾勉”为努力之意，典出《诗经·邶风·谷风》“黾勉同心”。后二词，均欠佳。又“晚窗”，《纪事》作“晚秋”。又“契”字，康熙刻本《别裁》作“继”。**按：**句意指此地清幽的环境与作者的意趣正相契合。“继”字欠佳。“待之子”，《国秀集》作“见夫子”，《别裁》作“见之子”。**按：**寻访未见到主人，故“松声晚窗里”亦是推断。“晚秋里”倒是写实。“待之子”句，化用《世说新语·任诞》所载王徽之雪夜访戴逵一事。“待、见”一义，“之子、夫子”均指隐者。表现的是“乘兴而来，兴尽而返”的随缘情趣。

似以成书最早的《国秀集》“见夫子”为是。

2. **题农父庐舍**

诗已见上文《田家》。

3. **泛若耶溪**

寓目之书，未见异文。

4. **湖中寄王侍御**

日日潮水上，好登湖上楼。终年不向郭，过午始梳头。
尝自爱杯酒，得无相献酬。小僮能脍鲤，少妾事莲舟。
每有南浦信，仍期后月游。方春转摇荡，孤兴时淹留。
骢马真傲吏，翛然无所求。晨趋玉阶下，心许沧江流。
少别如昨日，何言经数秋？应知方外事，独往非悠悠。

“孤兴时淹留”，《全唐诗》注一作“孤屿每淹留”。**按：**前句意为虽与王侍御有“后月游”之约，但因总有“兴之所至”之事，时有淹留。后句则称，因湖水“方春转摇荡”，往往使孤岛上的人常有滞留。依全诗题旨，似以前句为佳。

5. **登润州城**

6. **寻庐山崔征君**

此二诗，未见异文。

7. **留别王维**（注：一作王维《留别丘为》）

归鞍白云外，缭绕出前山。今日又明日，自知心不闲。
亲劳簪祖送，欲趁莺花还。一步一回首，迟迟向近关。

《全唐诗》存王维《送丘为落第归江东》诗，可资参考：

怜君不得意，况复柳条新。为客黄金尽，还家白发新。
五湖三亩宅，万里一归人。知尔不能荐，羞为献纳臣。

“知尔”，下注：一作“知祢”。反用孔融向曹操举荐祢衡之事。王维曾任殿中侍御使，天宝九载（750）改理匦使（由侍御使兼任）为献纳使，所以他自称“献纳臣”。窃以为尾联道：知你颇有才干而我却不能举荐之，真是惭愧得很。用“献纳臣”代我，与直指你为“尔”显得不对称。倘用“祢衡”指代丘为，以孔融暗喻自己，则内容就丰富多了。疑“尔、祢”二字为“鲁鱼亥豕”类手民之误。

8. **竹下残雪**

9. **送阎校书之越**

此二诗，均未见异文。

10. **省试夏日可畏**（下注：一作张籍诗。）

今按：爬梳《全唐诗·张籍卷》确有此诗，诗题作《夏日可畏》。

11. **左掖梨花**（下注：同王维、皇甫冉赋。）

今按：《纪事》先载摩诘《赋左掖梨花诗》：

闲洒阶边草，轻随箔外风。黄莺弄不足，衔入未央宫。

丘为和诗已见上文。皇甫冉诗云：

巧解迎人笑，偏能乱蝶飞。春风时入户，几片落朝衣。

今按：丘为和诗并未步王维诗韵，倒是皇甫冉诗步丘为诗韵而和之。又，《别裁》称“此诗亦奉诏作”。不知何据？

12. **渡汉江**（下注：一作戴叔伦诗，题作《江行》。）

今按：翻检《全唐诗·戴叔伦卷》（以下简称《戴卷》）确有此诗，只略有异文。

漾舟汉江上，挂席候风生。临泛何容与？爱此江水清。

芦洲隐遥嶂，露日映孤城。自顾疏野性，难忘鸥鸟情。

聊复与时顾，斩欲解尘缨。跋涉非吾愿，虚怀浩已盈。

校：“汉江上”，《戴卷》作“晴川里”。**今按**：“汉江”乃点题之字，不可更改。《戴卷》题作《江行》，当然可以用“晴川里”。此外“临泛”“江水清”均为点题之词。又“难忘”，《戴卷》作“屡忘”。**按**：与“自顾”对举，“屡忘”胜于“难忘”。又“跋涉”，《戴卷》与《全唐诗》注均作“驰驱”。**按**：从诗题及全诗内容看，旅程为水路，“跋涉”大胜“驰驱”。

13. **冬至下寄舍弟时应赋入京**（下注："杂言"二字。）

今按：此舍弟是否为丘丹，尚待考证。

参考文献：

[1]（宋）欧阳修等撰. 新唐书［M］. 北京：中华书局，1975年.

[2]［9］（元）辛文房撰，周绍良笺证. 唐才子传笺证［M］. 北京：中华书局，2010年.

[3]［4］（唐）元结等选编. 唐人选唐诗（十种）［M］. 上海：上海古籍出版社，1978年.

[5]（清）曹寅等修纂. 全唐诗［M］. 上海：上海古籍出版社，1986年.

[6]（唐）芮挺章选编. 国秀集［M］. 上海：上海古籍出版社，1978年.

[7]（五代）韦庄选编. 又玄集［M］. 上海：上海古籍出版社，1986年.

[8]（清）孙洙编注. 唐诗三百首［M］. 北京：中华书局，1959年.

[10]（五代）王定保撰. 唐摭言［M］. 上海：上海古籍出版社，2012年.

[11] 张明非撰.唐贤三昧集译注[M]. 上海:上海古籍出版社,2000年.

[12]（元）马端临撰. 文献通考［M］. 北京：中华书局，1986年.

[13]（宋）钱易撰. 南部新书［M］. 北京：中华书局，丛书集成本.

[14]（宋）刘克庄编. 千家诗［M］. 长沙：湖南人民出版社，1980年.

[15] 王重民辑录. 补全唐诗［M］. 北京：中华书局，1982年.

[16]（清）沈德潜编. 唐诗别裁集［M］. 上海：上海古籍出版社，1979年.

[17] 韩学宏著. 唐诗鸟类图鉴［M］. 郑州：中州古籍出版社，2005年.

[18]（清）钱谦益等递辑. 全唐诗稿本［M］. 台北：联经出版事业公司，1976年.

部分内容，原载长春《夕阳红》2010.5

一首可作两首欣赏的唐诗

晚唐著名诗人许浑，系初唐高宗朝宰相许圉师后人。字用晦，一作仲晦，润州（今江苏镇江）人。大和进士，大中三年（849）任监察御史，官终郢、睦二州刺史。作诗长于律体，多登高怀古之篇什。其名句"溪云初起日沉阁，山雨欲来风满楼"，即出自《咸阳西楼晚望》（见《唐诗纪事》）一诗。韦庄称赞他："江南才子许浑诗，字字清新句句奇。十斛珍珠量不尽，惠休虚作碧云词。"（汤惠休，南朝宋诗人，与鲍照并称"休鲍"。）

清代乾隆朝江宁府府学教授孙洙（号蘅塘，晚号退士）"就唐诗中脍炙人口之作择其尤要者"，刊行一部影响深远的《唐诗三百首》。许浑诗作《秋日赴阙题潼关驿楼》即在其中：

红叶晚萧萧，长亭酒一瓢。残云归太华，疏雨过中条。

树色随关迥，河声入海遥。帝乡明日到，犹自梦渔樵。

前此，康熙朝御定《全唐诗》收此诗。依其注文，题、句又作：《行次潼关逢魏扶东归》：

南北断蓬飘，长亭酒一瓢。残云归太华，疏雨落中条。

树色随山迥，河声入塞遥。劳歌此分手，风急马萧萧。

魏扶也是大和进士，大中初曾主持过中央科举考试。此次东归，与许浑相逢于潼关驿馆。许浑西行北上赴京都，魏扶于长亭饯别，东归南下。均系宦游之人，似转蓬漂泊，身不由己；如劳燕分飞，各自东西，不由人不想起李白《送友人》的诗句"挥手自兹去，萧萧班马鸣”。全诗八句，更改之三句，首尾呼应，字字点《行次潼关逢魏扶东归》之主题。完全可以看成是另一首相逢送别之诗。

这也符合许浑的创作特点，他吟哦、推敲出的佳句，往往写进多首诗中。如“残云归太华，疏雨过中条”，就又写入《秋霁潼关驿亭》（见《全唐诗》）一诗。

诚然，从版本学、校勘学的角度看，此三句和“落、山、塞”三字，均可视作“异文”。首句“红叶晚萧萧”与“南北断蓬飘”均合五律的平仄格式，但从意境看“红叶”句，是点秋日主题的；“南北”句则点行次的主题，绝不可互换。

又，颔联异文“过”“落”二字均为仄声，皆合格律，然从对仗角度看“归”对“落”很工整；如视“归”为终极之“回归”，则人在旅途，如风卷残云，雨过中条山一般，亦别有一番滋味在心头。

再看颈联：“山”、“关”均为平声，皆合格律；又“海”“塞”皆为仄声，亦皆合格律。但虑及对仗，“海”应对“山”，“关”应对“塞”。

再看尾联：除“劳歌此分手”为拗句之外，其余三句皆合格律。而“劳歌”句又属“救”过的“拗救”句，亦合格律要求。但从诗的意境着眼，“帝乡明日到，犹自梦渔樵”充分表达了求仕的现实与隐居的梦想之间的矛盾心情。此正与首句“红叶晚萧萧”的景语相契合。“所有景语皆情语”，此言不虚！

要言之，将此诗视为一首，我们可从唐人锤词炼句的功夫中，欣赏到朗朗上口的音韵之美；视为两首诗，又可从唐人的表情达意中，欣赏到令人陶醉的意境之美，都是一种难得的艺术享受。

原载郑州大学《美与时代》2011.1（下）

京兆秦韬玉《贫女》诗异文校考

晚唐诗人秦韬玉，字仲明，京兆（今西安）人。少喜词藻，工歌吟，中和三年（883）赐进士及第。曾从僖宗至蜀，官工部侍郎，为田令孜神策判官。《新唐书·艺文志》收录其《投知小录》三卷，惜已散佚。今本《秦韬玉诗集》乃系明代人所辑。《贫女》为其代表作，清康熙年间所编《全唐诗》、乾隆年间所刊《唐诗三百首》均收此诗，遂流布愈加广远，影响愈加巨大。特别是新闻出版界的编辑们，更把诗中“为他人作嫁衣裳”拿来自况、自慰且自勉。

据宋人计有功辑撰的《唐诗纪事》载该诗全文为：

蓬门未识绮罗香，拟托良媒益自伤。
谁爱风流高格调，共怜时世俭梳妆。
敢将十指夸纤巧，不把双眉斗画长。
每恨年年压金线，为他人作嫁衣裳。

此为七言律诗，各联均有异文。先看首联：“益”，《唐诗三百首》作“亦”。**考辨**：“亦、益”二字同属于入声陌韵，调换于格律无碍。然体味诗意，“益”字能准确地表达出贫女的自怜自哀。故《全唐诗》、《唐诗名篇赏析》（中国妇女出版社，2007）、《历朝感时抒怀诗》（华夏出版社，1999）等皆作“益”。

再看颔联：“爱”，《唐诗纪事》校记：“原作‘念’，据汲古阁本及《全唐诗》改。”**考辨**：“爱”在微部，“念”在侵部，“爱、念”二字皆作平声，互调于格律无碍。然虑及诗的意境，似乎“念”字更佳。沈德潜在《唐诗别裁集》中写道："此处'怜'字作爱解。诗意谓谁能赏识风流高格调？而皆喜爱时世俭梳妆。"如把赏识的"爱"，换成"顾及"、"想到"的"念"，则对比就更加鲜明了。

三看颈联："纤"，《全唐诗》作"偏"，《唐诗三百首》作"针"。**考辨**：按声律谱，"纤、偏、针"皆为平声，互相调换于格律无碍。从文义方面看："针巧"夸的是女红，宋代朱淑贞诗云"磨穿铁砚非吾事，绣折金针却有功"，即其极至。"偏巧"是说手特别巧，可能是"七夕"讨来的。而"纤巧"既含上述的手巧，又自夸手长得秀美，故"纤"字为佳。

最后看尾联："每"，《唐诗三百首》、《唐诗名篇赏析》、《历朝感时抒怀诗》皆作"苦"。**考辨**："每"字在之部，为仄声；"苦"在鱼部，为平声。此联为首句入韵押阳韵，平起平收式的格律。尾联出句应作：仄仄平平平仄仄。"每"字合律，"苦"字不合。古人向来有"一三五不论，二四六分明"之说，据此又规定首字可仄可平，所以才有"苦"代"每"的版本。又，第五字该平而"压"字为入声，成了"拗句"。但第六字该仄时，又用平声"金"字"救"了过来。此乃为本句中的自救。"拗救"类例句并非稀见，如，李白《夜宿山寺》中的"邓攸无子寻知命，潘岳悼亡犹费词"亦是。《贫女》全诗校考后，应作：

蓬门未识绮罗香，拟托良媒益自伤。
谁念风流高格调，共怜时世俭梳妆。
敢将十指夸纤巧，不把双眉斗画长。
苦恨年年压金线，为他人作嫁衣裳。

原载上海《社会科学报》2011.6.2

河东王维《相思》诗考异

随着《唐诗三百首》流布之广远，影响之深刻，王维《相思》一诗，几近家喻户晓人人皆知。但版本之间的异文，却让遇事较真儿的人莫衷一是。比如诗题又作《相思子》、《江上赠李龟年》，哪个更好些？再比如，是“春来发几枝”，还是“秋来发故枝”？是“愿君多采撷”，还是“劝君休采撷”？下面试做分析并给出结论。

据《唐诗纪事》书中载：安史之乱时，大音乐家李龟年流落江南一带，他曾在湘中采访使的筵席上唱过这首王维创作的绝句。考虑到杜甫流落江南时也写过一首与李龟年有关的诗《江南逢李龟年》，所以《相思》题下最好注明“又作《江上赠李龟年》”。

唐人绝句分为符合平仄格律的律绝与不要求格律的古绝。由于“春”“秋”二字都是平声，即使按律绝要求也均可。但“几”为平声，“故”为仄音，按格律要求“故”字符合标准。而按诗歌意境看，生在南国的相思树，确实在秋天里发芽开花。且“故枝”已包含数枝（几枝）在内。

“愿君多采撷”一句，不同版本又有“赠君”、“劝君”及“休采撷”等异文。由于“愿、赠、劝”均为仄声，“多、休”皆为平声，所以互相调换于格律要求无碍。可见前人恪守格律的谨严。从诗歌意境看，“赠”字虽然扣《江上赠李龟年》的诗题，但与情理上欠通顺。而“愿君”应与“多采撷”相配，“劝君”则与“休采撷”相谐。相思病苦，令人心身疲惫，所以劝人不要去采撷红豆。这要比希望别人多采撷，更让人感动。谓予不信，试比较：

红豆生南国，春来发故枝。愿君多采撷，此物最相思。

与

红豆生南国，秋来发几枝。劝君休采撷，此物最相思。

是不是后者更好些呢？此考辨结果正与900年前南宋大学者洪迈所编《万首唐人绝句》中所载此诗不谋而合。从文化传承角度看，也算是一种拾古人之牙慧了。

原载《郑州日报》2011.7.6

河东王维《宿郑州》诗摭言

盛唐诗人王维21岁进士及第，不久被任命为管理宫廷音乐事务的大乐丞。春风得意的他虽然精通音律又极具写诗、绘画的天赋，但却不谙官场的各种规则。在别人的唆使下，竟然观赏伶人舞《黄狮子》，而此乐舞是只有天子才能享用的。遂因僭越之罪被贬至济州任司仓参军。途经郑州时写下了这首五言古诗《宿郑州》：

朝与周人辞，暮投郑人宿。他乡绝俦侣，孤客亲僮仆。
宛洛望不见，秋霖晦平陆。田父草际归，村童雨中牧。
主人东皋上，时稼绕茅屋。虫思机杼悲，雀喧禾黍熟。
明当渡京水，昨晚犹金谷。此去欲何言？穷边徇微禄。

诗中“周人”，指公元前367年所建东周古国（治所在今巩义）人。“郑人”，指公元前780年前后郑桓公东迁后的郑国（治所在今新郑）人。此联开宗明义：王维于1200多年前在迁途中“朝发巩义，暮宿郑州”。并非如有些前贤时俊所言：“朝发洛阳”——“周人”即指东周王朝之人。**按**：“周人”与“郑人”对举，均指天子治下的诸侯国之人才是。再说，以当时的交通条件，朝发洛阳不可能夕至郑州。

“宛洛”：古邑，虽指今南阳、洛阳，但此处应作偏正词组看，单指洛阳，南阳只作陪衬。又，“霖”字古指三日连雨不停。此联言：正值秋雨连绵的阴晦天气，回望来程烟雨迷蒙，洛邑渺不可见。

“虫思”，指虫鸣之声悲切；“雀喧”，指群鸟啁啾。此联言：夜深雨霁，蛙鼓虫鸣伴着夜织的机杼声。而清晨鸟雀的巧啭，似乎在欢唱禾稼的成熟。读诗不能太拘泥——“霪雨之中何来虫吟鸟鸣”的质疑，就属于大煞风景的不知诗中“三昧”。

“京水”，发源于今荥阳东南10公里之古京邑，流经今郑州西、北，东南流入淮河。郑州一段今称贾鲁河。“金谷”，即西晋豪族石崇所建金谷园，在今洛阳郊区。此联前瞻，要渡京水继续西行；回顾来程，曾路过富庶繁华的东都洛阳。

尾联自问自答：还有什么感慨可言呢？还不是为了那点微薄的俸禄而到那穷乡僻壤的地方！此等表现心中愤懑不平的收束，真真是“此时无声胜有声”。

原载《郑州日报》2012. 7. 8

汴州崔颢《黄鹤楼》诗考异

昔人已乘黄鹤去，此地空余黄鹤楼。
黄鹤一去不复返，白云千载空悠悠。
晴川历历汉阳树，芳草萋萋鹦鹉洲。
日暮乡关何处是？烟波江上使人愁。

这首人们耳熟能详的名诗，二百四十多年前被选入蒙学读物——家塾课本《唐诗三百首》中。流布更加广远，影响愈加深刻。而一千二百多年前，唐代国子生芮挺章所编《国秀集》（四部丛刊影印明翻宋刻本）收此诗为——

昔人已乘白云去，兹地空余黄鹤楼。
黄鹤一去不复返，白云千里空悠悠。
晴川历历汉阳树，春草青青鹦鹉洲。
日暮乡关何处是？烟波江上使人愁。

今人林庚、冯沅君主编的《中国历代诗歌选（二）》注：“‘黄鹤’一作‘白云’，误。”窃以为失之武断。比《国秀集》成书稍晚的《河岳英灵集》（四部丛刊影印明刻本）亦作“白云”。此两种唐人选本问世时，崔颢尚健在，可称权威之本。及至五代前蜀韦庄选编的《又玄集》（影日本江户昌平坂学问所官版本），后蜀韦縠选编的《才调集》（四部丛刊影印述古堂钞本），甚至宋人计有功辑撰的《唐诗纪事》（明洪楩翻刻南宋王禧刊本）也均作“白云”。其中《又玄集》于《黄鹤楼》题下还特别注明：“黄鹤乃人名也。”

黄鹤既然不是黄鹄鸟，那么仙人王子安也好，三国蜀人费文祎也好，就都无法乘之，而只好腾空驾雾“乘白云”了。再从创作手法看“白云——黄鹤——黄鹤——白云”语势的回环往复，也较“黄鹤——黄鹤——黄鹤——白云”的辘轳句式要谐畅优雅得多。那么，何处“白云”变成“黄鹤”了？在我寓目的诸书中，是清初王士祯在《全唐诗》成书前所编的《唐贤三昧集》一书。

至于其他异文，“兹、此”同义；除《国秀集》作“兹”外，上引诸书皆作“此”。“千里”的空间描述不如“千载”的时间概念。除《国秀集》作“千里”之外，上引诸书均作“千载”。“春草萋萋”，典出《楚辞·招隐士》：“王孙游兮不归，春草生兮萋萋。”且唐、五代选本除《国秀集》作“春草青青”外，皆如此。然而从颈联对仗角度分析，晴川并非后人附会之晴川阁，此阁在数百年后的明代才建成。“晴川”是个偏正词组，是阳光照耀下的江水。正可对气味芬芳的青草——“芳草”这个偏正词组。“晴”与“芳”都是形容词作定语，较凝固式的名词“春草”为佳。“是”只《河岳英灵集》作“在”，从问句语气看，“是”字佳。

再从律诗格式分析：此诗为平起、首句不入韵的格式。首联出句应为(平)平(仄)仄(平)平仄，“白云”合律，“黄鹤”不合律。首联对句应作(仄)仄平平(仄)仄平。第一字应仄可平。“此”为仄声，优于平声的“兹”字。颔联对句为(平)平(仄)仄仄平平，“里、载”均为仄声，皆合律。而“空”为平声，不合格律，致使此句成拗句了。颈联对句应作(仄)仄平平(仄)仄平。“春、芳”均平声，但首字应仄可平，故皆合律。“鹦”为平声，但此字也应仄可平，亦合律。宋人严羽在《沧浪诗话》里曾说：“唐人七言律诗，当以崔颢《黄鹤楼》为第一。”清人孙洙深受此言影响，在《唐诗三百首》中就将其列为七律之冠。但诚如上述简略分析，此诗非七律之正格（颔联就未对仗），而是亦古亦律的“变体”。亦如清人沈德潜在《唐诗别裁集》中所云：“意得象先，神行语外，纵笔写去，遂擅千古之奇。”依愚见此诗字句应定为：

昔人已乘白云去，此地空余黄鹤楼。

黄鹤一去不复返，白云千载空悠悠。

晴川历历汉阳树，芳草萋萋鹦鹉洲。

日暮乡关何处是？烟波江上使人愁。

关于此诗还有一段传闻不胫而走。据元人辛文房《唐才子传》载：“及李白来，曰‘眼前有景道不得，崔颢题诗在上头’，无作而去。为哲匠敛手云。”“宋人胡仔《苕溪渔隐丛话》更引文称：“（李白）欲之较胜负，乃作《金陵登凤凰台诗》。”而《唐诗纪事》对此提出异议：“世传太白云：眼前有景道不得，崔颢题诗在上头。遂作凤凰台诗以较胜负。恐不然。”我倾向此观点。支持我的史实是：《新唐书·艺文志（四）》于《崔颢诗》一卷下，特别写道：“（崔颢）汴州人，才俊无行，娶妻不惬即去之者三四。历司勋员外郎。”《新唐书·列传·文艺下》再次强调：“崔颢者，亦擢进士第。有文无行。好蒱博，嗜酒，娶妻唯择美者，俄又弃之，凡四五娶。”可见，尽管其进士及第又当过官吏，但本质上还是个赌棍、酒徒兼色鬼的浪荡子。“文如其人”之语可信乎？诗仙李白会对他的诗如此推崇吗？

原载《郑州日报》2011.7.20

汴州崔颢《结定襄狱效陶体》诗考异

在传世的唐人选唐诗诸集中，由国子生芮挺章选编，进士楼颎作序的《国秀集》[1]成书最早（天宝三载，744），内中选崔颢诗7首，《结定襄狱效陶体》列其二：

我在河东时，使至定襄里。定襄黠小儿，争讼纷城市。
长老莫敢言，太守不能理。谤书盈几案，文墨相填委。
牵引市井翁，追呼田家子。我来折此狱，五听辨疑似。
小大必以情，未尝施鞭捶。是时三月暮，遍野农耕起。
里巷鸣春鸠，田园引流水。此乡多杂俗，戎夏殊音旨。
顾问边塞人，劳情曷云已？

一、有关诗题的校考

成书略晚于《国秀集》的《河岳英灵集》[2]（以下简称《河岳》），是丹阳进士殷璠选编常建、李白等24人，自开元二年（714）迄天宝十二载（753）所作诗230余首。崔颢此诗也入选其中，但题为《定襄阳郡狱》，明显与内容相抵牾。**考：**唐天宝年间曾改襄州为襄阳郡，治所在今湖北襄阳市，与河东无涉。清代何焯（义门）为此出校记云：诗题应作《结定襄狱效陶体》（已同《国秀集》之题）。然《全唐诗》[3]则又题作《结定襄郡狱效陶体》。**考：**定襄郡，西汉时分云中郡置，治所在今内蒙古和林格尔。唐天宝元年（742）改忻州置定襄郡，治所在今山西忻州。此诗所言断狱之处正于斯地。[4]

二、有关诗句的校考

此诗大致分作三段：前五联为第一部分，极言讼案的轰动及审理的难度。

校："使至"，《河岳》《全唐诗》均作"使往"。**按**：从第一人称的自叙口吻看，是他肩负使命前往定襄。下文的"我来折此狱"更证实了这一点。而"使至"易使人产生别的使者到了定襄的误解。

校："黜小儿"，《河岳》《全唐诗》均作"诸小儿"。**考**：黜小儿，指被罢黜的官员，他们已无权但似乎尚有余威，所以才出现争讼不已，官员相互推诿，讼案堆积，影响许多人正常生活的局面。"诸小儿"似欠佳。

校："争讼"，《河岳》作"诤讼"。**考**：《说文》[5]：诤，止也。从言争声。亦省作争，《孝经》[6]：天子有争臣七人。于此诗语境，争与诤通。《后汉书》即有"平理诤讼"之语。

校："填委"，《河岳》作"瑱委"。**考**："瑱"音 zhèn，为饰耳之玉器，与文墨无关。"填委"则形容事务杂多而堆积之情形。《南史》即有"候驿填委"之载记。

校："市井"，《河岳》《全唐诗》均作"肆中"。**考**："市井"歧义颇多，大致有三说：一、颜师古注《史记》：货物置于井边出售。二、卖货者到井上洗净后再售出（见《风俗通义》）。三、《管子》注：设立市场为方形，犹如井形。而在"肆"的诸多义项中，亦有"陈货鬻物之所"一条，即同市场。故"市井""肆中"二词一义，似两可。凡两可之字，宜从早出版本。

校："五听"，《河岳》作"师听"。**考**："五听"典出《周礼》："以五声听狱讼，求民情。一曰辞听，谓观其出言不直则烦；二曰色听，谓观其颜色不直则赧然；三曰气听，谓观其气息不直则喘；四曰耳听，谓观其听聆不直则惑；五曰目听，谓观其眸子视不直则眊然。"

因“相由心生”，故细说察言观色之法。而“师”作《易·卦》之名时有“众”义，则“师听”为广泛听取之意。两相比较，还是“五听”直接与断案有关。

校：“鞭捶”，《河岳》《全唐诗》均作“鞭箠”。**考**：唐因隋制，以笞、杖、徒、流、死为五等刑罚。鞭即笞刑，箠即杖刑。故知“捶”字误。

以上两联为全诗的第二部分，除起领的“我来折此狱”外，只说三句话：一、审讯时认真察颜观色以辨识供词的真伪；二、晓之以理，动之以情，事无巨细，皆当如此；三、不搞刑讯逼供。用极其省简的笔墨交待了断案过程。复用两倍的诗句写第三部分：恢复安定的田园生活。

校：“农耕”，《河岳》《全唐诗》均作“农桑”。**按**：阳春三月进入农忙季节，男耕女织一派升平景象。“农桑”较“农耕”概括得更全面。

校：“殊音”，《河岳》书后所附明代著名出版家——汲古阁主人毛晋校记作“多音”。**按**：此句交代该地少数民族与汉族人杂居，故语言殊别。上句已说“此乡多杂俗”，再用“多”字颇嫌重复而少变化。

校：“边塞”，《河岳》书后毛晋校作“塞边”。**考**：“边塞”为名词，“塞”读 sài；“塞边”为动宾词组，“塞”读 sè。反复体味诗意，“边塞”强于“塞边”。

参考文献：

[1]（唐）芮挺章选编. 国秀集［M］. 上海：上海古籍出版社，1978 年.

[2]（唐）殷璠选编. 河岳英灵集［M］. 上海：上海古籍出版社，1978 年.

[3]（清）曹寅等修纂. 全唐诗［M］. 上海：上海古籍出版社，1986 年.

[4] 张传玺等编绘. 中国古代史教学参考地图集［M］. 北京：北京大学出

版社，1984 年.

［5］（清）王筠注. 说文解字句读［M］. 北京：中华书局，1988 年.

［6］（清）阮元校刻. 十三经注疏［M］. 北京：中华书局，1980 年.

原载《忻州师范学院学报》2014. 1

两首相互涵容的唐诗考辨

唐天宝三载（744），进士芮挺章选编的《国秀集》收洛阳尉王湾诗一首**《次北固山下作》**：

客路青山外，行舟绿水前。潮平两岸阔，风正一帆悬。

海日生残夜，江春入旧年。乡书何处达？归雁洛阳边。

天宝十一载（752）进士殷璠选编《河岳英灵集》收王湾诗八首，其六为**《江南意》**：

南国多新意，东行伺早天。潮平两岸失，风正一帆悬。

海日生残夜，江春入旧年。从来观气象，惟向此中偏。

从诗题及首尾两联看，分明为两首诗，只不过是作者将自己偏爱的颔、颈两联，重复地写进两首诗而已。降至北宋元祐戊辰（1088）年曾彦和题记仍云："《国秀集》三卷……内王湾一篇，有'海日生残夜，江春入旧年'之句。题曰《次北固山下作》。"逮及南宋，计有功辑撰《唐诗纪事》于王湾名下引《河岳英灵集》殷璠之评语：湾词翰早著，为天下称最者，不过一二。《游吴中江南意》云"海日生残夜，江春入旧年"，诗人以来，无闻此句。张公居相府，手题于政事堂，每示能文，令为楷式。又《捣衣篇》云"月华照杵空随妾，风响传砧不到君"，所有众制，咸类若斯。非张、蔡之辈未见，觉颜、谢之弥远乎？"

上述引文有两处疏漏：一为"《游吴中江南意》"，原文作："游吴中，作《江南意》"；一为"张公居相府，手题于政事堂……"，原文作："张燕公手题政事堂……" 张燕公即张说，世称"燕许大手笔"中的燕国公。足见王湾此联为时人所推重。《唐诗纪事》于上述引文之下，复录《江南意》诗原句，又于其后注：一作《次北固山下》(今按：已脱"作"字，开后世诗题无此字之先河)，并附录原诗。

众所周知，"一作"是校勘学中"另一版本作"的习用略语。明末清初钱谦益、季振宜递辑之《全唐诗稿本》诗题为《江南意》，诗后注："一本作《次北固山下》。"这是继《唐诗纪事》后再一次含混地将两诗"合二为一"。

此后，王士禛在《唐贤三昧集》、沈德潜在《唐诗别裁集》、孙洙在《唐诗三百首》中均取《次北固山下》之题。且首联既开门见山地点题，又工稳整齐地对仗，属梅花先春开放的"偷春格"："客路"对"行舟"，"青山"对"绿水"，方位名词"外"对"前"。《唐诗三百首》"外"作"下"，可能受诗题中"下"字的影响。《唐才子传》记载，王湾这位洛阳才子"志趣高远"，曾"往来吴楚间"。此联特别强调江南胜地的青山绿水，只是他乘舟东行的旅次观感；尾联的寄托鸿雁传书于家人，才是他一往情深之所在。故"外"字佳。

再看颔联出句，《唐诗别裁集》作"潮平两岸失"并评点云："'两岸失'，言潮平而不见两岸也，别本作'两岸阔'，少味。"实则江潮涨满，两岸距离更加迢远。如到没岸的程度，则是水患成灾了！有人释引《庄子·秋水》之文，亦显夸张。对句"风正一帆悬"，《河岳英灵集·江南意》明人毛扆校本："'一'，一作'数'。"作者所乘之舟顺风顺水，一帆高悬，如改成"数帆"就平淡了不知几许。

再看颈联：一轮红日从残夜的鱼肚白色中升起，满江春意送走了季冬的微寒。诚如沈德潜所评："江中日早，客冬立春，本寻常意，一经锤炼，便成奇绝。与少陵'无风云出塞，不夜月临关'，一种笔墨。"

颔、颈两联之于《江南意》诗题的首联"南国多新意，东行伺早天”，也是一种具体的展开：既然南国气候温润春来早，那么早行的诗人才能在潮平岸阔、风正帆悬的旅途中，既目睹红日的喷薄而出，又感受到融融春意的温暖。这样，尾联“从来观气象，惟向此中偏”的结论，也就有了极具说服力的依托。

这两首相互涵容又彼此独立的五言律诗，均押先韵，系仄起首句不入韵之格式。上述“外、下”、“阔、失”、“一、数”等异文，均为仄声，互相调换于格律无碍。也足见前贤锤词炼句功夫之精湛。

原载《镇江日报》2011.9.2

福州周朴诗谈趣二题（外一章）

晚唐诗人周朴，吴兴人。因避战乱寓居福州，寄食乌石山僧寺，粗衣淡饭，不以为忧。性喜吟诗，尤尚苦涩。每遇景物，搜奇抉思，日旰忘返。苟得一联一句，则欣然自快。时人称其诗：月锻季炼，未及成篇，已播人口。其名重当时如此，绰号“诗魔”。

一

据《唐诗纪事》载：一日，他在山中遇一背柴樵夫，稍事思索，偶得一联：“子孙何处闲为客？松柏被人伐作薪。”赶紧拉住那人大喊大叫：我得到了！我得到了！吓得樵夫挣脱后夺路而逃。说来也巧，正有兵丁路过，误以樵夫为贼，抓住后就地审问。樵夫自是百般申辩，于难分难解之时，缓步踱来的周朴才慢条斯理地说清缘由。他要讽刺那些东游西荡的不肖子孙，竟连祖坟标识的青松翠柏都保不住。遗憾的是，清代康熙朝御定《全唐诗》收周朴诗一卷四十五首、句九联，但未见此联。

二

《唐诗纪事》、《唐诗别裁集》均载：有一士人故意戏弄周朴，骑驴过其身旁时，大声诵读“禹力不到处，河声流向东”。周朴一听急了，一路小跑跟在驴后，追了数里才撵上士人，郑重纠正道：他的诗句可是“河声流向西”。一时传为笑谈。这首押齐韵的五言律诗《董

岭水》全诗为：

湖州安吉县，门与白云齐。禹力不到处，河声流向西。

去衡山色远，近水月光低。中有高人在，沙中曳杖藜。

颔联写得很俏皮：大禹治水，疏九河，瀹济漯，万水东流而注诸海。唯其未治之水，才向西流。清人沈德潜评论此诗道："安吉县水势实流向西，因众山合围也。服其用笔之老。"北宋大学士苏轼不亦有云："谁道人生难再少？君看流水尚能西。"

《全唐诗》载周朴**《哭陈庚》**一诗：

系马向山立，一杯聊奠君。野烟孤客路，寒草故人坟。

琴韵归流水，诗情寄白云。日斜休哭后，松韵不堪闻。

此诗收入《唐诗别裁集》时，诗题作《哭陈度》。惜陈庚、陈度均名不见经传，有待来哲详考。尾联"日斜休哭后，松韵不堪闻"，《全唐诗》有注："后，一作处。韵，一作吹。""後"字简化为"后"字，与夏商二代王之称"后"，及秦以后的皇帝之母、之妻的太后与皇后之"后"纠结不清。"后、处"又同为仄声，以"处"代"后"极是。而"韵"为仄声，"吹"为平声，按此五律仄起仄收的声调谱，"吹"字合格律；而"韵"字不合，况且颈联已有琴韵之"韵"字，故改为"吹"字，亦极是。适足见古人运用声韵格律之严谨。

原载《湖州日报》2011.9.23

京兆杜牧诗《题扬州》

在盛极一代的唐诗精萃中，杜牧的七言绝句无论在数量上还是品质上，均可谓之翘楚。

落托江南载酒行，楚腰纤细掌中轻。
十年一觉扬州梦，赢得青楼薄幸名。

——五代后蜀韦縠编《才调集》

此诗从题目到诗句均有异文，试校释如下：

一、关于诗题

依时序，《樊川文集》为杜牧外甥裴延翰所编，惜二十卷中未收此诗。第次为韦縠所编《才调集》，收杜牧诗33首，此诗题作《题扬州》。此后北宋熙宁六年（1703）田概收集杜牧逸诗编成《樊川别集》，改此诗题为《遣怀》。南宋绍熙元年（1190）洪迈编《万首唐人绝句》亦作《遣怀》。直至清代康、乾两朝成书的《全唐诗》、《唐诗三百首》均题作《遣怀》，影响遂大。但从概括全诗题旨的角度看，《遣怀》是泛指抒发喜怒哀乐的任意一种情怀；而《题扬州》则相对具体得多，且与诗句“十年一觉扬州梦”相呼应，故觉得此题目为好。

二、关于格律

律诗至杜牧时代已臻于完善。此诗可视为截取七言律诗首尾两联而成。其格式取决于首句第二字和第七字的平仄。第七字“行”为平声，且无异文，故平收已定。关键是第二字“托”为平声，《樊川别集》作“拓”，《全唐诗》、《唐诗三百首》皆作“魄”——读作 tuò，“落魄”，不得志貌（见《集韵·铎部》）。符合诗意。而“落拓”即“落魄”（见《别雅卷五》）。亦符合诗意。“拓、魄”均为仄声，首句即为仄起平收格式。

三、关于意境

忆昔坊间流传一则讽喻故事：说有四个人聚在一起谈志向，第一位说想发大财，腰缠十万贯；第二位说想成为神仙，骑鹤上青天；第三位想做高官，扬州任肥缺；第四位最“厉害”——想“腰缠十万贯，骑鹤下扬州”。足见扬州之富庶和官员们如何向往那里的官位。然而杜牧在扬州仅为节度使幕府中掌书记的小吏，未受重用又被人排挤。其冶游生活更遭诽议。十年过去浑如一梦！此诗被诸多论者讥评为格调轻薄，只有少数人从诗中看出杜牧的深意。如刘永济在《唐人绝句精华》中说：“才人不得见重于时之意，发为此诗，读来但见其傲兀不平之态。”

“魄”胜于“拓、托”。“湖”较“南”指代宽泛，因扬州在长江之北，“南”字坐不实，故“湖”字较佳。何况“江湖”含义深且广。“楚腰”句，用《韩非子》典故“楚灵王好细腰，而国人多饿死”，故“肠断”佳。“赢得”，有“往事堪哀，前尘如梦”的自悟、自悔和自嘲，较“占得”大胜。据以上校释，此诗题、句似应作：

题扬州

落魄江湖载酒行，楚腰肠断掌中轻。
十年一觉扬州梦，赢得青楼薄幸名。

原载《扬州日报》2011. 9. 29

南阳韩翃《寒食》诗逸事与考辨

唐代著名诗人韩翃，字君平，南阳人。玄宗天宝进士，代宗大历十才子之一。待到德宗建中年间，他已老迈居家，赋闲多年。一日深夜有不速之客造访，带来了皇帝要他出任驾部郎中——代为起草诏书、诰命。惊愕之余，他告诉客人：你可能搞错了。客人并不辩解，只吟诗道——

春城无处不开花，寒食东风御柳斜。
日暮汉宫传蜡烛，青烟散入五侯家。

复问：这诗可是你写的？韩翃答：是。

原来，当时朝廷缺少拟写诏、诰的人才，有关部门向皇帝先后提供两份名单，均未获准。当面请示，德宗说可任命韩翃。当时还有一个同名的韩翃在江淮刺史任上。有司不知是指哪一个，就将二人同时呈报。德宗御笔亲书上面那首题为《寒食》的诗，批道，就是写此诗的韩翃。

寒食节禁火，是自姬周以来的古老习俗。唐代帝王不遵古俗，将榆柳之火赐予近臣。韩翃用清通的诗句，以汉喻唐，表达了对特权阶层的不满。致使它传诵千古而不衰。

而今，大多版本，包括《全唐诗》《唐诗三百首》在内，均有两处异文——

春城无处不飞花，寒食东风御柳斜。
日暮汉宫传蜡烛，轻烟散入五侯家。

到底是“开花”还是“飞花”对？是“青烟”还是“轻烟”好？据我掌握的材料，唐人孟棨所编《本事诗》、五代人韦縠所编《才调集》、宋人计有功辑撰的《唐诗纪事》均作“开花”和“青烟”。直到明代万历年间由赵宧光、黄习远整理、增补、重刊南宋洪迈进御本《万首唐人绝句》，才出现“飞花”、“轻烟”这等浪漫而空灵的词汇。明本之不足信，理由有三：

一、唐德宗喜爱韩翃诗不止这一首。据《唐诗纪事》载：德宗西幸，有神智聪、如意骝二马，谓之功臣。一日有进瑞鞭者，上曰：朕有二骏，今得此可为三绝。因吟翃《观马调》诗云：

鸳鸯赭白齿新齐，晚日花间放碧蹄。
玉勒乍回初喷沫，金鞭欲下不成嘶。

如此喜欢一个人的诗作，是断不会写错他的诗句的。

二、唐人孟棨编《本事诗》，更不敢将当代皇帝所题诗写错。因为那可是要犯“大不敬”之罪的。

三、明代人没读懂韩翃微言大义的“春秋笔法”，误将写实的“开花”变成了清丽流美的“飞花”。将俗语所说“祖坟冒青烟”的讽喻，变成了意象氤氲的“轻烟”。随着时光的流逝，士大夫阶层审美情趣的嬗变，“飞花”与“轻烟”才日渐广为流传。

难怪鲁迅先生批评道：“明人好刻古书而古书亡。”今仅就一诗之正本清源，以明证先生论断的正确和深刻。

原载《郑州日报》2011. 11. 6

南阳韩翃咏马诗考异

唐人姚合以诗人眼光精选21人诗百首成《极玄集》[1]，自序称："此皆诗家射雕手也。"韩翃位列其中，事涉咏马之诗二首，考异如次：

一、《少年行》考异

千点斓斒喷玉骢，青丝结尾绣缠鬃。
鸣鞭晓出铜台路，叶叶春衣杨柳风。

校：诗后注："本集（《韩翃诗集》）'喷玉'作玉勒'，'晓'作'晚'，'铜'作'章'。"宋人集本亦有异文，统一校考如次：

校：诗题，洪迈所编《万首唐人绝句》[2]（以下简称《绝句》）作《羽林少年行二首》，实则是将这首《少年行》与下一首《羽林骑》合二而一了。同为宋人著作，郭茂倩的《乐府诗集》[3]（以下简称《乐府》）和计有功的《唐诗纪事》[4]（以下简称《纪事》），均单独题作《少年行》。

校："斓斒"，《纪事》作"烂斒"，《万首》作"斑斓"。**按**：斓斒，常作斒斓，与斑斓通用。后世常用斑斓而罕用斒斓或斓斒。"烂"字误。

校："喷玉"，《全唐诗》[5]同《韩翃诗集》作"玉勒"。**按**：喷玉，形容马鼻、口中喷出如玉珠般的白沫；玉勒，即以玉装饰的马衔，来彰显主人的高贵富有。实因各有特色而两可。凡两可之处，皆以版本早出者为准。

校："鸣鞭晓出铜台路"，《乐府》《全唐诗》注均同《韩翃诗集》作"鸣鞭晚出章台路"。**按**：能清晰见到马身上毛色不纯的千点形状，非白日不可。故知"晓"是而"晚"非。又"铜台"，疑为铜雀台之省称。但章台历史更悠久。先秦各诸侯宫殿通称章台，秦、汉因袭之，遂大为显赫。

校："春衣"，《全唐诗》"衣"下注："一作依，一作随。"**按**："叶叶春衣杨柳风"句，可理解为杨柳叶叶婆娑起舞，犹如春风习习轻拂罗衫。《乐府》注云："作'衣'是。"

二、《羽林骑》考异

骢马牵来御柳中，鸣鞭欲向渭桥东。
红蹄乱踏春城雪，花颔骄嘶上苑风。

校：诗后注："本集：'骢'作'骏'。诗题，说解已见上文。"

校："骢"，韦庄选编《又玄集》[6]与《纪事》《万首》《全唐诗》均作"骏"。**按**：马之青白者为骢。此马红蹄、花颔显然不应称"骢"，"骏马"为是。

校："牵来"，《又玄集》作"牵乘"。**按**：此句是说从御柳林中牵出骏马。故知"来"字胜"乘"字。

校："欲向"，《全唐诗》注："一作欲过"。**按**：此句无论是"想向渭桥东"抑或"想过渭桥东"均属未来时态。然则从常理可知，只有先向渭桥进发之后，才有可能过渭桥东去。所以"欲向"佳。

校："骄嘶"，《全唐诗》注：一作"频嘶"。**按**：骄嘶，为狂放地旁若无人地嘶鸣；而频嘶，只表现其嘶鸣的频率较高。故知表现出骏马神采的"骄嘶"佳。

另据《纪事》载：德宗朝曾因起草制诰事缺人才，皇帝下诏任命韩翃。其时有同名刺史在，有司将二韩翃同时进呈。德宗御批：用写"春城无处不开（飞）花，寒食东风御柳斜"诗句的韩翃。这既是姚合所云“以《寒食》诗受知德宗”事，亦为宋人陈振孙在《直斋书录解题》[7]中所谓“以‘春城飞花’句受知德宗”一事。另据《唐才子传》载：“德宗时，制诰缺人，中书两进除目，御笔不点；再请之，批曰：‘与韩翃。’时有同姓名者为江淮刺史，宰相请孰与，上复批：‘春城无处不飞花’韩翃也。”以上是朝中事，再看孟棨《本事诗》的载记：韩翃“闲居将十年……一日，夜将半，韦（巡官）叩门急，韩出见之，贺曰：‘员外除驾部郎中，知制诰。’韩大愕然曰：‘必无此事，定误矣！’韦就座曰：‘留邸状报，制诰缺人……御笔复批曰：‘春城无处不飞花……此非员外诗也？’韩曰：‘是也。是知不误矣。’”其实，唐德宗李适不仅仅喜爱韩翃的《寒食》诗，也喜欢吟诵其《观马调》：

鸳鸯赭白齿新齐，晚日花间放碧蹄。

玉勒乍回初喷沫，金鞭欲下不成嘶。

此咏马诗，有助我们理解上述两首内容近似的同一题材之诗。韩翃还有一首事涉咏马的诗《赠张千牛》：

蓬莱阙下是君家，上路新回白鼻䯄。

急管昼催平乐酒，春衣夜宿杜陵花。

按：题中千牛，乃系“千牛备身”职官的省称，此官职掌：执御刀，宿卫侍从。隶属左、右千牛卫。

又，白鼻䯄为名马，黄身黑嘴白鼻，煞是神骏！“䯄”，典出《诗经·秦风·小戎》“䯄骊是骖”，注：䯄，黄马黑喙；骊，纯黑马。䯄，音 guā，与家、花同押麻韵，朗朗上口。

古人云：“美人名马，各有别才。”《本事诗》还记载一段韩翃与柳氏才子佳人相亲相爱的逸事。情节曲折，催人泪下。韩与柳别离三年后赠诗云：

章台柳，章台柳！往日依依今在否？

纵使长条似旧垂，亦应攀折他人手。

柳答诗云：

杨柳枝，芳菲节。可恨年年赠离别。
一叶随风忽报秋，纵使君来岂堪折？

唐人许尧佐将此事写成传奇小说《柳氏传》（又名《章台柳传》）。书中揭露安史之乱后蕃将恃功骄横跋扈的罪行，歌颂英雄人物成人之美的侠义行为，赢得千百年来亿万读者称誉。此传奇，《虞初志》《唐宋传奇集》《五朝小说》《唐人说荟》《唐代丛书》《龙威秘书》《丛书集成》均予收录。

参考文献：

[1]（唐）姚合编选. 极玄集 [M]. 上海：上海古籍出版社，1978 年.
[2]（明）赵宧光等编定. 万首唐人绝句 [M]. 北京：书目文献出版社，1983 年.
[3]（宋）郭茂倩编. 乐府诗集 [M]. 北京：中华书局，1979 年.
[4]（宋）计有功辑撰. 唐诗纪事 [M]. 上海：上海古籍出版社，2008 年.
[5]（清）彭定求等修纂. 全唐诗 [M]. 上海：上海古籍出版社，1986 年.
[6]（五代）韦庄选编. 又玄集 [M]. 上海：上海古籍出版社，1978 年.
[7]（宋）陈振孙撰. 直斋书录解题 [M]. 北京：中华书局，1985 年.

原载《咸阳师院学报》2014. 5

洛阳李涉咏润州诗考异及其他

据《唐诗纪事》载：中唐诗人李涉，宪宗时为太子通事舍人，曾贬至峡州任司仓参军。文宗大和（827~835）年间任太学博士。自号清溪子。其诗**《晚泊润州闻角》**：

孤城吹角水茫茫，风引胡笳怨思长。
惊起暮天沙上雁，海门斜去两三行。

早于《唐诗纪事》成书的《才调集》收此诗，题作**《润州闻角》**，诗句为：

江城吹角水茫茫，曲引边声怨思长。
惊起暮天沙上雁，海门斜去两三行。

晚于《唐诗纪事》成书的《万首唐人绝句》收此诗，题作《润州听暮角》。诗句同《才调集》。

更晚成书的《全唐诗》收此诗，题名同《万首唐人绝句》，但有注云："一作《晚泊润州闻角》。"诗句亦同《才调集》。

史载，自宪宗元和元年（806）迄文宗开成五年（840）的34年间，叛乱频仍，水旱蝗灾不断，可谓兵连祸结、生灵涂炭。就连向来富庶的润州也被诏免年税，可见破败之严重。故"孤城"强于"江城"；"风引胡笳"强于"曲引边声"。因为江南福地，已然变成了"西北边塞"。此论除上述史实支持外，从版本学角度看，《又玄集》为五代前蜀韦庄选编，要早于五代后蜀韦縠所编选的《才调集》。诗题《晚泊润州闻角》也较它题更确切。

《又玄集》还收李涉另一首咏润州诗，题为**《京口送客之淮南》**：

两行客泪愁中落，万树山花雨里残。

君去扬州见桃李，为传风水渡江难。

《才调集》收此诗，题作**《寄赠妓人》**，诗云：

两行客泪愁中落，万树山花雨后残。

君到扬州见桃叶，为传风雨过江难。

《万首唐人绝句》收此诗，题为**《京口送朱昼之淮南》**，诗云：

两行客泪愁中落，万树山花雨里残。

君到扬州见桃叶，为传风水渡江难。

《全唐诗》收此诗，题同《万首唐人绝句》，但有注："一作《寄赠妓人》。"诗句除"雨后残"之外，其余无异。

朱昼为元和间进士。桃叶为东晋名士王献之的宠妾，因名人效应还流传乐府吴声曲名《桃叶歌》和金陵十里秦淮"桃叶渡"之典故。据此，知《寄赠妓人》之题并非妄加。更知过江到扬州去并非为见桃李。"愁中落"对"雨里残"可谓工巧，但自然界中的真实情况是风雨过后方见百花凋残，社会的动荡会不会也令商女们零落呢？故"后"字佳。"去、到"一义，属两可。"风水"属人文故实，亦有关风化，大胜于"风雨"。况且第二句中已有"雨后残"之词，短短28言中似不宜重见"雨"字。又，"渡、过"同义，亦两可。

《唐诗纪事》还记叙了李涉的一件逸事：涉尝过九江，至皖口遇盗，问何人？从者曰李博士也。其豪首曰：若是李博士，不用剽夺。久闻诗句愿题一篇足矣。涉赠一绝云：

春雨萧萧江上村，绿林豪客夜知闻。

他时不用相回避，世上如今半是君。

《万首唐人绝句》为此诗冠题作**《井栏砂宿遇夜客》**，诗云：

暮雨萧萧江上村，绿林豪客夜知闻。

他时不用逃名姓，世上如今半是君。

诗当然还是有题目好，何况此诗题又点明了时间和地点，令事件更加可信。“暮雨”、“夜知闻”都是题中“宿”字注脚。大胜于“春雨”。“相回避”也不若“逃名姓”更符合强人的社会属性。最为精彩的还是结句：生逢乱世，兵匪一家，在凄苦无助的百姓眼中，岂不是匪如豺狗、官似虎狼？

此诗在中唐堪称一绝。

原载《镇江日报》2011. 12. 23

润州二楼之唐诗考异

据史书《京口记》载：晋代王恭为刺史，镇京口时，曾改创西南楼名万岁楼，西北楼名芙蓉楼。唐代丹阳籍诗人皇甫冉曾赋《同温司徒登万岁楼》一诗（见《全唐诗》卷二五〇）：

高楼独立思依依，极浦遥山合翠微。
江客不堪频北顾，塞鸿何事复南飞？
丹阳古渡寒烟积，瓜步空洲远树稀。
闻道王师犹转战，谁能谈笑解重围？

其中，“合”下注：“一作涵。”“复”下注：“一作独。”

此诗又互见重出于《刘随州文集》。刘长卿与皇甫冉之弟皇甫曾相友善，多有诗唱和，也曾羁旅润州，其诗题为《登润州万岁楼》：

高楼独上思依依，极浦遥山合翠微。
江客不堪频北望，塞鸿何事又南飞？
垂山古渡寒烟积，瓜步空洲远树稀。
闻道王师犹转战，更能谈笑解重围。

皇甫兄弟被同代诗人姚合称誉为“诗家射雕手”，刘长卿亦被后人褒赞为七律名家，既然如此，我们便从格律入手，试考论其异文之优劣。

此诗为平起首句入平声微韵的七律，依平仄格式，首联应为平平仄仄仄平平，仄仄平平仄仄平。“立”入声，“上”去声，皆为仄声，于格律两可。然两诗题均有“登楼”二字，故从意境、切题两方面看，“上”字佳。

颔联应为仄仄平平平仄仄，平平仄仄仄平平。“顾”“望”均去声，皆合格律，然从意境着眼，“望”字除有顾看之义外，尚有期盼战乱早日结束的希冀在，故“望”字佳！另，“复”“又”皆去声，均合格律，从意境看，质疑塞上鸿雁因何再度南飞——“复”“又”二字同义。

颈联应为平平仄仄平平仄，仄仄平平仄仄平。“丹阳”与“垂山”均为平平，皆合格律。然从对仗角度分析，丹阳地名正对瓜步山名，又可照应首联的“遥山”，而“垂山”再对瓜步山则显得重复累赘。

尾联应为仄仄平平平仄仄，平平仄仄仄平平。“谁”平声，为疑问代词，使全诗以疑问句收束。“更”读去声，为程度副词，表递进或转折之义，使全诗的结尾平添一抹亮色——呼唤谢安那样的人物再现，使大唐江山社稷转危为安。而此字按律应平可仄，故读去声的“更”字佳。

另一位有“诗家夫子”美誉的盛唐诗人王昌龄，也曾寓居润州，并创作了流传千古的名诗《芙蓉楼送辛渐二首》：

寒雨连<u>江</u>夜入<u>吴</u>，平明送客楚山孤。
洛阳亲友如相问，一片冰心在玉壶。

丹阳城南秋海阴，丹阳城北楚云深。
高楼送客不能醉，寂寂寒江明月心。

第一首诗押虞韵，《全唐诗》收入时，首句作“寒雨连<u>天</u>夜入<u>湖</u>”。如视此诗为古绝，无需调平仄；视为律绝，则系首句仄起平收格式：仄仄平平仄仄平。“江”“天”均平声，“吴”“湖”亦均为平声，皆合格律。但从意境看，寒雨从天而降，烟雨蒙蒙，笼罩大江，也笼罩矗立于江边的芙蓉楼，故“江”胜“天”。此外，润州古属吴地，辛渐西行北上，赴东都洛阳，路经古楚地。“吴”与“楚”相对举，强于“湖”字。

唐诗的流传过程即是一个选择与淘汰的过程。乾隆年间，蘅塘退士孙洙选编《唐诗三百首》时，就未采纳康熙御定的《全唐诗》中的“天”“湖”二字，而采用了宋人所编《万首唐人绝句》版本中的“江”“吴”二字。此后诸多选家则一脉相承至今。

原载《镇江日报》2012. 6. 22

东川李颀诗异文考
——以《唐诗三百首》为中心

李颀（690~751）东川（今四川三台）人（一说赵郡人）。少时流寓颍阳（今河南许昌附近），开元二十三年（735）中进士，曾任新乡尉，后辞官归隐，任侠好道。与高适、王维、王昌龄等人皆有交往。殷璠评价其诗“发调既清，修辞亦绣；杂歌咸善，玄理最长”。尤擅七言古诗，其中边塞之作，风格雄浑豪迈；状写音乐之诗，发白居易《琵琶行》之先声。明代人辑有《李颀诗集》[1]，清康熙朝编纂《全唐诗》[2]存李颀诗三卷一百二十余首。乾隆年间孙洙编注《唐诗三百首》[3]收李颀诗七首，其中边塞诗二首、赠别诗三首、音乐诗二首，皆为上乘之作。惜古今选家、笺注者对版本间的异文，多“述而不作”——只罗列校记而少加按断。我今试从诗人之际遇，诗作之意境，古体诗之声韵，近体诗之格律诸多角度加以分析并推出是非优劣之己见。

一、七言古诗五首

（一）古意

男儿事长征，少小幽燕客。……
杀人莫敢前，须如蝟毛磔。
黄云陇底白云飞，未得报恩不得归。……
今为羌笛出塞声，使我三军泪如雨。

今按：“少小”，《河岳英灵集》[4]（以下简称《河岳》）、《全唐诗》注作“生小”。《全唐诗》“小”下注“一作‘作’”（即“少作”）。“须”，《河岳》作“鬓”。“陇底白云”，《河岳》作：“白雪陇底。”《全唐诗》《唐诗别裁集》[5]（以下简称《别裁》），皆作“陇底白雪”。“得”，《全唐诗》《别裁》皆作“能”，《全唐诗》注“一作得”。“今”，《全唐诗》注“一作合”。**考辨：**“少小”在唐诗中习见，如贺知章“少小离家老大回”句。“生小”疑为方言；“少作”又太正式。“须”含括了“鬓”，故“须”字佳。“白云（雲）”应为白雪，疑为“手民之误”。全句以“黄云陇底白雪飞”为佳。“不得归”是客观叙述，而“不能归”有主观意志在里边，故“能”字佳。“合为”已有现将各种声音合在一起的“今”意在，故“合”字佳。

（二）送陈章甫

> 四月南风大麦黄，枣花未落桐叶长。……
>
> 腹中贮书一万卷，不肯低头在草莽。
>
> 东门沽酒饮我曹，心轻万事如鸿毛。……
>
> 长江浪头连天黑，津吏停舟渡不得。

今按：“叶”，《河岳》《全唐诗》皆作“阴”。“贮”，《河岳》作“著”。“如”，《全唐诗》作“皆”，下注“一作如”。“吏”，《全唐诗》《中国历代诗歌选》[6]（以下简称《诗歌选》）作“口”，《全唐诗》注“一作“吏”。**考辨：**从对仗角度看，“叶”对“花”较“阴”对“花”为好。贮藏，是说经纶满腹，不单指自己写的。“如鸿毛”是明喻，“皆鸿毛”是暗喻，依此诗风格明喻好。又“津口停舟”是客观叙述，“津吏停舟”带上了对停舟指使者的感情色彩——或理解，或埋怨……故“吏”字佳。

（三）琴歌《别裁》作《琴歌送别》。

> 月照城头乌半飞，霜凄万木风入衣。……
>
> 清淮奉使千余里，敢告云山从此始。

今按：“万木”，《全唐诗》作“万树”。“奉使”，《全唐诗》作

“秦使”。**考辨**：“木、树”皆仄声又同义，故曰两可。“奉使千里”与送别题旨相合，“秦”字疑为形近致误。

（四）听董大弹胡笳兼寄语弄房给事《河岳》作《听董大弹胡笳声兼语弄寄房给事》。《唐诗纪事》[7]（以下简称《纪事》）作《听董大弹胡笳声兼寄语弄房给事》。《全唐诗》同《纪事》但下注“一本题作《听董庭兰弹琴兼寄房给事》”。**今按**：诗人好友高适亦有《别董大》诗，疑为同一位技艺高超之音乐家。此题目简捷明快，大胜以上诗题。

胡人落泪沾边草，汉使断肠对归客。
古戍苍苍烽火寒，大荒阴沉飞雪白。
先拂商弦后角羽，四郊秋叶惊摵摵。
董夫子，通神明，深松窃听来妖精。……
空山百鸟散还合，万里浮云阴且晴。
嘶酸雏雁失群夜，断绝胡儿恋母声。……
乌珠部落家乡远，逻娑沙尘哀怨生。
幽音变调忽飘洒，长风吹林雨堕瓦。……
高才脱略名与利，日夕望君抱琴至。

今按：“沾”，《河岳》《纪事》《全唐诗》注皆作“向”。“阴沉”，《全唐诗》作“沉沉”。“摵摵”，《河岳》作“槭槭”。“松”，《河岳》《纪事》《全唐诗》皆作“山”。《全唐诗》注“一作松”。“浮”，《全唐诗》注“一作孤”。“晴”，《纪事》作“明”。“雁”，《纪事》作“鹰”。“乌珠”，《纪事》《全唐诗》作“乌孙”。《纪事》注：四部丛刊影印本作“珠”。“娑”，《河岳》《纪事》皆作“沙”。“幽”，四部丛刊影印本作“出”。“音”，《河岳》作“阴”。“高才”，《河岳》作“才高”。**考辨**：“向”是落泪时将目光移向边草，正可与“对归客”之“对”相呼应。故“向”字佳。又“沉沉”正对上句之“苍苍”，较“阴沉”好。“摵”音shè，叶落貌，如潘岳《秋兴赋》“庭树摵以洒落兮。”而“槭”音qí系指一种树。但又音sè，《文选》李善注“庭树槭以洒落兮”作“槭”，二字形近而义同，故两可。但“槭”有别义，故“摵”字佳。又，“深松”歧义较多，不若“深山”。“孤云”对上句之“百鸟”，较“浮云”佳。“阴且晴”，正对“散还合”，“晴”字佳。“雏雁失群”孤苦伶仃，正对胡儿失慈母。而“鹰”非群居之鸟，故“雁”字佳。“乌孙”为汉武帝时和亲之部族。“逻娑”系唐时吐蕃（今西藏）赞普所居之地。此极言其远。“娑”字佳。“幽音”与“长风”相对，而“幽阴”与“变调”不相接。故“幽音”佳。“高才”与“才高”同义，虑及下句的“日夕”，“才高”可与之对举，较“高才”佳。诗后附注“胡笳”，引《后汉书·蔡琰传》。“董夫子”，引《唐诗品汇》[8]注。“逻娑”，引《新唐书·吐蕃传》。

（五）听安万善吹觱篥歌

枯桑老柏寒飕飗，九雏鸣凤乱啾啾。

今按：“飕飗”，《全唐诗》作：“飕飕”。**考辨：**“飕飗”风声也。见左思《吴都赋》。“飕飕”亦状风声，见《玉篇·风部》。虑及对句“啾啾”是叠音词，“飕飕”就正可呼应，强于“飕飗”。

二、乐府一首

（六）古从军行

白日登山望烽火，黄昏饮马傍交河。

行人刁斗风砂暗，公主琵琶幽怨多。

野营万里无城郭，雨雪纷纷连大漠。……

年年战骨埋荒外，空见蒲萄入汉家。

今按：“日”，《别裁》（重订本）作“首”。“砂”，《别裁》《全唐诗》《诗歌选》皆作“沙”。“营”，上引三书皆作“云”。“萄”，上引三书皆作“桃”。**考辨：**“白日”对“黄昏”正合适，“首”字是说官兵已老，有反战情绪与整首诗格调相合，但总不若“日”字好。

“砂、沙”同音，在现代汉语中“风沙、风砂”亦同义。但此诗强调的是西域一带多石的风砂，故“砂”字佳。“野营”在万里无城郭的大漠，艰苦可想而知，然从意境着眼，“野云”正对“雨雪”较“野营”更有韵味。“蒲萄”与“蒲桃”实为张骞通西域后的习见之物。“蒲萄”一词已见《玉篇》，更早见于《史记·大宛列传》。唐人王翰亦有“蒲萄美酒夜光杯”的名句。故两可。诗后附注“从军行”，引《乐府诗集》；“交河”，引《汉书》；蒲萄，引《博物志》。

三、七言律诗一首

（七）送魏万之京

朝闻游子唱离歌，昨夜微霜初度河。……

关城曙色催寒近，御苑砧声向晚多。

莫是长安行乐处，空令岁月易蹉跎。

今按：“度”，《全唐诗》《诗歌选》作“渡”。“曙”，《全唐诗》作“树”，下注：“一作曙。”“是”，《全唐诗》《别裁》《诗歌选》皆作“见”。《别裁》注：乾隆重订本作“是”。**考辨：**“度、渡”同音，又系古今字，但唐代作“渡”较佳。“曙、树”皆仄声，于格律无碍。从意蕴着眼，“树色”对“砧声”，强于“曙色”。然“曙色”对“向晚”则强于“树色”。律诗颈联要求对仗，故“树”字佳。“是、见”亦皆仄声，互换于格律无碍。细吟此联，应是劝戒魏万不要迷恋京城的安乐冶游，空掷大好时光。故“见”字佳。亦可理解成不要以长安行乐处为是（是非之是）。但显得牵强，不若“见”字。

参考文献：

[1]（唐）李颀撰. 李颀诗集［M］. 见《唐五十家诗集》，上海：上海古籍出版社影印本，1981 年.

[2]（清）彭定求等修纂. 全唐诗［M］. 郑州：中州古籍出版社，1996 年.

[3]（清)孙洙编注. 注释唐诗三百首［M］. 北京：中华局印行本，1959年.

[4]（唐）殷璠选编. 河岳英灵集［M］. 见上海古籍出版社《唐人选唐诗（十种）》，1978年.

[5]（清)沈德潜编. 唐诗别裁集［M］. 上海：上海古籍出版社，1979年.

[6] 林庚等主编. 中国历代诗歌选［M］. 北京：人民文学出版社，1964年.

[7]（宋)计有功辑撰. 唐诗纪事［M］. 上海：上海古籍出版社，2008年.

[8]（明）高棅编选. 唐诗品汇［M］. 上海：上海古籍出版社，影印明代汪宗尼校本.

原载台北《中华诗学》2012.9

唐人咏润扬六言诗撷萃

在流传至今的五万多首唐诗中，六言诗可谓凤毛麟角。其中吟咏润扬二州之作就更显分外珍贵，现撷萃几首。

发越州赴润州使院留别鲍侍御

对水看山别离，孤舟日暮行迟。

江南江北春草，独向金陵去时。

据后世学者考证：此诗为向有“五言长城”美誉的刘长卿在代宗大历四年（769）出使越州（今绍兴），回程赴润州前与侍御使鲍防告别时所作。五代韦縠选编《才调集》收此诗，题为《赴润州使院留鲍侍御》；宋代洪迈所编《万首唐人绝句》收此诗，题作《赴润州留别鲍侍御》。时序降至清代康熙朝，御定《全唐诗·刘长卿卷》收此诗时才作今题。三题相较，正可谓“前修未密，后出转精”，足可避免前二题可能产生理解上的歧义。

江南三台词四首（之一）

扬州桥边小妇，长干市里商人。

三年不得消息，各自拜鬼求神。

此为《万首唐人绝句》里王建之诗。“小妇”，《全唐诗》作“少妇”。“少、小”似两可。“长干市”作“长安城”。长安与江南不搭界，此应指金陵南之长干市场中的商贾。“三年”的“三”除确指外还有“多”的虚指，在此诗中可理解为“商人重利轻别离”，已是多年未归。

奉寄皇甫补阙

京口情人别久，扬州估客来疏。

潮至浔阳回去，相思无处通书。

这首模拟情诗之作，实为诗人张继（字懿孙）写给友人皇甫冉（曾任补阙官职）深表情愫的俏皮话。亦载于《万首唐人绝句》。其中第三句，《全唐诗》“回”字下有注文：“一作‘来’。”斟酌“回、来”二字：从音韵角度看同属灰韵，互换无碍。但“潮至”已有“潮来”之意，再用“来”字，实属叠床架屋，更何况第二句中已有“来”字。故，“回”字佳。

另外，《全唐诗·皇甫冉卷》有《酬张继》一诗，其序云：“懿孙，余之旧好，祗役武昌，六言诗见怀。今以七言裁答，盖拙于事者繁而费也。”诗云：

怅望南徐登北固，迢遥西塞恨东吴。

落日临川问音信，寒潮唯带夕阳还。

从这一唱一和中，我们可以体会出六言与七言诗不同的韵味。

临都驿答梦得六言二首（之一）

扬子津头月下，临都驿里灯前。

昨日老于前日，去年春似今年。

这是新乐府创作领军人物白居易（字乐天）与素有“诗豪”称谓的刘禹锡（字梦得）之间的酬唱作品之一。在《万首唐人绝句》中题作《寄刘梦得二首》。此题则录自《全唐诗·白居易卷》。

答乐天临都驿见赠

北固山边波浪，东都城里风尘。

世事不同心事，新人何似故人？

此亦录自《全唐诗》，在《刘禹锡卷》中。于是令人疑惑了：究竟哪首是在前的赠诗，哪首是在后的答诗呢？其实无须作琐细的系年考证，答案就在《万首唐人绝句》里。呼应白居易诗《寄刘梦得二首》之题的，正是刘禹锡的这题作《答乐天》诗。

鲜为今人所知的是，刘禹锡不单是唐代著名的文学家，更是一位伟大的哲学家。在哲学史上，他是第一个用最通俗的语言解说辩证法的人。此诗蕴含的哲理正可对白居易诗中的禅味。

再回到文学史上来，唐代六言诗上承六朝“骈四俪六”之风，下启宋词六字句之韵，乃至元曲小令。试看人们耳熟能详的《越调·天净沙·秋思》中的前三句：“枯藤老树昏鸦，小桥流水人家，古道西风瘦马……”不都有唐人六言诗的神韵在吗？

原载《镇江日报》2012. 10. 19

长安韦应物《自巩洛舟行入黄河即事寄府县僚友》辨析

上题诗云：

夹水苍山路向东，东南山豁大河通。
寒树依微远天外，夕阳明灭乱流中。
孤村几岁临伊岸，一雁初晴下朔风。
为报洛桥游宦侣，扁舟不系与心同。

此诗多入历代选家法眼，亦获学者好评。然于作者行年、历史沿革、风物典故尚存歧说，今不揣浅陋，试予辨析如次。

一、有关作者行年

韦应物（737～约793）京兆长安人。武后朝宰相韦待价之后裔。少时曾为玄宗侍卫，轻狂骄逸，属京城恶少之流。后入太学读书，改邪归正，初入仕为洛阳丞（主管文籍教化的副县长）。其时一说广德（763～764）间，一说广德三年（765），一说永泰（765～766）间。唐代宗李豫于安史之乱最后平定的公元763年农历七月继位并改元称广德。仅十八个月之后，于公元765年农历正月，又改元称永泰。依据当时的形势，韦应物只能在永泰秋冬之交作此诗。史无广德三年之称。

此后，韦应物历任江州刺史、朝廷左司郎中等职，官终苏州刺史。故世称韦江州、韦左司、韦苏州。白居易在《与元九书》中称赞云：

“如近岁韦苏州歌行，才丽之外，颇近兴讽。其五言诗又高雅闲淡，自成一家之体。”明人胡应麟云：“韦左司大是六朝余韵，宋人目为‘流丽’者得之。”清代翁方纲评价韦江州“奇妙全在淡处，实无迹可求”。要言之，折节读书后的“韦应物立性高洁，鲜食寡欲，所居扫地焚香而坐”。总体评价其诗，应属陶渊明、谢灵运、孟浩然、王摩诘等清幽淡雅的一派。

二、有关历史沿革

诗题中的巩洛，大多学者诠释为巩县与洛阳县，并引唐代地理学名著《元和郡县志》证之：“河南道河南府巩县；洛水东经洛河，北对琅琊渚入河，谓之洛口。”同时代诗人储光羲也写过《夜到洛口入黄河》一诗。

今考：《新唐书·地理志》，不仅当时巩县为东都洛阳都畿之县，而且于“河南府河南郡，本洛州，开元元年为府……县二十”之下注：“有府三十九，曰武定、复梁……巩洛、伊阳……”故题中之“府、县”似应为“巩洛府，巩县”或“巩洛府，洛阳县”，而非指更大范围的河南府及辖下的巩县或洛阳县。

三、有关风物典故

首联：两岸青山所夹之水，即作者舟行之洛水航路，至洛口而入黄河。称黄河为大河，由来久矣！

颔联：述大河之上所见，远天背景前，依稀可见寒风中的枯树；奔流的波涛上，映出夕阳明灭无定的光影。

颈联：我居伊水岸边的孤村，已数载与同僚们离索，全凭凌风的鸿雁传递彼此的消息。

尾联：人在仕途，心绪飘零如扁舟无系。好在彼此相知于洛桥，人同此心，心同此理。

可见前四句写舟行，自洛入河；后四句写心境，寄情僚友。浑然一体，紧扣诗题。

辨析鉴赏之后，深知前贤对韦应物诗歌成就的称誉，绝非泛泛的评价，更非贡谀之词和虚妄之语，足可信之。

原载《郑州日报》2012. 11. 6

润州二寺之唐诗考异

唐代润州鹤林（古称竹林）、招隐二寺闻名天下。达官显宦、迁客骚人多所游历，留下诸多诗文，供后人鉴赏。今选两首具有代表性的唐诗，对其中异文略加考证并按断是非长短——

唐代丹阳进士殷璠选编玄宗开元、天宝间作品二百三十四首成《河岳英灵集》。收綦毋潜诗六首并高度赞誉道："潜诗，屹崒峭蒨足佳句，善写方外之情。至如'松覆山殿冷'不可多得。"此句出自**《题鹤林寺》**一诗。全诗五言十二句，七字异文。

道门隐形胜，向背临层霄。松覆山殿冷，花藏溪路遥。
珊珊宝幡挂，焰焰明灯烧。迟日半空谷，春风连上潮。
少凭水木兴，暂添身心调。愿谢携手客，兹山禅诵饶。

"道门"，古语云："静为虚户，虚为道门。"乃寺观之称谓，大胜于《唐贤三昧集》与《全唐诗》之"道林"。"层霄"，即云天之上，亦远好于《唐诗纪事》之"法桥"。"松覆山殿冷"为千古名句，《南山诗征》不知据何版本，改"冷"为"阴"？"少凭"，《唐贤三昧集》作"少适"，均言顷刻间就融入山水间的清新空气中，似两可。"暂添身心调"，被俗事缠绕的身心都得到调养。《唐贤三昧集》作"暂令"（《全唐诗》同），《唐诗纪事》作"暂忝"。三字相比较，当"令"字佳。"兹山禅诵饶"，是说此山寺香火十分旺盛。《唐诗纪事》《唐贤三昧集》皆作"禅侣"——僧人与善男信女很多，自然梵音缭绕。"诵、侣"皆仄声，亦为两可。两可之文，当从问世更早的版本。

相传招隐寺内有两株名贵的玉蕊花树，暮春孟夏之际盛开，曾吸引天下名士观赏题咏。宰相诗人李德裕有**《招隐山观玉蕊花》**诗云：

玉蕊天中树，金闺昔共窥。落英闲舞雪，密叶作低帷。

旧赏烟霄远，前欢岁月移。今来想颜色，还似忆琼枝。

“低帷”下有原注：“内署沈大夫所居阁前有此花，落空中，回旋久之，方集庭砌，大夫草诏之暇，常邀余同玩。”（以上引自《唐诗纪事》）

《全唐诗》收此诗，题作《招隐山观玉蕊树戏书即事奉寄江西沈大夫阁老》，题下注：“此树吴人不识。因予尝玩，乃得此名。”诗句有异文一字：“作低帷”一作“乍低帷”。从与沈传师赠答内容看，长题胜似短题；从音韵角度讲“作、乍”，均仄声，互换无碍；从对仗方面说，领联对句的“乍”应同出句的“闲”都作状语，强于“作”字。

沈传师的和诗《唐诗纪事》为：

曾对金銮直，同依玉树阴。雪英飞舞近，烟叶动摇深。

素萼年年密，衰容日日侵。劳君想华发，仅欲不胜簪。

《全唐诗》收此诗，题作《和李德裕观玉蕊花见怀之作》。诗句有异文一字：尾联对句“仅欲不胜簪”作“近欲不胜簪”，并有注文：“德裕元（原）倡（唱）有‘今来想颜色，还似忆琼枝’之句，故云。”“近”字正回应“今”字，强似“仅”字。镇江学者所编《南山诗征》收此诗，题作《和玉蕊诗》，与《唐诗纪事》比勘，有异文三字：“曾对”作“昔对”，“同依”作“同歃”，“烟叶”作“烟树”。前二词，似两可；“烟树”不若“烟叶”合情理，更何况首联对句已有“玉树”一词。在五言律诗中，“树”字嫌重复。

原载《镇江日报》2012. 11. 23

襄阳孟浩然诗异文考辨

——以《唐诗三百首》为中心

在我国漫长的封建社会里，“官本位”既有深厚的理论基础，又有丰富的实践例证，致使在相对稳定的意识形态领域中，迄今还发挥着某些作用。遑论千年之上的大唐盛世！“诗文以人传”，由来久矣。“人以诗文传”，历代鲜矣。孟浩然则能以终生一布衣的社会身份，辉耀于群星璀璨的盛唐诗坛，实为我国诗歌史上的一大奇迹。同时代的李白推崇他：“吾爱孟夫子，风流天下闻。……高山安可仰？徒此揖清芬。”杜甫赞誉他：“吾怜孟浩然……往往凌鲍谢。”“清诗句句尽堪传！”足见其诗作“文采丰茸，经纬绵密”（殷璠语）。在有唐一代即已“高据襄阳播盛名，问人人道是诗星”（卢延让语）。

孟浩然辞世仅四年，便有宣城王士源搜集孟诗218首，编为三卷，名之曰《孟浩然诗集》。其后，自宋迄清，编选刊刻孟诗者代不乏人。由钱谦益、季振宜递辑之《全唐诗稿本》[1]（以下简称《稿本》）收孟诗266首。此后又有清朝进士、江宁府学教授孙洙（号蘅塘，晚号退士）于乾隆二十八年（1763）刊行一本家塾读本《唐诗三百首》，系“就唐诗中脍炙人口之作择其尤要者”而成。在迄今两个半世纪的岁月中，流布广远，影响巨大，于精神层面上滋养了一代又一代国人。几近家喻户晓，人人皆知。此书版本众多，编次与收诗数目各不相同，今以收各体孟诗15首的《注释唐诗三百首》[2]（以下简称《三百首》）为工作底本，复以《稿本》、佟培基《孟浩然诗集笺注》[3]（以下简称《笺注》）为主要参校本，并辅之以其他前贤、时俊之研究成果，对孟诗中的异文逐一加以考辨：就诗人之际遇、诗作之意境、古体诗之声韵、近体诗之格律等方面综合考虑，最后给出是非优劣之按断。

一、五言古诗三首

（一）秋登兰山寄张五

北山白云里，隐者自怡悦。相望试登高，心随雁飞灭。

愁因薄暮起，兴是清秋发。时见归村人，沙行渡头歇。

天边树若荠，江畔洲如月。何当载酒来？共醉重阳节。

《稿本》朱笔眉批《英华》[4]二字。又“兰”字旁添“万”字。另于题下注：《岁时杂咏》[5]作：九月九日岘山寄张子容。《笺注》校云：“‘万’，宋本[6]作‘兰’，据凌本[7]、嘉靖本[8]、《丛刊》本[9]、《王选》[10]改作‘万’。《王选》、《丽泽集》[11]‘张五’下有‘儃’字。”《岁时杂咏》（三四）作“《九月九日登岘山寄张容》”。**考辨**：依《唐诗纪事》[12]（以下简称《纪事》）载张子容乃先天二年进士，曾为乐城尉。而“儃”字，《经典释文》[13]《集韵》[14]释为“舒闲之貌”；《集韵》又作“让”解。依古人名字意义相连属之通例，疑张子容，名儃。子容为字，与孟浩然一样均以字行，另据诗的结束两句“何当载酒来，共醉重阳节”，诗题依《岁时杂咏》作《九月九日岘山寄张子容》为是。

北山白云里，隐者自怡悦。《稿本》“北”字旁朱笔添“此”字。**考辨**：《新唐书·地理志四》：“襄州襄阳郡襄阳县有岘山。”又，《辞海·历史地理分册》：“岘山，又名岘首山。在湖北襄阳南。”另，《元和郡县志》：“万山，一名汉皋山，在县西十一里。”可见无论岘山还是万山，都不会有北山的俗称，故“此”字佳。

相望试登高，心随雁飞灭。《稿本》“试”字旁朱笔添“始”字。对句作“心飞逐鸟灭”，下注：一作“心随雁飞灭”。此正同《三百首》。此外，中间三字尚有“随飞雁”、“随鸟飞”、“随飞鸟”等多种版本。**考辨：**据后面的诗句“天边树若荠，江畔洲如月。”足见其登临颇高之处。故“试”字过谦，“始”字佳。“洲”，《稿本》作“舟”并用墨笔勾掉，下注：一作“洲”。舟形如月与小洲如月形相较，既有视觉高度问题，又有洲之大小的地形问题，实难下按断。但《笺注》引薛道衡诗句“遥原树若荠，远水舟如叶”，给我们启示：“舟”胜“洲”。

愁因薄暮起，兴是清秋发。“秋”，《稿本》原文作“境”，下注：“一作秋。”墨笔勾掉“境一作”三字，独留“秋”字，同《三百首》。**考辨：**此诗或题《秋登兰山寄张五》或题《九月九日岘山寄张子容》秋情秋景，还是“秋”字好！既可点题，又合时序。杜甫等同代诗人就《秋兴》为题，写成许多传诵千古的名篇。

时见归村人，沙行渡头歇。《稿本》“归村人”与“行”字旁，朱笔添“村人归”与“平”字。又，“行”下注“一作平沙”。此虽为古体诗，但句法仍须整齐，“沙平”对“时见”，“渡头歇”对“村人归”，为好。

（二）夏日南亭怀辛大

山光忽西落，池月渐东上。散发乘夕凉，开轩卧闲敞。
荷风送香气，竹露滴清响。欲取鸣琴弹，恨无知音赏。
感此怀故人，中宵劳梦想。

《稿本》朱笔于“日”旁添“夕”字。又于题下注“英华”二字。此外还有“大”字作“子”的版本。**考辨：**据诗中“散发乘夕凉”、“中宵劳梦想”，似“夕”较“日”佳。

山光忽西落，池月渐东上。《稿本》“落”字下朱笔注：一作“西发”。**考辨**：日西落，月东升，乃为常理。“发”字欠佳。

散发乘夕凉，开轩卧闲敞。“乘”，《笺注》作“承”。并校云：活字本[15]等作“乘夜”。**考辨**：此诗按时序叙事：日夕，尚未入夜。故“夕”字佳。

（三）宿业师山房待丁大不至

夕阳度西岭，群壑倏已暝。松月生夜凉，风泉满清听。

樵人归欲尽，烟鸟栖初定。之子期宿来，孤琴候萝径。

《稿本》题作：宿业师山房待丁公不至。朱笔于“业”旁添“叶”，之后复用墨笔圈去；墨笔勾掉“待”、“公”二字，复用朱笔添“期”、“大”二字。又于题下注“英华”二字。《笺注》题目作：宿业师山房待丁公不至。并出校记云：尚有题：宿莱公山房期丁大不至、宿业师山房期丁凤进士不至，及“莱公”作“莱师”，“业师”作“从师”等多种版本。**考辨**：依其他诗作确知有姓业的僧人居龙泉寺。又据诗句“之子期宿来”，知题目中有“期”字为佳。又，孟诗尚有《送丁凤进士举》一首，故题“期丁凤进士不至”亦有根据。

松月生夜凉，风泉满清听。《笺注》校记：《英华》作凉夜。但《稿本》编者朱笔照录后又墨笔圈掉。**考辨**：从意境看：松风明月给静夜带来凉爽，较带来凉爽的夜要好些。凉夜是名词，夜凉是形容词。

樵人归欲尽，烟鸟栖初定。《稿本》朱笔于“烟”旁添“灯”字；《笺注》引作“磴”。**考辨**：查四库本《文苑英华》无“灯”字而有“烟”字。依诗人用字习惯，似可比拟“鹿门月照开烟树”句，暮烟下，鸟始栖，人定之初。“烟”字或可得此解。

二、七言古诗一首

（一）夜归鹿门歌

山寺鸣钟昼已昏，渔梁渡头争渡喧。

人随沙岸向江村，余亦乘舟归鹿门。

鹿门月照开烟树，忽到庞公栖隐处。

岩扉松径长寂寥，唯有幽人自来去。

《稿本》朱笔在“门歌”之间添一“山”字。又于题下注：《英华》、《河岳英灵》[16]（以下简称《河岳》）、《文粹》[17]诸书。《笺注》题作《夜归鹿门寺》，校记：“寺”，《河岳》、《文粹》作“歌”；《英华》作“山歌”。《王选》作“寺歌”。**考辨：**《三百首》诗后注“鹿门”：山在襄阳府城东南三十里云云，故其诗题已含山字。

山寺鸣钟昼已昏，渔梁渡头争渡喧。《稿本》墨笔圈去“鸣钟”、“渡”，朱笔旁添“钟鸣”、“喧”。又“渔阳”，“阳”旁朱笔添“梁”字。**考辨：**《全唐诗》校记：一作“梁”，正从《稿本》来。然诗中云“忽到庞公栖隐处”。而后汉隐者庞德正隐居于沔水中的鱼梁洲。知“阳”字误。又，“争喧喧”与上下句均不相谐。还是“争渡喧”更与全诗协调。“鸣钟”与“钟鸣”，两可。

人随沙岸向江村，余亦乘舟归鹿门。“岸”，《稿本》作“路”，复用朱笔旁添“道”字。**考辨：**依诗歌意境，“路”最佳，“岸”次之，“道”似乎最差。又，“余”，《河岳》作“予”。余、予均为第一称代词，故两可。

鹿门月照开烟树，忽到庞公栖隐处。《稿本》朱笔于“开烟”、“到”旁添“烟中”、“辨”三字。**考辨：**朗月高照，雾霭渐开，忽然辨明，此渔梁洲上庞德公当年隐居之所（据《水经注》）。故“开”、“辨”二字佳。

岩扉松径长寂寥，唯有幽人自来去。《稿本》朱笔于“松”、“寥”旁添“草”、“寞”二字。又于“径”（《稿本》如此）下注：一作“樵径非遥”。**考辨：**《三百首》诗后附注“庞公”，引《后汉书·逸民传》云“登鹿门山采药不返”，采药自不同砍柴，故知“岩扉松径”较“樵径非遥”为好。“寥”字之于隐者也胜“寞”字。“自”字，

《河岳》作“夜”。“夜”字系点题之字；“自”则表现隐者的心态，似两可。

三、五言律诗九首

（一）临洞庭上张丞相

八月湖水平，涵虚混太清。气蒸云梦泽，波撼岳阳城。

欲济无舟楫，端居耻圣明。坐观垂钓者，徒有羡鱼情。

《稿本》朱笔眉批：《英华》题作：望洞庭赠张丞相（《笺注》引作望洞庭湖上张丞相），下注：一作：临洞庭。复又用朱笔注《纪事》：湖上同《笺注》所引《英华》之题名。题一作：岳阳楼。《笺注》正作此题。**考辨：**从全诗看，吟咏的是洞庭湖而非岳阳楼。故今日北京大学、浙江大学、河南大学等多家《古代文学作品选》教材，多作《临洞庭湖上（赠）张丞相》。

八月湖水平，涵虚混太清。“涵”，《笺注》据宋蜀刻本《孟浩然诗集》作：“含”。《中国历代诗歌选》[18]（以下简称《诗歌选》）及上述各高校教材皆作“涵”。句意即含容湖水、天空为一体。太清，极高远之天空，道教“三清”之极。

气蒸云梦泽，波撼岳阳城。《稿本》“撼”下注“一作动”。《笺注》校云：“动”，凌本、嘉靖本、《丛刊》本作“撼”。**考辨：**“撼”、“动”均为上声字，于格律两可，然“撼”字更有气势。对现代汉语而言，“波动”易生歧义。又，以上四句，在《唐写本唐人选唐诗》[19]中，列在王昌龄名下，题为《洞庭湖作》。孟、王二人为好友，诗作窜乱不足为怪。

坐观垂钓者，徒有羡鱼情。《稿本》于“坐观”、“者”旁朱笔添“徒怜”、“叟”三字。又，“徒”字作“空”，下注：“一作徒。”《笺注》诗句、校记同《稿本》。**考辨：**无论从诗意抑或从格律看，均似两可。然“者”字包容广泛，既涵容了“叟”，更包括所有仕宦之人。

（二）与诸子登岘山

人事有代谢，往来成古今。江山留胜迹，我辈复登临。

水落鱼梁浅，天寒梦泽深。羊公碑尚在，读罢泪沾襟。

《稿本》山下有“作”字。此同《笺注》校记所载：活字本、《王选》、《歌诗残卷》[20]题下有“作”字。**考辨：**有无“作”字，与题均无大碍。

羊公碑尚在，读罢泪沾襟。“尚”，《稿本》、《笺注》均作“字”，亦均注：“一作尚。”又，“沾”，《歌诗残卷》作“凝”。**考辨：**“尚、字”均为仄声，但碑已含碑文，所以不必再强调“字”了。泪水沾湿衣襟的情形常见诸文字。“凝”字欠佳。

（三）宴梅道士山房

林卧愁春尽，搴帷览物华。忽逢青鸟使，邀入赤松家。

金灶初开火，仙桃正发花。童颜若可驻，何惜醉流霞？

《稿本》朱笔于“梅”旁添“张”字，又于题下注：《岁时杂咏》作“张道士”。《笺注》校文同此，均无“山”字。**考辨：**孟诗中尚有多首诗事涉梅道士，而无张道士之载记。故梅字较张更可信。

林卧愁春尽，搴帷览物华。“搴帷”，《稿本》、《笺注》均作“开轩”。**考辨：**“开轩”较“搴帷”要大度而又豁亮，但“开”字与颈联之“金灶初开火”之“开”重复，故才有避之的“搴帷”版本。

忽逢青鸟使，邀入赤松家。“入”，《稿本》、《笺注》均作“我”。**考辨：**“入”字较“我”字有更明确指代性，邀已有“我”字在。

金灶初开火，仙桃正发花。《稿本》“金”下注：“一作丹。”墨笔划掉“金一作”三字，只留“丹”字。《笺注》校记：活字本等作“丹”。又，“发”字，《稿本》作“落”，下注“一作发”，《笺注》同此。**考辨**：炼仙丹的金灶亦称丹灶。故"金"、"丹"两可。仙桃树落花便结实了，而发花正值春风和煦之时，与首句"愁春尽"吻合。按诗意，"发"字佳。

（四）岁暮归南山

北阙休上书，南山归敝庐。不才明主弃，多病故人疏。

白发催年老，青阳逼岁除。永怀愁不寐，松月夜窗虚。

《稿本》下注：一题作"归故园作"。复用朱笔添：一作"归终南山"。《河岳》、《英华》、《笺注》皆作"晚"并注：活字本等作"暮"；《河岳》题作"归故园作"。**考辨**：依孟浩然之行年，终南山并无其居址。所以此题系妄加"终"字，当删。

不才明主弃，多病故人疏。《稿本》于"多"旁添一"卧"字。此同《笺注》校记。又于诗末引王维私邀浩然入内署事……"自诵此诗至'不才明主弃'之句，帝曰：'卿不求仕，而朕未尝弃卿，奈何诬我?'故放还。"**考辨**："多"为平声，"卧"为仄声，按格律此颔联对句首字应仄可平，似乎"卧"较"多"佳。然依文义与对仗要求，"多"则胜于"卧"字。综观之，"多"字佳。

永怀愁不寐，松月夜窗虚。《稿本》"寐"旁朱笔添"寝"字。"窗"下注"一作堂"。《笺注》作"堂"字，但校语引活字本等作"窗"。复校引《英华》一作"寝"。**考辨**：入睡为"寐"，与睡醒之"寤"相对举。而"寝"字含义宽泛，《国语·晋语一》即有"归寝不寐"一语。故知"寐"字佳，又，"窗"、"堂"均为平声字，然夜不能寐的愁人，自然瞭望月夜之窗，大多不会想起堂下堂上如何。《河岳》唐人选唐诗本正作"窗"。

（五）过故人庄

故人具鸡黍，邀我至田家。绿树村边合，青山郭外斜。

开轩面场圃，把酒话桑麻。待到重阳日，还来就菊花。

开轩面场圃，把酒话桑麻。《稿本》、《笺注》“轩”皆作“筵”。其中《稿本》还特意将“筵”下注“一作轩”三字墨笔划掉。**考辨：**邀人赴宴，自然点明开筵为好！

待到重阳日，还来就菊花。《稿本》“到”旁朱笔添“至”字。**考辨：**“到”、“至”均为仄声，文义亦相同，似两可。然首联对句“邀我至田家”，“至”字不重复好。故“到”字佳。

（六）秦中寄远上人

一邱（丘）常欲卧，三径苦无资。北土非吾愿，东林怀我师。

黄金燃桂尽，壮志逐年衰。日夕凉风至，闻蝉但益悲。

诗题，《稿本》、《笺注》均作：秦中感秋寄远上人。《稿本》朱笔题注：《英华》、《河岳》作崔国辅诗。《笺注》校记：活字本等无“远”字。**考辨：**题中加“感秋”二字，与尾联“日夕凉风至，闻蝉但益悲”相契合。又，《笺注》按语云：“此诗《河岳英灵集》卷下作崔国辅，而《全唐诗》卷一一九崔下不收。”《全唐诗》确实未收（《稿本》崔国辅名下亦未收）。然《唐人选唐诗（十种）》本《河岳》崔在卷中而非卷下。

北土非吾愿，东林怀我师。《稿本》“土”下注：“一作上。”《笺注》校记：《英华》作“山”，校云一作“上”。**考辨：**北山，俗称太滥；且“山”为平声，不合格律。“北上”，疑为与“北土”形近致误。因其为动词，无法与“东林”这一名词对仗。故，还是“土”字佳。

日夕凉风至，闻蝉但益悲。《稿本》“日”旁朱笔添一“旦”字。校记：“日”，《英华》作“旦”。又，“益”字，《笺注》作“欲”并注：刘本等作“益”。**考辨：**“日、旦”均为仄声，可对句中已有一“但”字，于声律，远不若“日”字佳。同样，“益、欲”也均为仄声，但首句已有“一丘常欲卧”之“欲”字，故，还是“益”字佳。

（七）宿桐庐江寄广陵旧游

山暝听猿愁，沧江急夜流。风鸣两岸叶，月照一孤舟。

建德非吾土，维扬忆旧游。还将两行泪，遥寄海西头。

《笺注》“宿”下无“桐”字，并校云：活字本等，“庐”上有“桐”字。**考辨**：《笺注》所据宋本误！庐江在今江西，而桐庐江简称桐江，在今浙江桐庐县境内。

山暝听猿愁，沧江急夜流。“听”，《稿本》作“闻”，下注：一作“听”。“沧”，《笺注》作“苍”，校记：活字本等作“沧”。**考辨**：“听、闻”均为平声，文义相近，故两可。“沧、苍”音相同，在青色义上，二字又相通。且南朝梁任昉《赠郭桐庐》诗中已有“沧江路穷此”句，故“沧”字佳。

还将两行泪，遥寄海西头。《稿本》“两”下注：“一作数。”《笺注》校：“两”，凌本等作“数”。**考辨**：“两、数”均为仄声，然颔联已有“风鸣两岸叶”之“两”，且与“月照一孤舟”之“一”对仗。故尾联以“数”字为佳。

（八）留别王维

寂寂竟何待？朝朝空自归。欲寻芳草去，惜与故人违。

当路谁相假？知音世所稀。只应守寂寞，还掩故园扉。

《稿本》作：留别王侍御维，题下朱笔书“英华”，复用墨笔点去。《笺注》依宋本题：留别王侍御并校云：活字本作：留别王侍郎维。**考辨**：王维于开元末曾任殿中侍御史，故《稿本》题名为是。然《三百首》为蒙学读本，王维又诗名显赫，故简省“侍御”二字亦可。唯“侍郎”官职错加王维头上了。

寂寂竟何待，朝朝空自归。《笺注》校云：“待”，活字本作“事”。**考辨**：“待、事”均为仄声，于格律两可。然玩味诗意：落第之后于寂寂无声中还等待什么？归隐吧？又不忍与王维分别。据颈联的“当路谁相假，知音世所稀”其等待无望，故“待”字佳。

只应守寂寞，还掩故园扉。“寂”《稿本》作“索”，下注：“一作寂。”《笺注》同《稿本》。校云：“索”，活字本等作“寂”。**考辨：**“索、寂”均为入声字，于格律两可。然首句已有“寂寂竟何待”之两个“寂”字，故，“索”字佳。

（九）早寒有怀

木落雁南渡，北风江上寒。我家襄水曲，遥隔楚云端。

乡泪客中尽，孤帆天际看。迷津欲有问，平海夕漫漫。

《稿本》题作：早寒江上有怀。朱笔题下注：《国秀集》[21]作：江上思归。《笺注》同《稿本》，校云：活字本无“江上”二字。《国秀集》作：江上思归。**考辨：**仔细体味全诗意境，似以《江上思归》为好。“有怀”，太笼统；“早寒”，已写在首联。

木落雁南渡，北风江上寒。《稿本》“南”下注：一作“初”。又，“渡”作“度”。《笺注》作“渡”，校云：“南”，《纪事》作“初”。**考辨：**“南、初”均为平声，于格律两可。雁南飞，在深秋，于文义亦两可。“度”较“渡”的含括量更大，雁南飞不仅要过秋水，更要度秋山、秋林、秋云……故“度”较“渡”大胜！何况“度”尚有冲破重重艰险之义。

我家襄水曲，遥隔楚云端。《稿本》“襄”下注：“一作湘，又作江。”又，“曲”作“上”，下注：“一作曲。”“云”下注：“一作山。”《笺注》诗句同《稿本》，校云：“襄”，凌本等作“湘”。《纪事》作“江”。“上”，活字本等作“曲”。“云”，《国秀集》作“山”。**考辨：**襄阳在今湖北，与湘无涉。前句已有“江上寒”，不宜再作“江水曲”。同样，前句的“江上寒”已有“上”字，故“曲”字佳。又，“云、山”均为平声，于格律两可，然关山阻隔为常见，“隔云端”似欠通顺，故，“山”字佳。

乡泪客中尽，孤帆天际看。《稿本》“孤”下注：“一作归”。“际”下注：“一作外。”《笺注》诗句同。校云：“孤”，凌本等作“归”；“际”，《国秀集》作“外”。**考辨：**“孤、归”均为平声，与格律两可。然，“归”字点题，较“孤”好。“际、外”均为仄声，于格律亦两可。天际即天边，极目之所至。“天外”似不若“天际”贴切。

四、五言绝句二首

（一）宿建德江

移舟泊烟渚，日暮客愁新。野旷天低树，江清月近人。

《稿本》题下朱笔注：《纪事》、《英华》。《笺注》题作：建德江宿。校云：活字本等“宿”字在上。

移舟泊烟渚，日暮客愁新。《稿本》“烟”旁朱笔添“幽”字，《笺注》校云：“烟”，活字本、《王选》作“沧”。《英华》作“幽”。与《稿本》同。**考辨：**“烟、沧、幽”均为平声，于格律皆可。然于意境，日暮烟霭迷蒙，较“沧莽”、“幽静”为好，故“烟”字佳。

（二）春晓

春眠不觉晓，处处闻啼鸟。夜来风雨声，花落知多少。

《稿本》题下朱笔注：《英华》。《笺注》题作：春晚绝句，校云：刘本等作：春晓。**考辨：**依意境，宋本之题《春晚》佳。然《春晓》已深入人心，且与首句契合，不改亦可。

春眠不觉晓，处处闻啼鸟。《笺注》校云：“眠”，《丽泽集》作“梦”。**考辨：**俗语云：春困秋乏，故知“眠”字好！更何况“春梦”极易产生歧义。

夜来风雨声，花落知多少？《稿本》下注：一作：“欲知昨夜风，花落无多少。”《笺注》校云：夜来风雨声，《英华》作“欲知昨夜风”。“知”，《英华》校：“一作无。”**考辨**：此诗为押仄声韵的古绝，故不受平仄限制。从意境看应是暮春情景：风雨之夕过后，吹落几多花朵之问句，更能表现睡眼惺忪的情态。换成叙述句的“花落无多少”则大煞了“夜来风雨声”的景致。故《三百首》句佳。

参考文献：

[1]（清）钱谦益等递辑. 全唐诗稿本［M］. 台北：台湾联经出版事业公司景印，1976年.

[2]（清）孙洙编注. 注释唐诗三百首［M］. 北京：中华书局，1964年.

[3] 佟培基笺注. 孟浩然诗集笺注［M］. 上海：上海古籍出版社，2000年.

[4]（宋）李昉等编纂. 文苑英华［M］. 北京：中华书局影印本，1966年.

[5]（宋）蒲积中编. 岁时杂咏［M］. 四库全书本.

[6]（唐）王士源编. 孟浩然诗集三卷［M］. 上海：上海古籍出版社影印本，1982年.

[7]（宋）刘辰翁编、明李梦阳评. 孟浩然诗集二卷［M］. 明凌濛初套印本。现藏国家图书馆.

[8] 孟浩然集四卷［M］. 明嘉靖十六年屠倬、陈凤等刻王维、孟浩然集本，现藏国家图书馆.

[9] 孟浩然集四卷［M］. 四部丛刊本（集部）.

[10]（宋）王安石选编. 唐百家诗选［M］. 古逸丛书刊南宋刻本.

[11] 丽泽集［M］. 国家图书馆藏本.

[12]（宋）计有功辑撰. 唐诗纪事［M］. 上海：上海古籍出版社，1987年.

[13]（唐）陆德明著. 经典释文［M］. 四部丛刊本.

[14]（宋）丁度等编. 集韵［M］. 商务印书馆，万有文库本.

[15] 孟浩然集三卷［M］. 明铜活字本，上海：上海古籍出版社影印，

1981 年.

[16] （唐）殷璠选编. 河岳英灵集［M］. 上海：上海古籍出版社，1978 年.

[17]（宋）姚铉编. 唐文粹［M］. 影清许氏榆园刻本.

[18] 林庚、冯沅君主编. 中国历代诗歌选［M］. 北京：人民文学出版社，1984 年.

[19] （唐）佚名. 唐写本唐人选唐诗［M］. 上海：上海古籍出版社，1978 年.

[20]（宋）赵孟奎辑. 分门纂类唐歌诗残卷［M］. 国家图书馆藏本.

[21]（唐）芮挺章选编. 国秀集［M］. 上海：上海古籍出版社，1978 年.

原载《湖北文理学院学报》2012. 10

襄阳孟浩然《宿杨子津寄润州长山刘隐士》诗校释

宋代蜀刻本《孟浩然诗集》，是今人所能见到的传世最早版本。其卷中头题为**《宿杨子津寄润州长山刘隐士》**：

所思在建业，欲往大江深。日夕望京口，烟波愁我心。

心驰茅山洞，目极枫树林。不见少微星，风霜徒夜吟。

诗题中“杨子津”应作“扬子津”。古时渡口在长江北岸，唐开元以后江滨积沙二十余里，齐澣于公元737年开凿伊娄运河，可达瓜洲渡口，遂复为江上往来要津。又，《唐贤三昧集》题中无“润州”二字。**考**：南宋《嘉定镇江志》：长山，在城南二十里，山有灵泉，旧传其流与练湖通，注溉民田万顷。可知长山在润州境内。因以“长”字命名之山多而滥，固知加“润州”二字极佳。又，刘隐士籍里不详。元代《至顺镇江志·隐逸》：“刘处士，忘其名，居润州长山，孟浩然有诗寄之。”当即此人与此诗。“处士”一词由来已久，即不仕之士。《孟子》有云“诸侯放恣，处士横议”。而隐士，即隐居之士。唐人所谓隐士义近战国时代之处士。

“所思在建业”，《孟浩然集》（宋评明刻本、天一阁藏明铜活字本、四部丛刊初编本）、《唐诗别裁集》、《全唐诗》注均作“所思在梦寐”。建业即今南京，东汉建安十七年（212）孙权改秣陵县设置。此地与诗意无关，甚至与“心驰茅山洞”相抵牾。“不见少微星”，上述三书皆作“不见少微隐”。**考**：《史记·天官书》载：“南宫朱雀，权、衡。衡，太微，三光（日、月、五星）之廷……延藩西有随星五，曰少微，士大夫。权，轩辕。”司马贞《索隐》：“《春秋合诚图》云：‘少微，处士位。’又《天官占》云：‘少微一名处士星也。’”这星名与元代地方志所载刘姓处士名号相同。张守节《正义》：“少微四星，在太微西，南北列；第一星，处士也；第二星，议士也；第三星，博士也；第四星，大夫也。”总之，诗人以天上的少微星（即处士星）借喻地上的刘处士，十分巧妙且趣味横生。有些版本和集本作“少微隐”，可能是要与题中“隐士”相呼应。然而，既已“不见少微隐”，又何须再寄诗？

“风霜徒夜吟”，上引前二书与《全唐诗》均作“星霜劳夜吟”。**按**：这可能是因上句已作“太微隐”，于是为照应诗题中的“宿”和此句中的“夜”，便将习见的“风霜”改成鲜见的“星霜”。“徒、劳”于此语境，二字近义倒无大妨。反复比较“风霜”“星霜”两句，终觉前句佳。

顺便说一下此诗形式上的特点，乍一看五言八句很整齐，颇似律诗，然而逐句寻其出处才确知这是一首五言古诗。

一二两句即仿汉代张衡的《四愁诗》：“我所思兮在桂林〔前作太（泰）山，后二作汉阳、雁门——因此才出“建业”这一游离全诗的地名〕，欲往从之湘水深（前作梁父艰，后二作陇坂长，雪纷纷）。”

三四句在内涵上延续了《四愁诗》“路远莫致，忧心烦劳”的情绪。要言之，就是“烟波江上使人愁”。

五六句先是心驰神往茅山的“真洞仙馆”，在精神上与刘处士契合，后是引《楚辞·招魂》“湛湛江水兮上有枫，目极千里兮伤春心”和阮籍《咏怀诗》“湛湛长江水，上有枫树林”来抒怀。

最后两句让人想起古人所说“风霜以别草木之性，危乱而见贞良之节”（《后汉书·卢植列传》）和“字中皆挟风霜”（《淮南鸿烈集解》）的名言警句。

以上是从诗文内容方面证明此诗为古体。

以下再从格律及修辞方面谈其古风特色："所思在建业（梦寐）"为仄平仄仄仄；"烟波愁我心"为平平平仄平，均非律句。而"烟波愁我心"紧接着"心驰茅山洞"，"心、心"相接也是典型的乐府民歌最常见的"顶真格"修辞手法。而在四十字中出现两个心字，更是规范的五言律诗之大忌。

原载《镇江日报》2013. 12. 13

襄阳孟浩然旅居荆州事略诗证

盛唐时代大诗人孟浩然终生未入仕。这在好友李白的赠诗中已有充分的体现——“红颜弃轩冕，白首卧松云”。然而，举凡认真读过孟浩然诗集的人，几乎都认为：不是他在青少年时主动放弃功名，一心追求隐逸生活；而是如他脱口直白地那样，实为“不才明主弃”。

在中年应举下第，复入京城求仕未果之后，晚年他迎来了一展宏图大志的良机，非常赏识自己的故交张九龄，因受到奸臣李林甫的排挤，从右丞相任上“坐引非其人，左迁荆州大都督府长史”（《旧唐书·张九龄传》）。时在玄宗开元二十五年（737）四月甲子（《资治通鉴·唐纪三〇》）。至于张九龄到荆州后于广延才俊时主动招致孟浩然，还是孟浩然自襄阳南下自求，目前两种情形学界各有人主张。以孟浩然代表作**《望洞庭湖上张丞相》**为例（引自《文苑英华》）：

八月湖水平，涵虚混太清。气蒸云梦泽，波撼岳阳城。

欲济无舟楫，端居耻圣明。坐观垂钓者，徒有羡鱼情。

高步瀛先生在《唐宋诗举要》一书的题解中道：“张丞相，疑即子寿（九龄之表字）也。……又，子寿镇荆州，辟浩然于府。”周绍良先生在《唐才子传笺证》中支持这一观点。诚然，也有学者认为：“张丞相应为张说，开元四年至五年间任岳州刺史。”（见佟培基撰《孟浩然诗集笺注》）晚清吴汝纶称：“唐人上达官诗文，多干乞之意。此诗收句亦然，而词意则超绝矣！”大早于此，纪晓岚已指出：“以望洞庭托意，不露干乞之痕。”古人为尊者讳，话说得太含蓄了。

明眼人一看便知道，诗后四句明白无误地企盼张丞相引荐自己去当官。

如果说上首诗中张丞相还有不同理解的话，那么《荆门上张丞相》则确指来荆州上任的张九龄。据宋代蜀刻本《孟浩然诗集》载：

共理分荆国，招贤愧楚材。《召南》风更阐，丞相阁还开。

觏止欣眉睫，沉沦拔草莱。坐登徐孺榻，频接李膺杯。

这四联诗分别以姬周朝召伯、西汉丞相公孙弘、东汉太守陈蕃、清流李膺等美喻张九龄。又自贬为被擢拔之“草莱”（山野间樵采之人）和受到达官特殊礼遇的徐孺子。对比《新唐书·张九龄传》所载：“贬荆州长史。虽以直道黜，不戚戚婴望，惟文史自娱，朝廷许其胜流。”“胜流”者何谓？不再干政的上流人士也。所以，依被贬官员均需“低调”——夹尾巴做人的通例，张九龄是不会广揽才俊的。始慰蝉鸣稻，俄看雪间梅。此言初到荆州为夏秋之间，不经意间就见冬梅盛开了。此与《旧唐书》所载略有出入，该书于“左迁荆州大都督府长史”下云：“俄请归拜墓，因遇疾卒。”似乎在荆州任上没多长时间。但毕竟有了这段渊源，朝廷在其死后追赠荆州大都督之官爵。而未能像孟浩然在此诗所预期、祝愿的那样：仲闻宣室召，星象列三台。无论是张九龄提携，抑或孟浩然主动干谒，两《唐书》所称：“署为从事（旧书）”“辟置于府（新书）”的孟浩然已旅居荆州，并于秋日陪李侍御渡松滋江（因长江流经松滋县而得名）一游并赋诗记之：

南纪西江阔，皇华御史雄。截留宁假楫？挂席自生风。

寮寀争攀鹢，鱼龙亦避骢。坐听白雪唱，翻入棹歌中。

“南纪”，典出《诗·小雅·四月》：“滔滔江汉，南国之纪。”毛传：“滔滔，大水之貌，其神足以纲纪一方。”“西江”，则指南纪地域内的西部长江，即长江中上游段。“皇华”，亦典出《诗·小雅·皇皇者华》其毛诗小序云：“君遣使臣也，送之以礼乐，言远而有光华也。”这首联是恭维李侍御的，颔联写当时情景，颈联又用事典。“寮寀”指同官，见《颜氏家训·勉学篇》；“避骢马”典出《后汉书·桓典传》："行行且止，避骢马御史。"亦借以赞誉李侍御。尾联说：一路唱和高雅的"阳春白雪"之歌，欢乐无比。

隆冬冱寒时节，孟浩然又陪同张九龄漂流松滋江，并赋诗一首**《陪张丞相自松滋江东泊渚宫》**（引自宋蜀本《孟浩然诗集》）：

放溜下松滋，登舟命楫师。讵忘经济日？不惮冱寒时。
洗帻岂独古？濯缨良在兹。政成人自理，机息鸟无疑。
云物吟孤屿，江天辨四维。晚来风稍急，冬至日行迟。
猎响惊云梦，渔歌激楚词。渚宫何处是？川暝欲安之。

"渚宫"，《左传·文公十年》："沿汉溯江，将入郢，王在渚宫。"为楚成王所建之别宫，故址在今江陵城内。诗旨在颂扬张九龄之德政。

是冬，又从张九龄游纪南城猎戏。《方舆览胜》卷二上《湖北路江陵府名宦》载："孟浩然，张九龄为荆州，辟孟浩然置幕府，尝赋《观猎诗》。"疑即宋蜀刻本《孟浩然诗集》所录**《从张丞相游纪南城猎戏赠裴迥张参军》**：

从禽非吾乐，不好云梦田。岁暮登城望，偏令乡思悬。
公卿有几几？车骑何翩翩！世禄金张贵，官曹幕府连。
顺时行杀气，飞刃争割鲜。十里届宾馆，徵声匝伎筵。
高标回落日，平楚散芳烟。何意狂歌客？从公亦在旃。

"纪南城"，春秋时代楚国都城，因在纪山之南得名。在今江陵西北。"裴迥"，《四部丛刊》本作"裴迪"，即与王维一同隐居终南山的著名山水田园诗人。"从禽"，田猎追逐禽兽的活动。典出《后汉书·度尚传》："申令军中，恣听射猎。兵士喜悦，大小皆相与从禽。"又，"幕府连"，《全唐诗》作"幕府贤"。周绍良先生评价此诗道："自云'从禽非吾乐'，似非'幕客'或'从事'口吻；诗题中的裴、张辈又被称'官曹幕府贤'，如果自己也参幕府，当不会自称贤者。孟浩然时在张署，大概仍属客卿地位，故《新唐书》谓'辟置于府'，辛氏引申并坐实谓'署为从事'，恐不确。"

周先生定位孟浩然为张九龄之客卿，既符合李白的评价，亦符合晚唐诗人唐彦谦在《赠孟德茂（浩然之子）》诗中所云："平生万卷应夫子，两世功名穷布衣。"更符合唐人与后世的均言其"终生不仕"的结论。但周先生百密而一疏，说是"辛（文房）氏引申并坐实谓'署为从事'"。而实际上，此四字出自《旧唐书·文苑传下·孟浩然传》。

"从事"何谓？乃"从事史"之省称，系郡、国之佐吏。辟、除皆由地方官主之。古往今来，喜欢孟浩然诗文者，皆不接受其做过小吏，哪怕是时间甚短的说法。让我们再认真地从其**《陪张丞祠紫盖山述经玉泉寺》**一诗中，找些"未仕"的佐证。

望秩宣王命，斋心待漏行。青衿列胄子，从事有参卿。
五马寻归路，双林指化城。闻钟度门近，照胆玉泉清。
皂盖依松憩，缁徒拥锡迎。天宫上兜率，沙界豁迷明。
欲就终焉志，先闻智者名。人堕逝水殁，止欲覆船倾。
想象若在眼，周流空复情。谢公还欲卧，谁与济苍生？

此诗开宗明义是宣王命而望秩。《汉书·郊祀志》载："望秩于山川，遍于群神。"颜师古注："望，谓在远者望而祭之。秩，次也。群神，丘陵坟衍之属。"据《唐会要·岳渎》称："开元二十五年十月八日敕，……尚书左丞相裴耀卿等，分祭五岳、四渎。"斋戒清心净意后参与祭祀活动。青衿，指代官学生员；胄子，即贵族长子；从事，已如前述；参卿，指大都督府录事参军事（正七品上阶）、功、仓、户、兵、法五曹参军事（正七品下阶）、参军事（正八品下阶）。而"五马"则指郡太守或州刺史。"双林"为释迦牟尼涅槃处，此指玉泉寺；"度门"指在玉泉寺附近的度门寺庙；缁徒，代僧侣；天宫，佛教所称兜率天内院；沙界，即指世物之众如恒河之沙粒。智者，指天台宗四祖智𫖮……以上佛教掌故均为出世情结所引致。而世俗的"终焉志"则取《晋书》："（王）羲之雅好服食养性，不乐在京师，初渡浙江，使有终焉之志（即终老于林泉的志向）。"尾联亦典出《晋书》："征西大将军桓温（请谢安）为司马……中丞高崧戏之（谢安）曰：‘卿累违朝旨，高卧东山……将如苍生何？’”此处隐喻张九龄已有归隐之意。综上可知孟浩然超脱的言行似为“客卿”而非僚属身份。

翌年（738）春，孟浩然仍在荆州。有《送杜晃进士之东吴》诗(引自王安石所编《唐百家诗选》）为证：

荆吴相接水为乡，君去春江正渺茫。
日暮征帆泊何处？天涯一望断人肠。

原载《荆州诗词》2014. 4

唐诗《登少室山寺》考异

公元 744 年农历正月，大唐帝国的君臣们忽发思古之幽情，据《尔雅·释天》“夏曰岁，商曰祀，周曰年，唐虞曰载”之说，唐明皇下诏改天宝三年为天宝三载。当年，国子监广文馆进士国子生芮挺章选编了一本名为《国秀集》的诗集。

另一位进士楼颖作序称赞道：“芮侯即书禹穴，求珠赤水，取太冲之清词，无嫌近溷；得兴公之佳句，宁止掷金？道苟可得，不弃于厮养；事非适理，何贵于膏粱？”同为天宝进士的褚朝阳所写《登少室山寺》入选其间。据传世至今最早的唐人选唐诗，明代翻印的宋刻本载，其诗云：

飞阁青霞里，先秋独早凉。天花映窗近，月桂拂檐香。

华岳三峰小，黄河一带长。空间指归路，烟处有垂杨。

清代康熙年间所编《全唐诗》收录此诗，改题为《登圣善寺阁》，注云：一题作《登少室山》。**考**：圣善寺在洛阳，曾因善无畏祖师 99 岁时于此涅槃而享盛誉。窃疑此题由“圣山”而音误为“圣善”。

公元 696 年农历腊月，唐明皇的祖母武则天到中岳嵩山进行封禅。正史称中岳为“神岳”，百姓称所禅的少室山为“圣山”。可能因此，“少室山寺”成了“圣山寺”，进而讹为“圣善寺”。致使几代学者穷究不舍地不断追问——“圣善寺究竟在何处？”

诗句中还出现异文五处，现逐联加以考辨。

一、首联出句“青霞”一作“青云”。**考**：“云、霞”二字均为平声，于格律要求为两可；从意境看，飞阁映在霞光里要更美些。何况《国秀集》本，颈联对句还有“黄云”一词，“云”字嫌重复。

二、颔联出句“映窗”，《全唐诗》“映”字下注：“一作散。”考：“映、散”二字均为仄声，互换于格律无碍；从意境着眼，天女散花要比凡间的花开映窗更令人遐想联翩。

三、颈联对句“黄河”作“黄云”。考：“河、云”二字同为平声，于格律均无碍；从意境角度看嵩岳衿带黄河；从对仗角度看华山对黄河，皆强于“黄云”。

四、尾联出句“空间”，《全唐诗》“间”字下注：“一作闻。”考：“间、闻”二字均为平声，皆无碍格律；从意境着眼，“闻路”更合对句“烟处有垂杨”。而“烟处”，《全唐诗》作“烟际”。考：“处、际”二字同为仄声，词性与词义亦趋同，足见古人作诗，推敲文字功力之深厚和精湛。

行文煞尾时我突然联想到：少室山密林中的寺院即是禅宗祖庭——少林寺。那里的武僧曾帮助秦王李世民打败了窦建德支援的王世充。盛唐时代的褚朝阳应当熟知此事，为何不径直写《登少林寺》，而写《登少室山寺》呢？窃思答案是：莽莽少室山绝非只少林一座寺院之故也。

原载《郑州日报》2013. 2. 2

丹阳二皇甫　诗声满京都

唐代丹阳皇甫冉、皇甫曾兄弟，系西晋高士皇甫谧之后裔。唐人高仲武评价云：“冉诗巧于文字，发调新奇，远出情外……可以雄视潘（岳）张（载，字孟阳、协，字景阳），平揖沈（约）谢（朓）……使前贤失步，后辈却立。自非天假，何以逮斯?”又云：“昔孟阳之与景阳，诗德远惭厥弟，（张）协居上品，载处下流。今侍御（曾）之与补阙（冉），文辞亦尔，体制清洁，华不胜文……其为士林所尚。”

据《新唐书》载：皇甫冉十岁即能属文，为张九龄所器重。天宝间（742~756）与其弟皆登进士第，亦均善诗。皇甫冉任朝廷左补阙时曾与时任右拾遗的王维、诗人寿星丘为（享年96岁）同赋**《左掖梨花》**诗。

王维诗云：

闲洒阶边草，轻随箔外风。黄莺弄不足，衔入未央官。

丘为诗云：

冷艳全欺雪，余香乍入衣。春风且莫定，吹向玉阶飞。

皇甫冉诗云：

巧解迎人笑，偏能乱蝶飞。春风时入户，几片落朝衣。

这三首诗千古传诵，至今不衰。

皇甫曾任监察御史，曾作**《早朝日寄所知》**：

长安岁后见归鸿，紫禁朝天拜舞同。

曙色渐分双阙下，漏声遥在百花中。

炉烟乍起开仙杖，玉佩成行引上公。

共荷发生同雨露，不应黄叶久从风。

自诩为“五言长城”、亦得时人认可的刘长卿与皇甫曾相友善。长卿有名诗**《送皇甫曾赴上都》**：

帝乡何处是？歧路空垂泣。楚客暮愁多，川程带潮急。

潮归人不归，独向空塘立。

唐高宗显庆二年（657）以洛阳为东都，因称长安为西都，又称西京。皇甫兄弟除上引有关京师之作外，诗名亦蜚声东都。皇甫曾即有**《䓖岭四望》**诗：

汉家仙仗在咸阳，洛水东流出建章。

野老至今犹望幸，离宫秋树独苍苍。

皇甫冉亦有**《归渡洛水》**诗：

暝色赴春愁，归人南渡头。渚烟空翠合，滩月碎光流。

澧浦饶芳草，沧浪有钓舟。谁知放歌客，此意正悠悠。

尽管有学者怀疑此洛水非指洛河，但绝大多数人还是将“澧浦”“沧浪”理解为引用屈原诗句之典故看，不应在地理上去落实。

皇甫曾在宋人所撰《唐诗纪事》《沧浪诗话》等书中，被列入“大历（766~779）十才子”之中。而其兄皇甫冉的辞世令时人扼腕叹息，选编《中兴间气集》的高仲武哀叹：“恨长辔未骋，芳兰早凋，悲夫！”有“天下文伯”之誉，实开韩柳古文运动先河的独孤及应皇甫曾之请作序云：“孝常（皇甫曾字孝常）既除丧，惧遗制之坠于地也，以及与茂政（皇甫冉字茂政）前后为谏官，故衔痛编次，以论撰见托，遂著其始终以冠于篇。”

皇甫曾谢世，“大历十才子”之首、诗人卢纶赋诗哭之云：

攀龙与泣麟，哀乐不同尘。九陌霄汉侣，一灯冥寞人。

舟沉惊海阔，兰折怨霜频。已矣复何见？故山应更春。

千年以降，清代乾隆皇帝令天下征献图书，开馆编纂工程浩大的

《四库全书》。其中《二皇甫集》即收有上文所引之诗与独孤及所撰之序。更为可喜的是，如今在皇甫兄弟的故里镇江金山寺下，又复建文宗阁庋藏之，供鉴赏、研究之用，亦是幸事。

原载《镇江日报》2013. 5. 24

皇甫冉《润州南郭留别》诗考异

《润州南郭留别》为《全唐诗·皇甫冉卷》之头题。诗云：

萦回枫叶岸，留滞木兰桡。吴岫新经雨，江天正落潮。

故人劳见爱，行客自无聊。君问前程事，孤云入剡遥。

此诗早在唐宪宗元和年间即被翰林学士令狐楚选编进《御览诗》（一名《选进集》）中。南宋陆游曾两度整理该诗集，明代毛晋曾作跋语，今本收皇甫冉诗十六首。此诗亦为头题，足见历代选家对其重视的程度。

然而，从作者到诗题、诗句均有异文待考。

一、关于作者和诗题

《全唐诗》题下注："一作郎士元诗。"翻检《全唐诗·郎士元卷》，果然收有此诗，但题为《朱方南郭留别皇甫冉》下注："一作皇甫冉诗，题作《润州南郭留别》。"**按**：唐代诗人间同一首诗署名互见的情形，实属多见。皇甫冉与郎士元间，至少还有皇甫冉初仕无锡尉时所作《与诸公同登无锡北楼》（郎士元《登无锡北楼》）等三首互见诗。如王维与诗人寿星丘为（终年 96 岁）相友善，同一首五言古诗，王维名下作《留别丘为》，而丘为名下作《留别王维》。留给后人许多想象的空间和考辨的余地。好在此诗郎士元写明"留别皇甫冉"，皇甫氏送何人，则待考。

至于郎士元所题"朱方"，乃春秋时代吴国地名，即今丹徒。此南郭亦即唐时润州之南郭。今本《御览诗》此诗题作《江山留别》，嫌太宽泛，几乎可指任何有山有水之处。幸亏题下有注：“原题《润州南郭留别》。”此为《全唐诗》之题所本。

二、关于诗句

校：“行客自无聊”，郎士元诗作“行客自无憀”。**考**：古汉语中的“无聊”，表忧愁苦闷的心绪，并无现代汉语表示没意义的言行或因清闲而烦恼之义。“憀”音 liáo，在多个义项中应取“悲恨”或“伤念”之义。“憀”，在《说文解字义证》，被释为“或借聊字”，即假借为“聊”字。在李善注《文选·嵇康〈琴赋〉》中，释为“与聊字义同”。但毕竟是两个字，尚需按断其长短。

从音韵学角度看：“聊”在萧部，与桡、潮、遥同押萧韵；而“憀”在幽部。这与现代汉语亦不相同。今日同注 liáo 音，古时却分属二部。

校：“君问前程事”，郎士元诗作“若问前程事”。**考**：“君”为第二人称敬语。您是有“西出阳关无故人”的隐忧？还是有“莫愁前路无知己，天下谁人不识君”般的自信？而“若问前程事”则是个假设条件复句的上段：如果问到旅途前程的话，那么可以告诉您……全诗文气起了波澜。似各有所长。

再从声韵格律角度看“君”为平声字，“若”为入声字。此五律首句为平起仄收格式。尾联应为：仄仄平平仄，平平仄仄平。出句首字应仄可平，最好为仄声。这样与对句首字平声的“孤”，就平仄相对了——“若问”的仄仄，正对“孤云”的平平。“若”字略胜一筹。

原载《镇江日报》2013. 8. 16

南阳岑参《巩北秋兴寄崔明允》诗校释

今人一说到盛唐大诗人岑参，马上就能联想到他创作的那些瑰丽奇绝的边塞诗，诸如“北风卷地白草折，胡天八月即飞雪。忽如一夜春风来，千树万树梨花开。”“君不见走马川行雪海边，平沙莽莽黄入天！轮台九月风夜吼，一川碎石大如斗，随风满地石乱走。”等千古传诵的名句。其实这些，都是他对壮年时期先后两次赴安西（今新疆库车）都护府和北庭（今新疆吉木萨尔）都护府戍边生活的精彩提炼。

岑参祖籍河南南阳，其先祖岑彭在刘秀建立东汉王朝的战争中立下汗马功劳，是受封的“云台二十八将”之一。岑参生于润州（今江苏镇江），十五岁时迁往登封县嵩阳之太室别业，后又移居颍阳少室山麓。此间伊、洛二水西北流，注入黄河；颍水发源于山南，流入淮河。岑参读书之余，盘桓林壑，徜徉泉石，自然受到陶冶，这是他创作山水田园诗的灵感源泉。

清初大诗人王士禛选编《唐贤三昧集》时，就收录了岑参这样一首五言古诗：

巩北秋兴寄崔明允

白露被梧桐，玄蝉尽夜号。秋风动万里，日暮黄云高。

君子佐休明，小人事蓬蒿。所适在鱼鸟，焉能徇椎刀？

孤舟向广武，一鸟归成皋。胜概日相与，思君心郁陶。

校：诗中的“尽夜号”，《全唐诗》作“昼夜号”。**按**：玄蝉在白日里也鸣唱，且天愈热叫得愈欢。似“昼夜号”更佳。

校：“动万里”，《全唐诗》作“万里动”。**按**：与下句里的“黄云高”对举，“万里动”句型较“动万里”更匹配。

校：“焉能”，《唐贤三昧集》注：一作“乌能”。**按**：此句意为：身为君子，怎能为蝇头小利而摧眉折腰？“焉、乌”二字，于此语言环境均作疑问代词。似两可。

“广武”，即今荥阳市广武乡。黄河南岸山上有当年刘邦、项羽对垒的汉、霸二王城。“成皋”，在今荥阳市汜水镇境内。《大河报》辟专栏曰《厚重河南》，名不虚也！

也有研究者认为：写此诗时，年轻的岑参尚未入仕，而崔明允似任职于成皋。这样一来，胜概之景象，对于“孤舟向广武”的岑参而言，是河岳美景任其欣赏；对于“一鸟归成皋”的崔明允而言，则是治世才干任其施展。虽然各得其所，似乎完美，但是亦因分居两地，日夜思念而令人郁闷心焦。

原载《郑州日报》2013. 5. 28

新吴刘慎虚《暮秋扬子江寄孟浩然》诗校释

清人沈德潜在其《唐诗别裁集》中介绍刘慎虚：江东人，夏县令。与贺知章、包融、张旭为“吴中四士”。宋人计有功辑撰《唐诗纪事》引《明皇杂录》称：“天宝末，刘希夷……刘慎虚、崔曙、杜甫，虽有文章盛名，皆流落不偶。”唐人殷璠选编《河岳英灵集》，对刘慎虚诗给予很高评价：

> 慎虚诗，情幽兴远，思苦词奇，忽有所得，便惊众听。顷东南高唱者数人，然声律宛态，无出其右。唯气骨不逮诸公。自永明已还，可杰立江表。至如“松色空照水，经声时有人”。又，“沧溟千万里，日夜一孤舟”。又，“归梦如春水，悠悠绕故乡”。又，“驻马渡江处，望乡等归舟”。又，“道由白云尽，春与清溪长。时有落花至，远随流水香。开门向溪路（又作：闲门向山路），深柳读书堂。幽映每白日，清晖照衣裳”。并方外之言也。惜其不永，天碎国宝。

清初大诗人王士禛（号渔洋山人）选编《唐贤三昧集》收刘慎虚五言古诗一首：

暮秋扬子江寄孟浩然

木叶纷纷下，东南日烟霜。林山相晚暮，天海空青苍。
暝色况复久，秋声亦何长。孤舟兼微月，独夜仍越乡。
寒笛对京口，故人在襄阳。咏思劳今夕，江汉遥相望。

（引自《唐贤三昧集译注》）

校：首两句，点题中暮秋与扬子江二词。《全唐诗》“烟”下注：

“一作雨。”**释**：烟霜，似烟雾般的薄霜。雨霜，则为下霜。从音韵角度看，“日雨”的仄仄，对应“纷纷”的平平，似强于“烟霜”，然从意境看，还是“烟霜”胜一筹。

校：林山相晚暮，《唐诗纪事》作“山林相晓暮”。**释**：是树林与山峦沐浴在苍茫的暮色里，还是晨披朝霞，晚罩夕阳？似各有特色。然虑及下文中的暝色、微月、今夕，还是“晚暮”佳。

校：天海空青苍，“空”，《唐诗纪事》《全唐诗》注皆作“深”。“青”《唐诗纪事》作“清”。**释**：长天与江海一片苍莽，“深”似强于“空”，而“青”大胜“清”。

校：暝色况复久，《河岳英灵集》《唐诗纪事》皆作“暝色空复久”。**释**：暮色笼罩久久不去，“况、空”二副词同义。但《河岳英灵集》“天海”“暝色”两句均用“空”字，则绝不可取。

校：咏思劳今夕，《唐诗纪事》“劳”下注“原作‘势’”，据汲古阁本及《全唐诗》改。**释**：“势”有“盛力”“胜众”诸义，且“势”为仄声，“劳”为平声，与结句中平声“遥”相对举，还是“势”字佳。

沈德潜评此诗道：“前写暮秋江景，寄浩然意于末四语一点，无限深情。”诚然如此！据《孟浩然诗集序》载：“开元二十八年（740）王昌龄游襄阳，时浩然疾发背，且愈，得相欢饮。浩然宴谑，食鲜疾动，终于南园，年五十。”

刘慎虚闻知噩耗后，又作五言律诗一首：

寄江滔求孟六遗文

南望襄阳路，思君情转亲。偏知汉水广，应与孟家邻。

在日贪为善，昨来闻更贫。相知有遗草，一为问家人。

可见刘慎虚确为孟浩然之生死至交。孟浩然排行六，孟六乃唐人习惯称谓。李白亦有《春日归山寄孟六浩然》一诗。

原载《镇江日报》2013. 5. 31

于鹄《寓意》诗考异

——兼论唐诗校注中的两种倾向

唐宪宗元和（805~820）年间翰林学士、朝议郎令狐楚奉敕纂进《御览诗》[1]。内收大历（766~779）、贞元（785~804）间诗人于鹄诗三首，其中《寓意》题下注“原题《襄阳看花时因小蛮作》”。宋人计有功辑撰《唐诗纪事》[2]，此诗题为《襄阳席上作》。逮及清代康熙朝编纂《全唐诗》[3]于鹄卷载此诗，题作《寓意》下注“一作《荆南陪楚尚书惜落花》，一作《襄阳席上看花时因小蛮作》”。

现依知人论世的考据原则，先对作者与诗题加以考辨。

一、关于作者

据《唐诗纪事》载：于鹄曾为诸府从事，久居江湖间。这从《全唐诗》所收70余首诗中也能得到证明，他与张籍相友善，张籍伤鹄诗云：“野性疏时俗，再命乃从军。气高终不合，去如镜上尘。”这是赞人品。复有颂诗品的《赠王建》：“于君去后交游少，东野亡来箧笥贫。赖有白头王建在，眼前犹是咏诗人。”所见相同的还有晚唐诗人张为，他在《主客图》中以李益为清奇雅正主，以于鹄、张籍等为入室，马戴、贾岛等为升堂，于武陵、朱庆余等为及门。降至五代，韦庄选编《又玄集》[4]、韦縠选编《才调集》[5]均有于鹄诗入选。足见唐五代人对其重视之程度。

二、关于诗题

《寓意》一题抽象而宽泛，远不若原题《襄阳看花时因小蛮作》具象又有意蕴。现在需要与之分辨的是《荆南陪楚尚书惜落花》。**考：**《全唐诗》70余首于鹄诗中题带襄阳者有三，除此诗，尚有《寄襄阳樊司空》（一作《山中寄樊仆射》）和《襄阳寒食》。而提及荆南的只此一首。倒是《唐诗纪事》载有一首《卜居汉阳及荆南陪樊尚书赏花》诗。

另考：遍搜《旧唐书》[6]未见有楚姓尚书。而德宗朝有河中人樊泽。《新唐书》[7]载："以（樊）泽威惠著襄、汉间，复徙山南东道，加检校尚书右仆射。十四年（798）卒，年五十七。赠司空，谥曰成。"据此，知时间、地点，特别是三种官职集于一身，于鹄所奉陪者为樊泽无疑。此人亦是为孟浩然重新"刻碑凤林山南，封宠其墓者"。至若楚尚书，疑似"樊、楚"二字形近而生"鲁鱼亥豕"类手民之误。

三、关于诗句

自小看花情不足，江边寻得一株红。
黄昏人散春风起，吹落谁家明月中。

第一句"自小看花情不足"，《唐诗纪事》作"老大看花犹未足"。《全唐诗》"少小"下注"一作老大"。"情"作"长"，下注"一作情，一作犹"。**考：**"自小看花情不足"，似指小蛮情窦未开不解花语。而"老大看花犹未（或长不）足"，则似指诗人自己或推己及樊尚书：老来赏花，青春不在，常常辜负了花好月圆之美景。以上是将此诗作为七言古风来赏析。倘按七言律绝格式要求，"大、小"二字皆仄声，"足"为入声字，故此诗为首句仄起仄收式：

仄⃝仄平⃝平平仄仄，平⃝平仄⃝仄仄平平。
平⃝平仄⃝仄平平仄，仄⃝仄平平仄仄平。

准此，“老大”、“犹未”、“长不”皆合格律。可见古人作诗推敲斟酌功夫之精湛。

第二句“江边寻得一株红”，《唐诗纪事》作“沿江正遇一枝红”，《全唐诗》作“江边寻得数株红。”**考**：“江边寻得一株红”，似指诗人主观上于江畔探幽寻芳，并心想事成地有所收获。而“沿江正遇一枝红”，是说于不经意间与心仪的一枝红花不期而遇。实各有妙趣。“株、枝”量词，似两可。至于说寻得群芳——数株红，较一枝独秀亦各具神韵。

如按格律要求，“江边”、“沿江”均可，“寻得”为平仄（得为入声），“正遇”为仄仄，亦均合格律。“株、枝”均作平声。古人锤词炼句实在了得！

第三句“黄昏人散春风起”，《唐诗纪事》作“日斜人散东风急”。《全唐诗》作“黄昏人散东风起”，“东”下注：“一作春。”“起”下注：“一作日斜人散东风起。”**考**：“黄昏”、“日斜”其义一；“春风”即“东风”；又“春风”一般是和煦的，说起风了，已带力度，一般不言“春（东）风急”。

再从格律看：“黄昏”为平平，“日斜”为仄平，均合律；“春风”、“东风”皆平平，亦合律。“急”为入声，与“起”同为仄声。亦均合律。

第四句“吹落谁家明月中”。《唐诗纪事》作“吹向谁家明月中”。《全唐诗》“落”下注：“一作向。”**考**：吹落的应是红花，然花好月明之春夜，岂不大煞风景？故，还是春风骀荡、月朗星稀、“赏心悦目谁家院”来得好。

从格律角度看，“落”为入声字，“向”为去声字，皆合仄声之格律要求。

四、略论“述而不作”与“宜各从长”

“述而不作”典出《论语》，朱熹注曰：“述，传旧而已；作，则创始也。孔子删《诗》《书》，定《礼》《乐》，赞《周易》，修《春秋》，皆传先王之旧而未尝有所作也。故其言如此。”以之类比历代唐诗之校注，校勘部分就颇似《全唐诗》编纂者的做法，只一一列出诸多版本间的异同而不加任何按断。有些注释也如此：张氏云，李氏曰，尽人皆知的常识满纸，自家的识见全无。此风不可长！因为它扼杀了创新的能力。

“宜各从长”语出《国秀集》所载屈同仙诗《燕歌行》之诗后注：“‘习战’作‘血战’，‘不复和’作‘尚不和’，‘春辉’作‘光辉’，‘厌向’作‘厌得’，‘愁听’作‘但听’，宜各从长也。”窃以为“宜各从长”的总体要求，既是一种积极的阅读取向，更是对整理研究唐诗成果的评价标准之一。问题的关键在于异文之间孰优孰劣，孰长孰短，如何判断。这就要求具体问题具体分析：诗人之行年，诗作之意境，古体诗之音韵，近体诗之格律，版本之先后，校核之精粗……均应加以综合考虑，之后方可下按断。

再以于鹄诗已断之题、句诠释之：

襄阳看花时因小蛮作

自小看花情不足，江边寻得一株红。

黄昏人散春风起，吹向谁家明月中。

之所以选此题而去掉“席上”上字，除上述诗人际遇因素外，诗中意境也与宴席无涉。江畔黄昏，游人散尽。倘夜宴，高朋满座，少长咸集，则是别一番光景。如选“老大”，则“小蛮”便成赘词。如选“沿江正遇”，便少了“看花”的积极性。如选“数株”，便没了“万绿丛中一点红”的韵味。用“起”弃“急”，选“向”去“落”，说已见上。

关于格律只举一例，按格式第三句前二字应为平平，“黄昏”为平平，“日斜”为仄平，均合律。然第一字平，即是应平可仄，最好为平。故“黄昏”胜“日斜”。诚然，此结论是将此诗视为七言律绝时才适用。

参考文献：

［1］（唐）令狐楚选编．御览诗（一卷）［M］．唐人选唐读（十种）．上海：上海古籍出版社，1978 年．

［2］（宋）计有功辑撰．唐诗纪事［M］．上海：上海古籍出版社，1987 年．

［3］（清）彭定求等修纂．全唐诗［M］．上海：上海古籍出版社，1986 年．

［4］（五代）韦庄选编．又玄集［M］．唐人选唐读（十种）．上海：上海古籍出版社，1978 年．

［5］（五代）韦縠选编．才调集［M］．唐人选唐诗（十种）．上海：上海古籍出版社，1978 年．

［6］（五代）刘昫等撰．旧唐书［M］．北京：中华书局，1964 年．

［7］（宋）欧阳修等撰．新唐书［M］．北京：中华书局，1975 年．

原载《湖北文理学院学报》2013．6

曲阿丁仙芝《渡扬子江》诗校释

盛唐诗人丁仙芝，润州曲阿（今江苏丹阳）人。开元十三年（725）进士及第。历仕主簿、余杭县尉。有诗十四首传世。清初大诗人王士禛选编《唐贤三昧集》收丁仙芝诗一首：

渡扬子江

桂楫中流望，空波雨畔明。林开扬子驿，山出润州城。

海尽边阴静，江寒朔吹生。更闻枫叶下，淅沥度秋声。

千年以降，2002年10月22日“第五届文选学国际学术研讨会”在镇江市召开。我有幸躬逢其盛，与近百位中外学者饱览了今日镇江的无限风光。乘轮渡赴扬州时就听说要建长江上的又一座新桥——润扬大桥。这肯定是唐代先贤做梦也想不到的事情。

清代康熙年间修纂《全唐诗》所收此诗，首联对句作“空波两畔明”。其中“两畔”既可对出句的“中流”，又可为颔联的北望：林木疏朗处的扬子驿可见；南望：群山豁缺处的润州城可睹——首句“望”字，为前四句“所见”的“诗眼”。“雨中江上的波涛格外鲜明”的今译，纯属脱离了“文本”的一番空想。实则“两、雨”二字形相近似，才产生了此类“鲁鱼亥豕”的讹误。

又，《全唐诗》尾联出句作“更闻风叶下”。众所周知，秋季之于枫叶乃是大自然最美的恩赐：枫叶或金黄或火红，生命力极为旺盛。君不闻杜牧诗云：“停车坐爱枫林晚，霜叶红于二月花。”所以不应理解为“更哪堪见枫叶飒飒而下”。似应理解为“风在树叶间穿行的细碎之声”。恰如清人仇兆鳌注杜甫《雨》诗“朔风鸣淅淅”中“淅淅”为“风细声”。亦如清人王琦注李白诗《古风五十九首》中“飞霜早淅沥”——“淅沥，细下声。”

“风”胜于“枫”之处，还在于它照应了颈联“海尽边阴静，江寒朔吹生”，点明“朔吹”即北风。使作用于听觉的后四句，因“风”字而带来一片秋声。也使前四句作用视觉的，大江两岸、润扬二州的一片秋色，起了动感。

顺便指出：《全唐诗》本卷自丁仙芝起，以下蔡隐丘、蔡希周、蔡希寂、张潮、张翚、周瑀、谈戭等八位诗人皆为曲阿人。曲阿当时可谓“诗歌之乡”了。**考：**其地本战国时代楚国云阳邑。秦始皇统一全国后设置曲阿县。三国吴又改回云阳，晋代复名曲阿。唐玄宗天宝元年（742）改名丹阳。盛唐时代的丹阳，可谓“物华天宝，人杰地灵”。

原载《镇江日报》2013.7.26

襄州张子容《九日陪润州邵使君登北固山》诗校释

盛唐诗人张子容，襄州人。开元元年（713）进士及第，曾任晋陵尉。与孟浩然有通家之好，常有诗歌酬唱。《九日陪润州邵使君登北固山》一诗，被宋人计有功收入其辑撰的《唐诗纪事》一书。

五马向山椒，重阳出丽谯。徐州带绿水，楚国在青霄。
张幕连江树，开筵接海潮。凌云词客语，回雪舞人娇。
梅福惭仙吏，羊公赏下僚。新丰酒旧美，况是菊花朝。

《全唐诗》所载略有异文。诗题的“九日”是唐人对重阳节的省简之称。典出魏文帝曹丕《九日与锺繇书》：“岁往月来，忽复九月九日，九为阳数，而日月并应，俗嘉其名，以为宜于长久，故以享宴高会。”诗题中的“使君”，是汉魏以来人们对郡太守和州刺史的习惯性称谓。

“五马”，指代太守。《汉官仪》：“四马载车乃常礼也，惟太守出则增一马，故称五马。”唐高祖武德初（618）改郡为州，太守为刺史。诗人在盛唐时代还这样称呼润州邵刺史亦是沿袭旧称。“山椒”，即山顶。《全唐诗》作“西椒”，意指他们一行人是从东面向北固山进发的。但是，虽说“椒”的多个义项中已有“山顶”一义，可经典作品还多与山字结合成凝固式词组“山椒”。“西椒”易生歧义。

“重阳”，点题“九日”。如王勃《九日》“九日重阳节，开门有菊花。”“丽谯”，形容高而美的楼宇。“出丽谯”，《全唐诗》作“坐丽谯”。可以理解前者说走过城中的楼宇，而后者则省略行进过程直接坐在北固山顶的高大建筑之中。于是才有下面——“徐州、楚国”一联：登高远眺大江南北；“张幕、开筵”一联：重阳盛会的宏大排场。

诗人的佳句高举出尘，舞者的身姿飘飘若仙。“舞人娇”，《全唐诗》作“舞人腰”。“娇、腰”在上古和中、近古韵中均押同一部，互换无碍。但此联出句末字“语”为名词，与之对举的“腰”亦系名词。“娇”则是形容词，词性稍为偏离。

“梅福”，西汉寿春（今安徽寿县）人。王莽专权时弃妻、子去，传为仙人，又有人见其隐姓埋名为吴门卒。亦真亦幻让后人无从评说。

“羊公赏下僚”事，系晋代羊固，任临海太守时，馔客甚盛，竟日皆美。与此同时，丹阳尹羊曼待客则是早来者得佳肴，日晏则否，不问贵贱。时人论之：羊固之丰腆，不如羊曼之真率。

“新丰酒旧美”，一说新丰为汉代所置县名，故址在今陕西临潼东北，唐时以盛产美酒著称，自然陈酿最佳。又一说新丰酒是由“曲阿新丰塘”而得名，在镇江丹阳。

“菊花朝”，重阳节与菊花的“社会性”关联也可追溯至曹丕的《九日与锺繇书》：“至于芳菊，纷然独荣，非夫含乾坤之纯和，体芳芬之淑气，孰能如此？故屈平（原）悲冉冉之将老，思飧秋菊之落英，辅体延年，莫斯之贵。谨奉一束，以助彭祖之术。”相传上古彭祖活到八百多岁。这也是中国人名中“彭年”“寿彭”等的来历。曹丕献上一束菊花，祝钟繇健康长寿，此亦为重阳成老人节之滥觞了。

东晋末叶的大诗人陶渊明在《九日闲居》一诗中，前四句“世短意常多，斯人乐久生。日月依辰至，举俗爱其名”，就是化用曹丕书信题旨而来。唐人喜爱陶渊明的恬淡洒脱，于是也在重阳节这天喝“陶酒”，赏“陶菊”，吟诵“陶诗”。从初唐经盛唐、中唐直至晚唐，近三个世纪而长盛不衰。

许敬宗：菊花应未满，请待诗人开。（《九日归扬州赋》）

孟浩然：待到重阳日，还来就菊花。（《过故人庄》）

令狐楚：二九即重阳，天清野菊黄。（《九日言怀》）

李商隐：曾共山翁把酒卮，霜天白菊绕阶墀。（《九日》）

可见张子容只是这长长队伍中的一员。恰逢他陪润州刺史邵某登北固山赴重阳宴并写下这首诗，才使我们能在一千五百多年后得以赏析之。

原载《镇江日报》2013. 11. 22

乔侃《人日登高》诗浅释

正月初七日，民间将之视为“人”日，近年越来越受到重视。关于这个日子的由来和其中蕴含的典故，人们多半语焉不详。

宋人计有功辑撰《唐诗纪事》收武则天朝学士、开元时代兖州都督乔侃诗《人日登高》：

仆本多悲者，年来不悟春。登高一游目，始觉柳条新。
杜陵犹识汉，桃源不辨秦。暂若升云雾，还似出嚣尘。
赖得烟霞气，淹留攀桂人。

对诗题中的人日，古代典籍大约有两类说解：一是《东方朔占书》：“岁正月一日占鸡，二日占狗，三日占猪，四日占羊，五日占牛，六日占马，七日占人，八日占谷（吉林民俗还称九果十蔬）”，卜辞为：其日晴，所主之物繁育；阴则灾欠。实则是农业社会人们对六畜兴旺（古人分类欠科学，将今天归入禽类的鸡视为六畜之一）五谷丰登的祈盼。另一出处为《北齐书·魏收传》：七日与所主物的排列无异，只是风俗不同。人日要剪彩为人形，称“人胜”，又名“春胜”，不分男女都要戴在头上。记述江南习俗的《荆楚岁时纪》称：“正月初七为人日，以七种菜为羹，镂金箔为人，戴之头鬓，登高赋诗。”晋代著作郎李充《登安仁峰铭》云：“正月七日，厥日惟人。策我良驷，陟彼安仁。”而桓温的参军张望更有《正月七日登高诗》传世。可见乔侃只是沿袭前人行径而已。

但毋庸讳言，人日登高远远不若九月九日（重阳节）登高更为人们普遍熟悉与重视。

这首《人日登高》，开篇乔侃便称自己是个虽然多愁却不善感的人，近年来竟领悟不到春日里万物萌动的勃勃生机了。接下来说，今天人日登高四望，才欣喜地发现柔软的柳枝正随着骀荡的和风翩跹起舞。而此时广袤的北国，特别关东大地，虽节令已届立春，但仍是一片天威肃杀的冰雪世界。

“杜陵犹识汉，桃源不辨秦”两句，是在平实的叙事里突起的波澜，典雅含蓄，对仗工稳，俨然五言律诗的一联。句中的杜陵，按《汉书·地理志》载：“古杜伯国。汉宣帝葬此，因曰杜陵。在长安南五十里。”再向东南十余里有一稍小陵寝葬许皇后，是为少陵。其西有杜甫旧宅，所以他自称“杜陵布衣”和“少陵野老”。唐人从杜陵可以认知汉代的光荣与梦想。这两句诗的出处是晋人陶渊明的《桃花源记》。从“犹识汉”到“不辨秦”，几近后世所谓的“流水对”（又称走马对）。从中可见诗歌由古风向近体格律演变的趋势。

“赖得烟霞气，淹留攀桂人”两句，形容山在云雾中，远离尘世的喧嚣，从诗歌结构看，此二句呼应“登高一游目”并再次点题。幸亏有隐士们的“烟霞之癖”或说是“泉石膏肓、烟霞痼疾”，才使一心向往科举登第的折桂之人得以长期驻留。《新唐书·田游岩传》载：“高宗幸嵩山……游岩野服出拜，仪止谨朴，帝令左右扶止，谓曰：‘先生比佳否？’答曰：‘臣所谓泉石膏肓，烟霞痼疾者。’帝曰：‘朕得君，何异汉获四皓乎？’”

“淹留攀桂人”一句典出《楚辞·招隐士》，此为西汉淮南王刘安之宾客淮南小山所撰，内云“攀援桂枝兮聊淹留”，后来人们将“攀桂”等同于“折桂”，均指科举高中者。

又值人日，我们吟味这首初唐时代的五言古诗，既可了解当世的人日风俗，又可得知其时士大夫阶层的审美情趣，更可感知这个节日丰富的内蕴。

原载《江城日报》2014. 2. 7

无锡李绅《忆过润州》诗浅析

中唐诗人李绅，《旧唐书》称其“字公垂，润州无锡人”。《新唐书》载：“其为人短小精悍，于诗最有名，时号‘短李’。”《唐诗纪事》记一逸事：

乐天诗曰：“闷劝迂辛酒，闲吟短李诗。”迂辛，辛丘度也。丘度之子一日自云辛氏子来见绅曰：“小子每忆白二十二丈诗：闷劝畴昔酒，闲吟廿丈诗。”绅笑曰：“辛大有此狂儿，吾不敢存旧。”

今按：唐代诗人间喜用同一曾祖兄弟间的排行相称。辛丘度为老大，故称辛大（类高适诗《别董大》中的董大）；白居易（字乐天）排行二十二，李绅排行二十，故有“廿（二十）丈”与“二十二丈”之称。

《唐诗纪事》还收录李绅《忆过润州》一诗，其序称：

元和二年（807），余以前进士为镇海军书奏从事。秋七月兵乱，余以不从书奏飞檄之诈，遭庶人李锜暴怒，腰领不殊者再三。后军平，尚书李公欲具事以闻，余以本乃誓节，非欲求荣，请罢所奏。

这段小序中的史实，两《唐书·李绅传》、《全唐文·李绅传》及相关碑铭均有记载。李绅元和元年（806）进士及第，所以第二年即自称“前进士”。当时的李锜可不是庶人（谋反被擒斩首前要先夺去官爵贬为庶人，以示所斩并非朝廷命官）而是镇海军节度使（相当大军区司令员）。李绅在其手下任掌书记之职。李锜骄横跋扈，蓄意谋反，李绅屡谏不纳并遭羁押。在朝廷来使也被软禁之后，李锜命李绅草拟反叛檄文，李绅故意装出吓得发抖，多次书不成文后，换人为之。平乱后，与之合称“三俊”（另一人为元稹）的李德裕想将此事上奏朝廷，李绅认为自己所以那样做是为了保持名节，并非为了沽名钓誉。其诗云：

昔年从宦干戈地，黄绶青春一鲁儒。
弓犯控弦招武族，剑当抽匣问狂夫。
帛书投笔封鱼腹，玄发冲冠捋虎须。
谈笑谢金何所贵？不为偷买用兵符。

首联出句，回忆当年在李锜处做从事适逢其起兵叛乱，致使官场成了战场。

对句，言其时自己正年轻已掌印绶，但究其自身还只是一介儒生。《旧唐书》称其家世：本山东著姓。因其父历金坛、乌程、晋陵三县令，因家无锡。

颔联出句“弓犯控弦”，指引发战事，“招武族”，《全唐诗》作“招武旅”。考：《说文》释“旅”字为“军之五百人为一旅。”迄今人们还说“军旅生活、军旅作家”等，“武旅”即军旅。

对句，说正义之剑亮出鞘直指叛乱的狂徒李锜。喻指朝廷平定叛乱。

颈联出句“帛书”，用《汉书·苏武传》雁足传书之典故；“投笔”，用《后汉书》班超投笔从戎之典故；“鱼腹”，用古诗“客从远方来，遗我双鲤鱼。呼童烹鲤鱼，中有尺素书”之意。综合起来说自己以假惊悸而拒不草拟叛乱檄文之事。也等于传递了不畏邪恶的正义消息。

对句“玄发”即黑发。呼应首联中的“青春”同时也表现“初生牛犊不怕虎”有敢捋虎须的勇气与智慧。《唐诗纪事》一本“玄发”

作“立发”，则正合怒发冲冠之形象。

尾联出句，似用杜甫诗“谈笑封侯”与鲁仲连辞谢平原君千金之赠的典故。表现高风亮节。

对句，似用信陵君窃符救赵的典故，亦表现救人于厄，轻生死，重义气的侠肝义胆。

李绅六岁失怙，母卢氏躬受之学，加之天资颖悟以致满腹经纶。令人们千古传诵的名篇《悯农二首》：“春种一粒粟，秋收万颗子。四海无闲田，农夫犹饿死。”“锄禾日当午，汗滴禾下土。谁知盘中餐，粒粒皆辛苦。”浅白的话语，深刻的思想，朗朗上口，且发人警醒，令人过目不忘。

原载《镇江日报》2014. 2. 14

陇西李白诗异文考

——以《河岳英灵集》为中心

唐代丹阳进士殷璠于天宝十二载（753）编订《河岳英灵集》，内收李白的古风、乐府诗十三首。诗前短评称：

> 白性嗜酒，志不拘检，常（尝）林栖十数载。故其为文章，率皆纵逸。至如《蜀道难》等篇，可谓奇之又奇。然自骚人以还，鲜有此体调也。

一、战城南

> 去年战，桑干源；今年战，葱河道。洗兵条支海上波，放马天山雪中草。万里长征战，三军尽衰老。胡人以杀戮为耕作，古来唯见白骨黄沙田。秦家筑城避胡处，汉家还有烽火然。烽火然不息，长征无已时。野战格斗死，败马号鸣向天悲。乌鸢啄人肠，衔飞上挂枯桑枝。士卒涂草莽，将军空尔为。乃知兵者是凶器，圣人不得已而用之。

按：书后附有明人毛扆（字斧季）和清人何焯（号义门）所出校记。"条支"，何作"涤戈"（**按**：恐系"孤证"故不立）；"然"，毛、何皆作"燃"（**按**：然为燃之本字）；"桑"，何作"树"（**按**：下详今校）。

校："胡人"，敦煌残卷（以下简称《残卷》，即《唐写本唐人选唐诗》)[1]、《乐府诗集》[2](以下简称《乐府》)、《唐诗别裁集》[3](以下简称《别裁》)、《全唐诗》[4]皆作“匈奴”。**考**：胡人，是古代汉人泛指的北方少数民族，它已包括汉代的匈奴在内。且《全唐诗》中收李白两首《胡无人》诗。故应以“胡人”为佳。

校：“避胡处”，《残卷》《乐府》《别裁》《全唐诗》注皆作“备胡处”。**考**：避胡，是消极地躲避；备胡，是积极地防御。故“备”字胜一筹。且“胡处”呼应上句“胡人”，足证“胡人”强于“匈奴”。

校：“长征”，《残卷》《乐府》《别裁》《全唐诗》皆作“征战”。《乐府》《全唐诗》又均于“征战”下注：“一作长征。”**考**：“长征”与“征战”皆照应前句“万里长征战”。虑及与上句“烽火”对举，似“征战”较“长征”为佳。

校：“败马”，《残卷》作“怒马”；“号鸣”，《别裁》作“嘶鸣”。**考**：对应上句的“野战格斗死”，失去主人的“败马”向天“号鸣”，要比“怒马嘶鸣”更令人感喟。

校：“上挂枯桑枝”，《残卷》《乐府》《别裁》《全唐诗》“桑”皆作“树”。**考**：“桑”让人联想到养蚕、织锦等故乡的和平生活，比一般的“树”要对比强烈。另，《乐府》与《全唐诗》皆注：“衔飞上枯枝。”**考**：这样与“乌鸢啄人肠”相对，看似文句整齐了，然而“人肠”“挂桑枝”恐怖的特写镜头便消逝了。“挂”字实不可少，缺了“挂”字，便以文害义了。

校：“圣人”，《残卷》作“圣君”。**考**：决定开启战争机器的人是历代君主。“圣人”一词词义太宽泛。不若“圣君”指代明确，不易产生歧义。

二、远别离

古有皇英之二女，乃在洞庭之南，潇湘之浦。海水直下万里深，人言不深此离苦。日惨惨兮云冥冥，猩猩啼烟兮鬼啸雨。我纵言兮将何补？皇穹切恐不照予之忠诚。雷凭凭兮欲吼怒，尧舜当之亦禅雨。君失臣兮龙为鱼，权归臣兮鼠变虎。尧幽囚，舜野死，九疑联绵皆相似，重瞳孤坟竟谁是？帝子降兮绿云间，随风波兮去无还。恸哭兮远望，见苍梧之深山。苍梧崩，湘水绝，竹上之泪乃可灭。

校："古有"句前，《乐府》《别裁》《全唐诗》前皆有"远别离"三字。**考**：唐人选本无，当从。

校："人言不深"，上引三书皆作"谁人不言"。**考**：两相比较，后者不仅文从字顺了，而且由叙述句变为反问句也使文气起了波澜。

校："言兮"，上引三书皆作"言之"。**考**："之"作为代词，指代直陈时弊，似较"兮"为好；然前句已有"日惨惨兮"，后句又有"雷凭凭兮"、"君失臣兮"等六句，故知诗人有意模仿"楚辞"之修辞。

校："尧幽囚，舜野死"前，上引三书皆有"或言"。**考**："尧幽囚"事见《竹书纪年》，"舜野死"见《国语·鲁语》韦昭注，故加"或言"二字。乐府诗语句参差乃习见。

校："重瞳孤坟竟谁是?"上引三书后三字皆作"竟何是"。**考**：传说舜眼中有两个瞳子，故又名重华，而项羽亦"重瞳子"。此为诗人之联想。

校："帝子降兮"，上引三书皆作"帝子泣兮"。**考**：《述异记》载：舜死苍梧之野，娥皇、女英对"孤坟"相与而泣，泪下沾竹，竹上遂成斑纹。此乃毛氏诗"斑竹一枝千滴泪"之出处。故知"泣"字佳。

校："苍梧崩，湘水绝"，上引三书皆作"苍梧山崩湘水绝"。**考**：此可视为古乐府诗散句向近体诗律句过渡的典型例句。为保持乐府诗特色，还是不加"山"字为好。

《别裁》诗后注："玄宗禅于肃宗，宦者李辅国谓上皇居兴庆宫交通外人，将不利于陛下，于是徙上皇于西内，怏怏不逾时而崩。诗盖指此也。太白失位之人，虽言何补，故托吊古以致讽焉。"今人所编《李白诗选》[5]（以下简称《诗选》）将背景前移天宝后期玄宗昏愦，内用李林甫、杨国忠等奸臣，外宠安禄山等边将，终致帝国大厦倾危。并因此诗收入本书（《河岳英灵集》），准确判断其"写作年代当不迟于天宝十二载（753）"。

三、野田黄雀行

游莫逐炎洲翠，栖莫近吴宫燕。炎洲逐翠遭网罗，吴宫火起焚尔窠。萧条两翅蓬蒿下，纵有鹰鹯奈尔何？

校：所附校记："萧"，何作"潇"（**按**：萧是而潇非）。三四两句，《乐府》《全唐诗》颠倒。**考**：如此，"吴宫燕"，紧接"吴宫火起"，形成"顶真"格的民歌风。这与一二两六字句，各以"游"、"栖"一字逗的形式出现是很和谐的。

校："尔窠"，《乐府》注：《李太白集》卷三作"巢窠"。《全唐诗》同。**考**：以"巢"代"尔"，或改"尔"为"若"，可能均为避免字的重复。然"巢、窠"一义，岂不叠床架屋？且古乐府从不避字的重复，故"尔"胜"巢"。

校："奈尔何"，《乐府》、《全唐诗》皆作"奈若何"。**考**："尔、若"于此，均为第二人称代词，故两可。

四、蜀道难

噫吁嚱！危乎高哉！蜀道之难，难于上青天！蚕丛及鱼凫，开国何茫然。尔来四万八千岁，不与秦塞通人烟。西当太白有鸟道，可以横绝蛾眉巅。地崩山摧壮士死，然后天梯石栈相钩连。上有横河断海之浮云，下有冲波逆折之回川。黄鹤之飞尚不得过，猿猱欲渡愁攀缘。青泥何盘盘，百步九折萦岩峦。扪参历井仰胁息，以手拊膺坐长叹。问君西游何当还？畏涂巉岩不可攀。但见悲鸟号枯木，雄飞雌从绕林间。又闻子规啼夜月愁空山。蜀道之难，难于上青天。使人听此彫朱颜。连峰去天不盈尺，枯松倒挂倚绝壁。飞湍瀑流争喧豗，砯崖转石万壑雷。其险也若此，嗟尔远道之人胡为乎来哉？剑阁峥嵘而崔嵬，一夫当关，万人莫开。所守或匪人，化为狼与豺。朝避猛虎，夕避长蛇。磨牙吮血，杀人如麻。锦城虽云乐，不如早还家。蜀道之难难于上青天，侧身西望长咨嗟。

按：书后所附校记："相"（钩连），何作"方"。"鸟号"，毛作"乌号"。"匪人"，何作"匪亲"。**考**：鸟有雄雌之飞鸣，似较"乌"为好。"相、方"，"匪、人、亲"，详见今校。

校：诗题，《残卷》作《古蜀道难》。**考**："蜀道难"本乐府瑟调曲名。前人刘孝威、阴铿之作多简，故加一古字以区别，后世均不再用"古"字。

校："不与"，《残卷》《又玄集》[6]皆作"乃不与"。《乐府》《唐诗纪事》[7]（以下简称《纪事》）均作"乃与"。**考**："不"字，意在表现开国以来直至秦惠王灭蜀置郡，一直不相交通。而"乃"字，则意在惠王设蜀郡后就与秦塞相交通了。故依文义，"不、乃"两可；依文气，"不"字佳。"乃不与"，欠通顺。

校："蛾眉"，《残卷》《又玄集》《乐府》《别裁》《全唐诗》皆作"峨眉"。《纪事》作"峨嵋"。**考**：蜀中眉县西南有两山相对如蛾眉，故名蛾眉山。复易之"峨眉"又演变成"峨嵋"。唐人所称"蛾眉"系初名。

校："相钩连"，《残卷》《乐府》《纪事》皆作"方钩连"。**考**：从文气看，"相、方"似两可。但从文义看：牺牲了那么多人，才打通了秦蜀之路，蜀道真是太难行了！"相"字在反映上述情况时显得力度不够，还是“方”字佳。

校：“上有横河断海之浮云”，《乐府》《纪事》《别裁》《全唐诗》皆作“上有六龙回日之高标”。**考：**《淮南子》载：羲和御六龙乘日车巡视天庭。在形容山势绝高方面，后者要胜出“横河”句一筹。

校：“猿猱欲渡愁攀缘”，“缘”，《残卷》《又玄集》皆作“牵”，《全唐诗》《唐诗三百首》[8]（以下简称《三百首》）皆作“援”。**考：**从运用上古音韵角度看，“牵”的确可以与“天、烟、巅”等交互押“真韵”，但“缘、援”亦可与“难、然、连、川”及下面的“盘、峦、叹、还”押“元韵”。且从猿猱攀援的实际情形看，“援”字要胜过“牵、缘”二字。

校：“号枯木”，《残卷》作“号石木”。《又玄集》《纪事》《别裁》《全唐诗》皆作“号古木”。**考：**鸟与树木关系密切，下句又说雄雌相与绕林间。故知“石”不若“古”，而“古木”又不如“枯木”令鸟为之悲鸣。

校：“雄飞雌从”，《残卷》《又玄集》《三百首》皆作“雄飞从雌”。**考：**“雄飞雌从”按构词法讲已文从字顺，然而不同的鸟类，或鸟在不同的季节里，雄鸟追逐雌鸟的“雄飞从雌”也极有可能。《乐府》《全唐诗》注还作“雄飞呼雌”亦极自然。究竟如何，留待来哲按断。又，“绕林间”，《残卷》作“绕花间”。**考：**鸟飞林间，林中自有“花”矣。

校：“又闻子规啼夜月愁空山”，除《残卷》作“又闻子规啼月愁空山”缺“夜”外，上引诸书皆在“夜月”处读断，“愁空山”为三字句，这样咏叹起来更显抑扬顿挫。

校：“去天不盈尺”，《残卷》《又玄集》皆作“入烟（云）几千尺”。**考：**上引二书所云，系山峰耸入云烟之中有几千尺之高，比只差不到咫尺即顶天，后者还要高许多。似更符合李白夸张的修辞方法。

校：“万人莫开。所守或匪人”，《残卷》《乐府》《别裁》《三百首》皆作“万夫莫开。所守或匪亲”。**考**：“剑阁”等四句，系化用西晋太康诗人张载《剑阁铭》之句：“一夫荷戟，万夫趑趄。形胜之地，匪亲勿居。”故《残卷》等书为是。

校：“长咨嗟”，《残卷》《乐府》注、《纪事》注、《全唐诗》注皆作“令人嗟”。**考**：“长咨嗟”已含“令人”之意，且是一回首蜀道之难，便长长地叹息不断。故“长咨嗟”大胜。

五、行路难

金罍清酒价十千，玉盘珍羞直万钱。停杯投箸不能食，拔剑四顾心茫然。欲度黄河冰塞川，将登太行雪暗天。闲来垂钓坐溪上，忽复乘舟落日边。行路难！道安在？长风破浪会有时，直挂云帆济沧海。

校：“金罍清酒价十千”，《乐府》《全唐诗》《三百首》皆作“金樽清酒斗十千”。又“清酒”，《文苑英华》[9]（以下简称《英华》）作“美酒”。**考**：“罍、樽”同为酒器。罍，强调刻画云雷图案，系盛酒礼器；而“樽”，本作尊，系注酒器。后世，“樽”较“罍”习用。“清酒”，亦祭祀之酒，对应民间饮用的“浊酒”要知名金贵许多。“美酒”则俗艳得多了。“斗十千”语出曹植《名都篇》，即一斗酒值万钱。与下句的“玉盘珍羞”（羞为馐的本字）直（通值）等价。古人有“美食不如美器”之说，故先言“金樽”和与其媲美的“玉盘”。

校：“欲度黄河冰塞川，将登太行雪暗天。”度，《乐府》《全唐诗》《三百首》皆作“渡”。“雪暗天”，《全唐诗》《三百首》均作“雪满山”。**考**：于此语境，“度”与“渡”通。后世多用“渡”。又，此联系化用鲍照《舞鹤赋》：“冰塞长川，雪满群山”之句。确知李白对鲍照参军的“俊逸”赞赏有加。

校：“闲来垂钓坐溪上”，坐，《乐府》《全唐诗》均作“碧”。**考**：“闲来垂钓”已含“坐”字，故“碧”字佳。又“落日边”，上引三书皆作“梦日边”。引商汤用伊尹之典故。“梦”字是。

校：“行路难！道安在？”《乐府》《全唐诗》《三百首》皆作“行路难！行路难，多歧路，今安在？”**考：**两用“行路难”，叙说山川与世路皆难行。“歧路多而亡羊”，现在（今），实现远大理想的道路何在？“今”字佳。又“沧海”，书后附校记，何作“苍海”。**按：**它本未见“苍”字。

六、梦游天姥山别东鲁诸公

海客谈瀛州，烟波微茫不易求；越人语天姥，云霓明灭如何睹。天姥连天向天横，势拔五岳掩赤城。天姥四万八千丈，对此绝倒东南倾。我欲冥收梦吴越，一夜飞度镜湖月。湖月照我影，送我到剡溪。谢公宿处今尚在，绿水荡漾青猿啼。脚穿谢公屐，明登青云梯。半壁见海日，空中闻天鸡。千岩万转路不定，迷花倚石忽已暝。熊咆龙吟殷岩泉，栗深林兮惊层巅。枫青青兮欲雨，水澹澹兮生烟。列缺霹雳，丘峦崩摧。洞天石扉，訇然而中开。青冥濛鸿不見底，日月照耀金银台。霓为裳兮风为马，云中君兮纷纷而来下。虎鼓琴兮鸾回车，仙之人兮列如麻。忽魂悸兮目夤，恍惊起兮长嗟。惟觉时之枕席，失向来之烟霞。世间行乐皆如是，古来万事东流水。别君去兮何时还？且放白鹿青崖间。欲行即骑向名山。何能摧眉折腰事权贵？暂乐酒色彫朱颜（一作：使我不得开心颜）。

校：诗题，《别裁》《全唐诗》《三百首》皆作《梦游天姥吟留别》。《全唐诗》题下注：一作《别东鲁诸公》。**考：**唐人之题，被后人一分为二了。皆不若原题既概括了梦游奇幻景物，又道出现实中的离情别绪。

校：“瀛州”，《别裁》《全唐诗》《三百首》皆作“瀛洲”。**考：**“州”本为水中小岛，后来频频用于地名，于是另造“洲”字指代水中陆地，大至亚洲、非洲，小至鹦鹉洲、白鹭洲。而“瀛洲”专指海中三神山之一。

校：“烟波微茫不易求”，上引三书皆作“烟涛微茫信难求”。**考**：烟涛较烟波更加汹涌起伏。“信难求”在程度上比“不易求”难度更大。以后者为佳。

校：“如何睹”，上引三书皆作“或可睹”。**考**：在前后皆为叙述句的语境中，插入“如何睹”的设问句，文气起了波澜为好。

校：“天姥四万八千丈”，《全唐诗》、《三百首》皆作“天台四万八千丈”。《别裁》则作“天台一万八千丈”。**考**：从下句的“对此(指天姥)”分析，“天台”是。另据陶弘景《真诰》与唐人《十道四蕃志》均载：“天台山高一万八千丈。”知《别裁》所录为是。

校：“绝倒”，上引三书皆作“欲倒”。**考**：天姥山比天台山更高耸，后者好像折断一样拜倒在脚下。“绝”胜于“欲”。

校：“冥搜”，上引三书皆作“因之”。**考**：冥搜苦想，不若因上述之描写而梦吴越。

校：“绿水荡漾青猿啼”，上引三书皆作“渌水荡漾清猿啼”。**考**：渌水，为清澈之水；清猿，是猿凄清的啼叫。前者作用于视觉，后者作用于听觉。均强于“绿、青”二字。

校：“脚穿谢公屐，明登青云梯。”上引三书皆作“脚著谢公屐，身登青云梯”。**考**：“穿、著”一义，故两可。“身”大胜“明”。

校：书后校记：“海日”，何作“海月”。**按**：它本未见“月”字。

校：书后校记“殷”，毛作“隐”。它本未见。

校：“枫青青兮欲雨”，“枫”，上引三书皆作“云”。**考**：云青青，即黑云压顶，正对“水澹澹”。“枫”字欠佳。

校：“洞天石扉”，《全唐诗》《诗选》皆作“洞天石扇”。**考**：《尔雅·释宫》：“阖，谓之扉。”正应“訇然中开”（上引三书皆无连词“而”字）。虽然汉唐诸儒注疏先秦典籍多云：“扉，门扇也。”但，

“扇”无法对“开”，故“扉”字是。

校：书后校记“訇”，毛、何俱作“輷”。它本未见。

校：“青冥濛鸿”，上引三书皆作“青冥浩荡”。**考**：学者多释后者为“天空寥廓”。但对应“日月照耀”，还是“青冥濛鸿”为好。此正可对照南朝人梁兴嗣的《千字文》开篇四句：“天地玄黄，宇宙洪荒。日月盈昃，辰宿列张。”

校：书后校记“风”，何作“凤”，它本未见。

校：“忽魂悸兮目竃，怳惊起兮长嗟。”上引三书皆作：“忽魂悸以魄动，恍惊起而长嗟。”**按**：“目竃”词义待考。“以魂动”呼应“而长嗟”较“兮”字两用，更显出句式与语气的变化。

校：“别君去兮何时还？”《全唐诗》作：“别君去时何时还？”**考**：前已有“霓为裳兮”（**按**：“裳”上引三书皆作“衣”），**考**：古人称“上衣下裳”，后世均称衣裳。“云中君兮”（**按**：“中”，上引三书均作“之”），**考**：《楚辞·九歌》有云中君一章，“中”字是。“仙之人兮”，句式相同，有“兮”是。何况“别君去时何时还”，一句之中有二“时”字，难称佳句。

校：“欲行即骑向名山”，上引三书皆作“须行即骑访名山”。**考**：“欲行”只是一种想法，而“须行”不仅含括了“欲行”，而且尚有等到、必要等丰富内涵。“向”只有“朝着”一义，而“访”则有尊重、庄重等内涵，让人联想起诗人的追求爱好——“五岳求仙不辞远，一生爱向名山游。”

校：“暂乐酒色彫（凋）朱颜”，书后何校及上引三书皆同其注：“使我不得开心颜。”后者口语化的句式，更接近古风的修辞特色。

七、忆旧游寄谯郡元参军

忆昔洛阳董糟丘，为予天津桥南造酒楼。黄金白璧买歌笑，一醉累月轻王侯。四海贤豪青云客，与君一遇心莫逆。回山转海不作难，倾情倒意无所惜。我向淮南攀桂枝，君留洛北愁梦思。不忍别，还相随。相随迢迢访仙城，三十六曲水回萦。一溪初入千花明，万壑度尽松风声。银鞍金络到平地，汉东太守来相迎。紫阳之真人，邀我吹玉笙。餐霞楼上动仙乐，嘈然宛似鸾凤鸣。袖长管摧欲轻举，汉东太守醉起舞。手持锦袍覆我身，我醉横眠枕其股。当筵意气凌九霄，星离雨散不终朝，分飞楚关山水遥。余既还山寻故巢，君亦西归度渭桥。君家严君勇貔虎，作尹并州遏戎虏。五月相呼度太行，推轮不到羊肠苦。行来北京岁月深，感君贵义轻黄金。琼杯绮食青玉案，使我醉饱无归心。时时出向城西曲，晋祠流水如碧玉。浮舟弄水箫鼓鸣，微波龙鳞莎草绿。兴来携妓恣经过，其若杨花似雪何？红妆欲醉宜斜日，百尺清潭写翠娥。婵娟初月辉，美人更唱舞罗衣。清风吹歌入空去，歌曲自绕行云飞。此时欢乐难再遇，西游因献《长杨赋》。北阙青云不可期，东山白首还归去。渭桥南头一遇君，酂台之北又离群。问余恨别今多少？落花春暮争纷纷。言亦不可尽，情亦不可极。呼儿长跪缄此辞，寄君千里遥相忆。

校：“四海贤豪”，《别裁》《全唐诗》《诗选》皆作“海内贤豪”。**考**：海内，即四海之内。《论语·颜渊》有“四海之内皆兄弟”之语。

校：“与君一遇”，书后校记：何作“就中与遇”，不若上引三书皆作“就中与君”。**考**：此句强调在四海贤豪之中，与君最为莫逆之交。故“就中”句佳。

校：书后校记：“管摧”，毛、何俱作“管催”，是。“归度”，何作“归家”，非。**考**：因全句为“君亦西归度渭桥”，按何焯校，“家渭桥”欠通顺。

校：“推轮”，上引三书皆作“摧轮”，是。**考**：此二句典出曹操《苦寒行》：“北上太行山，艰哉何巍巍！羊肠坂诘屈，车轮为之摧（折断）。”

校：“北京”，书后何校与《全唐诗》《诗选》皆作“北凉”。**考**：唐代称太原府为北京。前述元参军（演）之父（家严）作尹并州（今太原），后句言“晋祠（在今太原）流水如碧玉”，均可证“北京”是。

校：“感君贵义轻黄金”，《全唐诗》“贵”下注：一作“重”。**考**：情义无价，自然珍贵。但重义轻黄金，一重一轻，对比更加鲜明。似两可。

校：“婵娟初月辉”，书后何校与上引三书皆作“翠娥婵娟初月辉”。**考**：接上句末二字“翠娥”，成民歌风的“顶真格”，同时使诗句由五言而七言更整齐。疑“翠娥”二字为夺（脱）文。

校：“此时欢乐”，书后何校与上引三书皆作“此时行乐”。**考**：行乐，即“行欢作乐”之缩语。亦为李白习用之词如《宫中行乐词》“行乐须及春”、“当年失行乐”等等。

校：“问余恨别今多少？落花春暮争纷纷。”“恨别”书后何校与上引三书皆作“别恨”，是。又，《诗选》注：一作“莺飞求友满芳树，落花送客何纷纷”。**考**：“莺飞”似对应“花落”才工稳。在叙述四次聚散后，综叙离愁别恨更合情理。

校：“呼儿长跽”，上引三书皆作“呼儿长跪”。**考**：古人坐姿：两膝踞地，臀部坐在足跟上。跪时，伸直腰，臀离足跟，身子长高了，故名“长跪”。跽，为长跪之简称，如《史记》：项王按剑而跽。故知“长跪”是。“跽”前，无需“长”字。

八、咏怀

庄周梦胡蝶，胡蝶为庄周，一体更变易，万事良悠悠。乃知蓬莱水，复作清浅流。青门种瓜人，昔日东陵侯。富贵苟如此，营营何所求？

校：诗题，在上引三书中皆归于《古风》之下。《全唐诗》计收五十九首，此诗为第九首。“苟如此”，书后何校与《别裁》均作“固如此”，诗后注云：“言一体尚有变易，而富贵能长保耶？”《全唐诗》作“故如此”。**考**：《史记·陈涉世家》有名言：“苟富贵，无相忘。”此乃假设句，紧随一诘问句，直抒胸臆，甚是畅快。“苟”较“固、故”胜出不知几许！

校：“昔日”，书后何校作“旧日”。**按**：“昔、旧”同义，故两可。

九、酬东都小吏以斗酒双鱼见赠

鲁酒琥珀色，汶鱼紫锦鳞。山东豪吏有俊气，手携此物赠远人。意气相倾两相顾，斗酒双鱼表情素。双鳃呀呷鳍鬣张，蹳剌银盘欲飞去。呼儿拂几霜刃挥，红肥花落白雪霏。为君下箸一飡罢，醉著金鞭上马归。

校：诗题，《全唐诗》作《酬中都小吏携斗酒双鱼于逆旅见赠》。**考**：中都为古县名，治所在今山东汶上。正合鲁酒、汶鱼等内容。“东都”，误。又，“鱼”，书后何校作“鳞”。非是。

校：“琥珀色”，《全唐诗》作“若琥珀”。**考**：“琥珀”对“锦鳞”倒是名词相对了。但鲁酒和琥珀怎能相似？只是颜色一样而已。所以还是“琥珀色”为好。

校：“情素”下，《全唐诗》注：“一本有‘酒来我饮之，鲙作别离处’二句。”**考**：在七字句中又夹五字句，呼应开篇，且表豪气。

校：“蹳剌”，《全唐诗》作“跋剌”。**考**：“蹳 bó 剌 lā”乃状声词，形容鱼还在跳动。“跋 bá”与“蹳”（右边發字简化作发）形近致误。

校：“拂几”，书后何校作“拂机”，非是。此指“案几”之“几”。

校：“红肥”，《全唐诗》作“红肌”。**考**：新杀之鱼，肉上带血，

“红肌”是，“红肥”非。

校：“飡罢”，书后何校作“飡饱”。**按**：似两可。

十、答俗人问

问余何事栖碧山？笑而不答心自闲。桃花流水杳然去，别有天地非人间。

校：诗题，《万首唐人绝句》[10]（以下简称《万首》）作《山中答俗人》。《全唐诗》《诗选》皆作《山中问答》。**考**：此诗乃以自问自答形式表现隐逸之居士的闲情别致，非答俗人之问也。

校：“杳然去”，上引三书皆作“窅然去”。**考**：“杳、窅”同音近义。但“杳然”尚有沉寂义，这与诗意不合，还是形容深远样子的“窅然”佳。

十一、古意

白酒初熟山中归，黄鸡啄黍秋正肥。呼童烹鸡酌白酒，儿女嘻笑牵人衣。高歌取醉欲自慰，起舞落日争光辉。游说万乘苦不早，着鞭跨马涉远道。会稽愚妇轻买臣，余亦辞家西入秦。仰天大笑出门去，我辈岂是蓬蒿人！

校：诗题，《全唐诗》《诗选》皆作《南陵别儿童入京》。**考**：此诗作于天宝元年（741），经道士吴筠、玄宗之妹（玉真公主）等人推荐，玄宗下诏征李白入宫。李白得讯写下此诗与南陵妻儿作别。故知长题为是。

校：“呼童”，书后何校作“呼儿”。非是。此童字通“僮”，为僮仆之义。

校：儿女嘻笑牵人衣，《又玄集》作“男女欢笑牵人衣”。**考**：上述与妻儿作别，此句说高兴得拽着大人的衣裳，自然是“儿女”之举，“男”字会大生歧义。又，“嘻笑”，书后何校作“欢笑”。**按**：

“嘻、欢”看似同义，实则描写儿童用“嘻笑”传神。

校：“远道”，书后何校作“长道”。**按**：在此语境，“远、长”一义，故两可。

十二、将进酒

君不见黄河之水天上来，奔流到海不复回。君不见高堂明镜悲白发，朝如青丝暮成雪。人生得意须尽欢，莫使金樽空对月。天生我才必有用，千金散尽还复来。烹羊宰牛且为乐，会须一饮三百杯。岑夫子，丹丘生，与君歌一曲，请君为我倾（一作听）。钟鼎玉帛不足悦（悦，一作贵），但愿长醉不用醒（用，一作愿）。古来圣贤皆寂寞，惟有饮者留其名。陈王昔日宴平乐，斗酒十千恣欢谑。主人何为言少钱，且须酤酒取对君酌。五花马，千金裘，呼儿将出换美酒，与尔同销万古愁。

校：诗题，《残卷》题作《惜樽空》。**考**：《将进酒》为古乐府《汉·短箫铙歌二十二曲》之一。故他本皆从之。

校：“高堂明镜”，《残卷》作“床头明镜”。**考**：“高堂”气魄豁亮，可与天上而来的黄河对举。而“床头”过于小家子气。

校：“朝如青丝”，《残卷》作“朝如青云”。**考**：倘形容女人尚可说云鬓。此为须眉丈夫（古人加冠后即留发），还是“丝”字佳。

校：“天生我才必有用”，《残卷》《乐府》注皆作“天生我徒有俊才”。**考**：从文义看，两句意思相近，只是前者强调自己，而后者扩及“我们”。从音韵看，“才、来、杯”皆押上古“之”韵。故知后句佳。又“才”，书后何校作“材”。**按**：“材”为“地材”，而李白乃谪仙人系“天才”。

校：在“丹丘生”后，《乐府》《全唐诗》皆有“将进酒，杯（君）莫停”两句。**考**：“将进酒”为点题之句。加之“停”与前句“生”，后几句的“倾（听）醒、名”均押上古“耕”韵。故知有此二句佳。

校：“请君为我倾（听）”，《乐府》《诗选》皆作“请君为我倾耳听”。《全唐诗》后三字为“侧耳听”。**考：**从情理上讲要听须用耳，而“倾耳”要比“侧耳”神情更为专注。

校：“钟鼎玉帛不足悦”，《乐府》《全唐诗》《诗选》皆作“钟鼓馔玉不足贵”。**考：**此为饮酒行乐，与玉帛无涉。故知“馔玉不足贵”是。又“鼎”，书后毛校亦作“鼓”。

校：“不用醒”，《乐府》《诗选》作“不复醒”。《全唐诗》作“不愿醒”。**考：**“复”字可避一句两用“愿”字，然古风一向不避字的重复。从语义、语气两方面考虑，“复、愿”两可，然均不如“用”字更贴切顺当。

校：“古来圣贤皆寂寞”，《残卷》作“古来圣贤皆死尽”。**考：**“皆死尽”当然是事实，但出言如此不逊，似乎不是李白的风格。

校：“昔日”，书后何校作“昔时”。**按：**于此语境“时、日”一义，故两可。又“且须”，书后毛校作“更须”，何校作“径须”。**按：**“且、更、径”三字于此均为副词，皆可通。宜从“且”字。又“酤”，毛、何两校俱作“沽”。**按：**买酒、卖酒的专用“酤”字，于此要大胜还有其他义项的“沽”字。又“尔”，毛校作“汝”。**按：**“尔、汝”于此均为第二人称代词，故两可。

十三、乌栖曲

姑苏台上乌栖时，吴王宫里醉西施。吴歌楚舞欢未毕，青山犹衔半边日。金壶丁丁漏水多，起看秋月坠江波。东方渐高奈尔何！

校：“犹衔”，《别裁》《全唐诗》《诗选》皆作“欲衔”。**考：**“欲衔”是将青山拟人化了，“犹衔”是客观叙述已是夕阳衔山的向晚时分，“犹”字佳。

校:“金壶丁丁”，上引三书皆作“银箭金壶”。**考**：古代计时器：铜（金）壶中盛满水，下有小孔使水滴下漏，水中置一箭，杆上有刻度，随水滴增多而刻度变化。所谓“更残漏尽”，即天亮了。依此，二词句似两可。

校：“奈尔何”，上引三书均作“奈乐何”。**考**：太阳升起来了，但对吴王等人的寻欢作乐又能怎样呢？知“乐”字佳。《别裁》诗后注：“末句：为乐难久也！缀一单句，格齐！”

参考文献：

[1] (唐)佚名. 唐写本唐人选唐诗 [M]. 上海：上海古籍出版社，1978年.

[2] (宋) 郭茂倩. 乐府诗集 [M]. 北京：中华书局，1979年.

[3] (清) 沈德潜. 唐诗别裁集 [M]. 上海：上海古籍出版社，1979年.

[4] (清)彭定求等修纂. 全唐诗 [M]. 上海：上海古籍出版社，1986年.

[5] 复旦大学中文系古典文学教研组. 李白诗选 [M]. 北京：人民文学出版，1983年.

[6] (五代) 韦庄选编. 又玄集 [M]. 上海：上海古籍出版社，1978年.

[7] (宋)计有功辑撰. 唐诗纪事 [M]. 上海：上海古籍出版社，2008年.

[8] (清)孙洙编注. 唐诗三百首 [M]. 上海：上海古籍出版社，2010年.

[9] (宋) 李昉等编纂. 文苑英华 [M]. 北京：中华书局，1966年.

[10] (宋)洪迈选编. 万首唐人绝句 [M]. 北京：书目文献出版社，1983年.

原载《绵阳师范学院学报》2014. 1

陇西李白情诗异文校释

——以《才调集》为中心

李白是一位近乎纯粹的性情中人。他侠肝义胆的情怀，仙风道骨的情韵，狷介高洁的情操，都充沛而鲜活地反映于他许多传世的名篇之中。但也无庸讳言，他并非真正不食人间烟火的神仙，正常的男人情愫亦使他关注大唐盛世男女间的情爱。从皇家后宫里的宠姬怨妃，到闾巷坊间的游子思妇，也都写进了他的情诗之中。五代人韦縠在选编《才调集》[1]时，就将28首此类诗收录其中。以其与敦煌残卷《唐人选唐诗》[2]（以下简称《残卷》）、《乐府诗集》[3]（以下简称《乐府》）、《唐诗别裁集》[4]（以下简称《别裁》）、《全唐诗》[5]等相关典籍比勘，发现诸多异文——个别诗篇与其他诗人互见，有些诗题差异较大，诗句中的异文则更夥。对此，前贤、时彦之著述多罗列异同而鲜加按断。我今不揣浅陋，试从文字演变、逻辑修辞、史地因革、名物风俗以及诗歌意境、人物际遇等方面予以校释，并按“宜各从长”之标准，尽陈己见于次。

一、长干行二首

其一

妾发初覆额，折花门前剧。郎骑竹马来，绕牀弄青梅。
同居长干里，两小无嫌猜。十四为君妇，羞颜未尝开。
低头向暗壁，千唤不一回。十五始展眉，愿同尘与灰。

常存抱柱信，岂上望夫台？十六君远行，瞿塘滟滪堆。
五月不可触，猿声天上哀。门前迟行迹，一一上绿苔。
苔深不能扫，落叶秋风早。八月胡蝶来，双飞西园草。
感此伤妾心，坐见红颜老。早晚下三巴，预将书报家。
相迎不远道，直至长风沙。

按："长干"为六朝时都城建康（今南京）的里巷名。当年秦淮河两岸有山冈，其间平地称"干"，是吏民杂居之所。有大小二长干相连。大长干在今中华门外，小长干在今凤凰台南，巷西通长江。又，此诗多入后世选家法眼，"青梅竹马，两小无猜"亦成千载流传之成语典故。

校："绕牀"，《别裁》作"绕床"[4]。《说文》："牀，安身之坐者。从木，爿声。"《说文系传》："牀，安身之几坐也。"《学林》："古人称牀、榻，非特卧具也，多是坐物。"此处所绕之"牀"即应为坐具。

校："未尝"，《乐府》作"尚不"[3]，《文苑英华》[6]（以下简称《英华》）作"未曾"。**按**：句意为：还十分羞涩，不曾大方过。"未尝"已佳。

校："岂"，《乐府》《全唐诗》均作"耻"[5]。**按**："岂"为反诘语气词：哪会分别如此长久？"岂"字让文气起了波澜。佳。

校："猿声"，《乐府》作"猿鸣"。**按**：古歌谣有云："巴东三峡巫峡长，猿鸣三声泪沾裳。"有所来自的"鸣"字佳。

校："迟"，原注（指原诗夹注）：一作"旧"。**按**："旧"字有今昔对比之感，较好。

校："绿"，《乐府》注：一作"苍"。**按**："苍"为深绿色，较"绿"更能表现分别时间之久。

校："深"，原注：一作"泪"。**按**：李白《自代内赠》诗"别来门前草，秋巷春转碧。扫尽更还生，萋萋满行迹。"以此知"深"

字佳。

校：“来”，《英华》注：一作“黄”。**按**：胡（今作蝴）蝶有各种色彩，未闻秋季变黄之说。还是“来”字佳。

又，“双飞西园草”下，《别裁》夹注：“胡蝶二句，即所见以感兴。”于诗后注评：“长风沙在舒州（今安徽庐江县），金陵（今南京）至舒州七百余里，言相迎之远也。”

其二

忆妾深闺里，烟尘不曾识。嫁与长干人，沙头候风色。
五月南风兴，思君下巴陵。八月西风起，想君发杨子。
去来悲如何？见少别离多。湘潭几日到？妾梦越风波。
昨夜狂风度，吹折江皋树。渺渺暗无边，行人在何处？
好乘浮云骢，佳期兰渚东。鸳鸯绿蒲上，翡翠锦屏中。
自怜十五余，颜色桃李红。那作商人妇，愁水复愁风。

按：《乐府》题下注：“第二首‘忆妾深闺里’，亦见《全唐诗》一一四卷作张潮诗。”又卷二八三作李益诗，（题）注：“黄鲁直（庭坚）云：‘李白集中《长干行》二篇，其后篇乃李益所作。’胡震亨从之，增入李益集。”又云：“按此诗《唐诗纪事》卷二七作张潮作，似较可信。”[3] **今按**：以下分别称“张诗”、“益诗”。

校：“下”，《乐府》作“在”。“巴”，“张诗”注：一作“江”[5]。**按**：与“发杨子”并列，还是动词“下”强于介词“在”。又，“江陵”较“巴陵”更居长江下游。

校：“西风”，《英华》《唐诗纪事》[7]（以下简称《纪事》）均作“秋风”。**按**：虽说“西风”即“秋风”，然与前句“南风”相谐，还是“西”字佳。

校：“想君”，上二书均作“看君”。**按**：与“思君”并列，“想君”较佳。又“杨子”上二书皆作“扬子”，是。

校：“去来”，《纪事》作“去时”。**按**：对应下句“见少别离多”

还是去去来来的情形更符合情势。

校："几日"，《英华》作"几人"。**按**：思妇心算行程：那天到湘潭？除其夫君外他人均与她无涉。

校："越"，"张诗"作"常"。**按**："越风波"，指思念之情超越风波。似较"常"为好。

又，"昨夜狂风度"下，《乐府》注："《纪事》另作一首。"**按**：披检该书，确以"又云"领起下文。

校："江皋"，原注同"张诗"均作"江头"。**按**："皋"有水岸之义，江岸植树乃寻常之事。不必用"头"字。

校："行人"句下，《乐府》及"张诗"皆有"北客真（一作至）王公，朱衣满江中。薄（一作日）暮来投宿，数朝不肯东"四句。

校："桃李红"，"张诗""益诗"皆作"桃花红"。**按**：《诗经·桃夭》云："桃之夭夭，灼灼其华。"形容少妇貌美用桃花作比，由来久矣！"李"花色白，常云"桃红李白"是也。

三至五、《古风三首》

其一

泣与亲友别，欲语再三咽。勖君青松心，努力保霜雪。
世路多艰险，白日欺红颜。分手各千里，去去何时还？

按：此诗为《全唐诗·李白卷·古风第二十首》之中间八句。上有"昔我游齐都"等十句，下有"在世复几时"等十二句。

校："手"，原注：一作"首"。**按**："分手"是，而"分首"大误。

其二（此为《全唐诗·李白卷·古风第二十三首》）

秋露白如玉，团圆下庭绿。我行忽见之，寒草悲岁促。
人生鸟过目，胡乃自结束？景公一何愚！牛山泪相续。

物苦不知足，登陇又望蜀。人心若波澜，世路有屈曲。

三万六千日，夜夜当秉烛。

校：“团圆”，《全唐诗》作“团团”[5]。**按**：“团圆”有多义，于此语境不若指代单一的“团团”。

“寒草”，上书作“寒早”。**按**：秋去冬来，岁月匆匆，草木凋零，我亦感到时光飞逝。“草”字佳。

其三（此为《全唐诗·李白卷·古风第二十七首》）

燕赵有秀色，绮楼青云端。眉目艳皎月，一笑倾城欢。

常恐碧草晚，坐泣秋风寒。纤手怨玉琴，清晨起长叹。

焉得偶君子，共乘双飞鸾。

校：“楼”，原注：一作“树”。**按**：“绮楼”可作“绣楼”解，然“树”，何得云“绮”字？

六、长相思

日色已尽花含烟，月明欲口愁不眠。

赵瑟初停凤凰柱，蜀琴欲奏鸳鸯弦。

此曲有意无人传，愿随春风寄燕然，

忆君迢迢隔青天。

昔日横波目，今为流泪泉。

不信妾肠断？归来看取明镜前。

诗题，《乐府》作三首，此为其二。《全唐诗》亦为三首，但其一在一六二卷，此首则在一六五卷。

按：口，即残缺之字，上二书与王琦注《李太白集》（以下简称《李集》）皆作“素”。**校**：“已尽”“欲素”，《李集》分别作“欲尽”“如素”。**按**：依时序推演：向晚时分，烟花迷蒙，一轮皓月，真如“如白玉盘”般悬挂天上。《李集》二词佳。

“昔日”，《全唐诗》注：一作“昔时”[5]。**按：**“时、日”一义，故两可。而举凡两可之字词，皆应从早出之书或版本。

“今为”，《乐府》《全唐诗》均作“今成”[3]，《李集》为“今作”。**按：**三词近似，反复吟哦，似以“今成”稍佳。又，《别裁》诗后注评：“怨而不怒。”[4]

七、乌夜啼

黄云城边乌欲栖，归飞哑哑枝上啼。
机中织锦秦川女，碧纱如烟隔窗语。
停梭怅然忆远人，独宿孤房泪如雨。
（一作：停梭向人问故夫，知在流沙泪如雨。）

按：《乐府》引《乐志》曰：“《乌夜啼》者，（南朝）宋临川王义庆所作也。元嘉十七年（440）徙彭城王义康于豫章。义庆时为江州，至镇，相见而哭。文帝闻而怪之，征还大惧。伎妾夜闻乌夜啼声，扣斋阁云：‘明日应有赦。’其年更为南兖州刺史，因此作歌。故其和云：‘夜夜望郎归，笼窗窗不开。’今所传歌辞，似非义庆本旨。”[3]

校：“欲栖”，《残卷》作“夜栖”[2]。**按：**“夜栖”才扣题，“欲”字欠佳。

校：“机中织锦”，《乐府》注：一作“闺中织妇”，“秦川女”一作“秦家女”。**按：**注文似更加文从字顺。

校：“停梭”一联，《乐府》注：一作“停梭向人问故夫（同原注，而《残卷》作“停梭问人忆故夫”），欲说辽西泪如雨。”**按：**原注中的“知在流沙泪如雨”，有学者认为是用《晋书·列女传》中苏蕙为被放逐至流沙的丈夫窦滔，编织回文诗成璇玑图的故实。但更多学者则认为“独宿孤房（《残卷》作“空床”）泪如雨”更能广泛地反映出当时一般商妇的生活状况，更具艺术魅力。

又，《别裁》诗后注评：“蕴含深远，不须言语之烦。贺知章读

《乌夜啼》诸乐府，因重太白，荐于明皇。”[4] **按**：向明皇举荐李白的人不少。起重要作用的应包括唐玄宗的妹妹玉真公主（后赐号“持盈法师”）及私谥“宗玄先生”的道士吴筠。

八、白头吟

锦水东流碧，波荡双鸳鸯。
雄飞汉宫树，雌弄秦草芳。
相如去蜀谒武皇，赤车驷马生辉光。
一朝再览大人作，万寿忽欲凌云翔。
闻道阿娇失恩崇，千金买赋要君王。
相如不忆贫贱日，官高金多聘私室。
茂陵姝子皆见求，文君欢爱从此毕。
泪如双泉水，行堕紫罗衿。
五起鸡三唱，清晨白头吟。
长吁不整绿云鬓，仰诉青天哀怨深。
城崩杞梁妻，谁道土无心？
东流不作西归水，落花辞枝羞故林。
头上玉燕钗，是妾嫁时物。
赠君表相思，罗袖幸时拂。
莫卷龙须席，从他生网丝。
且留琥珀枕，还有梦来时。
鹔鹴裘在锦屏上，自君一挂无由披。
妾有秦楼镜，照心胜照井。
愿持照新人，双对可怜影。
覆水却收不满杯，相如还谢文君回。
古来得意不相负，只今唯有青陵台。

按：《乐府》题解引《西京杂记》云：“司马相如将聘茂陵人女为

妾，卓文君作《白头吟》以自绝，相如乃止。”又引古辞云：“皑如山上雪，皎若云间月。”“愿得一人心，白头不相离。”一说云：《白头吟》疾人相知，以新间旧，不能至于白首，故以为名。

校：“雌弄”，《全唐诗》注所附诗作“雌丢”[5]。**按**：“丢”字更合本诗之题旨。

校：“万寿”，《乐府》及上书皆作“万乘”[3]。**按**：以“万乘”之尊比喻君王，由来久矣！“万寿”稍欠佳。

校：“官高”，上二书皆作“位高”。**按**：“位高权重”为古汉语常用之词。“高官厚禄”亦常用。而“官高”却不常用。

又，《乐府》《全唐诗》均将字句略少的一首放在前面，有学者提出，此首系初稿，斟酌推敲后，定稿时减少些字句。可备一说。又，《别裁》诗后注评：青陵台句，“韩凭与妇俱以义死，故云”。又云：“太白诗固多寄托，然必欲事事牵合，谓此指废王皇后事，殊支离也”[4]。

九、赠汉阳辅录事

鹦鹉洲横汉阳渡，水引寒烟没江树。
南浦登楼不见君，君今罢官在何处？
汉口双鱼白锦鳞，令传尺素报情人。
其中字数无多少，只是相思秋复春。

诗题，《全唐诗》有“二首”二字，此诗为其二。

十、捣衣篇

闺里佳人年十余，颦蛾对影恨离居。
忽逢江上春归燕，衔得云中尺素书。
玉手开缄长叹息，狂夫犹戍交河北。
万里交河水北流，愿为双鸟泛中洲。

君边云拥青丝骑，妾处苔生红粉楼。
楼上春风日将歇，谁能揽镜看愁发？
晓吹员管随落花，夜捣戎衣向明月。
明月高高刻漏长，真珠帘箔掩兰堂。
横垂宝幄同心结，半拂琼筵苏合香。
琼筵宝幄连枝锦，灯火荧荧照孤寝。
有使凭将金剪刀，为君留下相思枕。
摘尽庭兰不见君，红巾拭泪生氤氲。
明年更若征边塞，愿作阳台一段云。

校：“狂”，《全唐诗》注：一作“征”[5]。**按：**“征夫”才与戍边、戎衣相呼应。“狂”字欠佳。

校：“员”，《李集》作“篔”。**按：**篔竹为竹之一种，疑以此竹所制之管称“篔管”，为乐器。

校：“使”，《全唐诗》作“便”。**按：**句意似为：盼有信使来，给丈夫带去一个枕头以寄相思之情。“便”字稍欠佳。

校：“更若”，上二书均作“若更”。**按：**二词看似相同，然则与下句关联，强调是假若更进一步征兵边塞，妾（我）还愿作征夫之思妇。

十一、大堤曲

汉水横襄阳，花开大堤暖。佳期大堤下，泪向南云满。
春风复无情，吹我魂梦乱。不见眼中人，天长音信断。

按：此诗与《寄远十一首》其五重出，但前三句文字不同：“远忆巫山阳，花明渌水暖。踌躇未得往，泪向南云满。”[5]

校：“横”，《乐府》《全唐诗》皆作“临”。**按：**“临”作流经解，较“横”大佳。

校：“复无”，《全唐诗》注：一作“无复”。**按：**还是说春风“复无情”好，因为它搅乱了梦中与情人的幽会。

校：“魂梦”，上二书均作“梦魂”。**按**：相对而言“梦魂”较为习见。

校：“乱”，《乐府》作“断”，《全唐诗》作“散”。**按**：“吹乱”了梦中情景，比“断”“散”更让人存有希望。

十二、青山独酌

蒲萄酒，金叵（一作破）罗，吴姬十五细马驮。

青黛画眉红锦靴，道字不正娇唱歌。

玳瑁筵中怀里醉，芙蓉帐底奈君何？

校：诗题，《全唐诗》作《对酒》[5]。

校：“金叵罗”，原注“叵”，一作“破”。**按**：《全唐诗》亦作“金叵罗”。“叵罗”为酒卮。“金叵罗”即北方少数民族对“金樽”的称呼。详见《北史》。

十三、久别离

别来几春未还家，玉窗五见樱桃花。

况有锦字书，开缄使人嗟。

此肠断，彼心绝，云鬟绿鬓罢梳（一作揽）结。

愁如回飚乱白雪，去年寄书报阳台，今年寄书重相摧。

东风兮（一本云“胡为乎”）东风，为我吹行云使西来。

待来竟不来，落花寂寂委青苔。

校：“此肠断，彼心绝”，《乐府》作“至此肠断彼心绝”[3]。**按**：看似句型整齐些，但“至此”，将“彼此”的鲜明对比取消了。可谓以文害义。

校：“绿鬓”，《全唐诗》注：一作“雾鬓”。**按**：与“云鬟”对举，“雾鬓”强于“绿鬓”。

校：“梳结”，原注与《乐府》均作“揽结”。**按**：“梳结”意谓梳洗过后盘结髻鬟。不必用“揽”字。

校：“东风兮东风”，《乐府》作“胡为乎东风”。但注云：集（**按**：指《李集》）作“东风兮东风”，**按**：集本是。

校：“寂寂”，《全唐诗》注：一作“寂寞”。**按**：二词近义，似两可。

十四、紫骝马

紫骝行且嘶，双翻碧玉蹄。临流不肯渡，似惜锦障泥。

白雪关山远，黄云海树迷。挥鞭万里去，安得念春闺？

按：《乐府》解题引《古今乐录》曰：“《紫骝马》古辞云：‘十五从军征，八十始得归。道逢乡里人，家中有阿谁？’又梁曲曰：‘独柯不成树，独树不成林。念郎锦裲裆，恒长不忘心。’盖从军久戍，怀归而作也。”[3]

校：“行”，敦煌残卷作“骄”[2]。**按**：“骄”字能表现出骏马及主人的气度。

校：“双翻”，上书作“霜翻”。**按**：疑“霜”取其白色。然“双翻”强调其腾空的姿势。“双”字佳。

校：“关山”，上书作“关城”。**按**：与“海树”对举，“关山”要强于“关城”。也更与下句的“万里”配搭。

校：“挥鞭”，上书作“抽鞭”。**按**：“挥鞭”较“抽鞭”更有男儿的英雄气概。

校：“念”，《全唐诗》注：一作“恋”。**按**：连“思念”都被视为小儿女，遑论爱恋！

十五至十七、宫中行乐三首

诗题，唐写本敦煌残卷作《宫中三章》署：皇帝侍文李白[2]选其一，《乐府》作《宫中行乐辞八首》列其三、七、八首。《别裁》作《宫中行乐词七首》下注："原本齐、梁，缘情绮靡中不忘讽意，寄兴独远。"列其三、六、七首。《全唐诗》作《宫中行乐词》列其三、七、八首。

其一

卢橘为秦树，蒲桃出汉宫。烟花宜落日，丝管醉春风。

笛奏龙鸣曲，箫吟凤下空。君王多乐事，何必向回中？

校："蒲桃"，《敦煌残卷》作"蒲陶"，《乐府》《别裁》《全唐诗》皆作"蒲萄"。**按：**《岭南杂记》载："蒲桃形如蜡丸，大如桃，（树）高丈余。"而"蒲陶"即"葡萄"。原产西域，今北方广种之。"蒲陶宫"见《汉书·匈奴传》："单于来朝，上以太岁厌胜所在，舍之上林苑蒲陶宫。"又，"出"字残卷作"是"。乍看"蒲桃是汉宫"，语法欠通，然与"为秦树"对举，"是汉宫"句意（是汉宫名）与词性（为、是，皆判断词）均工稳。反倒是——看似通顺的"出汉宫"与情理不通。

校："龙鸣"，《李集》《别裁》均作"龙吟"，"箫吟"，《万首》则作"箫鸣"。**按：**箫声呜咽多悲凉之音，还是原句"龙鸣、箫吟"为佳。

校："何必向回中"，《乐府》与上二书皆作"还与万方同"。《别裁》注评："中有规讽。"**按：**值得采信。

其二

寒雪梅中尽，春风柳上归。宫莺娇欲醉，檐燕语还飞。

迟日明歌席，新花艳舞衣。晚来移彩仗，行乐好（一作泥）光辉。

校："好"，原注与上三书皆作"泥"。**按：**"泥"有涂饰义，句意可解。

其三

水渌南薰殿，花红北阙楼。莺歌闻太液，凤吹绕瀛洲。

素女鸣珠珮，天人弄彩球。今朝风日好，宜入未央游。

校：“水渌”，《乐府》《别裁》《全唐诗》皆作“水绿”。**按**：与“花红”对举，“水绿”更佳。

校：“珮”，《乐府》《全唐诗》作“佩”。**按**：“珮”为“佩”之或体字，见《玉篇》。

十八、愁阳春赋

东风归来，见碧草而知春。
荡瀁恍惚，何垂杨旖旎之愁人？
天光清而妍和，海气绿而芳新。
野彩翠而芊绵，云飘飖而相鲜。
演漾兮寅缘，窥青苔之生泉。
缥缈兮翩绵，见游丝之萦烟。
魂与此兮俱断，醉风光兮凄然。
若乃陇水秦声，江猿巴吟。
明妃玉塞，楚客枫林。
试登高以远望，痛切骨而伤心。
春心荡兮如波，春愁乱兮如雪。
兼万情之悲欢，兹（一作纷）一感于芳节。
我所思兮湘水滨，隔云霓而见无因。
洒别泪于尺波，寄东流于情亲。
若使春光可揽而不灭兮，吾欲赠天涯之佳人。

按：此赋，收入《全唐文》三四七卷。下面与其对校并释之。

校：“荡瀁”，一作“荡漾”。**按**：“瀁、漾”为古今字。

校：“清”，一作“青”。**按**：青天是，而清天非。

校：“而”，一作“兮”。**按**：前二句和后一句均用了“而”，此处用“兮”改变一下文气为好。

校：“飘飖”，一作“飘摇”。**按**：二词一义，故两可。

校：“寅缘”，一作“夤缘”。**按：**“夤缘”乃攀附进身之谓。“寅”字欠佳。

校：“青苔”，一作“新苔”。**按：**此诗写阳春之景，“新”字佳。

校：“醉”，一作“对”。**按：**“醉”字可呼应诗题中的“愁”字。

校：“以望远”，一作“而望远”。**按：**下句有“而”字，此处用“以”佳。

校：“痛切”，一作“咸痛”。**按：**疼痛切骨，较“咸痛”大佳。

校：“我”，一作“若有一人”。**按：**全诗至此未出现“我”字，仍用“若有一人”的骚体句式，似更好。

校：“不灭”，一作“花成”。**按：**下句为赠佳人，赠何物？“花成”正可承接之。

十九、寒女吟

昔君布衣时，与妾同辛苦。一拜五官郎，便索邯郸女。
妾欲辞君去，君心便相许。妾读蘼芜书，悲歌泪如雨。
忆昔嫁君时，曾无一夜乐。不是妾无堪，君家妇难作。
起来强歌舞，纵好君嫌恶。下堂辞君去，去后悔遮莫？

按：此诗《全唐诗》漏收。童养年先生所辑《全唐诗续补遗·卷三》收此诗。惜未注明出处。

二十、相逢行

相逢红日内，高揖黄金鞭。万户垂杨里，君家阿那边？

按：《乐府》题注一曰《相逢狭路间行》亦曰《长安有狭斜行》。《乐府解题》曰：“古词文意与《鸡鸣曲》同。晋陆机《长安狭斜行》云‘伊洛有歧路，歧路交朱轮’，则言世路险狭邪僻，正直之士无所措手足矣。”[3]《乐府》题作《相逢行二首》此为其二。其一为五言古诗，《全唐诗》亦分收之。

二十一至二十五、紫宫乐五首

诗题，与上《宫中行乐三首》有交集。敦煌残卷一、三为其一、三；《乐府》载《宫中行乐辞八首》中的一、二、四、五、六；《别裁》载《宫中行乐词七首》中的一、二、四、五、（缺其七）；《全唐诗》载《宫中行乐》中的一、二、四、五、六。

其一

小小生金屋，盈盈在紫微。山花插宝髻，石竹绣罗衣。

每出深宫里，常随步辇归。只愁歌舞散，化作彩云飞。

校："在"《残卷》作"入"[2]。**按**：于此语境，二词近义，似两可。

校："散"，《乐府》《全唐诗》均注：一作"罢"。**按**：与"飞"呼应，"散"字强于"罢"字。

其二

玉树春归日，金宫乐事多。后庭朝未入，轻辇夜相过。

笑出花间语，娇来竹下歌。莫教明月去，留著醉姮娥。

校："树"，《乐府》《全唐诗》均注：一作"殿"[3]。**按**："宫殿"对举，似强于"宫树"。

校："日"，上二书均注一作"好"。**按**："好"与"多"对举，也强于"日"字。

校："竹下"，《乐府》注、《全唐诗》均作"烛下"。**按**：行乐在月夜里，"竹下"远不如"烛下"更合情理。

校："姮娥"，《别裁》作"嫦娥"[4]。**考**：此传说中后羿之妻，本名姮娥，为避汉文帝刘恒之嫌名而改称"嫦娥"。

其三

柳色黄金嫩，梨花白雪香。玉楼巢（一作关）翡翠，珠殿锁鸳鸯。

选妓随雕辇，徵歌出洞房。宫中谁第一？飞燕在昭阳。

校："嫩"，《残卷》作"暖"。**按**：与"香"字对举，"嫩"强于"暖"。

校："巢"，上书作"开"。**按**：疑"開"为"關（关）"之误。又，与"锁"对举，"巢"与"关"均胜"开"，就中"关"似最佳。

校："珠殿"，《乐府》《别裁》《全唐诗》皆作"金殿"。**按**：首句已有"金"字，此处用"珠"佳。残卷亦作"珠殿"[2]。

校："雕"，《乐府》《全唐诗》均注：一作"朝"。**按**：与"洞房"对举，"雕辇"似强于"朝辇"。

又，《别裁》诗后注评："连上首（指"小小生金屋"）专咏贵妃，言下有祸水灭汉之意。"今人富寿荪云："《宫中行乐词》乃奉诏而作，但有谀美之词，绝无讥讽之意，沈（德潜）说非是。"[4]

其四

绣户香风暖，纱窗曙色新。宫花争笑日，池草暗生春。

绿树闻歌鸟，青楼见舞人。昭阳桃李月，罗绮自相亲。

校："自"，《乐府》《全唐诗》均注：一作"坐"[3]。**按**：句意为春风桃李绣户暖，昭阳宫里人相亲，"自"字佳。

其五

今日明光里，还须结伴游。春风开紫殿，天乐下珠楼。

艳舞全知巧，娇歌半欲羞。更怜花月夜，宫女笑藏钩。

校："钩"，《乐府》作"鉤"[3]。**按**："鈎、鉤"今为正异体字，而"鈎"今又简化作"钩"。

二十六、会别离

结发生别离，相思复相保。如何日已远？五变庭中草。

渺渺天海途，悠悠汉江岛。但恐不出门，出门无道远。

道远行寄难，家贫衣复单。严风吹雨雪，晨起鼻何酸？

人生各有志，岂不怀所安？分明天上日，生死誓同欢。

按：此诗《全唐诗》漏收。童养年《全唐诗续补遗·卷三》载："《全唐诗·一五七》作孟云卿《今别离》。"披检《全唐诗》果见此诗，其题下注："一作《别离曲》。"而《箧中集》亦收《今别离》一诗。疑"会、今"二字形近而致误。童养年书云："又，二杂曲歌辞作孟云卿《生别离》。"今此诗亦检得，综合对比校勘如下：

校："如何"，又作"何如"。**按：**作为疑问词，二者近义，故云两可。

校："天海"，又作"大海"，**按：**天涯海角，路途遥远。"天"较"大"佳。

校："汉江"又作"吴江"。**按：**诗中所云"汉或吴"江之岛乃极言离别之苦。没有坐实究属何江之必要。

校："道远"，又作"远道"。**按：**二词虽一义，但与"保、草、岛"押韵，"远道"佳。

校："寄"，又作"既"。**按：**与"衣复单"对举，"行既难"强于"行寄难"。

校："雨雪"，又作"积雪"。**按：**为强调天寒衣单，可用积雪——不一定堆积很厚，那样"严风"就吹不起雪花了。

校："誓"又作"愿"。**按：**发誓比祈愿，在表现决心方面更加坚定。"誓"字佳。

二十七、江夏行

忆昔娇小姿，春心亦自持。为言嫁夫婿，得免长相思。
谁知嫁商贾，令人却愁苦。自从为夫妻，何曾在乡土？
去年下扬州，相送黄鹤楼。眼看帆去远，心逐江水流。
只言期一载，谁谓历三秋？使妾肠欲断，恨君情悠悠。
东家西舍同时发，北去南来不逾月。
未知行李游何方，作个音书能断绝。

适来往南浦，欲问西江船。正见当垆女，红妆二八年。
一种为人妻，独自多悲悽。对镜便垂泪，逢人只欲啼。
不如轻薄儿，旦暮长追随。悔作商人妇，青春长别离。
如今正好同欢乐，君去容华谁得知？

校：“谁谓”，《乐府》作“谁为”[3]。**按**：句意为谁能想到竟三年未归。“谓”稍强于“为”。

校：“追随”，《李集》《全唐诗》均作“相随”。**按**：虽为轻薄儿，但在当时社会风气下“相随”已属正常，“追”字欠佳。

二十八、相逢行

诗题，即上文所言五言古诗之同题者。

朝骑五花马，谒帝出银台。秀色谁家子？云车珠箔开。金鞭遥指点，玉勒近迟回。夹毂相借问，知（一作疑）从天上来。邀入青绮门，当歌共衔杯。衔杯映歌扇，似月云中见。相见不得亲，不如不相见。相见情已深，未语可知心。胡为返（一作守）空闺？孤眠愁锦衾。锦衾语（一作与）罗帷，缠绵会有时。春风正澹荡，暮雨来何迟？愿（一作后）因三春（一作青）鸟，更报长相思。光景不待人，须臾发成丝。当年失行乐，老去徒伤悲。持此道密意，无令旷佳期。（一本无后六句）

校：“云”，《乐府》《全唐诗》均注[5]：一作“中”。**按**：“云车”，多解：一为高车，二为饰彩云之车，三为神人以云为车。此句应取饰云图之车。“中”字欠佳。

按：“金鞭”一联，《唐文粹卷一三》无[3]。

校：“知”，原注与《乐府》《全唐诗》均作“疑”。**按**：与“云车”之双关义相呼应，“疑”胜“知”。

按：“知（疑）从”句下，《乐府》多出四句：（《唐文粹》《李集》均无。）

怜肠愁欲断，斜日复相催。下车何轻盈，飘然似落梅。

校：“邀”，《全唐诗》作“蹙”。**按**：“蹙”——皱着眉头入青绮门，是更形象的描写，比“邀”字强。而此二句，上二书注作：“娇羞初解珮，语笑共衔杯。”

校：“不得”，《乐府》作“不相”。**按**：“相见不相亲”与下二句的“不如不相见”与“相见情已深”，形成民歌风的回环往复。“相”字佳。

校：“返”，原注与《乐府》《全唐诗》皆作“守”。**按**：“守”较“返”字更能表现“空闺”的凄清与心境的凄凉。

校：“语”，原注与上二书皆作“与”。**按**：“锦衾”对“罗帷”说：相爱之人总会有灵肉的缠绵之时。“语”字拟人，强于“与”字。

校：“春风”一联，《乐府》注：一作“春风正纠结，青鸟来何迟？”**按**：因下句已有“愿因三春（青）鸟”，故嫌其注文重复。

校：“春鸟”，上二书皆作“青鸟”。**按**：《汉武故事》载：七月七日三青鸟侍西王母，来之前已派青鸟集殿前。故此鸟为使者之代称。“春”字欠佳。

按：原注无此六句（指“光景”至“佳期”）。《乐府》注：“光景六句：《唐文粹》无。”[3]

参考文献：

[1]（五代）韦縠选编. 才调集［M］. 上海：上海古籍出版社，1978年.

[2]（唐）佚名. 唐写本唐人选唐诗［M］. 上海：上海古籍出版社，1978年.

[3]（宋）郭茂倩编. 乐府诗集［M］. 北京：中华书局，1979年.

[4]（清）沈德潜编. 唐诗别裁集［M］. 上海：上海古籍出版社，1979年.

[5]（清）彭定求等修纂. 全唐诗［M］. 上海：上海古籍出版社，1986年.

[6]（宋）李昉等编纂. 文苑英华［M］. 北京：中华书局，1966年.
[7]（宋）计有功辑撰. 唐诗纪事［M］. 上海：上海古籍出版社，2008年.

原载《郑州升达经贸管理学院学报》2014.4

陇西李白咏“九日”诗探微

在《全唐诗·李白卷》[1]中，诗题明示吟诵“九日”（即重阳节）及相关内容之诗，计七首。现逐一从继承传统与开拓创新两角度，予以探微。

一至二、宣州九日闻崔四侍御与宇文太守游敬亭，余时登响山不同此赏，醉后寄崔侍御二题

其一

九日茱萸熟，插鬓伤早白。登高望山海，满目悲古昔。
远访投沙人，因为逃名客。故交竟谁在？独有崔亭伯。
重阳不相知，载酒任所适。手持一枝菊，调笑二千石。
日暮岸帻归，传呼隘阡陌。彤襜双白鹿，宾从何辉赫！
夫子在其间，遂成云霄隔。良辰与美景，两地方虚掷。
晚从南峰归，萝月下水壁。却登郡楼望，松色寒转碧。
咫尺不可亲，弃我如遗舄。

按：诗题中的宣州，当年治所在今安徽宣城。唐武德初李渊改郡为州，太守为刺史[2]。宇文太守之称即习用前朝旧称。“九日”即重阳节，又称“重九”。魏文帝曹丕《九日与锺繇书》[3]：“岁往月来，忽复九月九日。九为阳数，而日月并应，俗嘉其名，以为宜于长久，故以享宴高会。”信中还盛赞此时独荣之菊花，含乾坤之纯和，体芬芳之淑气。所以献上一束菊花，祝锺繇长寿。而今，一提到重阳赏菊，

人们便会想到陶渊明。其实他也是传承曹丕的，就连《九日闲居》[4]诗的前四句“世短意常多，斯人乐久生。日月依辰至，举俗爱其名。”也是化用《九日与锺繇书》主旨而来的。

又，题中崔侍御，《唐诗纪事》[5]（以下简称《纪事》）称：“崔成甫”，李白诗“崔侍御”是也。宇文太守，即刺史宇文氏，名不详。除此诗外，李白还有多首酬寄崔侍御与同时题赠崔氏、宇文氏之诗。

又，敬亭山，在宣城境内。李白天宝十二载（753）从梁园到宣城后也曾几次登临、吟咏。响山，具体方位不详。

“茱萸插鬓”事，见《风土记》记载：九日折茱萸插头，以辟恶气，而御初寒。中唐诗人朱放云：“哪得更将头上发，学他少年插茱萸。”郑絪诗句：“簪茱泛菊俯平阡”都是此风俗的证明。

“登高望山海”，登高则是重阳节的重要活动之一。诗题中所说崔氏与宇文氏游敬亭，即是登敬亭山，又径直说自己登响山。初唐诗人王勃“九月九日望乡台，他席他乡送客杯”。卢照邻亦云：“九月九日眺山川，归心归望积风烟。”均系登高怀乡之作。此风俗缘自东晋末年刘裕称宋公之时，“九日”曾在当年项羽所筑戏马台大宴宾客。此台遗址在今徐州铜山县南。

“载酒任所适”，重阳节要饮菊花酒的风俗，缘自南朝文学家吴均所著《续齐谐记》。据其云：东汉仙人费长房曾预言九月九日汝南一带将有大灾难降临，人们要避祸须将茱萸盛囊中缠臂，登山喝菊花酒才可免灾。孟浩然诗“待到重阳日，还来就菊花”，即此风俗。

“手持一枝菊，调笑二千石。”考：曹丕《九日与锺繇书》：“至于芳菊，纷然独荣，……谨奉一束，以助彭祖之术。”此处反其义而用之。汉制，宫中九卿郎将，地方太守年俸禄均为二千石（古读 sí，俗读 dàn）。又细分三等，月均约得一百三十四斛官粮。此联充分表现出李白内心深处对权贵的蔑视和嘲笑。他还更明确地挑战说：“黄金白璧买歌笑，一醉累月轻王侯。”

“岸帻”，帻为覆发之巾。岸帻，谓脱略露额不拘礼法之状，是个真性情中人的李白样子。

“彤襜双白鹿，宾从何辉赫”，是说大红色的车帷上绣着白色的双鹿图案，让人想起“呦呦鹿鸣，求其友声”。故引起下文的宾朋辉赫。

“弃我如遗舄”，舄，即履，鞋子。弃如敝屣，是说抛弃的东西似穿坏的鞋子一样毫不吝惜。这是李白谦冲地自我贬抑。

其二

九卿天上落，五马道傍来。列戟朱门晓，褰帏碧嶂开。

登高望远海，召客得英才。紫绶欢情洽，黄花逸兴催。

山从图上见，溪即镜中回。遥羡重阳作，应过戏马台。

“九卿，五马”联，是说崔侍御官比秦之九卿——中央高官。“五马”指代宇文太守。《汉官仪》：“四马载车，此常理也，惟太守出则增一马”，故称“五马”。

“朱门晓”，起得很早。“碧嶂开”，遇青山有仪仗队开路。

“紫绶，黄花”联，绶带即挂印符的丝条，以红紫为显贵。黄花，即菊花，古时又写作“黄华（huā）”。

“山从图上见”，“从”下注：一作“依”；“溪即镜中回”，“即”下注：一作“向”。**按：**此形容山川如画里，“从、依”“即、向”于此语境，皆两可。

“遥羡重阳作，应过戏马台。”重阳作指崔侍御、宇文太守等人九日登敬亭山所赋之诗。“戏马台”指东晋末年刘裕为宋公时曾于九日大会宾客于此（故址在今江苏铜山县），谢宣远、谢灵运诸人均有诗篇传世。[6]

三、九日登山

渊明归去来，不与世相逐。为无杯中物，遂偶本州牧。

因招白衣人，笑酌黄花菊。我来不得意，虚过重阳时。
题舆何俊发，遂结城南期。筑土按响山，俯临宛水湄。
胡人叫玉笛，越女弹霜丝。自作英王胄，斯乐不可窥。
赤鲤涌琴高，白龟道冯夷。灵仙如仿佛，奠酹遥相知。
古来登高人，今复几人在？沧洲连宿诺，明日犹可待。
连山似惊波，合沓出溟海。扬袂挥四座，酩酊安所知？
齐歌送清扬，起舞乱参差。宾随落叶散，帽逐秋风吹。
别后登此台，愿言长相思。

按：前三联用陶潜《九日闲居并序》：“余闲居，爱重九之名。秋菊盈园，而持醪靡由（没酒喝），空服九华（重阳之花），寄怀于言。”久坐菊丛中的诗人，直等到王弘遣白衣人送酒来“即便就酌，醉而归”。

“赤鲤涌琴高”，据《列仙传》载：战国时赵人琴高善鼓琴，曾入涿水取龙子，与诸弟子约某日返，果乘赤鲤出。观者万余人。

“白龟道冯夷”，冯夷有水神（《庄子》）天神（《淮南子》）二解，“赤鲤”既与涿水相关，此灵异之白龟与天神一道，方与“灵先如仿佛，奠酹遥相知”连接。

以下三联，从感慨光阴易逝，人生苦短，到回复现实的连山溟海。

尽兴歌舞，酩酊大醉。“宾随，帽逐”一联复又用“九日龙山会”典故：桓温大宴宾客，参军孟嘉帽子被风吹落竟浑然不觉。

四、九日

今日云景好，水绿秋山明。携壶酌流霞，搴菊泛寒荣。
地远松石古，风扬弦管清。窥觞照欢颜，独笑还自倾。
落帽醉山月，空歌怀友生。

在写欢宴时，非常俏皮地写道：在杯中的酒里照见了自己的笑脸，于是自笑自斟地喝干了杯中酒。

“落帽醉山月，空歌怀友生。”落帽，已见前说；友生，即朋友。《诗经·伐木》：“矧伊人矣，不求友生。”

五、九日龙山饮

九日龙山饮，黄花笑逐臣。醉看风落帽，舞爱月留人。

“龙山”指今湖北江陵西北之龙山。九日龙山会饮即上文所言落帽事。黄花，即菊花。逐臣，被放逐之臣。此诗颇多身世之感。

六、九月十日即事

昨日登高罢，今朝更举觞。菊花何太苦？遭此两重阳。

这是在继承基础知识、基本概念之后的别一种创新。人皆咏“重阳”或称“九日”，而诗人偏咏十日，又将菊花拟人化，说它太辛苦了：又是供欣赏，又是酿成酒，还供男男女女、老老少少“插满头”，去张扬美！

如果说前五首诗，在登高望远、思乡怀人、佩茱萸囊、饮菊花酒、高朋盛会、琴歌月舞等诸多方面均有所继承的话，那么从“九日”写道“十日”看似随便地延续了一日，实则是一种开创之举。因为“十日”在传统文化中象征怪异、反常，几乎无人吟咏。即令前冠九月二字亦属前无古人的创新。

有唐一代近三百个重阳节，自然会有遇到风雨之时。《重阳阻雨》（司空图、鱼玄机）、《重阳遇雨》（薛涛）等题后均未见咏十日诗。司空图有一首《九月八日》诗：

已是人间寂寞花，解怜寂寞傍贫家。

老来不得登高看，更甚残春惜岁华。

看似受到《九月十日》诗之影响。

郑絪《九月十五日东亭望月》一诗有“松斋月朗星初散，苔砌霜繁夜欲分。”之名句，亦不知是否受李白诗之影响？

七、九日登巴陵置酒望洞庭水军（时贼逼华容县）

九日天气清，登高无秋云。造化辟川岳，了然楚汉分。

长风鼓横波，合沓蹙龙文。忆昔传游豫，楼船壮横汾。

今之讨鲸鲵，旌旆何缤纷。白羽落酒樽，洞庭罗三军。
黄花不掇手，战鼓遥相闻。剑舞转颓阳，当时日停曛。
酣歌激壮士，可以摧妖氛！龌龊东篱下，渊明不足群。

此诗当作于乾元二年（759）遇赦后，南游岳阳之时。面对叛贼逼近华容的紧张形势，李白身上的仙风道骨已荡然无存，取而代之的是侠肝义胆的浩然之气。重阳节的酒杯里已映入弓矢之影，手中不再把握黄（菊）花，因为耳边频传战鼓声声，眼前飘过旌旆面面。此时此刻轻吟浅唱“采菊东篱下”的陶渊明就显得龌龊无比了。不能与之为伍也是必然的结论。

在吟咏重阳节的诗篇中如此贬抑陶渊明，足见李白的卓尔不群。这并非反传统，而是在特定历史条件下一种必然的选择。

参考文献：

[1]（清）曹寅等修纂．全唐诗［M］．上海：上海古籍出版社，1986年，第406、419、420页．

[2]（元）马端临撰．文献通考［M］．北京：中华书局，1986年，第568页．

[3]（清）严可均辑校．全上古三代秦汉三国六朝文（第三册）［M］．石家庄：河北教育出版社，1997年，第75页．

[4]（梁）萧统编，孟二冬译注．陶渊明集译注［M］．长春：吉林文史出版社，1996年，第53页．

[5]（宋）计有功辑撰．唐诗纪事［M］．上海：上海古籍出版社，2008年，第254页．

[6]（梁）萧统编．（唐）李善注．文选［M］．北京：中华书局，1977年，第288页．

原载《马鞍山高等师范专科学校学报》2015.3

河中卢纶《送李端》诗校释

唐代姚合以诗人的眼光从“数千百家，浩如渊海”的当代诗歌中，识鉴颇精地选出21人百首诗，编为《极玄集》[1]。自序称：“此皆诗家射雕手也!”其中，先后被列入“大历十才子”者，即有李端、耿沣、卢纶、司空曙、钱起、郎士元、畅当、韩翃、皇甫曾、李嘉祐等十人，诗51首，均过全书之半。卢纶《送李端》诗即列其间。但有关此诗的作者、卢纶的籍里、大历十才子所指之人，以及诗的字句尚均有歧说、异文。试考论如下：

一、关于作者

继《极玄集》之后，《才调集》[2]、《唐诗纪事》[3]（以下简称《纪事》）、《唐诗别裁集》[4]（以下简称《别裁》）均选卢纶此诗入集。而《全唐诗·卢纶卷》[5]则题作《李端公》，题下注：“一作严维诗，题作《送李端》。”翻检《全唐诗·严维卷》果有此诗。窃以为是误羼严维名下。理由有三：

从交游的亲疏关系看，披梳《全唐诗》，卢纶赠李端诗共六首。依《卢纶卷》次序，第一首乃长题诗《纶与吉侍郎中孚、李校书端风尘追游向三十载，数公皆负当时盛称，荣耀未几俱沉下泉。畅博士当，感怀前踪有五十韵见寄。则有所酬以申悲旧，兼寄夏侯侍御（一作郎）审、侯仓曹钊》（有学者认为这“显然有意将‘大历十才子’号召为文学集团”）。[6]而李端赠卢纶诗亦有《早春雪夜寄卢纶兼呈秘书元丞》等五首。正如《唐才子传》[6]所评他们彼此“联藻文林，银黄相望，且同臭味，契分俱深”。与之相比，严维与李端的交往甚少。《全唐诗·严维卷》也止此一首《送李端》。

从诗的内容看，“少孤为客早，多难识君迟”，诗人自称少孤，在上引卢纶长题诗中，开篇即云“禀命孤且贱，少为病所婴”。而据《唐才子传》载：“严维字正文……至德二年，江淮选补使侍郎崔涣下，以词藻宏丽进士及第。以家贫亲老，不能远离，授诸暨尉，时已四十余。”知其人绝非少孤。此可证《送李端》绝非他所作。

从后世选家眼光看，乾隆朝江宁府学教授孙洙（号蘅塘、晚号退士）“专就唐诗中脍炙人口之作，择其尤要者”所编《唐诗三百首》[7]，卢纶《送李端》列卷五，五言律诗中。令其流传更加广远，影响愈加深刻。又，现代著名学者高步瀛先生精选唐宋诗珍品编注的《唐宋诗举要》[8]，在146首唐人五律中，卢纶《送李端》亦入列。

二、关于卢纶籍里

《新唐书·文艺传》：“卢纶字允言，河中蒲人。”[9]早于此的《极玄集》称：“卢纶字允言，河东人。”晚于《新唐书》的《唐才子传》载：“纶字允言，河中人。”此外，卢纶之子卢简辞，事迹入《旧唐书》[10]。其传称：“范阳人，后徙家于蒲。”考《新唐书·地理志》：“河东道，……为府二，州十九，县百一十。河中府河东郡，本蒲州。”据此知两唐书所言河中，乃唐开元八年（720）所置府名。其为唐贞观元年（627）所设十道之一河东道所辖二府之一。所谓“蒲人”“徙家于蒲”，均指蒲州，治所在今山西省永济市蒲州镇。至于称范阳人，乃指姓氏之郡望。初唐诗人卢思道、卢照邻均自称“范阳人也”。范阳（今北京一带）乃卢氏郡望。

三、关于大历十才子

上文已言《极玄集》中先后列入“大历十才子”之名单。何谓先后？按时序《极玄集》成书大早于两《唐书》。其于李端名下注：“与卢纶、吉中孚、韩翃、钱起、司空曙、苗发、崔洞（峒）、耿沣、夏侯审唱和，号十才子。”此与《新唐书》所列名单相同，实可采信。至南宋计有功辑撰之《唐诗纪事》名单有所变乱，在李益条下称：“大历十才子，《唐书》不见人数（按《新唐书》已排出十人，如上述）卢纶、钱起、郎士元、司空曙、李端、李益、苗发、皇甫曾、耿沣、李嘉祐。又云：吉顼、夏侯审亦是。或云：钱起、卢纶、司空曙、皇甫曾、李嘉祐、吉中孚、苗发、郎士元、李益、耿沣、李端。”有学者质疑：“《纪事》所载，不知出自何书？尤其后段乃至十一人，并纳皇甫曾、李嘉祐、郎士元、李益于十才子之列，殊不知何据？”[6]依此说与上述愚论，实际上收入《极玄集》中的才子为李端、耿沣、卢纶、司空曙、钱起、韩翃等六人，诗36首。还需特别强调的一点就是，无论哪种排列，卢纶、李端均在其中。可见两人实为十才子中的骨干力量。

四、关于诗句中的异文

故关衰草遍，离别自堪悲。路出寒云外，人归暮雪时。

少孤为客早，多难识君迟。掩泪空相向，风尘何所期？

校：“衰草”，《才调集》作“秋草”。**按**：颔联已云“寒云、暮雪”似已过秋季节令，“衰草”是。

校：“自堪悲”，《别裁》《唐诗三百首》均作“正堪悲”。**按**：“自”字有多解：自身、自然、径自皆通。而“正”一解：正在。不生歧义。似乎取“正”字好。

校：“路出”，《才调集》作“路入”。**按**：送别之诗自强调“路出”某处。且“人归”与“路出”对仗颇工稳。

校：“为客早”，《纪事》《全唐诗》注皆作为“为客惯”。**按**：此句诗意是，很小年纪就成了孤儿，早已习惯了流浪中寄人篱下的生活。

与句中的“少孤”相呼应，还是“早”字更为贴切。何况“早”与对句“迟”工对。

“掩泪”，《别裁》《唐诗三百首》均作“掩泣”。**按**：“掩泪”无声，“掩泣”为掩面抽泣，令人如闻其声。男儿有泪不轻弹，“掩泣”似更感人。

“空相向”，《才调集》作“空相见”。**按**：此为送别之诗，未分手前一直在一起，何来“相见”之语？而泣不成声，相对无语方显衷曲之悲凉。

“何所期”，《才调集》《全唐诗》皆作“何处期”。句意为：在此纷乱的形势下，你我何时何地才能再相会呢？“何处”虽然包含着时间，但终不如“何所”这一更常见的句式涵义丰富。

值得一提的是，40 字中竟有 7 处异文！但我们发现“衰、秋”均平声，“自、正”“出、入”“早、惯”“泪、泣”“向、见”“所、处”皆仄声，彼此调换均于格律无碍。足见古人锤词炼字功夫之精湛。

参考文献：

[1]（唐）姚合编选. 极玄集［M］. 上海：上海古籍出版社，1978 年.

[2]（五代）韦縠选编. 才调集［M］. 上海：上海古籍出版社，1978 年.

[3]（宋）计有功辑撰. 唐诗纪事［M］. 上海：上海古籍出版社，2008 年.

[4]（清）沈德潜编. 唐诗别裁集［M］. 上海：上海古籍出版社，1979 年.

[5]（清）曹寅等修纂. 全唐诗［M］. 上海：上海古籍出版社，1986 年.

[6]（元）辛文房撰，周绍良笺证. 唐才子传笺证［M］. 北京：中华书局，2010 年.

[7]（清）孙洙编选. 唐诗三百首［M］. 上海：上海古籍出版社，2010 年.

[8] 高步瀛. 唐宋诗举要［M］. 上海：上海古籍出版社，1978 年.

[9]（宋）欧阳修等撰. 新唐书［M］. 北京：中华书局，1975 年.

[10]（五代）刘昫等撰. 旧唐书［M］. 北京：中华书局，1975 年.

原载《运城学院学报》2014. 1

沧州高适《人日寄杜二拾遗》诗考释

《唐诗别裁集》载："高适，字达夫，沧州人。举有道科，哥舒翰表为书记。翰兵败，奔赴行在，迁侍御史。历迁西川节度使。代宗时，封渤海县侯，卒谥忠。有唐诗人之达者，适一人而已。"又称："适五十学诗，每一篇出，为时称颂。"《人日寄杜二拾遗》一诗，据山东大学萧涤非教授考证：此诗作于唐肃宗上元二年（761）正月初七。高适时年六十二岁，正在蜀州刺史任上。杜甫时年五十岁，两年前已弃官，赋闲居成都草堂。他们十七年前曾和李白同饮于北海太守李邕席上；九年前又相聚京师，与岑参、储光羲等人同登慈恩寺塔（大雁塔）。彼此可谓多年故交。

诗题中的"人日"，据《西清诗话》称："方朔占书谓岁后八日：一日鸡，二日犬，三日豕（猪），四日羊，五日牛，六日马，七日人，八日谷（五谷）。其日晴，所主之物育，阴则灾。"今天看来此说自然没有科学依据。但从祈福角度看，六畜兴旺（古人分类也欠准确，今天将鸡归到禽类，古时鸡却在六畜马、牛、羊、鸡、犬、豕之中）、五谷丰登，乃是农业社会人们的最大福祉。我们应当充分理解先民的殷切企盼。

诗题中"杜二"即杜甫。唐代诗人之间，习惯于彼此以大排行（同一曾祖父的兄弟间排行）相称呼。杜甫行二，故称"杜二拾遗"。高适还有一首《赠杜二拾遗》诗。高适行三十五，杜甫亦有《送高三十五书记》、《寄高三十五詹事》等诗。

诗题中“拾遗”，乃指四年前（757）杜甫所任左拾遗官职。这也是唐人在称谓上的习惯做法：以被免去或贬谪官员的从前官职，称呼现已赋闲或降职之人。全诗云：

人日题诗寄草堂，遥怜故人思故乡。
柳条弄色不忍见，梅花满枝空断肠。
身在南蕃无所预，心怀百忧复千虑。
今年人日空相忆，明年人日知何处？
一卧东山三十春，岂知书剑老风尘？
龙钟还忝二千石，愧尔东西南北人。

高官悲悯赋闲老朋友的境况，题诗相赠。复因同样羁旅他乡而动乡关之思。这便是开篇之语。四年后高适仙逝，十年后杜甫在《追酬故高蜀州人日见寄》诗中，还对此深情厚意念念不忘道“叹我凄凄求友篇”。

“柳条弄色不忍见”，故人折柳送别，高杜二人为不拘形迹的挚友，故每次分手都依依惜别，甚至用不忍见柳色来表达不愿离别之情。

梅花正月里盛开，但没有“忘形故人”来共赏，不觉令人愁肠百结。“空断肠”，《全唐诗》作“堪断肠”。似乎“空”字在程度上又加深一层——即使断肠也是于事无补。

“身在南蕃无所预”，清人沈德潜以为是高适自指，夹注云：“时为蜀、彭二州刺史。”而萧涤非认为“谓甫不预政事”。“南蕃”，《全唐诗》作“远藩”。**考：**高适任西川节度使，是远离京师藩卫朝廷的军事重臣。说自身虽不能直接参预朝政，但内心还为国事万般忧虑。可能更合诗句本意。

“今年”两句，对不可确知的命运表示了深切的担忧。“明年人日”，《全唐诗》注作“明年此日”。**按：**首句开篇二字呼应诗题，“今年”句复又点题，“明年”句第三次点题，收束处的“东西南北人”为一绾结。故知还是“人日”比“此日”佳。

“一卧”联，指杜甫为官时间不长，而今书剑飘零，风尘衰老，实为可叹！

“龙钟”联，自谦已老态龙钟忝列俸禄二千石的高官之中。考：汉代太守年俸二千石。唐人好以本朝刺史比之。又，孔子曾自称：“丘也，东西南北之人也。”杜甫亦曾自称：“甫也南北人。”沈德潜注此二句曰：“言羁绊一官，萍踪断梗，转不如遨游四方之为乐也。”今人富寿荪先生不同意此说，另注新意云：“此谓自惭衰迈龙钟犹忝居刺史之职，有愧于漂泊四方之杜甫。”究竟孰是孰非？让我们听听当事人杜甫的理解：

东西南北更谁论？白首扁舟病独存。

这既是杜甫十年后对高适赠诗的酬答，亦是悼亡怀旧的哀辞。杜甫认为当年高适能在诗中亲切地直呼“尔汝”，在表达对自已遭际关切的同时，还包含了对“东西南北人”的敬重。而今，还有谁来关心老病缠身的我之死活！尽管哀痛如此切肤锥心，但杜甫还是表现出“人民诗人”关心民瘼的素朴本色，将小我融入整个国家形势之中：从北辰（朝廷）说到东海，从西蕃（吐蕃）说到江南……而这些也正是亡友所最关注的大事。彼此心灵相通亦是他们生死交谊，令万千后世读者深深感动之所在。

原载《镇江日报》2014. 3. 21

高适诗异文考

——以《河岳英灵集》为中心

据《新唐书》[1]载：高适，字达夫，沧州（今衡水景县）人。初仕封丘尉，历任左拾遗、监察御史、侍御史、谏议大夫、蜀彭二州刺史、西川节度使、刑部侍郎、左散骑常侍（世称高常侍），封渤海县侯。卒，赠礼部尚书，谥号忠。难怪《全唐诗》[2]编者评价道："开、宝以来，诗人之达者，惟适而已。"同时因袭旧说，高适"五十始学为诗，以气质自高"，则欠思忖。

盛唐殷璠选编《河岳英灵集》，收其诗十三首，既有青少年时代客游梁宋间所写，亦有初仕封丘时所作。所以，谓五十后诗愈工，是史实；谓五十始学诗，则言过其实。仅此一端，足证"尽信书不如无书"之论非妄言。《中国诗史》[3]言其"四十多岁才注意文章，学做诗"，亦欠准确。

选此十三首诗，不类后世选家多重视歌行体边塞诗，而是诸体杂陈，表现出盛唐时代的审美价值取向。以其与《国秀》[4]《又玄》[5]等唐人选唐诗总集及宋人《唐诗纪事》（以下简称《纪事》）[6]、《万首唐人绝句》（以下简称《万首》）[7]等所选高适诗比勘，发现异文若干处。前贤、时俊多出校记而少有按断。我今不揣浅陋，试从诗人际遇，诗歌意境，古体诗之声韵，近体诗之格律诸方面分析，给出"各从其长"的一己之见。不惮贻笑大方之家。

此集高适名下，有简要评介："评事性拓落，不拘小节，耻预常科，隐迹博徒，才名自远。然适诗多胸臆语，兼有气骨，朝野通赏其文。至如《燕歌行》等篇，甚有奇句，且余所最深爱者，‘未知肝胆向谁是？令人却忆平原君’，吟讽不厌矣。”

校：集后附清人校文，系依明人毛扆、清人何焯前校而作。“评事”二字，何焯校本（以下简称何本）作“适□” **考**：据《纪事》转引并无□字（缺字围框），亦文从字顺。又，“甚有奇句”，《纪事》作“甚多佳句”。**考**：其义一也。又，“且余所最深爱者”，何本无“最深”二字。**考**：同《纪事》。

一、哭单父梁九少府

开箧泪沾臆，见君前日书。夜台今寂寞，犹是子云居。

畴昔贪灵奇，登临赋山水。同舟南楚下，望月西江里。

校：诗题，《唐贤三昧集译注》（以下简称《唐贤》）[8]作《哭单父梁少府》，无“九”字，且正文只录前四句。《全唐诗》有“九”字，于其下注：一作洽。**考**：《唐贤》注云：梁洽为宪宗时代书画家，与作者不同时。此一梁姓少府，大排行列第九，生平不详。

校：清人校记：“君下，何（焯）有吟讽不厌矣。”依此，诗句割裂为——见君吟讽不？厌矣前日书。**考**：全诗廿四句，百二十言。如上句分为二，成廿五句，不合作诗的基本要求！此“君”字，乃“令人却忆平原君”之“君”，其下正有“吟讽不厌矣”五字。

校：“今”，《唐贤》作“犹”，《全唐诗》注“一作空”。**考**：“今”与“前日”相对，“空”与“寂寞”相应，皆强于“犹”字。“今”“空”相较，“今”字佳。

校：“犹”，《唐贤》作“疑”。**考**：犹如和疑似，其义一，故两可。凡两可之字，当从最早版本。

校：“贪”，《全唐诗》作“探”。**考**：从平仄变换角度，“探”胜于“贪”。

校：“楚”，《全唐诗》作“浦”，又，“下”《全唐诗》注：“一作夜。”**考**：“南浦”是码头名，“南楚”系地名，均可与西江对举。虑及“同舟”一词，“浦”字佳。“下”较“夜”佳。

契阔多别离，绸缪到生死。九泉知何在？万事皆如此。

晋山徒嵯峨，斯人已冥冥。常时禄且薄，没后家复贫。

校：“泉”，《全唐诗》作“原”。**考**：“九泉”与“生死”相关联。“原”字形近致误。“知何在”《全唐诗》作“即何处”。**考**：“知何在”为疑问句，“即何处”于语法欠通。

校：“嵯”，《全唐诗》作“峨”。**考**：“峨峨”正可与“冥冥”相对，较“嵯峨”为好。

妻子在远道，兄弟无一人。十上多苦辛，一官恒自哂。

青云将何致？白日忽西尽。唯独身后名，空留无远近。

校：“兄弟”，《全唐诗》作“弟兄”。**考**：二词一义，故两可。

校：“何致”，《唐贤》注、《全唐诗》皆作“可致”。**考**：“何致”为疑问词，强于“可致”的叙述语句。

校：“西”，《全唐诗》作“先”。**考**：日落西山为平常之事，用忽字形容，已与上句呼应，似不必再用“先”字。

校：“独”，《全唐诗》作“有”。**考**：“唯独”较“唯有”，更强调其“唯一”性。

校：“留”，《全唐诗》注：“一作流。”**考**：青史留名，不作“流名”，流芳百世，不作“留芳”。对应前句的“身后名”，还是“留”字佳。

二、宋中遇陈兼

常参鲍叔义，所期王佐才。如何守苦节？独自无良媒。

离别十年内，飘飖千里来。安知罢官后，惟见柴门开。

校：诗题，《全唐诗》作《宋中遇陈二》。**考**：陈兼生平未详，排行第几待定。

校："参"，《全唐诗》作"忝"。**考**："参"有同、齐、合等义项，较"忝"为佳。

校："期"，《全唐诗》注云："一作寄"。**考**：期许与寄托同义，故曰两可。

校："自"，《全唐诗》作"此"。**考**：独无良媒，语义已通，加"此"这一指示代词亦可，"自"差一等。

校："内"，《全唐诗》作"外"。**考**：此内外二字，分别指不到十年和已过十年，今难以坐实。从对句末字"来"看，"外"胜"内"。

校："知"，《全唐诗》注："一作能。"**考**：罢官之前哪会知道罢官后的世态？"能"不若"知"。

穷巷隐东郭，高堂咏南陔。篱根长花草，井口生莓苔。

伊昔望霄汉，于今倦蒿莱。男儿须达命，且醉手中杯。

校："口"，《全唐诗》作"上"。**考**："井口"系确指，"井上"为泛指，似两可。又，"生"，《全唐诗》注："一作垂。"**考**：莓苔属地衣类植物，无法下垂。

校："伊昔"，《全唐诗》注："一作宁敢。"**考**："宁敢"为疑问代词，使全句加强气势，较"伊昔"之陈述句为好。

校："于今"句，《全唐诗》注，"一作终然俟尘埃"。**考**：厌倦隐居生活，要比等死的心态胜出许多倍。

校："须达命"，《全唐诗》作"命未达"。又注云："一作人生各有命。"**考**：均为陈述句，后者更能表达写诗的心境。

校："醉"，《全唐诗》作"尽"。**考**："醉"是"尽"的结果，也是要达到的目的。故"醉"字佳。

三、宋中

梁苑白日暮，梁园秋草时。君王不可见，修竹令人悲。

九月桑叶落，寒风鸣树枝

校：诗题，《全唐诗》作《宋中十首》此为其四。

校：“园”，《全唐诗》作“山”。**考**：“园”与上句之“苑”嫌重复，不若“山”字。

校：“落”，《全唐诗》作“尽”。**考**：“落，尽”同义，但虑及下句“寒风鸣树枝”，应是树叶落光了，故“尽”字佳。

四、九日酬顾少府

檐前白日应可惜，篱下黄花为谁有？
客子迎霜未授衣，主人得钱肯沽酒。
苏秦憔悴时多厌，蔡泽栖迟世看丑。
纵使登高只断肠，不如独自空搔首。

校：诗题，《才调集》[9] 作《九月九日酬颜少府》。《全唐诗》作《九日酬颜少府》。**考**：九月九日重阳节，古人亦简称九日。顾（顧）与颜二字形近致误，不知确指何人？开元间诗人有顾朝阳，惜生平未详。

校：“客”，《才调集》《全唐诗》均作“行”。**考**：客子、行子、游子均为旅人，故两可。

校：“肯”，《才调集》作“喜”，《全唐诗》作“始”。**考**：商人牟利，天经地义。想似杜甫般“酒债寻常处处有”，须是熟人才行。“可怜身上衣正单”的客子不付现金，店主人是不肯赊酒的。“肯”字最佳。

校：“时”，《全唐诗》作“人”。**考**：时，即时人之谓。故两可。

校：“栖迟”《才调集》作“恓惶”，《全唐诗》注：“一作栖遑。”**考**：“栖迟”作游息解，而恓惶为悲感状。据《史记·蔡泽列传》[10] 所载，“栖迟”是，而“恓惶”、“栖遑”皆非。

校：“自”，《才调集》《全唐诗》均为“坐”。**考**：“独坐”较“独自”，更形象地画出搔首姿态。

五、见薛大臂鹰作

寒楚十二月，苍鹰八十毛。

寄言燕雀莫相啅，自有云霄万里高。

校：此诗又列李白名下，题为《观放白鹰》之二。**考**：杜甫有诗云："忆与高李辈，论交入酒垆。""昔者与高李，晚登单父台。"知高、李与杜同游宋、齐时，不仅"裘马颇清狂"而且诗酒酬唱欢歌尽日，故有诗作题名相混之事。

校："十"，《全唐诗》作"九"。**考**：俗语云：八九不离十，此语状仓鹰之形神，"九、十"近似。

校："啅"，《全唐诗》注："一作忌。"**考**："啅"有聒噪相扰之意，"忌"为相互忌恨，燕雀低飞不及鹰之高天翱翔。"啅、忌"似两可。

六、酬岑主簿秋夜见赠

舍下蛩乱鸣，居然自萧索。缅怀高秋兴，忽枉清夜作。

感物我心劳，凉风生二毛。池枯菡萏死，月上梧桐高。

校：《全唐诗》之题，"岑"下有"二十"，"赠"下有"之作"，各二字。**考**：高适曾与岑参等同登长安慈恩寺塔（今大雁塔）。然据当代学者廖立所撰《岑参年谱》："参，植之三子也。参字，今人或读参拜之参，或读参宿之参。然其行三，疑小名为三，故疑字亦当读三也。"又，杜甫有一首同时寄高、岑二人的诗，长题作《寄彭州高三十五使君适、虢州岑二十七长史参三十韵》。知岑参行三，指同父兄弟中的排行；而二十七，是所谓从其同一曾祖父岑文本算起的兄弟间的大排行。而岑二十则另有其人。

如何异州县，复得交才彦。汩没嗟后时，蹉跎耻相见。

南山别来久，魏阙谁不恋？独有江海心，悠悠未尝倦。

校：“州”，《全唐诗》作“乡”。**考**：“州县”与“乡县”均泛指地域名，似两可。

校：“南”，《全唐诗》作“箕”。**考**：“南山”“箕山”均为与“魏阙”相对应的“隐居”之所，故两可。

校：“悠悠”，《全唐诗》注“一作悠然”。**考**：此为对句，出句无叠音词，故“悠然”佳。

七、送韦参军

二十解书剑，西游长安城。举头望君门，屈指数公卿。

校：诗题，《别裁》《全唐诗》皆作《别韦参军》，《全唐诗》题下注：“《（文苑）英华》作二首。”**考**：《文苑英华》（以下简称《英华》）[11] 以“弹琴击筑白日晚”为第二篇首句。

校：“解”，《全唐诗》注：“一作辞。”**考**：“解、辞”于此一义，故两可。

校：“数”，《别裁》《全唐诗》皆作“取”。**考**：屈指点数公卿之是非，与易如反掌得到公卿的地位或取得公卿的信任相比较，似乎“取”更有气势。

国风冲融迈三五，朝廷欢乐弥寰宇。
白璧皆言赐近臣，布衣不得干明主。
归来洛阳无负郭，东过梁宋非吾土。
兔苑为农岁不登，雁池垂钓心常苦。
世人遇我同众人，唯君于我情相亲。
且喜百年有交态，未曾一日辞家贫。

校：“欢”，《全唐诗》注一作“礼”。**考**：“礼乐”致欢乐，“礼”字是。

校：“常”，《别裁》《全唐诗》皆作“长”。**考**：古汉语中“常、长”二字，经常互用。

校：“遇”，《全唐诗》注：“一作向”。**考**：“遇”除相逢之义外，尚有礼遇义项，较“向”为佳。

校：“情”，《别裁》《全唐诗》皆作“最”。**考**：相亲即是感情交流融洽，故“最”这一程度副词，表意更真切。

校：“曾”，《别裁》作“尝”，《全唐诗》注：“一作当（當）”。**考**：“未曾”“未尝”一义，故两可。而“未当”欠通，疑形近致误。

弹琴击筑白日晚，纵酒高歌杨柳春。
欢娱未尽分散去，使我惆怅惊心神。
终当不作儿女别，临歧涕泪沾衣巾。

校：此六句《英华》作第二首。似欠妥。

校：“琴”，《别裁》《全唐诗》皆作“棋”。**考**：琴、筑皆乐器，正配下句的“高歌”。“棋”不能“弹”也。

校：“终当”，《别裁》《全唐诗》皆作“丈夫”。又，“别”，《全唐诗》注：“一作悲。”**考**：“丈夫”能体现出男子汉气魄，胜于“终当”。又，因“别”而“悲”，“别”亦胜“悲”。此收束让人想起王勃名句“无为在歧路，儿女共沾巾”。

八、封丘作

我本渔樵孟诸野，一生自是悠悠者。
乍可狂歌草泽中，宁堪作吏风尘下？
只言小邑无所为，公门百事皆有期。
拜迎长官心欲碎，鞭挞黎庶令人悲。

校：诗题，《才调集》《全唐诗》注皆作“封丘县”。**考**：此诗作于封丘县尉任上，“作”字佳。

校：“可”，《才调集》作“事”。**考**：“乍可”是“只能”之义，较正规的“从事”，表意更确切。

校：“长官”，《才调集》《纪事》《唐贤》《全唐诗》皆作“官长”。考：“长官”与“官长”其义一，故两可。又，“碎”，《才调集》《全唐诗》均作“破”。考：“碎、破”一义。然“碎”与“悲”同押微韵，故“碎”字佳。

悲来向家问妻子，举家尽笑今如此。
生事应须南亩田，世情分付东流水。
梦想旧山安在哉？为衔君命日迟回。
早知梅福徒为尔，转忆陶潜归去来。

校：“悲”，《全唐诗》《中国历代诗歌选》（以下简称《历代》）[12] 皆作“归”。考：“悲来”，可作悲从中来的缩词，而“归来”则是客观叙述。似乎“悲”字佳。

校：“分付”，《才调集》《纪事》《别裁》《全唐诗》《历代》皆作“付与”。考：“分付”，似有保留，不若“付与”彻底。

校：“早”，《才调集》《纪事》《别裁》《全唐诗》《历代》皆作“乃”。考：反复吟味全诗，并未体会出先知先觉意味。还是乃——“于是”知晓的好。

九、邯郸少年行

邯郸城南游侠子，自矜生长邯郸里。
千场纵博家仍富，数处报仇身不死。
宅中歌笑日纷纷，门外车马屯如云。
未知肝胆向谁是？令人却忆平原君。

校：“南”，《全唐诗》注：“一作西”。考：上引诸书皆作“南”。“西、南”均方位名词，似应从“南”。又“游”，四部丛刊明刻本作“行”。考：行侠仗义是动宾词组，而“游侠子”是名词，且有所来自，故：“游”字佳。

校：“数处”，《纪事》《唐贤》《别裁》均作“几处”；《全唐诗》《历代》均作“几度”。考：数处、几处，均指在几个地方，而数度则指多次。各有所长，“几度”似稍胜，因它含括多时、多地的时空概念。

校：“屯如云”，《纪事》作“长如云”，《全唐诗》作“常如云”并注：“一作矗（如云）。”**考：**“长”通“常”，似较“屯”字、“矗”字，更能表现豪门气势。而《别裁》《唐贤》《历代》皆作“如云屯”。则与“屯如云”一义。

君不见即今交态薄，黄金用尽还疏索。
以兹感叹辞旧游，更于时事无所求。
且与少年饮美酒，往来射猎西山头。

校：“即今”，《唐贤》《全唐诗》《历代》均作“今人”。**考：**“即今”乃当下，交往之人即“今人”，故两可。

校：“感叹”，何焯校本作“叹息”，《全唐诗》注：“一作感激。”**考：**“叹息”、“感激”皆不如“感叹”准确。

十、燕歌行（小序）开元十六年，客有从御史张公出塞而还者，作《燕歌行》以示适。感征戍之事，因而和焉。

校：《又玄集》于题下有“并序”二字，又，“十六年”作“十年”。《纪事》《唐贤》《别裁》《历代》皆作“二十六年”。**考：**史载张（公）守珪于开元二十三年（735）才因功拜御史大夫。此诗不可能作于开元十年或十六年。又，开元二十六年（738）张守珪部将败于契丹人，而张却谎报军情，又向调查官员行贿。高适有感而发地写下此诗。

汉家烟尘在东北，汉将辞家破残贼。
男儿本自重横行，天子非常借颜色。
摐金伐鼓下榆关，旌旆逶迤碣石间。

校：“借”，《又玄集》《才调集》皆作“赐”。考：宋人《乐府诗集》（以下简称《乐府》）[13]《纪事》亦皆作“赐”，知“借”字非。

校：“斾”，《又玄集》《乐府》均为“旗”。考：“旌、斾”皆为军中个各种旗帜，故两可。

校尉羽书飞瀚海，单于猎火照狼山。
山川萧条极边土，胡骑凭陵杂风雨。
战士军前半死生，美人帐下犹歌舞。

校：“陵”，《乐府》作“凌”。考：“凭凌”为仗势欺凌。古汉语“凌、陵”通用，故曰两可。

大漠穷秋塞草腓，孤城落日斗兵稀。
身当恩遇常轻敌，力尽关山未解围。
铁衣远戍辛勤久，玉筯应啼别离后。

校：“腓”，《又玄集》《才调集》皆作“衰”。考：“腓”在此处有百草病变之义，故同“衰”。

校：“常”，《又玄集》《才调集》作“恒”。考：“恒”更能表现人物的骄狂。

校：“筯”，《才调集》作“节（節）”。考：“玉筯”为眼泪之别称，“玉节”难索解。疑“筯、節（节）”形近致误。

少妇城南欲断肠，征人蓟北空回首。
边庭飘飖那可度？绝域苍黄何所有？
杀气三时作阵云，寒声一夜传刁斗。

校：“庭”，《又玄集》《全唐诗》注作“风”。考：“边庭”形势风雨飘摇，较“边风”更达意。又，“度”，《全唐诗》注：“一作越。”考：“度”不仅有越过之意，更有猜度，忖度之音、义在，故“度”字佳。

校：“苍黄”，《又玄集》《才调集》作“苍茫”。考：“苍黄”指形势反复变化，“苍茫”摹写自然景象。依“何所有”上推，似“苍茫”更佳。又，“何所有”，《才调集》作“无所有”，《别裁》《历代》《全唐诗》作“更何有”。**考**：“何所有”与“更何有”均为疑问句，后者更加强调什么都没有。“无所有”则变成了陈述句，少了气势。“更何有”最佳。

校：“时”，《又玄集》《全唐诗》注：“一作日。”**考**：“三时”系指春夏秋三季的农作之时，故较“三日”大强。

校：“声”，《全唐诗》注：“一作风。”**考**：寒风中传来刁斗之声，不言“风”而风自在，故“声”字佳。

相看白刃血纷纷，死节从来岂顾勋？

君不见沙场征战苦，至今犹忆李将军。

校：“血”，《别裁》作“雪”，《全唐诗》注：“一作徒。”**考**：只有彼此的锋刃鲜血淋淋，才能表现出战争的残酷。

校：“岂”，《才调集》作“肯”。**考**：“岂”为疑问词，致使全句呈现反问气势。较“肯”大胜。

校：“将军”下注：“一作边风。”**考**：“李边风”为寓目诸书各版本之仅见。历代学者多认为李将军指汉代李广，《别裁》则道：“或云李牧，亦可。”李牧为战国时代赵国守边之良将，曾大破匈奴使之十余年不敢犯边。“李边风”如系指二李，则可矣。但欠明白晓畅。

十一、行路难

君不见富家翁，旧时贫贱谁比数？

一朝金多结豪贵，百事胜人健如虎。

子孙生长满眼前，妻能管弦妾能舞。

校：诗题，《乐府》《全唐诗》均作《行路难二首》，《乐府》为其一，《全唐诗》为其二。**考**：《乐府解题》曰：“《行路难》，备言世路艰难及别离伤悲之意。多以‘君不见’为首。”知《乐府》次文是，而《全唐诗》次文非。

校：“旧”，《乐府》作“昔”。**考**：在此句中，“旧、昔”一义，故两可。

校：“贵”，《纪事》作“富”。**考**：“豪贵”与“豪富”近义，亦似两可。

校：“百”，《乐府》《纪事》《全唐诗》皆作“万”。**考**：“万”字极言胜人之事多，较“百”强。

校：“生”，《乐府》《纪事》皆作“成”。又，“生长”《全唐诗》作“成行”。**考**：杜甫《赠卫八处士》有“儿女忽成行”句，似唐人以子孙于眼前成行为天伦之乐。故“成行”佳。

校：“妾能舞”，《乐府注》：“一作“妾解舞”或“妻解管弦”。《纪事》作“妾歌舞”。**考**：在乐府诗中，能……能……句式极常见，不必别作“歌”或“解”。

自矜一朝忽如此，却笑傍人独愁苦。
东邻少年安所如，席门穷巷出无车。
有才不肯学干谒，何用年年空读书！

校：“朝”，《乐府》注、《纪事》均作“身”。又，“朝忽”，《全唐诗》注：“一作身见。”**考**：据下句有“傍人”一词，知“一身见（现）如此”是。

校：“愁”，《乐府》作“悲”。考：“悲、愁”一义，故两可。

校：“年年”，《乐府》注：“一作长年。”**考**：“年年”，作年复一年解，较“长年”给人的印象更深刻。

十二、塞上闻笛

胡人羌笛戍楼间，楼上萧条明月闲。
借问梅花何处落？风吹一夜满关山。

校：诗题，《国秀集》《全唐诗》均作《和王七度玉门关上吹笛》；《万首》《唐贤》均作《塞上听吹笛》。**考**：据岑仲勉《唐人行第录》

考证，此诗系和王之涣《凉州词》而作。两首皆述羌笛吹《乐府横吹曲·梅花落》和《乐府·折杨柳辞》于边关。似可凭信。

校：“羌”，《国秀集》《全唐诗》皆作“吹”。**考：**王之涣《凉州词》有“羌笛何须问杨柳”句，此和诗亦应有“羌”字，“羌笛戍楼间”自然指吹出的曲子。故“羌”字佳。

校：“明”，《全唐诗》作“海”。**考：**“海月”可能指映照瀚海或“海子”（即湖）上空的月亮，亦可能指大月亮，都可以用“明”字来形容。故“明”字佳。又，上二句，《万首》《唐贤》均作“雪净胡天牧马还，月明羌笛戍楼间”。**考：**此二句切合《塞上听吹笛》或《塞上闻笛》之诗题，而离和王之涣诗较远。

校：“梅花何处落”，《国秀集》《全唐诗》作“落梅凡几曲”。**考：**“何处落”巧妙地把《梅花落》的曲名联在一起，似胜一筹。而以“落梅”借代《梅花落》又借夜风在萧索的边关长时间回荡，“凡几曲”亦妙。故曰两可。

校：“风吹”，《国秀集》《全唐诗》作：“从风。”**考：**风送笛曲，笛曲是被动的宾语，而笛曲从风，则笛曲《梅花落》成了主语，后者似更胜一筹。

十三、营州歌

营州少年厌原野，狐裘蒙茸猎城下。
虏酒千杯不醉人，胡儿十岁能骑马。

校：“厌”，《全唐诗》注：“一作满，一作歇，一作爱。”**考：**“厌”通“餍”，即满足之意，近似“爱”，而“满、歇”似不通。

校：“狐”，《万首》《全唐诗》注皆作“皮”。**考：**“狐裘”是“皮裘”中的名贵品种，可表示人物社会身份也合蒙茸的形状，故“狐”字佳。

校：“虏”，《全唐诗》注：“一作鲁。”**考：**“虏酒”指胡人之酒；

而“鲁酒”，指味薄之酒。后者似与诗意无关。又，“杯”《万首》《别裁》《全唐诗》《历代》皆作“钟”。考：“杯、钟”皆为饮酒器，此处均作量词。似两可。

参考文献：

［1］（宋）欧阳修等撰. 新唐书［M］. 北京：中华书局，1975 年.

［2］（清）彭定求等修纂. 全唐诗［M］. 北京：北京文献出版社，1986 年.

［3］陆侃如等著. 中国诗史［M］. 北京：人民文学出版社，1983 年.

［4］（唐）芮挺章选编. 国秀集［M］. 见《唐人选唐诗》［M］. 北京：书目文献出版社，1978 年.

［5］（五代）韦庄选编. 又玄集［M］. 见《唐人选唐诗》［M］. 上海：上海古籍出版社，1978 年.

［6］（宋）计有功辑撰. 唐诗纪事［M］. 上海：上海古籍出版社，2008 年.

［7］（宋）洪迈选篇. 万首唐人绝句［M］. 北京：书目文献出版社，1983 年.

［8］张明非撰. 唐贤三昧集译注［M］. 上海：上海古籍出版社，2000 年.

［9］（五代）韦縠选编. 才调集［M］. 见《唐人选唐诗》［M］. 上海：上海古籍出版社，1978 年.

［10］（汉）司马迁著. 史记［M］. 北京：中华书局，1959 年.

［11］（宋）李昉等编纂. 文苑英华［M］. 北京：中华书局，1966 年宋刊配明本.

［12］林庚等主编. 中国历代诗歌选（二）［M］. 北京：人民文学出版社，1964 年.

［13］（宋）郭茂倩选编. 乐府诗集［M］. 北京：中华书局，1979 年.

原载《衡水学院学报》2014. 5

润州陶翰唐写本《古意》诗校考

《唐写本唐人选唐诗》[1]（敦煌残卷）收陶翰诗11首，惜9首为李白诗之误羼，实则只2首，其一为《古意》。自唐迄清，此诗多入选家法眼。今用各集本与写本比勘，从作者到诗题、诗句均有异文。惜前贤、时彦之著述多罗列异同而鲜有按断。现试从诗人际遇，诗歌风格，文字演变，史地名物诸方向逐一校考，并用献替可否之方式，尽陈管见于读者诸君。

一、作者考

据《新唐书》[2]、《唐诗纪事》[3]（以下简称《纪事》）、《唐才子传》[4]等书记载，知陶翰为润州（今镇江）人。开元十八年（730）进士及第，次年中博学鸿词科，曾官礼部员外郎。其同乡丹阳进士殷璠于天宝十二载（753）编定《河岳英灵集》（以下简称《河岳》）收陶翰诗11首，于诗前评价云："历代词人，诗、笔双美者鲜矣！今陶生实谓兼之。既多兴象，复备风骨。三百年以前，方可论其体裁也。"[5]《全唐文》收顾况《礼部员外郎陶氏集序》称陶翰"行在六经，志在五言，尤精赋、序，朝出暮遍，殷如旧铎，声塞海隅，化诸溺音，蔚公之容，风山籁静"[6]。

陶翰此诗，多被历代选家看中。然事杂致误，《纪事》《全唐诗》[7]又将其列于王季友名下，而与陶翰互见。考：当世有二王季友，写诗者，据《唐才子传》《全唐诗》记载，为河南人。诵书万卷，论必引经。然家贫卖屦，曾客居鄄城，即杜甫《可叹》诗中所称被其妻抛弃的“鄄城客子王季友”。元结编《箧中集》收其诗二首，序云：“自沈公（千运）及二三子（王季友在内），皆以正直而无禄位，皆以忠信而久贫困，皆以仁爱而至丧亡。”《河岳》称其诗“爱奇务险，远出常情之外”。又云：“然而白首短褐，良可悲夫！”[8]以其人生际遇，语言风格均与此诗不相契合，综合考量，此诗应出自陶翰之手。

二、诗题考

此诗在唐五代人所编的《河岳》、《又玄集》[9]（前蜀韦庄编）、《才调集》[10]（后蜀韦縠编）中皆题为《古塞下曲》。**考：**《乐府诗集》[11]（以下简称《乐府》）在“新乐府辞·乐府杂题”中只有《塞上曲》《塞上》和《塞下曲》《塞下》，而无《古塞下曲》之题。逮及宋人郭茂倩编《乐府》及计有功辑撰《纪事》才将此诗题作《塞下曲》；在王季友名下又作《古塞曲》，更非《乐府》之歌。及至清初王士禛编《唐贤三昧集》[12]（以下简称《唐贤》），曹寅、彭定求等人奉敕修纂《全唐诗》，此诗又恢复《河岳》原题作《古塞下曲》。**考：**这是一首风格颇为独特的边塞诗，诗人十分大胆地表达了对最高统治者不体恤杀敌立功将士心情的强烈愤慨。**按：**唐人的《塞上（下）曲》来自《汉乐府·横吹曲辞》中的《出（入）塞曲》或《前（后）出（入）塞曲》。故《古塞下曲》较《古意》概括性更强，指向性更明确。另从版本学、目录学角度看，亦应作《古塞下曲》之题。

三、诗文考

進軍飛狐北，窮寇勢将変。日落塵沙昏，背河更一戰。

騂馬黄金勒，琱弓白羽箭。射煞左賢王，哀奏未央殿。

欲言塞下事，天子不召見。東出咸陽門，哀々淚如霰。

校：此直录敦煌残卷原文，“寇”、“将”、“変”为“寇”、“将”、

“變（变）”的敦煌俗字。分别似 P. 3742《二教论》[13]、S. 512《归三十字母例》、P. 3873《韩朋赋》。**按：**其中“将”字已在简化汉字时法定为今之规范字。

校：“塵沙”，《河岳》书中所附清人何焯校文，与《又玄集》《才调集》《乐府》《纪事》《唐贤》《全唐诗》皆作“沙尘”。**考：**无论作用于视觉抑或触觉，人们总是先感知到“沙”而后才感知到“尘”。故习称“沙尘”。

校：“騂馬”，《又玄集》《纪事》《唐贤》《全唐诗》注均作“骏马”。**考：**骍马为红色或棕色的马，虽与句中的“黄金勒”对比色彩鲜明，但与对句中的“雕弓”对举，远不若“骏马”。

校：“琱弓”，《河岳》《又玄集》《才调集》《唐贤》均作“雕弓”。《乐府》《纪事》皆作“彫弓”。**考：**在 1955 年公布的《第一批异体字整理表》中，雕与琱、彫，分别为正、异体字。“琱”见 S. 388《正名要录》[13]。

校：“射煞”，上引诸书皆作“射杀”。**考：**煞读 shā 时，同杀字义。见《别雅》卷五。

校：“歸”为“归”的敦煌俗字。似 S. 134《诗经·七月》[13]。

校：“召见”，《才调集》作“诏见”。**考：**虽然“召、诏”之间有古今字和假借义关系，但此句诗意只是：求天子召唤一声都不可得，遑论堂而皇之地正式下诏书、诏令！讽喻之意甚为明显。可惜韦縠竟未体会到，居然妄自径改作“诏”。

校：“东出”，《又玄集》《才调集》均作“西出”。**考：**唐人好借汉代故事抒发情怀，而汉代将士征讨匈奴，大军多向西北进发。但此诗进兵的飞狐关（在今河北省保定市涞源县）却在长安咸阳门之东北方向。欲向天子汇报战争实情而不可得之后，将士们只能泪水涟涟地步出东门遥祭战场。

校：“哀々淚如霞”，分别为“哀哀淚（泪）如霰”的敦煌俗字。

依次似 S. 2832《文等范本·亡禅师》[13]、P. 2173《御注金刚般若波罗蜜经宣演卷上》[13]、S. 6825V 想尔注《老子道德经》卷上（指霰字下散字）[13]。**按：**其中“々”为手写重文符号。

四、结论

经以上粗略之考证、考论与考辨，此诗从作者到诗题，再到诗文，用今天规范汉字书写应作：

古塞下曲

陶翰

进军飞狐北，穷寇势将变。日落沙尘昏，背河更一战。
骏马黄金勒，雕弓白羽箭。射煞左贤王，归奏未央殿。
欲言塞下事，天子不召见。东出咸阳门，哀哀泪如霰。

参考文献：

[1]（唐）佚名. 唐写本唐人选唐诗［M］. 上海：上海古籍出版社，1978年，第11页.

[2]（宋）欧阳修等撰. 新唐书［M］. 北京：中华书局，1975年，第1603页.

[3]（宋）计有功辑撰. 唐诗纪事［M］. 上海：上海古籍出版社，2008年，第291页.

[4]（元）辛文房撰，周绍良笺证. 唐才子传笺证［M］. 北京：中华书局，2010年，第237页.

[5]（唐）殷璠选编. 河岳英灵集［M］. 北京：中华书局，1978年，第69页.

[6]（清）董诰等编. 全唐文［M］. 北京：中华书局，1982年.

[7]（清）彭定求等修纂. 全唐诗［M］. 上海：上海古籍出版社，1986年，第648页.

[8]（唐）元结编. 箧中集［M］. 上海：上海古籍出版社，1978年，第

27 页.

[9]（五代）韦庄选编. 又玄集 [M]. 上海：上海古籍出版社，1978 年，第 378 页.

[10]（五代）韦縠选编. 才调集 [M]. 上海：上海古籍出版社，1978 年，606 页.

[11]（宋）郭茂倩选编. 乐府诗集 [M]. 北京：中华书局，1979 年，第 1289~1308 页.

[12] 张明非撰. 唐贤三昧集译注 [M]. 上海：上海古籍出版社，2000 年，第 315 页.

[13] 黄征. 敦煌俗字典 [M]. 上海：上海教育出版社，2005 年，第 224、190、23、86、140、1、236、348 页.

原载《保定学院学报》2014. 4

汾州宋之问《端州驿见杜审言王无竞沈佺期阎朝隐壁有题慨然成咏》诗考异

《新唐书》载：神龙元年（705）正月，忠于李姓皇室的张柬之、崔玄玮等大臣，乘武则天“老且病”，率左右羽林兵讨乱，诛杀内宠张易之、张昌宗等人。附逆张氏兄弟的宋之问、杜审言等均遭贬谪[1]。

40年后，进士芮挺章选编《国秀集》收考功员外郎宋之问诗6首，其中《端州驿见杜审言王无竞沈佺期阎朝隐壁有题慨然成咏》一诗，又事涉上述史实[2]。千年以降，至清人沈德潜编《唐诗别裁集》[3]（以下简称《别裁》）、曹寅等奉敕修纂《全唐诗》[4]，此七言古诗，题已均作《至端州驿，见杜五审言、沈三佺期、阎五朝隐、王二无竞题壁，慨然成咏》，其中7处异文分别依据史实、行第、名物、事理加以考论，并给出有别诸多前贤、时彦“述而不作”只罗列异同的做法，加“宜各从长”之按断。

清人集本增一“至”字，甚佳！说明宋之问到端州时杜审言等人的题诗已赫然在壁。**考**：“伟仪貌，雄于辩”的宋之问，在精神世界里实是一卑污委琐的小人！他先后阿谀张易之、武三思、太平公主、安乐公主。《旧唐书》载：“及易之等败，左迁泷州（今广东罗定县）参军。未几逃还。”接下来则又出卖收留他的张仲之，得鸿胪主簿（鸿胪寺，掌宾客及凶仪之事。主簿一人，从七品上阶）一官。景龙（707~710）中，再转考功员外郎（属吏部，从六品上阶，掌文武百官功过、善恶之考法及行状）……睿宗继位，配徙钦州。玄宗先天（712~713）中，赐死于徙所。之问再被窜谪，经途江、岭，所有篇咏，传布远近。”[5]据以推知此诗作于二次流配间。因左迁泷州时“未几逃还”，无暇顾及吟咏之事。

杜五审言，行五。唐人颇重行第（同一曾祖父兄弟间的大排行，如杜二甫、李十二白等）。与杜审言同为“文章四友”之一的李峤（其余二人为崔融、苏味道）有《酬杜五弟晴朝独坐见赠》一诗，可为佐证。由于其为大诗人杜甫之祖，后世多为尊者讳。然《新唐书》还是秉笔直书：“神龙初，坐交通张易之，流峰州（今越南河西省西北）。”《国秀集》收膳部员外郎杜审言诗5首，《全唐诗》录43首。其中《南海乱石山作》《旅寓安南》（唐代设安南都护府，为六都护府之一，治所在宋平——今越南河内市）两首可定为于贬所吟成，是否即宋之问所见题壁诗，待考。

沈三佺期，排名较原题升前一位。《新唐书》称其与宋之问“约句准篇，如锦绣成文。学者宗之，号为‘沈宋’，语曰：‘苏（武）、李（陵）居前，沈宋比肩。’”《唐才子传》载：“佺期尝以诗赠张燕公（张说），公曰：‘沈三兄诗清丽，须让居第一也。’诗名大振。”[6]此可作其行三之参证。《新唐书》载：“于时，张易之等烝昵宠甚……沈佺期、刘允济倾心媚附……会张易之败，遂长流欢州（今越南安城）。”《全唐诗》收其诗三卷160余首，其中作于途中、贬所者约20首。童养年先生辑录的《全唐诗续补遗》（以下简称《补遗》）中《狱中燕》诗，实则为《同狱者叹狱中无燕》的后四句；摘《欢州不作寒食》句，实为《岭表逢寒食》诗之首联[7]，二者均系误补。至于何篇题在端州驿壁上，亦待考。《国秀集》收太子詹事（属东宫官。詹事府，太子詹事一人，正三品，掌统三寺、十率府之政）沈佺期诗5首。其官职为遇赦返京后所任。

阎五朝隐，排名亦较原题升前一位。《新唐书》云：“易之所赋诸篇，尽（宋）之问、（阎）朝隐所为。至为易之奉溺器。及败，（宋）贬泷州，朝隐崖州（今海南海口市琼山区东南），并参军事。”《全唐诗》录其诗 13 首，皆奉和应制之作。王重民先生整理敦煌遗书时，从英籍匈牙利人斯坦因所盗骗的 S·555 卷，录下阎朝隐诗二首。由于王仲闻先生认为“这两首诗，殆即为端州题壁，都是他们南徙时所作，也就都是宋之问所见得那些诗”，故从《补全唐诗》移录如下：

其一

岭南流水岭南流，岭北游人望岭头。
感念乡园不可□，肝腹（肠）一断一回愁。

其二

千重江水万重山，毒瘴□氛道路间。
回首俯眉但下泪，不知何处是乡关？[7]

句中□字及诗题，残卷已漫漶不清。

王二无竞，排名较原题后窜 3 位。与杜、阎、沈、宋四人列《新唐书》“文艺类传”不同，他入“列传”第三十二之中：“神龙初，诋权幸，出为苏州司马。张易之等诛，坐尝交往，贬广州，仇家矫制榜杀之。”《全唐诗》收其诗 5 首，《补全唐诗》录 4 首，均与贬谪岭南题端州驿壁无涉。

题壁，乃唐时诗人“发表”作品的重要途径之一。如唐人薛用弱《集异记》所述王昌龄、高适、王之涣三人“旗亭赌唱”的逸事，就又名“旗亭题壁”[8]。孟浩然亦有“染翰聊题壁”之诗句。“题壁”已成凝固式专有名词，自然强于原题之“壁有题”，虽然二者一义。

下面考论诗句中的 6 处异文。

《国秀集》所收原诗作——

逐臣北地承严谴，谓到南中每相见。
岂意南中岐路多，千里万里分乡县。
云摇雨散各分飞，海阔江长音信稀。
处处山川同瘴疠，自怜能得几人归？

校：“岐路”，《别裁》作“歧路”。**考**：“歧”为道路旁出者，如云“歧路亡羊”；后又引申为岔路口，古人陆行分手处，如王勃诗句“无为在歧路”。而“岐”为山名，在今陕西省凤翔县境内，乃姬周王朝发祥地。唐代大学者颜师古曰：“其山两岐。”有古文字学家认为“岐”与“歧”为古今字。现从文化承传的角度看，“歧”字是。

校：“千里万里”，《别裁》《全唐诗》均作“千山万水”。**考**：从长安（今西安）到端州（今肇庆）几千里的贬程，自然要路过千山万水，它们又分属于不同的县乡。二词看似两可（举凡两可之字词，按例均应取早出之书或版本），然联想《补遗》所录沈佺期句“身经火山热，颜入瘴乡消”及上引阎朝隐诗句“千重江水万重山”均可能出现在端州驿壁之上，宋之问“慨然成咏”时，“千山万水”句极可能信手拈来。

校：“分飞”，《别裁》《全唐诗》皆作“翻飞”。**考**：流徙中的宋之问于端州驿所见其题壁诗的四人，分别贬至峰州、欢州、崖州、广州，可谓作鸟兽散，“分飞”恰如其分也。改“翻”者可能认为上句“分乡县”已有“分”字，然古诗不避字重复。

校：“江长”，上引二书皆作“天长”。**考**：与出句“云摇雨散各分飞”相关联，这伙难兄难弟已天各一方。“天”字的内涵要远远大于“江”字。

校：“自怜”，《别裁》作“自言”。**考**：“自怜”，是自我哀怜的心理活动。而“自言”则是把心里话说了出来——四人的题壁诗以及作者的“慨然成咏”，在在说明已成“自言”也。

结论，就本诗而言，“前修未密，后出转精”之论不虚妄也。

参考文献：

［1］（宋）欧阳修等撰. 新唐书［M］. 北京：中华书局，1975 年，第 5736、5749~5752 页.

［2］（唐）芮挺章选编. 国秀集［M］. 上海：上海古籍出版社，1978 年，

第 132 页.

[3]（清）沈德潜编. 唐诗别裁集［M］. 上海：上海古籍出版社，1979 年，第 156 页.

[4]（清）曹寅等修纂. 全唐诗.［M］上海：上海古籍出版社，1986 年，第 156 页.

[5]（五代)刘昫等撰. 旧唐书［M］. 北京：中华书局，1964 年，第 5025 页.

[6]（元）辛文房撰，周绍良笺证. 唐才子传笺证［M］. 北京：中华书局，2010 年，第 67 页.

[7] 王重民，孙望，童养年辑. 全唐诗外编［M］. 北京：中华书局，1982 年，第 337、10~11 页.

[8]（唐）薛用弱撰. 集异记［M］. 丛书集成初编本. 北京：中华书局，1983 年.

原载《肇庆学院学报》2014. 6

相州沈佺期《遥同杜五过庾岭》诗校释

据《新唐书》记载：神龙元年（705）正月，效忠于李唐皇室的大臣张柬之、崔玄暐等，趁武则天“老且病”，率左右羽林兵讨乱，诛杀内宠张易之、张昌宗等人。未几，附逆张氏兄弟的沈佺期、杜审言均遭贬谪岭南[1]。

四十年后，进士、国子生芮挺章选编《国秀集》收太子詹事沈佺期诗五首，其中《遥同杜五过庾岭》一诗，就事涉流配岭南度大庾岭之史实[2]。

千年以后，清代沈德潜编选《唐诗别裁集》（以下简称《别裁》），曹寅等奉敕修纂《全唐诗》，此七言律诗皆入选，均题作《遥同杜员外审言过岭》[3]。其中六处异文于考论作者后，分别依据史实、行第、官职、名物加以校释，并给出有别诸多前贤、时俊“述而不作”只罗列异同的做法，加“宜各从长”之按断。

《新唐书·文艺传》称：“沈佺期字云卿，相州内黄人、及进士第。由协律郎累除给事中，考功受赇劾未究，会张易之败，遂长流欢州。”《旧唐书·文苑传》称：“佺期善属文，尤长七言之作。与宋之问齐名，时人称为‘沈宋’。”[4]在武则天时代，这些文学弄臣依附权贵的丑行还是《新唐书·宋之问传》揭露得稍微详细些：“于是时张易之等烝昵宠甚……沈佺期、刘允济倾心媚附，易之所赋诸篇，尽之问、朝隐所为，至为易之奉溺器。”至于《国秀集》所说任太子詹事一职，乃是沈佺期遇赦北返朝廷后任命之官职。

据《新唐书·百官志》载："东宫官，詹事府，太子詹事一人，正三品；少詹事一人，正四品上（阶）。掌统三寺、十率府之政，少詹事为之贰。"[1]《旧唐书》称沈佺期任"太子詹事"，《新唐书》则称任"太子少詹事"。孰是孰非？而当时苏颋所撰《授沈佺期太子少詹事等制》说得十分明白："佺期可太子少詹事，余如故；崇礼可行太府少卿，散官勋如。"[5]这是有关此二人任命的官方文书，权威性不容置疑。

唐人颇重行第（即同一曾祖父兄弟间的大排行，如李十二白、孟六浩然），往往以之相称。杜审言行五故称杜五。与其合称"文章四友"之一的李峤（余二人为崔融、苏味道）亦有《酬杜五弟晴朝独坐见赠》诗可为佐证。由于这位杜五审言是后世大诗人杜二甫的祖父，故其不光彩之言行往往被"为尊者讳"了。但《新唐书》著者还是秉笔直书："神龙初，坐交通张易之，流峰州。"所以，也要过大庾岭。至于称其为"员外"，乃是他"流配岭外"前所任"膳部员外郎"官职的习惯性省称。

由此，可知清代所辑诗题中增添杜氏官职、名字甚好，而少了行第，则欠佳；脱一"庾"字更为一大缺欠！《元和郡县志》载："岭南道韶州始兴县：大庾岭一名东峤山，在县东北一百七十二里，本名塞上，汉伐南越，有监军姓庾，城于此地，故名大庾。"[6]《舆地纪胜》（九十三）载："广南东路南雄州：大庾岭去城八十里。……以其多梅，亦曰梅岭。"《大清一统志》载："广东南雄府：大庾岭在保昌县北。"上述始兴、南雄均在今广东韶关市境内，大庾岭亦在今江西大余与广东南雄交界处，古代向为岭北岭南的交通要冲。

诗题中的"遥同"，《别裁》于诗后注云："佺期流欢州，审言流峰州，南北分飞，同时过岭而作。"所谓过岭，意指由北而南之谓。"南北分飞"易生歧义。因沈佺期、杜审言皆被赦北返，亦须过岭。《全唐诗》收杜审言诗39首，未言及过大庾岭事。所以"遥同"不能理解为“同时过岭”，而是在不同的时间度过同一大庾岭。由此，似应综合二题为一：《遥同杜五员外审言过庾岭》。

《国秀集》所录诗句有十处异文，兹一一校考。

天长地阔岭头分，去国忧家见白云。
洛浦肝肠无用说，崇山瘴疫不可闻。
南浮涨海鸢何处？北望衡阳雁几群？
两地春风万余里，何时重谒圣明君？

“肝肠无用说”，《别裁》《全唐诗》均作“风光何所似”。原文为陈述句，意即：在洛河之滨（渡口）分别时已是肝肠寸断，哽咽无语，也无需话语。后二书所改“风光何所似”已成疑问句——洛河之滨旖旎的风光（亦是你我昔时官场中的无限风光）似在梦里吧？由于作者是在贬途之中，想象与杜五员外度同一山岭，满腹疑虑化作诸多疑问句式，实属人之常情。

“瘴疫不可闻”，上引二书皆作“瘴疠不堪闻”。“疠，疫气也。”见《左传·昭公四年》“疠疾不降”[7]。故知“疫、疠”一义，且均仄声，似两可。而举凡两可之字、词，按例应从早出之书或版本。又，“不堪”，在事理程度上要重于“不可”。另从格律角度看，由七言律诗首句为平起（长）平收（分）格式，颔联对句应作㊉平㊋仄仄平平。“堪”为平声，合格律，而“可”为仄声，不合格律。

“鸢”，上引二书均作“人”。“鸢”为鸷鸟，又称“老鸾”。属鸟纲，鹰科。以攫取蛇、鼠、鸡雏等为食。诗中以此物喻己或侪类，皆不当。且与对句中的雁均为飞禽，也嫌重复。诗题中既已交待作者与杜审言二人要在不同时间过同一座大庾岭，故知“人”字大胜于“鸢”字。

“春风”，上引二书皆作“江山”。“山”字扣题，并与首句“岭头”呼应。更与“万里江山”皆属大唐“圣明君”的贡谀题旨相契合。

又，《别裁》于诗后另注：“‘圣明君’似俚，然刘桢有‘将须圣明君’句。”沈德潜乍看“圣明君”三字，似俚语，但饱读诗书的他立即联想到建安七子中，以“言壮而情骇”著称的刘桢在《赠从弟三首》其三的收束处也写下了“将须圣明君”之句。历代学者公认刘桢此诗“妙绝时人”，沈佺期写下“圣明君”三字时也许会想到此诗，那可就大有助于我们理解诗的题旨了。

参考文献：

[1]（宋）欧阳修等撰. 新唐书［M］. 北京：中华书局，1975 年.

[2]（唐）芮挺章选编. 国秀集［M］. 上海：上海古籍出版社，1978 年，第 135 页.

[3]（清）曹寅等修纂. 全唐诗［M］. 北京：中华书局，1986 年，第 244 页.

[4]（五代）刘昫等撰. 旧唐书［M］. 北京：中华书局，1964 年，第 5017 页.

[5]（清）董诰等编. 全唐文［M］. 北京：中华书局，1982 年，第 252 页.

[6]（唐）李吉甫撰. 元和郡县图志［M］. 北京：中华书局，1983 年，第 3084 页.

[7]（清）阮元校刻. 十三经注疏［M］. 北京：中华书局，1980 年，第 2034 页.

原载《韶关学院学报》2014. 9

海盐顾况《送张卫尉》诗考异

《旧唐书·顾况传》载:“顾况者,苏州人。能为诗歌。”[1]而《历代名画记》则称:“顾况,字逋翁,吴兴人。”[2]《唐国史补》称“吴人顾况”[3],《唐诗纪事》曰:“况字逋翁,姑苏人。”[4]《桂苑丛谈》云“吴郡顾况”[5],《封氏闻见记》称其为“吴士”[6]。《全唐文》收皇甫湜《唐故著作郎顾况集序》有云:

> 吴中山泉气状,英淑怪丽:太湖异石,洞庭朱实,华亭清唳,与虎丘、天竺诸佛寺,钧号秀绝。君出其中间,翕清轻以为性,结泠汰以为质,煦鲜荣以为词,骏发踔厉,往往若穿天心,出月胁,意外惊人语,非寻常所能及,最为快也。李太白、杜甫已死,非君将谁与哉!

此分析古苏州物华天宝、人杰地灵,顾况乃其代表人物之一,是继李、杜之后,诗坛之翘楚。

何以误为吴兴?窃以为吴郡、吴县均可能误书作吴兴。另,顾况岳父丘某为吴兴人或任职于吴兴。见僧皎然《送顾处士歌》题注:“吴兴丘司议之女婿,即况也。”诗中首二句即云:“吴门顾子余早闻,风貌真古谁似君?”

唐代史称中兴之主的宪宗曾命翰林学士令狐楚选编《唐新诗》进呈,后定名《御览诗》。收顾况诗十首,其三为《送张卫尉》[8]。清康熙朝修纂《全唐诗》,此诗题为《送大理张卿》[9]。考《旧唐书·职官志》与《新唐书·职官志》,知唐承隋制,既有统公车、武库、守宫等署的卫尉寺；亦有统司法、监狱的大理寺，各置卿、少卿、丞、主簿等职官[10]。由于不详张氏生平，难以按断卫尉、大理寺卿孰是，抑或张某先后任此二职，亦未可知。

以下诗句亦录自《御览诗》：

春色依依惜解携，月卿今夜泊隋堤。
白沙洲上江篱长，绿树村边谢豹啼。
迁客比来无倚仗，故人相去隔云泥。
越禽唯有南枝分，自送孤鸿飞向西。

校：“惜解携”，《全唐诗》注：一作“伤解携”。**考**：此为送别诗，首句直切主题：因分手在春季，依依惜别而黯然神伤。从意境看，近似两可；然从格律看，“惜”为入声字而“伤”为平声字。此诗系仄起（色）平收（携）之七律，首联出句应作㊀仄平平仄仄平格式，“惜”字合格律而“伤”字不合。

校：“江篱”，《全唐诗》作“江蓠”，是。**考**：依常理推想，沙洲之上没必要修篱笆，退一万步说，真修了篱笆，它也不会长(zhǎng)。(此长为仄声字，而非长短之长的平声字。)窃以为“篱”与“蓠”因字形相近而致“鲁鱼亥豕”类手民之误。

江蓠，乃一种香草，一说是蘼芜，一说又名川芎。《离骚》中的“扈江蓠与辟芷兮”，司马相如《上林赋》所言“揜以绿蕙，被以江蓠”均指此物。“江蓠长”与“谢豹啼”对仗十分工稳。

谢豹，即杜宇（杜鹃鸟）。《禽经》载：“杜宇啼苦，则自悬于树，自呼曰‘谢豹’”。陆游《老学庵笔记》称：“吴人谓杜宇曰‘谢豹’。杜宇初啼时，渔人得虾，曰‘谢豹虾’；市中卖笋，曰‘谢豹笋’。唐顾况《送张卫尉》诗曰‘绿树村中谢豹啼’。若非吴人，殆不知‘谢豹’为何物。”[11]据此言，一、可从侧面坐实顾况为苏州人。二、可知陆游自绍兴乙亥（1155）迄庆元戊午（1198）四十三年间两见《御览诗》（从书后所附《后记》得知）此诗题皆作《送张卫尉》。

三、得知陆游所见诗，“村边”作“村中”。**考**：从意境到对仗（“洲上”对“村边”或“村中”。）再到格律（“边、中”二字皆平声）“边、中”二字皆两可。而举凡两可之字，宜从早出之书或版本。

校：“比来”，《全唐诗》注：一作“此来”，又作“本来”。**考**：“比”字诸多义项中，有释“从”者，即“比来”为“从来”。贬谪之人自古及今，从来没有什么倚仗。如此解释，与“本来”已近义。而“此来”，即现在被贬而来之意，亦可解说。反复权衡，原句已佳。值得指出的是“比、此、本”皆为仄声字，互换于格律无碍。足见古人锤词炼字功夫之精湛。

校：“自送”，《全唐诗》作“目送”。“孤鸿”，《全唐诗》注：一作“归鸿”。**考**：此联出句以“越鸟朝南枝”的古诗为比兴，结末强调与友人分手后的孤独落寞。“自”与“孤”在用字上很契合。但曹魏时代的嵇康在《赠秀才入军》一诗中写出了千古流传的名句：“目送归鸿，手挥五弦。”顾况用此典故似为更佳。

参考文献：

［1］（五代）刘昫等撰. 旧唐书［M］. 北京：中华书局，1964 年，第 3625 页.

［2］（唐）张彦远撰. 历代名画记［M］. 北京：中华书局，1985 年，第 1646 页.

［3］（唐）李肇撰. 唐国史补（卷中）［M］. 明津逮秘书本，第 11 页.

［4］（宋）计有功辑撰. 唐诗纪事［M］. 上海：上海古籍出版社，2008 年，第 437 页.

［5］（唐）冯翔撰. 桂苑丛谈［M］. 北京：中华书局，1985 年，第 2835 页.

［6］（唐）封演撰. 封氏闻见记［M］. 北京：中华书局，1985 年，第 275 页.

［7］（清）董诰等编. 全唐文［M］. 清嘉庆十三年刊本.

[8]（唐）令狐楚选编. 御览诗 [M]. 上海：上海古籍出版社，1978 年，第 223 页.

[9]（清）曹寅等修纂. 全唐诗 [M]. 上海：上海古籍出版社，1986 年，第 267 页.

[10]（宋）欧阳修等撰. 新唐书 [M]. 北京：中华书局，1975 年，第 1248、1256 页.

[11]（宋）陆游撰. 老学庵笔记 [M]. 北京：中华书局，1985 年，第 2766 页.

原载《苏州文博》2014 年年刊

舒州曹松《乱后入洪州西山》诗考略

南宋洪迈所辑《万首唐人绝句》收晚唐诗人曹松《乱后入洪州西山》一诗：

寂寂阴溪水漱苔，尘中将得苦辛来。
东峰道士如相问，县尉而今不姓梅。

诗题中的“乱”，当指黄巢义军从荆南、鄂岳转战江西、宣歙和浙西，重创唐诸道行营都统高骈大军，于广明元年（880）占领洛阳，攻陷长安之事。此前一年，曹松作《己亥岁二首》亦收入上引之书。

其一

泽国江山入战图，生民何计乐樵苏？
凭君莫问封侯事，一将功成万骨枯。

其二

传闻一战百神愁，两岸强兵过未休。
谁道沧江总无事，近来长共血争流。

其时起义军突破长江天险，转战江西，先后占领虔（赣州）、吉（吉安）、饶（鄱阳）、信（上饶）诸州。

洪州西山，一名南昌山，即初唐王勃在《滕王阁诗》中所言“珠帘暮卷西山雨”的西山。相传道教十二真君在此羽化成仙，历代皆有慕其盛名高蹈于此的隐士。中唐诗人施肩吾隐居时曾赋《闲居遣兴诗一百韵》，大行于世，影响深远。

“尘中将得苦辛来”，《全唐诗》作“尘中将得苦吟来”。此处之

"尘"当作俗世红尘解。《唐才子传》称："（曹）松野性方直，罕尝俗事，故拙于进宦，构身林泽，寓情虚无，苦极于诗，然别有一种风味，不沦乎怪也。"据此可知"苦吟"为佳。

"县尉而今不姓梅"，《全唐诗》作"县令而今不姓梅"。**按：**此典故出自《汉书·梅福传》："福，寿春人。少学于长安，通《尚书》《穀梁春秋》，为郡文学，补南昌尉……后传以成仙。"知"县尉"是，而"县令"非。

《全唐诗》还收曹松《再到洪州望西山》一诗，题下注："曹松常栖此山。"

洪州向西顾，不忍暂忘君。记得瀑泉落，省同幽鸟闻。

一回经雨电，长有剩风云。未定却栖息，前头江海分。

吟味诗意，应是隐居期间再到洪州一行之感怀。正如后世范仲淹所云："居庙堂之高则忧其民，处江湖之远则忧其君。"然而很遗憾的是，待到曹松登科入仕已是昭宗天复元年（901）。据《唐摭言》载："杜德祥榜，放曹松、王希羽、刘象、柯崇、郑希颜等及第。时上新平内难，闻放新进士，特敕授官。故德祥以松等塞诏，各授正字。制略曰：'念尔等登科之际，当予反正之年，宜降异恩，各膺宠命。'……松、希羽甲子皆七十余。时谓'五老榜'。"这让人想起唐太宗在端门见新进士缀行而出时所发自肺腑的名言："天下英雄入吾彀中矣！"时人亦曾感叹："太宗皇帝真长策，赚得英雄尽白头。"

天复元年（901）距广明元年（880）有二十一年间隔，以此推知曹松乱后入洪州西山隐居当在五十岁上下。然而三百多年后，洪迈在《容斋三笔》中却有另种说法："天复元年赦文，又令中书门下选择新及第进士中有久在名场，才沾科级，年齿已高者，不拘常例，各授一官。于是礼部侍郎（**按：**相当于教育、文化部副部长职位）杜德祥奏：'拣到新及第进士陈光问年六十九、曹松年五十四、王希羽年七十三……按《登科记》，是年进士二十六人，光问第四，松第八，希羽第十二……昭宗当斯时，离乱极矣，尚能眷眷于寒儒，其可书也。’”依此，则曹松乱后入洪州西山当在三十岁上下。

按：《唐摭言》作者王定保为唐昭宗光化三年（900）进士，洪州南昌人。他以当时人记录当时事，可信度自然高于三百多年后洪迈的记载。所以同为宋人的计有功、晁公武就分别在所撰《唐诗纪事》《郡斋读书志》中，采信天复元年与曹松同时登第者，年皆七十余，号“五老榜”之说。

原载《江西文史》2014年年刊总第9辑

洪州施肩吾《夜宴曲》校考

据上海古籍出版社2008年版《唐诗纪事》载："施肩吾，洪州人。元和十年登第，以洪州西山羽化之地，慕其真风，高蹈于此。为诗奇丽，著《百韵山居诗》，才情富赡。"其诗**《夜宴曲》**云：

兰缸如昼晓不眠，玉炉夜起沈香烟。
青娥一行十二仙，欲笑不笑桃花燃。
碧窗弄娇梳洗晚，户外不知云汉转。
被郎嗔罚屠酥盏，酒入四肢红玉软。

校：诗题，《才调集》卷四（上海古籍出版社，1978年版）作《夜讌曲》。《才调集》卷七、《全唐诗》题下注均作《夜宴词》。**考**：讌，《广韵》又作醼。多指娱乐性会饮。二字今均定为"宴"的异体字。又"曲、词"于此语境两可。

校：兰缸，《又玄集》（版本同《才调集》）、《才调集》卷四、《全唐诗》皆作兰釭。**考**：釭字多音多义，在此处应读作 jiāng，是灯的别称。"缸"字大误！

校：如昼，《又玄集》作如画。**考**：画字大误。灯火辉煌好似白昼是一般常识。此乃因画字繁体"畫"与昼字繁体"晝"只几笔之差，因形近而致误。前几年央视名嘴读宋词"花市灯如昼"（欧阳修《元夕》）就犯了同样错误。

校：晓不眠，《又玄集》《才调集》卷七均作买不眠。**考**：灯红酒绿，通宵达旦。"晓"字佳。

校：玉炉，《又玄集》、《才调集》卷七、《全唐诗》皆作玉堂。**考：**与兰釭对举，还是有玉饰的香炉比玉堂更贴切。点燃的沉香是要放到香炉中的。

校：桃花燃，《才调集》卷七、《全唐诗》均作桃花然。**考：**然为燃之本字。句意为仙女的容颜似桃花般艳丽。然字后来又作“是的”、“如此”解。以之理解诗意亦通。

校：弄娇，《才调集》卷四、《全唐诗》注皆作弄妆。**考：**梳洗打扮使之娇媚。从全诗香软的格调看，娇字佳。

校：梳洗，《才调集》卷七作妆洗。**考：**宏观把握唐诗遣词造句规律，“梳洗”文从字顺，“妆洗”较为鲜见。

校：屠苏盏，《又玄集》作涂苏酒。《才调集》卷七、《全唐诗》均作琉（瑠）璃盏。**考：**屠苏酒，相传为华佗配制，元日饮之可避不正之气。琉璃，古人形容薄莹且脆之物。传闻即今之玻璃，用做器皿十分精美。屠苏为名酒，琉璃盏为美器，均强调宴会之奢华。又，屠苏为叠韵，琉璃为双声，均系联绵词，似两可。另从押韵角度看，“盏”字大胜“酒”字。

此外，需要特别说明的是：此诗用韵极不规范！乍看极似七言律诗，首联又似流水对（又称走马对）的偷春格（即律诗首联就对仗，像梅花先春怒放一般）。然而依近体诗要求，前四句颇类联句，句句押阳平先韵。可后四句却变成隔句押仄声铣韵。而“晚”在阮韵，可视与“转”之铣韵通押；“盏”在潸韵，亦可视同与“软”之铣韵通押。可律诗换韵则是大忌。

如视之为七言古诗，前两句“眠、烟”押真韵；后六句“仙、燃（然）、晚、转、盏、软”押元韵。视作“真、元”合韵，句句相押就成联句型的柏梁体诗了。

顺便说说《唐诗纪事》所言“元和十年登第”一事，《唐登科记》《唐才子传》均为元和十五年（820）。《唐语林》则既指出当年主考官姓名，又记载其调侃同榜士人的一段逸事。文字无多，逐录于次：

元和十五年，太常少卿李建知举，放进士二十九人。时崔嘏舍人与施肩吾同榜，肩吾寒进，为嘏瞽一目，曲江宴赋诗，肩吾云："去古成叚，著虫为虾，二十九人及第，五十七眼看花。"

以今人眼光视之，用他人生理缺陷取笑是很不道德的行为。

原载《江西文史》2014年年刊总第9辑

澧阳李宣远《并州路》诗考异

《全唐诗》[1]卷四六六收中唐诗人李宣远诗二首，其一为《并州路》，题下注云："一作杨达诗，题云《塞下作》。"披梳《全唐诗》，于卷七七六中果然在杨达名下见此诗，然而诗题为《塞下曲》。孰是孰非，现予考辨。

一、关于作者

有关李宣远的籍里、行第及入仕与否，寓目之书几近阙如。《唐诗纪事》[2]称："宣远，登贞元进士第。"此为《全唐诗》所本。《唐才子传》[3]载："李宣古，字垂后，澧阳人。……弟宣远，亦以诗鸣，今传者可数也。"对此，已故北京大学教授周绍良考证："宣古登第会昌三年（843），则至少已是八十老翁，故二人成为兄弟不确。辛氏强为牵合，并称'弟宣远'实误。"

据笔者所见，最早收录此诗的是唐宪宗元和（805~820）年间翰林学士、朝议郎令狐楚奉敕纂进的《御览诗》[4]。其后，又入五代韦庄编《又玄集》[5]、韦縠编《才调集》[6]、宋人计有功辑撰的《唐诗纪事》、宋人李昉等编撰的《文苑英华》[7]，作者均为李宣远。其中令狐楚乃以同时代人奉敕选同时代人所作之诗，是不会出现"张冠李戴"之类"硬伤"的。

杨达，名不见经传，其诗载《全唐诗》卷七七六，而自卷七六七所收诗人，已被称生平"无考"。

二、关于诗题

依时代先后看，唐五代人所选编的上述三种诗集虽均题作《塞下作》，但最早成书的《御览诗》有题注曰："原题《并州路》。"宋人所编撰的《文苑英华》作《并州路》，《唐诗纪事》为《并州路作》，《乐府诗集》[8]作《塞下》，无"曲"字。《乐府诗集》所收《塞下曲》有李白、郭元振等22人所作共58首，并未见杨达之名，再次证明此诗为李宣远所作。

《并州路》为行旅题目，《塞下作》为军旅题目。有人依"吹角"、"征人"、"烽火"等词句，判定此诗为边塞诗，诗题应作《塞下作》；有人则据"帐幕"、"牛羊"、"行人"等词句，认为此系行旅诗，诗题应作《并州路》。孰长孰短，待考辨诗句异文之后再下按断。

三、关于诗句

依《御览诗》，首联出句即交代时空并点题：

秋日并州路，黄榆落故关。

校：故关，《唐诗纪事》《全唐诗》（字下注）均作"照间"。**考**："落照"即夕阳西下之时，正呼应颈联的"牛羊自下山"，典出《诗经·王风·君子于役》："日之夕矣，羊牛下来。"不足之处是"照间"与尾联末句的"云间"，嫌"间"字重复。倘视为乐府诗便无此避忌。

颔联：

孤城吹角罢，数骑射雕还。

按："骑"要读去声才与"城"的平声相对。依"四声别义"之法，"骑"已由动词（平声）变成"一人一马"的名词。

颈联：

帐幕遥连水，牛羊自下山。

校："连"，《又玄集》《才调集》《唐诗纪事》《乐府诗集》《全唐诗》皆作“临”字。**考**：游牧者逐水草而居，将帐幕搭在临水之处乃合常理。“连”字欠佳。

尾联：

行人正垂泪，烽火出云间。

校：“行人”，《唐诗纪事》《全唐诗》均作“征人”。**考**：“行人”即行旅之人，正值秋日黄昏，叶落角息，牛羊归圈，不觉思乡怀亲，泪湿衣衫。而“征”字在古汉语中第一义项为“行也”。譬如“征夫”指远行之人，如《诗经》“莘莘征夫，每怀靡及”；“征帆”指远行之舟，如孟浩然诗句：“岭北回征帆，巴东问故人。”杜甫的名诗《北征》，记叙的也是由凤翔北上鄜州回家旅程中的见闻，与战争之义无涉。

“征”又有“以上伐下”的征讨之义，所以才与干戈烽烟联系在一起。正因如此，有人将“征人”理解为征战之人，更何况又与“烽火”、“吹角”相关联。

又“出”，上引五书皆作“起”。**考**：一般情况下，烽火自然从地面燃起再升至天空。“出”、“起”二字相比较，“起”字更佳。

值得指出的是，“故关”与“照间”同为“仄平”，“连、临”同为平声，“行、征”亦同为平声，“出（入声）、起”同为仄声，互换均于格律无碍，足见古人锤词炼字功夫之精到。

据以上考辨，窃以为作者、诗题、诗句应如下：

李宣远《并州路》

秋日并州路，黄榆落照间。孤城吹角罢，数骑射雕还。

帐幕遥临水，牛羊自下山。行人正垂泪，烽火起云间。

参考文献：

［1］（清）曹寅等修纂. 全唐诗［M］. 上海：上海古籍出版社，1986 年.

［2］（宋）计有功辑撰. 唐诗纪事［M］. 上海：上海古籍出版社，2008 年.

[3]（元）辛文房撰，周绍良笺证. 唐才子传笺证［M］. 北京：中华书局，2010年.

[4]（唐）令狐楚选编. 御览诗［M］. 上海：上海古籍出版社，1978年.

[5]（五代）韦庄选编. 又玄集［M］. 上海：上海古籍出版社，1978年.

[6]（五代）韦縠选编. 才调集［M］. 上海：上海古籍出版社，1978年.

[7]（宋）李昉等编纂. 文苑英华［M］. 北京：中华书局，1966年.

[8]（宋）郭茂倩选编. 乐府诗集［M］. 北京：中华书局，1979年.

原载《太原师范学院学报》2015. 1

清河张祜题咏扬州诗三首校释

元代辛文房所撰《唐才子传·张祜》载："祜字承吉，南阳人，来寓姑苏。乐高尚，称处士；骚情雅思，凡知己者悉当时英杰。元和（806~820）、长庆（821~824）间，深为令狐文公器许……祜苦吟，妻孥每唤之，皆不应，曰：'吾方口吻生花，岂恤汝辈乎！'性爱山水，多游名寺，如杭之灵隐、天竺，苏之灵岩、楞伽，常之惠山、善权，润之甘露、招隐，往往题咏唱绝。"可惜，辛氏概括未全，张祜游扬州法云寺曾题咏双桧诗一首：

谢家双植本图荣，树老人因地变更。
朱顶鹤知深盖偃，白眉僧见小枝生。
高临月殿秋云影，静入风檐夜雨声。
纵使百年为上寿，绿阴终借暂时行。

以上录自《全唐诗》（上海古籍出版社，1986年版）。

按：桧树又称圆柏，为高大常绿乔木。由于其树叶尖硬似柏，树干挺拔如松，故《尔雅·释木》曰："桧，柏叶松身。"传说中的火神，实际为掌管用火的农官——祝融氏后人以桧为国名，地域在今河南新密、新郑、荥阳一带。《诗经》十五国风（民歌）中即有桧风。桧木质地坚实，气味芳香，抗腐耐蚀，确属佳木良材，深得人们喜爱。然而自南宋奸臣秦桧之后，迄今再也没人以桧字命名！

校："本图荣"，《全唐诗》图字下注：一作"本南荣"。

释：句意为：本心希望这两棵桧树枝繁叶茂，欣欣向荣。"本南荣”，难以索解。

校：“人因”，上书因字下注：一作“人亡”。

释：句意为：树龄已老，人也随着衰老了。“人亡”说得过于直白。民间避讳死字，含蓄地说“老去了”或“老了”。亡字欠佳。

朱顶鹤即丹顶鹤。古人认为松鹤延年乃吉祥祈福之语。用朱顶鹤与白眉僧对仗，可谓十分工稳。鹤已知高大浓深的树冠将要倾斜（偃卧），而高寿僧人看到的却是新生的嫩枝。颇具哲理思辩的色彩。

校：“月殿”，上书殿字下注：一作“月户”。

释：句意为：秋月清辉将树影、云影洒向寺院殿堂。倘用户字，则少了主体建筑之大殿而只强调殿门或山门，似乎树影便也小了许多。

校：“风檐”，上书檐字下注：一作“风廊”。

释：句意为：风雨之夜，两棵桧树也会静听殿檐下的滴雨声。如系风廊的夜雨声则是嘈杂一片，而不会静听之。

尽管上述几处异文，经反复推敲均无胜于原文，但值得注意的是：图与南，因与亡，檐与廊俱为平声字；而殿与户皆是仄声字。相互调换均不影响格律，足见古人运用声韵之严谨。

校：“纵使”，上书注：一作“从此”。

释：句中上寿一词典出《庄子》：“上寿百岁，中寿八十。”此联上下两句实为关联句，句意是：即使人活到一百岁的上寿，对双桧而言也不过是暂借其绿荫而行的匆匆过客而已。如换成“从此”二字，则不再是关联句式，在文义和文气两方面都大为逊色。

校：“终借暂时”，上书注：一作“终是借君”。

释：没了“暂时”二字，双桧树龄之长与人寿之短的强烈对比便不复存在。

再从格律看，此诗为首句平（家）起平（荣）收的七律。尾联出句的要求是㊀仄㊁平平仄仄。首字应该仄（“纵”字为仄声）可以平（“从”字为平声），当然还是“纵”字佳。第三字应该平可以仄，

“百”字为入声，也在允许的范围之内。至于尾联对句应作(平)平(仄)仄仄平平。“借暂时行”与“是借君行”俱为仄仄平平，皆合格律。说明古人锤词炼字功夫精到。

张祜对宇宙、生命的哲理思考还不仅仅限于对法云寺双桧的观照上，进而扩大到整个扬州古城。《唐才子传笺证》（中华书局，2010年版）载：“初过广陵，题诗曰：

十里长街市井连，月明桥上看神仙。
人生只合扬州死，禅智山光好墓田。

大中（847~860）中，果卒于丹阳隐居（舍），人以为谶云。”

此事在宋代计有功所撰《唐诗纪事》，晁公武所编《郡斋读书志》中均有记载。洪迈选编《万首唐人绝句》以及清康熙朝修纂之《全唐诗》皆收此诗。均题作《纵游淮南》。**按**：此题目过于宽泛，远不若就《唐才子传》所言，题《初过广陵》更恰切。

校：“山光”，《全唐诗》注：一作“山边”。

释：古人选阴宅，为实现荫庇子孙之目的，必择高敞的风水宝地。故知“山光”大胜“山边”也！

还有一首《到广陵》的七律，是孙望先生据南宋蜀刻本《张承吉文集卷七》辑录的：

一年江海恣狂游，夜宿倡家晓上楼。
嗜酒几增群众小，为文多是讽诸侯。
逢人说剑三攘臂，对镜吟诗一棹头。
今日更来憔悴意，不堪风月满扬州。

以上录自《全唐诗外编》（中华书局，1982年版）。

校：群，原文作“羣”，群字还曾被腐儒解释道：“君子怎能和羊并列？”其实《说文》解释得很清楚：“羣，辈也。从羊，君声。”是个形声字，并非会意字。今定羣是群的异体字。

校：棹字多音多义，于此语境应读作zhuō，字义为倚桌，是动词，所以“一棹头”与“三攘臂”相对仗。而非划船似桨的工具，也不读 zhào 音。

自唐迄元，已逾 400 余年，辛文房仍称赞张祜“能以处士自终其身，声华不借钟鼎，而高视当代，至今称之。”至今，时光又飞逝 600 多年，我们重读张祜题咏扬州的上述三首诗，似乎尚可见到他的身影——徜徉在广陵街头。

原载《扬州社会科学》2015. 1

唐代才女李季兰传诗证

元代辛文房，字良史，西域人。他仰慕汉唐文化，尤其酷爱唐诗，竟以唐代诗人刘长卿之字“文房”易其原名。他悉心爬梳唐代文献，旁搜稗官野史，撰《唐才子传》十卷二百七十八篇，外加附录总三百九十八人。才女李季兰赫然入第二卷，名列李白、杜甫、高适、岑参等名家之前。以下，摘录辛文并证以李季兰与其友人之诗。

季兰名冶，以字行。唐人高仲武、韦庄分别选编《中兴间气集》、《又玄集》时，均收有李季兰诗作。五代人韦縠选编《才调集》亦收其诗九首，曰“女道士李治（字季兰）”（上海古籍出版社，1978 年版）“冶治”只是一笔之差，看似因形近而致“鲁鱼亥豕”类手民之误，实则为一不该出现的“硬伤”！因为唐高宗名“治”，在唐朝谁人敢冲犯圣讳呢？

峡中人，美姿容，神情萧散，专心翰墨；善弹琴，尤工格律。《中兴间气集》所收《赋得三峡流泉歌》云：

妾家本住巫山云，巫山流泉当自闻。
玉琴奏出转寥夐，直是当时梦里听。

《唐诗纪事》载：“刘长卿谓季兰为女中诗豪。”

士有百行，女唯四德，季兰则不然，形气既雌，诗意亦荡，自鲍昭以下，罕有其伦。此论转抄自高仲武，高氏复举李季兰《寄校书七兄》诗句：

远水浮仙棹，寒星伴使车。

并评说：“盖五言之佳境也。上仿班姬则不足，下比韩英则有余。不以迟暮，亦一俊妪。”

时往来剡中，与山人陆羽、上人皎然意甚相得。皎然尝有诗云：天女来相识，将花欲染衣。禅心竟不起，还捧旧花归。

李季兰有《湖上卧病喜陆鸿渐（羽）至》诗：

昔去繁霜月，今来苦雾时。相逢仍卧病，欲语泪先垂。

强劝陶家酒，还吟谢客诗。偶然成一醉，此外更何之？

天宝间，玄宗闻其诗才，召赴阙，留宫中月余，优赐甚厚，遣归故山。

为此事，李季兰赋《恩命追入留别广陵故人》：

无才多病分龙钟，不料虚名达九重。

仰愧弹冠上华发，多惭拂镜理衰容。

驰心北阙随芳草，极目南山望旧峰。

桂树不能留野客，沙鸥出浦谩相逢。

一千二百多年前，身在扬州广陵郡的李季兰自称已花鬓满头老态龙钟，接到唐明皇令其进京朝圣的诏书，没有欢欣鼓舞，喜不自胜。有的只是惭愧、冷静和对结局的理性推断：宫廷并不适合自己的自然秉性和当下的情怀。

这位“锦心绣口，蕙情兰性”的“闺阁英秀”留别的“广陵故人”具体为何人已不可考。《全唐诗》所收16首诗中，除上文提到之人外，有名有姓的赠答诗还有《寄朱放》：

望水试登山，山高湖又阔。相思无晓夕，相望经年月。

郁郁山木荣，绵绵野花发。别后无限情，相逢一时说。

据《唐诗纪事》称：“（朱）放字长通，襄州人。隐居剡溪。……贞元（785~804）中，召为左拾遗，不就。”《新唐书·艺文志》收《朱放诗一卷》。他有《别李季兰》诗：

古岸新花开一枝，岸傍花下有分离。

莫将罗袖拂花落，便是行人肠断时。

另有博陵（今河北蠡县）人崔涣被奸相杨国忠排挤出京城，李季兰赠诗《道意寄崔侍郎》相安慰：

莫漫恋浮名，应须薄宦情。百年齐旦暮，前事尽虚盈。

愁鬓行看白，童颜学未成。无过天竺国，依止古先生。

此诗题旨与意境，正符合《唐才子传》所述：

李季兰、鱼玄机皆跃出方外，修清净之教，陶写幽怀，留连光景，逍遥闲暇之功，无非云水之念，与名儒比隆，珠往琼复。

南宋时，陈振孙撰《直斋书录解题》收《李季兰集》。此书元代辛文房撰《唐才子传》时，尚“传于世”。后散佚，殊为可惜。《全唐诗》除正卷收其16首诗外，复于《补遗七》中又收她的两首七律，其中《蔷薇花》云：

翠融红绽浑无力，斜倚栏干似诧人。

深处最宜香惹蝶，摘时兼恐焰烧春。

当空巧结玲珑帐，著地能铺锦绣裀。

最好凌晨和露看，碧纱窗外一枝新。

全无方外的仙风道骨，更少《玉堂闲话》所载五六岁时咏蔷薇句“经时未架却，心绪乱纵横”令人难以置信之“早慧”，真是一派“清水出芙蓉”的天真。

诚然，立体多角度地看李季兰诗，她还有睿智而深邃的一面，如六言哲理诗《八至》：

至近至远东西，至深至浅清溪。

至高至明日月，至亲至疏夫妻。

千百年来，令无数读者掩卷沉思，感喟无已。

原载《宜昌社会科学》2015.2

巩县杜甫咏“九日”诗校释

在《全唐诗·杜甫卷》[1]中，诗题明示“九日”之诗计有十四首。现逐一加以校释。

一、九日寄岑参（参，南阳人。）

出门复入门，两脚但如旧。所向泥活活，思君令人瘦。
沉吟坐西轩，饮食错昏昼。寸步曲江头，难为一相就。
吁嗟呼苍生，稼穑不可救。安得诛云师？畴能补天漏。
大明韬日月，旷野号禽兽。君子强逶迤，小人困驰骤。
维南有崇山，恐与川浸溜。是节东篱菊，纷披为谁秀？
岑生多新诗，性亦嗜醇酎。采采黄金花，何由满衣袖？

反复吟咏此诗，一个大大的感叹油然而生：写出这样现实主义诗篇的人，无愧人民诗人之称号，世界文化名人之桂冠。

此诗写作年代，郭沫若先生认为当在天宝十三载（754）。然据孙望、廖立等人考证，岑参天宝十三载春夏之间已赴北庭都护府，秋季又至轮台。故此诗应作于天宝十一至十二载之间，即同登慈恩寺塔前后。

校：“两脚但如旧”，夹注又作“雨脚但仍旧”。**按：**由于门里门外进进出出，让人想到双脚。然两脚如旧有些费解，不若雨脚如旧好理解。《茅屋为秋风所破歌》中就有“雨脚如麻”之句。“两”、“雨”形近，致“鲁鱼亥豕”类手民之误。“如”、“仍”二字一义，故两可。

校：“所向泥活活”，活活，注：一作浩浩。**按：**据清人仇兆鳌《杜诗详注》[2]云：活，音 huò，泥水深多，行有声。依此，“两脚”比“雨脚”更贴切。

校：“沉吟坐西轩”，注：一作“吟卧轩窗下”，一作“沉吟作秋轩”。**按：**依常理推论，如此沉重的心情卧窗下的可能远远小于坐西轩。又按阴阳五行说，西方对应的是秋季，故“西轩”、“秋轩”两可。

校：“饮食”，注作“饭食”。**按：**孔子曾云“不时不食”，意即进餐要按时。而今，霪雨成灾之时，思念相距不远却不能相见的友人致使茶饭都乱了时辰。“饭”、“食”嫌重复。

校：“吁嗟呼苍生”，“呼”下注：一作乎。**按：**呼天抢地以救苍生。“呼”为动词，较感叹词“乎”大胜。

校：“恐与川浸溜”，“恐”下注：一作漭。**按：**崇山与大川浸溜，即山体滑坡形成的泥石流地质灾害。唯恐如此，是尚未发生之事。如用漭字则已然成灾了。反复吟咏，“恐”字佳。

校：“是节东篱菊”，“节”下注：一作时。**按：**诗至此收束处才点“九日”之题。“是节”即此重阳节；“是时”，即此时节。看似相近，还是节字佳。重阳日一般总让人想起“采菊东篱下”的陶渊明。实则此事可追溯至魏文帝曹丕的《九日与锺繇书》[3]，文字无多，迻录如下：

> 岁往月来，忽复九月九日。九为阳数，而日月并应，俗嘉其名，以为宜其长久，故以享宴高会。是月律中无射，言群木庶草，无有射地而生。至于芳菊，纷然独荣。非夫含乾坤之纯和，体芬芳之淑气，孰能如此？故屈平悲冉冉之将老，思餐秋菊之落英，辅体延年，莫斯之贵。谨奉一束，以助彭祖之术。

要言析之：一、唐人习惯称重阳节为九日源自曹丕。二、“九日”赏菊习俗陶渊明也是承袭曹丕。三、献花祝寿有如彭祖活八百岁，使重阳为老人节之滥觞。

校：“岑生多新诗”，“诗”下注：一作语。**按**：于此语境“诗”、“语”一义。但毕竟是诗人间的酬唱，还是“诗”字佳。

校：“醇酎”，醇厚之酎，即好酒。酎读 zhòu，《说文》[4]释义：“三重醇酒也。从酉，从时省。《明堂》、《月令》：孟秋夫子饮酎。”是个古老的会意字。

校：“何由满衣袖”，“满”下注：一作洒。**按**：面对严重的霪雨灾害，谁人还有闲情逸致去欣赏菊花呢？“洒、满”一义，故两可。如此情怀让人想起李白的《九日登巴陵置酒望洞庭水军》题下注：时贼逼华容县。诗的收束处写道：

酣歌激壮士，可以摧妖氛！龌龊东篱下，渊明不足群。

在面对天灾、人祸之时，李、杜二人心有灵犀！

二、九日杨奉先会白水崔明府

今日潘怀县(潘岳)，同时陆浚仪(陆云)。坐开桑落酒，来把菊花枝。天宇清霜净，公堂宿雾披。晚酣留客舞，凫舄共差池。

首联以太康诗人潘岳曾为怀县令[5]（怀，古县名，治所在今河南武陟），类比当时奉先令杨某人；以陆云曾任浚仪（古县名，治所在今河南开封）令，类比其白水（古县名，治所在今四川青川）县令崔某人（唐人习惯称县令为明府）。据郭沫若考证，此人为崔顼，以县尉身份暂摄白水令。

“桑落酒”，历来有二说：一、《霏雪录》河东桑落坊有井，每至桑落时酿酒甚美，故名之。二、西羌有桑落河，出马奶酒，有时加葡萄压制，曾于晋宣帝时来贡。诗人以此指代美酒。

“凫舄共差池”，“凫舄”，典出东汉叶县令王乔，传说其有仙风道术。此后用作县令们的故实。“差池”，注：一作参差。二词均形容不整齐的样子。此处二县令在不同程度上表现出仙风道骨。

三、九日曲江

缀席茱萸好，浮舟菡萏衰。季秋时欲半，九日意兼悲。

江水清源曲，荆门此路疑。晚来高兴尽，摇荡菊花期。

“茱萸”，落叶亚乔木。细分有山茱萸，其枝条可佩衣饰；吴茱萸，花茎入药，以吴地所产最佳；食茱萸，果实可供食用、祭祀。均有浓郁香气。吴均《续齐谐集》称：某年九月九日汝南地区将降大灾难，人们只有佩戴茱萸囊，登山喝菊花酒才能避祸。王维诗“遍插茱萸少一人”，一般理解为插枝条于服饰上，但实际上亦可如菊花那样，将茱萸花插在头（发髻、鬓角）上。宰相诗人权德舆即有诗云：“他时头似雪，还对插茱萸。”此诗为点缀茱萸，可能为枝条、花茎，也可能为“结实红且绿，复如花更开”的果实。

校：“季秋时欲半”，注：一作百年秋已半。**按**：九月九日，已近季秋（九月）之半（十五日）。注文则联系到整个人生。调子极低沉，意承荷花之衰败，启心绪之悲凉。

校：“晚来高兴尽”，“来”下注：一作年。**按**：颔联如用“百年”句，此处不宜再用“年”。“高兴”乃高雅的兴致。非现代汉语快乐之义。

四、九日蓝田崔氏庄

老去悲秋强自宽，兴来今日尽君欢。
羞将短发还吹帽，笑倩旁人为正冠。
蓝水远从千涧落，玉山高并两峰寒。
明年此会知谁健？醉把茱萸子细看。

这是一首名诗，尾联经常被人引用。蓝田，山在今陕西骊山之南，因出美玉，又称玉山。盛唐时代多有达官显宦之别业在此处修建。

“吹帽”一典，出自《晋书》[6]：桓温征西，辟孟嘉为从事。九日大宴僚佐于龙山（今湖北江陵），皆穿戎服。有风将孟嘉帽子吹落而其浑然不觉，继续开怀畅饮。一时传为佳话。李白诗：“九日龙山饮，黄花笑逐臣。醉看风落帽，舞爱月留人。”此后中、晚唐诗人多有引用此典故者。

校：“兴来今日尽君欢”，“今”下注：一作终。**按**：终日方得尽欢，似较“今日”表达更准确。又“今”、“终”皆平声。

校：“明年此会知谁健”，“健”下注：一作在。“健、在”于此语境近义，但健字似乐观些。“健、在”均仄声。

校：“醉把茱萸子细看”，“醉”下注：一作再。“子细”，今作仔细。**按**：醉眼朦胧，把茱萸看了又看。“再”字已在其中矣！“醉、在”亦均仄声。此诗为七律，互换之字均于格律无碍。

五、九日登梓州城

伊昔黄花酒，如今白发翁。追欢筋力异，望远岁月同。

弟妹悲歌里，朝廷醉眼中。兵戈与关塞，此日意无穷。

考：杜甫宝应元年（762）到梓州，广德二年（764）离开[7]。其间剑南兵马使徐知道反，吐蕃入寇。所以称“兵戈与关塞，此日意无穷”。又，“黄花酒”即菊花酒。“朝廷醉眼”，“朝廷”下注：一作“乾坤”。**按**：广德元年（763）十月吐蕃入长安，代宗奔陕州，京师焚掠一空。故云“朝廷醉眼中”。“朝廷”较“乾坤”更直接、更准确，无愧于“诗史”之称誉。

六、九日奉寄严大夫

九日应愁思，经时冒险艰。不眠持汉节，何路出巴山？

小驿香醪嫩，重岩细菊斑。遥知簇鞍马，回首白云间。

校：“细菊”，注作“细雨”。**按**：细菊对香醪正应九日之题，大胜“细雨”二字。

诗后注：宝应元年（762）四月召严武入朝，徐知道反，武阻兵，九月尚未出巴。

在杜甫诗集中，此诗后附严武答诗《巴岭答杜见忆》：“卧向巴山落月时，两乡千里梦相思。……跂马望君非一度，冷猿秋雁不胜悲。”

七、九日

去年登高郪县北，今日重在涪江滨。
苦遭白发不相放，羞见黄花无数新。
世乱郁郁久为客，路难悠悠常傍人。
酒阑却忆十年事，肠断骊山清路尘。

按：“郪”读音 qī，为古县名，唐时治所在今四川三台县。“涪江”源出南坪，东南流经平武、江油等地，于合川入嘉陵江。依去年、今日、却忆十年事推断，此诗作于广德二年（764）或永泰元年（765）。天宝十四载（755）十月杜甫曾经骊山往奉先探家，作《自京赴奉先县咏怀五百字》。诗人言世乱、路难、肠断……约十年间事。而重阳节只留登高、黄花等词。

八至十二、九日五首

（吴若本注：阙一首。赵次公以“风急天高”一首足之，云未尝阙。）

其一

重阳独酌杯中酒，抱病起登江上台。
竹叶于人既无分，菊花从此不须开。
殊方日落玄猿哭，旧国霜前白雁来。
弟妹萧条各何往？干戈衰谢两相催。

校：“独酌”，下注：一作少饮。“起登”注：一作独登，一作岂登。**按：**既然“独酌”，便应“独登”。如用“少饮”便可“起登”。

如此才符合事物发展逻辑。有学者认为：竹叶酒既然与自己无缘，故说“独酌”乃“独对”，则“少饮”是否解作“不饮”？明明喝了酒，却曲为说解因病戒酒了。不足采信！

其二

旧日重阳日，传杯不放杯。即今蓬鬓改，但愧菊花开。

北阙心长恋，西江首独回。茱萸赐朝士，难得一枝来。

青春韶华时的青丝蓬鬓今已凋谢将尽，还怎能将盛开的菊花插满头？真是惭愧呀！

“北阙”于此指代朝廷。以实际地理方位而言，身在西南漂泊的诗人，确实东北望才能遥忆京师长安。而朝廷还会赏赐一枝茱萸吗？

其三

旧与苏司业，兼随郑广文。采花香泛泛，坐客醉纷纷。

野树歌还倚，秋砧醒却闻。欢娱两冥漠，西北有孤云。

苏源明，曾任国子司业；郑虔，玄宗时特立广文馆诏为博士。二人系杜甫在长安任职时的至交。均死于广德二年（764）。

校：“泛泛”，注：一作簇簇，一作漠漠。细品诗意，注文均不及正文佳。

校：“歌还倚”，注：一作敧还倚。**按**：醉纷纷的客人中有倚靠在已歪斜的野树上。“歌”、“敧”因形近致误。

校：“冥漠”，注：一作冥寞。**按**：欢娱时间太短暂，思绪又归深远的孤寂。“漠”不若“寞”，后者更表现出失去朋友的寂寥。

其四

故里樊川菊，登高素浐源。他时一笑后，今日几人存？

巫峡蟠江路，终南对国门。系舟身万里，伏枕泪双痕。

为客裁乌帽，从儿具绿尊。佳宸对群盗，愁绝更谁论？

诗人将故里樊川之菊与曾经登高地的蓝田浐水（见上文第四首诗）联系在一起。身处巴地的诗人又怀念起终南山遥对长安城门，这才是忧国忧民的杜甫。

校：“一笑”，注作“一醉”。杜甫嗜酒，又逢重阳，“醉”字佳。“对”注作“带”。虽说也有菊有酒，但日月并九之日，竟要面对蜂起的盗贼，即刺史及其手下间相互残杀，致兵匪横行，残害黎民。愁煞人又无处申诉。“对”字佳。

其五　登高（依赵次公说，入《九日》总题）

风急天高猿啸哀，渚清沙白鸟飞回。

无边落木萧萧下，不尽长江衮衮来。

万里悲秋常作客，百年多病独登台。

艰难苦恨繁霜鬓，潦倒新停浊酒杯。

按：修纂《全唐诗》之阁臣并未将此诗列入《九日五首》之中。而是列在《九日》（去年登高郪县北）之前。

校：“衮衮”后世多作“滚滚”。《说文》释衮，“天子享先王，卷龙绣于下幅，一龙蟠阿上乡。从衣，公声。”由此孳乳为“衮衮”的连续不断之义。杜甫《上牛头寺》即云：衮衮上牛头。但虑及与出句地“萧萧下”对举，此说江水波连波，故“滚滚”佳。

千百年赏析此诗的文章无以计数，尊崇至极地莫过于明人胡应麟，他认为全诗的“章法、句法、字法，前无古人，后无来学”，为“古今七言律第一”[8]。认真分析比对，从思想内容到艺术形式，此诗与《九日五首》中的其一“重阳独酌杯中酒，抱病起登江上台”，确系浑然一体。萧涤非就将此二诗并列漂泊夔州时所作。中间三首（两首五律、一首五古）学界有人主张同一日而作，也有不同意见。[9]见仁见智，似各有理。窃以为将无菊、无酒、无茱萸的《登高》与“九日组诗”相羼，实在牵强些。

十三、九日（一作日高，一作登高）诸人集于林

九日明朝是，相要旧俗非。老翁难早出，贤客幸知归。

旧采黄花剩，新梳白发微。漫看年少乐，忍泪已沾衣。

依首句，明明作于九月八日，故用《登高诸人集于林》之题贴切。登高需早起，诗人年老多病，心有余而力不足也。此五律首尾两联流水（走马）对，颔颈两联对仗工稳。足见老杜写律诗之功力了得！

十四、九日登梓州城

客心惊暮序，宾雁下襄州。共赏重阳节，言寻戏马游。

湖风秋戍柳，江雨暗山楼。且酌东篱菊，聊祛南国愁。

诗后注：“右一首，见《文苑英华》。此诗入《杜甫卷补遗篇》，诗题全同上文之五。”**考：**唐时梓州地范相当今四川三台（隋时郪县）、中江、盐亭、射洪一带。诗人于宝应元年（762）七月后移家梓州，至广德二年（764）春携家眷往阆州。只有两个九月九日登城楼。反复比较两首同题诗，从知人论世角度看，此首应作于宝应元年(762)，南国愁还仅限于巴蜀之乱。而另一首中的“朝廷醉眼中”，已知吐蕃入寇，房琯卒于阆中等形势。

按：“暮序”，因重阳又名暮节（中唐白居易诗“暮节感茱萸”，晚唐司空图诗“暮节登吟且喜同”均可证)，故漂泊客乡的诗人惊叹：又一个重阳节拉开序幕。

校：“襄州”，注：一作“沧州”。**按：**唐时襄州为诗人郡望，客心必然“每逢佳节倍思亲”。沧州（洲）乃水滨隐居之地，似不若襄州更贴近作者思想情感。

校：“戏马游”，典出南朝宋武帝刘裕为宋公时，曾大宴宾僚于戏马台（故址在今徐州南铜山境内)。谢宣远、谢灵运都曾献诗。

校：“湖风秋戍柳”，“秋”下注：一作“扶”。**按：**从对仗角度看：扶戍柳为动宾结构，扶为动词谓语。正可对“暗山楼”这一动宾词组，其中形容词“暗”，于此是使动用法，即使山楼暗下来。出句主语为湖风（轻拂戍柳)，对句主语为“江雨”（使山楼昏暗)。可谓极工稳。“秋”系名词，且重阳已是季秋，无需再言秋字。

以上十四首“九日”诗，大多作于诗人漂泊巴山蜀水的穷愁潦倒之时。但这位迟暮不遇的秋士，状秋山，咏秋水，沐秋风，感秋气，闻秋声，叙秋事，并非一味悲伤愁苦。诗人还一如既往地以“民胞物与”为怀抱，以实现承平盛世为企盼。在全面继承重阳佳节风俗的同时，也有对传统的反其道而用之：孟嘉的风落帽，作者则云“羞将短发还吹帽，笑倩旁人为正冠”。为防落帽露白发，还特地请人把冠戴正。在天灾、人祸之年无心赏菊酣饮，也似岑参新诗《九日思长安故园》[10]一般吧——强欲登高去，无人送酒来。遥怜故园菊，应傍战场开。[10]

参考文献：

［1］（清）曹寅等修纂. 全唐诗［M］. 上海：上海古籍出版社，1986 年.

［2］（清）仇兆鳌辑撰. 杜诗详注［M］. 北京：中华书局，1979 年标点排印本.

［3］（清）严可均辑校. 全上古三代秦汉三国六朝文［M］. 石家庄：河北教育出版社，1997 年.

［4］（清）王筠注. 说文解字句读［M］. 北京：中华书局，1998 年.

［5］（梁）萧统编（唐）李善注. 文选［M］. 北京：中华书局，1997 年.

［6］（唐）房玄龄等撰. 晋书［M］. 北京：中华书局，1974 年.

［7］（宋）欧阳修等撰. 新唐书［M］. 北京：中华书局，1975 年.

［8］（明）胡应麟撰. 诗薮［M］.上海:上海古籍出版社，1979 年重排本.

［9］萧涤非选注. 杜甫诗选注［M］. 北京：人民文学出版社，1979 年.

［10］廖立笺注. 岑嘉州诗笺注［M］. 北京：中华书局，2004 年.

原载河南《杜甫》2015. 2

河间刘长卿《苕溪酬梁耿别后见寄》诗校释

刘长卿，字文房。其生卒年无确载，据后世考证有709~780、709~786、726？~790年等多种结论。其籍贯亦有宣城、河间、彭城等歧说。但其诗久负盛名则是一致的推许。唐代高仲武选其九首入《中兴间气集》，评其诗“甚能炼饰……亦足发挥风雅矣！”宰相诗人权德舆曾引文称长卿自诩为“五言长城”。宋人计有功在《唐诗纪事》中亦云刘长卿“以诗驰声上元、宝应间”。元代辛文房撰《唐才子传》于刘长卿条下云：“诗调雅畅，……每题诗不言姓，但书‘长卿’，以天下无不知其名者云。”明人高棅在《唐诗品汇》总序中评其诗风格为“闲旷”，认定他为“七律名家”。清人卢文弨则推崇刘长卿云：“子美之后，定当推为巨擘。众体皆工，不独五言为长城也。”特别是清人孙洙所编流布极广、影响巨大的《唐诗三百首》竟收刘长卿诗十一首之多——五律五首、七律三首、五绝三首。足见历代选评家对其重视的程度。

《全唐诗》所收六言诗无多，刘长卿《苕溪酬梁耿别后见寄》更属凤毛麟角。题下注云：“一作《答秦征君徐少府春日见集苕溪酬梁耿别后见寄（六言）》。”**今按**：此长题见《文苑英华》。秦征君为自号“东海钓客”的会稽人秦系。他也以五言诗著称。所谓征君乃是对因学行超群被诏书征召之士的尊称。徐少府，生平不详。梁耿则为著名书法家。《书史会要》载：“行、篆甚善，真、草相敌。”吕总评其书：“谓如错落鱼纹，纵横鸟迹。”又，五代后蜀韦縠选编《才调集》

收此诗，题为《若耶溪酬梁耿别后见寄》。**今按：**诗中所言“前溪”，《太平寰宇记》载：湖州乌程县有前溪，自铜岘山流入县境。故知“苕溪”为是。“若耶溪”误也。

清川永路何极？落日孤舟解携。鸟向平芜远近，人随流水东西。白云千里万里，明月前溪后溪。惆怅长沙谪去，江潭芳草萋萋。

校：“清川永路何极”，《才调集》与《文苑英华》（以下简称《英华》）均称“晴川落日初低”。《全唐诗》夹注作“清溪落日初低”。**按：**此为唱和之作，按情理与意境，设问句“清川永路何极”，要强于五代、宋人选本的陈述句。虽“溪”字点题，然“川”可代“溪”也。

校：“落日”，上引二书均作“惆怅”。《全唐诗》夹注亦同。**按：**因上引二书首句已有“落日”一词，故以“惆怅”代之。现既认定“清川永路何极”为佳，故“惆怅”一词不宜再用，更何况它与第七句中的“惆怅”重复。又，“解携”即分手之意。“携”字旧读 qí，主要义项为悬持、提举。又读 xié，为携手之义。是相对俗字“攜”的正字。

校：“鸟向”，《才调集》《全唐诗》夹注均作“鸟去”。**按：**与“人随流水”对举，“鸟向平芜”（飞去）似乎要比“鸟去平芜”略好。

校：“平芜”，《英华》作“浮萍”。**按：**“平芜”为众草茂生之原野。鸟飞向此处可以理解，飞向“浮萍”似与情理难通。

校：“人随”，《才调集》四部丛刊影印述古堂钞本作“□随”（围框表示残损）。**按：**宋人《英华》、明代弘治十一年李君纪刊本《刘随州文集》均已作“人随”。《全唐诗》采信之，是。

校：“惆怅”，《才调集》《英华》均作“独恨”。**按：**上引之书第二句已作“惆怅”，所以此处以“独恨”一词代之。既如上文所言此诗第二句仍以“落日”为佳，故此处“惆怅”一词不必易为“独恨”。

校：“芳草”，《才调集》作“春草”。**按**：“芳草”即香草。典出惯用“香草美人”譬喻君子贤人的《楚辞》。“何昔日之芳草兮，今直为此萧艾也？”（《离骚》）崔颢亦有“芳草萋萋鹦鹉洲”的名句。

明人陆时雍撰《诗镜》曾云：“六言体出巧令，故相传易得佳句。”其实从诗词发展角度看，唐人六言诗只是古体诗句向近体诗过渡时的特殊诗体。待到宋词大行其时，六言句多从此中汲取营养。以此诗的用韵为例，古韵三十部，上下左右可以合韵。依隔句押脚韵的惯例，“携”读 qí 音时押支韵，“西”押脂韵，“溪”又押支韵。“萋”又押脂韵，这样一来，即可以理解为 AB（支脂）两次合韵；又可以理解为 ABAB 的交韵形式。总之是朗朗上口、音韵和谐。

如按由《唐韵》《广韵》发展而来的《诗韵合璧》所收字，则“携（读 qí）、西、溪、萋”皆押齐韵。这不仅影响宋词的词韵，还影响到元代北方散曲的曲韵。据《中原音韵》所收常用字，本诗隔句所押上述脚韵均在“四齐微”部内。

所以，尽管苕溪在江南，但唐时北方诗人刘长卿用“雅言”所写的此诗，一千三百多年后的今天，我们用普通话朗诵，仍然可以感受到它的音韵之美。

原载《湖州社会科学》2015. 3

丹阳许浑表字、籍里、诗集与《咸阳城东楼》诗考异

晚唐诗人、词客、选家韦庄在《题许浑诗卷》中称誉道："江南才子许浑诗，字字清新句句奇。十斛明珠量不尽，惠休虚作《碧云词》。"[1]言其诗胜过与鲍照齐名的南朝诗人惠休。而今，人们在阅读相关文献想深入了解其人、其诗时，发现其表字、籍里、诗集著录均有歧说，《咸阳城东楼》一诗更多异文。现试予考论并就教于读者方家。

一、表字考

《新唐书·艺文志》载："许浑，字用晦，圉师之后。"[2]《唐诗纪事》[3]（以下简称《纪事》）、《直斋书录解题》以及清代所修纂的《全唐诗》[4]、《唐诗别裁集》[5]（以下简称《别裁》）、《唐诗三百首》[6]皆作字用晦。但《郡斋读书志》《唐才子传》均作：字仲晦。**考**：古人名与字，义多相连。如孔子名丘，字仲尼。屈灵均名平，字原（以字行世）等。浑字有浊义，如《老子》"浑兮其若浊"。又与混字相通。而晦字有昏暗不明之义，如《诗经》"风雨如晦"句。许浑表字中有"晦"字，正合此义。那么，应是"用晦"还是"仲晦"呢？**按**：古人用昆、仲、季或伯、仲、叔、季来排行，往往指一奶同胞，至少是一父所生之子（女）。而唐代诗人间习惯以行第相称者，如李十二白、杜二甫等，则是指同一曾祖父，兄弟间的排行。岑仲勉

《唐人行第录》载："许七浑，字用晦。全（唐）诗八函杜牧《许七侍御弃官东归潇洒江南颇闻自适高秋企望题诗寄赠》，《纪事》（五十六）以为许七侍郎（郎误，应作御）即浑。"[7]从行第为七看，字仲晦之可能性极小。而同时代诗人张祜所作《访许用晦》一诗更确证：许浑字用晦。

二、籍里考

许圉师为唐高宗时宰相，是许绍的次子。《旧唐书》载："许绍字嗣宗，本高阳人也，梁末从于周，因家于安陆。"《新唐书》则称："许绍字嗣宗，安州安陆人。"[2] **考：**《姓源韵谱》称："许，姜姓。尧四岳伯夷之后，与齐同宗。周武王封其裔孙文叔于许，子孙以周为氏。"望出高阳。**按：**高阳为古郡、国名，辖境在今河北保定、清苑、高阳、博野、蠡县一带。《旧唐书》所谓高阳人，乃系以郡望称之。而《新唐书》所称"安州安陆人"可谓籍里。**按：**唐时曾改安州为安陆郡，辖境在今湖北安陆、云梦、应城一带。这正如"中晚唐时期，人们对韩愈里籍河阳（今河南孟州），而郡望昌黎（今辽宁义县）并无争议"[8]一样。

自许圉师相高宗至许浑大和六年（832）进士及第，已逾中宗、睿宗等十一朝一百五十余年。两《唐书》未言许浑籍里，《纪事》称："浑，字用晦，睦州人。"**考：**睦州，唐移治建德，辖境在今浙江桐庐、建德、淳安一带。《直斋书录解题》于《丁卯集》下称："唐郢州刺史丹阳许浑用晦撰。丁卯者，其居之地有丁卯桥。"元人辛文房撰《唐才子传》曰："浑字仲晦，润州丹阳人。"《全唐诗》《别裁》则简作丹阳人。

按：《新唐书·地理志（五）》载："江南道，润州丹杨郡。县四：丹徒，丹杨……"丹阳县本润州属县，州改郡后，以丹阳名郡，治丹徒。《太平寰宇志》载："丹徒县，春秋吴朱方之邑，汉为丹徒县地。……丁卯桥在城南。晋褚裒镇广陵，运粮出京口，为水涸，奏请立埭，以丁卯日，后人构桥因名。许浑别墅在其侧。”周绍良先生据此谨慎下结论：“可见许浑乃家丹徒，应作润州丹徒为是。”实则，丹阳既为县名，又为郡名，乃建制沿革所致，统而称之丹阳人，未尝有错。而许浑被认定为丹阳人由来已久，视丹阳为其籍里亦未尝不可。

三、诗集著录考

《新唐书·艺文志》集部别集类著录：许浑《丁卯集》二卷。《郡斋读书志》卷四别集类中著录：许浑《丁卯集》二卷：“唐许浑……于朱方丁卯涧（桥），自编所著，因以名。贺铸本跋云：‘按浑《自序》，集三卷五百篇，世传本两卷三百余篇，求访二十年，得沈氏、曾氏本，并取《拟玄》《天竺》集校正之，共得四百五十四篇。’予近得（许）浑集完本，五百篇皆在，然止两卷。唐《艺文志》亦言浑集两卷，（贺）铸称三卷者，误也。”晁公武这段话，引述并纠正了北宋词人贺铸（字方回）的言论，并以实物确证：《丁卯集》二卷五百篇。另，《直斋书录解题》又云：“蜀本有拾遗二卷。”

四、《咸阳城东楼》考异

五代后蜀韦縠所编《才调集》卷七收许浑诗二十首，内中《咸阳城东楼》云：

一上高城万里愁，蒹葭杨柳似汀洲。
溪云初起日沉阁，山雨欲来风满楼。
鸟下绿芜秦苑夕，蝉鸣黄叶汉宫秋。
行人莫问当年事，故园东来渭水流。[9]

末句一作“行人莫问前朝事，渭水寒光昼夜流”。**校**：诗题《纪事》作《咸阳西楼晚望》。《全唐诗》题下注：一作《咸阳城西楼晚眺》。又注“西楼”，一作“西门”。著名红学家周汝昌先生撰文赏析此诗时，引李商隐名诗《安定城楼》加以对照："那首诗，与许丁卯这篇，不但题似，而且体同（七律），韵同（尤部），这还不算，你再看义山诗那头两句是怎么写的——'迢递高城百尺楼，绿杨枝外尽汀州'。这实在是巧极了，就如同两人有个约会似的。最奇不过的是都用'高城'，都用'杨柳'，都用'汀州'。"在解释为何采用《咸阳城西楼晚眺》这一题目时，他说："一是醒豁，二是合理。……就只为那个'西'字更近乎情理——而且'晚眺'也是全诗一大关目。"[10]

具体的合理之处，周先生未说明。其实，诗句"溪云初起日沉阁"下，诗人自注："南近磻溪，西对慈福寺阁。"已然说清：于西楼西望，见磻溪云起，日落慈福寺阁后。结句又言咸阳古都渭水东流，自西而来。故"西楼"可以坐实。

《纪事》之题，少一"城"字，诗中"高城"便少了呼应。而"西楼"倘换作"西门"，则千古名句"山雨欲来风满楼"便失去了存在的前提条件——"楼"字。

再看沈德潜于千古之下的质疑：《别裁》首联下注评："咸阳何地？而竟如汀州耶！"沈氏误矣。"汀州"，乃诗人故里丹阳之代称也。咸阳、丹阳相距岂止千里？但浓浓的乡愁将其紧紧地连在一起。

再看尾联异文，如果说出句承接颈联的"秦苑""汉宫"，将"当年事"换成"前朝事"无甚大碍的话，那么，对句"渭水寒光昼夜流"，一是让人想起孔夫子的"逝者如斯"之叹；二是令人联想吕岩的名句"西风吹渭水，落叶满长安"；三是可避免"东来"与"欲来"二词中"来"字的重复。

又，"寒光"，《纪事》作"寒声"。**按：**虽说声、光均可形容渭水东流的状态。但"声"字作用听觉，让画面有了立体感，似胜于"光"字。

参考文献：

[1]（元）辛文房撰，周绍良笺证. 唐才子传笺证［M］. 北京：中华书局，2010年，第1623页.

[2]（宋）欧阳修等撰. 新唐书［M］. 北京：中华书局，1975年，第1612，3770页.

[3]（宋）计有功辑撰. 唐诗纪事［M］. 上海：上海古籍出版社，2008年.

[4]（清）彭定求等修纂. 全唐诗［M］. 上海：上海古籍出版社，1986年.

[5]（清）沈德潜编. 唐诗别裁集［M］. 上海：上海古籍出版社，1979年.

[6]（清）孙洙编注. 唐诗三百首［M］. 上海：上海古籍出版社，2010年.

[7] 岑仲勉. 唐人行第录（外三种）［M］. 北京：中华书局，2004年，第123页.

[8] 张清华. 历史在这里转折——论韩愈［M］. 北京：作家出版社，2008年，第306页.

[9]（五代）韦縠选编. 才调集［M］. 上海：上海古籍出版社，1978年，第593页.

[10] 贺新辉. 唐诗名篇赏析［M］. 北京：中国妇女出版社，2007年，第589页.

原载《咸阳师范学院学报》2015. 3

晚唐诗人笔下的雕阴

《新唐书·地理志（一）》载："绥州上郡，下。本雕阴郡地。……天宝元年（742）更郡名……县五：龙泉、延福、绥德、城平、大斌。"[1]《文献通考·舆地（八）》称："绥州，春秋白翟之地，战国时属秦，为上郡。汉初属翟国，后改上郡。后汉因之，西魏置安宁郡兼置绥州。隋初，郡废而绥州如故。炀帝初改为上州，寻废州置雕阴郡（取汉雕阴县地为名，雕山在其西南），唐复为绥州或为上郡（郡城贞观初筑，实中四面甚险），属关内道。领县五，治龙泉。"[2]据上述载记与其他史地资料可知：第一，雕阴地名因其在雕山之东北而得之。第二，汉所置雕阴县治在今富县（古鄜州、鄜县）之北。第三，隋所置雕阴郡治在今绥德（古绥州）。

以下分别校释李频等四位晚唐诗人所写四首有关雕阴之诗。

一、李频《送姚侍御充渭北掌书记》

《新唐书·李频传》："李频字德新，睦州寿昌人。少秀悟，逮长，庐西山，多所记览。其属辞，于诗尤长。与里人方干善。给事中姚合名为诗，士多归重，频走千里丐其品，合大加奖挹，以女妻之。大中八年（854），擢进士第，调秘书郎，为南陵主簿。"[3]而《直斋书录解题》著录《李频集》则称"唐建州刺史新定李频德新撰"。考：《新唐书·地理志（五）》："睦州新定郡，上。本遂安郡，治雉山。……县六：建德、青溪、寿昌、桐庐、分水、遂安。"[4]原来一称州县名，一称郡名。又，李频卒于建州（治所在今福建建瓯）刺史任上。有曹松《哭李员外》诗句为证“出麾临建水，下世在公堂。”[5] 另据《全唐诗·李频卷》有《春日鄜州赠裴居言》和《鄜州留别王从事》二诗，知李频曾在雕阴县所在之鄜州生活过。《送姚侍御充渭北掌书记》录自《全唐诗》：

北境烽烟急，南山战伐频。抚绥初易帅，参画尽须人。
书记才偏称，朝廷意更亲。绣衣行李日，绮陌别离尘。
报国将临虏，之藩不离秦。豸冠严在首，雄笔健随身。
饮马河声暮，休兵塞色春。败亡仍暴骨，冤哭可伤神。
上策何当用？边情此是真。雕阴曾久客，拜送欲沾巾。[6]

晚唐国势日衰，宣、懿二朝北部奚、党项等人乱边，加之节度使各自坐大，最终导致僖宗朝王仙芝、黄巢领导的唐末农民大起义。正是在此种形势下，调任朝臣姚侍御赴边塞任职。此诗开篇交待严峻形势之后，用了较大篇幅夸赞姚侍御的才干。而“诗眼”则是以略带嘲讽口吻写下的“上策何当用？边情此是真！”上策，古人所云“不战而屈人之兵”，此乃诗人所用之障眼法，实质是指朝廷不切现实的决策。什么是真实的边情呢？答案是“败亡仍暴骨，冤哭可伤神”。姚侍御们岂有回天之力？

二、温庭筠《边笳曲》

《旧唐书·温庭筠传》：“温庭筠者，太原人，本名岐，字飞卿。大中初，应进士，苦心砚席，尤长于诗赋。……庭筠著述颇多，而诗赋韵格清拔，文士称之。”[7]《唐诗纪事》（以下简称《纪事》）称温庭筠：“彦博裔孙，与李商隐俱有名，号‘温李’。……每入试，押官韵作赋，凡八叉手而八韵成，时号‘温八叉’。”[8]《唐摭言》则曰：“温庭筠烛下未尝起草，但笼袖凭几，每赋一韵，一吟而已，故场中号‘温八吟’。”[9] 该书又称：“开成中，温庭筠才名籍甚，然罕拘细行，以文为货，识者鄙之。”温庭筠仕途由方城尉转隋州县尉，终官国子助教似未曾涉足雕阴，所吟乃系所闻知识。诗录自五代人韦縠所编《才调集》：

边笳曲（此后，齐梁体七首）

朔管迎秋动，雕阴雁来早。上郡隐黄云，天山吹白草。

嘶马悲寒碛，朝阳照霜堡。江南戍客心，门外芙蓉老。

孟秋时节，南飞的大雁掠过雕阴上空。“阴”下注：一作“音”。非是！因朔（北）方之“绥州上郡，本雕阴郡地。”与颔联“上郡”呼应的正应为“雕阴”。又“悲”下注：一作“渡”。亦非是！碛，乃沙漠之谓。杜甫诗云“今君度沙碛，累月断人烟。”与“照霜堡”对仗，实应作“度寒碛”。又“心”下注：一作“情”。按：“心、情”二字于此语言环境近义。“心不老”与“情不老”皆可通。此诗押仄声韵，“心、情”皆平声，均可与“老”（仄声）字相对。

三、许棠《雕阴道中作》

《纪事》载：“（许）棠字文化，宣州泾县人，登咸通十二年进士第。有《洞庭》诗为工，时号‘许洞庭’。”初为泾县尉，郑谷以诗送云：“白头新作尉，县在故山中。高第能卑宦，前贤尚此风。……”[10]《唐才子传》称许棠“既久困名场……咸通十二年（871）李筠榜进士及第，时及知命。”[11]孔子曰：五十而知天命。此可证“白头新作尉”并非夸张，又可与许棠所写《陈情献江南李常侍五首》之诗句“二十二三年，游秦复滞燕。徒陪群彦后，自苦此生前。径折啼猿树，岩荒喷月泉。东堂曾受荐，垂白志犹坚。”[12]相互印证。《唐摭言》说他“应二十余举”，[13]也正应了无名氏之诗句“太宗皇帝真长策，赚得英雄尽白头”[14]。

《雕阴道中作》即作于“游秦复滞燕”的二十年科举旅途中。以下录自《全唐诗》：

五月绥州北，途程少郁蒸。马依臛草聚，人抱浊河澄。

迹固长城垒，冤深太子陵。往来经此地，悲苦有谁能？[15]

按：农历五月时值盛夏。几十年前在渭河平原西南盩厔县任县尉的白居易曾在《观刈麦》诗中写道："田家少闲月，五月人倍忙。夜来南风起，小麦伏垄黄。……足蒸暑土气，背灼炎天光。"而今绥州以北的雕阴道上却少暑热。又，"人抱浊河澄"下注："边人多以瓮抱水。"说明一千多年前陕北地区饮用水缺乏，需澄清浊水而食之。又"迹"下注：一作"彊"。**按：**2013年6月由国务院发布的《通用规范汉字表》中，"强、彊"为正异体字。此为颈联之出句第一字，按格律最好为仄声，依对仗也应作名词，故"迹"字大胜于"强"字。又"冤深太子陵"，似指秦始皇死后，赵高矫诏赐死在蒙恬处监军的秦始皇长子扶苏。

四、韦庄《绥州作》

《纪事》载："（韦）庄，字端己，杜陵人，见素之后。……庄集诗人一百五十人，得诗三百章，为《又玄集》。"[16] **按：**韦见素为玄宗朝宰相，故知《新五代史》《资治通鉴》所言"庄，见素之孙也"实误。《新唐书·宰相世系表上》载：韦庄乃韦待价（武则天朝宰相）之后，韦应物之玄孙。[17] **按：**韦应物为著名诗人，倘系韦庄之高祖，在极其讲究门第的唐代社会生活中，是会被人频繁提及的。韦庄为韦见素之后的记载是准确的。但并非其孙。

韦庄的科举之路也很坎坷。广明元年（880）应举，正逢黄巢起义军攻陷长安。三年后他在洛阳遇一妇女，以她亲历这场战乱的口气，写成长诗《秦妇吟》。又过十一载，乾宁元年（894）五十八岁才进士及第。晚年移居成都杜甫草堂旧址，因名其诗集为《浣花集》。其弟韦蔼作序云："余家之兄庄，自庚子（880）乱离前，凡著歌诗、文章数十通。属兵火迭兴，简编俱坠，惟余口诵者，所存无几。而后流离漂泛，寓目缘情，子期怀旧之辞，王粲伤时之制，或离群轸虑，或反袂兴悲，四愁九愁之文，一咏一觞之作，迄于癸亥岁（903），又缀仅千余首。”[18]《绥州作》应在其中，以下录自《才调集》：

雕阴无树水南流，雉堞连云古帝州。
带雨晚驼鸣远戍，望乡孤客倚高楼。
明妃去日花应笑，蔡琰归时鬓已秋。
一曲单于暮烽起，扶苏城上月如钩。[19]

《唐诗别裁集》卷十六（以下简称《别裁》）收此诗，题下注：“州属延安府，即秦太子扶苏监军处。”**按：**沈德潜为清人，其时绥州已名绥德州隶属延安府。

校：“水南流”，《别裁》与《全唐诗》均作“水难流”。**按：**上二书皆大误！原句交待得十分清楚：由于无树，植被破坏无余，所以水土流失严重，已经沙漠化了。

按：“雉堞连云古帝州”正呼应尾联秦汉的戍边情景：《单于》曲萦绕烽火台，扶苏城撒满冷月的清辉。

按：素有“沙漠之舟”称号的骆驼行进在雕阴道，适足说明雨水保存不住，都向南（低处）流走了。

颈联怀古：遥想当年昭君出塞为和亲，赢得一段汉匈和睦相处的和平岁月，花儿岂能不笑？而文姬归汉之时，撇下两个尚未成年的儿子，“去去割情恋，遄征日遐迈”[20]（《悲愤诗》），又焉能不霜染双鬓！

而凡此种种都流淌在晚唐诗人的笔下，历史的足迹则深深地印在雕阴大地之上。

参考文献：

［1］［3］［4］［17］（宋）欧阳修等撰. 新唐书［M］. 北京：中华书局，1975年，第974、5794、1060、3083页.

[2]（元）马端临撰. 文献通考［M］. 北京：中华书局，1986年，第2532页.

[5][6][12][15]（清）彭定求等修纂. 全唐诗［M］. 上海：上海古籍出版社，1986年，第1805、1504、1530、1533页.

[7]（五代）刘昫等撰. 旧唐书［M］. 北京：中华书局，1975年，第5078页.

[8][10][16]（宋）计有功辑撰. 唐诗纪事［M］. 上海：上海古籍出版社，2008年，第822~823、1037、1020页.

[9][13][14]（五代）王定保撰. 唐摭言［M］. 上海：上海古籍出版社，2012年，第96、80、58、3页.

[11][18]（元）辛文房撰，周绍良笺证. 唐才子传笺证［M］. 北京：中华书局，2012年，第2001、2218页.

[19]（五代）韦縠选编. 才调集［M］. 上海：上海古籍出版社，1978年，第508页.

[20]（清）沈德潜选编. 古诗源［M］. 北京：中华书局，1963年，第64页.

原载《榆林学院学报》2015.3

新登罗隐里籍、年寿、科举及《忆夏口》诗考异

晚唐诗人、书法家罗隐，字昭谏。《唐才子传》称其："少英敏，善属文，诗笔尤俊拔，养浩然之气。……隐恃才忽睨，众颇憎忌。自以当得大用，而一第落落，传食诸侯，因人成事，深怨唐室。诗文多以讥刺为主，虽荒祠木偶，莫能免者。"[1]千年之下，鲁迅先生读其《谗书》评论道："几乎全部是抗争和愤激之谈。"[2]而今，人们阅读相关文献想进一步了解其人、其诗文时，发现其里籍、年寿、科举等俱现歧说。《忆夏口》一诗亦有若干异文。现不揣浅陋，试逐一校释、考论，并借以就教于读者方家。

一、里籍考

《唐诗纪事》（以下简称《纪事》）载："罗隐，字昭谏，余杭人。"[3]《旧五代史》《宣和书谱》《郡斋读书志》《全唐诗》[4]均同此说。而《旧唐书》《唐才子传》（以下简称《才子》）及诗僧齐己、贯休等所赠诗题，皆称其为钱塘人。又有《涧泉日记》《十国春秋》《直斋书录解题》等著述称其为新城人。而《新登钦贤罗氏宗谱》《吴越备史》《唐诗别裁集》[5]又俱言其为新登人。

按：新城，为三国时孙吴分富春县而设，治所在今浙江富阳西南。其后时废时复。五代吴越改名新登。所以综上所述，罗隐里籍有余杭、钱塘、新登三说。**考**：《新唐书·地理志（五）》"江南道：杭州余杭

郡，县八：钱塘、盐官、余杭、富阳、於潜、临安、新城、唐山。”[6]原来唐代州改郡后，钱塘、余杭、新城三县皆隶属余杭郡。依郡而言，余杭已涵盖三县。然而古人言里籍或郡望，几乎均指所在县名。（顺便说一下，今天户籍登记籍贯一栏，多数人已填出生地，而非父、祖所称之“老家”。这可类比古人的里籍和郡望。）研判上述诸多载记，最权威的当属《新登钦贤罗氏宗谱》所收《罗给事墓志》一文。虽然“碑碣志状”多溢美之辞而被讥失实，但于里籍、门阀、世系、寿考则多信然可据。何况撰此文者沈崧，为其亲近同僚——罗隐生前曾多次挤兑、调侃他。另，谱牒之书，乃宗族所重之典籍，于郡望、里籍更无舛错之理。再有《吴越备史》属方志类史乘，乃一方之全史。于人物里籍亦无差池之可能。罗隐里籍应以新登为准。

二、年寿考

上引《罗给事墓志》载：“呜呼！苍天不吊，哲人其萎，以开平三年春寝疾，冬十二月十三日殁于西阙舍，享年七十七岁。”《吴越备史·罗隐传》亦称“卒年七十七岁”。**按**：后梁开平三年（909）上推76年，罗隐当生于唐文宗大和七年（833）。上引《墓志》称“弱冠”“举进士”。《礼记》云：“二十曰弱冠。”罗隐在《湘南应用集·序》中自述，“隐（我）大中末，即在贡籍中，命薄地卑，自己卯至于庚寅，一十二年，看人变化。”**按**：唐宣宗在位十三年，大中末正值己卯年（859），时罗隐已二十有六岁。疑《纪事》所言“年八十余，终余杭”，即由此推算而来。又依杜甫“人生七十古来稀”之感叹，七十七岁已近八旬，故浑言八十余。然毕竟盖棺论定，墓志已明载终年七十七岁，当以此为是。

三、科举考

《唐摭言》载：“始自武德辛巳岁（621）四月一日，敕诸州学士及早有明经及秀才、俊士、进士，明于理体，为乡里所称者，委本县考试，州长重覆，取其合格，每年十月随物入贡。斯我唐贡士之始也。”[7]通俗些说唐代取士的科举制度，由地方举送，中央考试。被举送之人通称“举人”。是应举参加进士科的考试，这种人亦称“进士”（与“进士及第”截然不同）。唐初设有秀才科，不久废止。但唐人仍称应进士科考试的人为秀才[8]。注意！唐时这些进士、举人、秀才的称谓与后世（特别是明、清两代）绝不可混同。

罗隐自称“大中末，即在贡籍中”与上述取得考试资格相同。所以《才子》称：“乾符初举进士，累不第。”《吴越备史》曰：“凡十上不中第。”《册府元龟》载：“梁罗隐，唐末举进士，有诗名于天下，尤长于咏史。然多讥讽，以故不中第。”罗隐自己也坦言：“丁亥年（867）春正月，取其为书……目曰《谗书》……之明年（868）以所试不如人，有司用公道落去。其夏调膳于江东，不随岁贡。又一年（869），朝廷以彭门就辟，力机犹湿，语吾辈不宜求试。”正合“自己卯（859）至于庚寅（870）”十二年不第，亦即《鉴诫录》所称：“一纪（十二年）后下第。”

终生不能及第者，岂止罗隐一人！诗人方干、李贺、皇甫松等皆如此。吴融《代王大夫请追赐方干等及第疏》云：“见存明代惟罗隐一人，亦乞特赐科名，录升三级，便以特敕，显示恩优。”未几，韦庄又上《乞追赐李贺、皇甫松等进士及第奏》也为垂垂老矣的罗隐请赐进士及第。惜官私史书、方志、笔记，皆未见“恩准”之记载。

四、《忆夏口》考异

五代后蜀监察御史韦縠选编《才调集》[9]，收罗隐诗十七首，《忆夏口》列其中：

汉江渡口兰为舟，汉江城下多酒楼。
芳年不得尽一醉，别梦有时还重游。

襟带可怜吞楚塞，风烟只好狎江鸥。

月明更想曾行处，吹笛楼边木叶秋。

校：汉江两见，《全唐诗》均作汉阳。**考**：《新唐书·地理志（五）》江南道，鄂州江夏郡，县七，汉阳在其中，注曰："本沔州汉阳郡，武德四年以沔阳郡之汉阳、汉川二县置。宝应二年以安州之孝昌隶之。建中二年州废，四年复置。元和三年省孝昌。宝历二年州又废，二县来属。"罗隐时代虽有汉阳建制，然于诗之情理，实应作"汉江渡口"与"汉阳城下"。

校：芳年，《全唐诗》作：当年。**按**：芳年，可作美好的年华解，又与兰舟相谐。然与"别梦"对仗，与"重游"呼应，还是"当年"佳。

校：楚塞，《全唐诗》词下注：一作塞雁。**按**：与江鸥对仗，自然"塞雁"胜"楚塞"一筹。

校：只好狎，《全唐诗》词下注：一作好似泠。**按**：从逻辑修辞角度看，与"襟带可怜"对举，"风烟好似"强于"风烟只好"，但与"吞塞雁"对仗，"狎江鸥"又胜于"泠江鸥"。凡遇此种利弊势均之情形，即应保留原句。值得称道的是移易中的只、好、似、狎均为仄声字（其中狎为入声字）即互换后于格律无碍。足见古人锤词炼句功夫之精到。

综上校考，此诗似应作：

汉江渡口兰为舟，汉阳城下多酒楼。

当年不得尽一醉，别梦有时还重游。

襟带可怜吞塞雁，风烟只好狎江鸥。

月明更想曾行处，吹笛楼边木叶秋。

又，诗题既为《忆夏口》，那么"曾行处"何在呢？爬梳《全唐诗·罗隐卷》得二诗、一联，录如次并略加说解——

自湘川东下立春泊夏口阻风登孙权城

吴门此去逾千里，湘浦离来想数旬。
只见风师长占路，不知青帝已行春。
危怜坏堞犹遮水，狂爱寒梅欲傍人。
事往时移何足问？且凭村酒暖精神。

此诗首联即对仗，属梅花先春绽放的“偷春格”。又点诗题之中“自湘川东下”五字。颔联与诗题中立春、阻风，相呼应。颈联说登孙权城事。“夏口”地当夏水（汉江下游段之古称）入长江处，诗人登城凭吊：滚滚长江东逝水，浪淘尽多少英雄——曹、刘、孙仲谋……尚不止于此，请看：

游江夏口

醉别江东酒一杯，往年曾此驻尘埃。
鱼听建业歌声过，水看瞿塘雪影来。
黄祖不能容贱客，费祎终是负仙才。
平生胆气平生恨，今日江边首懒回。

首联交代，此行是溯江而上，旧地重游。颔联指明江夏口的地理位置在三峡下游，建业（今南京）上游。颈联贬斥当年江夏太守黄祖气量太小，竟容不下祢衡这样的才子；讥笑识悟过人、仕先主后主两朝的蜀汉人费祎，竟因欢饮沉醉被魏降来之人所害。

罗隐似乎对曹操、刘表借黄祖之手加害祢衡之事，分外关注。有传世一联为证：

一个祢衡容不得，思量黄祖谩英雄。

此联出处有二说：“《吴越备史》云：初从事湖南，历淮、润，皆不得意，乃归新登。及来谒王（指吴越王钱镠），不见纳，遂以所为《夏口》诗标于卷末云……王览之大笑，因加殊遇。”其后，《才子》《全唐诗》均从此说。而《纪事》载：“隐与桐庐章鲁封齐名。钱初起，以鲁封为表奏孔目官，不就，执之。后以隐为钱塘令，惧而受命，因宴献口号曰……自是厚礼之。”《诗话总龟》所记同此。

干谒也好，献酬也罢，总之是有所忌惮的罗隐，竟以被害的祢衡自况，希冀钱镠不似黄祖一般气量狭小，其实是夸赞钱镠为当世真英雄。

参考文献：

[1]（元）辛文房撰，周绍良笺证. 唐才子传笺证［M］. 北京：中华书局，2010年，第2057、2071页.

[2] 鲁迅撰. 南腔北调集［M］. 北京：人民文学出版社，1974年，第136页.

[3]（宋）计有功辑撰. 唐诗纪事［M］. 上海：上海古籍出版社，2008年，第1033、1035页.

[4]（清）彭定求等修纂. 全唐诗［M］. 上海：上海古籍出版社，1968年，第1655、1657、1665页.

[5]（清）沈德潜编. 唐诗别裁集［M］. 上海：上海古籍出版社，1979年，第416页.

[6]（宋）欧阳修等撰. 新唐书［M］. 北京：中华书局，1975年，第1056、1060、1068、1069页.

[7]（五代）王定保撰. 唐摭言［M］. 上海：上海古籍出版社，2012年，第1、2、76、78页.

[8]（唐）李肇撰. 唐国史补［M］. 上海：上海古籍出版社，1979年，第55页.

[9]（五代）韦縠选编. 才调集［M］. 上海：上海古籍出版社，1978年，第613页.

原载《湖北第二师范学院学报》2015. 3

深州唐贤张鷟名、字、号及其《咏燕》诗考释

张鷟,这位颇具传奇色彩的唐代文章诗人，在世之时，即已饮誉东瀛与南亚。惜被历代诗歌选家和文学史论者忽略了千载之久。我今不揣浅陋，在爬梳相关资料的基础之上，对其里籍、名、字、号以及咏燕之诗，分别予以考释。

一、里籍考释

在新、旧《唐书》中，张鷟皆屈尊附见其孙张荐传，俱称：深州陆泽人。**考**：《新唐书·地理志（三）》载："河北道：深州饶阳郡，上。武德四年（621）以定州之安平、瀛洲之饶阳置，寻徙治饶阳。贞观十七年（643）州废，县还故属。先天二年（713），以瀛洲之饶阳，冀州之鹿城、下博、武强，定州之安平复置。县七：陆泽……（上，先天二年，析饶阳、鹿城置。）"[1]《文献通考·舆地考》："古冀州：深州，战国时属赵、秦，为上谷、钜鹿二郡地。汉为涿州地。后汉属安平国，桓帝以后为博陵郡。晋为博陵国。后魏为郡。北齐同。隋废郡置深州，炀帝初，州废，以其地分入博陵、河间二郡。唐复置深州，或为饶阳郡，属河北道。(宋同）领县四（饶阳、鹿城、陆泽、安平）周以博野属定州，以冀州武强来属。雍熙四年（987）废陆泽，淳化初（990）又以真定府束鹿来属，至道初（995）以乐寿隶瀛洲为饶阳郡防御，靖康后（1126），陷于金。"[2] **按**：历史地理沿革迄今，深州、饶阳、武强、安平、冀州等县（市），均隶属河北省衡水市。

二、鷟名考释

《新唐书·列传》称张鷟“为儿时，梦紫文大鸟，五色成文，止其廷。大父曰：‘吾闻五色赤文，凤也；紫文，鸑鷟也。若壮，殆以文章瑞朝廷乎？’遂命以名。”考：《国语·周语（上）》：内史过曰：“周之兴也，鸑鷟鸣于岐山。”[3]《说文》释鸑：“凤属，神鸟也。从鸟，狱声。”清代王筠注引三国吴人韦昭说：“三君云：‘鸑鷟，凤之别鸟也。’段氏曰：‘三君者，侍中贾逵、侍御史虞翻、尚书仆射黄固也。’许（慎）云‘凤属’与贾（逵）小异。刘逵（注《文选》）曰：‘鸑鷟，凤雏也。’说又异。《河图括地象》：‘周之兴也，凤鸣于岐山。’时人亦谓岐山为凤皇堆。”[4]又，清人王琦辑注李白《大猎赋》引张华《禽经注》云：“凤之小者曰鸑鷟。”要言之：鸑鷟一曰凤属，一曰凤之别名，又曰小凤凰之名。大同小异也。由于鸑鷟二字笔画繁难，读音拗口，故被凤字代替而组成“凤鸣岐山”之典故。而张鷟之名相当今日之张凤。其名与今日鸣凤、凤鸣，鸣岐、凤岐等名相类似。

三、表字考释

唐代“登仕郎前守江州浔阳县主簿”刘肃，于宪宗元和丁亥（807）自序其笔记体著作《大唐新语》称：“今起自国初，迄于大历（766~780），事关政教，言涉文词，道可师模，志将存古，成十三卷题曰《大唐世说新语》。”[5]在卷八《文章》篇中载：“张文成以词学知名，应下笔成章、才高位下、词标文苑等三入科，俱登上第。转洛阳尉……累迁司门员外……久视（700）中，太官令马仙童陷默啜（东突厥可汗）问张文成何在，仙童曰：‘自御史贬官。’默啜曰：‘何不见用也？’后暹罗、日本使入朝，咸使人就写文章而去。其才远播如此。”[6]以上述载记对比新、旧两《唐书》所云：“张鷟，字文成，早慧绝伦。……证圣（695）中天官侍郎刘奇以鷟及司马锽为御史……开元初（713），御史李全交劾鷟多口语讪短时政，贬岭南，刑部尚书李日知讼斥太重得内徙。……中人马仙童陷默啜，问：‘文成在否？’答：‘近自御史贬官。’曰：‘国有此人不用，无能为也。’新罗、日本使至，必出金宝购其文。终司门员处郎。”[7]**按**：古人名、字连属，确知张鷟以表字文成行世，且饮誉中外！暹罗，乃泰国之古称。据说首见于元代周达观所著《真腊风土记》。故疑《大唐新语》所云有误，而《新唐书》所记“新罗”为是。又据《新唐书·百官志（一）》“刑部：司门郎中、员外郎，各一人，掌门关出入之籍及阑遗之物”，[8]知《大唐新语》夺一“郎”字而《新唐书》无误。

四、名号考释

据《旧唐书》称张鷟：“凡应八举，皆登甲科。再授长安尉迁鸿胪丞。凡四参选，判策为之最。员外郎员半千谓人曰：‘张子之文如青钱，万简万中，未闻退时。’时流重之，目为‘青钱学士’。”[9]《大唐新语》所载略有出入：“文成凡七应举，四参选，其判策皆登甲第。员半千谓人曰：‘张子之文如青铜钱，万拣万中，未闻退时。’故人号‘青铜学士’。”[10]**考**：唐代科举制度规定：乡贡，系由地方选举送到中央考试，即上文所言八举、七举（唐人所谓“举进士”）。进士及第后并非立即授官职，还要参加吏部组织的“博学宏辞”或“拔萃”等科的考选。赞誉其“万选万中”的员半千，原名员余庆，因其恩师王义方夸奖他：“五百岁一贤者生，子宜当之。”遂改名“半千”。他也是位早慧又勤勉之人，史称其“以迈秀见赏。凡举八科，皆中”。用今天时髦词言之，他与张鷟是两个“学霸”之间的惺惺相惜。至于《大唐新语》所谓“青铜学士”，疑为“手民之误”。以理校法推论，亦应作“青钱学士”，何况后世已将此典故凝定为“青钱万选”一成语，用来比喻屡试屡中之文章。

五、咏燕诗考释

《大唐新语》收张文成《咏燕》诗："其末章云：

变石身犹重，衔泥力尚微。从来赴甲第，两起一双飞。"[11]

宋人洪迈所辑《万首唐人绝句》及清代康熙朝御定《全唐诗》收录此诗，均在张鷟名下。然均未见全诗。日本上毛河世宁纂辑《全唐诗逸》卷下收《游仙窟诗》一十九首（注云：旧载诗七十八首）内中有《赠崔十娘》《咏崔五嫂》等十首，以及崔十娘等人的答诗九首。亦均未见咏燕诗。今人孙望教授"自《古逸小说丛刊本游仙窟》中将河世宁氏所未收者，悉数录出（计五十八首）。而以彭泽汪辟疆先生《唐人小说》所载《游仙窟》诗校之"，[12]并认为署名崔十娘等人《答张文成诗》，"要皆张文成戏墨耳"。即七十八首俱为张文成所作，内有**《咏双燕子》**诗二首。

其一

双燕子，联联翩翩几万回。（下注：《唐人小说》本作：联翩几万回。）
强知人是客，方便恼他来。

其二

双燕子，可可事风流。即令人得伴，更亦不相求。

从语言风格看，虽与上引《咏燕》诗颇相近似，但句式毕竟不同，不敢妄断为一首诗。

据汪氏《唐人小说》按语称："张文成《游仙窟》一卷，唐时流传日本，书凡数刻，中土向无传本。"[13]关于成书时代，日本人言：是书作嵯峨天皇时，约在唐宪宗元和（806~820）年间。考：《新唐书》载：张鷟"调露初（679），登进士第"[14]。其生卒年，史籍阙如。约略其二十上下岁及第，至元和初已一百四十多岁。在杜甫感叹"人生七十古来稀"的时代，绝对是不可能之事！又一说："山上忆良沉疴自哀文亦引《游仙窟》云：'九泉下人，一钱不值。'山上在圣武天皇天平之世，此文为山上末年之作。正当开元二十一年（733）。是书于开元张鷟尚在之时，即已传至日本。"[15]则成书更早于此。

又“有西行法师传钞之《唐物语》一书，其第九章述及《游仙窟》本事，定为张文成爱慕武则天而作。《平康赖宝物集》卷四亦云：则天皇后，高宗之后也。遇好色者张文成，得《游仙窟》之文，所谓可憎病鹊，夜半惊人。即指当时之事也。日人幸田露伴著《蜗牛庵夜谈》，颇疑此为莲花六郎之传讹。因易之、昌宗姓张，而二人之父为张行成。文成恰有《游仙窟》之文，遂牵合而有此一段传说。”[16]有人匡讹正误道：易之、昌宗为张行成族孙，行成非二人之父。**按**：张易之、张昌宗兄弟为武则天之“面首”，乃时人尽知之事。此又牵扯进其父、祖两辈，传奇色彩更“粉”！然究系街谈巷语，道听途说者所造小说家之言，不足凭信也！

参考文献：

[1]［7］［8］［14］（宋）欧阳修等撰. 新唐书［M］. 北京：中华书局，1975年，第1016、4979~4980、1200、4979~4980页.

［2］（元）马端临撰. 文献通考［M］. 北京：中华书局，1986年，第2479页.

［3］（三国）韦昭注，（清）董增龄正义. 国语正义［M］. 成都：巴蜀书社影印式训堂本，1985年，第12页.

［4］（清）王筠注. 说文解字句读［M］. 北京：中华书局，1988年，第128~129页.

［5］［6］［10］［11］（唐）刘肃撰. 大唐新语［M］. 北京：中华书局，1984年，第1、128~129、129、128页.

［9］（五代）刘昫等撰. 旧唐书［M］. 北京：中华书局，1975年，第4023页.

［12］［13］［15］［16］王重民等辑录，全唐诗外篇［M］. 北京：中华书局，1982年，第90、98、99、99页.

原载《衡水学院学报》2015. 3

唐代名家咏荆门诗四题探微与校释

唐人题咏荆门诗甚夥，今撷取初唐陈子昂、盛唐李白、中唐刘禹锡、晚唐李商隐各一首，以之与相关典籍版本比勘，发现异文若干。惜前贤、时俊对此多罗列异同而鲜加按断，我今依诗人际遇、典章名物、文字演变、音韵发展等方面，逐一加以探微与校释。

先从时间轴向看唐史：有唐近300年之久。南宋大学者洪迈于绍熙元年（1190）撰集之《万首唐人绝句》（一下简称《万首》）至明万历丁未年（1607）由赵宧光等刊定重刻。书后所附《唐风四始考》云：

初唐，自高祖武德至玄宗先天（618~713），凡九十五年。

盛唐，自玄宗开元至代宗永泰（713~766），凡五十三年。

中唐，自代宗大历至文宗（太）［大］和（766~835），凡七十年。

晚唐，自文宗开成至哀宗天祐末年（836~907），凡七十一年。[1]

其中，太和年号，据钱大昕《廿二史考异》云："太当作大。予见唐石刻，书文宗年号皆是大字。与魏明帝、晋海西公、后魏孝文、吴杨浦称太和者各别。今刊本新旧史皆误为太矣！"[2] **按**：钱氏考据成果，已被中华书局校点本新、旧两《唐书》所采纳。

再从空间维度看荆门：一是作为山名。《水经·江水注》："江水东历荆门、虎牙之间。荆门山在南，上合下开，其状似门。虎牙山在北。此二山，楚之西塞也。"二是作为行政建制。《新唐书·地理志

（四）》载：“山南道……江陵府江陵郡，本荆州南郡，天宝元年（742）更郡名。肃宗上元元年（760）号南都，为府。二年罢都，是年又号南都。寻罢都……（有府一，曰罗含。有永安军，乾元二年置。）县八：江陵（次赤。贞观十七年省安兴县人焉。贞元八年，节度使嗣曹王皋塞古堤，广良田五千顷，亩收一钟。又规江南废洲为庐舍，架江为二桥。荆俗饮陂泽，乃教人凿井，人以为便）……荆门。（次畿。贞元二十一年析长林置。）”[3]**按：**唐代的“赤、畿、望、上、中、下”是当时行政区划的等级次序，由此可见，江陵为一等县，荆门为二等县。又据《文献通考·舆地五》载，宋代“荆门军，开宝五年（972）以江陵府荆门镇建为军，以长林、当阳二县来属”[4]。**按：**元代至清末为荆门州，1912年复称荆门县。1979年析县城区设荆门市。

时空交错，风云际会，初唐文章高蹈的陈子昂、盛唐千载独步的李白、中唐善诗精绝的刘禹锡、晚唐才思横溢的李商隐，都曾旅次荆门，并写下流传千载的不朽诗篇。

一、陈子昂《度荆门望楚》

《旧唐书·陈子昂传》：“梓州射洪人。家世富豪，子昂独苦节读书，尤善属文。初为《感遇》诗三十首，京兆司功王适见而惊曰：‘此子必为天下文宗矣！’由是知名。举进士……拜麟台正字（世称陈正字）……再转右拾遗（人称陈拾遗）……有集十卷，友人黄门侍郎卢藏用为之序，盛行于代。”[5]卢序称：“道丧五百岁而得陈君。……崛起江汉，虎视函夏，卓立千古，横制颓波，天下翕然，质文一变。”杜甫誉其“有才继骚雅”“名与日月悬”。元好问更称“论功若准平吴例，合著黄金铸子昂”。明人高棅编选《唐诗品汇》时，将陈子昂出巴入楚时所作《度荆门望楚》列入正始（即第一品）篇中。

遥遥去巫峡，望望下章台。巴国山川尽，荆门烟雾开。
城分苍野外，树断白云隈。今日狂歌客，谁知入楚来。[6]

按：诗题所度荆门山，类似宋之问诗《度大庾岭》。首句回看巫峡已遥遥远去，对句眺望荆楚大地尽收眼底。此联与诗题紧密呼应。又，与“巫峡”对举之“章台”，不应理解为远在渭水之滨的秦汉时代之章台，而是指楚灵王所建章华台的省称。章华，即音乐与鲜花之谓。《说文》释“章”字：“乐竟为一章。”段玉裁注：“歌所止曰章。”（顺便说一下，俗称“立早章”或有些字典、辞书误将章字编在立部，皆误。应改称“音十章”或编入音部。）

首联即对仗，应属梅花先春绽放的“偷春格”，难怪宋代文学家方回称颂道：“不但《感遇》为古调之祖，其律诗亦近体之祖也！”清代沈德潜将此诗编入《唐诗别裁集》（以下简称《别裁》），并于诗后注云：“序自蜀入楚道路，结言楚有狂歌之士，今反狂歌入楚也。”[7] **按**：楚狂歌之士为接舆。孔子适楚，他在车旁高唱：“凤兮，凤兮！何如德之衰！”典出《论语·微子》。这绕口令似的尾联，可不是调侃性的文字游戏。同一个“狂”字却开两片天地，“蜀狂”要诣阙上书一展宏图大志，绝不是“楚狂”那般归隐林下。

二、李白《渡荆门送别》

唐人魏颢撰《李翰林集序》：“自盘古画天地，天地之气，艮于西南，剑门上断，横江下绝，岷、峨之曲，别为锦川。蜀之人无闻则已，闻则杰出，是生相如、君平、王褒、扬雄，降有陈子昂、李白，皆五百年矣。白本陇西，乃放形，因家于绵。身既生蜀，则江山英秀。”李阳冰《草堂集序》赞陈、李云：“至今朝诗体，尚有梁、陈宫掖之风，至（陈）公大变，扫地并尽。今古文集遏而不行，维（李）公文章，横被六合，可谓力敌造化欤！”南宋大儒朱熹云：“李太白诗，非无法度，乃从容于法度之中，盖圣于诗者也。古风两卷，多效陈子昂，亦有全用其句处。太白去子昂不远，其尊慕之如此。”**按**：其实不独古风，律诗中亦见陈子昂之影响，如《唐诗品汇》所收《渡荆门送别》：

渡远荆门外，来从楚国游。山随平野尽，江入大荒流。

月下飞天镜，云生结海楼。仍怜故乡水，万里送行舟。[8]

这是一首名诗，多入后世选家法眼与诗评家笔端。由于被孙洙编入蒙学读本《唐诗三百首》[9]，流布愈加广远，影响更见巨大。**按：**此与陈子昂登山远眺的“度荆门”不同，李白“仗剑去国，辞亲远游”是顺江东下的“渡荆门”入楚。诗是题赠给前来送别友人的。惜沈德潜竟在题下注：“诗中无送别意，题中二字可删。”[10]然“万里送行舟”，非送别者何？更多人关注颔联，明代胡应麟云：“‘山随平野尽，江入大荒流’此太白壮语也，子美诗‘星垂平野阔，月涌大江流’二语，骨力过之。”清代丁龙友评论：“李是昼景，杜是夜景；李是行舟暂视，杜是停舟细观，未可概论。”**按：**其实接下来，李诗颈联也写道了夜景“月下飞天镜”，也细观了海市蜃楼的景致：“云生结海楼。”真可谓“前修（诗评家们）未密”也。

“仍怜”，《全唐诗》作“仍连”。[11]**按：**沈德潜于此联下注：“太白蜀人，江亦发源于蜀。”依今人勘察，长江上源沱沱河出青海西南境唐古拉山脉格拉丹东雪山。在宜宾以下才称长江。当年李白称之“故乡水”，无误。虽远航到荆楚，仍怜爱或心连着大江，乃人之常情。“怜、连”同韵，似两可。而举凡两可之字、词，皆应从早出之书或版本。

三、刘禹锡《荆门道怀古》

《新唐书·刘禹锡传》：“字梦得，自言系出中山，世为儒。擢进士第，登博学宏辞科。工文章。淮南杜佑表管书记，入为监察御史。……宪宗立，叔文等败，禹锡贬连州刺史，未至，斥朗州司马。……由和州刺史入为主客郎（人称刘主客）……徙汝、同二州。迁太子宾客（世称刘宾客）……素善诗，晚节尤精，与白居易酬复颇多（合称刘白）。居易以诗自名者，尝推为‘诗豪’，又言‘其诗在处应有神物护持。'会昌时，加检校礼部尚书，卒，年七十二。"[12]刘禹锡与柳宗元友谊深厚，世称"刘柳"。他还是位哲学家，是世界上第一个用较为通俗语言解释辩证法之人。撰《天论》等文。其诗《酬乐天扬州初逢席上见赠》中的"沉舟侧畔千帆过，病树前头万木春"，是充满朴素辩证思想，传唱千古之名句。其首联"巴山楚水凄凉地，二十三年弃置身"，既是对往事的回首，亦是对白居易诗《醉赠刘二十八使君》(刘禹锡在与同一曾祖父兄弟中的排行列第二十八。唐人好以"行第"相称，如李十二白、杜二甫等）尾联"亦知合被才名折，二十三年折太多"的唱和。

收在《唐诗品汇》中的《荆门道怀古》一诗正是他在巴山楚水旅途中所作：

南国山川旧帝畿，宋台梁馆尚依稀。
马嘶古树行人歇，麦秀空城野雉飞。
风吹落叶填宫井，火入荒陵化宝衣。
徒使词臣庾开府，咸阳终日苦思归。

校：诗题中的"荆门"，《别裁》[13]与《全唐诗》[14]均作"荆州"。**考**：刘禹锡《游玄都观》诗序称："予贞元二十一年（805）为尚书屯田员外郎，时此观中未有花木。是岁出牧连州，寻贬朗州司马。居十年，召还京师。"据上文所述，此时荆门已设县，荆门道即县道而非陈、李时的荆门山道或水道。而荆州已是个历史上的行政区域，其指代性远不如荆门具体。

校："古树"，上引二书皆作"古道"。**按**：驿路旁植树，人正可乘凉歇息。但"道"字与诗题呼应，似更佳。

校："野雉"，《全唐诗》注，一作"泽雉"。**按**：野雉，又称野鸡，喜栖于蔓生草莽的丘陵中。"泽"字误矣。

校："荒陵"，《全唐诗》注："一作荒坟，一作荒林。"**按**：诗题曰怀古，首联又写南朝帝畿，宋台梁馆，昔日的繁华与今日帝王陵寝的荒凉，恰好形成鲜明的对比。常人死后葬坟丘，王侯死后葬于“林”，如孔子被封衍圣公，故其家族坟地称“孔林”，与孔庙、孔府合称“三孔”。帝王坟墓则称陵。据此，还是“陵”字最佳。

尾联以庾信自况。庾信字子山，南朝梁时曾任抄撰学士、东宫学士等官职，与徐陵等人创作绮艳靡丽的宫体诗赋，世称“徐庾体”。梁元帝承圣三年（554）出使西魏，被强留长安做官。北周代魏后，他累迁骠骑大将军、开府仪同三司，故人称庾开府。滞留北朝期间的作品充满乡关之思，风格苍劲悲凉，对唐诗发展影响深远。杜甫诗云：“清新庾开府，俊逸鲍参军。”又称“庾信文章老更成”。刘禹锡外放巴山楚水二十三年，故联想到长期滞留北朝的庾子山。

四、李商隐《荆门西下》

《旧唐书·李商隐传》：“字义山，怀州河内人。……商隐幼能为文，令狐楚镇河阳，以所业文干之，年才及弱冠，楚以其少俊，深礼之，令与诸子游。……开成二年（840）方登进士第，释褐秘书省校书郎，调补弘农尉。会昌二年（842），又以书判拔萃。王茂元镇河阳，辟为掌书记，得侍御史。茂元爱其才，以子妻之。”**按：**令狐楚与王茂元分属牛、李两党，李商隐也身不由己地被夹在他们的互相倾轧之中，正应了“古来大才难为用”的哲言。但“文章憎命达”也是杜甫总结出的规律。如屈原、陶潜、李白一样，生命旅途的艰难坎坷，积郁心中的愤懑不平，让他借题发挥，“无题”亦遐想，生花妙笔终于成就了他的文学事业。生前便与社会身份地位均很殊别的杜牧、温庭筠合称“（小）李杜”与“温李”。宋代刘克庄称：“温庭筠与李商隐同时齐名，时号温李。二人记览精博，才思横溢，其艳丽者类徐、庾；其切近者类姚（合）、贾（岛）。义山之作尤锻炼精粹，探幽索微，不可草草看过。”清代翁方纲云：“微婉顿挫，使人荡气回肠者，李义山也。自刘随州而后，渐就平坦，无从睹丰韵。七律则远合杜陵，五律、七绝之妙更深探乐府。晚唐自小杜而外，唯有玉谿耳。温岐、韩偓何足比哉！”

据今人王锡柱主编的《李商隐诗选浅释》考证，《荆门西下》一诗，作于唐宣宗大中元年（847）李商隐随郑亚赴任桂林，途经江陵时：

一夕南风一叶危，荆门回望夏云时。
人生岂得轻离别？天意何曾忌崄巇。
骨肉书题安绝徼，蕙兰蹊径失佳期。
洞庭湖阔蛟龙恶，却羡杨朱泣路岐。[15]

校：“荆门”，《全唐诗》作“荆云”。**按**：从艺术形式看，荆云、夏云，可与首句中的一夕、一叶相呼应。但“荆门”乃点题之词，不可以文害义，改作荆云。

校：“安绝徼”，《全唐诗》注：“一作忘纪复。”**按**：唐时桂州（今桂林）系荒远的边徼之地。原句说：为稻粱谋，辞别远在河南洛阳的家人到荒凉之地。改句似云：两年前骨肉之间，病恙相继之情景难以忘怀。与“失佳期”对举，“安绝徼”的空间概念，似胜过“忘纪复”的时间概念。“忘与失”也嫌“叠床架屋”式重复。

校：羡，《全唐诗》作“羨”。**按**：此为汉字简化中的一大败笔！“羨”由“羊次（涎之古字）”组成会意字，见到羊肉便流口水。简掉一笔后，由“羊次”组成，二等羊或羊排队，均与“羨”字无关，何况“次”字音 xiàn，羨又从“次”音，系会意兼形声字。[16]

尾联出句写李商隐对变化莫测时局的忧虑，结句典出《淮南子·说林训》：杨朱见歧路而哭，[17]为何？因为走到岔路口，要么向南，要么向北。其世，要么入儒，要么入墨，而儒墨两家皆“有所为而为”，均不合“拔一毛利天下而不为”的杨朱学说“全性保真，不以物累形”[18]的为我主义。

要言之：与其“心为形役”地关心时局变化，还不如学杨朱“贵己”（珍惜自身）的“智慧与明察”。

参考文献：

[1]（明）赵宧光等编定. 万首唐人绝句［M］. 北京：书目文献出版社，1983年，第1019~1021页.

[2]（清）钱大昕撰. 廿二史考异［M］. 长沙：商务印书馆，丛书集成初编本，1937年，第782页.

[3][12]（宋）欧阳修等撰. 新唐书［M］北京：中华书局，1975年，第1027~1028、5128~5131页.

[4]（元）马端临撰. 文献通考［M］中华书局，1986年，第2506页.

[5]（五代）刘昫等撰. 旧唐书［M］. 中华书局，1964年，第5018页.

[6][8]（明）高棅编选. 唐诗品汇［M］. 上海：上海古籍出版社，1988年，第516、533页.

[7][10][13]（清）沈德潜编. 唐诗别裁集［M］. 上海：上海古籍出版社，1979年，第292、340、492页.

[9]（清）孙洙编选. 唐诗三百首［M］. 上海：上海古籍出版社，2010年，第132页.

[11][14]（清）彭定求等修纂. 全唐诗［M］. 上海：上海古籍出版社，1968年，第408、896页.

[15] 王锡柱主编. 李商隐诗选浅释［M］. 郑州：中州古籍出版社，2008年，第118页.

[16] 郭殿忱著. 汉字简化琐谈四题［J］. 载《社会科学战线》，1990年，第1期.

[17][18]陈广忠注译. 淮南子译注［M］. 长春：吉林文史出版社，1990年，第628、832页.

原载《荆门社会科学》2015. 4

昌黎韩愈《贬官潮州出关作》诗异文校考

《贬官潮州出关作》不独彪炳文学史，而且以其政治背景，思想内涵，辉耀中国政治思想史、哲学宗教史。正因其重要，自唐迄今，多入选家法眼，校注笺释者代不乏人。致令这首连标题在内才63字的七律，异文竟达二十来处。前贤时俊“述而不作”者多，今试结合时代背景，诗作意境，声韵格律诸多方面，对异文之是非优劣给出己断。祈盼读者方家诓正。

诗题《贬官潮州出关作》录自《又玄集》[1]（影印日本江户昌平坂学问所官板）。

校：《唐诗纪事》（以下简称《纪事》）作《次蓝关示侄孙湘》[2]。《全唐诗稿本》（以下简称《稿本》）据《韩文》（明嘉靖南平游居敬刻本）作《左迁至蓝关示侄孙湘》[3]。手写题注：“宪宗元和十四年，表乞烧弃佛骨。疏入，贬潮州刺史。”录自《唐诗纪事》。《唐诗别裁集》（以下简称《别裁》）诗题同《稿本》，题注：“湘，字清夫。”[4]《全唐诗》诗题亦同《稿本》，题注：“湘，愈侄十二郎之子，登长庆三年进士弟（第）。”[5]

考辨：《又玄集》诗题，缺乏后人津津乐道的“八仙”之一的韩湘子。实则那是神话与本诗题旨无大干涉。《纪事》诗题，缺乏贬官潮州的主题。《稿本》诗题，缺贬所潮州，但手写题注已补充之。《别裁》《全唐诗》诗题虽同《稿本》，但题注稍逊一筹。综合考虑，似以《稿本》诗题并题注为佳。

以下诗句亦据《又玄集》。

一封朝奏九重天，夕贬潮阳路八千。

校：“阳”，《稿本》《全唐诗》《韩昌黎诗系年集释》[6]（以下简称《集释》）皆作“州”。

考辨：两《唐书》均载“贬为潮州刺史”。据《新唐书·地理志（七）》：“岭南道潮州潮阳郡，县三：海阳、潮阳、程乡。”[7]《中国历代诗歌选》：“潮阳，今广东潮阳县，唐潮州州治所在。”[8]《旧唐书》亦云：“愈至潮阳，上表曰……”[9]韩愈又有迁潮旅次诗作《题临泷寺》，其中有“潮阳未到吾能说”句，可见“潮州”是属概念的上位词，“潮阳”是种概念的下位词，逻辑上无对错之分。但虑及时代背景，从充实此诗题解角度看，“州”字佳。另从格律角度看，此七律为首句平起（封）平收（天），由于“阳、州”均为平声，故于格律无碍。

本为圣明除弊事，岂将衰朽惜残年？

校：“本”，《韩文考异》[10]（以下简称《考异》）《集释》均作“欲”。“明”，《太平广记》作“朝”[11]。“事”，《诗话总龟》（以下简称《总龟》）作“政”[12]。“岂将”，《考异》《稿本》均作“肯将”。《总龟》作“岂于”。“衰朽”，《韩诗举正》（以下简称《举正》）作“衰暮”。[13]“惜”，《纪事》作“计”。

考辨：先从格律看，出句应作㊀仄平平平仄仄，本为圣明除弊事，全合律。而欲（仄）朝（平）政（仄）三字亦皆合律。从诗意看，“欲”是想要如何的未来义，可而今已遭贬谪在左迁途中，故“本”字佳，即原来想要之意。“圣朝”指英明之一朝，而“圣明”直指宪宗，且首句已有“朝”字，故“明”字佳。“事”即指迎佛骨之事，“政”则扩大为全部朝政了，此时获罪之韩愈就事论事尚需胆量，那里还敢“议政”？再看对句：㊉平仄仄仄平平，岂将衰朽惜残年，全合律。而肯（仄）于（平）暮（仄）计（仄）四字亦皆合律。足见古人锤词炼句功夫之精湛。再从意境看，虽有前贤曰“肯，犹岂也”。但终不如“岂”字这个疑问词表意准确。“岂将”也较“岂于”在语气上更有力。“衰朽”是凝固词组，“衰暮”嫌生涩，且“暮年”与“残年”相重复。“计残年”有计算残年和为残年计划二义，不若珍惜余生的“惜残年”语义晓畅且不生歧义。

云横秦岭家何在？雪拥蓝关马不前。

校：拥，《举正》作“揜”。

考辨：按格律，颈联对句，应为(仄)仄平平仄仄平。“拥、揜”皆为上声，均合律。然从意境看，“拥”有“抱”义，较“揜”之“覆蔽”义更形象地展现了蓝关雪景。

知汝远来深有意，好收吾骨瘴江边。

校：“深”，《纪事》《别裁》《集释》均作“应”。《总龟》则作“须”。

考辨：按格律，尾联出句应为(仄)仄平平平仄仄，“深、应、须”均为平声，皆合律。从事件背景看，《辑注唐韩昌黎集》云：“初公南谪时，湘年二十七，滂年十九，皆从公以行。观公《宿曾口示湘诗》及在袁州作《滂墓志》可见。而此诗末句所为远来者，盖公既行而湘始追及于此。而深有意之言，亦不过感叹之意焉耳。”[14]

今按：言湘追及一事，从《韩昌黎诗集编年笺注》[15]中可得旁征：“愚按公作《女挐圹铭》云：‘愈黜之潮，既行，有司以罪人家不可留京师，迫遣之。’此诗喜湘远来，盖其时仓促，家室不及从，而后乃追及，公尚未知，故以将来归骨，委之于湘，盖年已逾艾，身入瘴乡，九死一生，不觉预计。此时势当考者也。”从中不独知韩湘后追来事，而且后二句又驳前引“亦不过感叹之意焉耳”。《宿曾口示湘诗》有二首，分别有：“仰视北斗高，不知路所归。”“茫然失所诣，无路何能还？”真真是“瞻望前路，危机重重”。不作死于贬所的打算而只发此感叹，岂非怪事！这从韩愈获赦返途所作另一诗题里亦可得到证实。

预让韩湘收骨殖，绝非故作骇人之语。该长题作：《去岁自刑部侍郎以罪贬潮州刺史，乘驿赴任，其后家亦谴逐，小女道死，殡之层峰驿旁山下，蒙恩还朝过其墓，留题驿梁》诗云：

数条藤束木皮棺，草殡荒山白骨寒。
惊恐入心身已病，扶舁沿路众知难。
绕坟不暇号三匝，设祭惟闻饭一盘。
致汝无辜由我罪，百年惭痛泪阑干。

此情此景，不禁让人联想到“好收吾骨瘴江边”绝非妄言。故“深”字佳。行文至些，我记起宋代作家对韩愈贬潮州时所表现出的畏死苦穷、汲汲求归等言行的一些评论、指责。受拔高历史人物思潮的影响，一些人反问道：这不是往韩愈身上抹黑吗？全国韩愈研究会会长张清华研究员分析道：“韩愈因一封为君为民除弊事的‘朝奏’，一下子从刑部侍郎，几于处死后而贬偏僻的天涯海角潮州，这是他虽知上《表》冒险，而这样的结果却是他内心始料不及的。故他在委屈里发怨气，在危难中显怯懦。但这只是在他离开长安的路上与到潮之初。到潮，特别是一入政事后，那种无私无畏，勤政为民的高昂气势，是任何被贬官员无法相比的。……他畏死苦穷的怯懦，只是一时的思想情绪，勤政为民才是韩公的本质。若是否认贬潮有怯懦情绪，是不合事实的为贤者讳；若把这种一时的情绪表现，当成韩公的思想实质而指责韩公的思想品格，那是只见一时表象，而不懂韩公。”[16]窃以为这才是历史唯物主义的观点，是具体问题具体分析的科学方法。

比勘诸多版本，择善而从，该诗题、序、句似应如下：

左迁至蓝关示侄孙湘

（宪宗元和十四年，表乞烧弃佛骨。疏入，贬潮州刺史。）

一封朝奏九重天，夕贬潮州路八千。
本为圣明除弊事，岂将衰朽惜残年？
云横秦岭家何在？雪拥蓝关马不前。
知汝远来深有意，好收吾骨瘴江边。

参考文献：

[1]（五代）韦庄选编. 又玄集［M］. 上海：上海古籍出版社，1978年，第394页.

[2]（宋）计有功辑撰. 唐诗纪事［M］. 上海：上海古籍出版社，2008年，第523页.

[3]（清）钱谦益等递辑. 全唐诗稿本［M］. 台北：台湾联经出版事业公司景印版，1976年.

[4]（清）沈德潜编. 唐诗别裁集［M］. 上海：上海古籍出版社，1979年，第487页.

[5]（清）曹寅等修纂. 全唐诗［M］. 上海：上海古籍出版社，1986年，第853页.

[6] 钱仲联集释. 韩昌黎诗系年集释［M］. 上海：上海古籍出版社，1984年，第1097页.

[7]（宋）欧阳修等撰. 新唐书［M］. 北京：中华书局，1975年，第1097页.

[8] 林庚、冯沅君主编. 中国历代诗歌选（二）［M］. 北京：人民文学出版社，1964年，第854页.

[9]（五代）刘昫等撰. 旧唐书［M］. 北京：中华书局，1964年，第4198页.

[10]（宋）朱熹撰. 韩文考异［M］. 北京：商务印书馆影印八千卷楼藏宋庆元刻本.

[11]（宋）李昉等编. 太平广记［M］. 北京：人民文学出版社，1959年校点本.

[12]（宋）阮阅编. 诗话总龟［M］. 北京：四部丛刊影印本.

[13]（宋）方崧卿撰. 韩诗举正［M］. 北京：商务印书馆影印文渊阁四库全书本.

[14]（明）蒋之翘辑注. 辑注唐韩昌黎集［M］. 明崇祯蒋氏三径藏书刻本.

[15]（清）方世举撰. 韩昌黎诗集编年笺注［M］. 乾隆卢氏雅雨堂刻本.

[16] 张清华等著. 论韩愈［M］. 北京：作家出版社，2008 年，第 103 页.

原载《韩山师范学院学报》2015. 5

唐代僧人诗异文校释

——以《才调集》为中心

纵观唐代以诗取士的科举制度，不仅在世俗世界造就了一代文学——唐诗之辉煌，而且在方外天地里也涌现出许多释子诗家和羽流骚客。他们不但为当世所重视，亦多入后代选家之法眼。在《唐人选唐诗》（十种）中，韦縠所编《才调集》[1]选录唐代释子12人，诗20首，为其他九种书所不及。今将这20首僧诗逐一与唐、宋诸家所编《又玄集》《唐诗纪事》《万首唐人绝句》及后世有关集本比勘，发现从诗题、作者到诗句均有若干异文。惜前贤、时彦之著述大都罗列异同而少加按断。我今不揣浅陋，试从文字演变、逻辑修辞、诗歌意境、音韵格律等方面，对异文加以校释、考论，并用“宜各从长”的标准，给出己断，借此求教于读者方家。

一、贯休三首

据《唐诗纪事》[2]（以下简称《纪事》）载：贯休“姓姜氏，字德隐，婺州兰溪人。钱镠自称吴越王，休以诗投之曰：贵逼身来不自由，几年勤苦蹈林丘。满堂花醉三千客，一剑双寒十四州……镠谕改为四十州，乃可相见。曰：州亦难添，诗亦难改。然闲云孤鹤，何天而不可飞？遂入蜀，以诗投王建曰：河北河南处处灾，惟闻全蜀少尘埃。一瓶一钵垂垂老，万水千山得得来。秦苑幽栖多胜景，巴歈陈贡愧非才。自惭林薮龙钟者，亦得亲登郭隗台。建遇之甚厚。”可见贯休是一位性情耿介，而且积极干预世事的僧人。著有《西岳集》十卷，吴融为之作序。

（一）野田黄雀行

据《乐府诗集》[3]（以下简称《乐府》）引《古今乐录》曰："王僧虔《技录》有《野田黄雀行》，今不歌。"《乐府解题》曰："晋乐奏东阿王'置酒高殿上'始言丰膳乐饮，盛宾主之献酬；中言欢极而悲，嗟盛时不再；终言归于知命而无忧者。《空侯引》亦用此曲。**按：**汉鼓吹铙歌亦有《黄雀行》，不知与此同否？"

高树风多，吹尔巢落。
深蒿叶暖，宜尔依泊。
莫近鹗谷，蛛网亦恶。
饮野田之清水，食野田之黄粟。
深花中睡，孛土里浴，如此即全。
胜啄太仓之谷，而更穿人屋。

校：依泊，《乐府》《全唐诗》[4]皆作：依薄（贯休卷作：依泊）。

考：薄，为野草丛生之义，《淮南子》即有"深株丛薄"之语。进而引伸有"掩藏"之义，《史记》有"日月薄蚀"之说。依原词"依泊"，可释为：适宜于依托停泊之处。相比之下"依薄"为佳。

校：鹗，《乐府》作：鹗。**按：**古人认为鹗是恶鸟，是黄雀的天敌。而鹗为大鹏。《汉书》有云："鸷鸟累百，不如一鹗。"疑鹗与鹗，因形近而致误。

校：顡，上二书均作：类。**按：**顡是个生僻字，《玉篇》释为头骨也。《集韵》称"顡或从页"，然《说文》有髅而无顡。顡亦因与类的繁体字類形近而误。

校：蛛网，《乐府》作：珠网。**按：**蛛网，乃泛指蛛形纲类动物所结之网。"珠"字大误。

又，《乐府》断句为：“如此即全胜啄太仓之粟，而更穿人屋。（《全唐诗》人下注：集有“之”字，即人之屋。）”**按**：前已告诫：莫怎样，要怎样，这样才能保全自己。“食野田之黄粟”要胜于“啄太仓之粟”；依偎深蒿暖叶，眠深花丛中，要胜于“穿人之屋”。在“全”字下断句，不会产生理解上的歧义。

（二）夜夜曲

据《乐府》称：“《夜夜曲》，梁沈约所作也。《乐府解题》曰：‘《夜夜曲》，伤独处也。’”

蟪蛄切切风骚骚，芙蓉喷香蟾蜍高。

孤烟耿耿征妇劳，更深扑落金错刀。

校：诗题，《全唐诗》注：一作《秋夜曲》。

校：孤烟，《纪事》《万首唐人绝句》[5]（以下简称《绝句》）《全唐诗》皆作：孤灯。**按**：下句有“更深”一词，故知“孤灯”为是。

（三）行路难

据《乐府》引《乐府解题》曰：“《行路难》，备言世路艰难及离别悲伤之意，多以‘君不见’为首。”《乐府》题作：同前五首。此亦为五首之五。《全唐诗》亦为五首，但此为其一。

君不见山高海深人不测，古往今来转清碧。

浅近轻清莫与交，地卑只解生荆棘。

谁道黄金为粪土？张耳陈余断消息（断，一作杳）。

行路难，行路难，君自看。

校：清碧，《乐府》《全唐诗》均作：青碧。**按**：对应首句，应作：青山碧海。

校：轻清，上二书皆作：轻浮。**按**：句意为切莫与轻浮之徒交朋友。“轻清”欠佳。

二、僧尚颜二首

据《全唐文·卷八二九·颜上人集序》载：“颜公姓薛氏，字茂圣。少工五言诗，天赋其才，迥超名辈。”

（一）秋夜吟

梧桐雨畔夜秋吟，斗薮衣裾藓色侵。
枉道一生无系着，湘南山水别人寻。

校：秋吟，《万首》《全唐诗》均作：愁吟。**按**：古人诗文多吟秋风秋雨愁煞人，此处“秋吟”正与诗题相呼应。

校：斗薮，《万首》作：斗擞，《全唐诗》作：抖擞。**考**：《春秋公羊传》曰：“‘临民之所漱浣也’，汉代何休注：‘无垢加功曰漱，去垢曰浣。齐人语也。’唐代徐彦疏云：‘取其斗漱耳，浣衣既毕，又于水中振之之意。’”后来音转而讹，或作斗薮，或作抖擞；或言振衣，或言振奋精神，即今所谓抖擞精神或精神抖擞。

校：衣裾，《万首》作：衣从。**按**：上文已言斗薮为振衣，故知“衣裾”佳。孟郊亦有“抖擞尘埃衣”之句。

（二）赠村公

袖衣木突此乡尊，白尽须眉眼未昏。
醉舞神筵随鼓笛，闲歌圣代和儿孙。
黍苗一顷垂秋日，茆栋三间映古原。
也笑长安名利处，红尘半是马蹄翻。

校：袖衣，《全唐诗》作：紬衣。**考**：紬为缯帛之意，今为绸的异体字。“紬”字误。

校：茆栋，上书作：茅栋。**按**：茆字多音多义，其中有通茅字一义。

三、僧护国一首

据《诗话总龟·前集》卷三十僧道门载："僧护国，江南人也，攻词翰。《题醴陵玉仙观》云：'王乔一去空仙观，白云至今凝不散……南山石上有棋局，曾使樵人烂斧柯。'此篇绝佳，诗僧中不可得也。"

（一）许州赵使君孩子

毛骨贵天生，肌肤片玉明。见人空解笑，弄物不知名。

国器嗟犹小，门风望益清。抱来芳树下，时引凤雏声。

校：诗题，《全唐诗》作《许州郑使君孩子》，下注：一作法振诗。**按**：披捡《全唐诗》，法振名下未见此诗。《纪事》卷七三法振名下收此诗，题作《赵使君生子晬日》，以下称法振诗。

校：结句，法振诗原作"时听凤凰声"。**按**：以孩子比凤雏，自然胜于用凤凰作比喻。

四、僧栖白二首

《全唐诗》载："栖白，越中僧。前与姚合交，后与李洞、曹松相赠答。宣宗朝居荐福寺内供奉赐紫诗一卷。"

（一）八月十五夜月

寻常三五夜，岂是不婵娟？及至中秋半，还胜别夜圆。

清光凝有露，皓色爽无烟。自古人皆望，年来复一年。

校：诗题，《纪事》作《中秋夜月》，《全唐诗》作《八月十五夜玩月》。

校：岂是，《纪事》《全唐诗》均作：不是。**按**：岂是为疑问词，使首联以反问句作结，要胜于平铺直叙的“不是不婵娟”。

校：半，《全唐诗》作：满。**按**：三秋为孟秋、仲秋、季秋，仲秋之半正值八月十五。而“中秋满”则指“月到中秋分外明”。但与对句的“圆”字嫌重复，还是“半”字佳。

校：皓色，上书作：皓魄。**按**：与清光对仗，“皓色”强于“皓魄”。况且，月魄为月轮无光之处，与意境不和谐。皆望，《纪事》作：皆玩。**按**：望月之人要比赏玩者不知要多出千百倍。“望”字佳。

校：复，《纪事》作：更，《全唐诗》作：又。**按**：复、更、又三字近义，且均仄声，故皆可。举凡两可、均可之字，皆应从早出之书或版本。

（二）哭刘得仁

按：《唐才子传》[6]载：“得仁，公主之子也。长庆间，以诗名，五言清莹，独步文场。自开成后至大中三朝，昆弟以贵戚擢显仕，得仁独苦工文。尝立志必不获科第，不原傕人之爵也。出入举场二十年，竟无所成。投迹幽隐，未尝耿耿……甘心穷苦，不汲汲于富贵，王孙公子中，千载求一人不可得也。及卒，僧栖白吊之曰：‘思苦为诗身到此，冰魂雪魄已难招。直教桂子落坟上，生得一枝冤始销。’有诗一卷行于世。”

为爱诗名吟到此，风魂雪魄去难招。
直教桂字落坟上，生得一枝冤始销。

按：《唐才子传》所引“思苦为诗”句较“为爱诗名”句大为拗口。

校：吟到此，上引《唐才子传》作身到此，《纪事》作刚到此，《全唐诗》作吟至死，死下注：一作此。**按**：读《唐才子传》对栖白的评价，知“吟至死”最恰切。

校：风魂，上引书作：冰魂。**按**：风魂，强调身世飘零；冰魂，强调品性高洁。似两可。

校：去，上引书作：已。**按**：句意为刘得仁高贵的魂魄已经逝去。知于此语境“去、已”二字一义。亦两可。

五、僧无可二首

据《全唐诗》载：“无可，范阳人，姓贾氏，（贾）岛从弟。居天仙寺，诗名亦与岛齐。诗一卷。”

（一）金州陪姚员外游南池

柳暗清波涨，冲萍复漱苔。张筵白马下，扫岸使君来。

洲岛秋应没，荷花晚尽开。高城吹角绝，驺驭尚徘徊。

校：诗题，《又玄集》作《金州夏晚陪姚员外游》，《纪事》作《金州夏晚陪姚员外游金州南池》，《全唐诗》作《陪姚合游金州南池》。**按**：《唐才子传》载：“合，陕州人，宰相（姚）崇之曾孙也。以诗闻。宝应中，除监察御史，迁户部员外郎，出为金（今陕西石泉、旬阳间的汉水流域）、杭二州刺史。与贾岛同时，号‘姚贾’，自成一法。”

校：清波，《又玄集》《纪事》均作：青波。**按**：柳暗，已是深绿色，其下的清波湍流冲波漱浪，会溅起翻花的团团白浪。此景色实不能用“青波”形容。

校：张筵，《全唐诗》筵下注：一作帆。**按**：从全诗意境看，南池似乎不宜扬帆起航。

校：白马下，《又玄集》《纪事》均作：白鸟下；《全唐诗》《唐才子传》皆作：白鸟起。**按**：张筵设席，扫岸清路，自然要惊起水中的白鸟。

校：晚，《全唐诗》注：一作晓。**按**：诗题中已写明“夏晚”此联出句又言：秋汛到来将淹没洲岛；对句讲：夏季将过，所有荷花都要竞相绽放。“晓”字误。

校：绝，上书注：一作罢。**按**：于此语境，“绝、罢”一义，且均仄声（绝，为入声字），故两可。

（二）夏日送田中丞赴蔡州

出守汝南城，应多恋阙情。地遥人久望，风起旆初行。

楚庙繁蝉断，淮田细两生。赏心知有处，蒋宅古松平。

校：汝，《全唐诗》注：一作海。**考**：《新唐书·地理志》[8]载：河南道蔡州汝南郡，即今河南省驻马店市上蔡县。“海”字大误。

校：细两生，《又玄集》《全唐诗》均作：细雨生。**按**：与“繁蝉断”对仗，“细雨生”工稳。“两、雨”二字形近致误。

校：古松，《全唐诗》作：古津。**按**：古松平，较为费解，古津平，似可理解为古渡口风平浪静。

六、僧清江一首

据《宋高僧传·卷一五·唐襄州辩觉寺清江传》载：“释清江，会稽人也，不详氏族。幼悟幻泡，身拘羁鞅，因入精舍，便恋空门……长者量品之曰：‘释门千里驹也。’”《全唐诗》称其“善篇章，大历、贞元间与清昼齐名，称为会稽二清。”

（一）赠淮西贾兵马使

破虏功成百战场，天书亲拜汉中郎。

映门旌旆春风起，对客弦歌白日长。

阶下斗鸡花乍折，营南试马柳初黄。

犹来楚蜀多同调，感激逢君共异乡。

校：花乍折，《又玄集》《纪事》均作：花乍拆，《全唐诗》作：花乍发。**按**：拆，有裂、开之义，又为符合格律的仄声字，故胜于折、发二字。

校：柳初黄，《纪事》作：柳初长。**按**：上联已有白日长，再用“长”字，嫌重复。

校：犹来，《纪事》《全唐诗》均作：由来。**按**：由来，即从来，是“一向”“素来”之意。“犹”字误。

校：楚蜀，《全唐诗》作：吴楚。**按**：会稽，古属吴越之地，疑贾兵马使为楚人，故曰“多同调”。

七、僧法照一首

据《全唐诗》载：“法照，大历、贞元间僧。”

（一）寄钱郎中

据北京大学已故教授周绍良考证：“钱郎中即钱起，盖与法照有唱和往返者，但钱集中无与法照酬答之作。”钱起为大历十才子之一，曾先后任祠部郎中、司封郎中。

闭门深树里，闭（一作闲）足为经过。驷马不为贵，一僧谁奈何？
药苗家自有，香饭乞时多。寄语婵娟客，将心向薜萝。

校：闭足，《又玄集》《纪事》《全唐诗》皆作：闲足。**按**：倘足不出户，又怎能“经过”？闲足，即是闲步。“闭”字大误。

校：为经过，《又玄集》《全唐诗》均作：鸟来过。**按**：鸟雀正与深树相契合。较“为经过”佳。

校：驷马，《全唐诗》作：五马。**按**：驷马，为古人所乘由两服、两骖四匹马拉的车。“五马”，常指代郡太守。《汉官仪》称：“四马载车，此常理也，惟太守出则增一马。”诗中驷马与五马皆指达官显贵，故两可。

校：不为贵，上书作：不复贵。**按**：“复”字多音多义，不若“为”字于此语境指代单一。

校：药苗，《纪事》作：稻苗。**按**：僧人採药、种药乃寻常之事。又，下句明言：香饭是化缘而来。知“稻”字欠佳。

八、僧太易二首

按：《全唐诗》称：“太易，公安沙门。”

（一）赠司空拾遗

侍臣何事辞云陛？江上微吟见雪花。
望阁未承丹凤诏，掩门空对楚人家。
陈彬草奏才还在，王粲登楼兴尚赊。
高馆更容尘外客，仍令归路奉瑶华。

校：微吟，《纪事》作：微云。**按**：首句已有“云陛”一词，“云”字似不宜重复。

校：望阁，上书与《又玄集》均作：望阙。**按**：丹凤诏，只能在阙下承接。“阁”字欠佳。

校：未承，《纪事》注：原作来承。**按**：与“空对”一词对仗，“未承”显然优于“来承”。

校：掩门，上书作：开门。**按**：要面对楚人家，只有开门才行。何况与“望阙”对仗，也是“开门”为好。

校：陈彬，上引二书与《全唐诗》皆作：陈琳。**按**：曹丕在《典论·论文》中评论道：“王粲长于辞赋……如《初征》《登楼》……琳、瑀之章表、书记，今之隽也。”在《与吴质书》中亦称“孔璋章表殊健”。陈琳，字孔璋，与王粲同为“建安七子”之佼佼者。“彬”字大误。

校：尚赊，《又玄集》《纪事》均作：不赊；《全唐诗》作未赊。**按**：赊，有长久、长远之义，王粲《登楼赋》始言为销愁而登楼，终言登楼反引起忧愁。故知“尚赊”最佳。

校：奉，上引三书皆作：待。**按**：还是有所期待为好。

（二）宿天柱观

校：诗题，《全唐诗》作灵一诗，题下注：一作《宿灵洞观》。

石室初投宿，仙翁喜暂容。花原隔水见，洞庭过山逢。

泉涌阶前地，云生户外峰。中宵人自定，不是欲降龙。

校：初，灵一诗注："一作因。"**按**：此联意为初到石室投宿，承蒙仙翁容留。"初"字佳。

校：喜暂，灵一诗注："一作幸见。"**按**：依上述理解，二词一义，故两可。

校：花原，《又玄集》与灵一诗均作：花源。**按**：句意为隔水可见花的原野。"源"字欠佳。

校：人自定，上二书均作：入自定。**按**：人定，乃众人皆安息之时，白居易有"人定月朦胧"之句。而"入定"为僧人默坐，片念不起之谓。显然应以"入定"为是。

校：不是，灵一诗作：非是。**按**：二词一义，故两可。

九、僧惟审一首

（姓氏、里籍，寓目之书未见载记。）

（一）赋得闻黄鸟啼

卷帘清梦后，芳树隐凉莺。隔叶传春意，穿花送晓声。

未调云路翼，空负桂林情。莫近关关兴，羁愁正厌生。

校：诗题中的黄鸟，《又玄集》《纪事》《全唐诗》皆作：晓莺。**按**：黄鸟或鵹黄，乃是黄鹂的别称。因其头部羽毛黎黑而身上羽毛黄色得名。依此诗中既有流莺又有晓声，知诗题作《赋得闻晓莺啼》才与诗意更相契合。

校：隐凉莺，上引三书皆作：引流莺。**按**：黄莺，因一黄字常与黄鹂混为一谈。从现代鸟类学角度看：黄莺属绣眼鸟科和画眉科，是标准的留鸟，飞行能力较差，经常成群觅食而形成流莺现象。诗人扑捉到的“引流莺”正是此种情形。

校：关关兴，《纪事》作：关西兴。**按**：《诗经》首篇《关雎》以雎鸠鸟的叫声起兴，成为诗学中三大手法赋、比、兴之一。“西”字欠佳。

校：羁，《又玄集》作：羇。**考**：《集韵》释为：旅寓也。《一切经音义》引《广雅》释为：客也。在诗中同于“羁”字。

十、僧沧浩一首（姓氏、里籍未详）

（一）留别嘉兴知己

一坐东林寺，从来未下山。不因寻长者，无事到人间。

宿两（一作雨）愁为客，寒禽散未还。空怀旧山月，童子诵经闲。

校：诗题《全唐诗》作《怀旧山》。《纪事》诗后注：“此诗已载僧皎然名下。”披捡《全唐诗·皎然卷》果有此诗，题作《怀旧山》，下注：一作沧浩诗，题云《留别嘉兴知己》。

校：一坐，《纪事》作：一座。**按**：一坐，为动词，即一经坐禅之意。坐禅，佛家语，是指湛然静坐，不思善恶，不涉是非有无，而游心于安乐自在之境也。名词“座”字大误。

校：东林寺，《全唐诗》与皎然诗均作：西林寺。**按**：庐山有三大名寺，即西林、东林、大林。依《又玄集》《纪事》等唐宋著作，似以东林寺为好。

校：宿两，上引三书皆作：宿雨。**按**：原注亦作：雨。“两”字，乃系“手民之误”。

校：寒禽，皎然诗作：寒花。**按**：禽类可以飞去飞来，花朵如何去来？

校：散，皎然诗作：笑。**按**：花朵既然不能来去，笑与否均已不重要。还是鸟儿散去尚未飞还为好。

校：诵经，皎然诗作：念经。**按**：诵、念二字一义，且均仄声，故两可。

十一、僧皎然二首

《纪事》载：皎然“姓谢，字清昼，吴兴人，（谢）灵运十世孙，居杼山。颜真卿为刺史，集文士撰《韵海》，皎然预其论著。贞元中，集贤院取其集藏之，于頔为序”。又，《新唐书·艺文志》著录：《皎然诗》十卷，刺史于頔为序。

（一）酬崔御史见赠

买得东山后，逢君小隐时。五湖游未足，柏树迹如遗。

儒服何妨道？禅心不废诗。一从居士说，长破小乘疑。

按：诗题中的御史，《又玄集》《全唐诗》作：侍御。《纪事》作：侍郎。依诗意，应作御史。

校：未足，上引三书皆作：不厌。**按**：遍游五湖尚未满足，或云尚未厌倦，其意近似，两可。

校：柏树，《纪事》《全唐诗》均作：柏署。**按**：汉代御史府中列植柏树，遂称御史台为柏台。唐人好拟汉代故事，诗称柏署即其意。柏树，因崔御史出游而被遗忘，不如柏署被遗忘的好。

校：儒服，《全唐诗》作：市隐。**按**：首联已言“小隐时”，王康琚诗云：“小隐隐陵薮，大隐隐朝市。”又有云：“小隐隐于市，大隐隐于朝。”依此，“小隐”与“市隐”叠床架屋也。

校：禅心，上书作：禅栖。**按**：与儒服对仗，名词“禅心”大胜“禅栖”。

校：一从居士说，上书作：与君为此说。**按**：方外之人称儒者亦谓居士。此正合皎然与崔御史之关系。原句佳。又，上书诗后注：“一本无前四句。”即成绝句，惜《万首》未收。

（二）寻陆鸿渐不遇

移家虽带郭，野径入桑麻。近种篱边菊，秋来未着花。

扣门无犬吠，欲去问西家。报道山中出，归来每日斜。

按：《唐才子传》载：“（陆）羽字鸿渐，不知所生。初竟陵禅师智积得婴儿于水滨，育为弟子。及长，耻从削发，以《易》自筮，得《蹇》之《渐》曰：‘鸿渐于陆，其羽可用为仪。’始为姓名……与皎然上人为忘言之交。羽嗜茶，造妙理，著《茶经》三卷，言茶之原、之法、之具，时号‘茶仙’。天下益知饮茶矣。”

校：虽带郭，《纪事》作：唯带郭。**按**：移家，即搬到新家。回应诗题中的寻访老朋友。新家虽说在外城一带，但得经过郊外小径才能通向广种桑麻的农家。可见关联词“虽”字佳。

校：山中出，上引三书皆作：山中去。**按**：颈联中的“欲去”系寻友未遇时的想回去；而“山中去”的“去”则是西邻告知诗人：陆羽到山中云游去了。

又，千年以降，孙洙编选蒙学读本《唐诗三百首》，只选入一首方外人之诗，即此诗。句中的“秋来”与“归来”，“欲去”与“山中去”正是一对儿好朋友之间的来来去去。《唐三体诗评》云：“上四句‘寻’，下四句‘不遇’。诗至此都无笔墨纸痕。”《唐诗别裁集》于诗后注评：“通首散语，存此以识标格。”

十二、僧无本二首

据《纪事》称：贾岛“字浪仙，范阳人。初为浮屠，名无本。能诗，独变格入僻，以矫艳于元、白。来洛阳，韩愈教为文。去浮屠，举进士，终普州司户……大中末，授遂州长江主簿。（世称“贾长江”。）”《新唐书·艺文志》著录：贾岛《长江集》十卷，又《小集三卷》。

（一）行次汉上

习家池沼草萋萋，岚树光中信马蹄。
汉主庙前湘水碧，一声风角夕阳低。

寓目之书，未见异文。

（二）马嵬

长川几处树青青？孤驿危楼对翠微。
一自玉皇惆怅后，至今来往马蹄腥。

校：玉皇，《万首》作：武皇。《全唐诗》作：上皇。**按：**玉皇，又称玉帝，即道家所谓昊天大帝（玉皇大帝）。唐玄宗崇信道教，故有玉皇之称。元稹亦有“我是玉皇香案吏”之句。武皇，指汉武帝，唐人好以汉代故事作比，如杜甫《兵车行》“武皇开边意未已”，即以汉武帝比喻唐玄宗。“上皇”，即太上皇。史载：唐肃宗于灵武继大统之后，尊玄宗为“上皇天帝”即太上皇。三者皆指唐明皇李隆基。应以原文为佳。

参考文献：

［1］（五代）韦縠选编. 才调集［M］. 上海：上海古籍出版社，1978 年，第 656~662 页.

［2］（宋）计有功辑撰. 唐诗纪事［M］. 同上，2008 年，第 1089、1082、1083、1074、1099、610 页.

［3］（宋）郭茂倩编. 乐府诗集［M］. 北京：中华书局，1979 年，第 570、997、1013 页.

［4］（清）彭定求等修纂. 全唐诗［M］. 上海：上海古籍出版社，1986 年，第 73、2025、2027、2082、2018、1991、2085、2086、1997、1472 页.

［5］（明）赵宧光等编定. 万首唐人绝句［M］. 北京：书目文献出版社，1983 年，第 977、976 页.

[6]（元）辛文房撰，周绍良笺证. 唐才子传笺证［M］. 北京：中华书局，2010年，第506、1462、497、498、499、505、493页.

[7]（五代）韦庄选编. 又玄集［M］. 上海：上海古籍出版社，1978年，第428、429、431页.

[8]（宋）欧阳修等撰. 新唐书［M］. 北京：中华书局，1975年，第988、1615页.

[9]（清）沈德潜编. 唐诗别裁集［M］. 上海：上海古籍出版社，1979年，第423页.

原载中国《法音》2015.6

句容唐贤殷遥《山行》诗校释

盛唐时代殷璠选编之《丹阳集》，散佚已久。今人陈尚君辑校本，收句容先贤殷遥诗二首，其一为《山行》：

寂历青山晓，山行趣不稀。野花成子落，江燕引雏飞。

暗草薰苔径，晴杨扫石矶。俗人犹语此，余亦转忘归。

诗前，有作者官称："忠王府仓曹参军。"**按**：王府官中除仓曹外，尚有功、户、兵、骑、法、士诸曹，亦均有参军事一职。《唐诗纪事》《全唐诗》介绍殷遥时只称"忠王府曹参军"而脱一"仓"字，致使不明其品阶与职掌。**考**：《新唐书·百官志》载："仓曹参军事，掌禄禀、厨膳、出内（纳）、市易、畋渔、刍藁……正八品下（阶）。"

作者之下，还据《唐诗纪·盛唐卷》移录"殷璠曰：'遥诗闲雅，善用声。'"之评语。**按**：此与储光羲《新丰作贻殷四校书》所云"纷吾从此去，望极咸阳中。不见芸香阁，徒思文雅雄"相契合。殷遥在同曾祖兄弟中排行第四。唐人好以行第相称，如李十二白、杜二甫、祖三咏等等。详见岑仲勉所撰《唐人行第录》。又，殷遥曾在珍藏典籍的芸香阁任校书一职。

再看诗题，《全唐诗》作《春晚山行》。**按**：从诗句看，野花已落籽，乳燕正学飞，薰草转深绿，杨柳复依依……好一派暮春风景，正可点"春晚"二字。但首句"青山晓"却不能依《全唐诗》作"青山晚"。因为下句诗说：此次山间之行饶有情趣。天刚破晓就上路了，才有充裕时间和充沛的精力欣赏旖旎的风光。"晚"字大误！

野花成子落，“成”下，《全唐诗》注：“一作垂。”**按**：成子，即结籽。句意为野花结籽洒落地上。换成“垂”字，重点野花败落已结籽实。二句虽近义，但总觉原句更佳。

暗草薰苔径，“径”下，《全唐诗》注：“一作渚。”**按**：苔径，即生青苔的小路。句意为深绿的野草散发香气使小路馥郁芬芳。而“渚”为江河中的小洲。虽然这样看似有山有水了，但是，与《山行》紧密配合的“径”却没了，还是“行、径”结合更切诗题。

晴杨扫石矶，“扫”下，《全唐诗》注：“一作拂。”**按**：扫石矶，即清扫水边巨石。句意为岸边杨柳飘荡的垂枝犹扫帚般清扫石矶。换成“拂”字，即成“轻拂”石矶，似乎更温柔些，亦即更富诗情画意。

余亦转忘归，“余亦”，《唐诗纪事》作“餘立”。**按**：“余亦”，即“我也”。句意与上句——世间俗人尚且赞美这里的景色——相关联：我也徜徉其间乐而忘返。就连关联词“亦”，亦与“犹”相对举，更不要说“俗人”与“我”的鲜明对比了。“餘立”，难以索解。

又，“忘归”，《唐贤三昧集》作“忘机”。**按**：忘归，即流连忘返之意。而“忘机”，则颇含出世的禅意，即忘却世间的纷扰，自甘恬淡自然而与世无争。自李白在《下终南山过斛斯山人宿置酒》诗中云：“我醉君复乐，陶然共忘机。”后世苏东坡在《和子由送春》诗中亦云：“芍药樱桃俱扫地，鬓丝禅榻两忘机。”虽说“忘机”更有哲理，但综观全诗还是“忘归”更合此诗意境，且朴素平实。

再从声韵、格律角度看：稀、飞、矶、归均押上古微部韵。即或用“忘机”代“忘归”，“机”亦归微部。殷遥时代，近体诗格律已日趋完善。用中古韵衡量，稀、飞、矶、归（或机）也押微韵。

依据颔联“野花”对“江燕”，“成子落”对“引雏飞”；颈联“暗草”对“晴杨”，“薰苔径”对“扫（拂）石矶”，可知为五言律诗。首句仄起（历）仄收（晓或晚），平仄格式应作：

㊀仄平平仄，平平仄仄平。
㊉平平仄仄，㊀仄仄平平。
㊀仄平平仄，平平仄仄平。
㊉平平仄仄，㊀仄仄平平。

其中，㊀为：最好作仄声（上、去、入），亦可作平声。㊉为：最好作平声（阴平、阳平即一声、二声），亦可作仄声。

此诗无须在异文中一一比对，因“晓、晚”均仄声，“成、垂”皆平声，“径、渚”均仄声，“扫、拂（古代入声字）”皆仄声，“余亦”为平仄，“余立”亦为平仄。足见古人锤词炼句功夫之精湛。

原载《镇江日报》2015. 6. 26

殷璠《丹杨集》考略

《丹杨集》又名《丹阳集》，是唐代殷璠编选的一部地域性诗歌选集，所选限于盛唐时期润州籍诗人的作品。它是唐代较早的一部“唐人选唐诗”集本。

关于收录的诗人，《新唐书·艺文志（四）》载：“《包融诗》一卷。润州延陵人，历大理司直。二子：何、佶齐名，世称‘二包’。何，字幼嗣，大历起居舍人。融与储光羲皆延陵人；曲阿有：余杭尉丁仙芝，缑氏主簿蔡隐丘，监察御史蔡希周，渭南尉蔡希寂，处士张彦雄、张潮，校书郎张晕，吏部常选周瑀，长洲尉谈戭；句容有：忠王府仓曹参军殷遥、硖石主簿樊光、横阳主簿沈如筠；江宁有：右拾遗孙处玄、处士徐延寿；丹徒有：江都主簿马挺、武进尉申堂构。十八人皆有诗名，殷璠汇次其诗，为《丹杨集》者。”而殷璠自叙《河岳英灵集》题“唐丹阳进士”。知此乃故乡人选同乡之诗结集。

这段文字先后被《唐诗纪事》（以下简称《纪事》）、《唐才子传》、《全唐诗》转录。亦被《万首唐人绝句》（以下简称《万首》）、《唐诗别裁集》（以下简称《别裁》）等摘引。现对诗人的姓名、里籍、官职、交游酬唱等方面略加考释：

一、包融及其二子

里籍考

与《新唐书》称其父子为润州延陵人不同，《旧唐书·贺知章传》又称："神龙（705~707）中，知章与越州贺朝……湖州包融，俱以吴、越之士，文词俊秀，名扬于上京。"**考：**《新唐书·地理志（五）》载：江南道润州丹杨郡，望（指列辅、雄之后的第三等州郡）。武德三年（620）以江都郡之延陵县地置，取润浦为州名。县四：丹徒、丹杨、金坛、延陵。延陵，紧（指列赤、畿、望之后的第四等县）。故治丹徒，武德三年别置，隶茅州，后隶蒋州，九年（626）来属。有茅山。而湖州吴兴郡，亦属江南道，是列望之后的第四等州郡。《旧唐书·于休烈传》又自相矛盾地写道："休烈至性贞悫……与会稽贺朝、万齐融、廷陵包融为文词之友，齐名一时。"其何、佶二子，两《唐书》相关志、传亦均称为润州延陵人。足证"湖州人"乃讹误。**按：**殷璠以丹阳人辑乡党十八人诗成《丹杨集》。诸人里籍是不容置疑的。

职官考

《新唐书·百官志（三）》："大理寺，掌折狱、详刑。司直六人，从六品上（阶）。"又，相关列传、墓志铭言包融为集贤院（殿）学士。**考：**开元十三年（725），改丽正修书院为集贤殿书院，五品以上为学士。《全唐诗》收录其诗八首，《全唐诗续补遗》录二首。

包何，天宝七载（748）进士及第。代宗大历（766~779）年间任起居舍人。**考：**贞观初（627），以给事中、谏议大夫兼知《起居注》，或知起居事……其后复置起居舍人，分侍左右，秉笔随宰相入殿。"隶门下省，与起居郎共掌录天子起居法度。

包佶，字幼正，天宝六载（747）进士及第。曾任刑部侍郎、国子祭酒（从三品，掌儒学训导之政），累官谏议大夫、秘书监（前者正四品，掌谏喻得失，侍从赞相。后者从三品，监掌经籍图书之事，领著作。《全唐诗》收“二包”诗各一卷。

二、储光羲（监察御史）

里籍考

与上引载记称其为延陵人不同，《新唐书·艺文志（三）》：“储光羲《正论》十五卷。兖州人，开元进士及第，又诏中书试文章，历监察御史。安禄山反，陷贼，自归。”此后《纪事》《才子传》均称其为兖州人。**考**：《元和郡县志·润州》：“晋永嘉（307~312）乱后，幽、冀、青、并、兖五州流人过江者，多侨居此州。”联系顾况所作《监察御史储公集序》称“鲁国储公进士高第”，推知春秋鲁国之兖州乃系储氏郡望。据储光羲所写多首诗均称是延陵人，家住茅山附近。

唱酬考

《河岳英灵集》称：“储公诗，格高调逸，趣远情深，削尽常言，挟风雅之迹，浩然之气。”有诗赠綦毋潜、丁仙芝、阎防、祖咏等人。王维有诗《待储光羲不至》，孟浩然有《同储十二洛阳道中作》一诗。唐人常以行第（即曾祖所有孙辈的统一排行，如杜二甫、祖三咏、李十二白等）相称。《唐人行第录》：“储十二光羲（引上诗略）又，綦毋潜《送储十二还庄城》。”《全唐诗》收录其诗四卷二百二十二首。

三、丁仙芝（余杭尉）

里籍考

《文献通考》：古扬州，秦时为郡五，会稽郡有县二十六，曲阿在其中。汉代有太史云：东南有天子气在云阳间，遂凿此冈，令曲而阿，因名曲阿，孙吴复曰云阳，晋复为曲阿。萧梁改为兰陵，隋复为曲阿。唐改丹阳，隶润州丹杨郡。《新唐书·地理志（五）》亦云：“丹杨，望，本曲阿。”

职官考

余杭县，隶属杭州余杭郡，为第三等县。按《新唐书·百官志（四下）》称：县尉二人，正九品下（阶），掌分判众曹，收率课调（相当于分管机关工作兼管税收的副县长）。《全唐诗》收录其诗十四首。

四、蔡隐丘（缑氏主簿）

姓名考

全唐诗录其诗一首《石桥琪树》，题下注：《文苑》（即《文苑英华》）作：蔡隐石。《万首》作：僧隐丘诗。未详孰是。

职官考

《新唐书·地理志（二）》：河南府河南郡，县二十：河南、洛阳、偃师、缑氏，次赤（亚一等县）。于贞观十八年（644）省，上元二年（675）复置。有恭陵，有和陵，在太平山，本澳来山，天祐元年（904）更名。东南有轘辕故关。

县主簿，《太平御览·职官部（六十七）》："唐职员令曰：掌付事勾稽省署抄目，纠正县内非违，监印，给纸笔之事。"《新唐书·百官志（四下）》："京县令各一人，正五品上（阶）；丞二人，从七品上（阶）；主簿二人，从八品上（阶）。"《全唐诗》只收录其诗一首。

五、蔡希周（监察御史）

职官考

《新唐书·百官志（三）》"御史台，其属有三院……三曰察院，监察御史录焉……监察御史十五人，正八品下（阶）。掌分察百寮、巡按州县，狱讼、军戎、祭祀、营作、太府出纳皆莅焉；知朝堂左右厢及百司纲目。"《全唐诗》只收录其一首诗。

六、蔡希寂（渭南尉）

里籍考

《全唐诗》称："蔡希寂，曲阿人，希周弟，为渭南尉（一云济南人，官至金部郎中）。"**按：**即言希周弟，自是曲阿人。济南之说，疑似与上引储光羲郡望鲁国相同。金部郎中隶属户部，掌天下库藏出纳等事。

职官考

《新唐书·地理志（一）》："京兆府京兆郡，本雍州，开元元年（713）为府。领县二十：万年、长安……渭南，畿。武德元年（618）隶华州，五年（622）还隶雍州。天授二年（691）析渭南、庆山置鸿门县，以渭阳、庆山、高陵、栎阳置鸿州，寻省鸿门，大足元年（701）废。西十里有游龙宫，开元二十五年（737）更置。东十五里有隋崇业宫。"《新唐书·百官志（四下）》：畿县尉二人，正九品下（阶）。《全唐诗》收录其诗五首，《补全唐诗》录一首。

七、张彦雄（处士）

按：处士，系不入仕途之士。寓目之书，未见记载。

八、张潮（处士）

姓名考

《全唐诗》名下注：一作朝。《万首》张潮名下收《采莲词》《江南行》二首七绝。《别裁》收《江南行》一首，亦列张潮名下。《全唐诗》收录其诗五首。

九、张晕（校书郎）

姓名考

《纪事》《全唐诗》均作张翚。《纪事》称："翚，开元进士，萧颖士同年生也。萧颖士有《张翚下第归江东》诗。"**按**：翚，音 huī，作名词为五彩雉，作动词为振翅急飞。较"晕"更适合作人名。何况同时代人称其为翚，似更确切。

职官考

《太平御览》引《六典》曰："校书郎八人，正九品上（阶），掌雠校典籍。刊正文字。"《新唐书·百官志（二）》载：弘文馆、秘书省、著作局均有校书郎，分别为从九品上（阶）、正九品上（阶），弘文馆职掌中，除校理典籍，刊正错误外，还有"凡学生教授、考试，如国子之制。"《全唐诗》收录其诗二首。

十、周瑀（吏部常选）

职官考

吏部常选，寓目之书未见。两《唐书》及《文献通考》均称尚书，曾名司列太常伯；侍郎，曾名司列少常伯。均为"常伯"而非"常选"。《全唐诗》收录其诗三首。

十一、谈戭（戭字，《说文》释为长枪。其为长洲尉）

职官考

《新唐书·地理志（五）》江南道苏州吴郡，雄（即二等州郡）。长洲，三等县，尉为从九品上（阶）。县尉职掌同前。《全唐诗》收录其诗一首。

十二、殷遥（忠王府仓曹参军）

里籍考

《纪事》称其丹阳人，而《别裁》《全唐诗》同《新唐书》称为句容人。《全唐诗》收录其诗五首。

职官考

《纪事》《全唐诗》皆在“曹”上夺一“仓”字，而王府官中的“仓曹参军事”为正八品下（阶），掌禄禀、厨膳、出内（纳）、市易、畋渔、刍藁。此外功、户、兵、骑、法、士诸曹均有参军事一职，而各有职掌。“仓”字不容脱漏。《全唐诗》收录其诗五首。

十三、樊光（硖石主簿）

姓名考

《全唐诗》樊晃名下注：一作光。里籍为句容人。所收七言绝句《南中感怀》，最早见《国秀集》，其后又见于《万首》。《国秀集》目录称樊晃为“前进士”，即登第之谓。

职官考

峡石县，贞观十四年（640）改崤县置。据《新唐书·地理志（二）》隶属河南道陕州陕郡。“峡石，上。本崤，义宁二年（618）省，武德元年（618年5月后）复置。贞观十四年（640）移治峡石坞，因更名。有底柱山，山有三门（即今三门峡市）。河所经，太宗勒铭。有绣岭宫，显庆三年（658）置。东有神雀台，天宝（743）以赤雀见置。”同书《百官志（四下）》：上县，主簿一人，正九品下（阶）。《全唐诗》只收其一首诗，诗题已见上文。

十四、沈如筠（横阳主簿）

职官考

由于寓目之书未查到横阳县之等级，而只能从京县主簿，从八品上（阶）到下县主簿，从九品上（阶）中选其品阶。《全唐诗》收录其诗四首。

十五、孙处玄（右拾遗）

姓名考

《纪事》《全唐诗》注均作孙处立。由于资料阙如，未详孰是。

职官考

上二书均称："长安中为左拾遗。"上引《新唐书》作右拾遗。《新唐书·百官志（二）》：门下省左补阙六人，从七品上（阶），左拾遗六人，从八品上（阶）。掌供奉讽谏，大事廷议，小则上封事。（武后垂拱元年，置补阙、拾遗，左右各二员。）《太平御览》职官部说得更详细：扈从乘舆，凡发令举事，有不便于时不合于道，大则廷议，小则上封。若贤良之遗滞于下，忠孝之不闻于上，则条其事状而荐言之。《全唐诗》收录其诗二首。

十六、徐延寿

姓名考

唐代佚名所辑《搜玉小集》《纪事》《全唐诗》均作余延寿。**按：**唐人以当代人记当代事，似更可信些。《全唐诗》收其诗三首。

十七、马挺（江都主簿）

姓名考

《纪事》《全唐诗》注均作：马侹。**考：**侹，《说文》《广韵》均释：长貌。《玉篇》《玄应音义》均系正直之义。"挺、侹均可用于人名。未知孰是。

十八、申堂构（武进尉）

姓名考

《纪事》作申堂沟。按："沟"作人名，不合常理。应以"构"为是。

职官考

武进县隶江南道常州晋陵郡，为三等县。武德三年（620）以故兰陵县地置，贞观八年（634）省入晋陵，垂拱二年（686）复置。西四十里有孟渎，引江水南注通漕，溉田四千顷，元和八年（813）刺史孟简因故渠开。设尉二人，从九品上（阶）。

殷璠汇辑润州丹杨郡籍十八人之诗所成《丹杨集》，在《纪事》《才子传》《全唐诗》中皆作《丹阳集》。古文献称：丹阳作为古地区名，以其在丹江之北而得名，在今陕西、河南交界地区。作为古邑名，一在今湖北秭归东南，一在今湖北枝江以西。作为古县名，阳，一作杨，在今安徽当涂东北。作为郡名，阳，亦一作杨；一在今安徽宣城，一在今江苏镇江，一在今河南沈丘。历史地理沿革颇为复杂。

十八位作者除因地缘结集外，尚有两点共性：一是多为小吏：除包融、储光羲、蔡希周外，品阶多在俗称"七品芝麻官"的县太爷之下。还有三位未入仕的处士。二是除储光羲外，大都存诗无多。更有张彦雄、马挺、申堂构三人名下无诗。虽说给后世辑佚者留下空间，但迄今所见成果寥寥。近年只见陈尚君辑校之《丹阳集》（收《唐人选唐诗新编》一书）。

殷璠所选《丹阳（杨）集》除见诸《新唐书·艺文志》外，就连宋代目录学名著《郡斋读书志》《直斋书录解题》亦未著录。今传世之《丹阳集》有两种。一为范仲淹的《范文正集》之原名。一为南宋葛胜仲（润州丹杨郡人）的诗文别集。他还撰《丹阳词》一卷。其人亦为丹阳先贤。

原载《镇江日报》2015.8.24与2015.8.28

唐人咏王嫱乐府诗异文校释

宋代郭茂倩编《乐府诗集》收唐人咏王嫱诗35首，分别列《王昭君》《明君词》《昭君怨》《明妃怨》四题下[1]。以之与唐人所选《搜玉小集》《玉台后集》等集本比勘；与宋人所辑《唐诗纪事》《文苑英华》等校覈；与清人编撰、修纂之《唐诗别裁集》《全唐诗》（含今人之补编、续补遗）等覆案，发现异文若干。惜前贤、时彦多罗列异同而少有按断，我今不揣浅陋，试从正史载记、稗官传闻、文字演变、声韵发展等方面，对异文加以考论并给出是非优劣之己见。

一、《王昭君》题下十七人二十五首

《汉书·元帝纪》："竟宁元年（前33）春正月，匈奴虖韩邪来朝。诏赐单于待诏掖庭王嫱为阏氏。"诸人注《汉书》，应劭曰："郡国献女未御见，须命于掖庭，故曰待诏。王樯，王氏女，名樯，字昭君。"文颖曰："本南郡秭归人也。"苏林曰："阏氏音焉支，如汉皇后也。"[2] **按**：樯，后世作嫱。

《后汉书·南匈奴传》："昭君字嫱，南郡人也。初，元帝时以良家子选入掖庭，时呼韩邪来朝，帝敕以宫女五人赐之。昭君入宫数岁不得见御，积悲怨，乃请掖庭令求行，呼韩邪临辞大会，帝召五女以示之。昭君丰容靓饰，光明汉宫。顾景（影）裴回（徘徊），竦动左右。帝见大惊，意欲留之，而难于失信，遂与匈奴，生二子。及呼韩邪死，其前阏氏子代立，欲妻之。昭君上书求归，成帝敕令从胡俗，遂复为后单于阏氏焉。"[3] **按**：王嫱主动请行，为后世多所称誉！

署名汉刘歆撰的《西京杂记》（又作晋代葛洪撰，南朝梁吴均撰）载："元帝后宫既多，不得常见，乃使画工图其形，案图召幸，诸宫人皆赂画工，多者十万，少者亦不减五万，独王嫱自恃容貌不肯与。工人乃丑图之，遂不得见。后匈奴入朝，求美人为阏氏，于是上案图，以昭君行，及去召见，貌为后宫第一，善应对，举止娴雅，帝悔之。而名籍已定，方重信于外国，故不复更人。乃穷案其事，画工尽弃市，籍其家资，皆巨万。"[4] **按**：后世骚客诗家，多对此记载情有独钟。

（一）崔国辅二首

元代辛文房称："国辅，山阴人，开元十四年（726）严迪榜进士，与储光羲、綦毋潜同时。举县令，累迁集贤直学士、礼部郎中。"[5] 据周绍良考证：应为吴人。《新唐书·艺文志》与《唐诗纪事》（以下简称《纪事》）均称其为"礼部员外郎"。[6][7] 与之同时代的殷璠赞许道："国辅诗婉娈清楚，深宜讽咏，乐府数章，古人不能过也。"[8]

其一

汉使南还尽，胡中妾独存。紫台绵望绝，秋草不堪论。

校：诗题，《全唐诗》题下注："一作《吟叹曲》"。[9] **考**：《古今乐录》曰："张永《元嘉技录》有吟叹四曲：一曰《大雅吟》，二曰《王明君》，三曰《楚妃叹》，四曰《王子乔》。"又曰："王明君本名昭君，以触（晋）文帝（司马昭）讳，故晋人谓之明君。"[10]《全唐诗·相和歌辞》题下注："此本中朝旧曲，唐为吴声，盖吴人传授讹变使然也。"

按：紫台，宫也，天子所居处。见《文选》江淹《恨赋》"紫台稍远"，五臣吕延济注。

按：论，读下平声 lún。与"存"同押上古韵"文部"，又与

“尽”（上古韵“真部”）合韵。

其二

一回望月一回悲，望月月移人不移。

何（如）［時］得见汉朝使①？为妾传书斩画师。

校：①原注：何如，据毛（晋）刻本《全唐诗》（卷一一九）改为何时。**按**：《万首唐人绝句》（以下简称《万首》）亦作何时。日月如梭，对盼归之人却是度日如年。此为时间维度，故“何时”佳。

（二）卢照邻一首

《新唐书·卢照邻传》：“照邻字升之，范阳人。十岁，从曹宪、王义方授《苍》《雅》。调邓王府典签，王爱重，谓人曰：‘此吾之相如。’”[11]《纪事》载：“李敬玄盛称王勃、杨炯、卢照邻、骆宾王。”[12]**按**：即初唐四杰。

合殿恩中绝，交河使渐稀。肝肠辞玉辇，①形影向金微。②

汉宫草应绿，胡庭沙正飞。愿逐三秋雁，年年一度归。

原注：①辞，《英华》（即《文苑英华》，下同）卷二〇四作“随”。②金微，《搜玉小集》（以下简称《搜玉》）及《文粹》（即《唐文粹》，下同）卷一二作“金徽”。

按：诗题，《英华》《全唐诗》均作《昭君怨》。从全诗意境看，有怨字佳。“辞、随”二字，于此语境近义，故两可。

按：金微，山名，在漠北，唐时置金微都督府。诗句述说：虽然心在朝廷，可身不由己走向匈奴之地。知“徽”字误。

校：汉宫，《全唐诗》作“汉地”。**按**：“汉宫”正对“胡庭”，“地”字欠佳。

（三）骆宾王一首

《旧唐书·骆宾王传》：“婺州义乌人。少善属文，尤妙于五言诗。

尝作《帝京篇》，当时以为绝唱。然落魄无行，好与博徒游。高宗末，为长安主簿，坐赃，左迁临海丞（故有骆临海之称）。……文明（684）中，与徐敬业于扬州作乱，敬业军中书檄，皆宾王之词也（如散文名篇《代徐敬业传檄天下文》等）。”[13]《纪事》：“宾王七岁《咏鹅》云：鹅鹅，曲项向天歌。白毛浮渌水，红掌拨清波。”[14]

敛容辞豹尾，缄怨度龙鳞。金钿明汉月，玉箸染胡尘。

妆镜菱花暗，愁眉柳叶嚬。唯有清笳曲，时闻芳树春。

按：诗题，《全唐诗》题下注：“一作《昭君怨》。”通读全诗充满怨恨，题中有“怨”更彰显旨意。

校：缄怨，《全唐诗》作“缄恨”。**按：**怨、恨一义，故两可。

校：妆镜，《全唐诗》作“古镜”。**按：**与联中对句里的柳叶眉紧锁相关联，“妆镜”略胜一筹。

校：嚬，《全唐诗》作“颦”。**按：**嚬，即《说文》“颦”字。见段玉裁、桂馥等注文。

（四）沈佺期一首

《新唐书·沈佺期传》：“字云卿，相州内黄人。及进士第。由协律郎累除给事中，参功受赇，劾未究，会张易之败，遂长流欢州（治所在今越南安城）。稍迁台州录事参军事。入计，得召见，拜起居郎兼修文馆直学士。”[15]

非君惜莺殿，非妾妒蛾眉。薄命由骄虏，无情是画师。

嫁来胡地恶，不并汉宫时。心苦无聊赖，何堪上马辞！

按：《全唐诗》题下注：“一作宋之问诗。”翻检《全唐诗·宋之问卷》果有此诗，以下称宋诗。**考：**《旧唐书》称沈佺期“与宋之问齐名，时人称为‘沈、宋’。”[16]故有诗相互掺混。

校：莺殿，《全唐诗》沈、宋诗均作“鸾殿”。**考：**鸾，或作銮。见《诗经注疏》。銮殿作鸾殿，俗称金銮殿，亦可作金鸾殿。“莺”字欠佳。

校：恶，《全唐诗》沈、宋二诗作“日”。**按**：与“汉宫时”对举“胡地日”大胜“胡地恶”。因“时、日”均为名词，“恶”为形容词。

校：心苦，宋诗作“辛苦”。**按**：于此语境，二词一义，故两可。

（五）梁献一首

寓目之书，未见其生平介绍。

图画失天真，容华坐误人。君恩不可再，妾命在和亲。

泪点关山月，衣销边塞尘。一闻阳鸟至，思绝汉宫春。

清初，沈德潜将此诗编入《唐诗别裁集》（以下简称《别裁》）并于诗后注云：“安命语实深于怨。唐人咏昭君者，多纤巧恬俗，此作故为雅音。若少陵‘群山万壑赴荆门’，笔如游龙，不可方物矣。”[17] **按**：沈氏所引杜甫诗，为《咏怀古迹五首》之三。向称咏昭君诗中上乘之作。

（六）上官仪一首

《新唐书·上官仪传》：“字游韶，陕州陕人。……贞观初，擢进士第，召授弘文馆直学士，迁秘书郎……工诗，其词绮错婉媚。及贵显，人多效之，谓为‘上官体’。”[18]

玉关春色晚，金河路几千？琴悲桂条上，笛怨柳花前。

雾掩临妆月，风惊入鬓蝉。缄书待还使，泪尽白云天。

校：妆，《纪事》作“粧”。[19] **按**：粧为妆（妆）的异体字。

校：月，《全唐诗》字下注：“一作凤。”[20] **按**：凤对蝉，看似强于“月”字，但雾遮住月亮则要比遮住装饰物的凤凰更富朦胧之美感。

校：缄书，《纪事》与《全唐诗》注均作“裁书”。**按**：作诗可云裁诗；写信似乎亦可称“裁书”。然而终不及不仅写好书信，且又封好了，更能表现思乡之情。“缄”字佳。

校：还使，《纪事》作“回使”。按：“回、还”一义，故两可。

校：白云，《纪事》作“白日”，《全唐诗》注：“一作日南。”按：胡地，在长安之北。诗意为昭君遥望南天洒尽思乡之泪。“日南”一词佳。

（七）董思恭一首

《旧唐书·董思恭传》：“苏州人也。所著篇咏，甚为时人所重。”[21]《纪事》曰：“思恭，高宗时中书舍人。”[22]

校：诗题，《玉台后集》（以下简称《玉台》）作《咏王昭君二首》，此为其一。[23]《文苑英华》《全唐诗》均作《昭君怨二首》此为其二。《纪事》作《昭君怨》。《国秀集》则作《奉试昭君》。

琵琶马上弹，行路曲中难。汉月正南远，燕山直北寒。
髻鬟风拂散（一作乱），眉黛雪沾残。斟酌红颜尽，何劳镜里看？

按：关于“琵琶”，《古今乐录》载：“匈奴盛，请婚于汉，元帝以后宫良家子配焉。初，（汉）武帝以江都王建女细君为公主，嫁乌孙王昆莫，令琵琶马上奏乐，以慰其道路之思，送明君亦然。其造新之曲，多哀怨之声。”即所谓“公主琵琶哀怨多”。

校：直，《全唐诗》注：“一作极。”按：与出句“正”字对举，“直”胜“极”。

校：髻鬟，《纪事》作“髻环”。按：如指昭君一人，梳髻便无鬟，反之亦然。如泛指昭君和随行侍女则“髻鬟”是。

校：散，《纪事》作破。按：“破、散”均不若“乱”字。因为乱字不仅表现头发散乱，尚可表示心头烦乱。

校：尽，《玉台》《纪事》《全唐诗》皆作“改”。按：红颜退尽，亦即容颜改变。似两可。

校：何劳，《玉台》《纪事》《全唐诗》均作“徒劳”。按：“何”

为疑问代词，使平铺直叙的全诗在结束处起了波澜，好！旅途之劳顿，心情之烦躁，还用看镜里的容颜吗？

按：看，读阴平调 kān，在上古韵元部，与弹、难、寒、残押韵。

（八）顾朝阳一首

《纪事》："朝阳，开元间诗人。"

莫将铅粉匣，不用镜花光。一去边城路，何（清）[情] 更画妆？影销胡地月，衣尽汉宫香。妾死非关命，祗缘怨断肠。

校：诗题，《纪事》《全唐诗》均作《昭君怨》。**按**：诗之末句言因怨恨至肠断，诚然题中有"怨"字佳。

校：清，上二书皆作"情"，是。**按**：句意为：哪有心情去画妆呢？

校：祗缘，上二书皆作"都缘"。**考**：祗字多音多义：读 qí 时为地神；读 chī 时为病，为安；读 zhǐ 时通"衹"（衣字旁），是"只"的异体字。远不若用都字不生歧义——全因为怨恨而死。

（九）东方虬三首

《纪事》："虬，武后时为左史。尝曰：'百年后，可与西门豹作对。'"[24] **按**：乃从对仗角度，自我调侃也。

其一

汉道初全盛，朝廷足武臣。何须薄命妾？辛苦远和亲。

校：诗题，《全唐诗》作《昭君怨三首》，此为其一。《搜玉》只选此首。[25]《万首》选三首，此亦为其一。

校：初，上引三书皆作"方"。《全唐诗》注："一作今，一作初。"**按**："初"字与史不符！"方、今"一义，宜从"方"字。

校：须，《全唐诗》注："一作烦。"**按**：于此语境，"须、烦"一义，宜从"须"字——哪里需要一个弱女子担此重任？

校：远，上引三书皆作“事”。**按**：“事”字较“远”字严肃庄重，与全诗题旨契合。

其二

掩涕辞丹凤，衔悲向白龙。单于浪惊喜，无复旧时容。

校：掩涕，《万首》《全唐诗》皆作“揜泪”。**按**：揜同掩，见《方言》。又“涕、泪”一义，故两可。

其三

胡地无花草①，春来不似春。自然衣带缓，非是为腰身。

校：原注①：“胡地句：《英华》作‘塞外无青草’。”**按**：花草，《全唐诗》亦作“青草”，只是说季节上的春天塞外草尚未绿，遑论开花？物候学意义上的“花的草原”，得待初夏方能见到。

校：为，《全唐诗》注：“一作觅。”**按**：这两句写得很俏皮：身体消瘦多了，但不像讨好喜欢细腰的楚王的那班宫女，为追求苗条而不惜饿死。王嫱的胡地生活更不可能每天都哭哭啼啼以泪洗面。

（十）郭元振三首

《新唐书·郭元振传》：“郭震，字元振，魏州贵乡人，以字显。长七尺，美须髯，少有大志。十八举进士，为通泉尉。……神龙（705～707）中，迁左骁卫将军、安西大都护。……景云二年（711），进同中书门下三品，迁吏部尚书，封馆陶县男。先天元年（712），为朔方军大总管，筑丰安、定远城，兵得保顿。明年，以兵部尚书复同中书门下三品。”[26]

其一

自嫁单于国，长衔汉掖悲。容颜日憔悴，有甚画图时。

校：诗题，《玉台》作《咏王昭君三首》，此为其二。《万首》《全唐诗》作《王昭君三首》，均为其一。

其二

厌践冰霜域，嗟为边塞人。思从（汉）［漠］南猎，一见汉家臣。

《搜玉》亦未选此首。《玉台》此为第一首。《万首》《全唐诗》分别为第二首与第三首。

校：汉南，原注及上引之书皆作“漠南”，是。因汉朝在大漠之南，跟从匈奴游猎即可见到故土臣民。“汉南”大误！**按：**作者毕竟长期在塞外征戍，胸中自有一般豪气在。又曾任大唐宰相，诗风较上述作品，内多骨气在！

其三

闻有南河信，传闻杀画师。始知君惠重，更遣画蛾眉。

《玉台》无此首。《搜玉》只选此首。《万首》为三首之二。《全唐诗》为三首之三。次文有差别。

校：有南河信，《全唐诗》注：“一作‘道河南使’。”**按：**此“南河”，应作“中原故土”解，与行政区划之“河南”似无干涉。

校：传闻，《搜玉》《万首》《全唐诗》皆作“传言”。**按：**乐府诗虽不避字的重复，但“闻有（或作道）”没必要与“传闻”重出，“传言”已做了很好的衔接。

校：惠重，上引三书皆作“念重”。**按：**“恩惠”似较“思念”更符合君臣之间的身份。

校：遣画，上引三书皆作“肯惜”。**考：**如上文所引，《汉书》等正史记叙元帝嫁王嫱事很简略，而稗官野史则极详尽。“更遣画蛾眉”事，似不足凭信。应从唐选本之“更肯惜蛾眉”。

（十一）刘长卿一首

《纪事》称其“字文房，至德（756~758）监察御史，以检校祠部员外郎出为转运使判官，知淮西、鄂岳转运留后。……终随州刺史（世称刘随州）。以诗驰声上元、宝应（760~763）间。”[27]

自矜妖艳色，不顾丹青人。

那知粉缋能相负？却使容华翻误身。

上马辞君嫁骄虏，玉颜对人啼不语。
北风雁急浮清（一作云）秋，万里独见黄河流。
纤腰不复汉宫宠，双蛾长向胡天愁。
琵琶弦中苦调多，萧萧羌笛声相和。
谁怜一曲传乐府，能使千秋伤绮罗。

校：诗题，《刘随州文集》（明代李君纪刊本）《全唐诗》均作《王昭君歌》。**按**：唐人歌行体诗即新乐府之滥觞。

校：妖艳，《唐文粹》《全唐诗》均作“娇艳”。**按**：妖冶艳丽，本为褒义，后世渐含贬义，故“娇艳”为好。

校：粉缋，上引三书皆作“粉绘”。**考**：郑玄笺《诗经·王风·大车》“衣缋而裳绣”，孔颖达疏：“缋，谓画之也。”在彩画的意义上，“缋、绘”二字，意义皆同。

校：骄虏，《唐音》（《四库全书》本）作“骄主”。**考**：清人修纂《四库全书》对胡、虏等字均避讳。“主”字已无歧视意味。

校：清秋，《刘随州文集》《全唐诗》均作“云秋”。**按**：与北风、飞雁相关联，似“云秋”为佳。

校：胡天，《唐音》作“霜天”。**按**：说已见“骄虏”条。

校：苦调，《刘文房文集》（北宋刊残卷本）作“古调”。**考**：《宋书·乐志》：“汉遣乌孙公主嫁昆弥，念其行道思慕，故使工人裁筝、筑，为马上乐，欲从方俗语，故曰琵琶，取其易传于外国者。”汉去唐已四百载，曰古调可也。然古今此调皆叙苦辛，故还是“苦调”佳。

（十二）李白二首

《旧唐书·李白传》“字太白，山东人。少有逸才，志气宏放，飘然有超世之心。……玄宗度曲，欲迁乐府新词，亟召白，白已卧于酒肆矣。召入，以水洒面，即令秉笔，顷之成十余章，帝颇嘉之。……初，贺知章见白赏之曰：‘此天上谪仙人也。’”[28]

其一

汉家秦地月，流影照（一作送）明妃。
一上玉关道，天涯去不归。
汉月还从东海出，明妃西嫁无来日。
燕支长寒雪作花，蛾眉憔悴没胡沙。
生乏黄金枉图画，死留青冢使人嗟。

校：诗题，《英华》作《昭君怨》。**按**：于此题材，天姿英纵的李白未能免俗，而流于一片哀怨声中。

校：照，《全唐诗》注："一作送。"**按**：上句已有"月"字，自然包含照字，故知"送"字较佳。

青冢，即昭君墓。在今内蒙古呼和浩特市南郊大黑河南，为全国著名旅游风景区。墓前有亭，旁有碑碣，记昭君和亲事。

其二

昭君拂玉鞍，上马啼红颊。今日汉宫人，明朝胡地妾。

按：《汉书·匈奴传》载："竟宁元年，单于复入朝，自言愿婿汉氏以自亲，元帝以后宫良家子王墙字昭君赐单于，号宁胡阏氏。"宁胡者何？使匈奴宁静之谓。竟宁者何？使边境安宁之谓。阏氏者何？前引文已言：（相当于）汉皇后也。可叹李白竟以"胡地妾"贬抑之。

（十三）储光羲一首

《纪事》载："光羲兖州人，登开元进士第，又诏中书试文章，历监察御史。"[29]《河岳》称："储公诗，格高调逸，趣远情深，削尽常言，挟《风》《雅》之迹，浩然之气。"[30]

日暮惊沙乱雪飞，傍人相劝易罗衣。
强来前帐看歌舞，共待单于夜猎归。

校：诗题，《万首》《全唐诗》均作《明妃曲四首》。前者为其四，后者为其三。吟哦四首诗，"怨"气已大消矣！

校：前帐，《全唐诗》作“前殿”，非是。**按**：因匈奴人不修宫殿只住毡帐。

（十四）僧皎然一首

《才子》：“皎然字清昼，吴兴人，俗姓谢，宋灵运之十世孙也。……因撰序作诗体式，兼评古今人诗，为《昼公诗式》五卷，及撰《诗评》三卷，皆议论精当，取舍从公，整顿狂澜，出色《骚》《雅》。公性放逸，不缚于常律。”[31]

自倚婵娟望主恩，谁知美恶忽相翻？

黄金不买汉宫貌，青冢空埋胡地魂。

校：诗题，《全唐诗》作《昭君怨》。**按**：释子笔下亦含怨气，题中带“怨”字才相契合。

校：胡地，《万首》与《全唐诗》注均作“秦地”。**按**：中国传统文化认为人的魂魄系于故土。故知“秦”是，而“胡”非。

（十五）白居易二首

《旧唐书·白居易传》：“字乐天，太原人。……今为下邽人焉。居易幼聪慧绝人，襟怀弘放……会昌（841～846）中，请罢太子少傅（世称白傅），以刑部尚书致仕。与香山僧如满结香火社，每肩舆往来，白衣鸠杖，自称‘香山居士’。大中元年（847）卒，时年七十有六，赠尚书右仆射。”[32]

其一

满面胡沙满鬓风，眉销残黛脸销（残）[红]。

愁苦辛勤憔悴尽，如今却似画图中。

校：《全唐诗》题下注：“年十七。”**按**：虽云早慧，然少社会阅历，难免人云亦云。

校：满鬓，《全唐诗》注：“一作（满）面。”**按**：从塑造形象看，风吹乱鬓发，要比吹到脸上，更能烘托烦乱的心绪。从形式看，满面、满鬓，正对眉销、脸销，组词均有变化。

校：脸销残，《万首》《全唐诗》均作“脸销红”。**按**：红颜退尽乃与憔悴呼应，“红”大胜“残”。

其二

汉使却回凭寄语，黄金何日赎蛾眉。

君王若问妾颜色，莫道不如宫里时。

白居易还有五言古诗《青冢》《过昭君村》和七言律诗《昭君怨》（见后）。

（十六）令狐楚二首

《旧唐书·令狐楚传》：“字壳士，自言国初十八学士德棻之裔。……家世儒素。楚儿童时已学属文，弱冠应进士，贞元七年（791）登第。……长庆三年（823）三月检校兵部尚书、东都留守、东畿汝都防御使。其年十一月，进位检校右仆射、郓州刺史……开成二年（837）十一月，卒于镇，年七十二。”[33]

其一

锦车天外去，毳幕云中开。魏阙苍龙远，萧关赤雁哀。

校：云中，《元和三舍人集》（简称《元和》）[34]、《纪事》、《万首》、《全唐诗》皆作“雪中”。**按**：“云中”与“天外”关联，强调匈奴毡帐之高远。（《全唐诗·相和歌辞》亦作“云中”。）而“雪中”与“毳幕”关联，强调其寒冷。似两可。

其二

仙娥今下嫁，(嫡)[骄]子自同和。剑戟归田尽，牛羊绕塞多。

校：诗题，《元和》作绘之（张仲素）诗一首。

校：嫡子，《元和》《万首》《纪事》《全唐诗·相和歌辞》皆作“骄子”。**按**：谪子，似指昭君与单于所生之子。其为汉匈混血而生，自然是和亲、民族融合之硕果。而“骄子”则是“天之骄子”之缩语，典出《汉书·匈奴传》，似两可。

注意！令狐楚毕竟出任过大唐宰相，见识实在高出上述诸人。昭君和亲之举，结束了长达150多年的汉匈战争！化干戈为玉帛之伟业，自应彪炳青史！两千多年后董必武赋诗，镌刻于昭君墓前石碑之上：

昭君自有千秋在，胡汉和亲识见高。
词客各摅胸臆懑，舞文弄墨总徒劳。

（十七）李商隐一首

《纪事》：“字义山，怀州人，英国公世勣裔孙。令狐楚帅河阳，奇其文，使与诸子游。楚历镇，表为巡官，卒于工部侍郎。（商隐累佐王茂元、郑亚、柳仲郢，故《樊南甲乙》之集作焉。）温庭筠、段成式俱以俪偶相夸，号三十六体。”[35]（**按**：《旧唐书·文苑传》称：“时号‘三十六’。”《新唐书·文艺传》称“号‘三十六体’。”周绍良笺证《才子》云：“（三十六）盖指李、温、段俱行十六，乃‘十六’有三之意。”可参见岑仲勉《唐人行第录》所载史料。）[36]

毛延寿画欲通神，忍为黄金不为人。
马上琵琶行万里，汉宫长有隔生春。

校：不为，《全唐诗》作“不顾”。**按**：“不为”与“忍为”相观照，此为乐府诗常见句式。不必改易“顾”字。

校：生，《全唐诗》注：“一作山。”**按**：行万里路自然要翻山越岭。似乎“山”字佳。

二、《明君词》题下五人五首

（一）王偃一首

《玉台》注：“王偃，天宝（742~756）中琅玡人。”

北望单于日半斜，明君马上泣胡沙。

一双泪滴黄河水，应得东流入汉家。

校：诗题，《全唐诗·相和歌辞》作《明妃曲》。**按**：明君出处乃晋人避讳之称，后世江淹等又呼为明妃。又“词、曲”一义，故两可。

（二）张文琮一首

《新唐书·张文琮传》：“文琮，好自写书，笔不释手。子弟谏止，曰：‘吾好此，不为倦。’贞观（627~649）中，为治书侍御史，迁亳州刺史。……卒于官。”[37]

（我）[戒]途飞万里，回首望三秦。忽见天山雪，还疑上苑春。

玉痕垂泪粉（一作粉泪），罗袂拂胡尘。为得胡中曲，还悲远嫁人。

校：诗题，《玉台》作《咏王昭君》。《英华》《全唐诗》均作《昭君怨》。细读全诗，题中有“怨”字为是。

校：我途，《玉台》《全唐诗》均作“戒途”。**按**：戒途，可理解为斋戒之途或警戒之途。疑“我、戒”因形近而致误。

校：泪粉，上引二书均作“粉泪”。**按**：垂滴的是泪，而不是粉。“粉泪”是，而“泪粉”非。

（三）陈昭一首

陈昭，生平未详。《英华》作阴铿。阴氏为南朝陈诗人，即杜甫所云“颇学阴、何苦用心”中的阴铿与何逊（南朝梁诗人）。合称“阴何”。

跨鞍今永诀，垂泪别亲宾。汉地行将远，胡关逐望新。

交河拥塞路，陇首暗沙尘。唯有孤明月，犹能远送人。

校：诗题，《全唐诗·相和歌辞》作《昭君词》。

校：行将远，《英华》作“随行尽”。**按**：与“逐望新”对举，“随行尽”强于“行将远”。

校：塞路，上书作“寒雾”。**按**：河拥路，较河拥雾为佳。

(四) 戴叔伦一首

《纪事》：“字幼公，润州人。师事萧颖士，为门人冠。……高仲武云：叔伦为人温雅，善举止，无贤不肖，见皆尽心。”[38]

汉官若远近？路在沙塞上。到死不得归，何人共南望？

校：诗题，《万首》《全唐诗》均作《昭君词》。作者还有一首同题诗，为七言绝句。

校：若，原注：“疑当作‘路’。”**按**：非是“路”字。一二两句，一问一答，乃乐府诗常见之形式。

校：沙塞，上引二书皆作“寒沙”。**按**：回答距汉宫还有多远之问，称：远在寒沙铺成的路上。“沙塞”欠佳。

(五) 李端一首

《极玄集》称：“字正己，赵郡人。大历五年（770）进士。与卢纶、吉中孚、韩翃、钱起、司空曙、苗发、崔峒、耿[沣]、夏侯审唱和，号十才子。历校书郎，终杭州司马。”[39]

李陵初送子卿回，汉月明明照帐来。

忆著长安旧游处，千门万户玉楼台。

校：诗题，《万首》《全唐诗》均作《昭君词》。**按**：似两可。

校：明照帐，《全唐诗》作“时惆怅”。**按**：“明明照帐来”，是说月光照进帐篷给人的感觉犹如故乡月夜。“明时惆怅来”，是说明亮的月光引起乡愁。似后者更好些。

校：忆著，《万首》作“忆着”。**按**：于此语境，“著、着”一义，故两可。

三、《昭君怨》题下三人四首

《乐府解题》曰：“王嫱，字昭君。《琴操》载：昭君，齐国王穰女。端正娴丽，未尝窥门户。穰以其有异于人，求之者皆不与。年十七，献之元帝。元帝以地远不之幸，以备后宫。积五六年，帝每游后宫，常怨不出。后单于遣使朝贡，帝宴之，尽召后宫。昭君盛饰而至，帝问欲以一女赐单于，能者往。昭君乃越席请行。时单于使在旁，惊恨不及。昭君至匈奴，单于大悦，以为汉与我厚，纵酒作乐。遣使报汉，白璧一只，骒马十匹，胡地珍宝之物。昭君恨帝始不见遇，乃作怨思之歌。"[40]

（一）白居易一首

明妃风貌最娉婷，合在椒房应四星。
只得当年备宫掖，何曾专夜奉帏屏？
见疏从道迷图画，知屈那教配虏庭。
自是君恩薄如纸，不须一向恨丹青。

校：当年，《英华》作"常年"。《全唐诗》注："一作：长年。"**按**：上引书载"积五六年"，可知"长年"是。

校：帏屏，《英华》作"帷屏"。**按**：宫帏之事，一般不作宫帷之事。

校：君恩薄如纸，《全唐诗》注："一作'命卑如纸薄'。"**按**：原句直指最高统治者苛薄寡恩。改写者显然是位封建卫道士，宣扬的是唯心主义的宿命论。这正如后世王安石道出的真情："汉恩自浅胡恩深，人生乐在相知心。"反而被攻击为"坏人心术，无父无君"的历史重演一般。

（二）张祜二首

《新唐书·艺文志》："《张祜诗》一卷，字承吉，为处士，大中（847~860）中卒。"[41]《全唐诗》还收其五律《赋昭君冢》一首。

其一

万里边城远，千山行路难。举头唯见月①，何处是长安？

校：唯，《万首》《全唐诗·琴曲歌辞》均作“惟”。**按**：于此语境，“唯、惟”一义，故两可。

校：月，①原注：“《全唐诗》卷五一〇作‘日’，较胜。”[42] **按**：如此远行，似应昼行夜宿。“日”字佳。

其二

汉庭无大议，戎虏几先和。莫羡倾城色，昭君恨最多。

寓目之书，未见异文。

（三）梁氏琼一首

作者，《才调集》[43]《全唐诗》均作“梁琼”。[44]

自古无和亲①，贻灾到妾身。胡风嘶去马，汉月吊行轮。

衣薄狼山雪，妆成虏塞春。回看父母国，生死毕胡尘。

校：无，①原注：“《英华》卷二〇四作‘有’，是。”**按**：上文已引汉武时细君公主和亲事。“无”字乖背史实。

校：贻灾，《英华》作“天移”。《全唐诗》注：“一作‘天贻’。”**按**：三词近义，都是“天命论”言辞。宜从原文。

校：胡风，《才调集》《全唐诗》均作“朔风”。**按**：以“朔”代“胡”，从形式看，避免了与“胡尘”胡字重复。但从内容看，与“汉月”对举，“胡风”大胜“朔风”。“朔”字欠佳。

校：吊，上引二书均作“出”。**按**：吊，意为凭吊或悬挂。似均不如“出”与“去”呼应。

四、《明妃怨》题下一人一首

杨凌一首

《纪事》称：“凌，字恭履，最善文章。大历（766~779）中，与其兄凭、凝，踵进士第，时号‘三杨’。凌终侍御史。子敬之。”[45]

汉国明妃去不还，马（驼）[驮]①弦管向阴山。

匣中纵有菱花镜，羞（到）[对]②单于照旧颜。

校：诗题，《又玄集》《万首》均作《明妃曲》。**按：**诗中分明还有怨气在，故原题佳。

校：马驼，原注①据《全唐诗》改。实则《又玄集》《万首》皆作“驮”。

校：纵有，《又玄集》《万首》均作“虽有”。**按：**纵有之意为纵然有（即使有），也不用！较“虽然有”，在态度上更显坚决。“纵”字佳。

校：羞到，原注②据《又玄集》《全唐诗》改作“对”。实则《纪事》《万首》亦作“对”。**按：**“菱花镜”是需要“照”，才能见“旧颜”的。“到”字大误。著名的北朝乐府诗《木兰辞》中不亦云“对镜帖花黄”吗？

参考文献：

[1] [10] [40] [42]（宋）郭茂倩编. 乐府诗集 [M]. 北京：中华书局，1979 年，第 424~434、85、855 页.

[2]（汉）班固等撰. 汉书 [M]. 北京：中华书局，2005 年，第 208 页.

[3]（晋）司马彪等撰. 后汉书 [M]. 长春：吉林人民出版社，1998 年，第 1676 页.

[4]（汉）刘歆撰. 西京杂记 [M]. 张元济辑四部丛刊本.

[5] [31]（元）辛文房撰，周绍良笺证. 唐才子传笺证 [M]. 北京：中华书局，2010 年，第 205、807 页.

[6] [11] [15] [18] [26] [37] [41]（宋）欧阳修等撰. 新唐书 [M]. 北京：中华书局，1975 年，第 1603、5742、5749、4035、4360、4187、1612 页.

[7] [12] [14] [19] [22] [24] [27] 29] [35] [38]（宋）计有功辑撰. 唐诗纪事 [M]. 上海：上海古籍出版社，2008 年，第 233、97、96、

72、33、94、395、322、811、455 页.

［8］［30］（唐）殷璠编. 河岳英灵集［M］. 上海：上海古籍出版社，1978 年，第 92、95 页.

［9］［20］［44］（清）彭定求等修纂. 全唐诗［M］. 上海：上海古籍出版社，1986 年，第 277、131、164 页.

［13］［16］［21］［28］［32］［33］（五代）刘昫等撰. 旧唐书［M］. 北京：中华书局，1964 年，第 5006，2017，4997、5053、4340、4455 页.

［17］（清）沈德潜编. 唐诗别裁集［M］. 上海：上海古籍出版社，1979 年，第 307 页.

［23］［25］［34］［37］［39］［43］傅璇琮等编. 唐人选唐诗新编（增订本）［M］. 北京：中华书局，2014 年，第 407、105、652、37、680、1206 页.

［36］岑仲勉，唐人行第录［M］. 北京：中华书局，2004 年，第 54、78、131 页.

原载《宜昌社会科学》2015. 6

席豫其人与《蒲津迎驾》诗考异

《新唐书》[1]载：席豫字建侯，襄州襄阳人。北周昌州刺史（席）固七世孙，后徙河南。长安（武则天朝701~704）中，举“学兼流略、词擅文场科”，擢上第，时年十六，以父丧罢。复举“手笔俊拔科，中之”，足见其为学之精勤。

席豫历官襄邑（今河南睢县）尉、阳翟（今河南禹州）尉、监察御史、乐寿（今河北献县）令、怀州（今河南沁阳）司仓参军、大理丞、考功员外郎、中书舍人、郑州刺史、吏部侍郎、礼部尚书。仕途阅历可谓丰富。在“三年清知府，十万雪花银”的封建官场，席豫临终前的遗嘱竟是：“三日敛，敛已即葬，勿久留以黩公私；资不足，可卖居宅以终事。”[1]其为官清正如此！

中宗复位后，继续重用武三思，韦后与其女安乐公主及驸马武崇义骄横跋扈。皇太子重俊率左羽林及千骑兵杀武三思、武崇义父子及其党羽十数人。后兵败身亡。而安乐公主自请为“皇太女”时，席豫挺身而出仗义执言：“昔梅福上书讥后族，彼何人哉！”语深切，人为寒惧。“太平闻其名，将表为谏官，（席）豫耻污诐谒，遁去。”[1]可见其不畏权势，不阿皇亲国戚之品格。

《新唐书》又称其：“性谨畏，与子弟、属吏书，不作草字。或曰：‘此细事耳，何留虑？’答曰：‘细不谨，况大事邪？’”在按行江南、江东时，见“南方俗死不葬，暴骨中野，（席）豫教以埋敛，明列科防，俗为之改。”[1]足见其为人谨严又倡导移风易俗。

唐玄宗"尝登朝阁赋诗，群臣属和，帝以豫诗最工，诏曰：'诗人之冠冕也。'"[2] 席豫诗传世无多，其《蒲津迎驾》入选天宝三载(744)进士、国子生芮挺章编选的《国秀集》之中：

回鸾下蒲坂，飞旆指秦京。雕上黄云送，关中紫气迎。

霞朝看马色，月晓听鸡鸣。防拒连山险，长桥压水平。

省方知化洽，察俗觉时清。天下长无事，空余襟带名。[3]

诗题中"蒲津"，乃古时黄河重要的津渡之一。诗句中的"蒲坂"，为古邑名，在今山西永济西蒲州镇。因近临蒲津故，又称此渡口为"蒲坂津"。诗句中的"长桥"乃指连舟而成的浮桥，故云"压水平"。初称"河桥"，为秦昭襄王五十年（前257）始作。

清代康熙朝命曹寅等臣下修纂《全唐诗》，席豫此诗不知何据，竟列于名相宋璟名下。[4] 翻检两《唐书》及相关典籍，均未见何臣到蒲津迎何帝的载记。但知席豫、宋璟同历武后、中宗、睿宗、玄宗四朝。所作奉和诗亦有两首同题者。[4] 虽说宋璟的官阶比席豫大，但毕竟是千年以降的清代群臣让他成为《蒲津迎驾》诗的作者。而芮挺章则是开元、天宝时人，又是朝中的国子生，他编时人诗选是不会把作者张冠李戴的。

诗句中的几处异文，校考如下：

校："回鸾"，误作宋璟诗为"回銮"。**考**：古代车之有铃者谓之"銮车"。或云："人君乘车四马、四镳、八銮，铃象鸾声，和则敬也。"故"鸾、銮"于此语境相通。

校："飞旆"，上引之诗作"飞斾"。**考**："旆"，《尔雅》："继旐曰旆。"[5]《释名》："杂帛为旆。"即以杂色丝绦缀于旗边为翅尾状。《诗经·小雅·六月》："白旆央央。"[5]《诗经·大雅·生民》："荏菽旆旆。"[5] 后者已作形容词"茂盛"解。《全唐诗》误用一俗字"斾"，欠规范。

校："雕上"，上引之诗作"雒上"。**考**：《禹贡》载："伊、雒"

二水与“渭、洛”二水之“雒、洛”有别。自曹魏后才统一作“洛”。诗中，与地名“关中”对举，自然“雒上”要大胜于“雕上”。又，“雕上”颇费解。如指古郡或古县“雕阴”，则均在今陕北地区而与“蒲津”无关涉。

参考文献：

［1］（宋）欧阳修等撰. 新唐书［M］. 北京：中华书局，1975 年，第 4467、4468、4467、4468 页.

［2］（宋）计有功辑撰. 唐诗纪事［M］. 上海：上海古籍出版社，2008 年，第 204 页.

［3］（唐）芮挺章选编. 国秀集［M］. 上海：上海古籍出版社，1978 年，第 142 页.

［4］（清）曹寅等修纂. 全唐诗［M］. 上海：上海古籍出版社，2008 年，第 181、265 页.

［5］（清）阮元校刻. 十三经注疏［M］. 北京：中华书局，1980 年，第 2610、424、530 页.

原载《湖北文理学院学报》2015. 9

唐人咏铜雀台乐府诗异文校释

宋代郭茂倩编《乐府诗集》，于《相和歌辞（六）·下平调曲（二）·铜雀台》诗题解中引《邺都故事》曰："魏武帝遗命诸子曰：'吾死之后，葬于邺之西岗上，与西门豹祠相近，无藏金玉珠宝。余香可分诸夫人，不命祭吾。妾与伎人，皆著铜雀台，台上施六尺床，下繐帐，朝晡上酒脯粻糒之属。每月朝十五，辄向帐前作伎。汝等时登台，望吾西陵墓田。'故陆机《吊魏武帝文》曰：'挥清弦而独奏，荐脯糒而谁尝？悼繐帐之冥漠，怨西陵之茫茫。登雀台而群悲，伫美目其何望？'"**按：**铜雀台在邺城，建安十五年（210）筑。其台最高，上有屋一百二十间，连接榱栋，侵彻云汉。铸大铜雀置于楼颠，舒翼奋尾，势若飞动，因名为铜雀台。《乐府解题》曰："后人悲其意，而为之咏也。"[1]

缪钺主编之《三国志选注》于《武帝纪》载："（建安）十五年冬，作铜雀台。"下注："台高十丈，有屋一百间，在楼顶铸有一丈五尺高的大铜雀。遗址在今河北省临漳县西。"[2]而1915年出版发行的《辞源》释铜雀台曰："亦作铜爵台。曹操作铜雀、金虎、冰井三台，故址皆在今河南临漳县西南，名曰三台。"[3]**按：**河北、河南乃社会发展之历史因革产物。南、北二邺城则以漳河为界，漳河之南移，却是大自然的造化。

几年前在河南安阳境内发掘的曹操墓，按王国维先生提出的"二重证据法"（即以地下之材料验证纸上之材料）之所以总有难契合之处，可能就是社会与自然双重因素交相作用的结果。

今以《乐府诗集》所选八首唐诗，与《才调集》《万首唐人绝句》（以下简称《万首》）等所录比勘，发现异文若干。惜乎前贤、时彦多罗列同异而极少按断。现依相关典章名物、具体诗歌意境、古今文字演变、声韵发展，对异文逐一校释，并给出是非优劣之己见，用以求教于读者方家。

一、王无竞一首

《新唐书·列传三十二》："王无竞者，字仲烈，世徙东莱，宋太尉弘之远裔。家足于财，颇负气豪纵。擢'下笔成章科'，调栾城尉，三迁监察御史，改殿中。会朝，宰相宗楚客，杨再思离立偶语，无竞扬笏曰：'朝礼上敬，公等大臣，不宜慢常典。'楚客怒，徙无竞太子舍人。神龙初（705），诋权幸，出为苏州司马。张易之等诛，坐尝交往，贬广州。"[4]《唐诗纪事》（以下简称《纪事》）载："王无竞，字仲列。"[5]

北登铜雀上，西望青松郭。繐帐空苍苍，陵田纷漠漠。
平生事已变，歌吹宛犹昨。长袖拂玉尘，遗情结罗幕。
妾怨在朝露，君思岂中薄？高台奏曲终，曲终泪横落。

按："长袖"句较难理解，疑"玉尘"为"玉麈"之误。因"尘"字繁体"塵"与"麈"字形近，而致"鲁鱼亥豕"类手民之误。"玉麈"，上引《辞源》云："谓玉柄麈尾也。《晋书·王衍传》'每捉玉柄麈尾，与手同色'，苏轼诗'谈辩如云玉麈麾'，**按**：即今之拂帚。"[3]而同书释"玉尘"云："谓雪也。何逊诗'若逐威风起，谁言非玉尘？'"[3]宋代王明清的《挥麈录》，也常常被今人误作不伦不类的《挥尘录》妄加引用。又，疑为"玉麈"的另一个理由是声韵问题：此诗韵脚：郭、漠、昨、幕、薄、落均在上古音铎部。"尘"在真部，而"麈"在屋部，"铎"部与"屋"部较近，可以合韵。朗读时更能声韵和谐。“玉尘”实欠佳。

二、郑愔一首（《全唐诗》题作《铜雀妓》）

按：《乐府诗集》此题下收十七首。

《纪事》称：“（郑）愔，字文靖，年十七，进士擢第。神龙（705~707）中为中书舍人，与崔日用，赵履温……托武三思，权熏炙中外，天下语：崔，冉，郑，乱时政。”[5]

日斜漳浦望，风起邺台寒。玉座平生晚，金樽妓吹阑。

舞余依帐泣，歌罢向陵看。萧索松风暮，愁烟入井栏。

校：金樽，《全唐诗·相和歌辞》与《全唐诗·郑愔卷》均作“金尊”。**释**：当盛酒器解，本作“尊”。如《荀子·礼论》云：“大飨尚玄尊。”后世依材质不同，又孳乳出樽、墫、罇等字。

校：看，在此处读平声 kān。见《广韵》：“苦寒切，平寒溪。视也。”不同于读去声的 kàn，见《说文》：“看，晞也。从手下目。”徐锴《说文系传》：“看，以手翳目而望也。”

校：井栏，上引《全唐诗》两处均作“井阑”。**释**：阑有多个义项，如颔联中的“吹阑”即是吹尽之意，而“夜阑”表示夜深了，“阑珊”则是衰落的样子。远不若“井栏”即井栏杆，不生歧义为好。

三、刘长卿一首

《极玄集》载：“刘长卿，字文房，宣城人。开元二十一年（733）进士。历监察御史，终随州刺史（世称刘随州）。”[6]《唐才子传》称其“诗调雅畅，甚能炼饰，其自赋伤而不怒，足以发挥风雅，权德舆称为‘五言长城’。长卿尝谓：‘今人称前有沈、宋、王、杜，后有钱（起）、郎、刘、李。李嘉祐、郎士元何得与余并驱！’每题诗不言姓，但书‘长卿’以天下无不知其名者云。”[7]

娇爱更何日？高台空数层。

含啼映双袖，不忍看西陵。

漳河东流无复来，百花辇路为苍苔。
青楼月夜长寂寞，碧云日暮空徘徊。
君不见邺中万事非昔时，古人何在今人悲。
春风不逐君王去，草色年年旧宫路。
宫中歌舞已浮云，空指行人往来处。

按：漳河，《太平寰宇记》："浊漳水，在县东界。有永乐浦，浦西五里俗谓紫陌河，此即俗巫为河伯娶妇处。"《水经》又云："魏武引漳水入铜雀台下，伏流入城。"

校：为，原注："《唐文粹》卷十二作'唯'。"**释**：鲜花簇拥的车道，如今已长满苍苔。于此语言环境，"为、唯"一义，故曰两可。

校：青楼：明代李君纪刊本《刘随州文集》作"清楼"。**释**：与"碧云"对举，"青楼"胜"清楼"。又，曹植诗云"青楼临大路，高门结重关"，即指显贵人家。《齐书》载："武帝兴光楼，上施青漆，谓之青楼。故天子所居称青楼。"至后世以"青楼"指代妓馆，出处为梁代刘邈诗"倡女不胜愁，结束下青楼"。

校：徘徊，《唐诗品汇》（以下简称《品汇》）作"裴徊"。《全唐诗·相和歌辞》作"裴回"。**释**：《说文》裴，长衣貌。段玉裁注云："若《史记·子虚赋》'弭节裴回'乃长衣引申之义。"今裴徊、裴回，均为徘徊之异形词。

校：何在，《品汇》《刘随州文集》均作"不在"。**释**：《太平寰宇记》称："建安十七年（212），册命操为魏公，居邺。黄初二年（221），以广平、阳平、魏三郡为三魏。"邺中烜赫一时的往事都已不复存在。用疑问词"何"字，使平静的叙述语气起了波澜，实在强于"不"字。

四、贾至一首

《新唐书·贾至传》："至字幼邻，擢明经第，解褐单父尉。从玄宗幸蜀，拜起居舍人，知制诰。……大历初，徙兵部。累封信都县伯，进京兆尹。"[4]

日暮铜雀静，西陵鸟雀归。抚弦心断绝，听管泪霏霏。

灵机临朝奠，空床卷夜衣。苍苍川上月，应照妾魂飞。

校：抚弦，《品汇》作"抚絃"。**释**："弦、絃"今为正异体字。又《全唐诗》"絃"字缺最后一笔，系避清圣祖康熙之名讳玄烨而为之。

校：霏霏，《品汇》《全唐诗》均作"霏微"。**释**：此联出句无叠音词，故"霏微"较佳。

校：灵机，上引三书均作"灵几"。**释**：几，为案几之几。于此即灵案（台）之义。"机"字欠佳。

校：夜衣，《文苑英华》卷二〇四作"寝衣"。**释**：夜里就寝，夜衣即寝衣，且"夜、寝"均仄声，互换于格律无碍。故两可。

五、罗隐一首

《唐才子传》称："少英敏，善属文，诗笔尤俊拔，养浩然之气……（罗）隐恃才忽睨，众颇憎忌。自以为得大用，而一第落落，传食诸侯，因人成事，深怨唐室。诗文多以讥刺为主，虽荒祠木偶，莫能免者。"[7]千年以降，鲁迅先生读其《谗书》评价称："几乎全部是抗争和愤激之谈。"[8]

强歌强舞竟难胜，花落花开泪满缯。

只合当年伴君死，免教憔悴望西陵。

诗题，《万首》作《铜雀台二首》，此为其一。[9]其二作：

台上年年掩翠娥，台前高树夹漳河。

英雄亦到分香处，能共常人校几多？

按：宋人洪迈录此诗，完全赞同称曹操为英雄之观点。曹操变"奸雄"是历史小说《三国演义》及相关戏曲行世后的大众见识。

校：缯，《全唐诗·罗隐卷》作“膺”。**释**：缯，丝织物之总称，古谓之帛，汉谓之缯。相当今人泛称绫罗织品为绸。而“膺”，为胸，为亲，为受，为击等多义。虽同为蒸韵，但“缯”义项单一，而“膺”易生歧义。

校：憔悴，《全唐诗·相和歌辞》作“顦顇”。**释**：古人认为“心之官则思”，故因思虑过度而憔悴二字从心字旁。现代医学证明人用脑思维。《一异表》废止的“顦顇”倒是符合当代科学。因为“页”为头的象形字。

六、薛能一首

《唐才子传》：“（薛）能字太拙，汾州人。会昌六年耿慎思榜登第。大中末（860），书判入等中选。补盩厔尉，辟太原、陕、虢、河阳从事。……咸通（860～874）中，摄嘉州刺史。造朝，迁主客、度支、刑部郎中，俄为同州刺史、京兆大尹。出帅咸化，入授工部尚书，复节度徐州，徙镇忠武。……（薛）能治政严察，绝请谒。耽癖于诗，日赋一章为课。”[7]

魏帝当时铜雀台，黄花深映棘丛开。
人生富贵须回首，此地岂无歌舞来？

七、张氏琰一首

《纪事》《文苑英华》均作“女郎张琰”。《品汇》《全唐诗》注均作“张瑛”诗。

君王冥寞不可见，铜雀歌舞空徘徊。
西陵啧啧悲宿鸟，空殿沈沈闭青苔。
青苔无人迹，红粉空相哀。

校：冥寞，《品汇》作“寘漠”。《全唐诗》卷八〇一作“寘漠”。**释**：“寘”为碑体字，见《隋·马稺墓志》。[10]“冥漠”，见颜延年诗

“衣冠终冥漠”，刘良注：冥漠，虚无也。而《李太白全集·附录》之《唐故翰林学士李君碣石》“因嗟盛才冥寞”，“寞漠”亦为虚无之意。故知二词一义。

校：徘徊，《品汇》作“裴徊”。《全唐诗》两处均作“裴回”。**释**：三个词之间的关系，说已见上文。

校：空殿，《品汇》《全唐诗》卷八〇一均作“高殿”。**释**：长满青苔的殿堂自然空旷荒凉。“高”字欠佳。

按：沈沈，今作“沉沉”。于此乃形容宫殿深邃的样子。又，今读沈（shěn）音者，假借为“瀋”，见段玉裁注《说文》。

校：相哀，《全唐诗》卷八〇一作“自哀”。**释**：意为长满青苔的路上空无人迹，红粉佳人也空自伤心而已。似“自”字稍佳。

八、梁氏琼一首

《才调集》《全唐诗》卷八〇一均作“梁琼”。

歌扇向陵开，齐行奠玉杯。舞时飞燕到，梦里片云来。

月色空余恨，松声暮里哀。谁怜未死妾？掩袂下铜台。

校：暮里，《才调集》《全唐诗·相和歌辞》均作“暮更”。**释**：与“余恨”对仗，“更哀”大胜“里哀”。因“更”为副词，和“余（餘）”在构词方法上相同。同时又可避免“里”字与颔联对句中“梦里”之“里”字重复。虽说乐府诗不避字词之重复，但不是特殊的修辞需要，还是不重复的好。

暮更，《全唐诗》卷八〇一作“莫更”。**释**：《说文》：“莫，日且冥也，从日在茻中。”甲骨文作形、钟鼎文作、形，像日落草木之下，示日暮之意。莫实为日暮之“暮”的初文。后世为与当否定词的“莫”（不要、别）相区别，才另加表意符号“日”字，作“暮”。虽与汉字发展逐步简化的总趋势背道而驰，但也绝非个别现象。如上文所言之“尊”，为与“尊长”之意区别，对酒杯之意的“尊”就分别加上土、缶、木等意符作：墫、罇、樽。

参考文献：

[1]（宋）郭茂倩编. 乐府诗集［M］. 北京：中华书局，1979 年，第 454 页.

[2] 缪钺著. 三国志选注［M］. 北京：中华书局，1984 年，第 69 页.

[3] 方毅等撰. 词源［M］. 上海：商务印书馆，1915 年. 戌二十九、午一〇、午九.

[4]（宋）欧阳修等撰. 新唐书［M］. 北京：中华书局，1975 年，第 4078、4298 页.

[5]（宋）计有功辑撰. 唐诗纪事［M］. 上海：上海古籍出版社，2008 年，第 108，158 页.

[6] 傅璇琮等编. 唐人选唐诗新编（增订本）［M］. 北京：中华书局，2014 年，第 699 页.

[7]（元）辛文房撰，周绍良笺证. 唐才子传笺证［M］. 北京：中华书局，2010 年，第 2057~2071、1698 页.

[8] 鲁迅著. 南腔北调集［M］. 北京：人民文学出版社，1974 年，第 136 页.

[9]（明）赵宧光等编定. 万首唐人绝句［M］. 北京：书目文献出版社，1983 年，第 889 页.

[10] 秦公辑. 碑别字新编［M］. 北京：文物出版社，1985 年，第 112 页.

原载《邯郸学院学报》（季刊）2015. 4

唐人咏“陇头”乐府诗异文考释

宋代郭茂倩选编《乐府诗集》（以下简称《乐府》）于《横吹曲辞》（一）《陇头》题下，收唐代张籍诗一首。《陇头吟》题下录王维、翁绶各一首。《陇头水》题下收录唐代杨师道、卢照邻等七人诗八首。[1]因不同典籍所载诗题互有交叉，所以统称《陇头》诗。

《乐府》卷二十一《汉横吹曲（一）》引《乐府解题》曰：“汉横吹曲，二十八解，李延年造。魏晋已来，唯传十曲：一曰《黄鹄》，二曰《陇头》，三曰《出关》……”而《陇头》题注：“一曰《陇头水》。《通典》曰：‘天水郡有大阪，名曰陇坻，亦曰陇山，即汉陇关也。’《三秦记》曰：‘其坂九回，上者七日乃越，上有清水四注下，所谓陇头水也。’”《新唐书·地理志（四）》：“陇右道，盖古雍、梁二州之境，汉天水、武都、陇西、金城、武威、张掖、酒泉、燉煌等郡……其名山：秦岭、陇坻……”[2]复旦大学所编《中国历史地名辞典》释“陇坻”：“一名陇阪、陇山、陇首。在今陕西陇县、宝鸡县与甘肃清水县、张家川回族自治县之间。北入沙漠，南止渭河，为关中平原西部屏障。张衡《西京赋》：‘右有陇坻之隘。’”今从史地名物、诗歌意境、文字演变等诸方面加以校释，给出“宜各从长”之己见，求教于读者方家。

一、张籍《陇头》诗一首

《新唐书·张籍传》：“张籍者，字文昌，和州乌江（今安徽和县）

人。第进士，为太常寺太祝。久次，迁秘书郎。（韩）愈荐为国子博士。历水部员外郎（朱庆余《近试上张水部》即其人）、主客郎中。当时有名士皆与游，而（韩）愈贤重之。（韩愈名诗《调张籍》云："李杜文章在，光焰万丈长。不知群儿愚，那用故谤伤？蚍蜉撼大树，可笑不自量。……顾语地上友，经营无太忙。乞君飞霞佩，与我高颉颃。"）……籍为诗，长于乐府，多警句。仕终国子司业。"[3]《直斋书录解题》著录：《张司业集》八卷、附录一卷。

陇头已断人不行，胡骑夜入凉州城。
汉家处处格斗死，一朝尽没陇西地。
驱我边人胡中去，散放牛羊食禾黍。
去年中国养子孙，今着毡裘学胡语。
谁能更使李轻车，收取凉州属汉家。

校：诗题，《全唐诗·张籍卷》作《陇头行》。[4]**释**：上文《陇头》，一曰《陇头水》。此同《全唐诗·横吹曲辞》注。《乐府》另有《陇头吟》而无《陇头行》之题。《全唐诗·张籍卷》题中之"行"字似误。

校：已断，《张司业集》《全唐诗·张籍卷》均作"路断"。**释**：与"行"字相契合，"路"要大胜于"已"，因路断，行人才不能通过。

校：夜入，《全唐诗·张籍卷》（以下简称《张籍卷》）"一作已入"。**释**：夜入，暗含偷袭之意，且"夜"已是完成时态，"已"字已在其中。故知"夜入"佳。

校：汉家，《张司业集》《张籍卷》均作"汉兵"。**释**：高适《燕歌行》云："战士军前半生死，美人帐下犹歌舞。"阵前格斗厮杀者，自然是士兵。何况诗中还有另一处"汉家"。虽说乐府诗不避字词的重复，但无谓的重复亦不宜用。

校：散放，《张籍卷》注："一作恣放。"**释**：唐代牛羊多为散养，但虽用“马放南山”式而不能践踏庄稼。此句说牛羊去“食禾黍”，确属“恣放”行为！

校：更使，《张籍卷》注：“一作还使。”**释**：虽“更、还”均为副词，但在程度上，“更”稍重，且有今昔变化之含义。似稍佳。

校：收取，《张司业集》《张籍卷》注均作“重取”。**释**：唐人好以汉代故实说事，凉州在近四百年的魏晋南北朝时期属地方政权更迭，唐时吐蕃强盛，多次乘中央王朝动乱而侵占之。故知“重（新收）取”胜于“收取”。

校：属，《张籍卷》《横吹曲辞》注均作“入”。**释**：比较“归属汉家”和“重入汉家”，还是后者为佳。

二、王维《陇头吟》一首

《旧唐书·王维传》：“王维字摩诘，太原祈人。父处廉，终汾州司马，徙家于蒲，遂为河东（治所在今山西永济）人。维开元（十）九年（721）进士擢第，事母崔氏，以孝闻。与弟缙俱有俊才，博学多艺亦齐名，闺门友悌，多士推之。历右拾遗、监察御史、左补阙、库部郎中……天宝末，为给事中。……维以诗名，盛于开元、天宝间。”[5]《河岳英灵集》（以下简称《河岳》）称：“维诗词秀调雅，意新理惬，在泉为珠，著壁成绘，一句一字，皆出常境。至如‘落日山水好，漾舟信归风’‘涧芳袭人衣，山月映石壁’‘天寒远山净，日暮长河急’‘日暮沙漠垂，战声烟尘里’，讵肯惭于古人也？”[6]后七字为《唐诗纪事》[7]（以下简称《纪事》）所录。可见王维既是写山水田园诗的圣手，亦为写边塞诗之名家。《陇头吟》即属后者。又，《乐府古题要解》：“《陇头吟》，一曰《陇头水》。”

长安少年游侠客，夜上戍楼看太白。

陇头明月迥临关，陇上行人夜吹笛。

关西老将不胜愁，驻马听之双泪流。

身经大小百余战，麾下偏裨万户侯。

苏武才为典属国，节旄空尽海西头。

校：诗题，一作《边情》。《唐诗别裁集》（以下简称《别裁》）注："少年看太白星，欲以立边功自命也。然老将百战不侯，苏武只邀薄赏，边功岂易立哉！"[8]沈氏注评正合此诗题旨。

校：长安，《唐诗品汇》（以下简称《品汇》）《别裁》《全唐诗·王维卷》注皆作"长城"。**释**：长安为大唐帝国之都城，有诸多年少的游侠，乃常见之事。"长城"指代较含浑。

校：迥，《品汇》《别裁》均作"尚"。**释**：句意为陇山升起的明月远远地照临边关。"迥"胜"尚"。

校：身经，《品汇》《别裁》均作"曾经"。**释**：身经与曾经，于此语言环境一义，故曰两可。

校：空尽，《河岳》《唐贤》《王维卷》《横吹曲辞》注皆作"落尽"。《品汇》《别裁》均作"空落"。《王维卷》注："一作零落。"**释**：句意为苏武持节牧羊，节旄落尽表现在漫长岁月中对汉室的忠贞。"落尽"，最文从字顺。

三、翁绶《陇头吟》一首

《唐才子传》载："绶，咸通六年（865）中书舍人李蔚下进士。工诗，多近体，变古乐府，音韵虽响，风骨憔悴，真晚唐之移习也。后亦间关，名不甚显。"[9]

陇水潺湲陇树黄，征人陇上尽思乡。

马嘶斜月朔风急，雁过寒云边思长。

残月出林明剑戟，平沙隔水见牛羊。

横行俱足封侯者，谁斩楼兰献未央？

校：斜月，《横吹曲辞》作"斜日"。**释**：下文又言"残月"，知"日"字佳。

校：俱足，《翁绶卷》《横吹曲辞》注均作“俱是”。**释**：封侯者皆恣意横行。“俱是”乃全部都是之意。“俱足”难以索解。疑“足、是”二字形近致误。

四、杨师道《陇头水》一首

《新唐书·杨师道传》：“师道字景猷，恭仁弟。清警有才思。客洛阳，为王世充所拘，间归高祖，授上仪同，为备身左右。尚桂阳公主，除吏部侍郎。改太常卿，封安德郡公。贞观十年（636）拜侍中，参豫朝政，亲遇隆渥。性周谨，未尝语禁省事。……师道善草隶，工诗，每与有名士燕集，歌咏自适……卒，赠吏部尚书、并州都督，谥曰懿，陪葬昭陵，诏为立碑。”[10]

陇头秋月明，陇水带关城。笳添离别曲，风送断肠声。
映雪峰犹暗，乘冰马屡惊。雾中寒雁至，沙上转蓬轻。
天山传羽檄，汉地急征兵。阵开都护道，剑聚伏波营。
于兹觉无度，方共濯胡缨。

校：度，《杨师道卷》作“渡”。释：“度”字多音多义：量长短时读 duò，计算、推测时读 duó，过关山时读 dù，涉江河时，后世写作“渡”，虽与汉字不断简化的大趋势相左，但也绝非个别现象：如“然”旁加火成“燃”，州旁加水成“洲”等等。虑及结句有“濯胡缨”，故知系渡陇水，“渡”字不生歧义为佳。

五、卢照邻《陇头水》一首

《旧唐书·卢照邻传》：“字升之，幽州范阳人也。年十余岁，就曹宪、王义方授《苍》《雅》及经史，博学善属文，初授邓王府典签，王甚爱重之，曾谓群官曰：‘此即寡人相如也。’后拜新都尉，因染风疾去官。处太白山中，以服饵为事。后疾转笃，徙居阳翟之具茨山，著《释疾文》《五悲》等颂，颇有骚人之风，甚为文士所重。”[11]《旧唐书·杨炯传》称："炯与王勃、卢照邻、骆宾王以文词齐，海内称为'王杨卢骆'，亦号为'四杰'。"[12]即杜甫所谓"王杨卢骆当时体"之诗人也。

陇坂高无极，征人一望乡。关河别去水，沙塞断归肠。

马系千年树，旌悬九月霜。从来共鸣咽，皆是为勤王。

校：陇坂，《品汇》《全唐诗·卢照邻卷》均作"陇阪"。**释**：《说文》："陇，天水大阪也。"《续汉书·郡国志》："凉州汉阳郡：陇有大阪名陇坻。"刘昭注引《三秦记》："秦阪九回，不知高几许？欲上者七日乃越，高处可容百余家。"同一《三秦记》，前引文作"坂"，此处作"阪"，知"坂、阪"一义，故两可。

校：一望乡，《卢照邻卷》注："一作望故乡。"**释**：《水经·清水（四）注》下，又引郭仲产《秦州记》曰："陇山东西百八十里，登山岭东望秦川四五百里，极目泯然。""一望"正契合上句的'高无极"。

校：旌，《文苑英华》（以下简称《英华》）作"旗"。**释**：于此语境，"旌、旗"一义，故两可。

校：共，《英华》作"苦"。**释**："共鸣咽"是言征人与陇头水一同鸣咽。用了"苦"字，体现不出上述意境，还是"共"字佳。

六、王建《陇头水》一首

《唐才子传》载："建字仲初，颍川人。大历十年（775）丁泽榜第二人及第，释褐授渭南尉，调昭应县丞，诸司历荐，迁太府寺丞、秘书丞、侍御史。大和（827~835）中出为陕州司马。从军塞上，弓剑不离身；数年后归，卜居咸阳原上。初游韩吏部门墙，为忘年之友。与张籍契厚，唱答尤多。工为乐府歌行，格幽思远；二公之体，同变时流。……又于征戍迁谪，行旅离别，幽居官况之作，俱能感动神思，道人所不能道也。"[13]

陇水何年陇头别？不在山中亦鸣咽（一作鸣亦咽）。

征人塞耳马不行，未到陇头闻水声。

谓是西流入蒲海，还闻北（海）［去］绕龙城。

陇东陇西多屈曲，野麋饮水长簇簇。

胡兵夜回水傍住，忆着来时磨剑处。

向前无井复无泉，放马回看陇头树。

校：诗题，《全唐诗·王建卷》作《垅头水》（诗句中“陇”亦全作“垅”）。**释**：垅字有多义，与诗中之陇无干涉，故知大误！

校：亦呜咽，《横吹曲辞》注：“一作呜亦咽”，同《乐府》夹注。**释**：“呜咽”为凝固词组，不宜拆分。

校：北海，《品汇》《王建卷》《横吹曲辞》注皆作“北去”，同《乐府》夹注。**释**：句意为陇水北流绕龙城，而绝非北海绕龙城。“去”字佳。

校：水傍，《王建卷》作“水旁”。**释**：段玉裁《说文解字注》：“傍，亦假旁为之。”即：傍为旁之假借字。

校：复无泉，《王建卷》注：“一作亦无泉”。**释**：句意为再向前行既无水井更无水泉。“复、亦”于此语境一义，故曰两可。

校：陇头，《王建卷》注：“一作陇西”。**释**：“陇头”，正呼应诗题。“西”字欠佳。

七、于濆《陇头水》一首

《唐才子传》载：“濆，字子漪，咸通二年（861）裴延鲁榜进士。患当时作诗者拘束声律而入轻浮，故作古风三十篇以矫弊俗，自号《逸诗》，今一卷，传于世。观唐诗至此间，弊亦极矣。独奈何国运将驰，士气日丧，文不能不如之。嘲云戏月，刻翠粘红。不见补于采风，无少裨于化育。徒务巧于一联，或伐善于只字。悦心快口，何异秋蝉乱鸣也？于濆、邵谒、刘驾、曹邺等能反棹下流，更唱瘠俗，置声禄于度外，患大雅之凌迟，使耳厌郑、卫而忽洗云和，心醉醇醴而乍爽玄酒，所谓清清泠泠，愈病析酲，逃空虚者，闻人足音，不亦快哉！”[14]

借问陇头水，终年恨何事？深疑呜咽声，中有征人泪。

昨日上山下，达曙不能寐。何处接长波？东流入清渭。

校：诗题，《全唐诗·于濆卷》作《陇头吟》。**释**：说已见上文。又，后四句作：

自古蕴长策，况我非才智。无计谢潺湲，一宵空不寐。

下注：“一作昨日上山下……（同上）”

又，《横吹曲辞》诗后注：“集本前四句，与罗隐诗全同。”（见后文）**释**：《全唐诗稿本·凡例》云：“有一诗而互见数集者，止于题下注：‘一作某诗。’若确有考据可以定其为何人者，若司空曙乐府误入崔橹集之类，则删彼归此，不必互见。”[15]对此重出、互见之篇目，早有学者撰写《全唐诗所收杜牧许浑二家雷同诗》等论文发表。于濆、罗隐之诗尚待考证后定归属。

又，《于濆卷》另有一首《陇头水》（下注：一作吟），《乐府》《横吹曲辞》均漏收。附录于此供参照阅读：

行人何彷徨，陇头水呜咽。寒沙战鬼愁，白骨风霜切。

薄日朦胧秋，怨气阴云结。杀成边将名，名著生灵灭。

八、僧皎然《陇头水》二首

《唐才子传》载：“皎然字清昼，吴兴人，俗姓谢，（宋）灵运之十世孙也。初入道，肄业杼山，与灵彻、陆羽同居妙喜寺。羽于寺傍创亭，以癸丑岁，癸卯朔，癸亥日落成，湖州刺史颜真卿名以‘三癸’，皎然赋诗，时称‘三绝’。真卿尝于郡斋集文士撰《韵海镜源》，预其论著，至是声价藉甚。贞元（785~805）中，集贤御书院取高僧集上人文十卷藏之，刺史于頔为之序。李端在匡岳，依止称门生；一时名公俱相友善，题云‘昼上人’是也。”[16]《新唐书·艺文志》集部总集类著录：“《昼公诗式》五卷、《诗评》三卷。僧皎然。”[17]

其一

陇头心欲绝，陇水不堪闻。碎影摇枪垒，寒声咽幔军。

素从盐海积，绿带柳城分。日落天边望，逶迤入塞云。

校：陇头，《全唐诗·皎然卷》注：“一作陇西”。**释**：陇头与诗题相契，此诗意境与陇西无关。

校：心，上书注：“一作水。”**释**：下句亦有“陇水”，此处“心欲绝”为是。

其二

秦陇逼氐羌，征人去未央。如何幽咽水，并欲断君肠。

西注悲穷漠，东分忆故乡。旅魂声搅乱，无梦到辽阳。

校：秦陇，《品汇》作“秦岭”。**释**：秦岭与陇山均为陇右道之名山。秦陇则指秦州天水郡之陇山。秦岭非是。

校：逼，《品汇》作“陇”。**释**：氐、羌二族曾建立成汉（304～347）、前秦（350～394）、后秦（384～417）、后凉（356～403）等政权。一个“逼”字既透露出诸多历史信息，又表现出作者“前事不忘，后事之师”的忧患意识。

释：并，于此语境为副词：一起或一齐之意。

校：辽阳，《皎然卷》作“咸阳”。**释**：辽阳，战国为燕之襄平，在今辽东半岛北部。陇头之征人来自咸阳者占多数，来自辽阳者恐少之又少。“咸阳”是。

九、鲍溶《陇头水》一首

《唐才子传》载：“溶字德源，元和四年（823）韦瓘榜第进士，在杨汝士一时。与李端公益少同袍，为尔汝交。初隐江南山中，避地、家苦贫，劲气不扰，羁旅四方，登临怀昔，皆古今绝唱。过陇头古天山大阪，泉水呜咽，分流四下，赋诗曰：“陇头水，千古不堪闻。（下略）”其警绝大概如此。古诗乐府，可称独步。盖其气力宏赡，博识清度，雅正高古，众才无不备具云。”[18]《纪事》称：“张为作《诗人主客图序》曰：若主人门下处其客者，以法度一则也。以白居易为广大教化主，……以鲍溶为博解宏拔主，上入室，李群玉；入室，司马退之、张为。……”[19]

陇头水，千古不堪闻。生归苏属国，死别李将军。

细响风凋草，清哀雁落云。

校：雁落，《唐才子传》作“雁入”。**释**：大雁哀鸣，从云端飞落，似较飞入云端更合诗之清哀意境。

十、罗隐《陇头水》一首

《纪事》：“隐字昭谏，余杭人。隐池之梅根浦，自号江东生。开平中（836~840）魏博罗绍威推为叔父，表授给事中。年八十余，终余杭。……隐、虬、邺共场屋，谓之‘三罗’。”[20]

借问陇头水，年年恨何事？全疑呜咽声，中有征人泪。

自古无长策，况我非深智。何计谢潺湲？一宵空不寐。

按：《全唐诗·罗隐卷》《横吹曲辞》均全同此。与于濆诗比勘：“深疑”，此作“全疑”，“全”不如“深”；“蕴”，此作“无”，“蕴”不若“无”；“才智”，此作“深智”，“深”不如“才”。

参考文献：

[1]（宋）郭茂倩编. 乐府诗集［M］. 北京：中华书局，1979 年，第 311~316 页.

[2]［3］［10］［17］（宋）欧阳修等撰. 新唐书［M］. 北京：中华书局，1975 年，第 1039、5266、3927、1625 页.

[4]（清）彭定求等修纂. 全唐诗［M］. 上海：上海古籍出版社，1986 年，第 949 页.

[5]［11］［12］（五代）刘昫等撰. 旧唐书［M］. 北京：中华书局，1964 年，第 5051，5000 页.

[6] 傅璇琮等编. 唐人选唐诗新编（增订本）［M］. 北京：中华书局，2014年，第181页.

[7]［19］［20］（宋）计有功辑撰. 唐诗纪事［M］. 上海：上海古籍出版社，2008年，第238、976、1033页.

[8]（清）沈德潜编. 唐诗别裁集［M］. 上海：上海古籍出版社，1979年，第174页.

[9]［13］［14］［16］［18］（元）辛文房撰，周绍良笺证. 唐才子传笺证［M］. 北京：中华书局，2010年，第1896、775、1891、807、1385页.

[15]（清）钱谦益等递辑. 全唐诗稿本［M］. 台北：台湾联经出版事业公司影印本，1976年，第6页.

原载《天水师范学院学报》2016. 1

澧县唐贤李群玉诗异文校释

《新唐书·艺文志》集部别集类著录：“《李群玉诗》三卷，《后集》五卷。字文山，澧州人。裴休观察湖南，厚延致之。及为相，以诗论荐，授校书郎。”[1]同上书《地理志（四）》：“山南道，盖古荆、梁之域……澧州澧阳郡，上（即第五等，列辅、雄、望、紧之后，中、下之前）。……县四：澧阳、安乡、石门、慈利。”[2]《文献通考·舆地五》：“澧州，春秋时楚地，秦属黔中郡，二汉属武陵郡兼置荆州（领县八，治于此）吴分置天门郡，晋、宋，齐皆因之，隋平陈置松州，寻改为澧州，炀帝初为澧阳郡，唐为澧州或澧阳郡，属江南道，领县四，宋属荆湖北路，领县四，治澧阳。”[3]明、清两代仍名澧州，1912 年改为澧县迄今。

有关对李群玉其人、其诗的品评，略引二则以见一斑。元人辛文房在《唐才子传》中称其：“清才旷逸，不乐仕进，专以吟咏自适。诗笔遒丽，文体丰妍。好吹笙，弄翰墨，如王、谢子弟，别有一种风流……大中八年（854），以草泽臣来京，诣阙上表，自进诗三百篇。（裴）休适入相，复论荐，上悦之，敕授弘文馆校书郎。”[4]同书转引《全唐文》收录当时所撰《李群玉守弘文馆校书郎敕》：“李群玉放怀邱（清人避孔子名讳丘字而改）壑，吟咏性情，孤云无心，浮磐有韵。吐妍词于丽则，动清律于风、骚。冥鸿不归，羽翰自逸；雾豹远迹，文彩益奇。信不试而逾精，能久处而独乐。念其求志，可以言诗，用示縶维，命之刊校，可守弘文馆校书郎。”[5]

以下选李群玉诗六首，参照前贤、今人著述，逐一校释——

一、同杨杰秀才遊玉芝观（录自《又玄集》）

寻仙向玉清，倚槛雪初晴。木落寒郊迥，烟开叠嶂明。

片云盘鹤影，孤磬杂松声。且共探玄理，归途月未生。[6]

诗题，《唐诗品汇》（以下简称《品汇》）[7]《全唐诗》均简题《游玉芝观》。[8]

校：倚槛，上引二书均作“独倚”。**释**：原题有“同杨杰秀才”五字，诗中又有“且共探玄理”之句。明、清两代人妄改成“独倚”，实一大误！

校：王芝观不知在何处。但“玉芝”即白芝。玄宗天宝七载（748）大同殿柱产玉芝，有神光照殿。

二、同郑相并歌姬小饮因以赠献（录自《才调集》）

裙拖八幅湘江水，鬓耸巫山一片云。
风格只应天上有，歌声岂合世间闻？
胸前瑞雪灯斜照，眼底桃花酒半醺。
不是相如怜赋客，肯教容易见文君。[9]

诗题，《唐诗纪事》（以下简称《纪事》）[10]、《全唐诗》题下注，均作：杜丞相悰筵中赠美人。**考**：文宗朝有郑覃为相，武宗朝有郑肃为相，不知郑相指谁？杜悰为武宗朝宰相，又任过澧州刺史，此诗所言可能指其筵上。

校：湘州，《纪事》作“潇湘”。**释**：潇水，源出九嶷山，北流经道县，至零陵县西北入湘水。《山海经》谓“交潇湘之渊”。又，“湘江”与“潇湘”皆二平声，且近义，故曰两可。

校：一片，《纪事》作“十朵”。《全唐诗》作“一段”，又注作“千朵”。[11]**释**：与“八幅水”对举，“一片云”似强于“一段云”；但女人青丝蓬卷“一片云”又不若“十朵云”更优美。而“千朵云”则说过头了。孔子云：“过犹不及。”

校：风格，《纪事》《全唐诗》注均作“貌态”。**释**：风格，为风韵标格，似较“貌态”为佳。因为颈联已写道雪白的酥胸和桃花般姣艳的脸庞。此处不必用“貌态”。

校：肯教，《全唐诗》作“争教”。**释**：“争”为助词，与“怎”同义，即如何教之的句意。“肯、争”二字均使句子变成反诘，较平铺直叙为好。

三、黄陵庙（录自《唐诗品汇》）

小姑洲北浦云边，二女明妆共俨然。
野庙向江春寂寂，古碑无字草芊芊。
东风近墓吹芳芷，落日深山哭杜鹃。
犹似含嚬望巡狩，九疑如黛隔湘川。[12]

诗题，黄陵庙，又名二妃庙、湘夫人祠，位于湖南省湘阴县北洞庭湖畔，为古代当地人供奉湘水之神娥皇、女英所建。《纪事》云：“群玉解天禄之任而归涔阳，经二妃庙，题云：‘小袁洲北浦云边（下略）。’又曰：‘黄陵庙前春已空。’……”[13]**按**：后一首，《全唐诗》作《题二妃庙》。又，《全唐诗》还收李群玉二首七言绝句，一题《湘妃庙》，一题《黄陵庙》。（题下注：一作李远诗。）

校：小姑，上引《纪事》与《全唐诗》注均作“小袁”，《全唐诗》注，又一作“小孤”。[14]**释**：此洲究系何名，尚待爬梳地方志。

校：明妆，《全唐诗》作“容华”，下注：“一作啼妆”。[16]**释**：作为庙中供奉的神像，“明妆”似较“容华”“啼妆”均佳。

校：共，《纪事》作“玉”，《全唐诗》作“自”。**释**：“俨然”者为二女，故“共”字最佳。

校：东风近墓，《纪事》《别裁》《全唐诗》皆作“风回日暮”。

《全唐诗》句中注：一作“东风近（暮）”。**释**：庙、祠是供祭祀之用，并无墓葬。故“日暮”强于“近墓”；而颔联已言“春寂寂”与“草芊芊”，此句似无再强调“东风”之必要。“风回日暮”佳。

校：落日深山，《纪事》《别裁》《全唐诗》皆作：“月落山深。”**释**：上文已言“风回日暮”佳，与之对仗，自然“月落山深”较“落日深山”工稳许多。另，“日暮”与“月落”正相关联；“日暮”又与“山深”构词法一致。

校：含嚬，《全唐诗》作“含颦”。**释**：嚬，眉蹙貌。又作颦，音同。《说文》作颦，《经典释文》作“嚬”。同音同义。

校：如黛，《纪事》“凝黛”，《全唐诗》作“愁断”，下注：“一作愁绝。”**释**：《别裁》诗后注：“舜葬九嶷。”青山如黛，碧水长流，德在人心，长供景仰。何愁之有？“如、凝”二字似两可。

四、江楼独酌怀从（录自《唐诗品汇》）

水国发爽气，川光静高秋。酣歌金尊绿，送此清风愁。

楚色忽满目，滩声落西楼。云翻天边叶，月弄波上钩。

芳草长摇落，衡兰谢汀洲。长吟碧云合，怅望江之幽。[17]

诗题，《别裁》《全唐诗》均作《江楼独酌怀从叔》。[18] **按**：原题“从”下脱“叔”字，系“手民之误”。从叔，即父亲伯父或叔父之子，年龄小于父亲者。

校：绿，《别裁》《全唐诗》均作“醁”。[19] **释**：醁，乃醽醁之省称。醽醁酒，又省称醁酒或醁。杜甫亦有“喧呼且覆杯中醁”诗句。“绿”字稍逊色。

校：清风，《别裁》作“青枫”。**释**：张若虚《春江花月夜》云“青枫浦上不胜愁”。此处化用之。

校：波上，《全唐诗》注：“一作波中。”**释**：依情理推之，钓钩应荡漾水中，而非漂在水上。

校：芳草，《别裁》《全唐诗》均作“芳意”。**释**：与“衡兰”连属，“芳草”大胜“芳意”。

校：长，《全唐诗》注：“一作怅。”**释**：诗的末句已有“怅望”一词，虽系五言古诗，亦嫌“怅”字重复。

校：衡，上引二书均作“蘅”。**释**：衡同蘅，即杜衡，一种多年生的香草。此联诗系化用屈原《离骚》之句“杂杜衡与芳芷”。以香草喻美人（有道德修养的忠贞之士）。

五、将欲南行陪崔八宴海榴亭（录自《又玄集》）

朝宴华堂暮未休，几人偏得谢公留。
风传鼓角霜侵戟，云卷笙歌月上楼。
宾馆尽开徐孺榻，客帆空恋李膺舟。
谩夸书剑无归处，水远山长步步愁。[20]

诗题中，崔八，岑仲勉撰《唐人行第录》计收崔垌在内的五条，其三即引此诗，称：崔八，名未详。[21]又，宴字除有“以酒食相飨”之意外，尚有平安（如河清海宴）、快乐（如言笑宴宴）等义项。

又，颈联出句之“徐孺榻”，典出《后汉书》，称徐孺“恭俭义让，所居服其德”。太守陈蕃为其专设一榻，他不在时即悬吊起来。对句“李膺舟”亦典出《后汉书》，李膺字元礼，被时人赞誉为“天下楷模”。诗人借以比喻崔八的贤能。

六、戏赠姬人赋尖字韵（录自《才调集》）

骰子巡抛裹手拈，无因得见玉纤纤。
但知谑道金钗落，图向人前露指尖。[23]

诗题，《万首唐人绝句》《全唐诗》均作《戏赠姬人》。[24]《全唐诗》题下注：“一本此下有‘赋尖字韵’四字”。一作“张怙与杜牧联句诗”。**释**：所谓“尖”字韵，即拈、纤、尖三字均在中古韵下平声盐部。又皆在上古韵谈部。故此七言绝句，既可视为古绝，又可视为律绝。作为律绝，依“绝，截也”之说，截取的应是首联和尾联。另，张怙与杜牧联句诗，见《全唐诗》第十一函卷七九二。文字小异：

骰子逡巡裹手拈，无因得见玉纤纤。（杜牧）

但知报道金钗落，仿佛还应露指尖。（张怙）[25]

校：逡巡，上引二书皆作“巡抛”。**释：**掷骰子为博彩游戏之一种，“抛”字为其特色之一。“逡巡”欠佳。

校：报道，也较上引之“谑道”为差。因为“谑”字才能充分体现博戏中开玩笑的戏谑气氛。

校：仿佛还应，亦远较“图向人前”为次。因后四字将姬人“欲盖弥彰”想在人前显示纤纤玉手的小把戏揭露无遗。

参考文献：

［1］［2］（宋）欧阳修等撰. 新唐书［M］. 北京：中华书局，1975 年，第 1612、1029 页.

［3］（元）马端临撰. 文献通考［M］. 北京：中华书局，1986 年，第 2509 页.

［4］［5］（元）辛文房撰，周绍良笺证. 唐才子传笺证［M］. 北京：中华书局，2010 年，第 1805、1811 页.

［6］［20］（五代）韦庄选编. 又玄集［M］. 上海：上海古籍出版社，1978 年，第 403、403 页.

［7］［12］［17］（明）高棅选编. 唐诗品汇［M］. 上海：上海古籍出版社，1988 年，第 602、756、247 页.

［8］［11］［14］［16］［19］［22］［25］（清）彭定求等修纂. 全唐诗［M］. 上海：上海古籍出版社，1986 年，第 1453、1455、1455、1455、1449、1454、1945 页.

［9］［23］（五代）韦縠选编. 才调集［M］. 上海：上海古籍出版社，1978 年，第 641、641 页.

[10] [13] (宋) 计有功辑撰. 唐诗纪事 [M]. 上海：上海古籍出版社，2008 年，第 821、822 页.

[15] [18] (清) 沈德潜编. 唐诗别裁集 [M]. 上海：上海古籍出版社，1979 年，第 523、143 页.

[21] 岑仲勉撰. 唐人行第录 [M]. 北京：中华书局，2004 年，第 102~103 页.

[24] (明) 赵宧光等编定. 万首唐人绝句 [M]. 北京：书目文献出版社，1983 年，第 658 页.

原载《常德论坛》2016. 1

金坛唐贤戴叔伦名字、里籍考略及唐人选其诗考异

金坛唐贤戴叔伦，“为人温雅善举止，无贤不肖，见皆尽心”[1]。为官，“其治清明仁恕，多方略，故所至称最”[2]。为文，“诗兴悠远，每作惊人”[3]。然而历代文献，于其名字、里籍、进士登科年代、唐五代人所选之诗，均有歧说异文。我今不揣浅陋，试予一一考论如次。

一、名字考

据当朝宰相权德舆所撰《唐故朝散大夫、使持节都督容州诸军事、守容州刺史、兼侍御史、充本管经略招讨处置等使、谯县开国男、赐紫金鱼袋戴公墓志铭并序》载：“公讳叔伦，字幼公，本谯国人。”[4]唐代诗人姚合编选《极玄集》亦称：“戴叔伦，字幼公。”[5]令狐楚编《中兴间气集》、韦庄编《又玄集》、韦縠编《才调集》均收录戴叔伦诗。至刘昫、欧阳修等人修两《唐书》，其名、字亦未更改。歧说出在《重修戴氏家谱》卷三所收左补阙梁肃撰写的《唐故朝散大夫……戴公神道碑》上。其中称：“公讳融，字叔伦，谯国人。”[6]**考**：权德舆所撰《墓志铭并序》中交代他撰文的由来：“公仲兄新城长伯伦，以予夙承公欢，且有遗托，既不获让，是用直书。”[7]梁肃撰《神道碑》文亦曰：“其明年（790）正月，郅、郍护丧归于金坛旧茔。二孤郅、郍孺幼在疚，于是公之兄伯伦抱终鲜之痛，谋及宗党伯卿先生，书其世德官氏，立石坟隅，以贻子孙焉，礼也。”[8]**按**：既然其兄名伯

伦，按伯仲叔季排行次序，名叔伦为是，而非以字行世。又，同时代的吴郡人陆长源撰《唐东阳令戴公去思颂》称：“公字次公，本谯国人也。”[9]北京大学已故教授周绍良认为：“似应以石刻为准。”然而，权德舆、梁肃所撰亦均勒石立存，况“幼公”之表字更与“叔伦”之名契合。故千年以降，清康熙朝《御定全唐诗》亦采用之。

二、里籍考

上引诸书屡屡称戴叔伦为谯国人，《新唐书》又载：“（李）皋讨李希烈，留叔伦领府事，试守抚州刺史。民岁争溉灌，为作均水法，俗便利之。耕饷岁广，狱无系囚。俄即真。期年，诏书褒美，封谯县男，加金紫服。”[10]既云谯国人，又封谯县（今安徽亳州）男爵，何以还曰“润州金坛人”[11]？原来追溯至春秋时代，其先祖为宋国公族，到微子九世孙，以戴为追谥之号，遂以为姓。西汉初戴野佐命征伐，有功封鬲侯。戴德、戴圣叔侄更是承传礼经的大儒。东汉戴涉、戴凭，分别官至司徒、侍中。西晋时戴邈曾拜尚书仆射。晋室南渡后，戴氏始居丹徒，“厥邑既分，遂为金坛人”。可见，“谯国（郡、县）”乃戴氏郡望，如杜甫称襄阳人，韩愈称昌黎人一般。戴叔伦里籍为润州金坛无误。**考**：《新唐书·地理志（五）》：“江南道，润州丹杨郡，望（列辅、雄之后，为第三等州）。武德三年（620）以江都郡之延陵县地置，取润浦为州名。……县四：丹徒，丹杨，金坛，紧（列赤、畿、望之后，为第四等县）。本曲阿县也。隋末，土人保聚，因为金山县。隋亡，沈法兴又置琅邪县，李子通以琅邪置茅州，以金山隶之。贼平，因之，后隶蒋州。武德八年（625）省入延陵，垂拱四年复置，来属，更名。东南三十里有南北谢塘，武德二年（619）刺史谢元超因故塘复置以溉田。”[12]另据《文献通考·舆地考（四）》“古扬州，《禹贡》：淮海惟扬州。汉、晋时为丹阳郡。隋时为江都郡。唐初辅公祏据之，克平合旧丹阳南徐之地并为润州，或为丹阳郡镇海军节度、属江南道，领县六（丹徒、句容、丹阳、延陵、江宁、金坛）。南唐以上元、句容隶江宁。宋开宝八年（975）改镇江军。政和三年（1113）升为府，属浙西路。领县四治丹徒，丹徒、延陵、丹阳、金坛（唐县，有茅山、方山、荆溪）”[13]此后历史地理沿革不断，迄今，金坛市（县）隶属江苏省常州市。

三、登科考

宋人晁公武著《郡斋读书志》称戴叔伦“贞元十六年（800）进士”[14]。元人辛文房撰《唐才子传》说得更具体“贞元十六年陈权榜进士”[15]。然而上引权德舆所撰《墓志铭并序》、梁肃撰《戴公神道碑文》分别记述：“贞元五年（789）六月甲申，次于清远峡而薨。春秋五十八。明年正月庚申，返葬于金坛玉京之旧封。”[16]“岁在己巳（唐德宗己巳年即贞元五年）六月遭疾，归全于南海清源县。”[17]《新唐书》亦称：“德宗尝赋《中和节诗》（事在贞元五年二月初一），遣使者宠赐。代还，卒于道，年五十八。”[18]总之，戴叔伦不会在死后十一年再登进士第。值得注意的是：唐人所撰碑文，所编诗集，所有赠答酬唱之诗，均未言戴叔伦进士及第之事。故宋、元人所述不足凭信。

四、戴诗考

唐渤海高仲武编《中兴间气集》，收戴叔伦五言律诗六首。[19]唐谏议大夫姚合选编《极玄集》，收戴诗七首[20]，其中六首与上书重复（足见唐人选诗标准之相似）。唐昭宗朝左补阙韦庄编《又玄集》收录戴诗二首[21]，其中一首与上二书重复。后蜀监察御史韦縠编《才调集》收录戴诗四首[22]。除却重复，总十二首。以之互校并与后世相关集本比勘，发现从诗题、作者到诗句均有异文若干。惜前贤、时俊多罗列异同而少加按断。今依史地名物、音韵格律等情况，对异文加以分析并给出“宜各从长”之己见，求教于读者诸君。

（一）吴明府自远而来留宿

出门逢故友，衣服满尘埃。岁月不可问，山川何处来？

绮城容敝宅，散职寄灵台。自此留君醉，相欢得几回？

校：诗题，《唐诗纪事》（以下简称《纪事》）小异，只无“而”字。[23]《全唐诗》题下注：“一作《卢新吴航忽远至留宿敝居》。”[24]**按**：唐人习惯称县令作明府。吴航，生平未详。

校：绮城，《纪事》《全唐诗》注均作：倚城。**按**：绮城，指美如锦绣般的城市，句中与敝宅对比鲜明。但联系对句的“散职”，似倚城更合诗的意境。

校：自此，《全唐诗》注：一作愿此。**按**：句意为但愿自此以后能与君常欢饮留醉。故“自、愿”二字两可。

（二）除夜宿石头驿

旅馆谁相问？寒灯独可亲。一年将尽夜，万里未归人。

寥落悲前事，支离笑此身。愁颜与衰鬓，明日又逢春。

校：诗题，《全唐诗》题下注：（石头驿）一作石桥馆。

校：寒灯，《极玄集》作：寒釭。**按**：《广韵》注釭：灯也。

校：《唐诗别裁集》（以下简称《别裁》）于“未归人”下注：“旅人读不得。”[25]

校：支离，《全唐诗》注：一作羁离。**按**：支离为分散之义。羁离，则为因旅而分。于此语境，二词一义。

校：“愁颜与衰鬓”，《全唐诗》注：一作“衰颜与愁鬓”。**按**：“愁、衰”二字互换，不影响句意。又鬓，《中华大字典》注：鬓俗字。《纪事》《别裁》亦均作“鬓”。

校：又，《全唐诗》注：一作去。**按**：诗人在万家团聚的除夕之夜，却孤寂地羁旅他乡驿馆，悲凉心态可想而知。明日即春节，大年初一，尽管已是衰颜愁鬓，但仍然要去迎接春天。“去”字含有主观能动性，较客观叙述的“又”字为好。

《别裁》于诗末又注：“应是万里归来，宿于石头驿，未及到家也。不然，石城与金坛相距几何，而云万里乎？”对此，今人富寿荪先生出校记云：“石头驿即石头渚，在江西新建县西北，为赣水津渡处。沈氏所云，乃以石头驿误为石头城。”[26]

（三）客夜与故人偶集

天秋月又满，城阙夜千重。还作江南会，翻疑梦里逢。

风枝惊暗鹊，露草覆寒蛩。羁旅长堪醉，相留畏晓钟。

校：诗题，《全唐诗》注、《唐诗三百首》[27]皆作《江乡故人偶集客舍》。旨意大体相同。

校：翻疑，《纪事》作：翻凝。**按**：翻疑即反疑。由于是羁旅之中偶逢，惊喜之余反倒怀疑这是做梦吧？

校：惊暗，《全唐诗》注：一作鸣散。**按**：风摇枝动惊扰了黑暗中的鸟鹊，似乎比风吼枝摇使鹊鸟四散的情景，更符合诗的意境。

校：覆，《唐诗三百首》作：泣。寒蛩，则作“寒虫”。**按**：偶集除带来惊喜之外，更多的是悲伤，故泣字大胜覆字。蛩，《埤雅》释：蟋蟀，一名吟蛩。《文章辨体》曰：“悲如蛩螿曰吟。”言文章之音节如蟋蟀寒蝉之秋吟。故“寒蛩”胜“寒虫”。清代贺裳在《载酒园诗话又编》中云：“近体诗亦多可观，如‘风枝惊暗鹊，露草泣寒虫’。”他与孙洙所见为同一版本。

校：长堪，《全唐诗》注：一作常堪。**按**：依现代汉语用法，应该用“常”字，而在古代汉语中“常、长”二字经常通用。

（四）送友人东归

万里杨柳色，出关送故人。轻烟拂流水，落日照行尘。

积梦江湖阔，忆家兄弟贫。徘徊灞亭上，不语自伤春。

校：诗题，《全唐诗》注：一作《逢许评事》。题下又注：一作方干诗，题云《送卢评事东归》。披检《全唐书·方干卷》确有此诗，以下称方诗。

校：送，《纪事》《全唐诗》注均作：逢。**考**：《新唐书·百官志（三）》：大理寺，掌折狱、详刑。……评事八人，从八品下。掌出使推按。此诗为《送友人东归》，方诗作《送卢评事东归》，依此二题，“送”为点题之字。如依《全唐诗》所注之题《逢许评事》，当然“逢”字扣题。

校：拂，方诗作覆。**按**：结合首联知此句之轻烟乃“杨柳如烟”，其枝条低垂至水面上，仿佛轻拂一般，意境很美。如用覆字则朦胧一片了。

校：阔，《全唐诗》注：一作远。**按**：阔除开阔一义之外，尚有阔绰之义。这在隐含的寓意中正与对句的贫穷相比照。

校：徘徊，《全唐诗》作：裵回。**考**：《故训汇纂》：徘徊，或作裵回。[28]

校：自，上书注：一作共。**按**：“自伤春”是自己感伤于春季；“共伤春”，则是一种推测：友人与自己共同感伤于春季。然而，“子焉知鱼之乐也”？似以“自”字为更准确。

（五）别友人

扰扰倦行役，相逢陈蔡间。如何百年内，不见一人闲？
对酒惜余景，问程愁乱山。秋风万里道，又出穆陵关。

校：诗题，《又玄集》作《过陈州》。《别裁》《全唐诗》注均作《汝南逢董校书》。《全唐诗》注：又作《别董校书》。**考**：《新唐书·百官志（二）》：“集贤殿书院有学士、直学士、侍读学士、修撰官，掌刊辑经籍。……校书四人，正九品下。”董校书，名未详。按《别友人》之题可概括另二题。加之句中“陈蔡间”语、令人想到孔子的周游列国厄于陈蔡之史事，更可与汝南、穆陵关（在今湖北麻城北，接河南省界）相关联。

校：相逢，《又玄集》作：恓恓。下注：一作栖栖。**按**：恓，音xī，恓惶为忧愁烦恼之意。孔夫子周游列国时，于陈蔡间断了钱粮，弟子们恓惶不安而夫子仍弦歌弗断。（栖栖，非是。）细品此诗，叙事平实，以不用典故的“相逢”更切题旨。

校：如何，《全唐诗》注作：何为。**按**：何为不若如何文从字顺。

校：道，上书注：一作至。**按**：联系上句的“问程”，下句的“又出穆陵关”，还是“道”字佳。

校：出，《别裁》《全唐诗》注均作：度。**按**：倘指万里秋风，似“度”字佳；假如指所送之人，则“出”字佳。如首联用“恓恓陈蔡间”，而今“又出穆陵关”，会让人联想到诗人辞世后，唐宪宗元和年间鄂岳观察使李道古督师出穆陵关讨伐吴元济之事。诗后，《别裁》评曰：“前人有‘谁人肯向死前闲’句，读三四语，为之慨然。”

（六）广陵送赵主簿自蜀归

将归汾水上，远省锦城来。已泛西江尽，仍随北雁回。

暮云征马速，晓月故关开。渐向庭闱近，留君醉一杯。

校：诗题，集后校记：“蜀下有‘归（此字已在题中）绛州觐省’五字（实四字）。”《极玄集》作《广陵送赵主簿》下注：《中兴集》（按即《中兴间气集》）作《广陵送赵主簿自归蜀》。《全唐诗》作《广陵送赵（一作王）主簿自蜀归绛州宁觐》。**考**：主簿为管理文书簿籍之掾吏主管。赵氏或王氏名未详。**按**：要么用短题《广陵送赵主簿》，要么用长题，可道明原委。最不可取者乃少“绛州宁觐”四字之题。因该主簿自锦城（即蜀，今成都）归省（而非归蜀），取水路沿长江而下至广陵（今扬州），再骑马北上奔绛州（今新绛，即汾水之滨）。又“省”字，《全唐诗》注：一作自。**按**：省，即省亲，是宦游者归家探视父母之谓。与“宁觐”同义。故用长题，可去“省”用“自”，如用短题，“省”字断不可缺！

校：归，《中兴集》校记：一作之。**按**：省亲归里，自然要用归字。虽然“之”字有去、到之义。

校：征马，《中兴集》校记作：征骑。**按**：此处“征”字为旅行之义而非征战，故用“马”字即可。

（七）送谢夷甫宰剡县

〔明本，指《中兴集》收诗六首（即上六首），钞本（指述古堂影宋钞本）惟此及《广陵送赵主簿自蜀归》二首。〕以下亦为《中兴集》校记所载。

君去方为县，兵戈尚未销。邑中残老小，乱后少官寮。

廨宇经山火，公田没海潮。到时应变俗，新誉满余姚。

校：诗题中的剡县。《又玄集》作：鄮县。《纪事》作：郧县。《全唐诗》作余姚县。**考**：古鄮县有二，均为秦置：一治今河南永城西鄮县乡，一治今湖北光化西北，皆与诗中景色和余姚地域不符。又郧县，一说在今湖北安陆或郧县，一说在今江苏如皋东，亦均与此诗无涉。只有剡县在唐时与余姚相邻并同隶属越州会稽郡。此地既近且又经过战乱。而“余姚”更与诗句契合。

校：为县、兵戈，《全唐诗》分别作：为宰，干戈。**按**：词义皆相同，故两可。

校：老小，《又玄集》作：老少。**按**：对句中已有“少”字，虽音义均有别，但毕竟字形相同。况且老少与老小一义，故“小”字佳。

校：官寮，《又玄集》《纪事》均作：官僚。**按**：同官为寮。同寮，即同署治事者。寮又写作僚。此诗送朋友赴任，由于是战乱刚结束，推想官吏无多。

校：山火，《全唐诗》作：兵火。**按**：首联已有兵字，且与“海潮”对仗，还是山火为佳。

校：到时，《纪事》作：致时。**按**：到时，即到任后；致时，疑为“至时”之误。又“应变”，《全唐诗》注：“一作：因变。”**按**：应当变俗为佳。

校：新誉，《又玄集》《纪事》《全唐诗》均作：新政。**按**：由于执行新政而赢称誉。“新誉”——民众的交口称颂，已含政声在内。

（八）赠李山人（录自《极玄集》）

此意静无事，闭门风景迟。柳条将白鬓，相对共垂丝。

校：诗题，《万首唐人绝句》[29]《全唐诗》皆作《赠李唐山人》。《全唐诗》题注：一作李山人唐。**按**：山人，对隐者的尊称。

校：静无事，上引二书皆作：无所欲。**按**：意念中无欲无求，才是隐者追求的精神境界。“静无事”降低了这个标准。

（九）秋日行（连同下三首，均录自《才调集》）

山晓旅人去，天高秋气悲。明河川上没，芳草露中衰。

此别又千里，少年能几时？心知剡溪路，聊且寄前期。

校：诗题，《纪事》《全唐诗》均作：《早行寄朱山人放》。**按**：《唐才子传》称：“与处士张众甫、朱放甚厚。”除此首外，尚有《哭朱放》一诗。可见长题为佳。

校：秋气，《纪事》作：秋风。**按**：今人科学释风，为流动之空气，然古人悲秋，重在“秋之为气”。“风”字欠佳。

校：衰，原诗字下注及《全唐诗》注均曰：一作滋。**按**：与出句的“川上没”对仗，明显地“露中衰”胜于“露中滋”。值得一提的是：衰、滋二字同在支部，互换于押韵无碍。

校：千里，《纪事》《全唐诗》皆作：万里。**按**：二词均极言距离之遥远，看似两可。然而从格律角度看：此五律为首句仄起（晓）仄收（去）格式，颈联出句应作：㊀仄平平仄。第四字“千”仄声，合格律；而“万”平声，不合格律。

校：心知，《全唐诗》注：一作青冥。**按**：送朋友远行，还是用心去为朋友着想为好。

校：聊且寄前期，《全唐诗》注：一作“心与谢公期”。**按**：此处作者巧妙地用了个典故，将李白《梦游天姥吟留别》梦中穿谢公（灵运）游山时之屐，比喻与朱放的再会期许。但“心”字与出句重复，可能这也是改“心知”为“青冥”的原因。心知既不能改，此处仍用“聊且寄前期”为好。

（十）渐次空灵戍

寒尽鸿先至，春回客未归。早知名是病，不敢绣为衣。

雾积川原暗，山多郡县稀。明朝下湘岸，更逐鹧鸪飞。

校：诗题，《全唐诗》作《巡诸州渐次空灵戍》。此题说得更具体。而且有“巡诸州”之前提，“渐次”二字才有所来自。

校：至、春二字，上书分别作“去、江”。**按**：冬去春来，鸿雁作为追逐温暖的候鸟，由更南的地方飞回，又继续向北方飞去。“至、春”二字已十分恰切，无须替换。

校：病，上书注：一作幻。**按**：声名是虚幻而不实在的，所以不敢做前人“衣锦还乡”那样的梦。

（十一）赠韩道士

日暮秋风吹野花，上清归客意无涯。

桃园寂寂烟云闭，天路悠悠星汉斜。

还似世人生白发，定知仙骨变黄芽。

东城南陌频相见，应是壶中别有家。

校：诗题，《全唐诗》题注：一作张佖诗。**按**：爬梳《全唐诗·

张佖卷》果有此诗。然诗人名泌而非佖。以下称为张诗。

校：烟云，上书及张诗均作：烟霞。**按：**句意为烟雾中的晚霞已褪尽余晖。“霞”字佳。

校：定知，上书注：一作定教。**按：**道家炼丹，以铅华为黄芽。铅，外表黑，内怀金华。金华即黄芽。在赞叹韩道士法力之时，“定教”的肯定程度要强于“定知”。

（十二）潭州使院书情寄江夏贺兰副端

云雨一萧散，悠悠关复河。俱从泛舟役，近隔洞庭波。

楚水去不尽，秋风今又过。无因得相见，却恨寄书多。

校：诗题中，贺兰为复姓，端系六朝时对任幕僚的雅称，如府端、州端、节端、宪端等。此处用旧称。

校：复，《全唐诗》注：一作路。**按：**颔联有“俱从”一词，推知关河之间用复字相联，较用路字更准确。

校：楚水，上书注：一作春水。**考：**唐代潭州治今湖南长沙。楚字既点诗题，又与颔联“洞庭波”相呼应。“春”字欠佳。

参考文献：

[1]［19］（唐）高仲武选编. 中兴间气集［M］. 上海：上海古籍出版社，1978年，第301、273~274页.

[2]［10］［11］［12］［18］（宋）欧阳修等撰. 新唐书［M］. 北京：中华书局，1975年，第4691、4690、4690、1056~1057、4691页.

[3]［6］［8］［14］［15］［16］［17］（元）辛文房撰，周绍良笺证. 唐才子传笺证［M］. 北京：中华书局，2010年，第1181、1183、1184、1193、1180、1182、1184页.

[4]［7］［9］（清）董诰等编. 全唐文［M］. 北京：中华书局，1982年，第502、501、501页.

[5]［20］（唐）姚合编选. 极玄集［M］. 上海：上海古籍出版社，1978

年，第345、345~346页.

［13］（元）马端临撰. 文献通考［M］. 北京：中华书局，1986年，第2495~2499页.

［21］（五代）韦庄选编. 又玄集［M］. 上海：上海古籍出版社，1978年，第368页.

［22］（五代）韦縠选编. 才调集［M］. 上海：上海古籍出版社，1978年，第535~536页.

［23］（宋）计有功辑撰. 唐诗纪事［M］. 上海：上海古籍出版社，2008年，第456页.

［24］（清）彭定求等修纂. 全唐诗［M］. 上海：上海古籍出版社，1986年，第686~691页.

［25］［26］（清）沈德潜编. 唐诗别裁集［M］. 上海：上海古籍出版社，1979年，第389~390页.

［27］（清）孙洙编注. 唐诗三百首［M］. 上海：上海古籍出版社，2010年，第175页.

［28］宗福先等主编. 故训汇纂［M］. 北京：商务印书馆，2003年，第751页.

［29］（明）赵宧光等编定. 万首唐人绝句［M］. 北京：书目文献出版社，1983年，第56页.

（原载《龙城春秋》季刊2016. 1）

临海唐贤项斯诗六首异文校释

有关唐代诗人项斯的里籍，五代人张洎在《项斯诗集序》中称："项斯字子迁，江东人也。"此后，《新唐书·艺文志》、《唐诗纪事》（以下简称《纪事》）、《万首唐人绝句》（简称《万首》）、《唐才子传》（简称《才子》）、《唐诗品汇》（简称《品汇》）、《唐诗别裁集》（简称《别裁》）、《全唐诗》皆沿用之。今人周绍良引《太平寰宇记·江南东道十·台州》："领县五：临海、黄岩、天台、永安、宁海。"又《人物栏》："唐项斯，临海人。为人清雅工诗。"结论称"江东人"，盖指江南东道。[1] **考**：《太平寰宇记》为宋代乐史所撰。《新唐书·地理志（五）》亦载："江南道：台州临海郡，上（即第五等州郡，列辅、雄、望、紧之后，中、下之前）。本海州，武德四年（621）以永嘉郡之临海置。……县五：临海，望（即第三等县，列赤、畿之后，紧、上、中、下之前）。武德四年，析置章安县，八年（625）省。……右（以上）东道采访使，治苏州。"[2]

有关对项斯其人，其诗之品评，略引三则——《纪事》称："始未为闻之，因以卷谒杨敬之（文宗朝国子祭酒兼太常少卿），杨苦爱之，赠诗云：'几度见诗诗尽好，及观标格过于诗。平生不解藏人善，到处逢人说项斯。'未几诗达长安，明年擢上第。"[3] 又，上引《项斯诗集序》云："宝应、开成之际（836~840），君身价籍甚，时特为水部（张籍）所知赏。故其诗格与水部相类，词清妙而句美丽奇绝，盖得知于意表，迨非常情所及。故郑少师薰（懿宗朝太子少卿擢累吏部侍郎，进左丞，后以太子少师致仕）云：‘项斯逢水部，谁道不关情？’”又，《才子》称：“（项）斯性疏旷，温饱非其本心。初筑草庐于朝阳峰前，交结静者，槃礴岩林，戴藓花冠，披鹤氅，就松阴，枕白石，饮清泉，长哦细酌，凡如此三十余年。”[4]

今选项斯诗六首，参照古今成果，逐一予以校释。

一、苍梧云气（录自《才调集》）

何年化作愁？漠漠便难收。数点山能远，年（一作平）铺水不流。湿连湘竹暮，浓盖舜坟秋。亦有思归客，看来尽白头。[5]

诗题，苍梧山即九嶷山，在今湖南境内。《史记》载：“舜崩于苍梧。”

校：化，《纪事》[6]《全唐诗》注均作“画”。[7]**按：**苍梧山云气化作抹不去的浓愁。而“愁”是颇难入画的。

校：年，上引二书均作“平”。**按：**水不平则流。“年”字难以索解。

校：归，《纪事》《全唐诗》注均作“乡”。**按：**乡愁浓似酒，犹如苍梧云。从意境着眼，“思归”不若“思乡”。

二、江村夜归（录自《万首》）

月落江路黑，前村人语稀。几家深树里，点火夜渔归。[8]

校：诗题，《品汇》[9]《全唐诗》皆作：《江村夜泊》。[10]**按：**首句“江路黑”点题中江、夜二字，内中已为“归”字铺路。结句“夜渔归”或“照船归”，点题中之归字，内含江村与渔火。“泊”字无着落也。

校：月，上引二书均作“日”。**按：**日落时为黄昏，路尚依稀可辨。月才与夜相关连。又，“黑”字《说文》为“呼北切”即音 hēi，入声职部韵。《中华大字典》注音为“迄得切”，音近曷。这样才能将杜诗“俄顷风定云墨色（sè），秋天漠漠向昏黑（hè）”，白居易诗“满面尘灰烟火色（sè），两鬓苍苍十指黑（hè）”读得朗朗上口。如读黑（hēi），则拗口得很。

校：路，《全唐诗》注：“一作村。”**按：**第二句已有“前村”一词，如用“江村”，虽可点题，但嫌“村”字重复。

校：夜渔，《品汇》《全唐诗》注均作“照船”。**按：**与火字搭配，似“照”字佳，然“夜”乃与诗题呼应的点题之字，更佳。

三、泾州听张处士弹琴（录自《万首》）

边州独夜正思乡，君又弹琴在客堂。

仿佛不离灯影外，似闻流水到萧湘。[11]

诗题，“泾州”在今甘肃省泾川县以北。为唐时泾原节度使之治所。正应首句“边州”二字。《品汇》脱一“弹”字，属大缺失。[12]

校：萧湘，上引二书皆作“潇湘”。**按：**潇水，源出九嶷山，北流经道县，至零陵县西北入湘水。《山海经》称“交潇湘之渊”。知“萧”字大误。

四、远水（录自《品汇》）

渺渺浸天色，一边生晚凉。阔含萍势远，寒入雁愁长。

北极连平地，南流接故乡。扁舟当宿处，仿佛似潇湘。[13]

校：凉，《全唐诗》作“光”。[14]**按：**与作用于视觉的“天色”对举，还是作用于触觉的“晚凉”，强于继续作用于视觉的“晚光”为佳。

校：含，《全唐诗》作“浮”。**按：**“含萍”，不若“浮萍”，更令人遐思悠悠。

校：势，《全唐诗》作“思”。**按：**“思远”强于“势远”。“势远”，不好索解。

校：“雁愁”，《纪事》作“雁声”。[15]并于此句下注明：“张为取作《主客图》。”**按**：晚唐诗人张为作《诗人主客图》，其序曰：“若主人门下处其客者，以法度一则也。以白居易为广大教化主，上入室；杨乘；入室：张祜、羊士谔、元稹；升堂：卢仝、顾况、沈亚之；及门：费冠卿、皇甫松、殷尧藩、施肩吾、周元范、祝元膺、徐凝、朱可名、陈标、童翰卿。……以李益为清奇雅正主，上入室：苏郁；入室：刘畋……升堂：方干……项斯……”[16]也算一种评价。而且在看到“天色”“浮萍”，感到“晚凉”之后，又听到了“雁声”。诗人真是煞费苦心地调动各种感官参与创作。

校：南流，《全唐诗》作“东流”。**按**：与“北”对仗，自然是“南”较“东”更工稳。

校：接，《全唐诗》作“即”。**按**：“连接”上故乡，说得较严谨；“即便”是故乡，表现心情很急切。似两可。

校：当，《全唐诗》作“来”。**按**：此语言环境中的当，可释为置、该、适宜等多义，不若“来”字专一而不生歧义。

五、咸阳送处士（录自《才调集》）

古道白迢迢，咸阳离别桥。越人无水处，秦树带霜朝。

骑马言难尽，分程望易遥。秋来未相见，此意各萧条。[17]

诗题，《全唐诗》作：咸阳别李处士。[18]**按**：卷中尚有《李处士道院南楼》一诗。李姓人口众多，不知是否为同一人？

校：白，《全唐诗》作“自”。**按**：古道为千万人在千百年中修筑、踏出，自然通向远方。下联又说到“秦树”，“白”字欠佳。

校：无，《全唐诗》作“闻”。**按**：越地多为河网纵横之水乡，言“无水处”很费解。另，与“带霜期”对举，还是“闻水处”较佳。因为“闻、带”二字均为动词。

校：骑马，《全唐诗》作“驻马”。**按**：道别之时有说不完的话，但“千里相送，总有一别”，上马之时言尚未尽。看似“骑”字佳。但话别之时，必是令马驻足的。况且，与“分程”对举，还是与“驻马”相对举更佳。

校：各萧条，《全唐诗》作“转萧条”。**按**：送别之诗，总以“天各一方”作结。“各”字为“离别”“分程”画上句号，较“转”字为佳。

六、送欧阳衮归闽中（录自《品汇》）

秦城几岁住，犹着故乡衣。失意时相识，成名后独归。
海秋蛮树黑，岭夜瘴云飞。为学心难满，知君更掩扉。[19]

诗题，《别裁》作：送欧阳衮之闽中。[20] **按**：诗中已明言“独归”，不应再用“去、往、到”含义的“之”字。

校：“几岁”，《全唐诗》作“几年”。[21] **考**：《尔雅·释天》：“夏曰岁，商曰祀，周曰年，唐虞曰载。”知“岁、年”一义，故两可。

校：相，《全唐诗》注：“一作曾。”**按**：与“独归”对仗，“相识”大胜“曾识”。送别诗强调的就是“两相”之“聚”和“独自”之“别”。“曾”字大误。

校：瘴云，《全唐诗》作“瘴禽”。**按**：瘴云，为严重的瘴疠之气。韩愈贬官潮州就曾有“好收吾骨瘴江边”之感叹。项斯《蛮家》诗亦云：“醉后眠神树，耕时语瘴烟。”说禽类携带传染病是现代医学知识。还是“云”字佳。

清代学者沈德潜于尾联后注云：“即‘勤学翻知误’意。”窃以为应是《礼记》所言：“学，然后知不足。”“掩扉”即是闭门不出之意。俗话说“读书三年，门不敢出了。”此联亦可理解为：两耳不闻窗外事，一心只读圣贤书。当是“诗无达诂”，见仁见智了。

参考文献：

[1]［4］（元）辛文房撰，周绍良笺证. 唐才子传笺证［M］. 北京：中华

书局，2010 年，第 1724、1723 页.

［2］（宋）欧阳修等撰. 新唐书［M］. 北京：中华书局，1975 年，第 1056~1066 页.

［3］［6］［15］［16］（宋）计有功辑撰. 唐诗纪事［M］. 上海：上海古籍出版社，2008 年，第 740、741、741、978 页.

［5］［17］（五代）韦縠选编. 才调集［M］. 上海：上海古籍出版社，1978 年，第 605、545 页.

［7］［10］［14］［18］［21］（清）彭定求等修纂. 全唐诗［M］. 上海：上海古籍出版社，1986 年，第 1416、1418、1418、1416、1417、1415 页.

［8］［11］（明）赵宧光等编定. 万首唐人绝句［M］. 北京：书目文献出版社，1983 年，第 131、875 页.

［9］［12］［13］［19］（明）高棅选编. 唐诗品汇［M］. 上海：上海古籍出版社，1988 年，第 419、491、850、599 页.

［20］（清）沈德潜编. 唐诗别裁集［M］. 上海：上海古籍出版社，1979 年，第 410 页.

原载《台州社会科学》2016. 2

唐人咏“白纻”乐府诗异文校释

宋代郭茂倩选编《乐府诗集》（以下简称《乐府》），于《舞曲歌辞（四）·晋白纻舞歌诗》题下，引《宋书·乐志》曰：“《白纻舞》，按舞辞有巾袍之言，纻本吴地所出，宜是吴舞也。晋俳歌云：‘皎皎白绪，节节为双。’吴音呼绪为纻，疑白绪即白纻也。”《南齐书·乐志》曰：“《白纻歌》，周处《风土记》云：‘吴黄龙（229~231）中童谣云：行白者君，追汝句骊马。后孙权征公孙渊，浮海乘舶，舶白也。今歌和声犹云行白纻焉。’”《乐府解题》曰：“古词盛称舞者之美，宜及芳时为乐，其誉白纻曰：‘质如轻云色如银，制以为袍余作巾。袍以光躯巾拂尘。’”《唐书·乐志》曰：“梁武帝令沈约改其辞为《四时白纻歌》。今中原有《白纻曲》，辞旨与此全殊。”[1]

按：其下又收《宋白纻舞歌诗》、齐王俭《齐白纻辞》、梁武帝《梁白纻辞》。又于《白纻舞辞》下，收宋刘铄《白纻曲》，鲍照、汤惠休、（梁）张率等《白纻歌》多首。复于《舞曲歌辞（五）·四时白纻歌》题下收梁沈约、隋炀帝、虞茂等多首。唐人之作随其后，今统名之《白纻》乐府诗。

一、崔国辅《白纻辞》二首

《唐才子传》（以下简称《才子》）：“国辅，山阴人。开元十四年（726）严迪榜进士，与储光羲、綦毋潜同时。举县令，累迁集贤直学士、礼部郎中……有文及诗，婉娈清楚，深宜讽咏，乐府短章，古人有不能过也。”[2]《新唐书·艺文志》集部别集类著录：“《崔国辅集》，卷亡。应县令举，授许昌令，集贤直学士，礼部员外郎。坐王鉷近亲，贬竟陵郡司马。”[3]

其一

洛阳梨花落如霰，河阳桃叶生复齐。
坐恐玉楼春欲尽，红锦粉絮裛妆啼。

校：诗题，《河岳英灵集》[4]（以下简称《河岳》）、《唐诗纪事》[5]（以下简称《纪事》）均作《香风词》。**按**：《河岳》诗集乃系唐殷蟠所辑，且诗之题旨与“白纻”无涉，应以《香风词》为是。又，《万首唐人绝句》（以下简称《万首》）题作《白苎词》[6]更误！因“苎”乃草名，“苎麻”，欧洲人称为“支那草”，与织品“纻”是两种物品。另，《唐贤三昧集》（以下简称《唐贤》）题作《白纻词》。[7]**考**：辞、词在言词和文词的意义上为同义词，但在文体的意义上，“辞”古老，如《楚辞》《归去来辞》；“词”晚近，起于唐五代，盛于宋——成为王国维所称“一代之文学”。故知《白纻辞》是，而《白纻词》非。

校：“落”，纪事作“白”。**按**：霰为雪珠，自身色白。又，与“生复齐”对举，“落如霰”胜于“白如霰”。“落、生”均为动词，“白”于此语言环境为形容词。

校：坐恐，《河岳》作“坐怨”。《纪事》《唐贤》《全唐诗》皆为“坐惜”。[8]**按**：坐，因为，句意为因果复句：因为怨恨春天匆匆归去，所以悲伤的泪水将粉扑沾湿。“恐”因与“怨”形近，而致有“鲁鱼亥豖”类之讹误。又，玉楼，《全唐诗》注：一作“舞楼”。**按**：《白纻辞》本为《舞曲歌辞》，“舞”字更与诗题契合。

校：红锦，上引四书皆作“红绵”。**按**：锦的质地很致密，不适合做轻软的“粉扑”。“绵”字是。

校：裛，《唐贤》作“浥”。**按**：在沾湿的意义上“裛、浥”相通。王维诗《渭城曲》“渭城朝雨浥轻尘”，一些版本，“浥”即作“裛”。

其二

董贤女弟在椒风，窈窕繁华贵后宫。

璧带金釭皆翡翠，一朝零落变成空。

按：董贤是东汉哀帝刘欣之男宠（同性恋人）。其妹妹召进宫里封为昭仪，地位仅次于皇后。“椒风”，为其居舍，以配皇后之“椒房”（取椒之芬芳馥郁，且多子之义）。

校：璧带，《万首》作“壁带”。**考：**璧带为玉带。《汉书》曰：“壁带往往为黄金釭。”注云：“壁带，壁之横木，露出如带者。于壁带之中，往往以金为釭，若车釭之形。”而车釭（gōng）即车毂中之孔，以金属为里，谓之釭。可见，此句典出《汉书》，“璧”字大误！

二、杨衡同前题二首

《才子》载：“衡字中师，霅（霅阳，地名，在乐浪）人。天宝（742~756）间，避地西来，与符载、崔群、李渤同隐庐山，结草堂于五老峰下，号‘山中四友’。日以琴酒寓意，云月遣怀。衡诗工，苦于声韵奇拔，非常格窥其涯涘。尝吟罢，自赏其作，抵掌大笑，长谣曰：‘一一鹤声飞上天！’谓其响彻如此，人亦叹服。”[9]

其一

王缨翠珮杂轻罗，香汗微渍朱颜酡。

为君起唱白纻歌，清声袅云思繁多。

凝笳哀琴时相和，金壶半倾芳夜促。

梁尘霏霏暗红烛，令君安坐听终曲。

坠叶飘花难再复。

校：诗题，《唐诗品汇》（以下简称《品汇》）、《全唐诗·杨衡卷》均作《白纻歌二首》。[10] **按：**歌、辞（词）、曲等异文，说已见上文。

校：王缨，上引二书均作“玉缨”。**按**：与翠珮对举，“玉缨”大胜“王缨”。“王、玉”二字形近致误。

校：思繁，《全唐诗·杨衡卷》作“繁思”。**按**：二词一义，故云两可。

校：琴，《品汇》《杨衡卷》均作“瑟”。**按**：琴、瑟均为乐器，故两可。

校：倾，《品汇》作“领”。**按**：金壶，于此为酒器。半倾，即饮酒之意。“领”字难于索解。

其二

蹑珠履，步琼筵，轻身起舞红烛前。
芳姿艳态妖且妍，回眸转袖暗催弦。
凉风萧萧流水急，月华泛艳红莲湿。
牵裙览带翻成泣。

校：览，《品汇》《杨衡卷》《全唐诗·舞曲歌辞》皆作“揽”。**按**：“览”有观、受等义，不合此诗句意。“揽”字，是。

三、李白同前题三首

《新唐书·李白传》载：“李白字太白，兴圣皇帝九世孙。其先隋末以罪徙西域，神龙初（705），遁还，客巴西。白生，母梦长庚星，因以命之。十岁通《诗》《书》，既长，隐岷山。州举有道，不应。苏颋为益州长史，见白异之曰：‘是子天才英特，少益以学，可比相如。’然喜纵横术，击剑为任侠，轻财重施。更客任城，与孔巢父、郑准、裴政、张叔明、陶沔居徂徕山，日沉饮，号‘竹林六逸’。天宝初（742），南入会稽，与吴筠善。筠被召，故白亦至长安，往见贺知章，知章见其文，叹曰：‘子谪仙人也。’言于玄宗，召见金銮殿，论当世事，奏颂一篇。帝赐食，亲为调羹。有诏供奉翰林。”[11]《新唐书·艺文志》集部别集类著录：“李白《草堂集》二十卷，李阳冰录。”[12]

其一

扬清歌（一作音），发皓齿，北方佳人东邻子。
旦吟《白纻》停《渌水》，长袖拂面为君起。
寒云夜卷霜海空，胡风吹天飘塞鸿。
玉颜满堂乐未终，馆娃日落歌吹蒙。

校：诗题，《敦煌残卷〈唐写本唐人选唐诗〉》（以下简称《残卷》）作《白纻词三首》。**按**：“辞、词”二字，说已见前。

校：清歌，《残卷》作“清哥”。**按**：在敦煌俗字中以“哥”代“歌”。知“歌”较“音”早出。尾句“歌吹”，亦作“哥吹”。

校：旦吟，上引二书均作“且吟”。**按**：“旦”字多义，不若“且”只作副词不生歧义为好。

校：渌水，上引二书均作“绿水”。**按**：《渌水曲》《白纻辞》均为乐府《舞曲歌辞》之题名。“绿”字误。

校：蒙，《残卷》作“深”。《李白卷》注：一作“中”。**按**：吴人谓美女为娃。“馆娃宫”系吴王夫差为西施所建，故址在今江苏苏州市西灵岩山上。从音韵角度看：空、鸿、终、蒙四字押东韵，“深”不合韵，“中”押东韵，故“蒙、中”两可。

其二

月寒江清夜沈沈，美人一笑千黄金。
垂罗舞縠扬哀音，郢中《白雪》且莫吟。
《子夜》吴歌动君心，动君心，冀君赏。
愿作天池双鸳鸯，一朝飞去青云上。

按：古汉语中的“沈沈”，今作“沉沉”。而“沈”已为“瀋”之简化字。

校：吴歌，《残卷》作“吴声”。[13] **按**：《古乐府·清商曲词》中有《吴声歌曲》，似两可。但《宋书·乐志》称：“《子夜歌》者，有女子名子夜，造此声。”后人更为四时行乐之歌，谓之《子夜四时歌》。又有《大子夜歌》《子夜警歌》《子夜变歌》等乐府曲名，故知“歌”字佳。又，《品汇》作“吾歌”。“吾”字大误。

校：青云，《残卷》作“绿云”。**按**：“绿云”，指代美女之发；而“青云”则指仕途一路飙升。知“绿”字误。

其三

吴刀剪彩（一作绮）缝舞衣，明妆丽服夺春辉。
扬眉转袖若雪飞，倾城独立世所稀。
《激楚》《结风》醉忘归，高堂月落烛已微。
玉钗挂缨君莫违。

校：“春辉”，《残卷》《全唐诗》均作“春晖”。**按**：“春晖”一般比喻父母之阴庇、护祐。“春辉”才合诗意。

校：扬眉，《残卷》作“杨蛾”。**按**：扬眉表现舞者神采飞扬。敦煌俗字中，木字旁与“提手”（扌）偏旁常常混淆，而“蛾眉”又是喻美女之常用词，故致“扬眉”误作“杨蛾”。

校：玉钗，《残卷》作“王钗”。**按**：“玉、王”二字在篆文中极为形近，手写时也易少写一点儿。“玉”字是。又，此诗为句句押微韵，近似柏梁体。

四、王建《白纻歌》二首

《才子》称：“建字仲初，颍川人。大历十年（775）丁泽榜第二人及第，释褐授渭南尉，调昭应县丞，诸司历荐，迁太府寺丞、秘书丞、侍御史。（太）［大］和（827~835）中出为陕州司马。从军塞上，弓剑不离身；数年后归，卜居咸阳原上。初游韩吏部门墙，为忘年之友。与张籍契厚，唱答尤多。工为乐府歌行，格幽思远；二公之体，同变时流。”

其一

天河漫漫北斗粲，宫中乌啼知夜半。
新缝白纻舞衣成，来迟邀得吴王迎。
低鬟转面掩双袖，玉钗浮动秋风生。
酒多夜长夜未晓，月明灯光两相照，
后庭歌声更窈窕。

校：粲，《全唐诗》作“璨”。**按**：“璨”为美玉，又同粲。仍以“鲜明美好”的粲字为佳。

校：秋风，《品汇》作“春风”。按：前人沈约已有《四时白纻歌》，故春风、秋风似两可。

校：夜未，《全唐诗》注：一作“天不”。**按**：二词一义，但乐府诗让“夜”字重复更合舞辞题旨与神韵。

校：歌声，《全唐诗》注：一作“歌舞”。**按**：“窈窕”，一释幽闲，一释：美心为窈，美容为窕。（见《方言》）故知“歌舞”胜于“歌声”。

其二

馆娃宫中春日暮，荔枝木瓜花满树。
城头乌栖休击鼓，青蛾弹瑟白纻舞。
夜天燑燑不见星，宫中火照西江明。
美人醉起无次第，堕钗遗佩满中庭。
此时但愿可君意，回昼为宵亦不寐。
年年奉君君莫弃。

校：燑燑，《全唐诗》作“曈曈”。**按**：《集韵》释燑，同“炯”；而“曈曈”为天将明而未明之时。依诗意由于宫中灯火辉煌，所以看不见天上的星斗。“燑”字欠佳。

校：佩，《品汇》《全唐诗》均作“珮”。**按**：《玉篇》称：“珮，佩之或字。”故知“佩、珮”两可。

五、张籍同前题一首

《旧唐书》载："张籍者，贞元（785~804）中，登进士第。性诡激，能为古体诗，有警策之句传于时。调补太常寺太祝，转国子助教、秘书郎。以诗名。当代公卿裴度、令狐楚，才名如白居易、元稹皆与之游，而韩愈尤重之。累授国子博士、水部员外郎，转水部郎中，卒。世谓之'张水部'云。"[15]

皎皎白纻白且鲜，将作春衫称少年。
裁缝长短不能定，自持刀尺向姑前。
复恐兰膏污纤指，常遣傍人收堕珥。
衣裳着时寒食下，还把玉鞭鞭白马。

校：纻，《全唐诗》注：一作"苎"。**按**："苎"音 zhù，《集韵》："草名，可为绳。"又称：苎之或字。而"白纻"为诗题，"苎"字欠佳。说又见上文。

校：春衫，《品汇》《全唐诗》均作"春衣"。**按**："衣"为属概念（上位词），"衫"为种概念（下位词）。遇此种情形，下位词较上位词指代更具体。"衫"字佳。

六、柳宗元同前题一首

《旧唐书》载："柳宗元字子厚，河东人。……少聪颖绝众，尤精西汉诗骚，下笔构思，与古为侔，精裁密致，璨若珠贝，当时流辈咸推之。登进士第，应举宏辞，授校书郎、蓝田尉。贞元十九年（803）为监察御史。顺宗继位，王叔文、韦执谊用事，尤奇待宗元……叔文败，与同辈七人俱贬。宗元为邵州刺史，在道再贬永州司马。既罹窜逐，涉履蛮瘴，崎岖堙厄，蕴骚人之郁悼，写情叙事，动必以文，为骚文十数篇，览之者为之凄恻。元和十年（815），例移为柳州刺史。时朗州司马刘禹锡得播州（今贵州遵义市）刺史，制书下，宗元谓所亲曰：‘禹锡有母年高，今为郡蛮方，西南绝域，往复万里，如何与母偕行？如母子异方，便为永诀。吾与禹锡为执友，胡忍见其若是？’即草章奏，请以柳州授禹锡，自往播州。（**按**：此事被韩愈写进字数无多的《柳子厚墓志铭》而流传千古。）会裴度亦奏其事，禹锡终易连州。……江岭间为进士者，不远数千里皆随宗元师法，凡经其门，必为名士。著述之盛，名动于时，时号‘柳柳州’云。有文集四十卷。”[16] **按**：曹植云：“众口可以铄金，谗言三至，慈母不亲。”此言不虚！《唐人选唐诗》收诗数千首，竟然未选柳宗元一首诗。悲夫！

翠帷双卷出倾城，龙剑破匣霜月明。
朱唇掩抑悄无声，金簧玉磬宫中生。
下沉秋水激太清，天高地迥凝日晶，
羽觞荡漾何事倾？

校：诗题，《全唐诗》作《浑鸿胪宅闻歌效白纻》。**按**：似以此长题，说得更具体些。

七、元稹《冬白纻歌》一首

《新唐书》载：“元稹字微之，河南河内人。六代祖岩，为隋兵部尚书。稹幼孤，母郑贤而文，亲授书传。九岁工属文，十五擢明经，判入等，补校书郎。元和元年（806）举制科，对策第一，拜左拾遗。……元和末（820）召拜膳部员外郎。稹尤长于诗，与居易名相埒，天下传讽，号‘元和体’，往往播乐府。穆宗在东宫，妃嫔近习皆诵之，宫中呼‘元才子’。……所论著甚多，行于世。在越时，辟窦巩。巩，天下工为诗，与之酬和，故镜湖、秦望之奇益传，时号‘兰亭绝唱’。”[17] 《旧唐书》亦称：“稹聪警绝人，年少有才名，与太原白居易友善。工为诗，善状咏风态物色，当时言诗者称‘元、白’焉。”[18]

吴宫夜长宫漏款，帘幕四垂灯焰暖。

西施自舞王自管，雪纻翻翻鹤翎散。
促节牵繁舞腰懒。舞腰懒，王罢饮。
盖覆西施凤花锦，身作匡床臂为枕。
朝琍摐摐王晏寝，酒醒阁报门无事。
子胥死后言为讳，近王之臣喻王意。
共笑越王穷惴惴，夜夜抱冰寒不睡。

校：诗题，《全唐诗》《别裁》均无“歌”字。**按**：梁沈约云：“《白纻》五章，敕臣约造。武帝造后两句。”五章分别作春、夏、秋、冬、夜《白纻》，均无“歌”字。元稹依先贤例，可无歌字。

校：散，《别裁》字下注，同《唐文粹》注：（读）上声。

校：二懒字，《唐文粹》均作“软”。**按**：舞女腰支多婀娜，“软”字似乎强于“懒”字。

校：匡床，《唐文粹》无“匡”字。**按**：“身作床，臂为枕”句型同“舞腰懒，王罢饮。”可谓文从字顺。

校：朝琍，《别裁》作“朝佩”。**按**：“琍、佩”二字，说已见上文。

校：摐摐，《别裁》《全唐诗》均作“枞玉”。**按**：摐，音chuāng，意为撞击，击打之。句意似可通。而“枞”，为松叶柏身之树。“枞玉”，意较难索解。

校：酒醒，《别裁》《全唐诗》均作“寝醒”。**按**：上句作“王晏寝”，“寝醒”句，“寝”字接“寝”字成“顶真”修辞格。似较“酒醒”为佳。

校：阍报门无事，《唐文粹》作“阍门报无事”。**按**：阍，音hūn，意为守门者。似以守门者报平安无事为好。

诗以越王的卧薪尝胆，励精图治收束，恰与吴王的沉溺声色，骄狂自大形成鲜明之对比。

参考文献：

[1]（宋）郭茂倩编. 乐府诗集［M］. 北京：中华书局，1979 年，第 797 页.

[2]［9］（元）辛文房撰，周绍良笺证. 唐才子传笺证［M］. 北京：中华书局，2010 年，第 205、1286 页.

[3]［11］［12］［17］（宋）欧阳修等撰. 新唐书［M］. 北京：中华书局，1975 年，第 1603、5762、1603、5223 页.

[4] 傅璇宗等编. 唐人选唐诗新编（增订本）［M］. 北京：中华书局，2014 年，第 237 页.

[5]（宋）计有功辑撰. 唐诗纪事［M］. 上海：上海古籍出版社，2008 年，第 233 页.

[6]（明）赵宧光等编定. 万首唐人绝句［M］. 北京：书目文献出版社，1983 年，第 225 页.

[7] 张明非撰. 唐贤三昧集译注［M］. 上海：上海古籍出版社，2000 年，第 314 页.

[8]（清）彭定求等修纂. 全唐诗［M］. 北京：中华书局，1986 年，第 277 页.

[10]（明）高棅编选. 唐诗品汇［M］. 北京：中华书局，1988 年，第 349 页.

[13]［14］郭殿忱等撰. 唐人选唐诗考异（初辑）［M］. 郑州：郑州大学出版社，2015 年，第 30、31 页.

[15]［16］［18］（五代）刘昫等撰. 旧唐书［M］. 北京：中华书局，1964 年，第 4204、4213、4327 页.

原载《北京舞蹈学院学报》2016. 2

漫话唐代君臣咏“九日”诗

农历九月初九在传统文化中是个很重要的节日。古人认为九为阳数（奇数）之极，又谐久音，日月运行皆逢九时，故谓之重阳。又称重九或九日。据南朝梁文学家吴均所撰《续齐谐记》载：某年重九这天，汝南（治所在今河南上蔡）地区将有大灾难，人们只有带上茱萸囊登山饮菊花酒才可避祸。降至唐代，此风俗由于帝王的提倡而大行其道。仅据《唐诗纪事》《全唐诗》所载，即有高宗、中宗、德宗、宣宗四帝赋九日诗。其中场面最大的当属中宗，数量最多者则为德宗。

唐中宗李显为高宗第七子，母后为武则天。第一次当皇帝仅一个多月即被临朝称制的母后废黜了。第二次复位后便广建宅第，纵情奢侈。宠信韦后及女儿安乐公主，致使她们大肆结党营私，朝政极其腐败。韦后佞佛，于是中宗在景龙二年（708）重阳节登上慈恩寺塔（大雁塔）大会群臣，诗酒唱和。举凡风俗要件无一遗漏。以下略加漫话。

一、天时：重九

日丽重阳景，风摇季月寒。(岑羲)

日月宜长寿，人天得大通。(赵彦昭)

临幸符天瑞，重阳日再中。(崔日用)

二、地利：物产

（一）茱萸，落叶亚乔木，细分吴茱萸（花、茎入药以吴地所产最佳）与食茱萸（果实可供食用与祭祀用）均有浓香。上文吴均所言茱萸囊乃系果实盛入绛袋再缠于臂上。王维诗“遍插茱萸少一人”，一般理解佩插茱萸枝条。但亦有插茱萸花于头上诗：“他时头似雪，还对插茱萸。”（见中唐权德舆《酬九日》诗。）

彩旒牵画刹，杂佩冒茱萸。（卢藏用）

插萸登鹫岭，把菊坐蜂台。（樊忱）

（二）菊花，又称黄花。“重阳”风俗前已言菊花酒，亦有菊花戴满头者（杜牧诗：尘世难逢开口笑，菊花须插满头归。见《九日登高》）。

应节萸香满，初寒菊浦新。（孙佺）

金壶新泛菊，宝座即批莲。（张景源）

三、人和：登高会与望乡台

塔涌临玄地，高层瞰紫薇。（李乂）

登临凭季月，寥廓见中州。（刘宪）

仙游光御路，瑞塔迥凌空。（张锡）

一年之后，中宗又率领二十四位近臣重演一遍此“大戏”。他作《九月九日临渭亭登高》诗并序：

陶潜盈把，既浮九酝之欢；毕卓持螯，须尽一生之兴。人题四韵，同赋五言，其最后成者，罚之饮满。

九日正乘秋，三杯兴已周。泛桂迎樽满，吹花向酒浮。

长房萸早熟，彭泽菊初收。何藉龙沙上，方得恣淹留。

自然又是一番歌功颂德，拔得头筹的是宰相韦安石，殿后被罚的是“伴食宰相”兼吏部尚书卢怀慎。这些所谓的和诗被后人讥评为

“皆狎猥佻佞，忘君臣礼法，惟以文华取幸。”（计有功）著名才女上官婉儿的《九月九日上幸慈恩寺登浮图群臣上菊花寿酒》虽在形式上较工稳，但内容方面亦如上评所言——

帝里重阳节，香园万乘来。却邪萸结佩，献寿菊传杯。

塔类承天涌，门疑待佛开。睿词悬日月，长得仰昭回。

史载：唐德宗李适“以强明自任”，颇有其曾祖李隆基之遗风。仿唐明皇创“千秋节”（玄宗生日农历八月五日），创“中和节”（二月初一）与“上巳”（三月初三）“九日”（重阳）合称三令节。届时中外皆赐缗钱，宴会。他尤其热衷九日赋诗，先后写下《重阳日即事》《丰年多庆九日示怀》《九日绝句》《重阳中外同欢》《重阳日中外同欢以诗言志因示群官》《九日作黄菊歌》等多首。贞元四年（788）重阳节赐宴曲江亭，德宗赋诗其序云：

朕在位仅将十载，实赖忠贤左右，克致小康。是以择三令节锡兹宴赏，俾大夫卿士得同欢洽也。夫！共戚者，同其休；有其初者，贵其终。……因重阳之会，聊示所怀。

他比中宗更甚地下诏：令中书、门下简定文词之士五十余人应制。当场评出刘太清、李纾等四人为上等，鲍防、于邵等四人为次等，张蒙、殷亮等二十三人为下等。而李晟、马燧、李泌三宰相之诗，还未加考第。似乎在力求公平。惜上述之诗大多散佚——浩瀚如繁星般的唐诗，在千百年的流传过程中自行淘汰了该淘汰的那些次品，纵令作者曾是煊赫一时的帝王将相。

与以上君臣的唱和诗截然不同的是一些迁客、游子把九日登高远眺之地视为望乡台、思亲台。

九月九日望乡台，他席他乡送客杯。（王勃）

九月九日眺山川，归心归望积风烟。（卢照邻）

纵使登高只断肠，不如独坐空搔首。（高适）

去年登高郪县北，今日重在涪江滨。（杜甫）

强欲登高去，无人送酒来。

遥怜故园菊，应傍战场开。（岑参）

王维十七岁时写下的“独在异乡为异客，每逢佳节倍思亲”，之所以盛传千载而不衰，就是它以真挚情感极大地引发了亿万游子强烈的情感共鸣。

唐代女冠诗异文校释

——以《才调集》为中心

在《唐人选唐诗（十种）》中，韦縠所编《才调集》[1]收录女冠三人，诗二十首，为其他九种之最。有唐三百来年间以诗取士的科举制度，不仅在俗世间造就“一代文学”——唐诗之辉煌，而且在方外天地里也涌现出许多羽流诗人与释子骚客。其作品不但为当时推重，亦多入后世诗歌选家之法眼。今将李季兰等三人二十首诗，逐一与各种集本比勘，发现从作者、诗题到诗句，均有异文若干。惜前贤、时彦大都只罗列异同而很少加以是非、优劣之按断。我今不揣浅陋，试从文字演变，逻辑修辞，诗歌意境，音韵格律等方面，对异文予以校释、考论，并用“宜各从长”之标准，给出是非优劣之己断，以此求教于读者方家。

一、女道士李冶九首

《唐才子传》[2]：“季兰名冶，峡中人（《全唐诗》作吴兴人。名，一作裕），女道士也。美姿容，神情萧散，专心翰墨；善弹琴，尤工格律。当时才子颇夸纤丽，殊少荒艳之态。……天宝间，玄宗闻其诗才，诏赴阙，留宫中月余，优赐甚厚，遣归故山。”

《中兴间气集》[3]（以下简称《中兴》）评其人其诗曰：“士有百行，女唯四德，季兰则不然，形气既雌，诗意亦荡，自鲍昭以下，罕有其伦。如‘远水浮仙棹，寒星伴使车’盖五言之佳境也。上仿班姬则不足，下比韩英则有余。不以迟暮，亦一俊妪。”

《唐诗纪事》[4]（以下简作《纪事》）云：“刘长卿谓季兰为女中诗豪。”**按：**白居易曾赞誉刘禹锡为诗豪。《直斋书录解题》卷十九诗集类，著录《李季兰集》一卷。《全唐诗》[5]卷八〇五收李冶诗16首。**按：**《才调集》误作李治，是个不可原谅的硬伤！因为唐高宗名李治，谁人敢不避圣讳？

（一）从萧叔子听弹琴赋得三峡流泉歌

诗题，《中兴》作《赋得三峡流泉歌》。《纪事》《乐府诗集》[6]（以下简称《乐府》）俱作《三峡流泉歌》。《乐府》引《琴集》曰：“《三峡流泉》，晋阮咸所作也。”**按：**从全诗看，“从萧叔子听弹琴”七字不可或缺。

妾家本住巫山云，巫山流泉常自闻。
玉琴弹出转寥敻，真是当时梦里听。
三峡迢迢几千里，一时流入幽闺里。
巨石崩崖指下生，飞泉走浪弦中起。
切疑愤怒含雷风，又似鸣咽流不通。
回湍曲濑势将尽，时复滴沥平沙中。
忆昔阮公为此曲，能使仲容听不足。
一弹既罢复一弹，愿作流泉镇相续。

校：弹出，《中兴》《纪事》均作：奏出。**释：**弹、奏一义，故曰两可。

校：真是，上二书及《乐府》皆作：直似。**释：**此为比喻句，即好像当年梦里听到的一样。“直是”佳。

校：梦里，《纪事》《乐府》均作：梦中。**释：**里、中一义，故两可。

校：飞泉走浪，《纪事》作：飞浪远波。《乐府》作：飞波走浪。**释**：泉字与诗题呼应，不可少。走字在古汉语中为快跑之意，“走浪”大胜“远波”。

校：切疑，上引四书皆作：初疑。**释**：诗中初、又似、时复等词，均记听琴之过程。“初”字佳。

校：愤怒，《乐府》作：喷涌。**释**：愤怒系用拟人的修辞手法，强于“喷涌”的客观叙述。

校：又似，《纪事》作：复似。**释**：又、复一义，故两可。

校：鸣咽，上引四书皆作呜咽。**释**：鸣、呜二字因形近而致“鲁鱼亥豕”之讹误。“呜咽”为常见之词。

校：势将尽，《纪事》作：意将尽。**释**：势，为水势；意，为水意。后者虽系拟人之修辞手法，但句中回湍曲濑均形容水势。“意”字欠佳。

校：既罢，《纪事》作既毕。**释**：罢、毕皆终了之意，故两可。

校：复一弹，《中兴》《纪事》皆作：还一弹。**释**：复、还二字一意，亦两可。

校：愿作，《中兴》《乐府》均作：愿似。《纪事》作：愿比。**释**：歌行体乐府诗一般不避字词的重复，有时还刻意为之，造成一种回环复沓之文气。前已有“直似”“又似”二词，此处可用“愿似”一词。

（二）送阎伯均往江州

诗题，《中兴》、《纪事》、《唐诗别裁集》[7]（以下简称《别裁》）、《全唐诗》皆作《送韩揆之江西》，《又玄集》[8]作《送韩三之江西》。岑仲勉撰《唐人行第录》[9]据此称“韩三揆”。

相招折杨柳，别恨转依依。万里西江水，孤舟何处归？

湓城潮不到，夏口信应稀。唯有随阳雁，年年来去飞。

校：相招，《中兴》《又玄》《纪事》《别裁》皆作：相看。**释**：

送别之人泪眼相向，依依不舍。“看”字佳。

校：折杨柳，上四书皆作：指杨柳。**释**：折柳送别，古已有之。“指”字似不如“折”字。

校：西江水，《中兴》《纪事》《全唐诗》均作：江西水。**释**：西江水，应作西来之水理解。可能受诗题中往江西或之江西的干扰，竟误作江西水。

校：唯有，《又玄》作：只有。**释**：二词虽一义，但“唯”为平声字，“只”为仄声字。此五言律诗首句为平起（招或看——在此处读平声，音刊）仄收（柳）格式，尾联出句应为仄仄平平仄。首字应仄可平，最好为仄，故知“只”字佳。

校：随阳雁，上引四书皆作：衡阳雁。**释**：衡阳即今湖南衡阳市。旧城南郊有回雁峰，相传北雁南飞至此而回。王象之《舆地纪胜》卷五十五《荆湖南路·衡州》：回雁峰“在州城南。或曰‘雁不过衡阳’。”正与诗中“年年来去飞”相吻合。

（三）相思怨

人道海水深，不抵相思半。海水尚有涯，相思眇无畔。

携琴上酒楼，楼虚月华满。弹着相思曲，弦肠一时断。

校：眇，《全唐诗》作：渺。**释**：眇字本义为眼睛小（见《说文》）。引申义有细末、精微等多义。虽然《楚辞》中已有辽远之意（见《九章·悲回风》），但是在形容大海浩淼无涯时，总不如渺字准确。

校：酒楼，上书作：高楼。**释**：下句言楼虚，酒楼一般不言虚，高字与虚字较为契合。

校：弹着，上书词下注：一作弹得。**释**：着、得二字于此语言环境，词意相近，似两可。

（四）感兴

朝云暮雨镇相随，去雁来人有返期。
玉枕只知长下泪，银灯空照不眠时。
仰看明月翻含意，俯眄流波欲寄词。
却忆初闻凤楼曲，教人寂寞复相思。

（五）恩命追入留别广陵故人

无才多病分龙钟，不料虚名达九重。
仰愧弹冠上华发，多惭拂镜理衰容。
驰心北阙随芳草，极目南山望旧峰。
桂树不能留野客，沙鸥出浦谩相逢。

（六）八至（《万首唐人绝句·六言全附卷》漏收）

至近至远东西，至深至浅清溪。
至高至明日月，至亲至疏夫妻。

按：以上三首，寓目之书，未见异文。

（七）送阎二十六赴剡县

按：上引《唐人行第录》载："阎二十六伯均：《全唐诗》十一函李冶（《才调集》卷十讹李治，按李，女道士也，字季兰，作冶是）《送阎伯均赴剡县》，又《得阎伯钧书》，伯均即其情人。钧字写法有几种不同，兹据《姓纂》，定为伯均。可参《唐人行第录》四校记527页。《全诗》三函李嘉祐称内弟阎伯均。"又，剡县，即今浙江嵊州。

六水阊门外，孤舟日复西。离情遍芳草，无处不凄凄。
妾梦经吴苑，君行到剡溪。归来重相访，莫学阮郎迷。

校：凄凄《全唐诗》作：萋萋。**释**：萋萋，为草木茂盛之状。诗意约同白居易“萋萋满别情”之句。

（八）寄朱昉（《中兴》《全唐诗》均作《寄朱放》）

望远试登山，山高湖又阔。相思无晓夕，相望经年月。

郁郁山木春，绵绵野花发。别后无限情，相逢一时说。

校：望远，题注所引二书均作：望水。**释**：既然友人在远方，心向往之。“望远”较佳。

校：山木春，上二书均作：山木荣。荣字下注：一作青。**释**：以花木有情，春时郁郁生长，绵绵绽放，来比喻浓浓的人情。春字尚有思春的情愫在。《纪事》载：朱放“字长通，襄州人。隐居剡溪。”《全唐诗》收其《别李季兰》一诗，附录于下，供参照阅读。

古岸新花开一枝，岸旁花下有分离。

莫将罗袖拂花落，便是行人断肠时。

（九）得阎伯均书

情来对镜懒梳头，暮雨萧萧庭树秋。

莫怪阑干垂玉筯，只缘惆怅对银钩。

校：诗题，均字《纪事》《全唐诗》皆作“钧”。说已见前。

校：阑干，《纪事》作：栏杆。**释**：阑干，初始义为纵横之状。引申义因庭院栅栏亦纵横交叉，故义同栏杆。此句诗意为涕泣交流（玉筯为眼泪），故知“阑干”佳。

二、女道士元淳二首（《别裁》《全唐诗》均注：“洛中人。”）

（一）寄洛中诸姝

（《又玄》作娣，《纪事》《全唐诗》均作姊，《别裁》作妹。**按**：大义同。）

旧国经年别，关河万里思。题书凭雁翼，望月想蛾眉。

白发愁偏觉，归心梦独知。谁堪离乱处？掩泪向南枝。

校：题书，《全唐诗》作题诗。**释**：鸿雁传书乃汉代苏武牧羊之故实。于此句，“书”字佳。

校：谁堪，《纪事》作：谁凭。**释**：句意为：于离乱之处，任凭谁能不感到“情何以堪”！“凭”字欠佳。

校：掩泪，《又玄》《纪事》均作：掩泣。**释**：掩面而泣，如闻其声，更令人动容。

（二）秦中春望

凤楼春望好，宫阙一重重。上苑雨中树，终南霁后峰。

落花行处遍，佳气晚来浓。喜见休明代，霓裳蹑道踪。

按：寓目之书，未见异文。

三、女道士鱼玄机九首

《全唐诗》载：“鱼玄机，字幼微（一字蕙兰），长安里家女也。喜读书，有才思。补阙李亿纳为妾。爱衰，遂从冠帔于咸宜观。”《纪事》称：“其诗有‘绮陌春望远，瑶徽春兴多’；又‘殷勤不得语，红泪一双流’；又‘焚香登玉坛，端简礼金阙’；又‘云情自郁争同梦，仙貌长芳又胜花’。”唐宋诸多笔记均记其逸事。

（一）隔汉江寄子安（六言）

〔**按**：《万首唐人绝句（以下简称《万首》）·六言全附》[10]漏收。〕

江南江北愁望，相思相忆空吟。

鸳鸯暖卧沙浦，鸂鶒闲飞橘林。

烟里歌声隐隐，波头月色沉沉。

含情咫尺千里，况听家家远砧。

按： 寓目之书，未见异文。

（二）寓言（六言）（**按：**《万首》亦漏收。）

红桃处处春色，碧柳家家月明。

楼上新妆待夜，闺中独坐含情。

芙蓉叶下鱼戏，螮蝀天边雀声。

人世悲欢一梦，如何得作双成？

校： 叶下，上书作：月下。**释：** 鱼戏莲叶下，既符合现实生活场景，又有古乐府诗"鱼戏莲叶东"等名句可追寻。

校： 雀，上书注：一作：鹤。**释：** 螮蝀为彩虹之代词，在彩虹映照下，飞鹤齐鸣更富诗情画意。

（三）江陵愁望寄子安（《万首》作《江陵愁望有寄》）

枫叶千枝复万枝，江桥掩映暮帆迟。

忆君心似西江水，日夜东流无歇时。

按： 寓目之书，未见异文。

（四）寄子安

醉别千卮不浣愁，离肠百结解无由。

蕙兰销歇归春圃，杨柳东西绊客舟。

聚散已愁云不定，恩情须学水长流。

有花时节难知遇，未肯厌厌醉玉楼。

校： 已愁，上书作：已悲。**释：** 首句已有愁字，此处用"悲"字佳。

（五）寄李仁员外（一作《寄邻女》）

羞日障罗袖，愁春懒起妆。易求无价宝，难得有心郎。

枕上潜垂泪，花间暗断肠。自能窥宋玉，何必恨王昌？

校：障，《全唐诗》作：遮。**释**：于此语境，障、遮一义，故两可。

校：有心，《纪事》作有情。**释**：情诗，自然重在“情”字。

（六）至（七）送别二首（《全唐诗》分在两处，各题《送别》。）

其一

层城几夜惬心期？不料仙乡有别离。

睡觉莫言云去处，残灯一盏野蛾飞。

校：层城，《万首》作：层楼。《全唐诗》作：秦楼。**释**：《水经注》云：“昆仑之山三级：下曰樊桐，一名板松；二曰玄圃，一名阆风；上曰层城，一名天庭，是谓天帝之居。”此说正与下句中的“仙乡”契合。故知层楼、秦楼俱欠佳。

校：仙乡，上二书皆作：仙郎。**释**：仙郎居仙乡，与之离别者自然是钟爱的仙郎。以仙乡指代之，为含而不露也。

校：莫言，《万首》作：不言。《全唐诗》注：一作不嫌。**释**：句意为一觉醒来，不要说云雨（男女欢爱）不再，仙郎也不知去向。“莫言”最佳。

其二

水柔遂（一作逐）器知难定，云出无心肯再归？

惆怅春风楚江暮，鸳鸯一只失群飞。

校：柔，《全唐诗》注：一作流。**释**：流字既与“逐器”相关联，又与“出”字相对仗。

校：遂，诗中夹注、《万首》《全唐诗》皆作：逐。**释**：流水依器物形状而定型。“逐”字佳。

（八）迎李近仁员外（《万首》作《迎李员外》）

今日喜时闻喜鹊，昨宵灯下拜灯花。
焚香出户迎潘岳，不羡牵牛织女家。

校：喜鹊，《万首》作：鹊喜。**释**：二词看似一义，然而从修辞角度看，“喜时闻喜鹊”正对“灯下拜灯花”。“鹊喜”欠佳。羡，上书作：羡。虽然一笔之差，却谬之千里。《说文》曰：“羊大为美，主给膳。”次，音咸，是作口水讲“涎”的古字。未简化前的羡字是个会意字，即见到鲜美的羊肉就流口水了。减去一点，成了次羊。何解？顺便说到盗字，未简化前也作盗，即口水都流满一小盆了，于是就产生窃取之意，是谓盗。而今减去一点，成了次品，谁还去偷？[11]

（九）赋得江边树（《又玄集》《纪事》均作《临江树》。似概括得更好。又《全唐诗》作《赋得江边柳》，然而全诗见不到柳的影子。）

草色迷荒岸，烟姿入远楼。叶铺秋水面，花落钓人头。
根老藏鱼窟，枝低系客舟。萧萧风雨夜，惊梦复添愁。

校：草色，《全唐诗》作：翠色。**释**：冷眼乍看，言树之翠绿即可，似无须言草。但此五律之所以多入后世选家法眼，是因为其艺术水准甚高。首联即工稳对仗，为梅花先春绽放之“偷春格”：翠色对烟姿；“迷荒岸”对“入远楼”。故翠字佳。

校：迷，《又玄》《纪事》《全唐诗》俱作：连。**释**：与动词入对仗，动词“连”强于多词性的“迷”字。

校：叶铺，《全唐诗》作影铺。**释**：影铺虽然面积较大而且树影婆娑，似更好看，但是与尾联的“萧萧风雨夜”呼应，树叶纷纷吹落到江面之上，似更符合生活实际。

校：人，《全唐诗》注：一作矶。**释**：诗写道颔联对句末，画面中始见钓者出现。又，树花落其头上很富情趣。人字不可无。

校：鱼，上书注：一作：龙。**释**：树根下有洞藏鱼乃一般常识。而且又与钓人相关。而龙乃是传说中的“四灵”之首，即或在大江、大海里也要住“龙宫”，怎会栖身树洞之中？

校：系，《又玄》《纪事》均作：拂。《纪事》句下注：拂，一作傍。**释**：由于树枝低垂而拂到客船。树枝不能系住客船，傍船，也欠准确。拂字最佳。

参考文献：

[1]（五代）韦縠选编. 才调集［M］. 上海：上海古籍出版社，1978 年，第 664~666、668~671 页.

[2]（元）辛文房撰. 周绍良笺证. 唐才子传笺证［M］. 北京：中华书局，2010 年，第 283~284、1880~1888 页.

[3]（唐）高仲武编. 中兴间气集［M］. 上海：上海古籍出版社，1978 年，第 292~294 页.

[4]（宋）计有功辑撰. 唐诗纪事［M］. 上海：上海古籍出版社，2008 年，第 1123~1124、1127、1125 页.

[5]（清）彭定求等修纂. 全唐诗［M］. 上海：上海古籍出版社，1986 年，第 1973~1974、1971、1972 页.

[6]（宋）郭茂倩编. 乐府诗集［M］. 北京：中华书局，1979 年，第 876 页.

[7]（清）沈德潜编. 唐诗别裁集［M］. 上海：上海古籍出版社，1979 年，第 421~422 页.

[8]（五代）韦庄选编. 又玄集［M］. 上海：上海古籍出版社，1978 年，第 432、440 页.

[9] 岑仲勉著. 唐人行第录［M］. 北京：中华书局，2004 年，第 179、

175 页.

[10]（明）赵宧光等编定. 万首唐人绝句［M］. 北京：书目文献出版社，1983 年，第 995、994 页.

[11] 郭殿忱撰. 文字简化琐谈四题［J］. 长春：社会科学战线，1990 年，第 1 期，第 224、237 页.

唐代僧人咏“九日”诗校释

有唐一代近三百年祚，以诗取士的科举制度，使帝国诗坛群星闪耀，一片灿烂辉煌。《唐诗品汇·总叙》称：“贞观、永徽之时，虞（世南）、魏（征）诸公稍离旧习，王、杨、卢、骆因加美丽，刘希夷有闺帷之作，上官仪有婉媚之体，此初唐之始制也。神龙以还，洎开元初，陈子昂古风雅正，李巨山（峤）文章宿老，沈（佺期）宋（之问）之新声，苏（颋）张（说）之大手笔，此初唐之渐盛也。开元、天宝间，则有李翰林之飘逸，杜工部之沉郁，孟襄阳之清雅，王右丞之精致，储光羲之真率，王昌龄之声俊，高适、岑参之悲壮，李颀、常建之超凡，此盛唐之盛者也。大历、贞元中，则有韦苏州之雅澹，刘随州之闲旷，钱（起）郎（士元）之清赡，皇甫（冉、曾）之冲秀，秦公绪之山林，李从一之台阁，此中唐之再盛也。下暨元和之际，则有柳愚溪（宗元）之超然复古，韩昌黎之博大其词，张（籍）王（建）乐府，得其故实，元（稹）白（居易）序事，务在分明，与夫李贺、卢仝之鬼怪，孟郊、贾岛之饥寒，此晚唐之变也。降而开成以后，则有温飞卿（庭筠）之绮靡，李义山（商隐）之隐僻，许用晦（浑）之偶对，他若刘沧、马戴、李频、李群玉辈，尚能黾勉气格，将迈时流，此晚唐变态之极，而遗风余韵犹有存者焉。”[1]

然而，所论尚未赅备，尤缺释子，如寒山、皎然等；羽流，如吴筠、鱼玄机等；闺秀，如薛涛、花蕊夫人等。今爬梳《全唐诗》，得僧人咏“九日”诗十首（含九月八日、九月十日各一首）[2]现逐一考释如下——

一、灵澈一首《九日和于使君》(思上京亲故)

《唐诗纪事》(以下简称《纪事》):“僧灵澈，生于会稽，本汤氏，字澄源。与吴兴诗僧皎然游。皎然荐之包佶、李纾，以是上人之名，由二公而飏。贞元中，游京师，缁流嫉之，造飞语，激动中贵人，浸诬得罪，徙汀州，后归会稽。元和十一年(816)终于宣州。刘梦得曰：诗僧多出江右，灵一导其源，护国袭之，清江扬其波，法振沿之，如幺弦孤韵，瞥入人耳，非大音之乐。独吴兴昼公，能备众体，澈公承之。至如《芙蓉园新寺诗》曰：经来白马寺，僧到赤乌年。《谪汀州》云：青蝇为吊客，黄犬寄家书。可谓入作者阃域，岂独雄于诗僧间耶!”[3]

清晨有高会，宾从出东方。楚俗风烟古，汀洲草木凉。
山情来远思，菊意在重阳。心忆华池上，从容鸳鹭行。

考：诗题中的“九日”即诗句中的“重阳”。又称“重九”。魏文帝曹丕《九日与锺繇书》曰：“岁往月来，忽复九月九日。九为阳数，而日月并应，俗嘉其名，以为宜于长久，故以享宴高会。”可见首句中的“高会”，亦典出此书信。

曹丕还在信中盛赞此季节盛开的菊花，言其“含乾坤之纯和，体芬芳之淑气”，所以献上一束，祝锺繇健康长寿。诗句“菊意在重阳”即源出于此。

而今，一提起重阳赏菊，人们总会想起晋代陶渊明。其实他是承传曹丕的。就连他所作《九日闲居》诗的前四句“世短意常多，斯人乐久生。日月依辰至，举俗爱其名”，也是化用《九日与锺繇书》主旨而来。

又，题中“于使君”，据北京大学已故教授周绍良考证：其人即为皎然《杼山集》作序的于頔。《旧唐书·于頔传》载：“于頔字允元，河南人也……历长安县令、驾部郎中，出为湖州刺史。[4]《新唐书》亦有于頔传。[5]但所作《思上京亲故》已佚。

校：颈联“山情”，《纪事》作“山清”。释：与“菊意”对仗，“山情”大胜“山清”。何况首句中“清晨”一词里已有“清”，没有特殊需要，律诗应尽量避免重复字。

二、皎然七首（含九月八日、九月十日各一首）

《唐才子传》（以下简称《才子》）载：“皎然字清昼，吴兴人，俗姓谢，（宋）灵运之十世孙也。初入道，肄业杼山，与灵澈、陆羽同居妙喜寺。羽于寺旁创亭，以癸丑岁，癸卯朔，癸亥日落成，湖州刺史颜真卿名以“三癸”，皎然赋诗，时称‘三绝’。真卿尝于郡斋集文士撰《韵海镜源》，预其论著，至是声价藉甚。贞元（785~805）中，集贤御书院取高僧集上人文十卷藏之，刺史于頔为之序。”[6]《新唐书·艺文志》集部总集类著录：“《昼公诗式》五卷、《诗评》三卷。僧皎然。”[7]

（一）九日和于使君（思上京亲故）

雾景满水国，我公望江城。碧山与黄花，烂熳多秋情。
摇落见松柏，岁寒比忠贞。欢娱在鸿都，是日思朝英。

考：于頔《释皎然〈杼山集〉序》曰“贞元壬申岁（792），分刺吴兴（今湖州）明年，集贤殿御书院有命征其文集。”[8]**按**：《新唐书·地理志（五）》：“湖州吴兴郡，上。”（即第五等州郡，列辅、雄、望、紧之后，中、下之前。）[9]又据《新唐书·于頔传》：“出为湖州刺史……人赖以安。未几，改苏州。”[10]推知，灵澈、皎然二僧所作和诗，当在贞元辛未（791）或壬申（792）年重阳节湖州郡斋高会上吟唱。至于灵澈诗中的汀州（《新唐书》之汀州临汀郡，在今福建长汀）乃灵澈曾徙居之地。而此诗中的水国、江城则均指湖州。鸿都，乃洛阳宫门之名，于此指代长安而与“朝英”相契合；亦与灵澈诗“心忆华池上，从容鸳鹭行（百官朝廷列队之谓）”遥相呼应。

又，“黄花”即菊花。“烂熳”，《纪事》作“烂漫”。**按：**“烂漫”，乃光彩分布之状。九九重阳乃山花烂漫之季秋时节。韩愈《山石》“山红涧碧纷烂漫”即为一例。而“熳”，乃系讹字。

（二）九日陪颜使君真卿登水楼

重阳荆楚尚，高会此难陪。偶见登龙客，同游戏马台。

风文向水叠，云态拥歌回。持菊烦相问，扪襟愧不才。

《新唐书·颜真卿传》：“字清臣，秘书监师古五世从孙。少孤，母殷（氏）躬训导。既长，博学，工辞章、事亲孝。开元（713~741）中举进士，又擢制科。调醴泉尉。再迁监察御史，使河、陇。……代宗立，起为利州刺史，不拜，再迁吏部侍郎。除荆南节度使，未行，改尚书右丞。”[11]后李希烈反，颜真卿遇害。颜氏为著名书法大师。

颔联出句“登龙客”，指“一登龙门，声价十倍”（李白语）之士人。对句“戏马台”，典出《晋书》：刘裕为宋公时曾于重阳日大会宾客于戏马台（故址在今江苏徐州市南），谢灵运等人赋诗传世。

（三）九日与陆处士羽饮茶

九日山僧院，东篱菊也黄。俗人多泛酒，谁解助茶香。

《才子》称：“羽字鸿渐，不知所生。初，竟陵禅师智积得婴儿于水滨，育为弟子。及长，耻从削发，以《易》自筮，得《蹇》之《渐》曰：‘鸿渐于陆，其羽可用为仪。’始为姓名。有学，愧一事不尽其妙。性诙谐，少年匿优人中，撰《笑谈》万言。天宝（742~756）间，署羽伶师，后遁去。古人谓洁其行而秽其迹者也。上元初（760）结庐苕溪上，闭门读书，名僧高士，谈宴终日。貌寝口吃而辩，闻人喜若在己。与人期，虽阻虎狼不避也。自称‘桑苎翁’，又号‘东岗子’。工古调歌诗，兴极闲雅，著书甚多。扁舟往来山寺，唯纱巾藤鞋，短褐犊鼻，击林木，弄流水。或行旷野中，诵古诗，徘徊至月黑，兴尽恸哭而返。当时以比接舆也。与皎然上人为忘言之交。有诏拜太子文学。羽嗜茶，造妙理，著《茶经》三卷，言茶之原、之法、之具，时号‘茶仙’。天下益知饮茶矣！”[12]

校：诗题，《万首唐人绝句》（以下简称《万首》）作《九日与陆处士饮茶》，无“羽”字。[13] **按：**此乃关键之字，事涉与“俗人多泛酒”强烈对比的“茶神”来“解助茶香”，而非一般的陆姓处士。

（四）九日阻雨简高侍御（时与高公近邻）

江上重云起，何曾裛□尘？
不能成落帽，翻欲更摧巾。
素发闲依枕，黄花暗待人。
且应携下价，芒屩就诸邻。（第二句，缺一字。）

按：题中高侍御在几百首诗中仅一见，生平不详。简，应作书简解。

又，第二句所缺字应作仄声。因此五言律诗首句仄起（上）仄收（起），故第二句格律应为平平仄仄平“路、世、俗、浊（后二字系入声）”等字皆可。

颔联“落帽”，典出《晋书》：桓温征西，辟孟嘉为从事。九日大宴僚佐于龙山（在今湖北江陵），皆著戎服。风来将孟嘉帽子吹落，而其浑然不觉，继续开怀畅饮。一时传为佳话。李白诗云：“九日龙山饮，黄花笑逐臣。醉看风落帽，舞爱月留人。”后世文人墨客更在咏“九日”诗中多用此典。

“芒屩”为草鞋，暗指重阳节登山时所穿。

(五) 九日同卢使君幼平吴兴郊外送李司仓赴选

重阳千骑出，送客为踟蹰。旷野多摇落，寒山满路隅。

晴空悬蒨旆，秋色起菱湖。几日登司会？扬才盛五都。

考：蒨，为茜草之别名，又代表绿色。旆，旆之讹字，《释名》称“杂帛为旆”，即以杂色丝条缀于旗边为翅尾。句意：蓝天之下绿色的旗帜镶以杂色丝条迎风飘扬。

又，“菱湖”即古之陵波塘，在吴兴东南三十五里处。句意：菱湖一片秋色。**考**：司会，为职官名。《周礼》称为天官之属，主天下之大计，为计官之长。又，“五都”：唐代以长安为上都，洛阳为中都，凤翔为西都，江陵为南都，太原为北都。此联意为：李司仓高中司会后，将名满天下。

(六) 九月八日送萧少府归洪州

明日重阳今日归，布帆丝雨望霏霏。

行过鹤渚知堪住，家在龙沙意有违。

校：诗题，《万首》目录中无“九月八日”四字。[14]似乎以为首句中已点明。“少府”，唐人对县尉之称谓。因称县令（长）为明府。县尉亚之，故称“少府”。又，唐代洪州豫章郡，治所在今江西南昌市。

校：“望”，《万首》作“暮”。[15]**按**：“望霏霏”，指行舟水上，满眼细雨霏霏；而“暮霏霏”则点明暮雨下个不停。之于意境各有特色，似两可。

“鹤渚”，警惕性极高的鹤所居水中之洲。龙沙，则泛指塞外之地。南朝梁代学者刘孝标有诗云“龙沙宵月明”传世。

(七) 九月十日

爱杀柴桑隐，名溪近讼庭。扫沙开野步，摇舸出闲汀。

宿简邀诗伴，余花在酒瓶。悠然南望意，自有岘山情。

按：李白亦有《九月十日即事》诗："昨日登高罢，今朝更举觞。菊花何太苦？遭此两重阳。"写得切题且俏皮：说菊花太辛苦了！昨日（即九日）任凭男女老少"插满头"地去张扬"美"，今天又得献出"菊花酒"，真是太辛苦了。

而此诗开篇即直言羡煞隐居柴桑（今江西九江）的陶渊明。陶氏《九日闲居》序云："余闲居，爱重九之名。秋菊盈园，而持醪靡由，空腹九华（即九月菊花），寄怀于言。"[16]

尾联出句，借陶渊明"悠然见南山"之句，化用荆南襄阳岘山有纪念晋代名臣羊祜之"堕泪碑"。孟浩然亦有多首吟颂岘山之诗。

三、齐己诗二首

《才子》载："齐己，长沙人，姓胡氏。早失怙恃。七岁颖悟，为大沩山寺司牧，往往抒思，取竹枝画牛背为小诗，耆宿异之，遂共推挽入戒。风度日改，声价日隆。游江海名山，登岳阳，望洞庭，时秋高水落，君山如黛，唯湘川一条而已。欲吟杳不可得，徘徊久之。来长安数载，遍览终南、条、华之胜。归过豫章……性放逸，不滞土木形骸，颇任琴樽之好。"[17]

（一）九日逢虚中虚受

楚后平台下，相逢九日时。干戈人事地，荒废菊花篱。

我已多衰病，君犹尽黑髭。皇天安罪得？解语便吟诗。

《全唐诗》卷八四八："虚中，宜春人。客于马氏，住湘西粟诚寺，与齐己、尚颜、栖蟾为诗友。《碧云集》一卷，今存诗十四首。"[18]齐己尚有《谢虚中上人晚秋见寄》诗一首。

首联交待相逢之时、空后，颔联之慨叹着眼于战乱的时局；颈联之感喟则为彼此间身体状况的鲜明对比。尾联收束在诗僧间的联系纽带——吟诗。

(二) 庚午岁九日作

门底秋苔嫩似蓝，此中消息兴何堪！
乱离偷过九月九，头尾算来三十三。
云影半晴开梦泽，菊花微暖傍江潭。
故人今日在不在？胡雁背风飞向南。

周绍良先生据其他诗考证，齐己生于咸通元年（860），卒于天福二年（943）。此间庚午为后梁开平四年（910），上推三十三年，正是王仙芝、黄巢起义军连下州郡取得大胜之时。

综观上述三僧所赋十首诗，发现一个奇异现象：只字未提重阳节文化元素中的“茱萸”。据南朝作家吴均所撰《续齐谐记》载：东汉仙人费长房曾预言，九月九日天降大灾难于汝南，人们只有臂缠茱萸香囊，登山饮菊花酒方可避祸。可能此俗出于仙道之口，故佛门诗僧竭力回避之。李白作为狂热的道教信徒，在多首吟颂“九日”诗中就大谈“茱萸”。王维笃信佛教，也在《九月九日忆山东兄弟》中云：“遥知兄弟登高处，遍插茱萸少一人。”王维虽曾经被后世称为“诗佛”（与“诗仙”并世），但毕竟还是“方外之人”，不可与“诗僧”齐观也。

参考文献：

[1]（明）高棅编选. 唐诗品汇［M］. 上海：上海古籍出版社，1988年，第8~9页.

[2][18]（清）彭定求等修纂. 全唐诗［M］. 上海：上海古籍出版社，1986年，第1988、2002、2003、2004、2004、2008、2009、1997、2063、2075、2082页.

[3]（宋）计有功辑撰. 唐诗纪事［M］. 上海：上海古籍出版社，2008年，第1062页.

[4]（五代）刘昫等撰. 旧唐书［M］. 北京：中华书局，1964年，第

4129 页.

[5] [7] [9] [10] [11] (宋) 欧阳修等撰. 新唐书 [M]. 北京：中华书局，1975 年，第 5199、1625、1058、5199、4854 页.

[6] [8] [12] [17] (元) 辛文房撰，周绍良笺证. 唐才子传笺证 [M]. 上海：上海古籍出版社，2010 年，第 807、834、577、2103 页.

[13] [14] [15] (明) 赵宧光等编定. 万首唐人绝句 [M]. 北京：书目文献出版社，1983 年，第 174、136、968 页.

[16] 孟二冬. 陶渊明集译注 [M]. 长春：吉林文史出版社，1996 年，第 53 页.

王勃咏“九日”诗校释

在中华传统文化中夏历九月九日是一个很重要的节日。古人认为九为阳（奇）数之极，日月皆逢九故谓之重阳。又称九日。据南朝文学家吴均所撰《续齐谐记》载：汝南地区重九这天将降大灾难，人们只有佩戴茱萸囊登山饮菊花酒才可以避祸。孟浩然诗“待到重阳日，还来就菊花”，王维诗“遥知兄弟登高处，遍插茱萸少一人”，便是此风俗在盛唐时代的生动写照。

其实早在初唐，大诗人王勃就写过三首吟咏九日的诗。《新唐书》[1]载：“王勃字子安，绛州龙门人。”**按：**绛州，北周置，治所在龙头城（今闻喜东北）唐移置正平（今新绛）辖境相当今山西曲沃、稷山、新绛、绛县、翼城、垣曲、闻喜等县地。龙门，古县名，治所在今山西河津市。唐开元年间曾于县西置龙门仓。

九日升高

九月九日望乡台，他席他乡送客杯。

人今已厌南中苦，鸿雁那从北地来？

此诗最早收入唐人选编的《搜玉小集》[2]之中。南宋焕章阁学士洪迈选编《万首唐人绝句》[3]（以下作《万首》）时将诗题改为《蜀中九日》。后为清代沈德潜编《唐诗别裁集》[4]（以下作《别裁》）和康熙朝修纂《全唐诗》[5]所从。沈氏于题下还特地加注：“勃既废，客剑南时作。”复于诗后又注：“似对不对，初唐标格，不得认为律诗之半。”

按：题下注，交代王勃这位早慧的神童、擅打“腹稿”的才子，因戏作《檄英王鸡》而被唐高宗怒斥贬谪。正逢九九重阳登高北望故乡绛州，盼鸿雁传书寄去乡关之思。其中“望乡台”，可参见《南史·齐武帝纪》：“先是立商飚馆于孙陵岗，世呼为九日台。”诗后注，从艺术风格角度评价此诗，乃系古绝而非逐步形成于后世的律绝，即所谓“绝，截也。”截五、七言律诗之半也。

校：“人今”，《全唐诗》[6]作“人情”。**按**：“今”字意在与昔日作对比，而“已厌南中苦”，“情”已在其中矣。

校：“鸿雁”，《全唐诗》[7]注作“鸣雁”。**按**：鸿雁传书的故事典出《汉书·苏武传》，强调的是雁足传书而非雁鸣。故知“鸿”字佳。

校：“那”，《万首》作“哪”。**考**：中古汉语无“哪”字，《万首》误。

《全唐诗》[8]于《蜀中九日》题下注：“《纪事》作《和邵大震》。一作《蜀中九日登玄武山旅眺》。”**按**：《纪事》乃宋人计有功辑撰《唐诗纪事》之简称（以下用简称）。邵大震，安阳人，亦流寓东蜀。作《九日登玄武山旅眺》诗。《全唐诗》题下注：“玄武山在今东蜀。高宗时，王勃以檄鸡文斥出沛王府。既废，客剑南，有游玄武山赋诗。卢照邻为新都尉，亦有和诗。”又诗题，《万首》作《九月九日旅望》似不如《纪事》之题具体而恰切。

九月九日望遥空，秋水秋天生夕风。
寒雁一向南飞远，游人几度菊花丛。

其时，不独王勃有和诗，游宦于此的范阳（今北京一带）人卢照邻亦有和诗。皆载于邵大震条下。

九月九日眺山川，归心归望积风烟。
他乡共酌金花酒，万里同悲鸿雁天。

而载于王勃条的《九日》诗句“兰气添新酌，花香染别衣”，则出自另一首咏九日诗《九日怀封元寂》：

九日郊原望，平野遍霜威。兰气添新酌，花香染别衣。

九秋良会少，千里故人稀。今日龙山外，当忆雁书归。

按：霜威自天而降，又何尝凌厉过天子之威？忆昔京师“心织而衣，笔耕而食”的优裕日子，怎能不对此流落他乡，缺亲少故的境况大加感喟！

这种谪居的生活让王勃更神往先贤陶渊明。于是又作**《九日》**诗一首：

九日重阳节，开门有菊花。不知来送酒，若个是陶家。

诗人喝“陶酒”，赏“陶菊”，自然会联想到陶诗《九日闲居并序》：“余闲居，爱重九之名。秋菊盈园，而持醪靡由（竟没有一杯浊酒可饮），空服九华（即九日之菊花），寄怀于言。”[9]

世知意常多，斯人乐久生。日月依辰至，举俗爱其名。

按：此从魏文帝曹丕《九日与锺繇书》而来：“岁往月来，忽复九月九日，九为阳数，而日月并应，俗嘉其名，以为宜于长久，故享宴高会。”人人想长寿，九音谐久，所以世俗皆喜欢“重九”这个节日名称。王勃亦未能免俗，《全唐诗·王勃卷》总计收各体诗不足九十首，而上述三首咏“九日”诗全在其中，适足说明他对这个节日重视的程度。使其名垂千古的大作《滕王阁序》，亦于“时维九月，序属三秋”之际，在“南昌故郡，洪都新府”都督阎公所设重阳筵会上写成。可惜未几，他往交趾省亲，“渡南海，堕水而卒，时年二十八”[10]。至今，还令许多喜欢王勃诗的人和更多王勃故里寄旅他地的乡亲，在重阳节这天遥望南国而无限慨叹！

参考文献：

[1]（宋）欧阳修等撰. 新唐书［M］. 北京：中华书局，1975 年，第 5739 页.

[2]（唐）佚名编. 搜玉小集［M］. 上海：上海古籍出版社，1978 年，第

702 页.

[3]（明）赵宧光等编定. 万首唐人绝句 [M]. 北京：书目文献出版社，1983 年，第 200 页.

[4]（清）沈德潜编. 唐诗别裁集 [M]. 上海：上海古籍出版社，1979 年，第 657 页.

[5] [6] [7] [8]（清）曹寅等修纂. 全唐诗 [M]. 上海：上海古籍出版社，1986 年，第 168、180、168 页.

[9] 孟二冬译注. 陶渊明集译注 [M]. 长春：吉林文史出版社，1996 年，第 52 页.

[10]（五代）刘昫等撰. 旧唐书 [M]. 北京：中华书局，1964 年，第 5004 页.

河东王维生前入集诗异文校释

据文学史家考证：王维与李白同生于武后大足元年（701），历一甲子，又相随卒于肃宗上元二年（761）和代宗宝应元年（762）。前者系虔诚的佛教徒，后者为狂热的道教徒，同时辉耀于大唐盛世的诗歌星空中，却动若参商。相似之处是他们的诗歌创作都成功地赢得了生前身后美名。人们耳熟能详的是："太白天才豪逸""子，谪仙人也！"而鲜为人知的是："维未冠，文章得名……谕之作解头登第。"年十七所作《九日忆山东兄弟》为后世传诵千载，迄今尚不绝于人口；十九岁所吟《李陵咏》当世便令人叹服，名句被名家征引难以计数。

天宝三载（744）国子监广文馆进士芮挺章选编《国秀集》[1]，收王维近体诗七首。而李白诗竟一首未入法眼。八年后，进士殷璠选编《河岳英灵集》[2]（以下简称《河岳》）收李白古体诗十三首，王维各体诗十五首于上卷（一说意谓上品）。

其时王维正值壮年，声誉日隆。两集所收诗，除却重复，计有十八首。与后世诸多版本比勘，有异文若干。前贤、时俊多所罗列异同而鲜有按断，我今不揣浅陋，试从诗人之际遇，诗歌之意境，古体诗之声韵，近体诗之格律诸方面，加以分析，并给出是非优劣之己见，芹献于读者诸公。

一、国秀集·河上送赵仙舟

相逢方一笑，相送还成泣。祖席已伤离，荒城复愁入。

天寒远山静，日暮长河急。解缆君已遥，望君空伫立。

校：诗题，唐人《河岳》、宋人《唐诗纪事》皆作《淇上别赵仙舟》。而清人《唐贤三昧集》（以下简称《唐贤》）作《济州送祖三》，《唐诗别裁集》（以下简称《别裁》）、《全唐诗》均作《齐州送祖三》。《全唐诗》题下注："一作《河上送赵仙舟》，又作《淇上别赵仙舟》。"**考**：虽遍查寓目之典籍而未见赵仙舟其人。但唐人所辑一再标称之，王维及其诗友未提异议，所以自应尊重之。千年以降，王士禛、沈德潜等人可能有鉴于王维与祖咏相友善，相互酬唱的诗中又有相类的句子，加之王维又曾任济州（今菏泽郓城）司仓参军，故而致误。相对比较，《全唐诗》编纂者能在题下注明唐人二集之题，其严谨学风是值得称许的。

祖席已伤离　**校**："席"，《别裁》《唐贤》《王维诗选注》（以下简称《选注》）皆作"帐"。《全唐诗》注作"怅"。"已"，《纪事》作"忽"。**考**：古人饯行谓之祖道，又称祖饯。所设之帐谓祖帐，其筵席谓祖席，故"席、帐"两可。"已"为完成时态，正对下句之"复"字，而"忽"有进行时态，与上下文不相连属。

望君空伫立　**校**："空"，《河岳》《纪事》《唐贤》《别裁》《选注》均作"犹"。**考**："空伫立"，有白白站立之意，表现一种失落情绪；而"犹伫立"是说还长时间站立，呼应的是船已载着友人离开很遥远，即很长时间了。表现心随君去的一片深情。其旨趣与李白诗"孤帆远影碧空尽，唯见长江天际流"，与岑参诗"山回路转不见君，雪上空留马行处"的时空转换是一致的。故"犹"字佳。

二、国秀集·初至山中

中岁颇好道，晚家南山垂。兴来每独往，胜事只自知。

行到水穷处，坐看云起时。偶然见林叟，谈笑滞还期。

校：诗题，《河岳》、《文苑英华》（以下简称《英华》）、《唐文粹》皆作《入山寄城中故人》。《唐贤》《别裁》《全唐诗》《选注》均题《终南别业》。**考：**《国秀集》选诗至天宝三载，其时王维四十四岁，非《旧唐书》所云“晚年长斋，不衣文彩，得宋之问蓝田别墅(即辋川别业)。(裴）迪初与王维，（崔）兴宗俱居终南。”故，《初至山中》很切题。《入山寄城中故人》亦合当时亦官亦隐的实际情况。不必如清人一般坐实为《终南别业》。

晚家南山垂　**校：**“垂”，《河岳》《唐贤》《别裁》《全唐诗》《选注》皆作“陲”。**考：**“山陲”，即山脚下，“垂”字误。

胜事只自知　**校：**“只”（原文作“衹”），《河岳》《唐贤》《别裁》《选注》皆作“空”。**考：**关于此诗的归类，少数学者认为是五言古诗，多数人认为是律诗。高步瀛在《唐宋诗举要》中写道：“此等作律诗读，则体格极高；若在古诗，则非其至者。齐梁人诗，皆可以此意求之。”今从此说，视此诗为首句仄起仄收格式，颔联对句应为仄仄仄平平。“只”为仄声，合格律；“空”为平声，不合格律。

偶然见林叟　**校：**见，《河岳》《唐贤》《别裁》《选注》皆作“值”。“值、林”，《全唐诗》分别注：“一作见”，“一作邻”。**考：**依格律，尾联出句为平平平仄仄。“值”为平声，合格律；“见”为仄声，不合格律。从词义看，“值”有相逢之义，同见。又，“叟”为隐居林下之老人，强于邻居老人。

谈笑滞还期　**校：**“滞”，《河岳》《唐贤》《别裁》《选注》皆作“无”。**考：**依格律，尾联对句为仄仄仄平平。“滞”为仄声，合格律；“无”为平声；不合格律。虽然沈德潜解释：“末句‘无还期’，谓不定还期也。”但绝大多数人还会理解成“没有归期”，远不若“滞留”一词明确。

三、国秀集·途中口号

广武城边逢暮春，汶阳归客泪沾巾。

落花寂寂啼山鸟，杨柳青青渡水人。

校：诗题，宋人《万首唐人绝句》（以下简称《万首》）、《唐贤》、《全唐诗》、《选注》皆作《寒食汜上作》。**考**：广武、汶阳均为古地名。有学者据此推断："这首诗是诗人自济州而归，于暮春寒食节过广武、汜水时写的。"这段话是据宋人题此诗为《寒食汜上作》而阐释的。汜上，即汜水之上，亦即紧扣诗中"渡水人"。然以上皆为推断之语，远不若原题《途中口号》的泛指概括力强。

落花寂寂啼山鸟 **校**："落花"，《选注》作"花落"。**考**："落花"与"花落"，词义相近而词性不相关。"落花"为名词，与"广武""汶阳""杨柳"相一致；而"花落"为主谓词组。如将此诗视为七言律诗，则第三句就为平平仄仄平平仄（首句仄起平收式），"花"为平声，合格律；"落"为仄声，不合格律。因首字为应平，可仄，所以"落花"是，而"花落"非。

四、国秀集·成文学

宝剑千金装，登君白玉堂。身为平原客，家有邯郸娼。
使气分卿坐，论心游侠场。中年不得意，谢病客游梁。

校：诗题，《全唐诗》《选注》，皆列在总题《济上四贤咏三首》之下，为其二。**考**：成文学系王维贬谪济州任司仓参军时结交的贤者。

家有邯郸娼 **校**："娼"。**考**：实指技艺高超的乐伎。因燕赵自古出美女，故以"邯郸"指代。"娼、倡"虽则古音通假字，但还是"倡"字不引起歧义。

使气公卿坐 **校**："坐"，《选注》作"座"，**考**："坐、座"二字亦通假。但后世"座上客"已成凝固词组（名词）此句是说任侠使气的成文学已然是王侯公卿的座上客。故"座"（名词）强于"坐"（可能被误为动词）。

论心游侠场 **校**："心"，《全唐诗》注："一作交。"**考**："论心"亦即推心置腹地相交，故"论心"与"论交"两可。

中处不得意 **校**：“意”，《全唐诗》注、《选注》皆作“志”。**考**：“意、志”二字一义，故两可。

五、国秀集·扶南曲

怪来妆阁□，朝下不相迎。总在春园里，花间语笑声。

校：诗题，《万首》作《班婕妤》三首之三。**考**：《乐府诗集》(以下简称《乐府》) 收王维《扶南曲五首》，非此诗。《全唐诗》题作《扶南歌词五首》并注引《通典》云：“武德初，因隋旧制奏九部乐，四曰扶南。《(新) 唐书·礼乐志》云：‘天宝乐典皆以边地名，自河西至者，有扶南乐舞。’”亦非此诗。

怪来妆阁□ **校**：漫漶缺失之字，《万首》《全唐诗》皆作“闭”。**考**：宋人去唐未远，所补之字应有版本依据。另，诗意亦可通。

总在春园里 **校**：“在”，《万首》《全唐诗》皆作“向”，考：班婕妤虽失宠于汉成帝，但先后又在长信宫与东宫中生活，故“在”字合于史实。视此诗为律绝，“在、向”二字皆为仄声，足见古人精于格律。

六、国秀集·息伪怨

莫以今时宠，能忘昔日恩？看花满眼泪，不共楚王言。

校：诗题，《河岳》作《息夫人怨》。《万首》《唐贤》《别裁》《选注》皆题作《息夫人》。《全唐诗》题下有一长注：“题下有一怨字。一作《息妫怨》。时年二十。《本事（诗）》云：‘宁王宅左有卖饼者，妻纤白明媚。王一见属意，厚遗其夫，取之。宠爱逾等。岁余因问曰：当复忆饼师否？使见之，其妻注视，双泪垂颊，若不胜情。王座客十余人，皆当时文士，无不凄异。王命赋诗，维诗先成，座客无敢继者。王乃归饼师，以终其志。’”**考**：据《左传·庄公十四年》载：“楚子灭息，以息妫归。”知“伪、妫”二字因形近而致误。依古代礼制，妫姓女人嫁给息国国君，即可在自家姓前冠以息字，类似秦姬，芮姜等称呼。

莫以今时宠　**校**：“时”，《全唐诗》注：“一作朝。”**考**：“时、朝”一义，故两可。视此诗为律绝，“时、朝”均为平声，互换亦无碍格律。

能忘昔日恩　**校**：“能忘”，《纪事》《选注》《全唐诗》均作“难忘”。《全唐诗》注：“一作宁无。”又“昔日”，《河岳》《万首》《唐贤》《别裁》《选注》皆作“旧日”。《纪事》作“异日”**考**：诸本异文，文义皆相近。视此句为律句，应为平平仄仄平（首句仄起仄收式）“宁无旧日恩”或“宁无异日恩”，合格律。

看花满眼泪　**校**：“眼”，《全唐诗》注：“一作目。”**考**：“眼、目”一义，且同为仄声，故曰两可。

七、国秀集·送殷四葬

送君返葬石楼山，松柏苍苍宾驭还。
埋骨白云长已矣，空余流水向人间。

校：诗题，《万首》《全唐诗》注作《哭殷遥》。**考**：殷遥，丹阳人，行四。王维另有五言古诗《哭殷遥》，内有慈母未及葬，一女才十龄，知其中年辞世，殊可哀悯。

八、河岳·偶然作

陶潜任天真，其性耽嗜酒。自从弃官来，家贫不能有。
九月九日时，菊花空满手。心中窃自思，倘有人送否？
白衣携觞来，果不违老叟。且喜得斟酌，安问升与斗？
奋衣野田中，今日嗟无负。兀傲强行行，酣歌归五柳。
生事不曾问，肯愧家中妇？

校：诗题《偶然作》系一总题，依《全唐诗》此诗为第四首。

考：《别裁》题《偶然作二首》为其一、其二。《选注》题《偶然作六首（选四）》为一、三、五、六首。均未选此首。

其性耽嗜酒　**校**：“耽嗜”，《全唐诗》作“颇耽”。**考**：二词一义，故曰两可。

心中窃自思　**校**：“心中”，《全唐诗》作“中心”。**考**：古汉语“心中”与“中心”，有时同义，故两可。

果不违老叟　**校**：“不违”，《全唐诗》作“来遗”，**考**：“不违”是说未出所料；来遗，是果然有人赠送。实为一义。

今日嗟无负　**校**：“负”，《全唐诗》注：“一作有。”**考**：“负、有”在此句中同义，又同在上古音之部，故两可。

肯愧家中妇　**校**：“妇”，《全唐诗》注：“一作帚。”**考**：妇持帚掃刷，故在此句中“妇、帚”一义。但在上古韵部中，“妇”在之部而帚在幽部。全诗十个韵脚，除“斗”在侯部外，其余之、幽合韵。前二句“守、柳”皆在幽部，故“帚”在幽韵，强于押之韵的“妇”。

九、河岳·赠刘蓝田

篱间犬吠迎，出屋候荆扉。岁晏输井税，山村人夜归。

晚田始家食，余布成我衣。讵肯无公事？烦君问是非。

校：《全唐诗》于此题下注：“一作卢象诗。”**考**：卢象，字纬卿，范阳人，开元进士，与王维、李颀等交游，诗亦多写山水田园，故令诗作署名相混。查今本《全唐诗·卢象卷》未收此诗。

篱间犬吠迎　**校**：“间”，《全唐诗》注：“一作中。”“犬迎”，《唐贤》《全唐诗》皆作“迎吠”。**考**：“间、中”一义，且皆为平声，故两可。然“迎”字通常为平声，“吠”字为仄声，就直接关涉到格律：首句为平起平收抑或仄收？清人可能受音韵之影响，才改“吠迎”为“迎吠”。窃以为尊古为好。

出屋候荆扉　**校**：“荆”，《全唐诗》注：“一作柴。”**考**：荆扉即柴门，且“荆、柴”同为平声。故两可。

十、河岳·春闺

新妆可怜色，落日卷帘帷。淑气清珍簟，墙阴上玉墀。

春虫飞网户，暮雀隐花枝。向晚多愁思，闲窗桃李时。

校：诗题，《全唐诗》作《春晚归思》，“归”下注：“一作闺。”**考**：从全诗意境看，未见归意。故《春闺》佳。

落日卷帘帷　**校**：“帘”，《全唐诗》作“罗”。**考**：“帘”为绫罗材质，“帘、罗”又同为平声，故两可。

淑气清珍簟　**校**：“淑”，《全唐诗》作“炉”。**考**：“淑”为仄声，“炉”为平声。按五律首句平起仄收式，颔联出句第一字应仄可平，“淑”字佳。

十一、河岳·寄崔郑二山人

翩翩京华子，多出金张门。幸有先人业，思逢明主恩。

童年且未学，肉食骛华轩。岂知中林士，无人荐至尊。

郑生老泉石，崔子安丘樊。卖药不二价，著书仍万言。

息阴无恶木，饮水必清源。余贱不及议，斯人竟谁论？

校：诗题与前述《成文学》一诗相同，均在《济上四贤咏》总题之下，此为第三首。《全唐诗》《选注》皆题《郑霍二山人》。**考**：据诗中郑先霍后次文，应依《全唐诗》，窃思《河岳》颠倒的崔郑次序，可能因第一首的崔录事而致误。

翩翩京华子　**校**：“京”，《全唐诗》《选注》皆作“繁”，**考**：“京华”为名词，“繁华”为形容词，“京华”，是。

多出金张门　**校**：“出”，《全唐诗》注：“一作事。”**考**：出于“金张”二豪门，与“为金、张”尽力，其义相近，故曰两可。

思逢明主恩　**校**：“思逢”，《全唐诗》《选注》均作“早蒙”，

考：承上句的“先人”，“早蒙”较“思逢”为好。

童年且未学　**校：**“童”“未”，《全唐诗》注“一作同”“一作末”。**考：**“同年”专指同科进士及第之人；“末学”，为自谦之辞。皆与不学无术的纨绔子弟无干涉。原句佳。

岂知中林士　**校：**“知”，《全唐诗》《选注》皆作“乏”。**考：**此诗是用浪荡公子哥反衬林下的有识之士，故“乏”字尤有分量。

郑生老泉石　**校：**“生”，《全唐诗》《选注》皆作“公”，**考：**从青年时称呼“生”，到终老泉石未能施展才能，这是一个漫长的过程。较尊称“公”大胜。

崔子安丘樊　**校：**“崔”，《全唐诗》《选注》皆作“霍”。**考：**“霍”字佳，说已见前文。

著书仍万言　**校：**“仍”，《全唐诗》《选注》皆作“盈”。**考：**“不”“仍”均为虚词，可相互对举。而“盈”为实词，不若“仍”字。

余贱不及议　**校：**“余”，《全唐诗》《选注》皆作“吾”，**考：**“余、吾”均为第一人称代词，故两可。

十二、河岳·婕妤怨

宫殿生秋草，君王恩幸疏。那堪闻凤吹，门外度金舆。

校：诗题与前述《扶南曲》，在《万首》《全唐诗》《选注》中皆列《班婕妤三首》之下。《唐贤》作《班婕妤》。

诗句，诸本未见异文。

十三、河岳·渔山神女琼智祠二首

其一**《迎神》**

坎坎击鼓，渔山之下。吹洞箫，望极浦；
女巫进，纷屡舞；陈瑶席，湛清酤。
风凄凄而夜雨，不知神之来不来，使我心苦。

校：诗题，《乐府》作《祠渔山神女歌二首》，《全唐诗》《选注》皆作《鱼山神女祠歌》。**考**：据《乐府》题注，知神女复姓成公，字智琼。渔山，一名吾山。故诗题中的渔山，智琼均有来自。又，有"曲"字，正对应"歌"字。

渔山之下　**校**："渔"，《全唐诗》《选注》皆作"鱼"。**考**：按一般命名原则，似应作"鱼"。但特例也许作"渔"。究竟如何，待进一步考证。

风凄凄而夜雨　**校**："而"，《乐府》《全唐诗》注均作"又"。《全唐诗》《选注》均作"兮"。**考**："而、又、兮"在此句中皆为连词，故皆可。

不知神之来不来　**校**：《乐府》《全唐诗》均作不知神之来兮不来？《选注》无"不知"二字。**考**：疑问句中有无"不知"二字，均无碍。

使我心苦　**校**：《乐府》《全唐诗》《选注》皆作"使我心兮苦复苦"。**考**：后者更符合迎神曲的韵致，骚体诗多作"兮"字，而楚人又多巫事。

其二**《送神》**（一本下有"曲"字）

纷进拜兮堂前，目眷眷兮琼筵。
来不语兮意不传，作暮雨兮悉空山。
悲急管，思繁弦，神之驾兮俨欲旋。
倏去消兮雨歇，山青青兮水潺湲。

纷进拜兮堂前　**校**："拜"，《乐府》《全唐诗》均作"舞"。**考**：送神仪式载歌载舞为常态。较"拜"更显欢快。

来不语兮意不传　**校**："语"，《乐府》《全唐诗》皆作"言"。**考**："语、言"二字在此语境下均作动词，语义亦相同，故两可。

悲急筦，思繁弦　**校**：《乐府》《全唐诗》均为"悲急管兮思繁弦"。**考**：加"兮"字更符合歌舞之形式。

神之驾兮俨欲旋　**校**：“神”，《乐府》《选注》《全唐诗》均作“灵”。**考**：“神、灵”于此句中一义，故曰两可。

倏去消兮雨歇　**校**：“消”，《乐府》《全唐诗》《选注》皆作“收”。**考**：于此语境“消、收”一义，故曰两可。

十四、河岳·陇头吟

已见《唐人咏“陇头”乐府诗异文考释》。

十五、河岳·少年行

一身能擘两雕弧，虏骑千重只似无。
偏坐金鞍调白羽，纷纷身杀五单于。

校：诗题，《乐府》作《少年行四首（其四）》；《万首》《全唐诗》皆作《少年行四首（其三）》。**考**：两位宋人去唐未远，四首可信。次第三、四无大碍。

一身能擘两彫弧　**校**：“擘”，《乐府》作“臂”，**考**：擘，以手张弩也；臂，如臂之使指。知二字在此句中同义，又同为仄声，互换两可。

虏骑千重只似无　**校**：“重”，《乐府》《万首》皆作“群”。**考**：“重、群”皆平声，互换无碍格律；虑及意境，“千重”更显形势万分危急。

十六、河岳·初出济州别城中故人

微官易得罪，谪去济川阴。执政方持法，明君无此心。
闾阎河润上，井邑海云深。纵有归来日，多愁年鬓侵。

校：诗题，《别裁》、《全唐诗》注、《选注》皆作《被出济州》。后世之题虽简略，但不若唐人之题明晰晓畅。

谪去济川阴　**校**：“川”，《王摩诘文集》作“州”。**考**：史载：古济州在济水南岸，故云“川”是。

明君无此心 **校**：“无”，《全唐诗》作“照”。**考**：此五律为首句平起平收式，颔联对句为平平仄仄平。“无”为平声，不合格律；“照”为仄声，合格律。

多愁年鬓侵 **校**：“多”，《全唐诗》作“各”。**考**：依上列格律，尾联对句为平平仄仄平。“多”为平声，合格律；“各”为仄声，不合格律。

十七、河岳·送綦毋潜落第还乡

圣代无隐者，英灵尽来归。遂令东山客，不得顾采薇。
既至君门远，孰去吾道非？江淮度寒食，京兆缝春衣。
置酒临长道，同心与我违。行当浮桂棹，未几拂荆扉。
远树带行客，孤村当落晖。吾谋适不用，勿谓知音稀。

校：诗题，《全唐诗稿本》（以下简称“稿本”）、《王摩诘文集》、《全唐诗》注皆作《送别》。**考**：《送别》之题过于宽泛，远不若唐人之题概括精当。

既至君门远 **校**：“君”，《唐贤》《别裁》《全唐诗》注皆作“金”。**考**：“金门”，为汉宫金马之省称。汉武帝曾命学士在此待诏。“君门”，特指玄宗居处。于文义似两可，然此诗前两句已用典，故“金”字佳。

江淮度寒食 **校**：“度”，《别裁》作“渡”。**考**：“寒食”为文化节，非江淮之可渡。讹误可能即由江淮二字皆水部偏旁引起。

京兆缝春衣 **校**：“兆”，《唐贤》《别裁》《全唐诗》皆作“洛”。**考**：唐初定长安称京兆，后武则天迁都洛阳。王维写此诗之时，京都早已回迁长安，故称“京兆”为实写。而泛指汉唐两朝帝都时，称京洛也极常见。故两可。

置酒临长道 **校**：“临长”，《别裁》《全唐诗》注皆作“长安”，

考：“长安”系确指，“临长”为泛指，似两可。然，上句如用“京兆”，此处无须再用“长安”。反之亦然。

孤村当落晖　**校：**“村”，《唐贤》《别裁》《选注》皆作“城”。**考：**友人远行，显得一城虚空，倍感孤独。此极言友情之珍贵。“村”远不如“城”。

勿谓知音稀　**校：**“勿”，《稿本》作“乃”。**考：**此诗题旨是劝慰朋友落第切勿气馁，所以在末句鼓励道：不要说这世上缺少知音。故“勿”字佳。

参考文献：

[1]（唐）芮挺章选编. 国秀集［M］. 上海：上海古籍出版社，1978 年.

[2]（唐）殷璠选编. 河岳英灵集［M］. 上海：上海古籍出版社，1978 年.

[3]（宋）计有功辑撰. 唐诗纪事［M］. 上海：上海古籍出版社，1987 年.

[4]（清）王士禛选编. 唐贤三昧集［M］. 上海：上海古籍出版社，2000 年.

[5]（清）沈德潜选编. 唐诗别裁集［M］. 上海：上海古籍出版社，1979 年.

[6]（清）彭定求等修纂. 全唐诗［M］. 上海：上海古籍出版社，1986 年.

[7] 张清华选注，涂宗涛校阅. 王维诗选注［M］. 郑州：中州古籍出版社，1985 年.

[8]（宋）李昉等编撰. 文苑英华［M］. 北京：中华书局，1966 宋刊配明本.

[9]（宋）姚铉编. 唐文粹［M］. 上海：涵芬楼元翻宋小字影印本，今藏河南省图书馆。

[10] 高步瀛选注. 唐宋诗举要［M］. 上海：上海古籍出版社，1978 年.

[11]（宋）洪迈选编. 万首唐人绝句［M］. 北京：书目文献出版社，1983 年.

[12]（宋）郭茂倩选编. 乐府诗集［M］. 北京：中华书局，1979 年.

[13]（唐）杜佑撰. 通典［M］. 上海：商务印书馆，万有文库本.

[14]（宋）欧阳修等撰. 新唐书［M］. 北京：中华书局，1975 年.

[15]（周）左丘明撰. 春秋左氏传［M］. 北京：中华书局，1979 年.

[16]（五代）韦縠选编. 才调集［M］. 上海：上海古籍出版社，1978 年.

[17]（清）钱谦益等递辑. 全唐诗稿本［M］. 台北：台湾联经出版事业公司影印本，1976 年.

屈同仙《燕歌行》考异

唐天宝三载（743），进士芮挺章选李峤、宋之问等九十人（宋本已“名欠一士”，今本只八十八人）诗二百二十篇（宋本“诗增一篇”，今本为二百十八篇）成《国秀集》三卷。内收千牛兵曹屈同仙诗二首，其一为《燕歌行》。

文学史家认为《燕歌行》是曹丕借乐府旧题创作的最早七言诗。《乐府广题》：“燕，地名。言良人从役于燕，而为此曲。”《乐府正义》：“燕歌行与齐讴行、吴趋行、会吟行俱以各地声音为主。后世声音失传，于是但赋风土。而燕自汉末魏初，辽东西为慕容所居，地远势偏，征戍不绝故为此者。”宋代郭茂倩编《乐府诗集》收曹丕、陆机等十二人所撰《燕歌行》十四首。其中唐人三首，分别为高适、贾至、陶翰所作。未收屈同仙此诗。今据《国秀集》移录如下——

君不见渔阳八月塞草腓，征人相对并思归。
云和朔气连天黑，蓬杂惊沙散野飞。
是时天地阴埃遍，瀚海龙城皆习战。
两军鼓角暗相闻，四面旌旗看不见。
昭君远嫁已年多，戎狄无厌不复和。
汉兵候月秋防塞，胡骑乘冰夜渡河。
河塞东西万余里，地与京华不相似。
燕支山下少春辉，黄沙碛里无流水。
金戈玉剑十年征，红粉青楼多怨情。

厌向殊乡九离别，秋来愁听捣衣声。[1]

诗后注称：“《搜玉》有，但云‘屈同’，少‘仙’字。”**按：**指唐代佚名所辑《搜玉小集》[2]录有此诗，但作者为屈同而非屈同仙。《全唐诗》二〇三卷亦收此诗[3]，作者为屈同仙，官职亦作千牛兵曹。**考：**《新唐书·百官志》[4]：“左右千牛……掌侍卫及供御兵仗。以千牛备身左右执弓箭宿卫，以主仗守戎器……中郎将各二人……兵曹参军事各一人。”屈同仙属掾吏类小官。

注称：“习战”作“血战”。**按：**历来战争都要有人流血牺牲的。依上下文所述，战士们无论在瀚海抑或在龙城，都早已习惯于在昏天黑地的恶劣条件下作战。可不用“血战”二字。

注称：“不复和”作“尚不和”，**考：**汉元帝竟宁元年（前33）宫人王嫱主动远嫁匈奴呼韩邪单于，致使“边陲长无兵革之事”。汉庭改元“竟（境）宁”，匈奴封王昭君为“宁胡阏氏”。这种和平局面而今已不复存在——胡人上层统治者的贪得无厌导致边衅再起。“尚不和”表意欠准确。《全唐诗》亦作“不复和”，是。

注称：“春辉”作“光辉”，**考：**燕支山，又名焉支山，在今甘肃省山丹县东南。匈奴歌曰：“失我焉支山，令我妇女失颜色。”据此推知“光辉”为是。另，“春辉”易与“春晖”（指父母之荫庇呵护）相混淆。《全唐诗》即讹作“春晖”。

注称：“厌向”作“厌得”，**考：**厌字多音多义，又与恹字相通。在此语言环境中应作“厌恶”解，即已经厌烦不断向他乡行军、征战而长期与家乡、亲人分离。《全唐诗》亦作“厌向”，“得”字欠佳。

注称：“愁听”作“但听”，**考：**《燕歌行》属乐府相和歌辞，《乐府解题》曰：“晋乐奏魏文帝《秋风》《别日》二曲，言时序迁换，行役不归，妇人怨旷，无所诉也。”虽然北朝民歌《木兰辞》中已有“但闻黄河流水鸣溅溅”和“但闻燕山胡骑鸣啾啾”，然而表达幽怨之情，还是用“愁听”为好。《全唐诗》亦作“愁听”。

与今本《搜玉小集》《全唐诗》比勘，异文还不止上述五处。现补叙如次：

“君不见”三字，《搜玉小集》《全唐诗》均无。《乐府诗集》[5]所收14首《燕歌行》亦无此三字。它不似《行路难》，开篇多由“君不见”领起。

“连天黑”，《搜玉小集》《全唐诗》俱作“连天暗”，**按：**黑、暗二字近义，似两可。然而依上古三十韵部，腓、归、飞均押微韵，黑字押职韵。而暗字则在侵部，遍字在真部。“黑与遍”及“暗与遍”均非隔句韵，亦不具备合韵条件，全无必要易“黑”为“暗”。

“惊沙”，《全唐诗》注：一作“胡沙”，**按：**与上句中“朔气”对举，“胡（盘踞北方）沙”较“惊沙”为佳。

“是时”，《搜玉小集》作“此时”，**按：**“是、此”于此语言环境一义，故两可。

“燕支山下”，《搜玉小集》《全唐诗》皆作“燕支山上”，**按：**一般情况人们多在山下活动——包括和平时期的耕作、渔猎，战争时期的攻守、厮杀。

“殊乡”，《搜玉小集》《全唐诗》皆作“殊方”，**按：**与“向”搭配“方”强于“乡”。然而背井离乡再也听不到妻子、女儿捣衣之声时，浓浓的乡愁必然涌动心头。故“乡”字佳。

“离别”，《搜玉小集》作“为别”，**按：**《楚辞·九歌·大司命》[6]曰：“悲莫悲兮生别离。”后世“别离”或“离别”已成凝固词组。“为别”欠佳。《全唐诗》亦作“离别”。

以上，便是我依“宜各从长”之要求所给出的按断。全诗应为——

渔阳八月塞草腓，征人相对并思归。
云和朔气连天黑，蓬杂胡沙散野飞。
是时天地阴埃遍，瀚海龙城皆习战。

两军鼓角暗相闻，四面旌旗看不见。
昭君远嫁已年多，戎狄无厌不复和。
汉兵候月秋防塞，胡骑乘冰夜渡河。
河塞东西万余里，地与京华不相似。
燕支山下少光辉，黄沙碛里无流水。
金戈玉剑十年征，红粉青楼多怨情。
厌向殊乡久离别，秋来愁听捣衣声。

常见的校注唐诗（包括其他古诗）方法却与此相反，而是不惮烦琐地一一列出所有异文，并不加任何按断。姑且称此法为“述而不作”式，古已有之。孔子就自称为“述而不作”之人。朱熹注《论语》[7]曰：“述，传旧而已；作，则创始也。孔子删《诗》《书》，定《礼》、《乐》，赞《周易》，修《春秋》，皆传先王之旧而未尝有所作也。故其言如此。”窃以为此法并不可取，因为它会滋长藏拙、躲避责任等不当行为，更严重的是会扼杀极其可贵的创新精神。

遵照“宜各从长”的要求，对异文加以按断，不仅需要较为深厚的学养，而且需要学术创新的勇气与胆识。因为异文之间孰优孰劣，孰是孰非，如何判断，这要就诗人之行止、诗作之意境、古体诗之音韵、近体诗之格律，以及历史地理之沿革、名物制度之记载，予以综合考虑，并运用本校、他校、理校等校勘方法，具体问题具体分析，缜密思考后加以按断，力争实现“前修未密，后出转精”。

何以说到勇气与胆识呢？现举胡可先教授选注《杜牧诗选》[8]为例。其前言有云：“清人所编《全唐诗》，旁搜博采杜牧诗，分为七卷，计五百余首。今人陈尚君纂辑《全唐诗补编》，补逸八首。然《全唐诗》及《补编》伪作甚多，故杜牧诗的真伪考证，是杜牧诗研究的一大难题。特别是有些名篇，如《池上偶见绝句》：‘楚江寒食菊花时，野渡临风驻彩旗。草色连云人去驻，水纹如縠燕差池。’《清明》：‘清明时节雨纷纷，路上行人欲断魂。借问酒家何处有？牧童遥指杏花村。’古今选本多加以选入。但据笔者考证，前者是刘禹锡诗，后者当是许浑所作，故本书仍不入选。”这结论，对学术界而言是一件极平常，且颇受关注的研究成果。但面对“文化大众”，可能会遭到诸多质疑：说《清明》不是杜牧写的，不是为了出名而标新立异吧？所以需要些学术勇气。

又如《泊秦淮》一诗的第二句“夜泊秦淮近酒家”的注释：“近酒家，唐人韦庄《又玄集》卷中选此诗作‘寄酒家’。是一个重要异文，又似较优。杜牧不是船家，故在秦淮津渡停泊时，当不会在船中食宿。夜间一定是寄宿在酒家。但通行本都作‘近’，故仍之。”

注意！通过理校已证明唐选本“寄”字为是，但因为后世通行本都作“近”，所以便顺水推舟的“仍之”了！窃以为这样处理就显得才、学有余而胆识不足称道矣。

我期望：在由河南大学与苏州大学诸多学者共同完成的《新编全唐五代诗》中，能读到精选版本里的名句“劝君休采撷，此物最相思”（王维《相思》）、“昔人已乘白云去，此地空余黄鹤楼”（崔颢《黄鹤楼》）、“一片孤城万仞山，黄沙直上白云间”（王之涣《凉州词》）。以上亦是我们近年来对唐诗校注工作的些许芹献[9]。

参考文献：

［1］(唐)芮挺章编. 国秀集［M］. 上海：上海古籍出版社，1978年，第171页.

［2］(唐) 佚名辑. 搜玉小集［M］. 上海：上海古籍出版社，第694页.

［3］(清)彭定求等修纂. 全唐诗［M］. 上海：上海古籍出版社，第481页.

［4］(宋)欧阳修等撰. 新唐书［M］. 北京：中华书局，1975年，第1287页.

［5］(宋)郭茂倩编. 乐府诗集［M］. 北京：中华书局，1979年，第373、469~475页.

[6]（宋）洪兴祖撰. 楚辞补注 [M]. 北京：中华书局，1958 年，第 123 页.

[7]（清）阮元校刻. 十三经注疏 [M]. 北京：中华书局，1980 年，第 2481 页.

[8] 胡可先撰. 杜牧诗选 [M]. 北京：中华书局，2009 年，第 10、144 页.

[9] 郭殿忱等撰. 唐人选唐诗考异（初辑）[M]. 郑州：郑州大学出版社，2015 年，第 167、290、285 页.

醉骑蹇驴　神夺龙马

——兼评李杜优劣论

杜甫爱马，世人皆知。爬梳《全唐诗》所存其一千四百余首各体诗，仅以马冠题者，即有《高都护骢马行》、《天育骠骑图歌》等十多首。其中《韦讽录事宅观曹将军画马图》与《丹青引》还被选入蒙学读本《唐诗三百首》，流布愈加广远，影响愈加巨大，几近家喻户晓。唐宋人对此颇多言说，今择录几则：

自称“野人”，他称“狂狷之流”的任华非常敬重杜甫，曾于乾元二年赋诗《杂言寄杜拾遗》形容杜诗云“沧海无风似鼓荡，华岳平地欲奔驰。曹、刘俯仰惭大敌，沈、谢逡巡称小兒（ní）。”又云：“如今避地锦城隅，幕下英寮每日相就提玉壶。半醉起舞捋髭须，乍低乍昂傍若无。古人制礼但为防俗士，岂得为君设之乎?”虽未言马，其雄浑气魄已神夺龙马！

但并非所有人都赞誉杜甫的爱马懂马，就中亦有微词在——

晚唐诗人顾云**《苏君厅观韩干马障歌》**[1]：

杜甫歌诗吟不足，可怜曹霸丹青曲。
直言弟子韩干马，画马无骨但有肉。
今日披图见笔迹，始知甫也真凡目。

然而更多识马画马之人还是称许连连的——

北宋黄庭坚**《题韦偃马》**[2]：

韦侯常喜作群马，杜陵诗中如见画。
忽开短卷六马图，想见诗老醉骑驴。
龙眠作马晚更妙，至今似觉韦偃少。
一洗万古凡马空，句法如此今谁工？

北宋著名书画家米芾**《画史》**[3]：

世俗见马即命为曹、韩、韦，……惟薛道祖绍彭家《九马图》合杜甫诗，是真曹笔。余唐人大抵不相远也。

以上诗文虽见仁见智有别，但同述杜甫以诗画马之史实则无二致。

（一）先看曹霸画马——杜甫诗**《丹青引》**[4]：

先帝御马玉花骢，画工如山貌不同。
是日牵来赤墀下，迥立阊阖生长风。
诏谓将军拂绢素，意匠惨澹经营中。
斯须九重真龙出，一洗万古凡马空。

杜甫诗**《韦讽录事宅观曹将军画马》**[5]：

昔日太宗拳毛騧，近时郭家狮子花。
今之新图有二马，复令识者久叹嗟。
此皆骑战一敌万，缟素漠漠开风沙。
其余七匹亦殊绝，迥若寒空动烟雪。
霜蹄蹴踏长楸间，马官厮养森成列。

北宋诗人郭祥正有**《曹霸画马王荆公手写杜甫〈丹青引〉跋其尾》**[6]诗：

曹将军画少陵诗，林氏家藏相国题。
不动精神瞻御座，风云万里入霜蹄。

（二）再看韩干画马——杜甫诗**《丹青引》**[4]：

弟子韩干早入室，亦能画马穷殊相。
干惟画肉不画骨，忍使骅骝气凋丧。

北宋苏东坡有**《韩干马》**诗[7]：

少陵翰墨无形画，韩干丹青不语时。

此画此诗今已矣，人间驽骥谩争驰。

南宋学者周紫芝有**《季共以隆师四马见示后三日作长句以归之》**[8]诗：

少陵说马谁擅长？老韩曹霸江都王。

只今传法谁得妙？支郎为爇龙眼香。

沙平草细春日长，何人识此真乘黄？

归居蓬斋君卷藏，似君千里方腾骧。

（三）复看韦偃画马——杜甫诗**《题壁上韦偃画马歌》**[9]：

韦侯别我有所适，知我怜君画无敌。

戏拈秃笔扫骅骝，欻见麒麟出东壁。

一匹龁草一匹嘶，坐看千里当霜蹄。

时危安得真致此，与人同生亦同死。

北宋书画家黄伯思有**《跋韦鹖十马图后》**[10]：

韦偃十马，后有元和李丞相吉甫题字，真佳迹也。少陵有《韦偃画马诗》，偃当作鹖，盖转写之误。《阁中集名画记》《唐志》皆作鹖。

可叹，正像杜甫“致君尧舜上，再使风俗淳”的政治抱负终究未能实现一样，一生钟爱神马的他，现实生活中却是一介醉骑蹇驴的穷书生。正是这理想与现实间的巨大反差，才形成其诗歌沉郁顿挫的艺术风格。请看唐宋人为他画像的诗句——

晚唐诗人崔珏有**《道林寺》**诗[11]：

我吟杜诗清入骨，灌顶何必须醍醐？

白日不照耒阳县，皇天厄死饥寒躯。

北宋王安石有**《杜甫画像》**诗[12]：

吾观少陵诗，为与元气侔……

惜哉命之穷，颠倒不见收。

青衫老更斥，饿走半九州……
吟哦当此时，不废朝廷忧。
常愿天子圣，大臣各伊周……
所以见公像，再拜涕泗流。
惟公之心古亦少，愿起公死从之游。

北宋陈师道有**《戏寇君二首（其一）》**诗[13]：

杜老秋来眼更寒，蹇驴无复逐金鞍。
南邻却有新歌舞，借与诗人一面看。

北宋学者林敏功有**《书吴熙老醉杜甫像》**[14]：

清晨出寻酒家门，蹇驴破帽衣悬鹑。……
酒钱有无俱醉倒，改罢新诗留腹稿。……
百年风雅前无古，沈宋曹刘安足数？
后来一字人难补，君莫笑渠作诗苦。

南宋重臣李纲有**《读〈四家诗选〉四首之一〈子美〉》**诗[15]：

杜陵老布衣，饥走半天下。
作诗千万篇，一一干教化。
是时唐室卑，四海事戎马。
爱君忧国心，愤发几悲咤！……
岂徒号“史诗”？诚足继风雅……
呜呼诗人诗，万世谁为亚？

当然，最为后人津津乐道的篇什，还是李白的**《戏赠杜甫》**诗[16]：

饭颗山头逢杜甫，顶戴笠子日卓午。
借问因何太瘦生，总为从前作诗苦。

这诗后来由元稹发端，韩愈、张籍、白居易、王安石等人参与的“李杜优劣论”的争讼中，又有多种歧说：

孟棨认为：李白“律诗殊少，尝言兴寄深微，五言不如四言，七言又其靡也。况使束于声调俳优哉！故戏杜甫……盖讥其拘束也。”言外之意：诗乃心声，句成胸臆，则自然而然流淌而出。何必“语不惊人死不休”？后晋史学家刘昫编纂《旧唐书》时写道：“天宝末诗人，甫与李白齐名，而白自负文格放达，讥甫龌龊而有饭颗山之嘲诮。”

宋人陈正敏在《遁斋闲览》中写道：“或问王荆公：编《四家诗》以杜甫为第一，李白为第四，岂白之才格词致不逮甫也？公曰：白之歌诗豪放飘逸，人固莫及；然其格止于此而已，不知变也。至于甫，则悲欢穷泰，发敛抑扬，疾徐纵横，无施不可。……或者又曰：评诗者谓甫期白太过，反为白所诮。公曰：不然。甫赠白诗则曰：‘清新庾开府，俊逸鲍参军。’但比之庾信、鲍照而已。又曰：‘李侯有佳句，往往似阴铿。’铿之诗又在鲍、庾之下矣。饭颗之嘲，虽一时之戏剧之谈，然二人者，名既相逼，亦不能无相忌也。”**按**：以上转引自宋人胡仔《苕溪渔隐丛话》。陈氏之言大为可疑。理由有三——

一. 王安石学富五车，襟怀坦荡且性格执拗，绝不会言李杜相互猜忌。倘此语为陈氏所言，则更是以小人之心度君子之腹。

二. 宋人王巩在《闻见近录》中云：“黄鲁直尝问王荆公：‘世谓四选诗，丞相以欧、韩高于李太白耶？’荆公曰：‘不然。陈和叔尝问四家之诗，乘间签示和叔，时书史适先持杜集来，而和叔遂以其所送先后编集，初无高下也。李杜，自昔齐名者也，何可下之？’鲁直归问和叔，叔与荆公之谈同。今人乃以太白下欧、韩而不可破也。”[17] **按**：此有名有姓之人证，无疑要强于或为杜撰之“或者”之说也！

三. 大早于王安石选编四家诗，五代人王定保就在其所撰《唐摭言·轻佻》中，转引过有颇多异文的李白**《戏赠杜甫》**诗[18]：

长乐坡前逢杜甫，头戴笠子日卓午。
借问形容何瘦生？只为从来学诗苦。

并无宋人反复引用的“饭颗山头”之讥。

其实李杜间的友谊真挚感人。史载：四十四岁的李白与三十三岁的杜甫于天宝三载（744）一见如故。杜甫记同游梁宋时的情景竟是：

醉眠秋共被，携手日同行。

分别后更是彼此思念。杜甫寄李白之诗多达十三首。李白亦赠**《鲁郡东石门送杜二甫》诗**[19]：

醉别复几日，登临遍池台。何时石门路，重有金樽开？

秋波落泗水，海色明徂徕。飞蓬各自远，且尽手中杯！

又有**《沙丘城下寄杜甫》**诗[20]：

我来竟何事？高卧沙丘城。城边有古树，日夕连秋声。

鲁酒不可醉，齐歌空复情。思君若汶水，浩荡寄南征。

两位才华横溢、卓尔不群的大诗人，他们之间这种亲密到情同手足的友谊，岂是后人几句标新立异的“优劣论”，可以离间的吗？

参考文献：

[1]（清)彭定求等修纂. 全唐诗卷六三七［M］. 北京：中华书局，1960年.

[2]（宋）黄庭坚撰. 豫章黄先生文集卷九［M］. 明刻本.

[3]（宋）米芾撰. 画史卷一［M］. 津逮秘书本.

[4][9] 萧涤非选注. 杜甫诗选注［M］. 北京：人民文学出版社，1979年. 第162、223页.

[5]（清）沈德潜编. 唐诗别裁集卷七［M］. 上海：上海古籍出版社，1979年.

[6]（宋）郭祥正撰. 青山集卷二十九［M］. 清刊本.

[7]（宋）赵令畤撰. 侯鲭录卷八［M］. 知不足斋丛书本.

[8]（宋）周紫芝撰. 太仓稊米集卷三十三［M］. 文津阁四库全书本.

[10]（宋）黄伯思撰. 东观余论卷下［M］. 津逮秘书本.

[11]（宋）李昉等编纂. 文苑英华卷三四二［M］. 明隆庆刊本.

[12]（宋）王安石撰. 临川先生文集卷九［M］. 四部丛刊景明本.

[13]（宋）陈师道撰. 后山先生文集卷五［M］. 适园丛书本.

［14］（宋）孙绍远辑. 声画集卷一［M］. 景楝亭十二种本.

［15］（宋）李纲撰. 梁溪先生文集卷九［M］. 清刊本.

［16］（宋）计有功辑撰. 唐诗纪事卷十八［M］. 上海：上海古籍出版社，2008 年.

［17］（宋）王巩撰. 闻见近录卷一［M］. 知不足斋丛书本.

［18］（五代）王定保. 唐摭言卷十二［M］. 北京：中华书局，1957 年.

［19］［20］复旦大学古典文学教研组编. 李白诗选［M］. 北京：人民文学出版社，1995 年，第 91、92 页.

新吴刘慎虚诗异文校释

——以《河岳英灵集》为中心

唐代丹阳进士殷璠于天宝十二载（753）编定的《河岳英灵集》，收刘慎虚诗十一首，诗前评价称：

慎虚诗，情幽兴远，思苦语奇，忽有所得，便惊众听。顷东南高歌者数人，然声律宛态，无出其右。唯气骨不逮诸公。自永明以还，可杰立江表。至如“松色空照水，经声时有人”；又，“沧溟千万里，日夜一孤舟”；又，“归梦如春水，悠悠绕故乡”；又，“驻马渡江处，望乡待归舟”；又，“道由白云尽，春与清溪长。时有落花至，远随流水香。开门向溪路，深柳读书堂。幽映每白日，清晖照衣裳”，并方外之言也。惜其不永，天碎国宝[1]。

按：殷氏此评语影响深远。元代辛文房撰《唐才子传》（以下简称《才子》），清初王士禛编《唐贤三昧集》（以下简称《唐贤》），均加征引。又，清代何焯出校记：“（高歌）者”下有“十”字。即“十数人”。而辛氏称“数十人”。**考**：《唐诗别裁集》（以下简称《别裁》）介绍其“与贺知章、包融、张旭为‘吴中四士’”[2]。《唐贤》云“与王昌龄、孟浩然、高适友善，有诗作往还”[3]。《全唐文》引李华《三贤论》（“三贤”即刘慎虚、萧颖士、元德秀）内中有云：殷寅、裴腾、李广敬、卢虚舟、陈说言、沈兴宗、陈谦……是皆重于刘（慎虚）者。总计十数人为准。另，何焯校，“宛（态）”作“婉

(态)”亦本诸辛氏《才子》一书。

又，刘氏表字、里籍、登科年代亦均有歧说。《才子》称其嵩山人，开元十一年徐征榜进士[4]。《唐贤》称其“字全乙，洪州新吴(今江西奉新)人[5]。《别裁》与《全唐诗》均称其江东人，夏县令。**考：**地方志书乃一方之全史，可信度极高。据康熙朝所修《奉新县志》载：先贤刘慎虚“以宏词科，举左春坊司经局校书郎，转崇文馆校书郎”。王昌龄诗《送刘慎虚归取宏词解》、高适诗《别刘大校书》均可为佐证。又，《才子·刘长卿传》载：徐征为开元二十一年状元，并非十一年榜首。另据《唐摭言·知己篇》载：刘慎虚，字茂挺，人称“挺卿”[6]。名与字，似乎相反相成。

又，所赞“道由白云尽”一诗，幸赖此评价流传于世。《唐贤》《别裁》《全唐诗》《唐诗三百首》(以下简称《三百首》)皆题作《阙题》[7][8]。就中“清溪”，上引四书及《唐诗纪事》(以下简称《纪事》)皆作“青溪”[9]。《别裁》视此诗为五律，首联乃梅花先春而开之“偷春格”：青溪正与白云对仗。且可避尾联“清晖(辉)”之清字。“开门向溪路”上引四书皆作“闲门向山路”，是。因“闲门”正对“深柳”；“山路”可避“溪”字之重复。《别裁》于诗后评论道：“每事过求，则当前妙境，忽而不领。解此意方见自然之趣[10]。”

一、海上诗送薛文学归海东

日处归且远，送君东悠悠。沧溟千万里，日夜一归舟。
旷望绝国所，微茫天际愁。有时近仙境，不定若梦游。
或见青色古，孤山百里秋。前心方杳眇，此路遥夷犹。
离别惜吾道，风波敬皇休。春浮花气远，思逐海水流。
日暮骊歌后，永怀空沧州。

校：诗题，《纪事》只题作《海上》。**考：**原题较《海上》大佳。因盛唐时代中日交往频繁且亲密。王维有《送晁监归日本》，钱起有

《送僧归日东》，均可证此。

校：“日处”，《纪事》《全唐诗》均作“何处”。**考**：首起用设问句较好。

校：“或见青色古，孤山百里秋”，《纪事》《全唐诗》注及书后何校，皆作“或见青色石，孤山百丈秋”。**考**：依理校法，“青色古”，文义欠通；而“孤山”不会有百里之大。故知“石、丈”二字是。

校：“骊歌”，《纪事》作“离歌”。**考**：骊歌，即告别之歌。南朝梁刘孝绰有诗云“爱客待骊歌”。知“骊”字有所本，胜“离”字。

二、送东林廉上人还庐山

石溪流已乱，苔径入渐微。日暮东林下，山僧还独归。
常为炉峰意，况与远公违。道性深寂寞，世时多是非。
会寻名山去，岂复无清机？

校：此诗《全唐诗·刘慎虚卷》未收，而在《王昌龄卷》中。“入”，王诗作“人”。**考**：“人渐微”与“流已乱”对举，较“入”大胜。又“常为炉峰”，王诗作“昔为庐峰”。**考**：送人诗，说而今之事，“常”字佳。而（香）炉峰只是庐山汉阳、五老等诸峰之一，故“庐峰”是。又“世时”，《唐贤》与王诗皆作“世情”。**考**：“世情多是非”，是。“世时”欠通顺。又“无清机”，王诗作“望清辉”。**考**：所送之人为高僧，“清机”为清净（静）的心机，正呼应上联的道性。较“望清辉”为佳。

三、送韩平兼寄郭微

上客夜相过，小童能酤酒。即为临水处，正值雁归后。
前路望乡山，近家见门柳。到时春未暮，风景自应有。
余忆东州人，经年别来久。殷勤为传语，日夕念携手。
兼问前寄书，书中复达否？

校：“雁归”，《全唐诗》作“归雁”。**考：**出句为“临水处”，对句作“归雁后”是。“雁归”与“临水”词性不搭配。又“乡山”，《全唐诗》注作“乡关”。**考：**“乡山”对“门柳”是。“关”对“柳”，不若“山”字自然。又“东州”，《全唐诗》注一作“东周”。**考：**东州为地域，东周为朝代或诸侯国名。东州似指韩平或郭微故里。又“书中”，《全唐诗》注一作“中间”。**考：**此古诗多律句，不必用顶真格，“中间”，是。

四、寄阎防（防，时在终南丰德寺读书。）

青暝南山口，君与缁锡邻。深路入古寺，乱花随暮春。
纷纷对寂寞，往往落衣巾。松色空照水，经声时有人。
晚心复南望，山远情独亲。应以修德业，亦惟此立身。
深林度空夜，烟月锁清真。莫叹文明日，弥年从隐沦。

校：题注中的丰德寺，《唐贤》题注作“丰得寺”而其后阎防小传又作“丰德寺”，此亦同《全唐诗》题注。知“得”字误。又“青暝南山口”，《纪事》《全唐诗》注均作“青冥南山色”。《唐贤》亦作“青冥”。**考：**“青冥”即青天。“暝”字误。“山口”指读书地点，与缁衣锡杖的僧人为邻，较“山色”为好。又，“修德业”，上引三书及书后毛、何二校均作“修往业”。又，“此立身”，上引三书皆作“立此身”。**考：**“修往业”正与“立此身”相对举。又，“锁清真”，上引三书皆作“资清真”。**考：**朦胧的烟月却可使人的情怀更加淡泊真纯。“资”胜“锁”。《别裁》诗后注云：“烟月资清真，言性本清真，而烟月又资之也。清绝高绝。”又，“弥年从隐沦”，《唐贤》《别裁》《全唐诗》皆作“弥年徒隐沦”。**考：**两句收束语是鼓励阎防在隐居处好好读书。切莫叹息不能在昌明盛世居闹市入仕途。清人误唐、宋书之“從（从）”作“徒”，乃“鲁鱼亥豕”之讹。

五、暮秋杨子江寄孟浩然

木叶纷纷下，东南日烟霜。林山相晚暮，天海空青苍。

暝色空复久，秋声亦何长？孤舟兼微月，独夜仍越乡。

寒笛对京口，故人在襄阳。咏思劳今夕，汉江遥相望。

校：诗题中杨子江，《纪事》《唐贤》《别裁》皆作“扬子江”，是。又“烟霜”，《全唐诗》烟下注：“一作雨。”**考**：烟霜，似烟雾般的薄霜；雨（yù）霜，则为下霜。从音韵角度看：“日雨”的仄仄，对“纷纷”的平平，似强于“日烟”的仄平。然从意境着眼，还是“烟霜”胜一筹。

校：“林山相晚暮”，《纪事》作“山林相晓暮”。**考**：是树林与山峦均沐浴在苍茫的暮色里？还是山峦晨披朝霞，树林晚照夕阳？虑及下文中的暝色、微月、今夕，还是“林山相晚暮”更合诗的意境。

校：“天海空青苍”中的“空”字，《纪事》《全唐诗》注皆作“深”。“青”字，《纪事》作“清”。**考**：长天与江海一片苍莽，“深”似强于“空”，而“青”大胜“清”。

校：“暝色空复久”，《唐贤》《别裁》《全唐诗》皆作“暝色况复久”。**考**：此句云：暮色笼罩久久不入夜。“空、况”均为副词，似两可。然前句“天海空青苍”中已有“空”字，此处用“况”字佳。

校：“咏思劳今夕”，《纪事》劳下注：“原作势”。**考**：势字有“盛力”“胜众”诸义，且“势”字仄声，正与对句中平声的“遥”对举。《别裁》诗后注云：“前写暮秋江景，寄浩然意于末四语一点，无限深情。”

按：诚如斯言！开元二十八年（740）孟浩然辞世。刘慎虚得噩耗后，又作五律一首《寄江滔求孟六遗文》（孟浩然行六，李白亦有《春日归山寄孟六浩然》诗），足见彼此为生死至交。

六、寄江滔求孟六遗文

南望襄阳路，思君情转亲。偏知汉水广，应与孟家邻。

在日贪为善，昨来闻更贫。相如有遗草，为一问家人。

校：“为一问家人”，《唐贤》《别裁》《全唐诗》皆作“一为问家人”。**考**：“一为”即“一使”或“一令”即请江滔代问孟浩然家人可有遗文否。《别裁》诗后注：“不负死友，古人交谊。”

七、浔阳陶氏别业

陶家习先隐，种柳长江边。朝夕浔阳县，白衣来几年？

霁云明孤岭，秋水澄寒天。物象自清旷，野荷何绵联？

萧萧丘中赏，明宰非徒然。愿守黍稷税，归耕东山田。

校：“浔阳县”，《唐贤》《全唐诗》皆作“浔阳郭”。**考**：浔阳县，唐武德四年（621）改湓城县置。后改江州设浔阳郡，治所均在浔阳县城。陶渊明隐居之处自然要在城郊，故“浔阳郭”为是。

八、登庐山峰顶寺

孤峰临万象，秋气何高清。庭际南郡出，林端西江明。

山门二缁叟，振锡闻幽声。心照有无界，业悬前后生。

徒知真机静，尚与爱网并。方首金门路，未遑参道情。

校：“临万象”，《纪事》作“留万象”。**考**：于此语境“临、留”意近，然“临”更准确明了。又，“庭际”，上引三书皆作“天际”。**考**：细玩诗意，是说寺院之高，可在庭院里俯瞰远处的南郡广大地域。其与“林端”对举，庭际亦强于“天际”。又“徒知”，《全唐诗》作“虽知”。**考**：徒知，乃虽知之却等于未知。诗句意思是：一般人白白明了空静乃造物之真谛，却不能摆脱尘世的情爱羁绊。故知“徒”字大胜“虽”字。

九、寻东溪还湖上作

出山更回首，日暮清溪深。东岭新别处，数猿叫空林。
昔游初有迹，此路还独寻。幽兴方在往，归怀复为今。
云峰劳前意，湖水成远心。望望已超越，坐鸣舟中琴。

校：诗题，《唐贤》《全唐诗》皆作《寻东溪还湖中作》。按：于此语境“湖上、湖中”一意。然细心琢磨，“湖上”更佳。又，“初有迹”，上引二书皆作“有初迹”。**考**：乍一见似乎无别，然“初有迹”是说前人未曾到过，而“有初迹”是说有远古人类印迹。实各有千秋。依对句“此路”，书后毛、何二校均作“此迹”，此同《唐贤》注。应理解为远古印迹，今天还要独自去追寻。两“迹”字词组成顶真格，符合古诗风格。

十、越中问海客

风雨沧洲暮，一帆今始归。自云发南海，万里速如飞。
初谓落何处？永将无所依。冥茫渐西见，山色越中微。
谁念去时远？人经此路稀。泊舟悲且泣，使我亦沾衣。
浮海焉用说？忆乡难久违。纵为鲁连子，山路有柴扉。

校：“沾衣”，《全唐诗》作“霑衣”。**考**：“霑衣”此指泪水湿衣裳。“霑”字义项少而“沾”字涵义宽泛。今二字已系繁简字关系。

十一、江南曲

美人何荡瀁，湖上风日长。玉手欲有赠，筹备明月珰。
歌声随绿水，怨气起青阳。日暮还家望，云波横洞房。

校：“荡瀁”，《纪事》《唐贤》皆作“荡漾”。**考**：“瀁”为“漾”之古字。“荡瀁”为无涯际状。

校：“湖上风日长”，《唐贤》作“风日湖上长”。**考**：从对仗角度看“风日”对“美人”要比“湖上”佳。又，“日”，《全唐诗》注一作“月”。“风月”对“美人”更佳。因“风月”是男女情事的代名词。

校：“明月珰”，《纪事》作“双鸣珰”；《唐贤》《全唐诗》均作“双明珰”。**考**：珰为珠玉制作的耳饰。“明珰”，以明珠为耳饰。曹植赋句云“献江南之明珰”。此为《江南曲》，“明珰”是。

校：“歌声”，《纪事》作“唱歌”。**考**：从对仗角度看，对句中的“怨气”就对“歌声”而非“唱歌”。

校“怨气起青阳”，《纪事》《唐贤》《全唐诗》皆作“怨色起春阳”。**考**：春阳温暖又多情引起人们的怨怅。“青阳”多义，其一为春天、春气。不若“春阳”不生歧义。

校：“云波”，《纪事》作“烟云”。**考**：“云波”句，如云的波影变幻无穷映照在深邃洞房中。似较“烟云”为好。“云波”与“烟云”从音韵看皆为平平，互换于格律无碍。

参考文献：

[1]（唐）殷璠编. 河岳英灵集［M］. 上海：上海古籍出版社，1978 年，第 62 页.

[2]［10］（清）沈德潜编. 唐诗别裁集［M］. 上海：上海古籍出版社，1979 年，第 22 页、第 308 页.

[3]［5］（清）王士禛编. 唐贤三昧集［M］. 上海：上海古籍出版社，2000 年，第 179 页.

[4]（元）辛文房撰. 周绍良笺证. 唐才子传笺证［M］. 北京：中华书局，2010 年，第 181 页.

[6]（五代）王定保撰. 唐摭言［M］. 上海：上海古籍出版社，2012 年，第 52 页.

[7]（清）彭定求等修纂. 全唐诗［M］. 上海：上海古籍出版社，1986 年，第 644 页.

［8］（清）孙洙编. 唐诗三百首［M］. 上海：上海古籍出版社，2010 年，第 174 页.

［9］（宋）计有功辑撰. 唐诗纪事［M］. 上海：上海古籍出版社，2008 年，第 378 页.

长安常建诗异文校释

——以《河岳英灵集》为中心

盛唐诗人常建，开元十五年（727）进士及第，天宝中曾隐居鄂渚，大历中任盱眙尉。时人丹阳进士殷璠编撰《河岳英灵集》[1]首选其诗，至为推崇云：

> 高才无贵仕。诚哉是言！曩刘桢死于文学，左思终于记室，鲍照卒于参军；今常建亦沦于一尉。悲夫！建诗似初发通庄，却寻野径，百里之外，方归大道。所以其旨远，其兴僻，佳句则来，唯论意表。至如“松际露微月，清光犹为君”。又，“山光悦鸟性，潭影空人心”。此例十数句，并可称警策。然一篇尽善者，“战余落日黄，军败鼓声死”“今与山鬼邻，残兵哭辽水”，属思既苦，词亦警绝。潘岳虽云能叙悲怨，未见如此章。

《全唐诗》[2]存其诗一卷五十八首。前贤、时俊对版本间的异文，多校异同而少按断。今不揣浅陋，试从诗人之际遇，诗歌之意境，古体诗之声韵，近体诗之格律诸多方面对所存十四首诗，逐一加以考量，并给出是非优劣之己见。

一、梦太白西峰

梦寐升九崖，杳蔼逢元君。遗我太白岑，寥寥辞垢氛。

结宇在星汉，宴林闭氛氲。檐楹覆余翠，巾舄生片云。

校：“蔼”，《唐诗纪事》[3]（以下简称《纪事》）《唐贤三昧集译注》[4]（以下简称《唐贤》）《全唐诗》皆作“霭”。“遗”，《纪事》作“贵”。“岑”，《全唐诗》作“峰”。“氛氲”，上列三书皆作“氤氲”。**考：**雾霭之“霭”从雨，故“霭”是而“蔼”非。“遗”，留之意。“贵”字无可解。疑为“鲁鱼”之误。“岑、峰”一义，故两可。“氤氲”，气盛之貌。又作细缊、烟煴。“氛氲”亦气盛之貌，然上联已有“垢氛”之“氛”，故“氤氲”佳。

时往清溪间，孤亭昼仍曛。松峰引天影，石濑清霞文。

恬目缓舟趣，霁心投鸟群。春风有摇櫂，潭岛花纷纷。

校：“清溪”，《纪事》《唐贤》作“溪谷”。《全唐诗》作“溪水”。何焯校本[5]作“青溪”。“恬目”，明刻本[6]作“括目”。**考：**“清溪”“溪谷”，义相近，故两可。另据“孤亭”“松峰”“石濑”等偏正词组，“清溪”胜“青溪”。“恬目”是说心情恬静的目游。“括目”，难索解。

二、吊王将军墓

嫖姚北伐时，深入强千里。战余落日黄，军败鼓声死。

尝闻汉飞将，可夺单于垒。今与山鬼邻，残兵哭辽水。

校：“强”，《全唐诗》注：“一作几”。“尝”，《又玄集》[7]《才调集》[8]《纪事》皆作“常”。**考：**“几千里”系口语化诗句，而“强千里”，正如沈德潜所注：“谓过于千里也，《木兰诗》‘赏赐百千强’可证。”似两可。“尝”为曾经之义，而“常”乃时常之义。常用西汉飞将军李广事迹，激励军人，较曾经听说李广事迹要强许多，故“常”字佳。

三、昭君墓

汉宫岂不死？异域伤独殁。万里驼黄金，蛾眉为枯骨。

回车夜出塞，立马皆不发。共恨丹青人，坟上哭明月。

校："伤独殁"，《纪事》《全唐诗》注皆作"犹伤没"。"驼"，《唐诗别裁集》[9]（简称《别裁》）与上引二书皆作"驮"。"回车"，《纪事》《全唐诗》注作"回军"。"皆"，明刻本作"起"，又作"背"。"共"，《纪事》《全唐诗》注均作"愤"。**考**："伤独殁"是"过去时"的叙述。"犹伤没"是"现在时"的感伤。与题旨相谐的应是后者。"驼"为名词用如动词，较直接用动词"驮"，大胜不知几许！"回军"与"立马"相照应，强似在大漠中无用武之地的"车"。"皆不发"，是说全都不肯出发，"起、背"二字嫌滞碍。"皆、背"疑为形近致误。

四、江上琴兴

江上调玉琴，一弦清一心。泠泠七弦遍，万木澄幽音。

能使江月白，又令江水深。始知枯桐枝，可以征黄金。

校："音"，《纪事》《唐贤》《别裁》《全唐诗》注皆作"阴"。"使"，《别裁》作"令"。"枯"，《纪事》《全唐诗》作"梧"。**考**："幽阴"系指幽静的阴凉。是琴声使万木洒下的。与下联的"能使江月白，又令江水深"，皆如沈德潜之评语"能使无情者俱有情也"。"能使"与"又令"两个能愿动词并列中稍有变化，强于"能令""又令"的重复。"枯桐枝"与"征黄金"对比鲜明，较"梧桐枝"大胜。另，《唐贤》引《后汉书》《搜神记》等云：典出蔡邕制焦尾琴事。宋人王禹偁诗云"幽兴将何遗？焦琴贯酒来"，可称余韵。

五、宿王昌龄隐处

清溪深不极，隐处惟孤云。松际露微月，清光犹为君。

茆亭宿花影，药院滋苔纹。予亦谢时去，西山鸾鹤群。

校：诗题，《纪事》《唐贤》《别裁》《全唐诗》皆为《宿王昌龄隐居》。

校："清溪"，《纪事》作"青溪"。"不极"，上引四书皆作"不测”。“茆亭”，上四书皆作“茅亭”。“花影”，《纪事》作“花鸟”。“予”，上四书皆作“余”。**考**：“清溪”与“清光”之“清”重复，不若“青溪”。“深不可测”为习见语，较“不极”为佳。“茆”通“茅”，“茅亭”习见，故胜之。“花影”与“苔纹”对举，较“花鸟”为胜。“予、余”皆为第一人称代词，在此又不生歧义，故两可。

六、送李十一尉临溪

泠泠花下琴，君唱度江吟。天际一帆影，预悬离别心。

以言神仙尉，因致瑶华音。轸起宫商调，越声澄碧林。

校：“度”，《纪事》《唐贤》《全唐诗》皆作“渡”。“轸起宫”，上四书皆作“回轸抚”。“越声”，上四书皆作“越溪”。**考**：“渡江”较“度江”更贴切。宫调并不悲伤，故“回轸抚商调”是。“越溪”，一名龟溪、又名宁溪，在今浙江吴兴县北，故知强于“越声”。

七、闲斋卧疾行药至山馆稍次湖亭作

诗题，何焯校本无“作”字，有“二首”二字。《唐贤》同此。《全唐诗》作“卧病”，注：一作“卧雨”。又“二首”注：“一作一首。”**按**：依韵为二首。

其一

旬时结阴林，檐外初白日。斋沐清病容，心魂畏灵室。

闲梅照前户，明镜悲旧质。同袍四五人，何不来问疾？

校：“林”，《唐贤》《全唐诗》皆作“霖”。“檐”，二书皆作“帘”。“灵”，二书皆作“虚”。**考**：十日淫雨霏霏，故“霖”字是。拉开帷帘见天已晴。“帘”胜“檐”。由于好朋友没来造访而“室”显空虚，故“虚”胜“灵”。

其二

行药至石壁，东风变萌芽。主人门外绿，小隐湖中花。

时物堪独往，春帆宜别家。辞君向沧海，烂熳从天涯。

校：“主人门外绿”，上引二书注皆作“山人山门绿”。“向”，何焯校本作“为”。“熳”，《唐贤》作“漫”。**考：**山人即题中所指山馆之主人。故“山人山门绿”较“主人门外绿”为佳。辞别友人奔向大海，“向”强于“为”。“烂熳”指光彩分布貌。而烂漫，又有散乱、放荡不拘等义项。体味诗意“烂漫”为是。

八、题破山寺后禅院

诗题，《唐贤》无“禅”字；《别裁》无“题”字。

清晨入古寺，初日照高林。竹径通幽处，禅房花木深。

山光悦鸟性，潭影空人心。万籁此都寂，但余钟磬音。

校：“照”，明刻本作“明”。“竹径”，《全唐诗》注“一作一径”“一作曲径”。“通”，《全唐诗》注“一作遇”。“都”，《唐贤》《别裁》均作“俱”。“但余”，《别裁》《唐诗三百首》[10]均作“惟闻”。“音”，《唐贤》作“声”。**考：**此诗后人视为五律。首联可视作“流水对”，为梅花先春而放的“偷春格”。“照”与“入”对仗，均为动词，强于形容词“明”字。“竹径”对“禅房”较“一径”与“曲径”均佳。然而颔联几未对仗，且“曲径通幽”早已众口咸诵，“竹、遇”均欠佳。“都寂”与“俱寂”，“但余”与“惟闻”词义相通，意境相近，似两可。

然依平起仄收的声调谱看——

平平平仄仄，仄仄仄平平。

仄仄平平仄，平平仄仄平。

平平平仄仄，仄仄仄平平。

仄仄平平仄，平平仄仄平。

“都、俱”均平声，皆合格律，只是后人习惯用“万籁俱寂”一词而已，实两可。“但余”（仄平）不若“惟闻”（平平）。并且可证“照”（仄）是，“明”（平）非；“通”（平）是，“遇”（仄）非。

“音”与心、深、林均押侵韵，“声”字大谬不然。

九、鄂渚招王昌龄张偾

刈芦旷野中，沙上飞黄云。天海无精光，茫茫悲远君。
楚山隔湘水，湖畔落日曛。春雁又北飞，音书固难闻。
谪居未为叹，谗枉何由分？五日逐蛟龙，宜为吊冤文。

校：“上”“海”“五”，《全唐诗》分别作“土”“晦”“午”。“居”，毛校本[11]、何校本俱作“君”。“蛟”《全唐诗》注“一作蛇”。**考：**描写黄沙弥漫，遮天蔽日之景象，“土”胜“上”，“晦”胜“海”，均疑形近致误。“五日”与“午日”均指端午节划龙舟、抛粽子、纪念含冤死直的爱国大诗人屈原。故“五、午”两可；“蛟”胜“蛇”。“谪居”与“谪君”均指被谗言所害的贬谪之臣，故两可。

翻覆古共然，官宦安足云？贫士任祜槁，捕鱼清江渍。
有时荷锄犁，旷野自耕耘。不然春山隐，溪涧花氛氲。
山鹿自有场，贤达亦顾群。二贤归去来，世上徒纷纷。

校：“官”“祜槁”，《全唐诗》分别作“名”“枯槁”。“花”，《全唐诗》注“一作何”。“氛氲”，《全唐诗》作“氤氲”。“群”，毛校本作“君”。**考：**“官、宦”一也，不若“名宦”（即今名、利）。“祜槁”难索解，“枯槁”是。“氛氲”同“氤氲”，说已见上文。花气弥漫是专指，溪涧氛氲是泛指，然而疑问代词“何”，使叙述起了波澜，故“花、何”二字各具特色。但从赞美归隐角度看，还是“花”字佳。从“山鹿自有场”，说到“贤达亦顾群”，还是物以类聚、人以群分之比兴手法，“群”胜“君”。

十至十一、春词二首

《全唐诗》注：“《乐府诗》题作《陌上桑》。一本连后‘阶下草犹短’一首，共作三首。”

其一

宛宛黄柳丝，蒙蒙杂花垂。日高红妆卧，倚树春风迟。

宁知傍淇水，腰袅黄金羁。

校：“宛宛”“倚树”“春风”“腰袅”，《全唐诗》分别作“菀菀”“倚对”“春光”“騕袅”。**考：**“宛”虽有曲、屈伸等义项，但不若“菀”之茂盛貌，更贴近诗意。且与对句之“蒙蒙”相谐和。又，日高未起之佳人，应为所倚对之“春光”迟迟未到。故“对、光”二字佳。“腰袅”即“騕袅”，为古之良马名。故两可。

其二

翳翳陌上桑，南枝交北堂。美人金梯出，手自提竹筐。

非但畏蚕饥，盈盈娇路旁。

校：“手自提竹筐”，《全唐诗》作“素手自提筐”。“畏”，《全唐诗》注“一作为”。**考：**“素手”强调美人的手白皙细嫩，与下文的“盈盈娇路旁”均与《春词》之题旨相合。故较“手自提竹筐”为胜。“畏、为”相较，一是说并不怕蚕饥饿，一是说并不是为解决春蚕的饥饿。“畏”更具感情色彩。

十二、古意张公子

日出乘钓舟，袅袅持钓竿。涉淇傍荷花，骢马闲金鞍。

使客白云中，腰间悬鹿卢。出门事嫖姚，为君西击胡。

校：诗题，《全唐诗》题作《张公子行》下注：“一作《古意》。”

校：“鞍”，毛校本作“鞭”。“使客”，《全唐诗》作“侠客”，下注：“一作使君。”“鹿卢”，《全唐诗》作“辘轳”。**考：**马放南山的闲适与战时紧张的气氛形成鲜明的对比，骏马不加鞍与不加鞭，似两可。“侠客”与“使君”应任取其一，均较“使客”佳。“鹿卢”古宝剑名。有时也写作“辘轳”。后者易生歧义，故“鹿卢”佳。

胡兵汉骑相驰逐，转战孤军海西北。

百尺旌竿沉墨云，边笳落日不堪闻。

校：“海西”，《全唐诗》作“西海”。“北”，《全唐诗》注“一作曲”。“墨”，毛校本、《全唐诗》皆作“黑”。**考**：“西海”即青海。依“转战”一词，“曲”为湖之沿岸意，与之切合。“墨云”“黑云”其义一，故两可。

十三、仙谷遇毛女意知是秦时宫人

溪口水石浅，泠泠明药丛。入溪双峰峻，松栝疏幽风。

垂岭枝袅袅，翳泉花蒙蒙。寅缘霁人目，路尽心弥通。

校：“枝”，《全唐诗》注：“一作竹。”“寅”，毛、何二校本及《唐贤》《全唐诗》皆作“夤”。**考**：“竹”自古为气节之象征，不应与袅袅相涉，故“枝”字佳。“夤缘”即攀援之意。“寅、夤”乃“鲁鱼亥豕”类的手民之误。

盘石横阳崖，前临殊未穷。回潭清云影，弥漫长天空。

水边一神女，千岁为玉童。羽毛经汉代，珠翠逃秦宫。

校：“临”，《唐贤》、《全唐诗》皆作“流”。**考**：“前临”是说前面的事物，不若“前流”之溪水入清潭为好。

目觌神已寓，鹤飞言未终。祈君青云秘，愿谒黄仙翁。

尝以耕玉田，龙鸣西顷中。金梯与天接，几日来相逢。

校：“西顷”，《唐贤》《全唐诗》皆作“西顶”。**考**：“西顶”为西峰之巅。“西顷”，难以索解。

十四、晦日马镫曲稍次中流作

夜寒宿芦苇，晓色明西林。初日在江上，便澄游子心。

晴天无纤翳，郊野浮春阴。

校：“寒”，《唐贤》注：“一作来。”“江”，《唐贤》《全唐诗》皆作“川”。“晴”，《全唐诗》作“秦”。**考**：“夜寒”是诗人的感受，较“夜来”为好。“江、川”一义，故两可。清朗的天空看不到一丝云彩，“晴”较“秦”概括力更强。

波静随钓鱼，舟小绿水深。出浦见千里，旷然谐远寻。

扣舷应渔夫，因唱沧浪吟。

校：“因”，《全唐诗》注：“一作同。”**考：**《楚辞·渔父》篇，歌颂不肯随波逐流的屈原。此联有“应”、有“因”，均表达隐逸之情，高标特立独行。用“同”字欠妥。

参考文献：

[1]［5］［11］（唐）殷璠选编．河岳英灵集［M］．上海：上海古籍出版社，1978年．

［2］（清）彭定求等修纂．全唐诗［M］．上海：上海古籍出版社，1986年．

［3］［6］（宋）计有功辑撰．唐诗纪事［M］．上海：上海古籍出版社，2008年．

［4］张明非撰．唐贤三昧集译注［M］．上海：上海古籍出版社，2000年．

［7］（五代）韦庄选编．又玄集［M］．上海：上海古籍出版社，1978年．

［8］（五代）韦縠选编．才调集［M］．上海：上海古籍出版社，1978年．

［9］（清）沈德潜选编．唐诗别裁集［M］．上海：上海古籍出版社，1979年．

［10］（清）孙洙编注．注释唐诗三百首［M］．北京，中华书局，1965年．

洛阳祖咏诗异文考

——以《唐贤三昧集》为中心

盛唐诗人祖咏（699~745?）洛阳人。开元十三年（725）进士及第，曾任兵部员外郎。后隐居汝水一带，以农耕渔樵为事。与王维、卢象等人相友善，诗歌唱和，互有赠答。其诗以描写自然山水及隐居生活为主。殷璠评其诗“剪刻省净，用思尤苦，气虽不高，格颇凌俗”[1]。唐五代人选编《河岳英灵集》、《国秀集》[2]、《极玄集》[3]、《又玄集》[4]、《才调集》[5]均存其诗，宋人选编《万首唐人绝句》[6]、《千家诗》[7]亦收其诗。至明代人辑成《祖咏集》[8]收诗32首。请初王士禛选编《唐贤三昧集》[9]收祖咏各体诗九首。今以其与上述诸集及后出之《全唐诗》[10]（一卷36首）、《唐诗三百首》[11]比勘，发现异文若干。现试从诗人际遇、诗作意境，古体诗之声韵，近体诗之格律等方面综合考虑，给出下述是非优劣之按断。

一、归汝坟山庄留别卢象

淹留岁将晏，久废南山期。旧业不见弃，还山从此辞。

沤麻入南涧，刈麦向东菑。对酒鸡黍熟，闭门风雪时。

非君一延首，谁慰遥相思。

校：“晏”，《全唐诗》作“宴”。**考**：年终岁晏乃常用词，王维《赠祖三咏》诗曰：“岁晏凉风至，君子复何如？”卢象《送祖咏》[12]

诗亦曰："田家宜伏腊，岁晏子言归。""宴"字，非是。

校："刈麦"，《全唐诗》作"越楚"。**考**："刈麦"，正对"沤麻"。"越楚"，游离于诗意之外。又《全唐诗》注："沤麻四句，洪迈取为绝句。"但今本《万首唐人绝句》[13]未见。

二、夕次圃田店

前路入郑郊，尚经百余里。马烦时欲歇，客归程未已。

落日桑柘阴，遥村烟火起。西还不遑宿，中夜渡泾水。

校："路"，《祖咏集》作"程"。**考**：路为仄声，程为平声。此诗为近体，"路、程"二字直接关系到格律谱。由于颔联已有"程"字，故首联还应作"路"。

校："尚"《唐诗纪事》[14]作"向"。**考**：经过百余里，是已走过的路程，故"向"字佳。

校："村"，《祖咏集》作"林"。**考**：远处村庄已飘起缕缕炊烟，是温暖游子心灵的美景。倘若林中烟火起，可就是灾害了。

校："泾水"，《唐贤三味集译注》："一作'京水'，是。"**考**：泾水源出六盘山，东南流经甘肃至陕西入渭河。的确与作者旅次无涉。古京邑在今荥阳一带，"京水"即京邑境内之河也。

三、田家即事

寓目之书，未见异文。

四、长乐驿留别卢象裴总

朝来已握手，宿别更伤心。灞水行人渡，商山驿路深。

故情君且足，谪宦我难任。直道皆如此，谁能泪满襟。

校：诗题，《极玄集》题作《留别卢象》。**考**：省简分手之长乐驿尚可，省去裴总一人则欠妥。

校：“渡”，《全唐诗》作“绝”。**考**：“渡”，去声；“绝”入声。二字均为仄声，皆可与平声的“深”字相对。相互调换于格律无碍。但“渡”字有二解：一为渡口，系名词；二为渡过，系动词。而“深”为形容词，“绝”亦为形容词。求其工对，“绝”字佳；求其凄婉的意境，“绝”亦佳。又《全唐诗》注：“前四句，洪迈取为绝句。”但未见今本《万首唐人绝句》[15]。

五、苏氏别业

别业居幽处，到来生隐心。南山当户牖，沣水在园林。

竹覆经冬雪，庭昏未夕阴。寥寥人境外，闲坐听春禽。

校：诗题，《国秀集》作《游苏氏别业》，《河岳英灵集》作《蓟门别业》。

校：“居”，《国秀集》作“在”。《河岳英灵集》作“本”。**考**：首句点明别墅坐落在幽静之处“居、在、本”皆可，但从格律着眼，此五律为仄起（业）仄收（处）首句不入韵的格式。首联出句为㊀仄平平仄，在、本，均为仄声；只有平声“居”，符合格律。

校：“在”，《河岳英灵集》《极玄集》《又玄集》《唐诗纪事》《唐诗别裁集》[16]《全唐诗》皆作“映”。**考**：“在、映”二字均为仄声，皆合格律。但着眼于意境。河水掩映于园林之中，要强于河水在园林中。

校：“竹”，《唐诗纪事》作“屋”。**考**：“竹、屋”二字皆为入声字，均合格律。然从对仗角度推敲，“屋顶覆盖经冬未化的残雪”，正可对：“夕阳渐消的庭院满是昏暗”。“屋”对“庭”，较“竹”对“庭”好。

六、题韩少府水亭

梅福幽栖处，佳期不忘还。鸟啼当户竹，花绕傍池山。

水气侵阶冷，藤阴覆座闲。宁知武陵趣，宛在朝市间。

校："啼"，《全唐诗》作"吟"。**考**："啼、吟"均为平声字，相互调换于格律无碍。然"鸟啼虫吟"已成为习惯用语，故，"啼"字佳。

校："藤"，《全唐诗》作"松"。**考**："藤、松"二字皆平声，互换于格律无碍。虑及颈联对仗，"水气"弥漫对"藤蔓"缠绕，似乎比对青松遮出的阴凉，要稍胜一筹。

校："朝市"，《极玄集》《唐诗纪事》皆作"市朝"。**考**："朝"读 zhāo 音时，"朝市"释早市；读 cháo 音时，"朝市"释义为名利场。而"市朝"，在此语境中，只读"市朝 shìcháo"一音，亦只有市场一义。故，"市朝"佳。

七、望蓟门

燕台一望客心惊，箫鼓喧喧汉将营。
万里寒光生积雪，三边曙色动危旌。
沙场烽火连胡月，海畔雪山拥蓟城。
少小虽非投笔吏，论功还欲请长缨。

校："望"，《全唐诗》《唐诗别裁集》[17]《唐诗三百首》[18]皆作"去"。**考**："望、去"皆去声字，调换无碍格律。但此诗题为《望蓟门》，"望"乃点题之字，不能易为"去"字。

校："箫"，《唐诗别裁集》作"笙"。《唐诗三百首》作"笳"。**考**："箫、笙"同为平声字，调换无碍格律。然"箫鼓"典出汉武帝《秋风辞》："箫鼓鸣兮发棹歌。"故胜于"笙鼓"。

校："危"，《全唐诗》作"行"。**考**："危"是平声字，"行"，无论读 xíng 还是读 háng，亦为平声。故可互换。然则着眼意境，万里皑皑白雪映射出逼人的寒光，三边高高飘扬的军旗最早染上曙色。"危"字取其"高"义。

校："连"，《国秀集》《唐诗别裁集》《唐诗三百首》均作"侵"。

考：“连、侵”皆平声，均合格律。然诗的意境为“战地烽烟遮蔽了胡地的月光”要比“连接胡地的月亮”更能引起读者的遐思。“侵”取“侵蚀”义。

校：“雪”，《国秀集》《唐诗别裁集》《唐诗三百首》皆作“云”。**考**：“雪”为入声字，“云”为平声字。按此诗首句平起（台）平收（惊）的格式，此句应作“㊀仄平平仄仄平”。“云”字符合格律。另外，颔联中已有“雪”，颈联又重复“雪”字，亦欠妥帖。窃以为此乃“雪、雲（云）”形近而致误。

八、家园夜坐寄郭微

寓目之书，未见异文。

九、终南望余雪

终南阴岭秀，积雪浮云端。林表明霁色，城中增暮寒。

校：此诗题，《河岳英灵集》作《终南望余雪作》。《唐诗别裁集》作《望终南残雪》。**考**：反复吟诵此四句诗，觉得沈德潜改为《望终南残雪》是有道理的。另据《唐诗纪事》载：“有司试《终南山望余雪》诗，（祖）咏赋云：‘终南阴岭秀，积雪浮云端。林表明霁色，城中增幕寒。’四句即纳于有司。或诘之，（祖）咏曰：意尽。”据这则文学史上褒赞笔墨省俭的逸事看，殷璠所编定的诗题《终南望余雪作》亦是有道理的——祖咏确系应试而作。

参考文献：

[1]［19］（唐）殷璠选编，河岳英灵集［M］. 上海：上海古籍出版社，1978年，第109，110页.

［2］（唐）芮挺章选编. 国秀集［M］. 上海：上海古籍出版社，1978年，第188页.

[3]（唐）姚合编选. 极玄集［M］. 上海：上海古籍出版社，1978 年，第 323 页.

[4]（五代前蜀）韦庄选编. 又玄集［M］. 上海：上海古籍出版社，1978 年，第 376 页.

[5]（五代后蜀）韦縠选编. 才调集［M］. 上海：上海古籍出版社，1978 年，第 628 页.

[6]［13］［15］（宋）洪迈选，（明）赵宧光等编定. 万首唐人绝句［M］. 北京：书目文献出版，1983 年，第 43 页.

[7]（宋）刘克庄编，今人陈蒲清等评注《千家诗》［M］. 长沙：岳麓书社，2005 年，第 239、261 页.

[8]（唐）祖咏撰. 祖咏集［M］. 见汪玢玲主编《中华古文献大辞典》（文学卷），长春：吉林文史出版社，1994 年，第 520 页.

[9]［12］张明非撰. 唐贤三昧集译注［M］. 上海：上海古籍出版社，2000 年，第 109~112 页.

[10]（清）彭定求等修纂. 全唐诗（祖咏卷）［M］. 北京：中华书局，1960 年.

[11]［18］（清）孙洙编选. 唐诗三百首［M］. 见盖国良等注评本，上海：上海古籍出版社，2010 年，第 203、258 页.

[14]［20］（宋）计有功辑撰. 唐诗纪事［M］. 上海：上海古籍出版社，2008 年，第 284 页.

[16]［17］［21］（清）沈德潜编. 唐诗别裁集［M］. 上海：上海古籍出版社，1979 年，第 337、434、613 页.

姑臧唐贤李益边塞诗异文校释

《新唐书·李益传》："李益，故宰相揆族子，于诗尤所长。贞元（785~805）末，名与宗人（李）贺相埒。每一篇成，乐工争以赂求取之，被声歌，供奉天子。"[1] 同书《宰相世系表·姑臧大房条》载："揆字端卿，相肃宗。"又称"益，秘书少监。"[2] 即李益为姑臧人。然而《旧唐书·李揆传》载："李揆字端卿，陇西成纪人，而家于郑州，代为冠族。"[3] **按**：《新唐书·地理志》载："唐兴，高祖改郡为州，太守为刺史……太宗元年（626），始命并省，又因山川形便，分天下为十道：一曰关内……六曰陇右。"又，陇右道，盖古雍、梁二州之境……秦州天水郡、县六：成纪（上）……凉州武威郡，县五：姑臧（中下）[4] **按**：当时县分七等，依赤、畿、望、紧、上、中、下排序。

笼统言李益为陇西人，似可调节两《唐书》之歧说。因陇西无论作古地区名，抑或作唐方镇名，所辖地域均广大。然究竟是成纪人，还是姑臧人，尚需引几则唐宋人著述予以坐实。一、柳宗元《先君石表阴先友记》（据清代何焯考证：此文体例为柳宗元首创[5]）："李益，陇西姑臧人。风流有文词。"二、唐代赵璘所撰《因话录》载："李尚书益，有宗人庶子同名，俱出于姑臧公。时人谓尚书为'文章李益'，庶子为'门户李益'，而尚书亦兼门地焉。"[6] 三、《唐诗纪事》（以下简称《纪事》）称："（李）益，姑臧人。字君虞。大历四年（769）登第。其《受降城闻笛》诗，教坊乐人取为声乐度曲。又有写《征人歌》《早行》诗为图画者，'回乐烽前沙似雪'之诗是也。"[7] 四、《郡斋读书志》别集类著录《李益诗》一卷："唐李益君虞也，姑臧人。大历四年进士……今集有《从军》诗五十篇。"

以上载记，在明言李益为姑臧人之外，有些还涉及到他的边塞诗。而他"录其从军诗赠左补阙卢景亮，自序云：从事十八载，五在兵间，故为文多军旅之思。或因军中酒酣，或时塞上兵寝，投剑秉笔，散怀于斯，文率皆出乎慷慨意气。武毅犷厉，本其凉国，则世将之后，乃西州之遗民欤？亦其坎轲当世，发愤之所致也。"[8]〔其诗皆建中（780~783）、贞元（785~805）间作。〕

我今鉴于前贤、时俊对李益边塞诗中的异文，多罗列异同而鲜加按断，试对《过五原胡儿饮马泉》等八首诗逐一予以校释并对异文间的是非优劣给出一孔之见。切盼得到批评指正。

一、过五原胡儿饮马泉〔录自《唐人选唐诗新编》（增订本）〕

绿杨著水草如烟，旧是胡儿饮马泉。
几处吹笳明月夜，何时倚剑白云天。
从来冻合关山路，今日分流汉使前。
莫遣行人照容鬓，恐惊憔悴入新年。[9]

校：诗题，《又玄集》作《过五原至饮马泉》[10]，《唐诗别裁集》（以下简称《别裁》）《全唐诗》均作《盐州过胡儿饮马泉》。[11][12]**考**：《元和郡县志》称："关内（道）盐州五原县，本汉马领县地。贞观二年（628）与州同置。五原：谓龙游原、乞地干原、青领原、可岚贞原、横槽原也。"唐时沿用秦汉称呼为胡地，且诗中亦有"旧是胡儿饮马泉"句，故题中有"胡儿"为佳。

按："饮马泉下"，《全唐诗》注云："鹏鹈泉在丰州城北，胡人饮马于此。"**考**：《大清一统志》载："甘肃宁夏府，盐州故城在灵州东南。"郦道元称：长城下往往有泉窟可饮马。杜甫亦云于此一带屡得饮马窟。《新唐书·地理志（一）》"盐州亦五原郡……丰州九原郡"均为下都督府，同隶属关内采访使管辖。

校：何时，上引三书皆作“何人”。**释**：《别裁》句下注：“言备边无人，句特含蕴。”认为“何人”较“何时”佳。

二、边思（录自《又玄集》）

腰垂锦带佩吴钩，走马曾防玉塞秋。

莫笑关西将家子，只将诗思入梁州。[13]

校：垂，《全唐诗》作“悬”。[14] **释**：锦带下垂，腰佩吴钩，表现勇武气概。倘若锦带悬着，似觉松懈也。

释：吴钩，吴地所产著名兵器。

校：梁州，《御览诗》《全唐诗》均作“凉州”。**考**：唐时梁州，在今陕西汉水流域；而凉州，在今甘肃金昌东、天祝西一带，正属边地。“只将诗思入凉州”，言外之意是：并不能真刀真枪地到边地去战斗。

三、观回军（录自《唐诗品汇》）

行行上陇头，陇月暗悠悠。万里将军没，回旌陇戍秋。

谁令呜咽水，重入故营流？[15]

校：诗题，《御览诗》《全唐诗》均作《观回军三韵》。[16] **释**：由于此诗只六句，故知有“三韵”二字为佳。

校：月，《全唐诗》注：“一作麦。”[17] **释**：戍边之人，望月思乡乃人之常情。“麦”字欠佳。

校：没（殁），《御览诗》作“至”。**释**：将军为国捐躯，致令流水呜咽回故营，“没”字强化了悲凉气氛。

校：回旍，上引二书均作“回旌”。**释**：“旌、旍”一义，故两可。

校：戍，《御览诗》作“树”。**释**：全诗意境为军人戍边生活，

“树”字欠佳。

四、塞下曲（录自《乐府诗集》）

蕃州部落能结束，朝驰暮猎黄河曲。
燕歌未断塞鸿飞，牧马群嘶边草绿。
秦筑长城城已摧，汉武北上单于台。
古来征战虏不尽，今日还复天兵来。
黄河东流流九折，沙场埋恨何时绝？
蔡琰没处造胡笳，苏武归来持汉节。
为报如今都护雄，匈奴旦莫下云中。
请书塞北阴山石，愿勒燕然车骑功。[18]

按：此诗《全唐诗》析为四首并注：“一本合作一首。”[19]

校：蕃州，《纪事》作“蕃门”。[20] **释**：州为行政单位，“门”字欠佳。

校：朝驰暮猎，《纪事》《全唐诗》注皆作“朝朝驰猎”。《唐诗品汇》（以下简称《品汇》）作“朝暮驰猎”。[21] **释**：三词近义，故均可。采用原则同“两可”。

校：黄河，《纪事》作“河南”，下注：一作“冀河”。**释**：下文有“黄河东流流九折”之句，知九曲黄河为是。

校：燕歌未断，《品汇》作“燕声一断”。**释**：《燕歌行》为乐府相和歌辞名篇，自曹丕始作至李益作此诗之时未尝中断。“燕声一断”欠佳。

校：没处，上引三书皆作“没去”。**释**：与“苏武归来”对举，“蔡琰没去”较“蔡琰没处”为佳。“来、去”对比鲜明。

校：旦莫，上引三书皆作“且莫”。**释**：“莫”在古代有时通“暮”，但上文已有“朝暮”，再用“旦暮”显得重复。且与句意乖背。疑“旦、且”二字系“鲁鱼亥豕”类手民之误。

校：愿勒，上引三书皆作“愿比”。**释**：东汉车骑将军窦宪击匈奴大破之，出塞三千里登燕然山（即今蒙古国杭爱山）刻石勒铭记功。“比”字表达较为准确。

五、题太原落漠驿西堠（录自《御览诗》）

征戍在桑干，年年蓟北寒。殷勤驿西堠，此路到长安。[22]

校：诗题，《万首唐人绝句》（以下简称《万首》）作《幽州》[23]，《品汇》[24]同。《全唐诗》作《幽州赋诗见意时佐刘幕》。[25] **释**：桑干河虽源出雁北管涔山，但主要流域在今河北，与晋中的太原不搭界。诗中又有“蓟北”一词，更在今京、津、冀一带，故宜取有幽州一词之题。《全唐诗》之题正可与新、旧《唐书》载记李益“北游河朔，幽州刘济辟为从事”，完全吻合，较佳。

校：征戍，明代赵均抄本《御览诗》作“旌戍”。**释**：“征戍”习见，而“旌戍”生僻。

校：蓟北，《万首》《品汇》《全唐诗》皆作“蓟水”。**释**：上句桑干已为河名，此处言地域“蓟北”佳。

校：殷勤，《万首》作“役勤”。**释**：从声韵角度看，一句之中“役、驿”同音，不若“殷”字好。

校：西堠，上引三书皆作“西路”。**释**：“堠”是修在驿道上记里程的土坛。是呼应原题的关键之词。上引三书题已移至幽州，所以才用“路”代“堠”。

校：此路，赵均抄本《御览诗》、《全唐诗》均作“北去”，《品汇》同。《万首》作“此去”。**释**：上句已言“西路”，所以“此路”也得改作“北去”（或“此去”）。殊不知长安在南面！这样走可就南辕北辙了。还是《万首》的“此去”为佳。

校：到，上引三书皆作“向”。**释**：大唐帝国的都城长安，乃是当时世界上最大的城市。西人曾言“条条道路通罗马”，此处言“此路向长安”，不独文从字顺，亦有自豪之气概在。

六、夜上受降城闻笛（录自《万首》）

回乐峰前沙似雪，受降城外月如霜。

不知何处吹芦管，一夜征人尽望乡。[26]

按：《旧唐书·张仁愿传》：“神龙三年（707），突厥入寇……仁愿请乘虚守取汉南之地，于（黄）河北筑三受降城，首尾相应，以绝其南冠之路，中宗从之。六旬而三城俱就，以拂云祠为中城，与东西两城相去各四百余里。皆据津济，遥相应接。北拓地三百余里，于牛头、朝那山北，置烽候一千八百所，自是突厥不得度山放牧，朔方无复冦掠。”[27]

校：回乐，《纪事》作“回乐”。[28]“迴”为“回”的异体字。**考**：《新唐书·地理志（一）》“关内道：灵州灵武郡，大都督府。……县四：回乐（望。武德四年（621）析置丰安县。贞观四年（630）回乐境置回州，以丰安隶回州。）”[29]

校：峰，《纪事》《别裁》《全唐诗》皆作“烽”。**释**：《纪事》诗后注：“烽，烽火台也。”《别裁》校记：“回乐烽，指回乐县烽火台，李益《暮过回乐烽》‘烽火高飞百尺台’可证。李益又有《军次阳城烽舍北流泉》《统汉烽下》《上黄堆烽》等诗，均可证明当作‘烽’字。”复引杨慎《升庵全集》卷六〇云：“塞外无州郡城驿，沙漠无际，望中唯有烽堠，故以烽计程，五烽当一驿，如苜蓿烽、白龙烽、狼居烽是也。”[30]后世驿站之名，乃取汉文“邮驿”，蒙文“站赤”合成。

校：城外，《纪事》《全唐诗》均作“城下”。《全唐诗》注：“一作城上。”[31]**释**：月光可铺成一片霜，其地应宽广些，才更有想象空间。比较“城上”“城下”均不若“城外”更空阔。

校：芦管，《全唐诗》注：“一作芦笛。”**释**：《太平御览·乐部》

称："胡人卷芦叶吹之以作乐也，故谓曰胡笳。"亦即诗题中所闻之芦笛。

按：此诗颇受后世赞誉，宋代尤袤称："又有《征人歌》《早行》诗为图画者，'回乐峰前沙似雪'之诗是也。"明代王世贞以为："绝句李益为胜，回乐烽一章，何必王龙标（昌龄）、李供奉（白）?"清人沈德潜于诗后注评："绝唱。"[32]

七、临滹沱见入蕃使列名（录自《御览诗》）

漠南春暮到滹沱，边柳青青塞马过。

万里关山今不闭，汉家频许郅支和。[33]

校：诗题，《万首》《品汇》《别裁》《全唐诗》皆无"入"字。**释**：依"万里关山今不闭，汉家频使郅支和"之句，当是蕃使入汉而非汉使入蕃地。滹沱河源出山西五台山东北泰西山，穿割太行山东流入河北平原，在献县和滏阳河汇为子牙河。又"郅支"为匈奴单于，此处借代少数民族头领。

校：春暮，上引四书皆作"春色"。**释**："春色"才与下句"边柳青青"相关连。"暮"字欠佳。

校：边柳，《全唐诗》作"碧柳"。**释**：下文已言"柳色青青"，再前冠"碧"字就给人以叠床架屋之感。而"边"字乃呼应诗题之字，不可或缺。

校：过，上引四书皆作"多"。**释**：无论从意境抑或从声律，"多"均强于"过"。尽管"过"字有平声一义，但大多数情况下它读去声。

校：关，《万首》《品汇》《别裁》皆作"江"。**释**：只有边关，才能言开或关。"江"字，大欠佳。

八、早度破讷沙（录自《品汇》）

破讷沙头雁正飞，鸊鹈泉上战初归。
平明日出东南地，满碛寒光生铁衣。[34]

校：诗题，《万首》《全唐诗》均作《度破讷沙二首》，此俱为其二。而《御览诗》只选其一。[35]《全唐诗》题下注："一作《塞北行次度破讷沙》。"[36]**按**：其一诗中有"无论塞北无春色"句，故觉题中有"塞北"一词为佳。

《御览诗》所录《度破讷沙》——

眼见风来沙旋移，经年不见草生时。
无论塞北无春色，纵有春来何处知？[37]

校：不见，《万首》《全唐诗》均作"不省"。[38][39]**释**："省"有觉察之义，"不省"，即察觉不到。此词远不如黄沙滚滚寸草不生，见不到一抹绿色之"不见"为好。

校：无论，上引二书均作"莫言"。**释**：莫言，即不要说"春风不度玉门关"之类的话。"莫言"与"纵有"为关联复句，似较"无论"佳。且无字不再与"无春色"之无重复。

校：春色，上引二书均作"春到"。**释**：春天珊珊来迟，但毕竟来到人间。可在破讷沙却难觅春的消息，适足说明此地自然环境之恶劣。下句已有"春来"，此句再易"春色"为"春到"，似觉啰唆些。诚然此诗为古风，一二句中既有"眼见"又有"不见"，三四句中，似乎也可有"春到"与"春来"。依此"色、到"亦似两可。

参考文献：

[1][2][4][29]（宋）欧阳修等撰. 新唐书［M］. 北京：中华书局，1975年，第5784、2448~2453、1039~1044、972页.

[3][27]（五代）刘昫等撰. 旧唐书［M］. 北京：中华书局，1964年，

第 3559、2981 页.

[5] 吴文治编. 古典文学研究资料汇编·柳宗元卷 [M]. 北京：中华书局，1963 年，第 349 页.

[6]（唐）赵璘撰. 因话录 [M]. 上海：上海古籍出版社，1979 年，第 78 页.

[7] [8] [20] [28]（宋）计有功辑撰. 唐诗纪事 [M]. 上海：上海古籍出版社，2008 年，第 461、461、463、461 页.

[9] [16] [22] [33] [35] [37] 傅璇宗等编. 唐人选唐诗新编（增订本）[M]. 北京：中华书局，2014 年，第 602、599、599、602、605、605 页.

[10] [13]（五代）韦庄选编. 又玄集 [M]. 上海：上海古籍出版社，1978 年，第 365、365 页.

[11] [30] [32]（清）沈德潜编. 唐诗别裁集 [M]. 上海：上海古籍出版社，1979 年，第 483、696、665 页.

[12] [14] [17] [19] [25] [31] [36] [39]（清）彭定求等修纂. 全唐诗 [M]. 上海：上海古籍出版社，1986 年，第 716、718、713、718、717、718、717 页.

[15] [21] [24] [34]（明）高棅选编. 唐诗品汇 [M]. 上海：上海古籍出版社，1988 年，第 219、802、411、463 页.

[18]（宋）郭茂倩编. 乐府诗集 [M]. 北京：中华书局，1979 年，第 1300~1301 页.

[23] [26] [38]（明）赵宧光等编定. 万首唐人绝句 [M]. 北京：书目文献出版社，1983 年，第 61、310、313 页.

清河唐贤张祜诗异文校释

晚唐诗人张为作《诗人主客图序》曰：“若主人门下处其客者，以法度一则也。以白居易为广大教化主，上入室，杨乘；入室，张祜、羊士谔、元稹；升堂，卢仝、顾况、沈亚之；及门，费冠卿、皇甫松……”[1]张祜实不辜负此誉，其诗多入后世选家法眼。明代翰林待诏高棅选编《唐诗品汇》即收录张祜诗二十九首之多。由于“祜”与“祐”字形相似，便出现“手民之误”而讹作张祐，今径改名祜。其在“诗人爵里详节”篇中云：“张祜，字承吉，清河人。陆龟蒙《序》（《和过张祜处士丹阳故居并序》）略云：‘承吉元和（806~820）中，作宫体小诗，辞曲绝（艳）发。老大稍窥建安风格，诵乐府录，知作者本意，短篇大篇，往往间出；善题目佳境，言不可刊置别处。此为才子之最也！由是贤俊之士及高位重名者，多与之游；或荐于天子，书奏不下；受辟诸侯府。性狷介不容物，辄自劾去。以曲阿地名古淡，遂种树筑室而家焉。性嗜水石，常悉力致之。后知南海间罢职，载罗浮石笋还。不蓄善田利产为身后计。大和（847~860）中卒于丹阳。集一卷。’”[2]

清河，县名。《新唐书·地理志（三）》载：“河北道，盖古幽、冀二州之境……贝州清河郡，望（即第三等州郡，列辅、雄之后，紧、上、中、下之前）。本治清河，武德六年（623）徙治历亭，八年复故治……县八：清河（紧，即第四等县，列赤、畿、望之后，上、中、下之前）、清阳、武城、经城、临清、漳南、历亭、夏津。”[3]**按：**今已分别隶属河北、山东两省。

上引文所言“集一卷”，《新唐书·艺文志》集部别集类著录：“《张祜诗》一卷，字承吉，为处士。”[4]《郡斋读书志》著录稍详：“《张祜诗》一卷，唐张怙承吉，清河人。乐高尚。客淮南，杜牧为度支使，善其诗，曾赠之诗曰：‘何人得似张公子？千首诗轻万户侯。’（怙）尝作淮诗，有‘人生只合扬州死，禅智山光好墓田’之句。大中中，果终丹阳隐舍，人以为谶。”[5]《全唐诗》收张怙诗二卷。[5]《全唐诗补逸》辑佚出四卷，诗一百七十三首之多。[6]为诸人之冠。

今以《唐诗品汇》（以下简称《品汇》）所收张怙诗，分别与《唐诗纪事》（以下简称《纪事》）、《乐府诗集》（以下简称《乐府》）等所录诗比勘，发现若干异文。惜乎前贤、时俊、对此多罗列同异而极少对是非优劣加以按断。而今我不揣鄙陋，试从文字演变、声韵发展、史地因革、名物风俗等诸方面予以校释，并给出“宜各从长”之一己之见，用来求教于诸读者方家。

一至七，录自《品汇》五言绝句卷之六“接武”篇。[7]**按：**《品汇》依时期和体裁将诗分为正始、正宗、大家、名家、羽翼、接武、正变、余响、旁流等格。《凡例》称：“大略以初唐为正始，盛唐为正宗、大家、名家、羽翼，中唐为接武，晚唐为正变、余响，方外异人（指僧、道、妇女及生平失考者）等为旁流。”武，为足迹。接武者，谓后者之足，履前者之迹也。

一、昭君怨

万里边城远，千山行路难。举头惟见日，何处是长安？

校：诗题，《乐府》、《万首唐人绝句》（以下简称《万首》）、《全唐诗》皆作《昭君怨二首》，此首均为其一。其二云：

汉庭无大议，戎虏几先和。莫羡倾城色，昭君恨最多。[8]

（将诗附上是为了更有利读者了解前诗的思想感情。）

校：惟，《乐府》《全唐诗·张怙卷》均作“唯”。**释：**“惟”的本义是思想，“唯”的本义是答应。但在“只”的词义上，惟、唯二字通用。故两可。

校：日，《乐府》作“月”，并注：“《全唐诗》卷五一〇作‘日’，较胜。”[9] **释**：如此长途跋涉，似应昼行夜宿。“见日”为佳。

二、思归乐

万里春归尽，三江雁亦稀。连天汉水广，孤客未言归。

校：诗题，《乐府》《全唐诗》均作《思归乐二首》，此首均为其二。其一云：

晚日催弦管，春风入绮罗。杏花如有意，偏落舞衫多。

(移录理由同上。)

校：归，上引二书均作“应”。**释**：与“亦稀”对举，“应尽”之构词法大胜“归尽”。况且诗末句已有“归”字呼应诗题，此处再用“归”字嫌重复。

三、穆护砂

玉管朝朝弄，清歌日日新。折花当驿路，寄与陇头人。

按：《乐府》题下注：“《历代歌辞》曰：‘《穆护砂》曲，犯角。’”角，乃宫、商、角、徵、羽五音之一。穆护砂为曲调名，又名《穆护子》。杨慎谓隋开大运河所作“劳歌”。胡震亨《唐音癸签》引文称：波斯国（今伊朗）奉火祆神，贞观初（627）有传法穆护何录，以其教入长安，作歌祀祆祠，其赛神曲也。可资参考。

四、金殿乐

入夜秋砧动，千声起四邻。不缘楼上月，应为陇头人。

寓目之书，未见异文。

五、墙头花

蟋蟀鸣洞房，梧桐落金井。为君裁舞衣，天寒剪刀冷。

校：诗题，《乐府》《全唐诗》均作《墙头花二首》，此首均为其一。其二云：

妾有罗衣裳，秦王在时作。为舞春风多，秋来不堪著。

（移录理由同上。）

注：第二首本于崔国辅《怨词》。

六、宫词

故国三千里，深宫二十年。一声河满子，双泪落君前。

（《乐府解题》云："河满子，开元（713~741）中仓洲歌者。临刑进此曲以赎死，竟不得免。"）

校：诗题，《万首》《全唐诗》均作《宫词二首》，此首均为其一。其二云：

自倚能歌曲，先皇掌上怜。新声何处唱？肠断李延年。

（移录理由同上）

《纪事》连录二首后云："二章祜所作《宫词》也。传入宫禁，武宗疾笃，目孟才人曰：吾即不讳，汝何为哉！指笙囊曰：请以此就缢。上悯然。复曰：妾尝艺歌，请对上歌一曲，以泄其愤。上许。乃歌一声《河满子》，气亟立殒。……怙为孟才人叹，序曰：才人以诚死，上以诚命，虽古之义激，无以过也。歌曰：偶因歌态咏娇颦，传唱宫中十二春。却为一声《河满子》，下泉需吊旧才人。"[10]

又，《乐府》收白居易《何满子》一诗，题注云："唐白居易曰：'何满子，开元中沧州歌者，临刑进此曲以赎死，竟不得免。'《杜阳杂编》曰：'文宗时，宫人沈阿翘为帝舞《何满子》，调辞风态，率皆婉畅。'然则亦舞曲也。"

世传满子是人名，临就刑时曲始成。

一曲四歌声八叠，从头便是断肠声。[11]

按：后世选评家多以“何满子，沧州歌者”为是。

七、夕次竟陵

南风吹五两，日暮竟陵城。肠断巴江月，夜蝉何处声？

考：“五两”，典出《淮南子》“若綄之候风也。”注：綄，候风羽也。楚人谓之五两。**按**：即以五两重的鸡羽制成綄，系于樯尾以候风。

八至十五，录自《品汇》七言绝句卷之七“接武”篇下之二。[12]

八、胡渭州（《乐苑》曰：胡渭州，商调曲也。）

亭亭孤月照行舟，寂寂长江万里流。

乡国不知何处是？云山漫漫使人愁。

校：诗题，《乐府》作《胡渭州二首》（《全唐诗·杂曲歌辞》虽无“二首”，但亦列二首。《全唐诗·张怙卷》则有同题诗两首分在两处），此首为其一。其二为：

杨柳千寻色，桃花一苑芳。风吹入帘里，唯有惹衣香。

（移录理由同上。）

九、雨淋铃

（《明皇别录》曰：帝幸蜀，南入狭斜谷。属霖雨弥旬，于栈道中，闻铃声与山相应。帝既悼贵妃，因采其声为《雨霖铃曲》，以寄恨焉。时独梨园善觱篥乐工张徽从至蜀，都（一作帝）以其曲授之。洎至德（756~758）中，复幸华清宫，从官、嫔御皆非昔人。帝于望京楼令张徽奏此曲，不觉凄怆流涕。其曲后入法部。

雨霖铃夜却归秦，犹是张徽一曲新。

长说上皇垂泪教，月明南内更无人。

校：犹是，《万首》《全唐诗》均作“犹见”。**释**：句意为还是能听到（闻到）张微吹奏的《雨霖铃曲》。“见”字佳。

校：垂泪，《万首》《唐诗别裁集》（简称《别裁》）均作“和泪”。[13]《全唐诗》也作“和泪”。**释**：“和泪”句意为：边教曲边流泪，“和”较“垂”为胜——曲调与泪一齐流淌。又，南内，即兴庆宫。

十、集灵台（又见杜（甫）集，作《虢夫人》。）

虢国夫人承主恩，平明骑马入金门。
却嫌脂粉污颜色，淡扫蛾眉朝至尊。

校：诗题，《全唐诗》作《集灵（一作虚）台二首》，此首为其二。其一亦选入《万首》：

日光斜照集灵台，红树花迎晓露开。
昨夜上皇新授箓，太真含笑入帘来。

（移录理由同上。）

校：骑马，《全唐诗》注：“一作下马”。**释**：入宫门而不下马，才充分表现其骄横的气焰！“下”字大误。又，集灵台即长生殿，在华清宫内，天宝元年（742）建。

十一、华清宫

风树离离月正明，九天龙气在华清。
宫门深锁无人觉，半夜云中羯鼓声。

校：诗题，《万首》《全唐诗》均作《华清宫四首》，此首均为其一。其他略去不录。

校：正明，上引二书均作“稍明”。**释**：离离乃形容风中之树枝条纷披繁盛之貌，于此见月“稍明”为是。

校：在，《全唐诗》注：“一作有。”**释**：气运、气数均系客观存在，一般不言有或无。

十二、宿溢浦逢崔昇

江流不动月西沈，南北行人万里心。

况是相逢雁天夕，星河寥落水云深。

校：诗题，《全唐诗》作《夜宿溢浦逢崔升》。**释**：宿，已含“夜宿”之义。不必多此一字。

校：“沈”，《万首》作“沉”。**考**：段玉裁《说文解字注》称：“沈”读“瀋”音时乃假借字。今“沈”乃“瀋”之简化字，“沉”字，是。

十三、瓜州闻晓角

寒耿稀星照碧霄，月楼吹角夜江遥。

五更人起烟霜静，一曲残声遍落潮。

校：诗题，《万首》《全唐诗》均作《瓜洲闻晓角》。**释**：瓜州，作为春秋时代古地名，在今甘肃敦煌。作为州名，在今甘肃安西东南。而瓜洲，作为镇名，又称瓜埠（步）洲，在今江苏邗江县南，与镇江隔江斜对。亦称“瓜州”。白居易《长相思》名句：“汴水流，泗水流，流到瓜州古渡头，吴山点点愁。”故推知还是“洲”字佳。

校：遍，《万首》《全唐诗》注均作“送”。**释**：遍落潮，是客观叙述，而“送落潮”则将“残曲”拟人化了。“送”字佳。

十四、题弋阳館

一叶飘然下弋阳，残霞昏日树苍苍。

葛溪谩淬干将剑，却是猿声断客肠。

校：葛溪谩，《万首》《全唐诗》均作“吴溪漫”。**考**：干将为春秋时期吴国的铸剑名师，与其妻莫邪所铸剑，阳（雄）名干将，阴

（雌）名莫邪。典出《吴越春秋》，又见《搜神记》《列异传》等。虽“葛溪”未详所在，但不出吴国地范，故“吴溪”为是。又，“漫”在古代有 mán、màn 二读。干将铸剑淬火为全浸水中，古读“漫 mán 淬”。而作副词随意，姑且讲的“漫（màn）”亦可写作“谩”，如杜甫《有客》诗“岂有文章惊海内，谩劳车马驻江干”。故知于“淬”字前，“漫”是，而“谩”非。

十五、邮亭残花

云暗山横日欲斜，邮亭下马看残花。

自从身逐征西府，每到花时不在家。

诗后注：“谢（枋得）云：此与张翰‘秋风思鲈’同意。有道者闻之，必不以‘山林之乐’易‘钟鼎之奉’矣！”

校：诗题，《万首》作《题邮亭残花》。《全唐诗》题下注：“一作《平原路上题邮亭残花》。”**释**：似以长题为佳。又，邮亭即驿道旁官设之亭，供往来邮驿（后世“驿站”之名乃由汉语“邮驿”与蒙语“站赤”合成）的官员休憩。故南宋诗人谢枋得有上述评语。

校：看，上引二书均作“对”。**释**：“对残花”，言看花时间较长，诗人遐思悠悠。“对”字表意强于“看”字。

十六至二十三，录自《品汇》五言律诗卷之十二“接武”篇下。[14]

十六、金山寺

一宿金山寺，微茫水国分。僧归夜船月，龙出晓堂云。

树影中流见，钟声两岸闻。因悲在城市，终日醉醺醺。

校：诗题，《纪事》作《题金山寺》。《全唐诗》作《题润州金山寺》。**释**：似以长题为佳。

校：寺，《纪事》《全唐诗》注均作“顶”。**释**：诗题中已有

“寺”字，用“顶”字视野更开阔，可统领全诗。

校：微茫水国分，《全唐诗》作“超然离世群”。**释**：后句与“顶”字更相契合。

校：晓堂，《纪事》作“晚堂”。**释**：出句已言夜月，对句再言晚堂，则时光倒流。而晓堂正对下联之晨钟。

校：树影，《全唐诗》作“树色”。**释**：与“钟声”对仗，“树色”强于“树影”。但长江水面倒映之树影似更富诗意。“色”字有以文害义之嫌。

校：因悲，《全唐诗》作“翻思”。**释**：所悲不在山水间，故终日沉醉也。“翻思”即反思，似不若“因悲”。

校：城市，《纪事》《全唐诗》均作“朝市”。**释**：“朝”与“野”对举，即庙堂与江湖之迥别也。似以“朝”字为佳。清人沈德潜曰：“《金山寺》诗最为庸下，偏以此得名，其不可解。”可备一说。

十七、题万道人禅房

何处闻禅壁？西南江上峰。残阳过远水，落叶满疏钟。
世事静中去，道心尘外逢。欲知情不动，牀下虎留踪。

校：闻，《全唐诗》作“凿”。**释**：首句即问禅壁（房）修筑在何处？据此，“凿”（修建）强于“闻”（听说）。

十八、寄灵彻上人

老僧何处寺？秋梦绕江滨。独树月中鹤，孤舟云外人。
荣华长指幻，衰病久观身。应笑无成者，沧洲垂一纶。

校：诗题，《全唐诗》作《寄灵澈上人》。**释**：“彻”于此有通达之义，而“澈”为水澄清。《纪事》《唐才子传》作“灵彻”。[15]《唐国史补》与刘长卿、刘禹锡、白居易等人唱和诗皆作“灵澈”。[16]似两可。

校：衰病久，《全唐诗》注："一作病久不。"**释**：与出句"荣华长"对仗，"衰病久"大胜"病久不"，从内容到形式均如此。

校：一纶，《全唐诗》作"一轮"。**释**："纶"，钓丝也。《诗经·小雅·采绿》："之子于钓，言纶之绳。"此句式说隐居者正在水滨垂钓。"轮"字大谬不然！

十九、赠志凝上人

悟色身无染，观空事不生。道心长日笑，觉路几年行。

片月山房静，孤云海棹轻。愿为尘外契，一就智珠明。

校：诗题，《全唐诗》作《题赠志凝上人》。**释**：有无"题"字，似两可。

校：山房，《全唐诗》作"山林"。**释**：与"海棹"（海上之舟）对仗，"山房"较"山林"为佳。山林嫌太大些。

释：棹，划船工具，又代指船。

二十、溪行寄道侣

白日长多事，清溪偶独寻。云归秋水阔，月出夜山深。

坐想天涯去，行悲泽畔吟。东郊故人在，应笑未抽簪。

校：诗题，《全唐诗》作《溪行寄京师故人道侣》。**释**：用长题佳。但必须将诗中"东郊"易作"京华"才行。

校：泽畔，《全唐诗》注："一作海畔。"**释**：大海无涯，一般不言"畔"而言"岸"或"边"。江河湖泊常言"畔"字。

校：东郊，《全唐诗》注："一作京华。"**释**：上文已言，如用长题，则须以"京华"二字与之呼应。

校：全诗收束句，《全唐诗》注："一作：'谁复念浮沉？'"**释**："抽簪"为弃官（抽去官帽上的簪缨）之代名词，典出《南史·庾子舆传》。如保留"泽畔吟"的屈原形象，则此处用典便成骈偶。倘用改句，于一气呵成陈述之后，陡然以反问句作结，文气上起大波澜亦颇佳。又，此诗押侵韵，“簪、沉”皆合韵。

二十一、题松汀驿

山色远合空，苍茫驿国东。海明先见日，江白迥闻风。

鸟道高原去，人烟小径通。那知旧遗逸？不在五湖中。

校：驿国，《别裁》《全唐诗》均作“泽国”。**释**：苍茫一片的应是水乡泽国。“驿”字大误。

二十二、题樟亭

晓霁凭虚槛，云山四望通。地盘江岸绝，天映海门空。

树色连秋霭，潮声入夜风。年年此光景，催尽白头翁。

寓目之书，未见异文。

二十三、晚夏归别业

古岸扁舟晚，荒园一径微。鸟啼新果熟，花落故人稀。

宿润侵台甃，斜阳照竹扉。相逢尽乡老，无复话时机。

寓目之书，未见异文。

二十四、读曲歌

(录自《品汇·唐诗拾遗》五言绝句)[17]

不见心相许，徒去脚漫勤。摘荷空摘叶，是底采莲人。

校：诗题，《万首》作《续曲歌五首》。《乐府》《全唐诗》均作《读曲歌五首》，此首皆作其三。余四首略去。又，《乐府》题解引《宋书·乐志》曰：“《读曲歌》者，民间为彭城王（刘）义康所作也。其歌云‘死罪刘领军，误杀刘第四’是也。”《古今乐录》曰：“《读曲歌》者，元嘉十七年（440）袁后崩，百官不敢作声歌，或因酒宴，止窃声读曲细吟而已，以此为名。”知《万首》误作“续”。

二十五至二十八录自《品汇·唐诗拾遗》第七卷五言律诗下。[18]

二十五、送徐彦夫南迁

万里客南迁，孤城涨海边。瘴云秋不断，阴火夜长然。

月上行墟市，风回望舶船。知君还自洁，更为酌贪泉。

按：“然”字本义为引火点着的烧。因后来作代词，作词尾，故复加火字作“燃”。虽不符合汉字发展总的简化趋势，但亦非个别现象，如“州”加水旁作“洲”字等。

二十六、洞房燕

清晓洞房开，佳人喜燕来。乍疑钗上动，轻似掌中回。

暗语临窗户，深窥傍镜台。妆成正含思，莫拂画梁间。

按：回，掉转、回转之义。

校：《全唐诗》“临”下注：“一作通。”**释：**与“傍镜台”对仗，“临窗户”稍强于“通窗户”。

校：妆成，《全唐诗》作“新妆”。**释：**“洞房”“佳人”相谐，“新妆”稍强于“妆成”。

校：间，《全唐诗》作“埃”。**释：**此诗押“灰”韵：开、来、回、台、埃为韵脚。“间”在“删”韵，不合韵。

二十七、真娘墓（在虎丘西寺内）

佛地葬罗衣，孤云此是归。舞为蝴蝶梦，歌谢伯劳飞。

翠发朝云断，青蛾夜月微。伤心一花落，无复恋春晖。

校：孤云，《全唐诗》作“孤魂”。**释：**诗题为《真娘墓》，首句有“葬罗衣”，“孤魂”与之相谐，“云”字欠佳，又“云”字又与“朝云”之“云”重复。

校：断，《全唐诗》作“在”。**释**：与“月微”对仗，“云断”稍强于“云在”。

校：恋春晖，《全唐诗》作“怨春辉”。**释**：“春晖”喻指父母对子女的荫庇，何“怨”之有？“晖”应作“辉”。又，真娘为吴国佳人，死葬吴宫之侧。行客感其华丽，竞相题诗。有谭铢者，题一绝云：“何事世人偏重色？真娘墓上独题诗。”

二十八、题苏小小墓

漠漠穷尘地，萧萧古树林。脸浓花自发，眉恨柳长深。

夜月人何待？春风鸟为吟。不知谁共穴？徒愿结同心。

校：为，《全唐诗》注：“一作自。”**释**：与“何待”对仗“为（作介词读 wèi）吟”似强于“自吟”。又，张怙尚有《苏小小歌》三首。《乐府广题》曰：“苏小小，钱塘名倡也，盖南齐时人。”

二十九、扬州法云寺双桧

（录自《品汇·唐诗拾遗》第十卷七言律诗。）[19]

谢家双植本图荣，树老人因地变更。
朱顶鹤知深盖偃，白眉僧见小枝生。
高临月殿秋云影，静入风檐夜雨声。
纵使百年为上寿，绿阴终借暂时行。

校释文，已见《清河张怙题咏扬州诗三首校释》。

自唐迄元，已逾四世纪。辛文房仍称张祜“能以处士自终其身，声华不借钟鼎，而高视当代，至今称之”。时光又飞逝六百多年，今人诵读其诗，似乎仍能见到他“千首诗轻万户侯”的身影。

参考文献：

［1］［10］（宋）计有功辑撰. 唐诗纪事［M］. 上海：上海古籍出版社，

2008 年，第 976、792 页.

［2］［7］［12］［14］［17］［18］［19］（明）高棅选编. 唐诗品汇［M］. 上海：上海古籍出版社，1988 年，第 36~37、417~418、480、590、810、847、884 页.

［3］［4］（宋）欧阳修等撰. 新唐书［M］. 北京：中华书局，1975 年，第 1013、1612 页.

［5］（清）彭定求等修纂. 全唐诗［M］. 上海：上海古籍出版社，1986 年，第 1288~1299 页.

［6］王重民等辑录. 全唐诗外编［M］. 北京：中华书局，1982 年，第 153~196 页.

［8］（明）赵宧光等编定. 万首唐人绝句［M］. 北京：书目文献出版社，1983 年，第 72 页.

［9］［11］（宋）郭茂倩编. 乐府诗集［M］. 北京：中华书局，1979 年，第 855、1133 页.

［13］（清）沈德潜编. 唐诗别裁集［M］. 上海：上海古籍出版社，1979 年，第 679 页.

［15］（元）辛文房撰，周绍良笺证. 唐才子笺证［M］. 北京：中华书局，2010 年，第 567 页.

［16］（唐）李肇撰. 唐国史补［M］. 上海：上海古籍出版社，1979 年，第 38 页.

范阳贾岛要事考略
及《又玄集》所收其诗之推敲

《新唐书·韩愈传》[1]附贾岛称："岛字浪仙，范阳人，初为浮图，名无本。……愈怜之，因教其为文，遂去浮屠，举进士。当其苦吟，虽逢置公卿贵人，皆不知觉也。一日见京兆尹，跨驴不避，呼诘之，久乃得释。累举不中第。文宗时，坐飞谤，贬长江主簿（世称贾长江）。会昌初，以普州司仓参军迁司户，未受命卒，年六五。"

贾岛籍里在今河北涿州，曾居房山石峪口石村，故《房山县志》称其为乡贤。据上述韩愈奖掖贾岛之史实，后人论断贾岛为中唐"韩孟"诗派的重要成员，苏轼就将其与孟郊并论，称之为"郊寒岛瘦"。清代因之，于其墓旁建瘦诗亭。

其"苦吟"之论亦为世所公认。除其自述"二句三年得，一吟双泪流"之外，"推敲"典故更是明证。

关于其"累举不中第"一事，苏绛《贾司仓墓志铭》[2]称"穿杨未中"。五代人王定保撰《唐摭言》[3]有"无官受黜"一章："元和中，元、白尚轻浅，岛独变格入僻，以矫浮艳，虽行坐浸食，吟味不辍。……他日有中旨令与一官谪去乃授长江县尉，稍迁普州司仓而卒。"同样由晚唐入五代的韦庄，颇为一些确有才干而未能进士及第者鸣不平，曾奏请追赠不及第人近代者，其中即有贾岛与平曾。[4]他们在穆宗长庆二年（822）被污为"举场十恶"，贬斥制书称"僻涩之才，无所采用"。直到元代辛文房作《唐才子传》[5]忽有"时新及第，寓居法乾（寺）无可精舍，姚合、王建、张籍、雍陶皆琴樽之好”。此说一出，掀起波澜。加之有关载记语焉不详或有悖常理，迄今仍有学者对贾岛究竟及第也未，提出质疑。[6]然“新及第”之时与其诗酒酬唱者以姚合为最，姚赠贾诗有十首，贾赠姚十一首。王建寄贾岛一首而贾赠王四首。张籍赠贾岛四首，贾赠张五首。雍陶赠贾岛一首，贾赠雍四首[7]，特别值得指出的是，姚合选编《极玄集》竟未收贾岛诗。而四人所赠贾岛十余首诗中亦无一语贺其及第，倒是说其“日日攻诗亦自强，年年供应在名场”，而“姓名未上登科记，身屈唯应内史知”。又，贾岛本人也在多首诗中表露过科场失意的心绪，诗题直书“下第”“落第”者即有两首。《唐才子传》所谓“新及第”不可凭信。

《新唐书》载“贬长江主簿”，《唐摭言》称“乃授长江县尉”。考《新唐书·地理志（六）》：剑南道遂州遂宁郡长江县（即今四川省遂宁市大英县）。主簿与县尉略有差别，当世长江县为中等县。按《新唐书·百官志（四）》主簿为从九品上阶，县尉为从九品下阶。依县尉职守管巡察治安，贾岛恐非其任。

又，“普州（治所在今四川安岳县）当时为中等州，司仓参军、司户参军均为正八品。贾岛命终于郡官舍，“家无一钱，惟病驴、古琴而已”。其墓即建于今安岳县安泉山。历代均有凭吊者。

曾为其请命的韦庄选编《又玄集》[8]时，收贾岛诗五首。以之与《才调集》[9]《长江集》[10]《唐诗纪事》[11]等诸多集本比勘，发现异文若干。惜前贤、时俊多列异同而少按断。今以贾岛苦吟、推敲之精神，用本校、他校、理校之方法，给出是非优劣之已见，求教读者方家。

一、送安南惟鉴法师

诗题中“安南”，《唐诗纪事》（以下简称《纪事》）作“长安”。疑撰者只见“花绕御床飞”而未见“南海几回渡”与“云水路迢递”。

故知“安南”是。其地在今越南国河内市，唐时为安南都护府治所。

讲经春色里，花绕御床飞。南海几回渡，旧山临老归。

触风香损印，沾雨磬生衣。云水路迢递，往来消息稀。

校：“春色”，《全唐诗》作“春殿”。**按：**与“御床”对举，“春殿”强于“春色”。且“色、殿”均仄声，调换无碍格律。

校：“几回渡”，《全唐诗》注一作“几回过”。**按：**“渡海”较“过海”是更加形象、准确地表述。

校：颈联“触风”二句，《长江集》《全唐诗》皆作：

潮摇蛮草落，月湿岛松微。

校：从意境看，原句是说：法师的度牒印信及磬钵僧衣，均因沐雨栉风的旅程而破旧。后句则云：南海潮涌蛮荒之地，草落松微，岛月朦胧。推敲平仄又皆合格律，似两可。

校：“云水”句，上引二书均作“空水既如彼”。**按：**前言安南治所在今越南河内，后一度迁至今广西合浦，“云水路迢递”更切实际。

二、题杜司户亭子

校：诗题，《万首唐人绝句》[12]（以下简称《万首》）、《全唐诗》均作《宿村家亭子》。《全唐诗》题下注：一作《宿杜司空东亭》。**按：**司户为县中主管民户之掾吏，而司空则为六卿三公之朝官。依贾岛的社会身份及诗中所述，《宿村家亭子》为好。

床头枕是溪中石，井底泉通竹下池。

宿客未眠过夜半，独闻山雨到来时。

校：“过夜半”，《万首》作“过半夜”。《全唐诗》注一作“当半夜”。**按：**“过、当”于此语境，义相近；“夜半”“半夜”一义，且二字均仄声，看似两可。仔细推敲此诗前二句几近口语，有民谣风格，然后二句为律句。将此诗视为律绝，则首句为平起（头）仄收（石）格式，第三句应作㊀仄㊁平平仄仄。“过”为仄声不合律，“当”为平声符合格律。

三、题李凝幽居

校：诗题中李凝，《纪事》作李欵。**按**：据《唐才子传》载："（岛）后复乘闲策蹇访李凝幽居，得句云：'鸟宿池边树，僧推月下门。'又欲作'僧敲'"云云。知作李凝，是。

闲居少邻并，草径入荒村。鸟宿池中树，僧敲月下门。

过桥分野色，移石动云根。暂去还来此，幽期不负言。

校："荒村"，《全唐诗》作"荒园"。**按**：村落里总要有他人居住，不若自家园林更少人打扰而尤显幽静。且"村、园"同韵，可以调换。

校："池中树"，上引《唐才子传》及《全唐诗》皆作"池边树"。**按**：池边人可到，就难免惊吓到宿鸟，不若"池中树"更安全、清静。且"池中"对"月下"也工稳。但更多情况是池边栽树，故两可。

校："僧敲"，上引《唐才子传》作"僧推"。《纪事》亦云："岛赴举至京，骑驴赋诗，得'僧推月下门'之句，欲改推作敲，引手作推敲之势，未决。不觉冲大尹韩愈，乃具言。愈曰：敲字佳矣！"此即"推敲"一典故的出处。

四、哭柏岩和尚

校：诗题，《长江集》作《哭柏岩禅师》。**按**：似更显尊重。今河北唐县尚有柏岩山、柏岩洞遗迹。

苔覆石床新，吾师占几春？写留行道影，焚却坐禅身。

塔院关松雪，房门锁隙尘。自嫌双泪下，不是解空人。

校："吾师"，《全唐诗》作"师曾"。**按**：从文气看，"吾师"要比"师曾"感情更亲切。"师"字均点题中之禅师。

校：“松雪”，《全唐诗》注：一作“松路”。**按**：首句已言苔覆，似不宜再用“雪”字。且“雪、路”均仄声，可调换。

校：“房门”，《长江集》作“僧堂”。**按**：与“塔院”对举，“僧堂”强于“房门”，且四字均平声，调换于格律无碍。

校：“自嫌”，《长江集》作“自惭”。**按**：自我嫌弃要比自感惭愧，在自谴程度要重一些。且“嫌、惭”均平声，足见贾岛锤词炼句之功夫了得！

又，《纪事》诗后注：“（欧阳）永叔云：‘焚却坐禅身’乃是烧杀活和尚也。”此处引文断章取义。欧阳修《六一诗话》称：“诗人贪求好句而理有不通，亦语病也。……如贾岛哭僧云：‘写留行道影，焚却坐禅身。’时谓烧杀活和尚，此尤可笑也。”

五、哭孟郊

身死声名在，多应万古传。寡妻无子息，破宅带林泉。

家近登山道，诗随过海船。故人相吊后，斜日下寒天。

校：“身死”，《长江集》作“身殁”。《全唐诗》注：一作“身没”。**按**：“殁、没”通用，于此皆与“死”一义。且均仄声，故曰两可。贾岛尚有一首同为悼亡的七言绝句《哭孟东野》：

兰无香气鹤无声，哭尽秋天月不明。

自从东野先生死，侧近云山得散行。

足见二人感情之深厚。贾岛身后亦无子嗣，可谓同病相怜也。《又玄集》另收韩愈《赠贾岛》：

孟郊死葬北邙山，日月星辰顿觉闲。

天恐文章浑断绝，再生贾岛在人间。

第二句《全唐诗》作：“从此风云得暂闲。”但据《纪事》注此诗云：“或曰：非退之诗。”苏轼更论定为“世俗无知者所托”。当代学者钱仲联据史实考证后也按断“此绝句之非韩愈作明矣”（以上俱见

《韩昌黎诗系年集释》[13]）。不过，换个角度看问题，此伪作者也绝非“无知者”。既然大学士能概括出“郊寒岛瘦”，别人看出贾岛与“韩孟诗派”关系之密切并赋诗以志，就断然不是虚妄之谈了。

参考文献：

［1］（宋）欧阳修等撰. 新唐书［M］. 北京：中华书局，1975 年.

［2］（清）董诰等编. 全唐文［M］. 北京：中华书局，1981 年.

［3］［4］（五代）王定保撰. 唐摭言［M］. 上海：上海古籍出版社，2012 年.

［5］［6］（元）辛文房撰，周绍良笺证. 唐才子传笺证［M］. 北京：中华书局，2010 年.

［7］（清）彭定求等修纂. 全唐诗［M］. 北京：中华书局，1960 年.

［8］（五代）韦庄选编. 又玄集［M］. 上海：上海古籍出版社，1978 年.

［9］（五代）韦縠选编. 才调集［M］. 上海：上海古籍出版社，1978 年.

［10］（唐）贾岛著，李嘉言校. 长江集新校［M］. 上海：上海古籍出版社，1983 年.

［11］（宋）计有功辑撰. 唐诗纪事［M］. 上海：上海古籍出版社，2008 年.

［12］（明）赵宧光等编定. 万首唐人绝句［M］. 北京：书目文献出版社，1983 年.

［13］（唐）韩愈著，钱仲联集释. 韩昌黎诗系年集释［M］. 上海：上海古籍出版社，1984 年.

荆南戎昱咏桂州诗校释

唐代诗人戎昱，两《唐书》无传，这就给一些学者，特别是文人写稗官野史和笔记小说留下了较大的记载或创作的空间，《唐才子传》[1]即称：

昱，荆南人。美风度，能谈。少举进士，不上，乃放游名都。虽贫士，而轩昂，气不稍沮。爱湖湘山水，来客。时李夔廉察桂林，寓官舍，月夜闻邻居行吟之音清丽，迟明访之，乃昱也，即延为幕宾，待之甚厚。

据周绍良教授考证，李夔乃李昌巙之误。其自大历八年（773）九月任桂州刺史、桂管防御观察使，至建中二年（781）共八年之久，戎昱始终佐之。《桂州腊夜》即作于其间，《全唐诗》[2]收之：

坐到三更尽，归仍万里赊。雪声偏傍竹，寒梦不离家。
晓角分残漏，孤灯落碎花。二年随骠骑，辛苦向天涯。

由晚唐入前蜀的韦庄选编《又玄集》[3]收入此诗，题作《冬夜怀归》。**按**：反复吟味全诗，《冬夜怀归》之题确能概括之。然《桂州腊夜》既交待了地点又指明了时间，在此时空下怀归的心绪能得以更好地表达。唐代桂州始安郡，据《新唐书·地理志》载属岭南道，盖古扬州之南境。即今广西龙胜、永福以西，荔浦以北的地域，治所在今桂林市。“腊夜”即腊日之夜。“腊日”《说文》解为：“冬至后三戌日，腊祭百神。”又《史记·秦本纪》[4]：始皇三十一年十二月改腊曰嘉平（两年后，桂林始设制）。[5]此乃殷时称谓，夏则曰清祀，周曰大蜡（腊）。待到南朝梁代宗懔撰《荆楚岁时记》，民俗已定农历腊月初八，即“腊八”为腊日。腊夜，即“腊八”之夜也。

校：坐到，《又玄集》作“座到”。**按**：在古代汉语中，“坐”为本字，“座”为后起字。近现代汉语中“坐”为动词而“座”为名词。无论古今，“坐到”某个时间或地点均文从字顺。而“座到”则欠佳。

校：分残漏，《又玄集》作“催残漏”。**按**：“分残漏”句意为：更残漏尽天破晓，起床号角即是夜晚与白昼之分界。然而，号角催人起床的同时也催促残漏快些滴尽，似更富诗意。

校：落碎花，《又玄集》作“碎落花”。**按**：从诗意看，灯花碎落是燃尽之意。“落碎花”稍欠佳。从与“分残漏”对仗看，“碎落花”也强于“落碎花”。

校：随骠骑，《又玄集》作“从骠骑”。**按**：骠骑，为将军之名号，汉武帝始以霍去病为骠骑将军。唐人好以汉代故事作比，当幕僚的诗人把主官比作骠骑将军，自己要追随之（亦即跟从之）。看似两可，然“从事”为一职官名，故知“从”字稍佳。

校：向天涯，《又玄集》作“在天涯”。**按**：此全诗收束句正与前句紧相关连：诗人跟从主官不避艰辛地向海角天涯进发！“在”字欠佳。

值得一提的是，在这首五律的几组异文中，“催、分”“从、随”皆平声，“碎、落”“在、向”皆仄声，互相调换均于格律无碍。

戎昱的幕僚生涯并非一帆风顺，中途似乎因小人进谗而离开一段时日，有五言古诗《上桂州李大夫》为证，亦见《全唐诗》：

> 今日辞门馆，情将众别殊。感深翻有泪，仁过曲怜愚。
> 晚镜伤秋鬓，晴寒切病躯。烟霞万里阔，宇宙一身孤。
> 倚马才宁有？登龙意岂无？唯于方寸内，暗贮报恩珠。

校：诗题，《唐才子传笺证》作《上桂林李大夫》。**按**：不知是“手民之误”，还是所据版本果然如此？笔者寓目版本皆作《上桂州李大夫》。

校：“晚镜”，下注：“一本作晓镜。” **按**：古人一般辞行都是清晨上路。再者晓镜照秋鬓也看得清晰。“晚”字欠佳。

校：“烟霞”，下注：“一本作烟波。” **按**：霞光无论早晚均不会长时间存在。还是“烟波”对应宇宙为好。

校：“一身孤”，下注：“一作一身迂。” **按**：广袤无垠的宇宙空间，视孑然一身的诗人实在是渺小得很，且甚是可怜而孤单！又，“孤”为脚韵，虽“迂”与“无、珠”同在上古鱼部，但中古韵，“孤、无、珠”已属虞韵。虽“迂”亦从之，但综合考量仍是“孤”字佳。

倚马、登龙二疑问句用典，前者出自《世说新语·文学》[6]：桓宣武北征，袁虎时从，被责免官。会须露布（公告）文，唤袁倚马前令作。手不辍笔，俄得七纸，殊可观。”诗人自谦没有倚马可待之才。登龙句似有二解：一般说，河津又名龙门，水深险。相传大鱼登之化为龙。民间所谓“鲤鱼跃龙门”，即喻士人致荣显为登龙门。特殊讲，戎昱谢婚，不作“乘龙快婿”事，亦见《唐才子传》：“崔中丞（瓘）……有女国色，欲以妻昱，而不喜其姓戎，能改则订议。昱闻之，以诗谢云：‘千金未必能移姓，一诺从来许杀身。’”这段逸事又见于《云溪友议》卷下《和戎讽》条。

戎昱之姓不只是带来麻烦，也在后来为其赢得了声誉。《唐诗纪事》[7]载：“宪宗朝，北狄频寇边，大臣奏议，古者和亲有五利，而无千金之费。帝曰：比闻有士子能为诗，而姓名稍僻，是谁？宰相对以包子虚、冷朝阳，皆非也。帝遂吟曰：‘山上青松陌上尘，云泥岂合得相亲？世路尽嫌良马瘦，唯君岂合（不弃）卧龙贫？千金未必能移性（姓），一诺从来许杀身。莫道书生无感激，寸心还是报恩人。’侍臣对曰：此是戎昱诗也。……朕又记得《咏史》一篇云：‘汉家青史内，计拙是和亲。社稷因明主，安危托妇人？岂能将玉貌，便欲静胡尘？

地下千年骨，谁为辅佐臣？'帝笑曰：魏绛之功，何其懦也！"**按**：史载，创造"元和中兴"的唐宪宗李纯"刚明果断"。但对魏绛和戎之评却绝非卓见。晋悼公之世的魏绛和戎岂止获五利？而是影响深远的一件互利双赢的大好事！详拙文《魏绛和戎及其历史影响刍议》。[8]

戎昱还有一首七言绝句《桂州口号》亦载《全唐诗》：

画角三声动客愁，晓霜如雪覆江楼。

谁道桂林风景暖？到来重著皂貂裘。

按：诗题中的口号，通说为诗体之一。更普遍的说法接近"不起草稿即诵诗文之口占"。

校："重著"，《唐才子传笺证》《万首唐人绝句》（以下简称《万首》）[9]均作"重着"。**按**：在穿衣这一意义上，著读 zhuó 音，古代汉语作张略切，为清音入声字。近代俗写作"着"，用以区别"著作"的著（zhù）字。现代汉语则彻底分为二字了。还值得一提的是，至今吴、粤方言中"附著（着）"之"著"读直略切，为浊音入声字，与"著（着）衣"之"著"是有区别的。而普通话则读不出区别来。岑参《白雪歌送武判官归京》"都护铁衣冷难著"句，许多今译、鉴赏本就都直接写成"都护铁衣冷难着"了。

在当世人们大多认为桂州冬季气候还比较温暖的情势下，诗人一再强调"寒梦不离家"、"晴寒切病躯"，最后竟穿上黑色貂皮大衣。这很可能与其出身寒微、职位较低且又忧谗畏讥的社会心理相关。

参考书目：

[1]（元）辛文房撰，周绍良笺证. 唐才子传笺证［M］. 北京：中华书局，2010 年.

[2]（清）曹寅等修纂. 全唐诗［M］. 上海：上海古籍出版社，1986 年.

[3]（五代）韦庄选编. 又玄集［M］. 上海：上海古籍出版社，1978 年.

[4]（汉）司马迁撰. 史记［M］. 北京：中华书局，1959 年.

[5] 郭殿忱撰. 斠补《桂林风土记》摭言［J］. 载《桂林历史文化研

究》，广西师范大学出版社，2004 年.

［6］（南朝）刘义庆撰. 余嘉锡笺疏，世说新语笺疏［M］. 北京：中华书局，1983 年.

［7］（宋）计有功辑撰. 唐诗纪事［M］. 上海：上海古籍出版社，2008 年.

［8］郭殿忱撰. 魏绛和戎及其历史影响刍议［J］. 载《王会篇笺释校补与研究》，吉林教育音像出版社，1999 年.

［9］（宋）洪迈选编. 万首唐人绝句［M］. 北京：书目文献出版社，1983 年.

［10］王伯熙主编，汉字规范知识［M］. 武汉：华中理工大学出版社，1992 年.

鄱阳程长文《狱中书情上使君》诗校释

《全唐诗》七九九卷[1]载："程长文，鄱阳人，诗三首。"其一即为《狱中书情上使君》题下有注："长文为强暴所诬系狱，献诗雪冤。"虽遍搜史料未详其事，然仅凭诗文亦可知其大概。现将有关作者、诗题、诗句的校释文字，略陈如下。

一、关于作者

寓目之书最早著录程长文者，为五代前蜀韦庄所编《又玄集》[2]（以下简称《又玄》），其卷下列"女郎程长文"诗一首。紧随其后，五代后蜀韦縠选编《才调集》[3]（简称《才调》）收程长文诗三首，名前未冠"女郎"二字。宋代计有功辑撰《唐诗纪事》[4]（简称《纪事》）收程长文诗一首。同为宋人的洪迈选编《万首唐人绝句》[5]（简称《万首》）亦收程长文诗一首。以上二书虽未冠"女郎"二字，但均归入"宫闺、女郎"类目之中。《万首》将其列在杜羔妻刘氏及崔莺莺之前，而杜羔贞元（德宗年号 785～805）间登进士第，崔莺莺亦为贞元间人，故知程长文为中唐人。

二、关于诗题

自五代迄南宋，《又玄》《才调》《纪事》收此诗，均题作《书情上使君》而无"狱中"二字，更未见《全唐诗》之上引题注。考："使君"为汉代对刺史的称呼。汉武帝置此官为督察各郡、国诸事。

隋唐罢郡，以州统县，于是汉时郡太守与隋唐州刺史互名。唐人习惯以汉代名物典故说事儿，故此诗所呈者似为州刺史。

然而，亦自汉代起，举凡奉使之官亦泛称使君，这在乐府诗中屡见不鲜。如“使君从南来”“使君一何愚”等等。唐代为加强中央对地方的监察，常常派员巡视各州。初期称黜陟使，有权罢免或擢升地方官吏。后来全国分若干道，每道派京官一人巡查所属州县。先后称巡察使、按察使、采访处置使和观察使。此篇极有可能是一首呈献给他们的“上访诗”。

三、关于诗句

此为七言古诗，所押脚韵合上古三十韵部。以下分段校释。

妾家本住鄱阳曲，一片贞心比孤竹。

校：“本住”，《纪事》注：“本”原作“今”，据汲古阁本及《全唐诗》改。“贞心”，《才调》作“真心”。《纪事》及《全唐诗》夹注均作“坚心”。**今按**：此诗写于狱中，说自己原本住在鄱阳郡（唐天宝、至德时曾称饶州为鄱阳郡）偏僻的乡间（乡曲）。“今”字欠佳。又，“贞心”是纯正之心，精诚之心。是说此心可比孤竹之正直，也似孤竹国被西周灭亡后伯夷、叔齐“耻食周粟”，避首阳山採薇求活般忠贞。“真、坚”二字均欠佳。

“曲”在屋部，“竹”在药部，屋、药可以合韵。又，作僻处讲的“曲”字，还有与“直”相对的词义。巧妙地与孤竹的正直对举，就将要彻底弄清是非曲直的题旨开门见山地提出来。思想性与艺术性完美结合。

当年二八盛容仪，红笺草隶恰如飞。

尽日闲窗刺绣坐，有时极浦采莲归。

校：“容仪”，《才调》《全唐诗》夹注均作“容辉”。“刺绣坐”，《才调》作“刺绣罢”。**今按**：“当年”，紧接“本住”句，说自己十六岁时如盛开的花朵一般美丽，不同于一般“二八佳人”，自己还是个才女，吸引士子们以真草篆隶写成红笺不断飞来。“仪、辉”二字与“容”配搭均形容貌美。但“辉”与“飞、归”二字皆押微韵，大胜歌韵的“仪”字。又，刺绣“坐”与本句中的“尽日”相连贯，而刺绣“罢”则与下句的“有时”相连贯。似两可。

谁道居贫守都邑？幽闺寂寞无人识。

海燕朝归衾枕寒，山花夜落阶墀湿。

校：“幽闺”，《纪事》《全唐诗》夹注均作“幽居”。“无人识”，《又玄》《才调》均作“无人入”。“衾枕”，《又玄》《纪事》均作“枕席”。**今按：**作者虽系小家碧玉，但毕竟是待字闺中的佳丽。“居”字欠佳。又，“无人识”令人想起白居易“养在深闺人未识”的名句，但“识”押职韵，而此四句已换成缉韵。“入”与“邑、湿”二字均在缉部。又，“衾”为大被子，盖上被子都让人觉得寒冷，在表现寒冷的程度上自然要比“枕席”更强烈。

强暴之男何所为？手持白刃向帘帏。

一命任从刀下死，千金岂受暗中欺？

校：“帘帏”，《才调集》作“帘帷”。“岂受”，《才调》《全唐诗》夹注均作“不受”。**今按：**此四句表现作者柔弱外表下的刚烈性格——她宁可一死也要保住清白之身。“帘帏”乃竹编围障，以帛制成者则叫“帷”。又，“岂”为疑问代词，用反诘句代替“不受”的叙述句，更能充分表达正气不肯向邪恶屈服的坚定决心。

我心匪石情难转，志夺秋霜意不移。

血溅罗衣终不恨，疮黏锦袖亦何辞？

校：“我心”，《又玄》《才调》均作“我今”。“疮黏”，上引二书均作“疮粘”。“锦袖”，《纪事》原作“锦绣”。**今按：**“我心匪石，不可转也。”典出《诗经·邶风·柏舟》。[6]与后三句均表现作者坚贞的情志与无悔的抉择。“今”字欠佳。又，古汉语中“黏”有两个音义：一为 nián，义为有较强的附着性，基本词性为形容词；二读 zhān，义为贴上，属动词。《第一批异体字整理表》中将读 zhān 的"黏"字定为粘的异体字。而今"黏" nián "粘" zhān 已分别使用，故"粘"字是。又，与"罗衣"对举，"锦袖"要比只作材质的"锦绣"为好。衣、袖相连为佳。

县僚曾未知情绪，即便教人絷囹圄。

朱唇滴沥独衔冤，玉箸阑干叹非所。

校：玉箸原作"玉筯"，《又玄》作"玉節"（节）。**今按：**前两句控诉县僚们在根本不瞭解事件情节与端绪（此处"情绪"并非心绪）的情势下，便将人投入牢狱。"朱唇滴沥"，既可作心中含冤咬破嘴唇滴血讲，又可作被用刑双唇出血解。又，"玉筯"本为玉制筷子，人们后来用以形容眼泪。白居易《六帖》载："魏甄氏面白，泪双垂如玉筯。""節（节）、筯"形相近而致"鲁鱼亥豕"类讹误。

十月寒更堪思人，一闻击柝一伤神。

高髻不梳云已散，蛾眉罢扫月仍新。

校："堪思"，《全唐诗》夹注作"更愁"。"罢扫"，《全唐诗》夹注作"淡扫"。**今按：**孟冬十月辗转难眠，更鼓夜柝，声声击在心扉。对应"一闻击柝一伤神"一字的重复，此句将一夜分五更的"更" gēng，巧妙地与当越加讲的"更" gèng 结合一起——"寒更更愁人"，似较"寒更堪思人"为佳。又，"淡扫蛾眉"固然很美，但那须在香气氤氲的闺房，而今是铁窗紧锢的牢房，哪里有那种闲情别致！再说与"高髻不梳"相对应，正该是"蛾眉罢扫"。

三尺严章难可越，百年心事向谁说？

但看洗雪出圜扉，始信白圭无玷缺。

校："难可越"，《全唐诗》夹注作"焉可越"。"圜扉"，《又玄》《才调》均作"圆扉"。"白圭"，《才调》作"白珪"。"玷缺"，《又玄》作"点缺"。**今按：**与"向谁说"对举"焉可越"的疑问句要略好于“难可越”的判断句。因为这让人还心存希冀——所以才写这首“上诉（访）诗”。又，“圜、圆”虽在与“方”相对时同义，但有细微差别：“圜”多用于名物词，“圆”多用于形容词。而“圜扉”专指牢门。于此处，“圆”字欠佳。又，“珪、圭”为古今字。注意！它们不同于“然、燃”“州、洲”等在本字旁孳乳一义符。而是由本字“珪”减去义符而生“圭”。这是符合汉字发展逐步简化的总趋势的。又，“玷”为玉之病或缺。“白圭之玷”典出《诗经·大雅·抑》[7]，故知“点缺”欠佳。白圭本无玷，作者也亟待洗冤雪耻还己清白！

参考文献：

［1］（清）曹寅等修纂．全唐诗［M］．上海：上海古籍出版社，1986年．

［2］（五代）韦庄选编．又玄集［M］．上海：上海古籍出版社，1978年．

［3］（五代）韦縠选编．才调集［M］．上海：上海古籍出版社，1978年．

［4］（宋）计有功辑撰．唐诗纪事［M］．上海：上海古籍出版社，2008年．

［5］（明）赵宧光等编定．万首唐人绝句［M］．北京：书目文献出版社，1983年．

［6］［7］（清）阮元校刻．十三经注疏［M］．北京：中华书局，1980年．

袁州郑谷《题杭州樟亭驿阁》诗考异

《唐才子传》载："郑谷，字守愚，袁州宜春人。父史，开成(836~840)中为永州刺史。谷幼颖悟绝伦，七岁能诗。……光启三年(887)，右丞柳玭下第进士。授京兆鄠县尉，迁右拾遗、补阙。乾宁四年(897)，为都官郎中，诗家称'郑都官'。又尝赋《鹧鸪》，警绝，复称'郑鹧鸪'云。……谷诗清婉明白，不俚而切，为薛能、李频所赏。与许棠、任涛、张蠙、李栖远、张乔、喻坦之、周繇、温宪、李昌符唱答往还，号'芳林十哲'。"[1]

《新唐书·艺文志》集部别集类著录："郑谷《云台编》三卷，又《宜春集》三卷。"[2]

五代前蜀左补阙韦庄选编《又玄集》收录郑谷五言律诗《题杭州樟亭驿阁》：

故国江天外，登临返照间。潮平无别浦，木落见他山。

沙鸟晴飞远，渔人夜唱閒。岁穷归未得，心逐片帆还。[3]

校：诗题，《才调集》[4]《唐诗品汇》（以下简称《品汇》）[5]《全唐诗》[6]皆作《登杭州城》。《唐诗纪事》（以下简称《纪事》）[7]、《全唐诗》题下注（一）均作《题杭州樟亭》。《全唐诗》题下注（二）："一作《题樟亭驿楼》。[8]" **考**：《元和郡县图志》卷二五江南道（一）："杭州，《禹贡》扬州之域。春秋为吴、越二国之境。其地本名钱塘，《史记》云：'秦始皇东游，至钱塘，临浙江'是也。汉属会稽，《吴志》注云：'西部都尉理所。'陈祯明（587~589）中置钱塘，隋平陈，废郡为州。”《新唐书·地理志（五）》：“江南道，杭州余杭郡，上。（即第五等州郡，列辅、雄、望、紧之后，中、下之前。）县八。（有余杭军，乾元二年（759）置。有镇海军，建中二年（781）置于润州，元和六年（811）废，大和九年（835）复置，景福二年（893）徙屯。又有乌山戍）钱塘（望。即第三等县，列赤、畿之后，紧、上、中、下之前。南五里有沙河塘，咸通二年（861）刺史崔彦曾开。有皋亭山）、盐官、余杭、富阳、於潜、临安、新城、唐山。”[9]《文献通考·舆地（四）》：宋代临安府：“春秋越国西境；秦、汉并属会稽郡；后汉顺帝以后属吴郡；晋属吴兴、吴二郡地；宋、齐、梁因之；陈以为钱塘郡；隋平陈，置杭州，炀帝初州废，置余杭郡；唐为杭州或为余杭郡，大都督镇军节度属江南道，领县八。宋淳化五年（994），改宁海军节度，升南新场为县，属浙西路，领浙西兵马钤辖。崇宁五年（1106）省南新县为镇，入新城。建炎三年（1129）高宗自建康幸杭，升临安府以为行在，以州治为行宫，以祥符寺基改建府治兼浙西安抚使。”[10]

作为行政建制称谓，杭州在郑谷生活的年代，其州治所，在今浙江省杭州市。“樟亭”，《唐音统签》作“樟台”。《乾道（1165~1173）临安志》卷二：“樟亭驿，晏殊《舆地志》云：在钱塘县旧治之南五里。白居易有《宿樟亭驿》诗，罗隐乾符五年（878）夏登是驿，看潮有诗。废。”白诗为五言绝句，移录于下作为理解郑谷诗之参考。

夜半樟亭驿，愁人起望乡。月明何所见？潮水白茫茫。[11]

《淳祐（1241~1256）临安志》卷六：“浙江亭，旧为樟亭驿，祥符《旧经》云：在钱塘旧治南，到县一十五里。”

考：郑谷诗题中的“樟亭驿阁（或楼）”均强调一个“驿”字，即邮驿之路上，供往来官差休憩之所。后世驿站之名，乃由汉语“邮驿”与蒙古语“站赤”综合而成。

《纪事》与《全唐诗》题下注之一，均作《题杭州樟亭》并无

“驿”字。今人所编《中国历史地名辞典》载：“樟亭，在今浙江省杭州市南钱塘江滨。唐孟浩然有《樟亭望潮》诗。”[12]《全唐诗》题作《与颜钱塘登障楼（一作樟亭）望潮作》。文字无多，移录于下：

百里闻雷震，鸣弦暂辍弹。府中连骑出，江上待潮观。

照日秋云回，浮天渤澥宽。惊涛来似雪，一坐凛生寒。

综上所述，可见登樟亭驿阁（或楼）主要为观看闻名古今中外的“钱塘潮”。因为此处较杭州城楼更靠近大海，故知《登杭州城》之题虽与诗中“登临”一词紧相呼应，但统观全诗，还是原题为佳。

以下，对郑谷诗句中的异文加以校考。

校：故国，《品汇》《全唐诗》均作“漠漠”。**考**：故国，典出《孟子》：“所谓故国者，非谓有乔木之谓也，有世臣之谓也。”后来多指故乡，如张怙诗《何满子》“故国三千里，深宫二十年”。又，郑谷为袁州人，杭州与之同属古扬州，春秋时代为吴越二国地域，战国时代为楚国。综合考量，“故国”强于“漠漠”。“国”字古为入声字，“漠”亦为仄声字，互换于格律无碍。足见古人作诗，擅长锤词炼字。

校：潮平，《才调集》《品汇》《全唐诗》皆作：潮来。**考**：孟浩然诗云“惊涛来似雪”，白居易诗云“潮水白茫茫”，皆与此诗“潮平（或来）无别浦”相契合。比较“潮来”与“湖平”，其区别在于：前者为声似千钧雷霆，渤澥浮天的大潮一来，就白茫茫一片不见任何津渡了。而后者则为大潮平息时，就不见其他津渡了。显然前者更有气势！另从对仗角度看，与“木落”对举，“潮来”也优于“潮平”，因“来”与“落”均为动词，而“平”的基本词性为形容词。再从格律角度看，“平、来”二字均为平声，互换于格律无碍。

校：唱閒，《纪事》《品汇》《全唐诗》皆作：唱闲。**考**：“閒”的本义为门隙，“闲（繁体字作閑）”的本义为栅栏。二者的引申义相差较远，只在“閒暇”的意义上，可以写成“閑（简化作闲）暇”。“閒”字更多的时候，与“間（简化作间）”相通。上古（秦汉以前）汉语本无“間”字，举凡表示缝隙、间隙，甚至挑拨，偷偷地做（读 jiàn）等义时，均写作“閒”。（有些上古典籍出现“間”（间）字，乃后世整理者所误书。）此诗“间、山、闲、还”押“删”韵，“閒”作“闲”可从音韵学角度得以坐实。

按：“岁穷”，即年终岁晏之义。**考**：《尔雅·释天》：“夏曰岁，商曰祀，周曰年，唐虞曰载。”一事多称的结果，便出现了“年年岁岁花相似，岁岁年年人不同”（刘希夷《代悲白头翁》）的千古名句及“一夜连双岁，五更分二年”之谚语。顺便说到“载”：公元 744 年夏历正月，大唐帝国的君臣们忽发思古之幽情，李隆基下诏书改“年”为“载”。致使唐朝盛极而衰的历史“拐点”——“安史之乱”就发生于天宝十四载（755）。直至唐肃宗上元元年（758）夏历二月才复“载”为“年”。十五年间功令所及的一切公私文书，一律称“载”而不称年。

再回到诗歌，从首联的夕阳返照，到颔联的叶落归根，再到颈联的沙鸟飞远，渔人唱闲，在在引人联想到乡愁——思归，以“心逐片帆还”作结，是最为恰切的收束了。

参考文献：

［1］（元）辛文房撰，周绍良笺证. 唐才子传笺证［M］. 北京：中华书局，2010 年，第 2088 页.

［2］［9］（宋）欧阳修等撰. 新唐书［M］. 北京：中华书局，1975 年，第 1613、1059~1060 页.

［3］（五代）韦庄选编. 又玄集［M］. 上海：上海古籍出版社，1978 年，第 421 页.

［4］（五代）韦縠选编. 才调集［M］. 上海：上海古籍出版社，1978 年，第 557 页.

［5］（明）高棅选编. 唐诗品汇［M］. 上海：上海古籍出版社，1988 年，第 605 页.

[6][8][11]（清）彭定求等修纂. 全唐诗［M］. 上海：上海古籍出版社，1986年，第1695、1695、1080页.

[7]（宋）计有功辑撰. 唐诗纪事［M］. 上海：上海古籍出版社，2008年，第1041页.

[10]（元）马端临撰. 文献通考［M］. 北京：中华书局，1986年，第2500页.

[12] 复旦大学历史地理研究所编. 中国历史地名辞典［M］. 南昌：江西教育出版社，1986年，第955页.

跋

2002 年 10 月，我应邀出席第五届“文选学”国际学术研讨会，下榻镇江国宾馆。唐代大诗人王昌龄送辛渐之洛阳的芙蓉楼（重建）就坐落其间。为大会专场演出的“京江赋”镇江历代名篇朗诵演唱会气韵高雅，异彩纷呈。清脆童声诵读的“寒雨连江夜入吴，平明送客楚山孤。洛阳亲友如相问，一片冰心在玉壶”，令人顿觉神清气爽，久久萦绕耳畔。

按议程安排要到一江之隔的扬州参观访问。在客车上渡轮时，毕业于北京大学执教于扬州大学的顾农教授介绍说：不久后，又一座长江大桥将在此处飞架南北。或问：以何命名？答曰：润扬。众云：妙极！的确，“镇扬”不雅，“扬镇”过俗，镇江古称润州，“润扬大桥”，此名甚佳！

由此，我联想到传唱千载的唐诗远不止丰润江南一隅，而是普惠神州大地，滋养亿万中华儿女。此为本书题名《唐诗流韵润九州》之缘起。

此后，我在郑州三所高校讲学十年。其间特别留意各地唐贤诗歌的研究成果并于相关报刊发表几十篇文章。返归第二故里吉林市后意欲结集出版，无奈因马齿虚长，手指颤抖而不便上网操作。幸得我校王翠副教授相助。这是位质朴而又勤勉的年轻博士，去岁刚刚出版自己的问学集《徜徉学林》（吉林人民出版社），于编校书稿已具颇多经验。于是，她不辞烦难地打印排版，校对讹误，统一体例，直至将齐、清、定之书稿交中州古籍出版社。署本书特邀编辑，则实至名归。还应当说明的是本次出书依《通用规范汉字表》对原文个别字句做了修改。

中州古籍出版社前社长兼总编辑陈协琹先生，系中国历史文献研究会常务理事，我为会员，历江西乐平、江苏苏州、山西太原、湖北巴东、黑龙江哈尔滨等年会而成清淡如水的“君子之交”。他与该社前副总编、资深编审张弦生先生，鼎力支持此书出版。责任编辑王建新，与余为中国历史文献研究会同仁。特在此一并深致谢忱。

著者乙未孟冬小雪后二日于吉林寓所